读客外国小说文库

熊猫君激发个人成长

暗夜与黎明

与

夜

黎明

上
（全两册）

〔英〕肯·福莱特 著

邓若虚　汪　洋 译

江苏凤凰文艺出版社
JIANGSU PHOENIX LITERATURE AND
ART PUBLISHING

图书在版编目（CIP）数据

暗夜与黎明：全 2 册 /（英）肯 · 福莱特
（Ken Follett）著；邓若虚，汪洋译 .—南京：江苏
凤凰文艺出版社，2021.2
书名原文：The evening and the morning
ISBN 978−7−5594−5493−5

I. ①暗… II. ①肯… ②邓… ③汪… III. ①长篇小
说 − 英国 − 现代 IV. ① I561.45

中国版本图书馆 CIP 数据核字 (2020) 第 244907 号

暗夜与黎明：全2册

[英]肯·福莱特 著　　邓若虚　　汪 洋 译

责任编辑	丁小卉
特约编辑	高 洁　　徐陈健　　夏文彦
装帧设计	陈艳丽　　Daren Cook
责任印制	刘 巍
出版发行	江苏凤凰文艺出版社
	南京市中央路 165 号，邮编：210009
网　址	http://www.jswenyi.com
印　刷	三河市龙大印装有限公司
开　本	889 毫米 ×1270 毫米 1/32
印　张	30
字　数	656 千字
版　次	2021 年 2 月第 1 版
印　次	2021 年 4 月第 3 次印刷
标准书号	ISBN 978 − 7 − 5594 − 5493 − 5
定　价	118.00 元（全 2 册）

江苏凤凰文艺版图书凡印刷、装订错误，可向出版社调换，联系电话：010−87681002。

THE
EVENING
∴ AND THE ∵
MORNING

KEN
FOLLETT

纪念E.F.

目　录

命运突然转向，变成他前所未料的面貌，他没有时间对此做什么准备。

奥尔德雷德捉住了一头狮子的尾巴，如果他不杀掉这头猛兽，就会被其反噬。

罗马帝国衰落之时，不列颠也开始走下坡路。罗马式别墅被相继摧毁，人们开始建造没有烟囱的单间木房。罗马主要用来储存食物的陶器制造技术几近遗失，人们的识字能力也相继下降。

这个时期有时被称为黑暗时代，五百年间，社会进步极为缓慢。

后来，终于，事情发生了变化……

第一部

婚礼

（九九七年）

THE

WEDDING

997 CE

第一章

九九七年，六月十七日，星期四

埃德加发现，整夜不睡是件很难的事，即便是在人生中最重要的夜晚。

他在地面的芦苇上铺开了自己的斗篷，然后躺在上面。无论白天黑夜，他都穿着一件长度到膝盖的棕色羊毛外衣。到了冬天，他就会用斗篷裹住自己，然后躺在火炉边。不过现在很暖和，因为一周之后便是仲夏节①了。

埃德加总能算得出日子。大多数人得去问持有日历的司铎。有一次，埃德加的哥哥埃尔曼问他："你是怎么知道复活节是哪天的？"他回答道："因为它是三月第二十一天之后第一次满月过后的第一个星期天，很明显嘛。"那句"很明显嘛"本不该说，因为埃尔曼感觉自己受到了嘲讽，就往埃德加的胃部来了一拳。那是很久以前的事了，那时候埃德加还小。现在他已经成熟

---

① 仲夏节，北欧传统节日，时间为每年的6月24日，正值仲夏。基督教崛起后，被附会为纪念施洗者约翰生日的节日。施洗者约翰是《圣经》里的人物，他曾在约旦河为包括耶稣在内的众人施洗。——译者注

了：仲夏节后再过三天，他就十八岁了。他的哥哥们不再打他了。

埃德加摇了摇头，胡思乱想会将他迷迷糊糊地送入梦乡。他想靠在自己的拳头上躺着，处于不舒服的状态下才能保持清醒。

他想知道自己还要等多久。

他转过头去，看看火光周围的动静。他家与库姆的其他房子并无二致：橡树木板墙、茅草屋顶，还有泥地，部分地面由附近河岸的芦苇覆盖，没有窗户。火炉就在这个单人房的中央，它的四周是排成方形的石头。火炉上方是个可以挂煮锅的铁三脚架，三脚架在屋顶上映出了蜘蛛般的影子。墙壁四周是木制的挂钩，用来挂衣服、厨房用具和造船工具。

埃德加不太清楚夜晚已经过去了多久，因为也许他不止一次打了瞌睡。早些时候，他听见过标志着夜晚时分的声响：一群醉鬼哼起了下流小调，邻居夫妻开始互相控诉、进行激烈争吵，门被用力关上，狗大声吠叫；不远处，还有女人的哭泣。可是现在，埃德加什么都听不见了，只有附近形成天然屏障的海滩传来波浪温和的吟唱。他盯着门口的方向，想看看门缝的亮光可以给他什么信息，但那里只是一片漆黑。这意味着要么月亮已经落下，黑夜快要过去；要么天上多云，所以什么都看不见。

埃德加的家人躺在房子各处，贴着墙边，那里的烟会少一些。爸爸和妈妈背靠着背，有的时候，他们会半夜醒来，抱在一起窃窃私语，随后身体一起挪动，最后喘着粗气，躺回地面。但现在他们已经熟睡，爸爸在打呼噜。埃德加的大哥哥——二十岁的埃尔曼——躺在埃德加身旁，二哥埃德博尔德正睡在角落里。埃德加能够听见他平稳而从容的呼吸。

终于，教堂的钟声敲响了。

镇子的另一头有座修道院。修士有个分辨夜间时间的方法：他们造了一支标有刻度的大型蜡烛，蜡烛烧了多少，就表明时间过去了多少。破晓之前的一个小时，他们会把钟敲响，随后起床吟唱晨祷。

埃德加又躺了一会儿。钟声可能吵醒了妈妈，她很容易被吵醒。他给她时间慢慢沉睡。最终，他起身了。

他悄悄拾起自己的斗篷、鞋子和别了一把插鞘匕首的腰带。他光着脚穿过房间，躲开家具——一张桌子、两张凳子和一张长椅。门被轻轻地打开了——昨天埃德加已经在房门的木制门闩上涂了大量的绵羊油脂。

现在要是家里有人起身问他话，他会说自己是到外面撒尿，他希望他们不要看到自己其实拎了鞋子。

埃德博尔德哼了一声。埃德加身体一僵。埃德博尔德是醒了吗，还是只在睡梦中出了个声？埃德加听不出来。不过埃德博尔德没太多好奇心，也总是急着躲开麻烦，就跟爸爸一样。他不会惹什么事的。

埃德加一步一步走了出去，小心翼翼地关上身后的门。

月亮已经落下，但是天空依然清朗，海滩上可见星光点点。房子和潮痕之间是一间造船厂。爸爸是个造船匠，他的三个儿子与他一起工作。爸爸擅长技术活，却拙于做生意，所以与钱财相关的决策，尤其是计算小船或海船这类复杂商品的价格的时候，都由妈妈拍板。如果顾客想要砍价，爸爸愿意让步，但妈妈会迫使他咬定原价不变。

系鞋带和扣腰带的时候，埃德加往院子四周看了一眼。正在建造的只有一只适于在上游划行的小船，在它附近，矗立着巨大而贵重的木材堆。一棵树的树干被砍成两半，再对半砍，进而组装成一艘船。每个月，全家人都会去一次森林，砍伐那里的成熟橡树。爸爸和埃德加首先动手，轮流抢起长柄斧头，精准地将相应的木块切下来。然后他们稍作休息，由埃尔曼和埃德博尔德执斧继续砍树。当整棵树被砍倒之后，他们就会做些修剪，然后让木头顺着水流漂到库姆去。当然，他们得为树付钱——这片森林归威格姆所有。他是大乡绅，库姆的大部分人要向他缴纳租金，租金是每棵树十二银币。

院子里不仅有木材堆，还有一桶焦油、一卷绳子和一块磨刀石。它们由一条被拴上链子的獒犬看守。它叫格伦德尔。这条黑狗嘴边的毛色已经变灰，年老体衰，不再能对窃贼造成什么伤害，但它仍可以吠叫几声以示警戒。格伦德尔现在很安静，它的脑袋靠在两只前爪上，漠然地看着眼前的埃德加。埃德加跪了下来，摸摸它的脑袋。"再见了，老狗。"他低语道。格伦德尔摆摆尾巴，没有办法站起来。

院子里还有一艘已经完工的船，埃德加把它当成了自己的东西，这是他依照维京海盗船的设计亲自建造的船。埃德加从来没有见过真正的维京海盗，从他出生以来，维京海盗未曾突袭过库姆。然而在两年前，一艘船的残骸被海水冲到了岸上，里面空无一人。它被火熏得漆黑，船首像是一条龙，但已被击碎，大概是经历了几场战役。埃德加对这残破之美肃然起敬——优雅的曲线、长长的蛇纹石船首、纤巧的船壳。最令他难以忘怀的，是从船首贯穿到船尾的巨大而外突的龙骨。他思量过后，意识到正是这条龙骨让维京海盗得以驾船跨越大海。埃德加自己建造的船则是它的次级版本，是一叶只有两只船桨和小小方形船帆的帆船。

埃德加知道自己有造船的天分。他建造的船已经比哥哥们的都要好，不久之后他就能赶上爸爸了。他有一种直觉，懂得如何将各种部件组成稳定的结构。几年以前，他就偷听到爸爸这样对妈妈说："埃尔曼学得慢，埃德博尔德学得快，但埃德加好像是在我开口之前就已经明白我要说什么了。"这是真的。有的人没有碰过乐器，比如管乐器或者里拉琴①，但他一旦拾起便能上手，几分钟就能弹出一个调子来。埃德加在造船上就有这种直觉，造房子也是。他会说"这样的船会往右舷倾斜的"，或者"那样的屋顶会漏水"。他说的总是对的。

　　现在，他解开了拴着自己造的那艘船的绳子，把它推下了海滩。海浪撞击着海岸，盖住了船壳刮擦沙子的声音。

　　一阵少女般的咯咯笑声把他吓了一跳。繁星点点的夜空之下，他看到有个裸体的女人躺在沙滩上，一个男人趴在她的上面。也许埃德加知道他们是谁，但此刻看不清楚人脸。他马上将视线移向别处，不想认出他们来。他猜他的出现肯定让这两个非法幽会的人吃了一惊。那个女人看上去很年轻，也许那个男人已经结婚了。神职人员会谴责这样的行为，但人们并不总是循规蹈矩。埃德加没有理会那对男女，只是将自己的船推向水面。

　　他回过头朝自家房子看了一眼，内疚感涌上心头，他不知道自己还会不会再见到它。这是他记忆中唯一的家。他知道自己还有过其他的家，因为有人跟他说过，他是在一个叫作埃克塞特的地方出生的。他的父亲是那里的造船匠。之后，还在襁褓之中的埃德加就随家人搬到了库姆安家。爸爸在此地接到了制造一条带

① 里拉琴，也被称为莱雅琴，是西方最早的拨弦乐器。——编者注（本书中注释如无特别说明，均为编者注）

桨船的生意，并且开创了自己的事业。但这些埃德加已经不记得了。这里就是他记忆中唯一的家，现在，他要永远地离开它了。

他很幸运，在其他地方找到了工作。埃德加九岁的时候，维京海盗袭击了英格兰南部，此后，商业发展便放慢了脚步。掠夺者近在咫尺，贸易和捕鱼成了危险行业，只有胆大的人才会购买船只。

星空之下，目前港口停泊着三艘海船：两艘鲱鱼渔船和一艘法兰克商船。被人拖到海滩上的还有几艘手工制造的河船以及沿海船。其中一艘渔船是他参与建造的。但他记得以前港口通常会停着十几艘船，或者更多。

西南方向的微风持续不断，他感觉清爽不已。他的船有一面船帆，很小一面，因为船帆太珍贵了：一艘出海船所需的正常尺寸的船帆需要花费一个女人四年的时间才能制作完成。而为了一次短途旅程，扬帆穿越海湾其实并不值当。他开始划桨，这对他而言是小事一桩。埃德加肌肉强壮，像个铁匠，他的父亲和哥哥也是这样。每周六天，从早到晚，他们举着斧子、锛子和钻子干活，将橡树干劈成适用于制造船壳的形状。虽然工作强度很大，但这样的重活让他们成了强壮的男人。

他的心提了起来。他成功地离开了家。现在，他要去见自己心爱的女人了。夜空中星光熠熠，海滩上闪着白色的光，当他的船桨破开水面，那卷曲的泡沫就仿佛她的头发落在肩上。

她叫森吉芙，昵称是森妮。她方方面面都与众不同。

在滨海地带，他能看到许多经营场所，大多是渔夫和商人的工作地点：那里有为船只提供抗锈部件的锡匠铺；有焦油制造商的窑，他们将松树原木放在火里烘烤，这一过程中产生的黏质液体是造船商所用的防水材料。从水上看，这座城市总是要显得大很多：这是几百个居民的家，他们直接或间接地做着每洋生意。

埃德加越过海湾，往他的目的地看去。即便森妮就在那里，在黑暗之中，他也不会看见她。但他知道她不在那里，他们约的是黎明时分见面。不过，他还是情不自禁地盯着那个她很快就会到达的地方。

森妮二十一岁，比埃德加大三岁。那天，他坐在海滩上，注视着那艘维京海盗船的残骸，便被她吸引了目光。他一眼就认出了她——当然，小镇上的每个人他都认识。但是在那之前，他并没有特别注意到她，也不记得关于她家人的任何事。"你是和这块船骸一起被冲上来的吗？"她说，"你坐得一动不动的，我还以为你是一块漂流过来的木头呢。"她一定很有想象力，他从她这句不假思索的话里一下子就能听出来。他向她解释了这艘船的线条令他迷恋的地方，她应该是明白他描述的感觉的。他们聊了一个小时，他就爱上了她。

然后森妮告诉他，她已经结婚了。一切却已经晚了。

她的丈夫辛纳里克三十岁。她十四岁的时候嫁给了他。辛纳里克拥有一小群奶牛，森妮每天负责乳品经营。她很精明，为她的丈夫赚了许多钱。他们没有孩子。

很快，埃德加就发现森妮恨自己的丈夫。他每天傍晚挤完奶，就会跑到一家名叫"水手"的酒馆里喝个大醉。而每当他去了酒馆，森妮就会偷偷溜到树林里见埃德加。

不过，从现在开始，他们不会再偷偷摸摸的了。今天他们就会一起私奔，或者准确地说，是驾船私奔。在沿海五十英里[①]处

---

① 1英里，约合1609.344米。

的一座渔村里，埃德加得到了一份工作和一所房子。他幸运地找到了一位正在招人的造船匠。埃德加没有钱，他从来都身无分文，妈妈说钱没有用。不过船上的一个储物柜里放着他的造船工具。他们可以开始新的生活。

等大家发现他们已经离开时，辛纳里克就会重获自由，可以再次娶妻了。如果一个妻子跟另外一个男人私奔，实际上就等于跟原来的丈夫离婚了，教会可能不会赞同这一点，但习俗就是如此。森妮说，几周之内，辛纳里克就会跑到乡间，到一个极度贫困的家庭里找个漂亮的十四岁女孩儿。埃德加很好奇这个男人为什么想要个老婆，因为根据森妮的说法，他对性并没有太大兴致。"他就喜欢找个人来任由自己摆布一下。"她说，"我的问题是我已经长大，足以鄙视他了。"

辛纳里克是不会来追他们的，即便他知道他们在哪里，他也不会。事实上，此后他也不太可能会知道他们在哪里。"假如我们判断错了，辛纳里克真的来找我们了，我会把他打个半死。"埃德加说。森妮听到这句话时的表情告诉他，她觉得他不过是傻子吹牛皮，他也知道她这么想是对的。于是埃德加匆忙补充道："不过他没什么可能会真的来。"

埃德加到达了海湾的另一边。他将船靠岸，拴在一块巨石上。

他能听见修士们在念祷文。修道院就在附近，辛纳里克和森妮的家就在那后面的几百码①处。

埃德加坐在沙地上，望着漆黑的大海和夜晚的天空，想念着森妮。她可以像他一样轻轻松松就逃出来吗？要是辛纳里克醒

---

① 1码，约合0.9144米。

了，不让她走怎么办？他们肯定会吵上一架，那样她就会被他打一顿。想到这个，埃德加突然想改变计划了，他从沙滩上站了起来，准备跑到森妮家去接她。

他努力克制住自己的冲动，相信她一个人能行。辛纳里克肯定是喝醉之后呼呼大睡了，而森妮就像猫一般迅捷。按照计划，她睡觉的时候会在脖子上戴好唯一的首饰：一块挂在小皮绳上的、雕工精细的银色圆形饰物。她已经在腰包里装好了针和线，还有用于特殊场合的、缝了刺绣的亚麻束发带。就像埃德加一样，一会儿的工夫，她就能静悄悄地从家里离开。

很快，她就会到这儿来，她的双眼会闪着兴奋的光，她灵巧的身体渴望着他的身体。他们会抱在一起，紧紧相拥，热烈地互吻。随后，她会走到船里，他把船推向水面，推向自由。他想，他要先划一小段距离，再接着吻她。他们该怎么做爱呢？她会跟他一样等不及的。他会绕过岬角，将绑好的石块扔进水里作为船锚，接着他们就能躺在船上，在座板底下做爱。这有点别扭，但那又怎么样呢？船会在浪间轻轻摆动，随后，他们就会感觉到升起的太阳温暖地照在他们裸露的身体上。

不过，也许更加聪明的做法是，扬起船帆，先驶往离城镇更远的地方，以免被人中途拦截。埃德加希望用一整天来逃得远远的。但森妮近在咫尺，她看着他，对着他开心地笑，他实在难以抵住诱惑。然而保护他们的将来更加重要。

他们决定，等到了新家，就跟别人说他们已经结婚了。直到现在，他们还没有同床共枕过。从今天开始，他们每天傍晚会一起吃晚餐，整夜躺在对方的手臂上，到了清晨，向对方露出会意的微笑。

埃德加看见地平线上出现了一道微光。天将破晓。森妮随时会出现。

只有当他想到自己家人的时候，才会感到悲伤。没有两个哥哥，他一样能幸福地生活，他们对待他就像对待一个蠢小孩一样。他已经比他们聪明了，但他们还要假装没这回事。然而，他想念爸爸，爸爸一辈子都在跟他讲他永远不会忘记的话，比如"无论你将两块木板嵌接得多么好，它们的接合处总是最脆弱的部分"。还有，想到要离开妈妈，他的泪水涌上了眼眶。她是个强大的女人，生活中出现问题的时候，她不会浪费时间哀叹命运，而是马上去将事情摆正。三年前，爸爸发了高烧，差点儿死掉，妈妈扛起了这个家，她告诉三个儿子应该怎么做、怎么催债、如何保证客户不取消订单，直到爸爸康复。她不仅是一家之主，更是一位领导者。爸爸是库姆的十二位长老之一，而当大乡绅威格姆试图提高租金时，带着镇上的人们一起进行抗议的是妈妈。

想到离开，他心中痛苦难忍，然而一想到自己能跟森妮永远在一起，这喜悦又把痛苦消解掉了。

微光之下，埃德加在水面上发现了一些奇怪的东西。他的视力不错，他已经习惯了去辨认远处的船只，在浪头很高或者云层很低的状况下，区分船壳的形状。可是现在，他不太确定自己看见的是什么。他竖起耳朵倾听远处的声音，却只能听见浪花打在自己眼前的沙滩上。

心怦怦跳了几声后，他仿佛看到了一个怪物的头颅，令他不寒而栗。在天空昏暗的光线下，他觉得自己看到了尖尖的耳朵、巨大的下巴和长长的脖子。

过了一会儿，他意识到自己看到了比怪物还要可怕的东西：

一艘维京海盗船，在它长长的曲线型船首顶部是一条龙的头。

另外一艘维京船出现了，然后是第三艘、第四艘。疾速的西南风吹动着绷紧的船帆，轻盈的船只迅速地在浪间驶过。埃德加一跃而起。

维京海盗是贼，是强奸犯和杀人犯。他们会向海岸和河流上游发起攻击。他们会放火烧了城镇，偷走他们能带走的一切，然后杀掉除了年轻男女之外的所有人；至于年轻男女，则会成为他们的奴隶。

埃德加又犹豫了一阵子。

现在他能看到十艘船了，也就是说，大概有五百个维京海盗。

这真的是维京海盗船吗？其他造船的人也采用过他们的创意，模仿过他们的设计，埃德加自己就这么干过。但他能够看出两者的区别：斯堪的纳维亚的船里总是藏着令人恐惧的威胁，而这一点，没有人能够模仿。

而且，有什么人会在黎明时分大规模地驶向海岸呢？没有。毫无疑问，他们就是维京海盗。

库姆将遭遇地狱般的灾难。

他必须提醒森妮。如果他能够及时找到她，他们还是可以逃开的。

埃德加内疚地意识到，遇到这样的事情，他的第一反应竟然是森妮，而不是他的家人。他也必须去提醒他们。可是他们在小镇的另一侧，他得先找到森妮才行。

埃德加转身沿着海岸跑去，往前方寻找着可以暂时躲一下的障碍物。过了一阵，他停了下来，往海湾望去。维京海盗船正在高速行驶，这速度令他感到恐惧。海盗已经点燃了火炬，很快就要到达岸边，有些火炬的光映照在摇曳的水面上，有一些则被带到了沙地上。他们已经登陆了！

但是他们悄无声息。埃德加能够听见修士在祈祷，他们没有察觉到自己即将面临的命运。他也应该提醒他们。但他没办法提醒所有人！

也许他可以。埃德加看到了修道院的塔，塔在逐渐发亮的天空下显出了轮廓，他找到了一个提醒森妮、他的家人、修士和整座城镇的办法。

他掉转方向，朝修道院跑去。漆黑的前方是一道低矮的栅栏，他没有放慢速度，便直接跃了过去。跳到另一头的时候，他被绊了一下，但他马上保持了平衡，继续奔跑。

埃德加来到教堂的门口，回头往后看。修道院所处的地理位置较高，他能够在这里看到整个城镇和海湾。几百个维京海盗踩着飞溅的水越过浅滩，登上海岸，进入城镇。他看到一个茅草屋顶上干枯的稻草起了熊熊大火；随后，另一个屋顶也着火了，接着又一个。他认识镇上所有的房子和主人，然而在昏暗的光线下，他分不清楚哪儿是哪儿，他忧心忡忡地想，自己的家是不是也着火了？

他猛地打开教堂的门。教堂中殿由彻夜通明的烛光点亮。修士的吟唱变得断断续续，因为他们有人看见他跑进来，然后跑到了塔底下。他看见悬吊下来的绳子，于是抓住它往下拉。令他沮丧的是，钟声没有响。

其中一位修士离开人群，大步向他走来。修士剃得光秃的头顶被一圈白色的卷发包围着，埃德加认出了这是乌尔夫里克院长。"赶紧离开这里，你这个蠢小孩。"院长愤怒地对他说。

埃德加来不及解释。"我要把钟敲响。"他疯了似的说，"这钟是怎么回事？"

仪式突然暂停，所有修士都看着他。第二个人来了，他是司厨梅尔允，他年轻一些，态度没有乌尔夫里克那么傲慢。"怎么了，埃德加？"他问。

"维京海盗来了！"埃德加大喊。他又拉了一下绳子。他以前从来没有敲过教堂的钟，它的重量令他吃惊。

"啊，不！"乌尔夫里克院长喊道。他一脸苛责的表情变得惊恐："上帝救救我们！"

梅尔允说："你确定吗，埃德加？"

"我看见他们从海滩上过来了！"

梅尔允跑到门口往外看，回来的时候已经面色惨白。"是真的。"他说。

乌尔夫里克尖叫一声："快跑啊，各位！"

"等等！"梅尔允说，"埃德加，你继续拉这条绳子。还得再扯几下，钟才会响。把你的两只脚抬起来，一直抓着绳子，坚持一会儿。其他人听着，海盗马上就要来了。跑之前把东西带上，装着圣人遗骨的圣物盒，还有珠宝首饰和书，然后跑到树林子里去。"

埃德加抓着绳子，两只脚离开地面，过了一阵，他就听见钟声轰然鸣响。

乌尔夫里克抓起一个银十字架，然后冲了出去，其他人在后面跟着。有些人冷静地收拾宝贵的物件，有些人惊慌失措地大声叫喊。

教堂的钟开始摇摆，随后一遍遍地发出了响声。埃德加用他全身的力量，疯狂地拉着绳子。他想要每个人都马上明白，这阵钟声不是用来唤醒睡梦中的修士的，而是面向全镇的警报。

过了一会儿，埃德加确定自己已经敲得够久了。于是，他让绳子继续悬吊，自己冲出了教堂。

茅草屋顶烧焦的味道刺激着他的鼻孔，清爽的西南风正让火势以可怕的速度蔓延。同时，日光越来越亮，镇上的每个人都在往屋外跑，手里抓紧婴儿和小孩，以及一切对他们来说有价值的物件：工具、鸡肉、装着硬币的皮包。跑得最快的人已经穿过了田野，往树林里去了。他们能逃过一劫，埃德加心想，真是多亏了那座钟。

埃德加朝着与人流相反的方向走，避开他的朋友和邻里们，往森妮家的方向走去。他看见了那个面包师，他本该早早地守在烤炉旁，现在他却背着一袋面粉跑出了家。那家叫作"水手"的酒馆依然安静，即便响起了警报，酒馆里的人仍然拖拉着起身。珠宝匠威恩在自己后背绑上一只储物箱，准备骑马离开，但那匹马受了惊吓，他便用手臂夹住它的脖子，使劲地往前赶。一个叫格里夫的奴隶抱着一个老女人，那是他的主人。埃德加扫过每个从他身边经过的人的脸，看看森妮是否身在其中，但是他没有看见她。

然后，埃德加就遇到了维京海盗。

领头的是十二个身材高大的男人和两个相貌吓人的女人，他们全穿着皮坎肩，配有斧子和长矛作为武器。埃德加的恐惧涌上了喉咙，像是要呕吐出来。他发现海盗们没有戴头盔，他们并不需要那么多的保护——他们不像镇上的人那般柔弱。有的海盗手里拿着战利品：一把柄上镶着珠宝的剑，明显不是用来作战，而是用来展示的；还有一个钱袋、一件裘皮长袍、一副昂贵的马鞍，配有裱以镀金青铜的马具。有个海盗领着一匹白马，埃德加认得出来，那马本属于那艘鲱鱼渔船的主人；另一个海盗在肩上扛着一个姑娘，令埃德加庆幸的是，那不是森妮。

他往后退，但维京海盗继续往前，他不能逃，因为他必须找到森妮。

镇上有些勇敢的人开始抵挡海盗前进的脚步。这些勇敢的人背对着埃德加，所以埃德加不知道他们是谁。有些人拿着斧子和匕首，还有一些人握着弓和箭。随着几声心跳，盯着前方的埃德加目瞪口呆地看到锋利的刀刃刺进活生生的人体里，受伤的人在疼痛中发出了牲畜般的号叫，整个城镇弥漫着大火灼烧的气味。埃德加平生遇到过的暴力事件只有一个好斗的小伙和醉酒的男人之间发生的冲突。眼前之事，他前所未见：鲜血喷涌，内脏外溢，周围是痛苦和恐惧的尖叫。他吓得僵住了。

库姆的商人和渔夫不是这些从小生活在暴力之中的袭击者的对手。当地的人们转瞬之间就被砍倒，维京海盗继续前进，领头的人后面还跟着越来越庞大的队伍。

埃德加恢复了知觉，他在一所房子后面躲着。他必须逃出维京海盗的视线，但他还不至于害怕得忘了森妮。

袭击者沿着主街，继续追赶从这条道路上逃跑的人们。不过房子后面没有维京海盗。每所房子有大概半英亩的土地：大多数人种有水果树和蔬菜园，富裕一些的则拥有鸡舍和猪圈。埃德加从一个后院跑到另一个后院，前往森妮的家。

除了有片奶场，森妮和辛纳里克的房子与别家无异。那是一座由筑墙泥建造而成的单坡屋顶屋子，筑墙泥由沙子、石头、陶土和稻草混合而成，屋顶是薄薄的石瓦，目的是让里面保持清凉。这座建筑就在一片小牧场的边缘，小牧场则用作喂养奶牛。

埃德加走到那所房子前，猛地把门打开，冲了进去。

他在地上看见了辛纳里克，他长着黑色头发，身材矮胖。这里已经遭到了突袭，他身体周围的灯芯草已被鲜血浸透。他一动不动地躺着，脖子和肩膀之间的伤口已经不再流血，埃德加确定，辛纳里克已经死了。

森妮那条有着棕色和白色毛发的狗布林德尔站在角落里，就像所有受了惊吓的狗那样，它在颤抖，并在大口喘气。

可是，森妮呢？

森妮家后面有一扇通往奶场的门。此时，门开着，埃德加往前走过去，他听见了森妮的叫喊声。

埃德加走进奶场。他看见一个高大的、长着黄色头发的维京海盗的背影。这里发生过争斗：一桶牛奶洒在了石头地板上，喂养奶牛的长食槽被打翻了。

埃德加马上就看到那维京海盗的对手正是森妮。她那张晒得黝黑的脸怒不可遏，嘴巴大张，露出雪白的牙齿，乌黑的头发飞舞着。维京海盗手里拎着一把斧子，但他没有用它，他正用另一只手与森妮搏斗，要将她按在地面。她拿着一把厨房的刀，向他发起攻击。很明显，海盗不想杀她，而是想俘获她，一个健康的年轻女人会是非常有价值的奴隶。

他们都没有看到埃德加。

埃德加还没来得及动，森妮就往维京海盗的脸上划了一刀，鲜血从海盗脸颊深深的伤口里喷了出来，他疼痛得大声吼叫。暴怒之下，海盗扔掉斧子，双手抓住她的肩膀，将她甩在地上。森妮重重地摔倒了，埃德加听见一声可怕的巨响，她的脑袋撞在了门槛的石阶上。令他惊恐的是，她似乎失去了意识。维京海盗一只膝盖跪在地上，从自己的坎肩里拿出一条皮绳，很明显是要把森妮吊起来。

他一转过头，就看见了埃德加。

维京海盗的脸色马上警惕起来，他伸手去拿自己掉在地上的武器，但已经太晚了。在他碰到斧子之前，埃德加已经抓起了它。这柄武器跟埃德加之前砍树用的工具非常相似。埃德加抓起斧柄，在他的思绪里，他注意到这把斧柄和斧头之间有着妙不可言的平衡性。他后退几步，维京海盗伸出手，却没有碰到他。那海盗准备站起身来。

埃德加绕了一个大圈，然后抢起斧子。

他把斧子举在身后，举过头顶，捶了下来，迅速、有力而准确，形成一条完美的曲线。锋利的刀刃精准地落在那男人的头顶上。斧子切开了他的头发、皮肤和头骨，深深地切入了他的大脑，瞬间脑浆四溢。

埃德加惊恐地发现，那个维京海盗并没有马上死亡，而是仍然挣扎着要站起来。过了一会儿，他的生命才像被掐灭的烛光那样，渐渐消散。埃德加四肢瘫软，猛然倒地。

埃德加放下斧子，跪在森妮身边。她的眼睛是睁着的，盯向上方。他低声叫着她的名字。"跟我说话。"他说。他拉着她的手，抬起她的手臂，它们都是瘫软的。他亲吻她的嘴，发现她已经没有了呼吸。他感受着森妮的心跳，把手放在他所倾慕的那柔软双乳的曲线之下。他的手一直放在那里，急切地等待着。他哭了出来，因为他发现那里已经没有心跳了。森妮死了。她的心脏再也不会跳动了。

他难以置信地、久久地盯着她看，心中怀着无限的温柔；他用他的指尖触碰她的眼睑，轻轻地抚摸着，仿佛担心会伤害到她。然后，他合上了她的双眼。

他的身体缓慢地向前俯去，直到脑袋靠在她的胸脯上。他的眼泪浸湿了她那件棕色的羊毛家纺长裙。

不消多久，埃德加的胸中就充溢着对夺去森妮性命的那个男人的狂怒。他跳了起来，抓住斧子，开始往维京海盗死去的面孔一顿乱劈，将海盗的前额捣碎，双眼切片，下巴剐开。

但这个动作只持续了一阵，埃德加就意识到自己做的事情是多么可怕而绝望。他停下来时，听见外面有人在大喊，那人使用的语言跟他的类似，但又不太一样。他突然想起自己正处于危险之中。他可能很快就要死了。

我不管了，死就死吧，他想。但是这种心绪只持续了一小会儿。如果他再遇到一个维京海盗，他自己脑袋的下场可能就跟他脚下这个男人的一样了。尽管处于悲痛之中，想到自己可能会被乱斧劈死，但埃德加依然能感到恐惧。

可是他该做什么？他担心自己被人发现在奶场里，身旁还有一具呼喊着要复仇的受害者尸体；但如果他往外跑，他肯定会被海盗抓住，然后被杀。他拼命往四周看，他应该躲在哪里？他的目光落在那个翻转的食槽上，那是个粗糙的木制用具。把食槽整个翻转过来，然后躲在里面，那空间对他来说已经足够了。

他躺在石头地板上，把食槽拉过来盖住自己。再想了想，他又从里面抬起食槽边缘，抓过斧子，又藏了进去。

一些光线透过食槽之间的木板照了进来。埃德加仍然安静地躺着、倾听着。木板盖住了些声音，但他还是能听见外面不少喊声和尖叫。他胆战心惊地等待着，维京海盗随时可能走进来，好奇地掀开食槽来看看底下是什么。埃德加下定决心，一旦这样的事情发生，他就立刻用斧子把那人杀死；但是他有很大的劣势：他躺在地上，而他的敌人站在他的上方。

他听见有条狗在哀号，他知道布林德尔肯定站在了食槽旁，"走开。"他小声地说。他的声音让狗更起劲了，它哀号的声音更大了。

埃德加骂了起来，他抬起食槽边缘，伸出手去，把狗拉进来跟他一起躲着。布林德尔趴进去，不出声了。

埃德加等待着，倾听外面屠杀和毁灭的声音。

布林德尔开始舔斧头刃上维京海盗的脑浆。

* * *

埃德加不知道自己在里面待了多久。他开始感到有些温暖，估计太阳已经当空了。最后，外面的声音变得越来越少，但埃德加不确定维京海盗是不是全走了，每次他打算往外看，都会改变主意，觉得还不到冒险的时候。然后他再次想到森妮，又哭泣一遍。

布林德尔在埃德加身旁打着瞌睡，时不时还会在睡梦中呜咽几声，颤抖一下。埃德加在想，这狗是不是在做噩梦。

有的时候埃德加也会做噩梦，梦见自己在一条正沉没的船上、一棵正往下倒的树上，或者在一场森林大火中逃难。当他醒过来时，他会大松一口气，强烈的宽慰感会让他想痛哭一场。现在他想，维京海盗的这场攻击也许只是个噩梦而已，他随时可能会醒来，发现森妮依然活着。但是他没有醒来。

最后，他听见外面的人们清清楚楚地讲着盎格鲁-撒克逊语。他仍然犹豫了一下。说话的人听上去是遇到了麻烦，而不是在恐惧些什么；他们正经受着悲痛的折磨，而不是在为自己的性命担忧。这肯定意味着维京海盗已经走了，埃德加这样推断。

海盗抢走了他多少朋友去当奴隶？他们留下了多少他邻里们的尸体？他的家人还在吗？

布林德尔发出了一阵希望的叫声，然后站了起来。在这个有限的空间里，它不能完全站起来，但明确的是，它感觉现在已经很安全，可以走动了。

埃德加抬起食槽，布林德尔走了出去。埃德加从底下翻了个身，拿着斧子出来了。他把食槽放回地面，站了起来，由于长时间躲在里面，他感到四肢酸痛。他把斧子挂在腰带上。

然后埃德加往奶场的门外看去。

整个镇子已经不见了。

他一下子没有明白过来。库姆这个地方怎么会消失了呢？不过他当然知道它是怎么消失的。几乎所有的房子都被烧毁了。其中一些还在冒着烟。砖石结构的建筑仍然矗立，埃德加花了好一阵子才将它们辨认出来。修道院有两座石头建筑：一座教堂和一栋两层的大楼，大楼底层是用餐室，二层是寝区。石头建造的教堂还有另外两座。珠宝匠威恩的家也是用石头建造的，因为这样才能防止盗窃。埃德加也认出了威恩的家，但这可没以前那么容易了。

辛纳里克的奶牛幸存了下来，它们害怕地成群挤在围起来的牧场中央。奶牛固然珍贵，但埃德加思量，维京海盗不会带它们上船，因为它们太笨重、太闹腾。就跟所有的窃贼一样，他们更喜欢现金，以及那些小巧的、高价值的东西，比如珠宝。

人们站在这废墟之前，一脸茫然，几乎说不出话来，只能发出单音节的叫声，表达着悲伤、恐惧和困惑。

又有一些其他船在海湾抛了锚，但维京海盗已经开船走了。

最后，埃德加允许自己再看一眼躺在奶场的尸体。那个维京海盗已经辨认不出人样了。埃德加想到这件事竟然是自己做的，感到有点奇怪。这简直难以置信。

森妮看上去平静得惊人。从表面上看不出致她死亡的头部伤害。她的眼睛半睁着，埃德加再次将它们合上。他跪下来，再次试图感觉森妮的心跳，但他知道这样很傻。她的身体已经冰冷。

他应该做什么？也许他可以帮助森妮的灵魂进入天堂。修道院仍然矗立着。他可以带她去修士们的教堂。

埃德加用双臂把森妮抱了起来。抱起她比他想象的要费力得多。她很苗条，他很强壮，可是她一动不动的身体却没办法让他保持平衡，他得把她使劲压在自己的胸口上，才能挣扎着站起来，他本不想那么用力的。埃德加粗暴地把她抱起来，却知道她已经感觉不到疼痛，她已经死去的事实再一次赤裸裸地摆在他的面前，他又哭了起来。

埃德加走进屋子，经过辛纳里克的尸体，走出了门。

布林德尔跟在他的后面。

似乎已经到了下午三点，尽管天色难以辨认：天空中仍然飘着灰烬，它们随着余火中的烟雾洒在空气之中；人们还能闻到活人被火烧了之后那令人作呕的气味。幸存下来的人惶惑地看着周围的景象，仿佛不明白到底发生了什么。大多数人从树林里回来，有些人在赶着牲畜。

埃德加往修道院的方向走。森妮的重量已经开始让他的双臂生疼，但他倔强地享受着这种痛。然而令埃德加苦恼的是，森妮的双眼怎么也闭不上。他想看到她是一副睡梦中的模样。

没什么人能注意到他，人们正在经历自己的悲剧。他到了教堂，走了进去。

不只是他一个人想到了教堂。教堂的中殿躺着一排人体，人们守在一旁，要么站着，要么跪着。乌尔夫里克院长朝埃德加走来，一副心烦意乱的样子，用专横的语气说道："死的还是活的？"

"是森吉芙，她死了。"埃德加答道。

"死人放在东边，"乌尔夫里克说，他已经忙得不可开交，温和不起来，"受伤的人放在中殿。"

"您可以为她的灵魂祈祷吗？"

"别人什么待遇，她就是什么待遇。"

"是我发出了发现海盗的警报，"埃德加抗议道，"也许我还救了您一命。请您为她祈祷吧。"

乌尔夫里克没有回答，快步离开了。

埃德加看到那位梅尔允修士正给一个伤者的一条腿缠上绷带，伤者哀号着。等梅尔允终于站起身来，埃德加对他说："您可以为森妮的灵魂祈祷吗？"

"当然可以。"梅尔允说，然后他在森妮的前额处画了一个十字。

"谢谢您。"

"现在，把她放到教堂的东面吧。"

埃德加沿着中殿，经过祭坛往前走。教堂的另一边，大概有二三十具尸体整齐地排列在地面上，悲痛的亲属们在一旁注视着他们。埃德加轻轻地把森妮放在地上。他摆直她的双腿，将她的手放在胸前，用自己的手指抚平她的头发。他希望自己是个司铎，可以亲自来照顾她的灵魂。

他在她身旁跪了很长时间，看着她那张一动不动的脸，他努力接受她再也不会对自己回眸一笑的事实。

最后打断埃德加思绪的是那些在世的人。自己的父母还在吗？自己的哥哥们被海盗抓去当奴隶了吗？仅仅几个小时之前，他还打算永远地离开他们。现在他却开始需要他们了。没有了他们，他在世界上将孤身一人。

埃德加又陪了森妮一小会儿，然后离开了教堂，布林德尔跟在后面。

到了外面，他一时不知道该往哪儿走。于是他决定回家。当然，他的家可能已经不在了，但也许他还能找到家人，或者找到他们遭遇了什么的线索。

最快的方法就是沿着海滩走。埃德加希望往大海方向走的时候能够找到自己靠岸的船。他停靠船的位置离镇上最近的屋子有一定距离，所以它很有可能没被烧毁。

在埃德加到达海岸之前，他遇到了自己的母亲，她正从树林里出来往镇上走。当他看到她强健而刚毅的身体正迈着大步，果断地往前走时，他松了口气，全身软了下来，感觉要倒在地上。母亲手里正拿着一口古铜色的饭锅，也许这是她唯一保住的家里的东西了。她的脸上挂着悲伤，但双唇紧闭，呈一条直线，决心坚定。

当她看到埃德加的时候，神色变得喜悦。她张开双臂抱住他，脸压在他的胸前，哭泣着说："我的孩子，噢，我的埃迪①，感谢上帝。"

他闭上双眼抱着她，心中涌动着对她从未有过的深情感激。

过了一会儿，他往她的肩膀上方看去，看到了埃尔曼。他跟妈妈之前一样阴郁，但他的神色与其说是坚决，不如说是执拗；埃德加还见到了埃德博尔德，他长得英俊，脸上有雀斑。但他看不见他们的父亲。"爸爸呢？"埃德加说。

埃尔曼说："他让我们先跑，他自己留在那里保护船坞。"

埃德加想说：那你们就把他这样留下了？但现在不是吵架的时候，而且，埃德加自己不也把他留下了吗？

妈妈放开了手。"我们现在回家，"她说，"看看那里还剩了什么。"

他们往海岸走去。妈妈大步快速往前走，等不及想知道真相，无论是好是坏。

埃尔曼责备地说："你跑得够快的啊，小弟，你怎么不把我们叫醒？"

"我把你们叫醒了，"埃德加说，"我敲了修道院的钟。"

"你才没有。"

看样子，埃尔曼是想吵架。埃德加看往别处，一言不发。他不在乎埃尔曼在想什么。

当他们到达海滩时，埃德加看见他的船已经不见了。当然，维京海盗已经抢走了它。他们认得出哪种是好船。而且把它运走

---

① 埃迪，埃德加的昵称。

也容易，把它绑在他们其中一条船的船尾，拖走就行。

这真是个巨大的损失，但埃德加并不为此心痛。跟森妮的死比较起来，这实在微不足道。

沿着海岸走的时候，他们遇见了一个孩子和他的母亲，孩子的年纪与埃德加相当，而那个母亲已经死了。埃德加在想，也许她是因为试图阻止维京海盗把她的儿子抢去当奴隶，所以才被杀的。

几码之外还有一具尸体，远处又有一具。埃德加仔细辨认每个死人的脸：他们全是埃德加的朋友和邻里，但是爸爸不在里面。于是，埃德加小心翼翼地在心里祈祷父亲活了下来。

他们回到了家。整座屋子只剩下一个火炉和立在上方的铁三脚架。

废墟的一侧是父亲的尸体。妈妈带着惶恐和悲痛大叫了一声，便跪在了地上。埃德加也跪在她的身旁，用手搂住她颤抖的肩膀。

爸爸的右臂在肩膀处被砍断了，看上去是被斧头砍的，估计父亲是流血至死。埃德加想到那条手臂所具有的力量和技法，不由得落下愤怒的泪水。

他听见埃德博尔德说："看看院子。"

埃德加站起来，擦干眼泪。一开始，他不太知道自己看见的是什么，于是他又揉了揉眼睛。

院子已经被烧毁了。正在建造的船和储存下来的木材已经成为灰烬，那桶焦油和绳子的命运也一样。唯一剩下的是他们用来磨利刀具的磨刀石。那堆灰烬之中，埃德加能辨认出几块已经烧焦的骨头，很小，不像是人的骨头，他猜，可怜的老狗格伦德尔一定是在这里被活活烧死，烧到只剩拴它的铁链了。

那片院子曾经是这个家庭所有的财富。

埃德加意识到他们失去的不仅仅是院子，还有他们的生存手段。即便有客户想下订单，让三位学徒造一艘小船，他们也已经没了木头，造不出来。没了工具，削不了木头；而没了钱，他们连需要的任何东西都买不到了。

也许妈妈的钱包里还剩了一些银便士，但整个家除此之外再无其他。平时多出来的钱，通常爸爸会用来买木材。他总说，好的木头比银币要好，因为木材不好偷。

"我们什么也没剩下，没办法谋生了，"埃德加说，"我们到底该怎么办啊？"

第二章

九九七年，六月十九日，星期六

夏陵的温斯坦主教在山坡顶上扼住了马的缰绳，他往下看着库姆。那座城镇已经不剩下什么了，夏日的阳光照耀在灰色的荒地之上。"比我预料的还要糟糕。"他说。港口还有几艘没被毁坏的海船和小船，那是唯一一带有希望的迹象。

他的弟弟威格姆在他身边，说："每个维京海盗都应该被活活烤死。"他是大乡绅，一位持有土地的掌权人物。他比三十五岁的温斯坦小五岁，且非常易怒。

不过这一次，温斯坦同意他的说法。"要慢慢地烤。"他说。

他们同父异母的哥哥听见了他们的对话。他叫威尔武夫，通常人们叫他威尔夫，按照习俗，兄弟的名字的发音一般要相似。他今年四十岁，是他们之中最年长的。他是夏陵的郡长，也掌管着英格兰西部的一些区域，其中就包括库姆。他说："你们之前从来没有见过维京海盗突袭之后的城镇，就是眼前这个样子。"

他们骑着马，走进这座已被摧毁的城镇，身后跟着一小队武装士兵。温斯坦知道，人们很难不注意到他们——三个骑着上等马、穿着昂贵服装的高大男人。威尔夫穿着一件长度到膝盖的蓝色长袍和一双皮靴；威格姆的长袍与威尔夫的类似，不过他的是红色的；温斯坦的长袍是全黑的，长至脚踝，符合他的主教身份，不过衣料的编织工艺极好。温斯坦还戴着硕大的银色十字架，用一条皮绳系在脖子上。兄弟三人留着浓密的金色小胡子，但下巴上没有胡须，这是富裕英格兰男人的时尚装扮。威尔夫和威格姆都长着浓密的金色头发，温斯坦跟所有主教一样，头顶是剃光的。他们显得阔绰而身居高位，且事实也是这样。

镇上的人们忧愁地在废墟里走动，边挖边筛出自己家里的物件，废墟一旁堆起了他们找回的东西，却已不堪入目：铁制厨具已经变形，不成模样；骨头做成的梳子被火熏黑了；还有碎裂的饭锅和面目全非的工具。旁边的鸡在啄，猪在嗅，它们在废墟里找能吃的东西。已经熄灭的火散发出恶心的气味，温斯坦感觉透不过气来。

镇上的人们抬头看着这三兄弟，脸上燃起了希望。许多人一眼就认出了他们，没有见过他们的人也能从他们的外表看出他们是掌权人物。有些人跟他们打招呼，还有一些在欢呼和鼓掌。大家停下了手头的活，跟在他们后面。人们脸上的表情分明在说，这样有权势的人，肯定救得了他们吧？

兄弟三人在教堂和修道院中间的开阔场地上勒住了马。他们下马的时候，周围的小伙们争相为他们扶马。乌尔夫里克院长走出来跟他们打招呼，他白发上有几块黑色的烟尘。"阁下，这整座镇子都在绝望地等着你们救命呢。"他说，"人们……"

"等等！"温斯坦说，他的这一声让人群围了过来。他的两个兄弟对此并不吃惊：温斯坦已经事先跟兄弟二人讲过自己此行的目的。

人群静了下来。

温斯坦将脖子上的十字架取下，高高地举过头顶，然后转身，以仪式般的缓慢步伐走向教堂。

他的两个兄弟跟随着他，大家也都跟在后面。

他走进教堂，缓慢地迈上过道。他注意到了地上躺着的一排排伤者，但没有扭头去看。他经过人们时，那些身体可以动的人都向他鞠躬或者下跪，而他仍然高举着十字架。在教堂另一侧，他能看到更多的人体，但他们已死去。

当温斯坦到达祭坛时，他整个人拜倒在地，一动不动，脸朝地面，右手伸向祭坛，仍然高举着十字架。

他长久地保持着这个动作，旁边的人们静静地看着他。随后，他站起身，伸出双臂，做出恳求的姿态，大声地说："我们做了什么？"

人群发出一种声音，像是齐声的叹息。

"我们犯下了什么罪过？"温斯坦以责备的语气说，"我们为什么要蒙受此难？我们可以被原谅吗？"

他以同样的姿势继续宣讲，半是祈祷，半是布道。他需要向人们解释，这件事之所以发生在他们身上，是上帝的意志。维京海盗突袭，是对人们罪过的惩罚。

然而，温斯坦还有实际的事情要做，这场宣讲不过是个初步仪式，所以很快就结束了。"当我们重建这座城镇的时候，"他总结道，"我们立下誓言，要以双倍的努力，做一名虔诚的、卑微的、畏神的基督徒，以耶稣我主的名义。阿门。"

众人说："阿门。"

他站在那儿，转过身，向众人展示他那张布满泪痕的脸。他将十字架挂在自己的脖子上："现在，在上帝的见证下，我召唤我的兄弟威尔武夫郡长前来主持。"

温斯坦和威尔夫沿着教堂中殿并排走了出去，后面跟着威格姆和乌尔夫里克。他们走到了教堂外面，人们跟随着。

威尔夫向周围望去："我就在这里主持。"

"很好，阁下。"乌尔夫里克说。他朝一位修士打个了响指："您需要墨水和羊皮纸吗，郡长？"

威尔夫识字，但不会写。温斯坦与大多数高级神职人员一样，两样都会。威格姆两样都不会。

威尔夫说："我认为我们不需要写下什么东西。"

温斯坦的注意力被一位身材高挑的女人打断了，她穿着一条被撕烂的红色长裙，大概三十岁。尽管女人的脸颊上沾了些烟灰，但她的样貌依旧迷人。女人说话声很低，但温斯坦仍然能够听见她绝望的嗓音："您必须救我，主教阁下，我请求您。"她说。

温斯坦说："别跟我说话，你这愚蠢的婊子。"

他认识这个女人。她是梅根斯维奇，大家叫她马格丝。她住在一所大房子里，里面有十个或者十二个姑娘——其中一些是奴隶，另一些是自愿的——她们的工作就是与男人发生性关系，然后得到钱。温斯坦回答她的时候没看她一眼："在库姆，我不可能第一个同情你。"他说，他的声音很小，但急切。

"可是维京海盗把我的姑娘们和我的钱全抢走了！"

现在那些姑娘成为维京海盗的奴隶了，温斯坦心想。"这事我稍后跟你谈。"他含糊地说。随后，他提高了嗓音，让周围的人们都听见："滚到我看不见的地方，你这个肮脏的滥交者！"

她马上退开了。

两位修士抬着一张大橡木椅走了过来，放到开阔场地的中央。威尔夫坐了上去，威格姆站在他的左边，温斯坦站在他的右边。

镇上的人们慢慢在周围聚拢，兄弟三人担忧地低声交谈了一阵。他们的收入来源于库姆。在郡长管辖的区域，库姆是第二重要的城镇，第一是夏陵这座城市。每个家庭给威格姆付租金，而威尔夫也从中获取收益。每个居民还会给教堂缴纳什一税①，主教温斯坦从中获益。威尔夫从港口的进出口商品中征收关税；温斯坦从修道院获得收入；威格姆销售森林里的木材。两天前，这所有的财富付之一炬。

温斯坦一脸严肃地说："在之后的很长一段时间里，这里的每一个人没有办法再支付任何钱。"他必须节省开支了，夏陵并不是一个富裕的教区。他心想，如果我是坎特伯雷大主教，我根本不用担心：英格兰南部所有教堂的财富都会在我的掌控之下。但身为夏陵这个小地方的主教，他的权力是有限的。他在寻思自己怎样才能摆脱现在的局面。放弃欢愉是他万万不希望的事。

威格姆神色傲慢："其实眼前这些人有钱。只要你把他们的肚子切开，肯定能找到钱。"

威尔夫摇摇头。"别傻了。"他总是对威格姆说这句话，"他们大多数人什么也没有了。"他继续道："他们没了粮食，没钱去买任何东西，也没了任何挣钱的途径。等冬天来了，他们会去捡橡子做粥。这些在维京海盗突袭中幸存下来的人，迟早会败在饥饿之下。孩子会得病死掉，老人会摔断骨头，年轻有力量

---

① 什一税，欧洲基督教会向居民征收的宗教捐税。

的人会离开。"

威格姆表示不服："那我们能做什么？"

"如果我们聪明，就应该先降低自己的需求。"

"我们不能免掉他们的租金吧！"

"你这个蠢货，死了的人是不会交租的。如果幸存下来的一部分人能够继续捕鱼、制造或者做交易，也许在明年春天，他们可以继续交租。"

温斯坦表示同意。威格姆不同意，但他没说什么：威尔夫是最年长的，级别也比他高。

当人群站好，等着听威尔夫发言时，他说："现在，乌尔夫里克院长，告诉我们发生了什么事吧。"

郡长开始了主持。

乌尔夫里克说："两天前，破晓时分，维京海盗登陆此地，那时人人在睡梦之中。"

威格姆说："你们为什么不把他们赶走，你们这些胆小鬼？"

威尔夫举起一只手，以示安静。"一次说一件事。"他说。他转向乌尔夫里克，继续道："在我的记忆里，这是维京海盗第一次袭击库姆。你知道这个海盗团体是从哪里来的吗？"

"不，阁下，我不知道。也许这里的一些渔夫看到他们的舰队了。"

一位长着灰色胡须的魁梧男人说道："我们没有见过他们，阁下。"

相比两位兄弟，威格姆更了解镇上的人，他说："这是马库斯。他拥有镇上最大的渔船。"

马库斯继续说："我们认为维京海盗是在海峡的另一端，也就是诺曼底进港停泊的。据说他们在那个地方装备好，越过海面往这里发动突袭，然后把战利品卖给诺曼底人。上帝诅咒他们永世的灵魂。"

"似乎有理，但用处不大。"威尔夫说，"诺曼底的海岸线很长，我想，瑟堡应该是最近的港口了吧？"

"我想是这样的。"马库斯说，"据说，瑟堡是在一个长长的、伸进海峡的岬角上。但我自己没有去过那里。"

"我也没去过。"威尔夫说，"有哪个库姆人去过吗？"

"很久以前可能有人去过。"马库斯说，"现在我们不会到那么远的地方去探险。我们想避开维京海盗，不想碰见他们。"

这类谈话让威格姆很不耐烦。他说："我们应该集合一支舰队，开到瑟堡，把那个地方烧掉，就像海盗烧掉库姆那样！"人群中一些年轻男子大喊着表示赞同。

威尔夫说："如果谁想去攻击诺曼人，那肯定是对他们一无所知。记住，他们就是维京海盗的后代。现在他们可能已经接受了文明的改造，但依然难以对付。不然你觉得维京海盗为什么会来袭击我们，而不是诺曼人呢？"

威格姆被击垮了。

威尔夫说："我希望我对瑟堡有更多的了解。"

人群中的一位年轻人开口说话："我去过一次瑟堡。"

温斯坦饶有兴致地看着他："你是谁啊？"

"主教阁下，我叫埃德加，是造船匠的儿子。"

温斯坦仔细观察这个小伙子。他中等身高，但和一般的造船匠一样肌肉强健。他的头发是浅棕色的，脸上一缕胡子都见不着。他说话很有礼貌，但无所畏惧，显然，他没有被这三个人所处的高位吓倒。

温斯坦说："你为什么去瑟堡？"

"我父亲带我去的。他去派送一艘他造好的船。但那是五年前的事了。现在那个地方应该已经变了。"

威尔夫说："有点信息总比没有信息要好。你还记得什么？"

"那里有一座很好的大港口，可以停放很多海船和小船。当时它在休伯特伯爵的管辖之下，可能现在还是，他还没有老。"

"还有吗？"

"我记得伯爵的女儿叫蕾格娜，她有一头红发。"

"小伙子就会记得这种事。"威尔夫说。

大家笑了，埃德加脸红了。

埃德加提高音量，盖过笑声："那里还有一座石塔。"

"看看我刚才说了什么？"威尔夫对威格姆说，"那个地方有座石塔，很难攻进去的。"

温斯坦说："我可以提个建议吗？"

"当然。"他的哥哥说。

"我们是否可以跟休伯特伯爵结交？也许我们可以说服他，让诺曼底基督徒和英格兰基督徒联合起来，打败凶残的、敬畏奥丁神①的维京海盗。"温斯坦知道，那些在英格兰北部和东部居住的维京人普遍已经改信基督教了，但水手们依然执着信仰他们异教的神。"威尔夫，你想要什么，你就能把人说服。"温斯坦咧嘴一笑。威尔夫有自己的魔力，这是真的。

"这点我不太确定。"威尔夫说。

---

① 奥丁神，北欧神话中的众神之王。

"我知道你在想什么。"温斯坦马上说。由于站在众人的高处，他压低了声音："你在想埃塞尔雷德国王①会怎么想，因为国际外交是王室的特权。"

"没错。"

"交给我吧。我会跟国王交代清楚。"

"在维京海盗把我所管辖的区域全部毁掉之前，我必须做点什么。"威尔夫说，"这是我听到的唯一实用的建议。"

人们移动着身体，低声交谈。温斯坦从人们的交谈中感觉到，他们认为与诺曼人建立友谊是件太遥远的事。他们今天就想得到援助，现在他们就指望着这三兄弟帮他们。身居高位的人有责任保护人民，从他们拥有的地位和财富的角度而言，这也是他们的分内之事。这次，三兄弟没能保证库姆的安全，人们都在盼着他们做点事。

威尔夫顺着主题继续说："现在该讲点实际的了。"他又说："乌尔夫里克主教，之后人们的食物如何供应？"

"修道院的仓库没被掠夺。"乌尔夫里克答道，"维京海盗看不上修士们的鱼和豆子，他们更喜欢金银财宝。"

"那人们要在哪里睡觉呢？"

"在教堂中殿，就在伤者躺着的地方。"

"死者躺在哪里？"

"教堂东面。"

---

① 埃塞尔雷德国王（978—1016年在位），当时的英格兰国王是历史上的埃塞尔雷德二世，绰号为"决策无方的埃塞尔雷德"。他上任后，教会内的腐败现象层出不穷，王室与贵族间矛盾日益突出。他还以贿赂的方式消极应对维京人的袭击，让国家不堪重负。后世对其评价多为负面。——译者注

温斯坦说："我可以发言吗，威尔夫？"

威尔夫点头。

"谢谢。"温斯坦提高音量，让每个人都听见，"今天，日落之前，我会为所有死者的灵魂举行集体仪式，我将授命建造一座公共墓穴。现在气温较高，死尸很容易引发疾病，所以我希望在明天结束之前，让所有死者的尸体入土。"

"很好，主教阁下。"乌尔夫里克。

威尔夫望向众人，皱着眉头说："这里应该有一千个人。镇上有一半人幸存了下来。他们是怎么逃过维京海盗的袭击的？"

乌尔夫里克答道："有个小伙起得早，他看见海盗来了，就跑到修道院里提醒我们，还敲响了钟。"

"很聪明啊。"威尔夫说，"是哪个小伙？"

"埃德加，就是刚才说去过瑟堡的那个。他是那个造船匠的三个儿子里年纪最小的。"

聪明的小伙，温斯坦想。

威尔夫说："干得好，埃德加。"

"谢谢。"

"现在你打算做什么？"

埃德加想让自己显得勇敢一些，但是温斯坦能够看出，他对自己的未来感到害怕。"我们不知道该做什么。"埃德加说，"我的父亲被杀害了，我们失去了自己的工具和储存的木材。"

威格姆不耐烦地说："我们不能就着一个家庭继续聊下去。我们需要决定整座城镇接下来该怎么办的问题。"

威尔夫点头赞同，他说："人们肯定想在冬天到来之前重建他们的家。威格姆，仲夏节到期的租金，你不能再收了。"人们的租金一年交四次，每隔一个季度交付一次，交付时间分别是六月二十四日的仲夏节、九月二十九日的米迦勒节、十二月二十五日的圣诞节，以及三月二十五日的天使报喜节。

温斯坦扫了威格姆一眼。他看上去很不满，但什么也没说。如果威格姆生气，那么蠢的就是他，人们根本就没有任何途径给他钱，所以威尔夫一言不发。

人群中的一个女人喊了出来："还有米迦勒节的租金也免了吧，求您了，阁下。"

温斯坦看着女人。她身材矮小，但有着坚毅的眼神，大概四十岁。

"等到米迦勒节，我们再来看看各位的情况。"威尔夫精明地说。

那个女人又说："我们需要木材来重建我们的家，可是我们买不起。"

威尔夫对身旁的威格姆说："她是谁？"

"米尔德丽德，那个造船匠的妻子。"威格姆答道，"她总惹麻烦。"

温斯坦突然心生一计："也许我有办法帮你甩掉她，哥哥。"他低声说。

威尔夫平静地说："也许她会惹麻烦，但她说的是对的。威格姆必须让他们有木材可用才行。"

"很好。"威格姆不情愿地说。他提高音量，对人群说："你们每个人可以得到免费的木材，但仅供库姆人使用，仅供建造房屋，而且只能提供至米迦勒节。"

威尔夫站起身来，"以上是我们目前全部能做到的事了。"

他说。他转向威格姆："跟那个叫马库斯的男人谈一下。看看他是否愿意带我去趟瑟堡，他希望我用什么样的形式付给他报酬，还有这趟旅程需要多长时间，等等。"

人群开始低声交谈，表达不满。他们很失望。温斯坦想，这便是拥有权力的缺点，人们总期待着奇迹出现。有些人还迫切希望自己能够得到特殊对待。武装士兵走动着，维护秩序。

温斯坦走开了。走到教堂门口，他又撞见了马格丝。她已经打算改变自己的说话方式，不再绝望地叫喊了，而是换上了一副哄人的腔调，"你想让我在教堂后面吸你的那家伙儿吗？"她说，"你可是总说我比其他年轻姑娘的活儿要好的啊。"

"别傻了。"温斯坦说。一个水手或者渔夫不在乎被人看到谁在吸他的那家伙儿，但主教必须行事周全。"你直说吧，"他说，"你要多少钱？"

"你什么意思？"

"要多少钱来给你添姑娘。"温斯坦说。他在马格丝的妓院里享受过欢愉时光，也希望之后自己能够继续享受："你想向我借多少钱？"

马格丝在应对男人们阴晴不定的脾气时训练有素，反应很快，她再次改变姿态，变成一副谈生意的模样："如果是年轻又新鲜的女奴隶，在布里斯托尔市场一般卖一镑一个。"

温斯坦点头。布里斯托尔有一个很大的奴隶市场，从这里七天可以到达那里。跟往常一样，他很快就做好了决定。"如果我今天借你十镑，你明年的今天能还我二十镑吗？"

马格丝的双眼亮了起来，但她仍装出一副犹疑的样子："我不确定顾客们会不会来得那么快。"

"总会有水手光顾的。而且新的姑娘能吸引更多的男人。你干的这份工作从来就不会缺顾客。"

"给我十八个月的时间。"

"那你就在明年圣诞节还我二十五镑。"

马格丝看上去很忧虑，但她说："好吧。"

温斯坦把一个叫克内巴的高大男人叫来，他戴着一个铁头盔，是主教钱财的保管人。"给她十镑。"温斯坦说。

"钱箱在修道院。"克内巴对马格丝说，"跟我来。"

"不要骗她。"温斯坦说，"你可以上了她，但把那十镑老老实实地给她。"

马格丝说："上帝保佑你，我的主教阁下。"

温斯坦用一根手指触碰着马格丝的嘴唇："天色晚了之后，你可以谢我。"

她抓住他的手，放荡地舔着他的手指："可我现在已经等不及了。"

温斯坦走开了，以防大家看到。

他朝人群扫了一眼。他们显得抑郁而愤怒，但这没有办法。那个造船匠的儿子遇上了他的目光，温斯坦示意他过来。埃德加走到教堂门口，脚边跟着一条棕白两色的狗。"让你妈妈来。"温斯坦说，"还有你的兄弟。也许我可以帮到你们。"

"谢谢您，阁下！"埃德加带着迫切的热情说，"你想让我们为你们造船吗？"

"不。"

埃德加的脸色沉了下来："那你要干什么？"

"让你妈妈来，我跟你们说。"

"是的，阁下。"

埃德加离开，然后带着米尔德丽德一起过来了，她对温斯坦显得很警惕。一同过来的还有两个年轻男子，明显是埃德加的兄弟，他们比埃德加要高大，但是没了埃德加那种敏锐探寻的气质。三个强壮的小伙和一个硬气的母亲：在温斯坦的想象中，这是个很好的组合。

他说："我知道有片空闲的农场。"如果温斯坦能够把惹是生非的米尔德丽德摆脱掉，那就相当于帮了威格姆一个忙。

埃德加露出沮丧的神情："我们是造船匠，不是农民！"

米尔德丽德说："闭上你的嘴，埃德加。"

温斯坦说："你能管理农场吗，寡妇？"

"我曾经在农场上干过活。"

"我所说的农场就在河边。"

"可是，那片农场有多大？"

"三十英亩①。一般来说，足以喂饱一家人了。"

"那得看土地是什么样的。"

"也得看那家人是什么样的。"

她没有就这样被搪塞过去："那土地是什么样的呢？"

"跟你期待的不会有什么差别：在河流旁边，有点潮湿，土壤松软，也很肥沃，一直延伸到斜坡上。地上还长着许多燕麦，绿油油的一片。你们只要将它收割上来，冬天你们就有着落了。"

"有公牛吗？"

"没有，但也不需要。那样松软的土壤不需要深耕。"

---

① 1英亩，约合4047平方米。

米尔德丽德眯着眼："为什么这片农场没人耕种？"

这个问题问得精明。真相是最后一个租客没办法在这样贫瘠的土壤上耕种出足够的食物喂饱他的家人。最后，他的妻子和三个小孩死了，他自己也跑了。但站在温斯坦面前的这家人不同，其中三个人很能干活，全家也只有四口需要填饱肚子。虽然这仍然是个挑战，但温斯坦感觉他们是可以胜任的。然而他还是不会跟他们坦白事实："上一个租客死于热病，他的妻子回她母亲那儿了。"他撒了个谎。

"意思是那个地方不健康？"

"完全不是这样。它就在一座小村庄附近，那座村庄里有个社区教堂。社区教堂也是教堂的一种，由住在一起的司铎共同维护……"

"我知道社区教堂是什么，就像一个修道院，只是管理没那么严格。"

"我的表亲德格伯特是那里的总铎，他也是那个村庄、包括那片农场的地主。"

"农场里有什么建筑吗？"

"一所房子和一间谷仓。之前的租客还把他的工具留在了那里。"

"租金多少？"

"你要在米迦勒节交给德格伯特四只小肥猪，这是给司铎们做熏猪肉用的。只有这些！"

"为什么租金这么低？"

温斯坦笑了，她可真是生性多疑："因为我的表亲是个善良的人。"

米尔德丽德对温斯坦的说法嗤之以鼻。

接下来是沉默。温斯坦看着她。她并不想要农场，他看得出来，她也并不相信他。然而，她的双眼里流露着绝望，因为她已经一无所有。她会要这片农场的，她不得不要。

米尔德丽德说："那个地方在哪里？"

"沿着河流，一天半的时间就可以到。"

"叫什么名字？"

"德朗渡口。"

第三章

九九七年，六月下旬

这三个年轻男人，还有他们的母亲，带上一条棕白两色的狗，顺着蜿蜒的河流和一条难以辨认的人行小道，走了一天半的时间。

埃德加感觉晕头转向的，他很不解，也很焦急。之前他为自己计划了一个新的人生，但不是这个。命运突然转向，变成他前所未料的面貌，他没有时间对此做什么准备。无论如何，他和他的家人对自身的前途也没多少主意了。他们对那个叫德朗渡口的地方一无所知。那是个什么地方？那里的人们会对新来者满腹狐疑，还是敞开怀抱？那片农场会怎么样？是容易耕作的轻质土，还是硬实而顽固的黏质土壤呢？那里有梨树，还是鸣叫的野鹅，或是警惕的鹿？埃德加的家人总是信奉按计划办事。他的父亲常说，你在捡起第一块木材时，必须在脑子里有整条船的想法。

让一片被遗弃的农场重新焕发生机，要干的活会有很多，埃德加觉得很难聚集起心中的热情。这是为他的希望举行的一场葬礼。他再也不会有自己的船坞，再也不会建造海船了。他还可以肯定，他再也不会结婚了。

他试着让自己对周围的景色产生兴趣。在此之前，他还没有步行过这么远的距离。他曾经乘船行驶许多英里去瑟堡，然后回来。但在此前的旅途当中，他就只盯着海水，别的什么也没看。现在是他第一次探索英格兰。

这里有一大片树林，跟他记忆里和家人每次去砍树的那个树林一样。树林被村庄和几座大的楼房隔了开来。他们继续吃力地往里走，地形则变得越来越起伏。树林越来越密，但仍有人的踪迹：一个狩猎营地、一个石灰坑、一座锡矿山、一间捕马者的木屋、一小户烧炭人的家、一片建在朝南斜坡上的葡萄园、一群在小山顶吃草的羊。

他们也遇见了路过的人：一个骑着瘦弱小马的肥胖司铎；一个穿着考究的银匠，后面跟着四个脸色铁青的侍卫；一个魁梧的农民正赶着一头肥母猪去市场；还有一个驼背的老太太正带着一些准备卖掉的棕色的蛋。他们停下对彼此打招呼，互相交换各自知道的新消息，以及询问前方的路怎么走。

埃德加他们把库姆被维京海盗袭击的事情告诉了他们遇到的每个人，人们就是这样通过路人得到新消息的。妈妈对大多数人只做了简述，但是到了富裕的住宅区，她就会坐下来，跟人们从头到尾讲述，而作为回报，他们四个人可以在那里得到食物和饮品。

他们会向路过的小船招手。那里没有桥，只在一个叫穆德福德路口的地方有片浅滩。本来他们可以在那里的一家酒馆过夜，但是天气不错，妈妈决定睡在外面，这样会省钱。不过他们睡觉的地方离那座楼房没有多远。

妈妈说，树林里可能会很危险。她提醒三个儿子，让他们保持警惕，这更让埃德加觉得世界已经没了规则。法外之徒在这里风餐露宿，偷抢路上的行人。每年这个时候，这种人很容易在夏日丛林里突然蹿出来。

埃德加对自己说，一旦发生这样的事，他和他的哥哥们可以与歹徒搏斗。他身上仍然带着杀了森妮那个维京海盗的那把斧子。而且他们有条狗。布林德尔是参与不了搏斗的，但是在维京海盗袭击库姆的过程中，它已经展示了自己的能力，如果树林里有盗贼，它嗅得出，而且会大叫发出警报。更重要的是，这四个人没有什么可偷的：没有牲畜、没有可能装着钱的铁箍箱。穷人是不会被人抢的，埃德加想。但即便对这一点，他也并不确定。

三兄弟跟随着妈妈的步速。她是个强悍的女人。她今年四十岁，很少有女人能够活到这个岁数，多数女人在她们成婚之后到三十五六岁之间的黄金生育年龄死亡。但男人有所不同。爸爸四十五岁，很多男人的年纪比他更大。

当妈妈在处理实际问题，比如做决定、提建议的时候，她是精神焕发的，但在这漫长而沉默的步行旅途中，埃德加看得出，她被悲伤笼罩着。当她以为没人在看她的时候，便卸下自己的防御，脸上垂着忧伤。她大半辈子都跟爸爸在一起。埃德加很难想象自己的父母也体验过他和森妮之间那种风暴般的激情。但他想，一开始肯定就是那样的。他们生了三个儿子，共同将他们抚养长大。这么多年过去，二人在半夜时分仍然会醒来互相拥抱。

至于他与森妮之间会发生什么，他再也无从知晓了。当妈妈为她失去之物而悲伤时，埃德加也感伤于这段永远不会拥有的关系。他永远不会跟森妮结婚了，不会跟她一起抚养孩子，不会在半夜醒来与她做爱，也不会有一段与森妮互相习惯、陷入日常琐事当中，将对方视作理所当然的时候了。他悲痛难忍。他本来发现了比世界上所有金子更加珍贵的宝藏，但他失去了它。延伸在前方的生活空空荡荡。

在这漫长的路途上，妈妈陷入了失去亲人的悲痛之中，埃德加也在不断承受着闪回在记忆中的暴力场景的袭击。橡树和角树郁郁葱葱，但他视而不见，在他眼前的是辛纳里克脖子上的刀口，像是屠夫的砧板；他感觉到森妮柔软的身体在死亡中变冷；随后，他再次为自己对维京海盗所做的事情感到惊骇，那张长着金色胡子的斯堪的纳维亚面孔血肉模糊——埃德加在一时无法控制的疯狂仇恨之中一通乱砍，以致他面容全毁。在埃德加的视线里，曾经的城镇化作一片灰烬，老狗格伦德尔的骨头已被烧焦，父亲被割断的手臂就像废品一般被扔到了海滩上。埃德加想到森妮现在正躺在库姆公墓巨大的坟地下。尽管他知道她的灵魂与上帝在一起，当他想到那具自己爱着的身体被埋在冰冷的地下，跟几百具尸体一起磕磕碰碰的时候，仍然心生恐惧。

第二天，妈妈和埃德加走在另外两人前头五十多码的地方时，她若有所思地对埃德加说："你见到维京海盗船的时候，显然是离家有一段距离的。"

埃德加知道妈妈会问这个。埃尔曼问过他一些不清不楚的问题，埃德博尔德猜他秘密地做了什么，虽然他都没有跟他们解释过，但妈妈不一样。

不过，他仍然不知道该从哪儿说起，所以他只是答："是的。"

"我想你是要去见什么姑娘。"

他感到尴尬。

她继续道："不然没别的原因会让你在半夜偷偷从屋子里溜出去。"

他耸了耸肩。通常事情都瞒不过她。

"可为什么你要隐瞒这件事呢？"她顺着逻辑继续问道，"你已经到了追女孩的年龄了。没什么不好意思的，"她停了一下，"除非她已经结婚了。"

埃德加什么都没说，但感觉自己的双颊涨红了。

"继续脸红吧，"她说，"你该感到羞耻。"

妈妈很严格，之前爸爸也是这样的。他们认为人要遵循教堂和国王定下的规矩。埃德加也这么认为，但他觉得自己与森妮的事可以算作例外。"她恨辛纳里克。"埃德加说。

妈妈不理会他的辩解。她只是用讽刺的语气说："也就是说，你觉得戒律是这么说的，'禁止与人通奸，除非那个女的恨她的丈夫'。"

"我知道戒律说了什么。是我破了戒。"

妈妈没有接受他的坦承。她的思维继续往前走。"那个女人一定是在海盗袭击库姆的时候死了，"她说，"不然你也不会跟我们来。"

埃德加点了点头。

"我猜应该是那个乳品商的老婆。她叫什么名字来着？森吉芙？"

妈妈一个不落地全猜着了。埃德加觉得自己很蠢，就像个撒谎被识破的小孩。

妈妈说："那天晚上你们是打算私奔吗？"

"是的。"

妈妈拉着埃德加的胳膊，她的声音变得温柔了些："嗯，我得说，你的选择不错。我喜欢森妮。她很聪明，也很勤奋。她死了，我感到很遗憾。"

　　"谢谢你，妈妈。"

　　"她是个好女人，"妈妈放开埃德加的胳膊，语气又变了，"但她是别人的女人。"

　　"我知道。"

　　妈妈没有再说了。她知道，埃德加的良知会来教训他。

　　他们在一条小溪旁停下，喝了几口冰凉的水，稍作休息。他们好几个小时没吃东西了，但他们没东西吃。

　　最年长的哥哥埃尔曼跟埃德加一样沮丧，但他没有埃德加那么通晓事理，他不懂得沉默。"我是个工匠，不是什么都不懂的农民，"他们继续走的时候，埃尔曼抱怨着，"我不知道为什么我要去那个农场。"

　　妈妈对长吁短叹的人没有多少耐心。"那你还有什么别的选择吗？"她厉声说道，打断了埃尔曼的哀怨，"如果我不让你一起来，你还会干什么？"

　　当然，埃尔曼没有直接回答。他小声嘟哝着说，那他就等着看接下来会发生什么。

　　"我告诉你接下来会发生什么，"妈妈说，"做奴隶。这就是你的选择。这就是人们要饿死的时候会发生的事。"

　　她的话是对埃尔曼说的，但埃德加更加震惊。他没有想到自己可能会成为奴隶。这个想法令他紧张。如果农场没有收获，那这就是他和家人将来的命运吗？

　　埃尔曼任性地说："没人可以让我成为奴隶。"

"不，"妈妈说，"你会自愿当奴隶的。"

埃德加听说过有人自愿当奴隶的事，尽管他从来不确切地知道哪个人是这种情况。当然，他在库姆就见过许多奴隶，十个人里就有一个人是奴隶。年轻好看的姑娘小伙们成了富裕男人的玩物，其他人则拉起了犁，一旦他们累了，就会遭到鞭打，晚上跟一条狗似的被拴起来。他们大多数是布立吞人，那是一些从西部边缘地带的荒野，比如威尔士、康沃尔和爱尔兰等地来的人。他们时不时会袭击比他们有钱的英格兰人，偷走他们的鸡、牛和武器。而英格兰人惩罚他们的方法就是反过来袭击他们，烧了他们的村庄，让他们成为奴隶。

自愿成为奴隶就不一样了，那会有一场法定的仪式。现在，妈妈正以轻蔑的语气向埃尔曼描述着。"你必须跪在一个贵族男人或女人面前，头必须俯得很低，做出恳求的姿态。"她说，"当然，贵族可能会拒绝你，但如果有人把双手放在你的头上，你就会终生为奴。"

"那我宁愿饿死。"埃尔曼试图表示不屑。

"不，你不会的，"妈妈说，"你这辈子从来没有饿过一天。即便你的父亲和我要到外面干活，没时间给你们几个做饭，他也会确保你们能填饱肚子。你根本不懂一周吃不上饭是什么感觉。为了能吃上一口饭，你们会马上低下头，然后你们就得为了吃上一点东西而劳作终生了。"

埃德加不知道自己相不相信妈妈。他觉得自己宁愿饿死。

埃尔曼愠怒地抵抗着："当了奴隶是可以赎身的。"

"对，但你知道这有多难吗？是的，你可以用钱买你的自由，但你的钱从哪儿来呢？人们有的时候会给奴隶一点小钱，但不经常，也不多。如果你当了奴隶，你唯一真正希望的就是有个善良的主人，他能立下遗嘱，让你在他死后获得自由。然后你就会回到最初的状态，无家可归、一无所有，而且老了二十岁。那就是你的第二种生活，你个蠢小子，别再跟我说你不想当农民了。"

二哥埃德博尔德突然停下脚步，皱了皱他长了雀斑的眉头，说："我想我们已经到了。"

埃德加朝河对岸望去，北岸有一座看着像酒馆的楼房，比一般的住宅要宽，楼外还设有一张桌子和几张长椅，它的附近有一大片草地、一头母牛和两只正在吃草的山羊，还有条做工粗糙的小船拴在那附近的河边。从酒馆起，有个斜坡，上面已经布满了脚踩的痕迹。酒馆左边是一条道路，道路两旁建有超过五间的木屋；右边是一座石头建成的小教堂，另外还有座大屋子，周围还有几间房屋，可能是马棚或者谷仓。再往远处，道路便消失在了丛林里。

"渡口、酒馆和教堂。"埃德加说，他的语气越来越兴奋，"埃德博尔德应该说对了。"

"我们去看看。"妈妈说，"大喊一声。"

埃德博尔德的嗓门儿很大。他把双手弯成圆形贴在嘴上，他的喊声洪亮地传到了河对岸："嘿！嘿！有人在吗？有人吗？有人吗？"

他们等待着回应。

埃德加朝下游扫了一眼，他看到河流在远处大概四分之一英里的地方被一座岛屿隔开了。尽管前方树木丛生，但是透过枝叶，他能够看到一座石头建筑的一角。这勾起了他的好奇心，他急切地想知道那是什么。

"再喊一声。"妈妈说。

埃德博尔德又朝那里大喊。

酒馆的门开了，一个女人走了出来。她朝河对岸看过来，埃德加觉得她更像一个女孩，可能比他小四五岁的样子。她看着这几个初来乍到的人，没有做出什么反应。她手里提着一个木桶，不紧不慢地朝水边走去，把里面的东西倒进河里，冲洗了一下桶，然后走回酒馆。

埃尔曼说："看来我们得游过去了。"

"我不会游泳。"妈妈说。

埃德加说："刚才那个女孩其实表了态。她想让我们知道她是个上等人，不是仆人。等她打理好，准备好，就会把船划过来，她也希望我们对她表示感激。"

埃德加说得没错。那个女孩又从酒馆走了出来。她以同样不紧不慢的步速走到小船停泊的位置，解开拴住小船的绳子，拾起一只船桨，坐进船里，将船推了开去。然后，她用单只船桨左右两边交替地划到了河里。她的动作很熟练，显然不用费什么力气。

埃德加惊愕地观察着这条船。这其实是一段挖空了的树干，很不稳定，不过那个女孩明显已经对它得心应手。

她靠近些的时候，埃德加开始观察起她来。她相貌平平，头发呈中棕色，脸上有不少粉刺，但他没法儿不注意到她丰润的身材，埃德加将自己早先对她年龄的估计调整到了十五岁。

女孩划着船到了南岸，专业地将她的独木舟停在离岸边几码的位置。"你们想要什么？"她说。

妈妈用一个问题回答了她："这是什么地方？"

"大家管它叫德朗渡口。"

埃德加想，那么，这就是我们的新家了。

妈妈问那个女孩："你是德朗吗？"

"那是我爸爸。我叫克雯宝。"她饶有兴致地看着三个小伙，"你们是谁啊？"

"我们是农场的新租客。"妈妈告诉她，"夏陵的主教让我们来的。"

克雯宝不以为然："是吗？"

"你能带我们到对岸吗？"

"每个人一法寻①，不讲价。"

国王唯一发行的硬币就是银便士。埃德加知道这个，因为他对这类事情总是很感兴趣，他知道一便士的重量是一盎司的二十分之一，一镑里面有十二盎司，也就是说，一镑等于两百四十便士。金属一般不太纯：四十份里，有三十七份是银的，剩下的是铜的。一便士可以买到六只鸡，或者四分之一只羊。如果要买便宜一点的东西，一便士就要切割成两枚半便士，或者四枚一法寻来使用。而到底怎么分，常常会引起人们的争论。

妈妈说："这里是一便士。"

克雯宝当没看见这枚硬币："你们是五个，还有狗。"

"狗能游泳过去。"

"有些狗不能。"

妈妈恼火了："那就让这狗站在岸上饿死或者跳进河里淹死好了。我不会为一条狗付过河的钱。"

---

① 法寻，英国古时硬币，1法寻相当于1/4便士。——译者注

克雯宝耸了耸肩，把小船移到水边，然后拿走硬币。

埃德加先上了船，他跪下，握住船的两侧把船稳住。他注意到这条老树干有很多微小的裂缝，底下还有一个坑。

克雯宝对他说："你从哪里弄的斧子？它看上去很贵。"

"从维京海盗那儿拿的。"

"是吗？他对你说什么了？"

"他说不了什么，因为我把他的脑袋劈成两半了。"埃德加说这话的时候带着不少满足感。

另外三人也上了船，克雯宝将船推离岸边。布林德尔毫不犹豫地跳进了河里，跟在小船后面游了起来。离开了森林的树荫之后，炽热的太阳照在埃德加的头顶上。

他问克雯宝："岛上有什么？"

"女修道院。"

埃德加点了点头。那就是他之前扫了一眼看到的石头建筑了。

克雯宝补充道："那里还有一帮麻风病人，他们住在树枝搭的棚里。修女喂他们吃的。我们管那地方叫麻风岛。"

埃德加耸了耸肩。他真想知道修女怎么能不染病。人们说，如果你碰了一个麻风病人，你马上就会染上疾病——虽然他从来没听说真的有人这么干过。

他们抵达北岸，埃德加扶着妈妈踏出小船。他闻到了啤酒正在发酵的浓烈谷物气味。"有人在酿酒。"他说。

克雯宝说："我妈妈酒酿得很好。你们应该进里面恢复下精力。"

"不用了，谢谢。"妈妈马上说。

克雯宝坚持道："你们修整农场屋子的时候也许会希望在这

里过夜。我父亲会为你们提供晚餐和早餐，每人半便士。很便宜。"

妈妈说："也就是说，农舍现在的情况很糟糕，对吗？"

"上次我经过那里的时候，屋顶还有洞。"

"谷仓呢？"

"你是说猪圈吧。"

埃德加皱了皱眉头。听上去情况不妙。不过，他们仍然拥有三十英亩的土地，仍然可以在这片土地上种出些什么来。

"到时候我们看看。"妈妈说："总铎住在哪所房子里？"

"光头德格伯特？他是我叔叔。"克雯宝指了指，"教堂旁边那所大房子就是。所有神职人员住一起。"

"我们去见他。"

他们离开了克雯宝，沿着斜坡走了一小段距离。妈妈说："总铎是我们的新地主，你们要得体友好一点。如果有必要，我会跟他来硬的，但是我们不希望让他以任何理由与我们作对。"

社区教堂看上去简直跟荒废了一样，埃德加想。入口的拱门已经断裂，它没有坍塌下来的唯一原因是门口正中央有一棵壮实的树在顶着。教堂旁边是一所木房子，有酒馆的两倍大。他们礼貌地站在门外，妈妈喊道："有人在里面吗？"

一个女人从里面走到了门口，她肚里怀着孩子，同时背着一个孩子，还有个刚刚学步的孩子躲在她的裙摆后面。她头发很脏，胸又大又沉。她长着高高的颧骨和笔直的鼻子，也许曾经漂亮过，但现在她看上去非常累，似乎站不稳。许多女人在二十多岁的时候便是这副模样。怪不得她们年纪轻轻就死了，埃德加想。

妈妈说："德格伯特总铎在这里吗？"

"你找我丈夫干什么？"那女人说。

埃德加想，很明显，这不是那种严格的宗教团体。从原则上说，教堂认为司铎应该禁欲，但是这条规矩打破的次数比遵守的次数还要多，主教结了婚的事也不是没听说过。

妈妈说："夏陵的主教让我们来的。"

那女人转过头喊："德格西①，有客人。"她又盯了他们一会儿，然后走到里面去了。

一个大概三十五岁的男人走到女人刚才站的地方，他整个脑袋就像个鸡蛋，连一般修士最外面的那圈头发也没有。也许他秃头是因为他得了什么病。"我就是总铎。"他嘴含着满口食物说，"你想要什么？"

妈妈又解释了一遍。

"你得等等，"德格伯特说，"我正吃晚饭呢。"

妈妈微笑了一下，什么也没说，兄弟三人站在她后面。德格伯特似乎意识到自己不好客，但他还是不打算邀他们共进晚餐。"到德朗的酒馆去吧，"他说，"喝一杯。"

妈妈说："我们没钱买酒。我们什么也没有了。维京海盗袭击了库姆，我们之前就是住那儿的。"

"那就在酒馆里等着吧。"

"不如直接告诉我农场在哪儿吧，"妈妈和气地说，"我肯定能找到的。"

德格伯特犹豫了一下，然后没好脾气地说："看来我现在就得带你去了。"他朝身后喊："伊迪丝，把我的晚餐放在炉火

---

① 德格西，德格伯特的昵称。

旁，我一个小时内回来。"然后他走了出来。"跟我走。"他说。

他们沿着山坡走下去。"你们在库姆是做什么的？"德格伯特问，"你们在那儿不可能是农民吧。"

"我丈夫是位造船匠，"妈妈说，"维京海盗把他杀了。"

德格伯特随意地画了个十字："噢，但我们这里不需要船。我的兄弟德朗是渡口的主人，渡口放不下两条船。"

埃德加说："德朗需要一条新船。那艘独木舟快要裂开了，很快就会沉下水去的。"

"可能吧。"

妈妈说："现在我们是农民了。"

"好了，你们的土地就从这里开始。"德格伯特在酒馆的另一边停了下来，"从水边，到那边的林木线，都是你们的。"

农场沿着河边呈长条形状，大概两百码宽。埃德加观察着这片土地。温斯坦主教没有告诉他们这片农场有多窄，所以埃德加也没有想过这么大面积的土地会被水淹着。土地离河流越远，地势越高，然后变成了砂质壤土，那里的绿芽正在萌发。

德格伯特说："往西大概七百码，再往外就又是丛林了。"

妈妈开始在农场的沼泽和升高的土地中间沿着路走，其他几个人跟在她后面。

德格伯特说："你也看到了，那个地方正长出一大片上好的燕麦。"

埃德加分不清燕麦和其他谷物，他以为那些绿芽只是青草而已。

妈妈说："那里的杂草跟燕麦一样多。"

他们走了不到半英里路，就在坡顶看见了两间屋子。屋子就是这片荒地的终点，在那背后，树林顺坡而下，直至河岸。

德格伯特说："那片小果园能派上用场。"

那不是片真正的果园。里面只有几棵小苹果树和一簇欧楂树。欧楂是冬天成熟的果子，人类一般吃不下去，有的时候，它是用来喂猪的，尽管经历霜冻或者等它过熟的时候，果实可以变软，但果肉还是又酸又硬。

"租金是四只小肥猪，米迦勒节的时候交。"德格伯特说。

埃德加意识到了租金低的原因。他们也见识过整片农场了。

"是三十英亩没错，"妈妈说，"但是土壤质量很差。"

"所以租金才这么低。"

埃德加知道，妈妈正在跟德格伯特谈判。他见过妈妈这样跟客户和供货商谈判过很多次了。妈妈擅长谈判，但这次是个挑战。她能为德格伯特提供什么？当然，一方面，德格伯特很希望能够出租这块土地，他可能也想取悦自己的主教表亲；但另一方面，他明显对这点小钱不在乎，他也可以轻而易举地跟温斯坦说，妈妈拒绝接受这个不确定的前途。讨价还价中，妈妈处于不利的位置。

他们观察着房子。埃德加注意到，支撑房子的木柱固定在土地里，柱子之间是抹灰篱笆墙。屋里地面的芦苇已经发霉，很难闻。克雯宝说得没错，茅草屋顶上面有洞，但可以补。

妈妈说："这地方就是片垃圾场。"

"简单修补就好。"

"在我看来要费很大工夫。我们要从树林里取木材。"

"好，好。"德格伯特不耐烦地说。

尽管德格伯特语气很暴躁，但他做出了一个重要的让步：他们可以到树林里砍树，而且他没有提到钱的事。免费的木材价值很大。

旁边更小一点的屋子更糟糕。妈妈说："这座谷仓都要塌下来了。"

德格伯特说："现在你还不需要谷仓。你没东西要储存。"

"说得对，我们什么也没有了，"妈妈说，"所以我们到了米迦勒节也交不了租。"

德格伯特看着很蠢。他反驳不了。"你可以先欠着，"他说，"下个米迦勒节还我五头小猪。"

"那我怎么买母猪？这些燕麦在这个冬天还喂不饱我的几个儿子。什么也剩不下，我拿什么去卖？"

"你是想拒绝接管这片农场吗？"

"不，我是说，如果要让这片农场有收成，您得再给我些帮助。我需要一个免租期和一头母猪。我还需要向您借一袋面粉，我们没吃的。"

这是个大胆的要求。地主希望自己收钱，不是付钱。但有的时候，他们不得不帮助租客起步，德格伯特必须知道这一点。

德格伯特看上去很挫败，但他让步了。"好吧。"他说，"我借你面粉。今年不收租金。我给你一头小母猪，但只要这头猪生了第一窝幼崽，你就得从那窝猪崽中给我一只，这是不算在租金内的。"

"我想我得接受这个条件了。"妈妈说。她的话里带着明显的不情愿，但埃德加非常肯定，她已经拿到了一个很好的价。

"我得回去吃晚餐了。"德格伯特自觉已经战败，气冲冲地说。然后他朝着村庄的方向走去。

妈妈叫住了他:"我们什么时候才能有那头小猪?"

他头也不回地喊道:"很快。"

埃德加观察着他的新家。新家的样子很难看,但他的感觉却好得出奇。现在他们要迎接一个挑战,这比之前的绝望好多了。

妈妈说:"埃尔曼,到树林里拾些柴火。埃德博尔德,到那酒馆去,从火炉那里讨一根烧着的棍子来,向渡口那女孩展现下你的魅力。埃德加,看你能不能给屋顶暂时补一补,现在我们没时间好好修那个茅草屋顶了。赶紧,孩子们。明天我们就要开始除草了。"

* * *

接下来几天里,德格伯特没有把小猪送到农场来。

妈妈没有提这事,她和埃尔曼、埃德博尔德一起给燕麦地除草,三个人在又长又窄的农田里深深地弯下腰去。埃德加则在修补房子和谷仓的屋顶,他用的是树林里的木头、维京海盗的斧子,还有一些前任租客留下的生锈工具。

但是小猪的事,埃德加很担心。德格伯特跟他的表亲温斯坦主教一样不可信。埃德加担心德格伯特看到他们既然已经住下,就收回了他之前的承诺,逼着他们从现在开始履行协议。这样的话,这家人从现在开始就要挣扎着挣够交租的钱,一旦他们不能履行协议,以后就怎么也还不完债了。埃德加之所以知道这个,是因为他注意过库姆那些缺乏远见的邻居。

"别着急。"埃德加把自己的忧虑告诉妈妈时,妈妈说,"德格伯特躲不过我的。最糟糕的司铎迟早也要去教堂。"

埃德加希望她是对的。

当听到教堂的钟声在周日早上敲响时，埃德加一家一路从农场走到了村庄。埃德加猜他们应该是最晚到的，因为他们路途最远。

那座教堂不过是座方塔连着一栋东面的平房。埃德加意识到，这座建筑的整个结构在往坡下倾斜，总有一天它会倒。

他们得从拱门的一侧走进去，这座拱门需要一根树干来支撑，而树干把拱门的一部分挡住了。埃德加能够看出拱门为什么正在崩塌。拱门石块之间的砂浆接合处应该形成一组全部指向圆拱中心点的线，就像一个制作良好的车轮辐条那样，但这座拱门是胡乱堆砌的，这样一来，结构就会不稳，看上去也丑陋。

教堂中殿就在塔的底层。高高的天花板使这个地方显得更加狭小。十几个成人和几个孩子在那里站着，等着仪式开始。埃德加向克雯宝和伊迪丝点头问好，之前他只见过这两个人。

墙上的一块石头上刻着铭文。埃德加读不懂，但他猜应该有人埋在下面，也许是个贵族，他建造这所教堂作为自己的长眠之所。

东墙有一道窄拱门通往高坛。埃德加透过缝隙往里看，看到祭坛上摆着木制十字架，后面的墙上挂着耶稣像。德格伯特跟另外几个神职人员在那里。教堂的会众对这几个新来的人很感兴趣。孩子们睁大眼睛盯着埃德加和他的家人，大人们也偷偷摸摸瞧上他们几眼，然后转身低声交流他们注意到了什么。

德格伯特很快把仪式走完了。埃德加想，匆忙成这样，都可以算作不敬神了，德格伯特就不是什么虔诚的人。或许这没关系，因为会众也听不懂拉丁文，只是埃德加已经习惯了库姆那一套缓慢而庄重的仪式。不过无论出了什么事，都不是他的问题，只要他的罪被原谅就可以了。

埃德加不怎么会被宗教情绪所困扰。当人们讨论死者在天堂的生活，或者魔鬼有没有尾巴的时候，埃德加就会变得不耐烦，他相信没人可以在今世知道这些真相。他喜欢那些有明确答案的问题，比如船的桅杆应该多高。

克雯宝站在他身边，对他微笑。她显然决定了要表现得友好。"你应该找个晚上来我家做做客。"克雯宝说。

"我没钱买酒。"

"不喝酒照样可以拜访邻居啊。"

"也许吧。"埃德加不想表现得不友好，但他没有心情在晚上到克雯宝家跟她一起玩。

仪式结束后，妈妈坚决地跟着神职人员走了出去。埃德加跟着她，克雯宝也在后面。不等德格伯特溜走，妈妈就跟他搭上了话。"我要那头母猪，你答应过的。"她说。

埃德加为自己的母亲感到骄傲。她表现得坚决而无畏，而且选择的时机恰到好处。德格伯特肯定不希望在整座村庄的人们面前被控告不守信。

"你跟胖贝比说去。"德格伯特冷冷地说，继续往前走。

埃德加转头问克雯宝："贝比是谁？"

克雯宝朝一个胖女人指去，她正挤在树干那里："她有一小片农场，为司铎们提供鸡蛋、肉和其他东西。"

埃德加将这一情况告诉了妈妈，妈妈走向胖贝比。"总铎让我跟你讲一只小猪的事。"她说。

贝比有一张红脸，很友好。"噢，对，"她说，"要给你一只断奶的小母猪。你来，你自己来挑。"

妈妈跟贝比走过去，三个小伙跟着。

"最近你们怎么样啊？"贝比好心地问，"希望那座农舍破得不是太严重。"

"挺严重的，但我们在修了。"妈妈说。

这两个女人年纪相当，埃德加想，看上去她们似乎能处得不错。他希望如此，因为妈妈需要一个朋友。

在一片大空地上，贝比有一所小房子。房子背后是一个鸭塘、一间鸡舍、一头拴着的奶牛和刚生下来的小牛犊。紧挨着房子的是一圈围栏，里面有一头大母猪和七只小猪。贝比过得很不错，尽管她很可能是倚仗着社区教堂。

妈妈仔细地观察了小猪一会儿，然后朝其中一只小巧的、充满活力的小猪指了过去。"选得好。"贝比说。然后她迅速而熟练地把它拎了起来。小猪吓得长长尖叫一声。她又从自己的腰包里抓出一条皮绳，把它的蹄子绑在一起。"谁来抱它？"

"我。"埃德加说。

"把你的胳膊放在它肚子底下，小心别让它咬你。"

埃德加按照贝比说的做了。当然，那只小猪很脏。

妈妈感谢了贝比。

"等你弄好了，皮绳我还要的。"贝比说。所有的绳子都是值钱的，不管是绳、线，还是筋。

"当然。"妈妈说。

埃德加他们走了。小猪从猪妈妈身边离开之后，一直疯狂长声尖叫、扭动身体。埃德加用手合上它的嘴巴，不让它发出噪声。仿佛是为了报复，小猪往他外衣前面拉下了一泡臭味熏天的液状大便。

他们在酒馆前停了下来，请求克雯宝给他们点残羹剩饭喂小猪。她抱着干酪皮、鱼尾、苹果核和一些残羹冷炙过来了。"你闻着很臭。"她对埃德加说。

埃德加知道。"我得跳到河里洗洗。"他说。

他们走回了自己的农舍。埃德加把小猪放在谷仓里。他已经修好了墙上的洞，所以这只小动物逃不了。到了夜里，他会把布林德尔也放到谷仓里守住它。

妈妈在火炉上烧了水，把克雯宝给的残留食物放进去做成糊。埃德加很高兴他们有了一头猪，不过接下来的这个月，他们仍然会挨饿。他们不能把它吃掉：他们得喂它，直到它成熟，能够生出幼崽来。有好一段时间，他们得依靠自己极少的物资过活。

"它很快就会到树林里找吃的了，特别是橡子落下的时候。"妈妈说，"可是我们得训练它晚上回家，不然它可能会被不法之徒偷走，或者被狼吃了。"

埃德加说："你在农场生活的时候是怎么训练那些猪的？"

"我不知道，反正它们听见自己妈妈的叫声就总会回来。我想它们应该是觉得妈妈那里有吃的吧。但它们不会来找我们这些孩子。"

"小猪可以学会对你的声音做出反应，但这样除了你之外，我们谁喊它它也不会理了。我们需要一个铃铛。"

妈妈嗤之以鼻。铃铛很费钱。"我还需要一枚金胸针和一匹小白马呢，"她说，"但我得不到。"

"你永远说不准你会得到什么。"埃德加说。

他走到谷仓那里。他记得自己在那里见过什么：一把旧镰刀，它的刀柄已经腐烂了，弯曲的刀刃也已生锈，断成两半。之前，他把它扔在了角落，跟其他零碎的东西放在一起。现在他取回了这断掉的刀：一英尺长的月牙形铁片，明显它已经不会再作他用了。

他找到了一块光滑的石头，坐在早晨的阳光下，将刀片的锈迹磨掉。这是项费力而乏味的工作，但他已经习惯了干苦活，于是他继续磨着，直到那片金属洁净如新，闪烁着太阳的光辉。他没有把刀刃磨利，因为他不打算用这把镰刀切割任何东西。

埃德加用一条弯弯的细枝当作绳子，将刀片从一根树枝上吊下来，然后用石头敲打它。它响了，不像铃声，只是没什么调子的叮当声，声音还挺大的。

埃德加给妈妈看："如果你每天在喂小猪之前都敲响这个，小猪能学会一听见声音就跑来了。"

"很好，"妈妈说，"那你做个金胸针需要多久？"她是在开玩笑，但语气里带着自豪感。她一直觉得埃德加遗传了她的聪明，大概她想得没错。

午餐准备好了，不过只是扁面包和野洋葱，埃德加想在吃之前洗洗澡。他沿着河流往前走，一直走到一片小泥滩上。他把外衣脱去，在浅水中搓洗，将毛织布上的脏东西顺着水拧出去。最后，他把衣服放在阳光底下晾干。

他自己也浸到了水里，低下头洗头发。人们说洗澡对身体不好，埃德加不会在冬天洗澡，但是永远不洗澡就会脏一辈子。妈妈和爸爸教几个儿子每年至少洗一次澡，以保持清洁。

埃德加在海边长大，他学会走路的时候就会游泳了。现在他打算游到对岸去，就当玩玩。

水流不急不缓，游过去不难。他享受凉水贴在肌肤上的感觉。抵达了对岸后，他转身游了回来。靠近岸边的时候，他踩到了河底，站起来时，水面到他的膝盖，水从他的身上滴落。阳光会把他晒干的。

这个时候，他发现自己并不是一个人。

克雯宝坐在岸边看着他。"你长得不错。"她说。

埃德加感觉自己很蠢。他尴尬地说："你可以走开吗？"

"我为什么要走开？人人都可以到岸上来吧。"

"求你了，别这样。"

她站起来，转过身去。

"谢谢。"埃德加说。

但是他误会了她的意图。她并没有走开，而是迅速地把自己的裙子往上一掀，掀过头顶。她赤裸的身体露了出来，白花花的。

埃德加说："啊，不！"

克雯宝又转过身来。

埃德加惊恐地盯着她。她的样子没什么不对的地方，事实上，他心里的一部分还注意到她有一具漂亮而饱满的身体。可她不是他心目中那个正当女人。他的心里全是森妮，没有人的身体可以动摇他的念想。

克雯宝踏进河里。

"你的头发在这里显出了不一样的颜色，"她说，露出了埃德加意料之外的亲密笑容，"是某种姜色。"

"离我远一点。"埃德加说。

"你下面那个家伙遇到凉水时缩起来了——要我帮你暖暖吗？"她伸手去碰他。

埃德加把她推开。由于他紧张又尴尬，推她的力气大了些。她失去平衡，掉进了水里。她站起来的时候，他经过她，直接往河滩走去。

克雯宝在他身后说："你怎么回事啊？你是个喜欢男人的娘娘腔吗？"埃德加捡起外衣。外衣还有点湿，但他还是穿上了。当他感觉自己没那么软弱时，就向她转过身。"你说得没错，"他说，"我就是个娘娘腔。"

克雯宝怒气腾腾地盯着他。"不，你不是，"她说，"你瞎说的。"

"是，我是瞎说的。"埃德加有点控制不住了，"真相是我不喜欢你。现在你能离我远点了吗？"

她从水里走了出来。"你这头猪，"她说，"我真希望你在这贫瘠的农场里饿死，"她又把自己的裙子掀上头顶，"然后我希望你下地狱。"她说，然后走开了。

埃德加为摆脱了克雯宝而松了口气。过了一会儿，他便为自己的不友好后悔了。这其中一部分是她的错，因为她死缠烂打，但他也可以表现得更温和。他总是为自己的冲动感到懊悔，希望自己当时能更克制。

他想，有的时候，做正确的事情总是很难。

* * *

乡村一片宁静。

在库姆，总是能听见各种声音：鲭鸥尖叫、锤子锤钉子、人群的低语，以及孤独的叫喊。即便到了晚上，波涛不断的水面也会传来船只的嘎吱声。然而，这座乡村是寂静的。如果有风，树叶会发出不满的低语，但如果没风，一切会跟墓地般悄然。

布林德尔在半夜吠了几声，埃德加马上醒了过来。

他迅速站了起来，从墙上的挂钩上取下自己的斧子，心怦怦直跳，呼吸很快。

妈妈的声音从暗处传了出来："当心点。"

布林德尔在谷仓里，它的叫声很远，但令人警觉。埃德加让它待在谷仓里面是为了让它守住小猪。肯定是发生了什么事，它才会发出警报。

埃德加走到屋门处，但妈妈比他快了一步。他看见炉火在她手里的刀面上闪出了不祥的光。那把刀子是他擦干净并削尖的，他知道那有多锋利和致命。

妈妈小声说："到里面去，可能有人要伏击。"

埃德加退了回去。他的两个哥哥在他身后，他希望他们也一样，拿起了各自的武器。

妈妈小心地提起门闩，几乎没有一点声音。然后她敞开了门。

门口马上出现了一个人的身影。妈妈的警告是对的。窃贼已经预料到这家人会醒来，一个贼正站在那里，准备伏击他们，万一不小心这么跑了出去就上当了。月光很亮，埃德加清晰地看到窃贼的右手握着一把长匕首。那人往屋外暗处一阵乱捅，但他只刺到了空气。

埃德加举起他的斧子，但妈妈比他更快。她的刀光一闪，窃贼便痛苦地大叫一声，然后跪了下去。她又靠近一步，刀光闪过那个男人的喉咙。

埃德加从前面两人身边挤过去。他出现在月色之下时，就听见了小猪长长的尖叫。过了一阵，他看见有两个人从谷仓里走了出来。其中一人头上戴着个东西，盖住他的部分脸庞。他的双臂抱着扭动不停的小猪。

他们看见了埃德加，然后跑了起来。

埃德加暴怒。这只猪非常珍贵，如果他们失去了它，就不会再得到另一只。人们会说，他们没有能力照顾好自己的牲畜。心急如焚的埃德加来不及想更多，便把斧子甩过头顶，猛地朝抱猪的窃贼后背掷去。

他以为自己会扔不中，绝望地呻吟了一声，但锋利的斧刃切中了窃贼的上臂。窃贼发出一声尖叫，把猪扔下，跪在地上抓住伤口。

另一个人过来帮他。

埃德加朝着两人奔跑过去。

两人继续跑，把猪留在了后面。

埃德加心跳太快，停了一下。他想抓住那两个窃贼。但如果他扔下猪不管，猪可能会惊慌失措而一直跑，这样也许他们永远都找不回它了。于是他不再追那两个人，而是追向小猪的方向。它还小，四条腿还很短，一会儿的工夫，埃德加便赶了上去，整个人压在小猪身上，两只手抓住了它其中一条腿。小猪挣扎着，但无法从他的手中逃掉。

埃德加的双臂稳稳地抱着小猪小巧的胸脯，然后站了起来，往农舍走。

他把猪放进谷仓里，向布林德尔道贺了一番，它自豪地摇摇尾巴。他取回斧子，在草地里擦干净上面窃贼的血迹。最后，他回到了家人身边。

他们站在另一个窃贼旁。"他死了。"埃德博尔德说。

埃尔曼说："我们把他扔河里吧。"

"不，"妈妈说，"我想让其他窃贼知道我们杀了他。"这并不犯法，法律规定当场抓住的窃贼可以直接杀死。"跟我来，孩子们。把尸体带上。"

埃尔曼和埃德博尔德把死去的窃贼抬了起来。妈妈把他们领到树林里。沿着一条依稀可见的小径，他们穿过矮矮的树丛，走了一百码的距离，最后来到一个路口，另一条几乎难以辨认的小径在此交叉。每个穿过树林到他们农场来的人都会经过这个交叉口。

在月色下，妈妈看了看周围的树木，然后指向一根延伸出来的低树枝。"我想把尸体挂在那棵树上。"她说。

埃尔曼问："为什么？"

"谁想抢劫我们，就会先看到这具尸体。"

埃德加感到钦佩。他从来不知道自己的母亲这么狠，但毕竟情况变了。

埃尔曼说："可我们没绳子。"

妈妈说："埃德加会有办法。"

埃德加点点头。他指向一根叉开的粗树枝，离地大约八英尺高。"把他架在那里，一只胳膊架在一边的树枝上。"

他的两个哥哥在把尸体往树上抬时，埃德加找到了一根直径一英寸、长度一英尺的棍子，然后他用斧头把它的一端削尖。

他的哥哥们架好了尸体。"现在把他的两只手臂拉到一起，让他两只手在前面交叉。"

哥哥们把窃贼的手臂拉到一起的时候，埃德加拿起尸体的一只手，将棍子戳进手腕，他得用斧头钝的一面才能把棍子捶进肉里。几乎没有血流出来——那个男人已经没有心跳很久了。

埃德加将棍子捶进窃贼的另一只手腕。现在，那人的双手已经被钉在一起，尸体稳稳地挂在了树上。

他会一直吊在那里，直到腐烂，他想。

不过，其他窃贼可能回来过。因为到了早上，尸体就不见了。

* * *

几天之后，妈妈派埃德加到村里借一段结实的绳子来绑鞋子，她的鞋子破了。邻里之间借东西很正常，但人们从来不愿说自己家绳子够用。然而，妈妈曾经两次跟村民们讲过维京海盗袭击库姆的事情，第一次是在司铎的房子里，第二次是在酒馆。尽管农民们从来不会太快接受初来乍到的人，但当德朗渡口的居民听到妈妈的不幸时，也变得更温情了。

那是傍晚早些时候，太阳慢慢落下，一小群人坐在德朗酒馆外面的长椅上拿着木杯子喝酒。埃德加还是没有尝过酒，但酒馆的顾客似乎很喜欢。

现在他已经见过所有村民了，他也认得出长椅上的每个人。德格伯特总铎正在跟他的兄弟德朗说话，克雯宝和红脸的贝比在一边听。在场的还有另外三个女人。大家都叫她利芙的利奥吉夫，是克雯宝的妈妈；另一个年轻些的女人是埃塞尔，德朗的另一个妻子，或者说是他的小妾；还有布洛德，她正拿着一个罐子往几只杯子里倒酒，她是个奴隶。

埃德加走上前去，那个奴隶抬起头，用一口结巴的盎格鲁-撒克逊语对他说："你要酒吗？"

埃德加摇摇头："我没钱。"

其他人看着他。克雯宝带着冷笑的语气说："你一杯酒都喝不起，来酒馆干什么？"

很明显，她还在为上次埃德加拒绝她而怄气。他树了一个敌。他在心里哀叹一声。

他并没有直接对克雯宝说话，而是恭敬地对这群人说："我妈妈让我来借一段结实的绳来补她的鞋。"

克雯宝说："让她自己做一条啊。"

其他人没说话，只是看着。

埃德加很尴尬，但他仍然坚持自己的立场。"把东西借给别人是一种善举。"他咬着牙说，"等我们站稳脚跟，就会偿还。"

"但愿有那一天吧。"克雯宝说。

利芙发出了一声不耐烦的声音。她看上去三十岁上下，也就是说她大概十五岁生的克雯宝。埃德加猜，她以前应该是漂亮过的，但她现在的相貌看上去像是喝了太多的烈性酒。不过她足够清醒，会为自己女儿的粗鲁感到尴尬。"对邻居好一点。"她说。

德朗生气地说："你别管她。她没问题。"

埃德加注意到这是个纵容的父亲，可能正是这点导致了他女儿这般举止。

利芙站了起来。"进来吧。"她用善意的口吻对埃德加说，"我看看我能不能找到。"

他跟着她走到屋里。她从桶里舀了一杯酒递给他。"免费的。"她说。

"谢谢。"埃德加喝了一大口。果然名不虚传：这酒很可口，也瞬间提起了他的精神。他把酒喝光了，说："很不错啊。"

利芙笑了。

埃德加想到，利芙可能跟她女儿一样，对他有企图。他并不虚荣，也不认为每个女人应该被他吸引。但是他猜，在一个小地方，每个新来的男人都会令女人们产生兴趣。

不过，利芙转过了身，开始在一个箱子里翻找。过了一会儿她拿着一段一码长的绳子说："给你。"

他意识到她只不过是好心而已。"你真热心，谢谢你。"他说。

利芙把埃德加的空杯子拿走："代我向你的妈妈问好。她是个勇敢的女人。"

埃德加走了出去。德格伯特明显已经由于酒精作用而全身松弛了，现在正侃侃而谈。"根据日历，现在我们是在我主恩典下的九百九十七年，"他说，"耶稣有九百九十七岁了。三年之后将是千岁。"

埃德加理解数字，所以没办法放过德格伯特的说法。"耶稣不是在公元一年出生的吗？"他说。

"是的。"德格伯特说。他又傲慢地补充一句："受过教育的人都知道这一点。"

"那他在公元二年的时候应该才一岁。"

德格伯特的样子有点犹豫了。

埃德加继续说："公元三年，他就两岁，以此类推。所以到了今年，九百九十七年，他就是九百九十六岁。"

德格伯特气呼呼地说："你根本就不知道自己在说什么，你这个自大的兔崽子。"

埃德加脑后有个平静的声音劝他不要去争吵，但这个声音却被他内心想纠正一个算术问题的冲动淹没了。"不，不，"他说，"事实上，耶稣的生日是在圣诞节，所以现在这个时候，他还是九百九十五岁半。"

从门口看过来的利芙咧着嘴笑道："他可把你难住了啊，德格西。"

德格伯特大怒。"你怎么能这样跟一个司铎说话？"他对埃德加说，"你觉得你自己是谁啊？你都不识字！"

"我不识字，但我会数数。"埃德加固执地说。

德朗说："带着你的绳子走人，没学会尊重长辈和上等人，就别回来。"

"只是数字而已。"埃德加说，他想把话圆回来，虽然太晚了，"我不是要对您不尊敬。"

德格伯特说："赶紧滚开。"

德朗补充一句："快走人，走丢最好。"

埃德加转过身，朝着河岸的方向离开了。他心情沮丧，他的家人需要大家帮各种忙，但他已经树了两个敌人。

他为什么要这么蠢地开口？

第四章

九九七年，七月上旬

　　蕾格希尔德小姐，瑟堡的休伯特伯爵的女儿，正坐在一个英格兰修士和一个法国神父中间。蕾格娜——大家一般这么叫她——觉得那个修士很有意思，而神父比较浮夸，不过，她要打动的人是神父。

　　现在是瑟堡城堡的午餐时间。这座壮观的石头城堡矗立在山巅，俯视着港口。蕾格娜的父亲为这座建筑感到骄傲。它富有革新意义，非同一般。

　　休伯特伯爵为很多东西感到骄傲。他珍惜他那些战时风格的维京遗产，但更让他满意的是维京人转变成诺曼人的方式，他们发展出了他们自己版本的法语。而他最珍视的是他们皈依了基督教，重建了曾被他们祖先洗劫的教堂和修道院。一百年来，原先的海盗创立了一种法治的文明，它处处与欧洲皆可比肩。

　　长长的搁板桌摆在城堡楼上的大堂里，覆盖在台面上的是一块延伸至地板的白色亚麻布。蕾格娜的父母坐在最前面。她的母亲名叫金洛格，但为了取悦她的丈夫，她把名字改成了更接近法语发音的吉纳维芙。

伯爵和伯爵夫人，以及他们更为尊贵的客人用铜碗进餐，酒杯是樱桃木做的，镶有银边；进餐用的是部分镀金的刀子和勺子，还有其他昂贵的餐具，尽管不算奢侈。

那个英格兰修士——奥尔德雷德修士——英俊得惊人。他让蕾格娜想起了一尊她在鲁昂看到过的古罗马大理石雕像，那尊人头雕像雕有短短的卷发，由于时间的冲刷，头发处已经变脏，鼻尖也磨损了，但明显是尊神灵的雕塑。

奥尔德雷德是前天下午到达瑟堡的，他的储物箱里全装着他从瑞米耶日的诺曼大修道院里带来的书。"那里的缮写室^①可以与世界上任何地方的缮写室媲美！"奥尔德雷德热情洋溢地说，"一群修士在为人类的启蒙抄写和修订书稿呢。"书籍以及书籍所带来的智慧，显然构建起了奥尔德雷德巨大的热情。

蕾格娜觉得，在他生命中，这份热情已经取代了他可能拥有的与他的信仰相悖的浪漫爱情。对蕾格娜而言，奥尔德雷德是个非常具有魅力的人，而当他看着她的弟弟理查时，脸上出现的却是一种不一样的饥渴表情。理查今年十四岁，是个高大的男孩，有着女孩一般的嘴唇。

奥尔德雷德正在等待海上吹来的顺风带他越过海峡，回到英格兰。"我等不及想回到夏陵的家，告诉我在那里的弟兄们，瑞米耶日的修士是怎样装饰^②他们的文字的。"他说。他说的法语带着些拉丁语和盎格鲁-撒克逊语的词汇。蕾格娜会拉丁语，也从一个后来嫁给了诺曼水手的英格兰保姆那里学到了些盎格鲁-撒克

---

① 缮写室，欧洲中世纪制作书籍的地方。
② 在中世纪，人们会用金、银等彩色设计来装点文字和书页。——译者注

逊语。"我带来的其中两本是我从来没有听说过的作品！"奥尔德雷德继续道。

"您是在夏陵修道院当院长吗？"蕾格娜问，"您看上去很年轻。"

"我三十三岁了，不，我不是院长。"他笑了一下，"我是图书管理人，负责缮写室和图书馆。"

"图书馆大吗？"

"我们有八本书，等我回去之后，我们就会有十六本了。缮写室里有我和一个助理，塔特维修士。他负责为大写字母上色，我负责抄写，我对文字比对色彩更感兴趣。"

那位神父打断了他们的谈话，提醒着蕾格娜要保持一副良好的形象。路易神父对她说："告诉我，蕾格希尔德小姐，您认识字吗？"

"我当然认识。"

路易神父抬起眉毛，感到些许惊讶。这里边没什么"当然"可言：贵族女人不可能都识字。

蕾格娜意识到自己刚说的话给人一种傲慢的印象。她试图表现得友好一些，于是补充道："我很小的时候，父亲就教我识字了，就在我弟弟出生以前。"

一个星期前，路易神父来到这里。当时，蕾格娜的母亲把她拉进伯爵和伯爵夫人的私人住处问："你知道他为什么要来吗？"

蕾格娜皱了眉头："我不知道。"

"他是个重要人物：兰姆伯爵的秘书，大教堂的咏礼司铎。"吉纳维芙长得高挑又漂亮，不过尽管她显得有气势，却很容易受惊吓。

"那他怎么来瑟堡了？"

"因为你。"吉纳维芙说。

蕾格娜已经发现了。

她的母亲继续道："兰姆伯爵有一个儿子，名叫纪尧姆，跟你年龄相当，还没结婚。现在伯爵正为他的儿子找一个妻子。路易神父是来看你合不合适的。"

蕾格娜的怒意袭来。这种事很正常，但这仍然让她感觉自己像一头被未来买家欣赏的母牛。她压下怒火："纪尧姆长什么样？"

"他是罗贝尔国王的外甥。"二十五岁的罗贝尔二世是法国的国王。对吉纳维芙来说，一个男人所拥有的最大财产便是同皇室沾亲带故。

蕾格娜却有着其他考虑。她想知道纪尧姆除社会地位之外还有什么特点，她对此感到不耐烦。"就没别的了吗？"她说。她突然意识到自己的语气里带着一种戏弄的语调。

"别这么刻薄。这只会让男人远离你。"

一点没错，蕾格娜已经让好几个完美追求者灰心放弃了。不知为什么，她吓到了他们。她的体形像母亲，长得很高，但追求者长得再高也没用，她在意的还有其他事。

吉纳维芙继续道："纪尧姆没染病，不是疯子，也不堕落。"

"这听上去真是每个女孩的梦中情人了。"

"你又来了。"

"抱歉。我保证会对路易神父和气点的。"

蕾格娜二十岁，她不能永远单身。她不想在女修道院度过余生。

她的母亲开始着急了。"你想要的是一个激情洋溢的永恒情人，但那些男人只出现在诗歌里。"吉纳维芙说，"现实生活中，我们女人只需满足于我们可以得到的男人。"

　　蕾格娜知道这话没错。只要纪尧姆不是令人深恶痛绝，她很可能会嫁给他。但是她会以自己的方式完成这桩婚事。她希望路易赏识她，但她同样需要他理解她会是怎样的妻子。她不希望自己仅是外表光鲜亮丽，就像她的丈夫自豪地向客人展示的一块华丽地毯；也不希望自己只是个主妇，组织宴会、取悦尊贵的来宾。她要成为自己丈夫在产业上的共同管理者。妻子扮演这样的角色并不反常：每当贵族成员参与战争，丈夫都要把自己的土地和财富交给他人管理。有的时候，他的接管人会是自己的兄弟，或者儿子，但通常是自己的妻子。

　　这时，在一盘刚从海里捞上来、在苹果酒里煮的新鲜鲈鱼面前，路易神父调查起蕾格娜的知识素养来。他带着一种明显的怀疑问道："那你一般读什么书呢，小姐？"他的语调让人觉得，他难以相信一个有魅力的年轻女人竟然读得懂文学。

　　要是她能对他更有好感，给他留下个好印象也会容易些。

　　"我喜欢讲故事的诗歌。"她说。

　　"举个例子？"

　　他明显是觉得她说不出一部文学作品的名字，但他错了。"圣女尤拉莉娅①的故事就非常动人，"她说，"最后，她化身为鸽，上了天堂。"

　　"确实是这样。"路易说，但他的嗓音里还透着怀疑，关于

---

① 圣女尤拉莉娅，罗马帝国迫害基督徒时期的一位著名的圣女，死时年仅13岁。死前，她经受了13种刑罚。她死去时，突然天降大雪盖住了她的裸体。

圣徒，他觉得她说不出他不知道的东西。

"还有一首英格兰诗歌，叫《妻子哀歌》[①]，"她转身看着奥尔德雷德，"您知道吗？"

"我知道，不过我不知道它是不是原来就属于英格兰。诗人四处旅行。他们会在一个贵族的宫廷里为人们提供消遣，等他们的诗不再新鲜了，诗人便会离开。要么，他们会被有钱的赞助人看中，然后被他们挖走。诗人从一个地方到达另一个地方，欣赏他们的人会将他们的作品翻译成自己的语言。"

蕾格娜被迷住了。她喜欢奥尔德雷德。他懂得那么多，还可以在不显示自己优越感的情况下分享这些知识。

蕾格娜还记得自己的任务，于是她转向路易："您不觉得很棒吗，路易神父？您来自兰姆，那个地方很靠近德语区。"

"是的。"路易说，"您受过很好的教育，小姐。"

蕾格娜感觉自己通过了一场考试。她想知道路易摆出那种屈尊的态度是不是故意想要刺激她。她很高兴自己没有上钩。"谢谢您这么说。"她不太真诚地说，"我的弟弟有个家庭教师，他在讲课的时候允许我坐在旁边，只要我保持安静就可以了。"

"很好。知道这么多的女孩不太多。但对我而言，我主要读圣典经文。"

"那是自然。"

蕾格娜赢得了相当的尊重。纪尧姆的妻子必须是有学识的，能在交谈中提出自己的观点，蕾格娜已经证明了这点。她希望这能弥补她之前的傲慢。

---

① 也被称为《妻子的怨言》，是一首53行古英语诗歌，内容是关于唤起女性演讲者的悲伤和表现她的绝望状态。

一个叫巨人伯恩的武装士兵走了过来，对休伯特伯爵低语。伯恩留着红色的胡子，还有一个大肚子。

　　与伯恩简单讨论之后，伯爵从桌子后站起来。蕾格娜的父亲是一个矮小的男人，在伯恩旁就显得更矮了。尽管他已经四十五岁了，但看上去还像个淘气男孩。他后脑勺的头发剃成了诺曼人的流行风格。他走到蕾格娜身边。"没想到我必须去趟瓦格涅。"他说，"我本打算今天去圣马丁村，调查那里的一桩争端，可现在我没法脱身了。你可以代我去一下吗？"

　　"没问题。"蕾格娜说。

　　"那里有个叫加斯顿的农奴，他不肯交租，显然是在抗议。"

　　"我来处理，别担心。"

　　"谢谢。"伯爵与伯恩离开了屋子。

　　路易说："您父亲很喜欢您。"

　　蕾格娜微笑："我也喜欢他。"

　　"您经常代您父亲做事吗？"

　　"圣马丁村对我来说很特殊。那整个地区是我嫁妆的一部分。不过，对，我经常代我父亲做事，无论是在那儿，还是别的地方。"

　　"更常见的是妻子代丈夫做事。"

　　"没错。"

　　"您父亲的做事方式有些特殊。"路易张开双臂来表示城堡，"比如，这座建筑。"

　　蕾格娜分辨不出路易到底是在贬低这座建筑，还是仅仅感到好奇："我妈妈不喜欢治理方面的工作，但我非常感兴趣。"

　　奥尔德雷德插了一句："有的时候女人会做得很不错。英格兰的阿尔弗雷德大帝①有个女儿叫埃塞尔弗莱德，她的丈夫死后，她就掌管了麦西亚②那个伟大的地方。她加固了城镇的防守，赢得了战争。"

蕾格娜意识到，她得到了一个向路易表现的机会。她可以邀请他去看看她是如何与平民百姓打交道的。这是贵族女人的一部分职责，她知道自己做得不错。"神父，您方便跟我一起到圣马丁村去吗？"

"很高兴我能同您一起去。"路易马上说。

"在路上的时候，或许您可以跟我讲讲兰姆伯爵一家人。他应该有一个与我同龄的儿子吧。"

"确实是这样的。"

邀请被接受之后，蕾格娜却觉得自己不想这一整天都跟路易聊天，于是她又转向奥尔德雷德。"您也可以一起来吗？"她说，"您可以在晚潮之前回来的，所以如果今天风向改变了的话，您仍然可以在今晚离开。"

"很高兴陪同。"

他们从桌前站了起来。

蕾格娜的贴身女仆是个黑发女孩，与她年纪相当，叫卡特。她的鼻子往上翘，末端尖尖的，鼻孔就像两个并排陈列的羽管笔笔尖。除了长得诱人，她还带着一股活泼劲，双眼闪着淘气。

卡特帮蕾格娜脱下她的丝质便鞋，然后放进箱子里。随后，

---

① 阿尔弗雷德大帝（849—899年），曾率众抗击北欧海盗维京人的侵略，使英格兰大部分地区回归盎格鲁-撒克逊人的统治，故获得大帝的尊称。他是英国迄今为止唯一一位被授予"大帝"名号的君主，被后人尊称为"英国国父"。
② 麦西亚，即麦西亚王国，存在于英格兰统一之前的"七国时代"，位于今英格兰地区的中南部。——译者注

她从箱子拿出一双在骑马时保护腿肚的亚麻护腿套，又为蕾格娜穿上一双皮靴。最后，她把马鞭递给蕾格娜。

蕾格娜的母亲走到她身边。"对路易神父好些。"她说，"别显得自己比他还聪明，男人讨厌这点。"

"好的，妈妈。"蕾格娜温顺地说。蕾格娜自己也很清楚，女人不该显得聪明，但她常常打破规矩，所以她妈妈也有理由来提醒她。

蕾格娜离开城堡主楼，走向马厩。四名武装士兵由巨人伯恩领头，在那里等着护卫她。伯爵肯定之前就提点过他们了。马夫已经为她最喜欢的马上了马鞍，那是一匹灰色的母马，名叫阿斯特丽德。

奥尔德雷德修士将一张皮垫绑在他的小马驹上，他羡慕地看着她那镶有黄铜的木制马鞍。"它看上去很漂亮啊，可是这不会把马压疼吗？"

"不会。"蕾格娜坚定地说，"木头会把重量分散，软的马鞍才会弄疼马背。"

"你看看，迪斯马斯，"奥尔德雷德对他的小马说，"你喜不喜欢这么豪华的东西呀？"

蕾格娜注意到迪斯马斯的额头上有个白色的、类似十字的标志。作为修士的坐骑，它再合适不过了。

路易说："迪斯马斯？"

蕾格娜说："那是与耶稣一起被钉在十字架上的其中一个窃贼。"

"我知道。"路易的语气很重。蕾格娜对自己说：别显得这么聪明。

奥尔德雷德说："我这匹迪斯马斯一样喜欢偷东西，特别是吃的。"

"哈。"路易显然觉得这种名字不该用在如此不严肃的地方，但他没有再说话，只是转过头去为自己那匹阉割的马上鞍。

他们骑马离开了城堡大院。往山坡下走的时候，蕾格娜专业地朝海港的海船看了一眼。她从小在港口长大，可以辨别不同种类的船只。如今主要的船是渔船和沿海船，不过在码头边，她还注意到了一艘英格兰商船，这肯定是奥尔德雷德想坐上的那艘；而要是维京海盗的战船靠岸，没有人会注意不到他们杀气十足的身影。

他们往南走不一会儿，镇上的楼房便被抛于身后。眼前是平坦的陆地，海上的微风袭来。蕾格娜沿着两旁是奶牛牧场和苹果园的熟悉小径往前走。她说："奥尔德雷德修士，现在你已经渐渐认识我们国家了，你喜欢它吗？"

"我注意到，这里的贵族男人只有一个妻子，没有妾，至少明面上是这样的。在英格兰，尽管教堂明确训诫，但是纳妾甚至一夫多妻是可以被容忍的。"

"在这里，人们也可能偷偷摸摸地做这种事。"蕾格娜说，"诺曼的贵族男人不是圣人。"

"这话没错，但至少这里的人们知道什么是罪恶的，什么不是。在诺曼底，我注意到了另外一件事，就是我在哪里也看不到奴隶。"

"鲁昂就有片奴隶市场，但是买方是外国人。奴隶制在这里几乎被废除了。我们的神职人员之所以谴责它，主要原因是许多奴隶是用来通奸和鸡奸的。"

路易发出了惊愕的一声。也许他还不太习惯听见年轻女人谈论通奸和鸡奸。蕾格娜心里一沉，意识到自己又犯了个错误。

奥尔德雷德并不感到震惊。他没有停下，继续与蕾格娜讨论。"另一方面，"他说，"你们的农民是农奴，他们要得到自己主人的允许，才能结婚、改变谋生方式，或者搬到另一座村庄去。相反，英格兰的农民是自由的。"

蕾格娜思考着。她没意识到诺曼底的制度并不是各国通行的。

他们来到了一个叫橡树村的地方。蕾格娜看到地上的青草长得很高。她估计，一两周内，村民们就可以割下它们，然后做成干草，等到冬天喂牲口了。

在田地里干活的男女停了下来，向他们招手。"底波拉！"他们喊，"底波拉！"蕾格娜也向他们招手。

路易说："我是听见了他们喊您底波拉吗？"

"没错，是个昵称。"

"怎么来的？"

蕾格娜咧嘴一笑："您会知道的。"

人们听见这七匹马的蹄声，从屋里走了出来。蕾格娜看见了一个她认识的女人，于是她拉住马缰。"你是埃伦，那个面包师。"

"是的，小姐。愿您安康快乐。"

"上次你家小孩从树上掉了下来，现在他怎么样了？"

"他死了，小姐。"

"非常抱歉。"

"他们说我不该哀悼，因为我还有三个儿子。"

"这么说的人是傻子。"蕾格娜说，"不管你还有多少个孩子，失去孩子对母亲来说都是非常悲痛的事情。"

眼泪从埃伦被风吹红的脸颊上流了下来，她伸出一只手。蕾格娜拉着她的手，轻轻捏了捏。埃伦亲吻了蕾格娜的手，说："您懂我。"

"也许我有点能懂你。"蕾格娜说，"再见，埃伦。"

他们继续骑马。奥尔德雷德说："可怜的女人。"

路易说："您做得不错，蕾格娜小姐。那个女人余生都会爱戴您。"

蕾格娜感觉自己被低估了。路易显然是觉得她表现得善良，不过是为了受人欢迎。她想问问他，他是不是觉得世上没有人拥有真正的同情心。但是她记住了自己的任务，没有说话。

路易说："可我还是不明白他们为什么叫您底波拉。"

蕾格娜对他神秘一笑。让他自己去想好了，她想。

奥尔德雷德说："我发现这里很多人有您这样的漂亮红发，蕾格娜小姐。"

蕾格娜知道自己有一头红金色卷发。"因为维京人的血统，"她说，"这里有些人仍然在说斯堪的纳维亚语。"

路易评论道："诺曼人跟我们法兰克土地上的其他人不一样。"

也许这是句赞扬话，但蕾格娜不这么想。

一小时之后，他们到了圣马丁村。蕾格娜在外围地带停下了马。一些男人和女人正在枝叶繁茂的果园里忙活，蕾格娜在这些人中间看到了热尔贝，他是个地方官，或者说，是这座村子的村长。她下了马，越过牧场跟他说话，她的同伴跟随着。

热尔贝向她鞠躬致意。他长得挺奇怪，鼻子有点歪，牙齿奇形怪状的，他都没法把嘴巴完全闭上。休伯特伯爵之所以任命他为村长，是因为他聪明，不过蕾格娜不太确定自己是否能信任他。

人人停下了手头的活，聚在蕾格娜和热尔贝周围。"热尔贝，今天你在这里忙什么呢？"

"小姐，我在摘些小苹果，这样其他苹果就能长得大一些，汁也能多些。"他说。

"这样你就可以酿出更好的苹果酒了。"

"多亏神的恩惠和良好的种植，圣马丁村的苹果酒比其他地方的要浓烈。"

诺曼底一半的村庄都觉得自己做的苹果酒是最浓烈的，但蕾格娜没把这话说出来。"不成熟的苹果你打算怎么办呢？"

"喂给山羊吃，这样做出来的奶酪会更甜。"

"村里谁做奶酪做得最好？"

"勒妮，"热尔贝马上说，"她用母羊的羊奶做奶酪。"

在场有人摇了摇头。蕾格娜向他们转过身："你们觉得呢？"

其中两三个人说："托奎尔。"

"那跟我来，所有人都来，我两个都尝尝。"

农奴们高兴地跟在后面。单调乏味的生活中只要有些许改变，他们就会欢迎，也很少不愿意停下手头的工作。

路易神父的语气里带着愠怒："您这么大老远来不是为了尝奶酪的吧？您不是来解决争端的吗？"

"是的。这就是我做事的方式。请耐心。"

路易神父烦躁地嘟哝一声。

蕾格娜没有骑到马背上，而是步行至村庄，在两边金黄的谷物之间，沿着满是尘土的小道向前走。骑马换成步行，她便可以更随意地在路上与人聊天了。蕾格娜对女人们尤其关注，因为她们可以告诉她平时人们的闲言碎语，但男人通常不管这些。一路上，她了解到勒妮是热尔贝的妻子，勒妮的兄弟伯纳德有一群羊，而与伯纳德发生争执的是加斯顿，就是那个拒绝交租的人。

蕾格娜总是尽力去记住人名，这会让人们觉得自己是被关心的。每次她在平日闲聊中听到一个名字，都会用心记住。

走着走着，更多的人加入了他们的队伍。抵达村庄时，他们发现那里又等着一些人。蕾格娜知道，这片田地里的人们有一种神秘的沟通方式。她理解不了，但她能看到，一英里之外忙活的人们似乎能获得她到来的消息。

那里有座优雅的小石头教堂，上面的圆拱形窗户整齐排列着。蕾格娜知道，总铎奥多在此地及另外三座村庄任职。每个周日，他会前往不同的村庄。今天他就在圣马丁村，那种神秘的乡村沟通方式又开始了。

奥尔德雷德马上与奥多神父交谈起来。但路易没有，也许他觉得与一位乡村司铎交谈会降低他的身份。

蕾格娜分别尝了尝勒妮和托奎尔的奶酪，她说他们两个的都很好，难决高下；她又向两人各买了一罐奶酪，大家都很高兴。

她在村里走了一圈，走进每间屋子和每座谷仓，确保自己对每个成人和大多数小孩说了话。然后，她感觉大家已经相信了她的诚意，便开始主持开庭了。

蕾格娜的许多策略来自她的父亲。他喜欢跟人们见面，也擅长结交朋友。也许之后有一些人会成为他的敌人——没有统治者能够永远让每个人满意——但人们即使和他作对，也是不情不愿的，不愿意反对他。他教给了蕾格娜不少东西，而蕾格娜光是站在一旁观察他，就学到了很多。

热尔贝搬了一张椅子，放在教堂外西面的位置，蕾格娜坐了下来，大家站在她周围。随后热尔贝把加斯顿叫了出来。他是个高大强壮的农民，大概三十岁，长着一头蓬松的黑发。他脸上写满怒意，但蕾格娜估计他平常是好相处的人。

"听着，加斯顿，"蕾格娜说，"现在你来告诉我和你的邻居们，为什么你没有交租？"

"蕾格娜小姐，此刻我站在您的面前……"

"等等，"蕾格娜伸出一只手示意他停下，"记住，这不是法兰克国王的法庭。"村民们窃笑，"我们不需要那虚夸的正式陈词。"加斯顿做正式演讲的机会并不多，但如果得不到清晰的指示，他大概就会这么说话。"你就假设你正跟一帮朋友在喝苹果酒，他们问你为什么这么恼火。"

"好的，小姐。小姐，我没有交租，是因为我交不起。"

热尔贝说："废话。"

蕾格娜对热尔贝皱皱眉头，严厉地说："等轮到你的时候再发言。"

"好的，小姐。"

"加斯顿，你的租金是多少？"

"我养小牛犊，每年仲夏节，我要给您尊贵的父亲两头满周岁的牛犊。"

"你的意思是，你没有牛了，对吗？"

热尔贝再次打断："有，他有。"

"热尔贝！"

"抱歉，小姐。"

加斯顿说："我的牧场被入侵了。所有的草都却被伯纳德的羊吃了。我的母牛不得不去吃老干草，后来它们的奶干了，我的两头牛犊就死了。"

蕾格娜往四周看，试图回忆哪个人是伯纳德。她的双眼落在一个瘦小、头发像稻草一般的男人身上。她不太确定此人是不是伯纳德，于是抬起头说："我们听听伯纳德的说法。"

她没认错。那个瘦小男人咳嗽了一下，说道："加斯顿欠我一头牛犊。"

蕾格娜发现这场争端其实由来已久，现在变得复杂了。"等等，"她说，"你的羊是把加斯顿牧场的草吃掉了吗？"

"是的，但他还是欠我的。"

"我们等下再说那个问题。你让你的羊进了他的牧场。"

"我有自己的理由。"

"但这就是加斯顿的牛犊的死因。"

地方官热尔贝插话道："他的牛犊只是死了今年的。他还有去年的。现在他还有两只满了周岁的牛犊可以交租。"

加斯顿说："这样的话我明年就没有牛犊了。"

蕾格娜又有了那种头晕的感觉，每次她想控制农民争吵局面的时候都会这样。"大家静一下，"她说，"现在我们知道，伯纳德的羊侵袭了加斯顿的牧场，也许他是有理由的，这个我们等下再说；而这导致加斯顿认为自己今年已经交不起租了，这点可能对，也可能错。现在我问你，加斯顿，你欠了伯纳德一头牛犊，这是真的吗？回答是或不是。"

"是。"

"那你为什么不给他呢？"

"我会给他的。我只是现在还没有能力给他。"

热尔贝愤怒地说："那要拖到什么时候！"

蕾格娜耐心地听加斯顿解释他为什么从伯纳德那里借了牛犊，现在他还回去又遇到了什么困难。同时，一连串不太相关的事被挑了出来：他们各自觉得受了侮辱，各家的妻子也在互相谩骂，他们还在争论应该用哪个词，用什么样的语气才恰当。蕾格娜没有阻止。他们需要发泄愤怒。但最终，她喊了停。

"我听够了，"蕾格娜说，"这是我的决定：首先，加斯顿欠了我的父亲——伯爵——两头满周岁的牛犊。这没有理由。他不交租是错误的行为。但他不会为自己的错误受到惩罚，因为他是被逼的。但他终究是欠了别人的。"

人群反应各不相同。有些人不赞同地低语着，有些人则点点头。加斯顿露出了无辜的受伤表情。

"第二，伯纳德对加斯顿的两头牛犊的死负有责任。加斯顿没有还债，并不能为伯纳德的羊群的侵袭开脱。这么来看，伯纳德欠加斯顿两头牛犊。不过，之前加斯顿已经欠了伯纳德一头牛犊，也就是说，现在伯纳德只需要给加斯顿一头牛犊就可以了。"

伯纳德一脸震惊。她比人们预料的还要强硬。但是他们没有反对——她的决定是有法律效力的。

"最后，这场争端不允许再次提起，如果有人违反，则要怪罪热尔贝。"

热尔贝愤怒地说："小姐，我可以说两句吗？"

"当然不行，"蕾格娜说："之前我已经给过你说话的机会了。现在轮到我说了。安静。"

热尔贝闭上了嘴。

蕾格娜说："热尔贝是地方官，这个问题本该早就解决。我相信他之所以不这么做，是因为他的妻子勒妮的劝说，因为她希望他能够向着自己的兄弟伯纳德。"

勒妮窘迫至极。

蕾格娜继续道："由于这部分是热尔贝的错，所以他必须失去一只牛犊。我知道他有一只，我在他的院子里看到了。他要把那只牛犊给伯纳德，而伯纳德要给加斯顿。所以，债务还清了，做错事的人也受到了惩罚。"

她能马上发现村民赞同她的判决。她坚持了遵守规定的原则，但她也以一种聪明的方式实现了它。她看见大家互相点着头，有些人微笑着，没有人表示反对。

"现在，"她站了起来，"你可以给我一杯你那有名的苹果酒了，加斯顿和伯纳德可以一起喝，交个朋友。"

人群中嗡嗡声起，大家在谈论着刚才发生的事。路易神父走到蕾格娜身边，对她说："底波拉是以色列的士师①。这就是您这个昵称的来源。"

"没错。"

"她是唯一的女士师。"

"有史以来。"

他点点头："您做得不错。"

我终于得到了他的赏识，蕾格娜想。

他们喝下苹果酒，然后离开。骑马回瑟堡的路上，蕾格娜向路易询问纪尧姆的事。

---

① 士师，即审判官。——译者注

"他很高。"路易说。

这个回答也算有用吧，她想。"一般来说，什么事情会让他生气？"

路易扫了蕾格娜一眼，她从他的眼神里看得出，他发现了这个问题的精明之处。"没什么。"他说，"总的来说，纪尧姆对待生活是很冷静的。如果一个仆人粗心大意，也许他就会生气，比如食物没煮好、马鞍没绑紧、床单弄皱了。"

听上去，这人挺吹毛求疵的，蕾格娜想。

"在奥尔良，人们对他评价很高。"路易继续道，奥尔良是法国宫廷所在的主要地区，"他的舅舅，也就是国王，很喜欢他。"

"纪尧姆是个有雄心的人吗？"

"年轻的贵族男人是什么样，他就是什么样。"

这个回答很谨慎，蕾格娜想。既不至于把纪尧姆形容得野心澎湃，也不会给人他胸无大志的感觉。"那他对什么感兴趣呢？打猎？喂马？音乐？"

"他喜欢美的东西。他收集珐琅胸针和带装饰的尾扣。他的品位不错。但您还没有问我一个女孩可能会问的第一个问题。"

"什么问题？"

"他长得是否英俊。"

"哈，"蕾格娜说，"这个问题我得自己来判断。"

他们骑马进入瑟堡的时候，蕾格娜注意到风向变了。"您的船今晚就会开走。"她对奥尔德雷德说，"潮汐发生变化之前，您还有一个小时的时间，但您最好现在上船。"

他们返回城堡，奥尔德雷德取回了自己装着书的箱子。他骑着迪斯马斯到码头区，路易和蕾格娜也一路陪同。"很高兴见到您，蕾格娜小姐。如果我知道世界上有您这样的女孩，也许我就不会成为一名修士了。"

这是他对她说的第一句调情话，而她马上就明白，他说这些只不过是出于礼貌。"谢谢您的赞美。"她说，"不过您终究会成为修士的。"

他惋惜地笑了笑。他清楚她在想什么。

蕾格娜可能再也不会见到奥尔德雷德了。真是遗憾，她想。

一艘船乘着海潮末端驶来。她想，看上去像是一艘英格兰渔船。船员收拢船帆，船朝岸边驶去。

奥尔德雷德和他的马登上了他选的船。船员已经开始解开绳索，拉上锚了。与此同时，那艘英格兰渔船正在做相反的事。

奥尔德雷德朝蕾格娜和路易招了招手，船开始顺着发生转向的潮汐远离陆地。同时，一小群人从刚刚抵达的那艘船上下来。蕾格娜出于本能的好奇，看着他们。他们的上唇都长着小胡子，但下巴上没有胡须，这是英格兰人的特征。

蕾格娜的目光被他们中间最高的那个人吸引了过去。他大概四十岁，长着一头长而厚的金发；身上的蓝色斗篷被微风吹得有点皱，披在他的宽肩膀上，用一枚精美的银别针别好；他腰带的银搭扣和尾扣装饰华丽；整个剑柄全镶上了宝石。英格兰珠宝匠是基督教世界里最好的珠宝匠，有人这么告诉过蕾格娜。

那个英格兰人自信地大步走着，他的同伴们匆匆跟上。他直接朝蕾格娜和路易走来，他肯定是看到他们的装束，猜出他们是重要人物。

蕾格娜说："欢迎来到瑟堡，英格兰人。你来这里做什么？"

那个男人没有理会她，而是向路易鞠了一躬。"向您问好，神父。"他用一口糟糕的法语说，"我希望与休伯特伯爵会面。我是夏陵的郡长，威尔武夫。"

* * *

威尔武夫的英俊与奥尔德雷德的英俊不太一样。这位郡长有个大鼻子和铁锹一般的下巴，他的双手和手臂被疤痕弄得不成样子。然而当他大步走过的时候，城堡里所有的女仆都红了脸，咯咯地笑。外国人的到来总是很吸引人，但是威尔武夫的吸引力不止于此。这与他的身高、他走路时的灵活姿态，以及他紧紧凝视他人的眼神有关。最重要的是，威尔武夫有一种对任何事情做好准备的自信。他可以随时轻而易举地抱起、带走一个感觉到他魅力的女孩。

蕾格娜被威尔武夫吸引住了，但他似乎对包括她在内的任何女人全然不在意。他与她的父亲交谈，拜会诺曼底的贵族男人，还与他自己身边的武装士兵用蕾格娜听不懂的、快速而粗嘎的盎格鲁-撒克逊语讲话，但他几乎不和女人说话。蕾格娜感觉自己被怠慢了：她不习惯这种被无视的感觉。威尔武夫的冷漠对她来说是个挑战。她感觉自己必须惹惹他才行。

蕾格娜的父亲可没有她那么对威尔武夫着迷。维京海盗是他未开化的同胞，在英格兰人和维京海盗之间，他不会倾向英格兰人。威尔武夫是在浪费他的时间。

蕾格娜想要帮助威尔武夫。她并不觉得自己跟维京海盗有多亲近，她也同情英格兰的受害者。如果她帮了他，也许他就不会无视她了。

尽管休伯特伯爵对威尔武夫没太多兴趣，但一个诺曼贵族却有义务显示自己的好客，所以他组织了一场野猪狩猎活动。蕾格娜很兴奋。她喜欢打猎，也许通过这场活动，她便有机会去了解威尔武夫。

大家在破晓之时就聚在了马厩旁，站着吃了羊排、喝了浓烈的苹果酒作为早餐。他们选择了自己的武器——任何武器都是被允许的，但最受欢迎的是一种特殊的长矛。它很重，刃很长，跟长矛杆一样长，在刃和杆之间还有一块横杆。他们骑上了马，蕾格娜也骑在了阿斯特丽德的背上。一群处于兴奋状态的狗冲了出去，马儿也出发了。

蕾格娜的父亲带路。休伯特伯爵并没有像许多身材矮小的男人那样，通过骑高大的马来寻求心理补偿。他最喜欢的狩猎马是一匹结实的黑色矮种马，名字叫索尔。在树林里，它的速度丝毫不逊于高大的马，甚至更加灵活。

蕾格娜发现威尔武夫的骑马技术很不错。伯爵绐了他一匹生气勃勃、长着花斑的种马，叫歌利亚。威尔武夫轻易便将它控制服帖，他坐在歌利亚身上，仿佛坐着把椅子。

一匹驮马跟随着狩猎的队伍，驮着挂篮，里面放满了城堡厨房里的面包和苹果酒。

他们骑马来到橡树村，随后拐到橡树村的森林区，这是半岛上现存的最大的森林区域，拥有着最多的野生生物。他们沿着一条小道前进，那群狗则俯在地面，疯狂地在灌木丛里嗅着野猪的气味。

阿斯特丽德脚步轻盈，享受着清晨空气中在树林里小跑的感觉。蕾格娜越发期待了。路上的危险令她欣喜若狂。野猪的威力不可小觑，它们的牙齿很大，下巴有力道。一头成熟的野猪可以同时放倒一匹马，杀死一个人。即便受了伤它们也可以攻击他人，尤其是它们被逮住的时候。一支野猪长矛之所以有横杆，就是因为如果野猪被长矛刺中，在受了致命伤的情况下，它仍可以迎着体内的长矛向人冲去，发起攻击。人类狩猎野猪，需要一个冷静的头脑和强大的神经。

其中一条狗闻到了气味，获胜般地吠了起来，然后它沿着气味前进。狗群跟了上去，骑手们在后面跟随。阿斯特丽德在灌木丛中迈着稳健的步伐闪躲着。蕾格娜的弟弟理查从她身边经过，一副得意忘形的样子，十几岁的孩子都这样。

蕾 格 娜 听 见 了 一 头 受 惊 的 野 猪 发 出 "咕 —— 咕 —— 咕——"的长声尖叫。那群狗变得疯狂，马儿加快了步伐。追逐大戏开始了，蕾格娜的心跳加快了。

野猪很能跑。在平坦的路上，它们跑得没有马快，但在道路蜿蜒、植被环绕的丛林里，它们很难被逮到。

蕾格娜瞥见一群猎物跨过林中空地，先是一头母猪，从鼻子到尾端有五英尺长，也许比蕾格娜还要重；此外还有两三头体型较小的母猪，外加一窝身上长着斑纹的小猪，它们的短腿的奔跑速度快得惊人。这一家子野猪属于母系氏族，除非到了冬天的发情时节，其他时间公猪是不与它们住在一起的。

马儿喜欢这种刺激的追逐游戏，尤其是跟一群狗飞速奔跑的时候。马儿撞开矮树丛，踩平灌木和幼树。蕾格娜单手骑马，左手拉住缰绳，右手握住长矛。她把头低至阿斯特丽德的脖子处，避开伸出的树枝，对粗心的骑手而言，这些树枝甚至会比野猪的攻击更加致命。不过，尽管骑得小心翼翼，但蕾格娜仍有种无畏的感觉，就像斯堪的纳维亚神话里的狩猎女神丝卡蒂，威力无穷，无懈可击，仿佛在这样亢奋的状态下，任何坏事都不会发生在她身上。

狩猎者们从林区冲到了牧场。母牛哞叫着四散开来，大受惊吓。马儿瞬间就赶上了野猪。休伯特伯爵用长矛刺向其中一头体型较小的母猪，杀死了它。蕾格娜赶上了一头闪躲着的小母猪，她俯下身来，用长矛刺中它的后腿。

而那头老母猪忽然变得危险，于是她掉转方向，准备回击。年轻的理查毫不畏惧地向它袭去，但他的刺刀没有对准，只击中了母猪肌肉发达的背部。长矛只刺进了肉里一两英寸，然后就断了。理查失去了平衡，掉下了马，重重地摔在地上。母猪向他扑来，蕾格娜看到自己的弟弟处在生死关头，不禁大声尖叫。

威尔武夫从后方出现，他骑得飞快，举起长矛，骑马跃过理查的身体，危险地俯下身体，将整头野猪刺穿。铁器从它的喉咙一直刺到胸脯。矛尖肯定刺进了野猪的心脏，因为它立刻倒地死亡。

狩猎者们扼住缰绳，下了马，大家上气不接下气，高兴地互相庆贺。理查因为刚刚逃过一劫，开始还脸色煞白，但是周围的年轻人都在称赞他的勇气，很快他便表现出一副英雄的模样来。仆人们上前把野猪的内脏去除，内脏的汁液溅到地上，狗贪婪地扑了上去。到处是血液和粪便的浓烈味道。一个农民出现了，一语不发，露出愤怒的神色，赶着他那群苦恼的奶牛到邻近的牧场去。

驮着挂篮的驮马走了上来，狩猎者们饥渴地开喝，大口大口地吃着面包。

威尔武夫坐在地上，一手拿着木杯子，一手拿着一块结实发硬的面包。蕾格娜发现了这是个交谈的机会，于是坐到他身边。

他看上去并不十分愉快。

蕾格娜已经习惯了看到男人对她产生好感，而威尔武夫那副兴趣乏乏的样子刺痛了她的自尊。他以为自己是谁啊？但这没有令她退却，相反，现在她比任何时候都想把他吸引住。

蕾格娜的盎格鲁–撒克逊语说得磕磕绊绊："你救了我的弟弟，谢谢你。"

威尔武夫的回答足够友好："他这种年纪的男孩需要冒险。等他变老了，有的是让他小心翼翼的事。"

"等他活到那么长再说吧。"

威尔武夫耸了耸肩："胆怯的贵族不会赢得尊重。"

蕾格娜决定不去与他争论："你在年轻的时候也很冲动吗？"

他的嘴巴扭了一下，仿佛他的回忆让自己觉得好笑。"完全就是莽撞。"他说。不过这更多是一种吹嘘。

"但现在你当然是聪明了很多。"

他咧嘴笑了笑："看法不一样了。"

她感觉自己正在闯入他的保护区。她转移话题："你与我父亲相处得怎么样？"

他的脸色变了："他是一个慷慨的主人，但是他并没有打算把我需要的东西给我。"

"是什么？"

"我想让他不再庇护那些维京人了。"

蕾格娜点点头。她的父亲也是这么告诉她的。但她就是想让威尔武夫说说话："这件事对你有什么影响？"

"他们跨过海峡，突袭我的城镇和村庄。"

"他们已经一个世纪没有给我们这片海岸添过麻烦了，但这并不是因为我们是维京人的后代。现在他们也不再袭击布列塔尼、法兰克的土地或者是低地国家了。那么他们为什么要选择英格兰呢？"

威尔武夫看上去很惊讶，他似乎没有想到一个女孩可以问出如此有战略性的问题。然而，她清晰地提出了一个接近他内心想法的话题，他也热切地做了回答："因为我们富裕，尤其是教堂和修道院，但我们并不擅长防御。我与主教、院长那些学识渊博的人就我们的历史交谈过。伟大的阿尔弗雷德大帝赶走过维京海盗，可唯一能有效抵御他们的君主只有他一个。英格兰是一位年老的富太太，拥有一大箱金钱，却没有防御手段，遭抢的当然是我们。"

"我父亲对你的请求是怎么说的？"

"我以为，作为基督徒，他会欣然同意这个要求，但是他没有。"

这个蕾格娜知道，也思考过："我父亲不希望在一场与自己无关的争端中表态。"

"我也是这么认为的。"

"你想知道我会怎么做吗？"

他犹豫了一下，看着她，他的表情处在怀疑和希望之间。他显然不习惯听取一个女人的建议。然而蕾格娜高兴地看到，在他心里，他并没有完全拒绝其中的可能性。她等待着，她不希望把自己的观点强加给他。最后他说："你会怎么做呢？"

蕾格娜已经有了答案："我会给他一些回报。"

"他是这么唯利是图的人吗？我以为他会出于同胞之情帮助我们。"

她耸了耸肩："你们是在谈判。大部分协议都要涉及利益交换的。"

他涨了兴致："也许我该想想，如何给你的父亲一个帮我的动机。"

"值得试试。"

"我在想他可能想要什么。"

"我给你个建议。"

"你说。"

"瑟堡的商人一般会向库姆销售货物，特别是苹果酒、奶酪和亚麻布。"

威尔武夫点点头："常常是质量上乘的。"

"但我们总会遭到库姆当权者的阻挠。"

威尔武夫恼怒地皱着眉头："我就是库姆的当权者。"

蕾格娜没有停下："但是你手下的官员总是想干吗就干吗。付款常有延迟，人们会要求贿赂，货物当中产生多少税额无从得知。这样导致的结果是，商人会尽可能避免把货物卖到库姆。"

"税额肯定是要有的。我有权要求这一点。"

"但税额每次相同才是正常的。付款不能有延迟，中间不能有贿赂。"

"这样会产生问题。"

"这个问题大得过被维京海盗袭击吗？"

"有道理。"威尔武夫像在深思，"你的意思是，这就是你父亲想要的东西吗？"

"不。我还没有问过他，我也不是在代表他。他自己说了才算。我只是基于我对他的了解为你提供一个建议。"

狩猎者们已经准备离开了。休伯特伯爵唤道 "我们往回走，路上会遇见猎物的，肯定还有更多野猪。"

威尔武夫对蕾格娜说："我会考虑一下。"

他们上了马，往前走。威尔武夫在蕾格娜身边骑着马，没有说话，深深思索着。她很高兴跟他进行了这次对话。她终于让他对自己产生了兴趣。

天气暖和了起来。马儿知道正在往回走，便跑得更快了。蕾格娜刚以为狩猎已经结束，就看到一块被翻开的土地。野猪在那里翻找过植物的根和鼹鼠——这两样它们都喜欢吃。狗当然已经闻到了气味。

狗再次往前冲去，而马跟随狗冲去的方向飞奔。很快，蕾格娜就看到了猎物，这次是一群公猪，有三四头。它们跑过种着橡树和山毛榉的树林，然后分开了，其中三头跑往一条狭窄的小径，第四头朝灌木丛撞去。狩猎者们追着那三头，但威尔武夫奔向第四头，蕾格娜也一样。

这头野兽已然成熟。它的尖牙从嘴里弯了出来。尽管它非常凶险，却精明地一声不吭。威尔武夫和蕾格娜骑马绕过灌木丛，便看到了它在前方。威尔武夫纵马朝一棵倒下的大树纵身一跃，蕾格娜不想落后，也紧随其后，阿斯特丽德堪堪跨了过去。

野猪很壮。马儿赶上了它，但搏斗却无从开始。每当蕾格娜以为她或者威尔武夫可以发起攻击时，这野兽却会突然掉转方向。

蕾格娜依稀意识到，她已经听不见其他狩猎者的声音了。

野猪冲进了一块没有遮挡的空地，马儿突然加快了速度。威尔武夫往它的左边追去，蕾格娜往右边追去。

威尔武夫追到与它并行的位置，猛地一刺。野猪在最后时刻躲开了。长矛刺中它的背部，虽然它受了伤，但没有放慢速度。野猪掉转方向，直朝蕾格娜冲来。蕾格娜向左边俯过身，拽住缰绳，阿斯特丽德朝野猪掉转头，速度虽快，脚步却稳。蕾格娜驾马直接冲向了野猪，长矛尖头朝下。野猪再次躲闪，但太晚了，蕾格娜的武器直接刺进了它张开的嘴。她紧紧握住长矛的柄向前推，直到拼命反抗的野猪力气大到要把她从马鞍上扯下来，她只好放开手。威尔武夫掉转马头，再次攻击，将长矛刺进了野猪粗壮的脖子，野猪倒下了。

他们下了马，满脸通红，喘着气。蕾格娜说："干得好！"

"你干得好！"威尔武夫说，然后他就去吻她。

起初，这个吻只不过是兴头上祝贺般的随意一吻，但很快，它就变了质。蕾格娜感觉到了他突然的激情。她感受着他的胡子，他的嘴也饥渴地朝她的嘴唇挪去。她顺从了他，热切地张开嘴等待他的舌头。这时，他们听见了狩猎者们跑来的声音，于是他们便分开了。

很快，其他狩猎者就包围了过来，蕾格娜和威尔武夫便不得不解释两人共同把野猪杀死的过程。这头野猪是今天他们遇到的最大的一头，大家一次又一次地表示祝贺。

兴奋感让蕾格娜一阵眩晕。她兴奋，不仅因为杀了野猪，更多的是因为那阵吻。大家骑上马背、打道回府的一路，她都沉浸在快乐之中。蕾格娜与其他人拉开了些距离，给自己一点思考的时间。如果威尔武夫的这个吻有什么含义的话，那么，它到底是什么？

蕾格娜不太了解男人，但她知道他们任何时候要是高兴了，便可能跟个漂亮女人吻上一阵。他们还可能吻完之后，很快就忘了。她能感觉到他对自己迅速起了兴致，但也许他想吃一只李子的时候也是这样的，吃了之后也就什么也不想了。她对这个吻有什么感觉呢？尽管持续时间不长，但它震动了她的心。之前，蕾格娜吻过男孩，但不是经常，她也从来没有过这样的感觉。

蕾格娜还记得自己小时候在海里畅游。她总是很喜欢海水，现在已经能在海里游得很好了。但有一次，一阵巨浪向她扑来，她尖叫着，随后找到了落脚点，却又被冲回了海浪之中。如今，她仍记得那种抵抗时完全无助的感觉，有点欣喜，又有点害怕。

为什么这个吻这么强烈？也许是因为之前发生的事。蕾格娜和威尔武夫谈论他的问题时是处于平等位置的，而他也听取了她的建议。这与他平常给人的印象截然不同，他本是个没有时间理会女人、雄心勃勃的典型贵族男人。随后，他们就一起猎杀了野猪，两人就像共同狩猎了几年的队友那样合作。蕾格娜思考着，以上的事让她对他有了一定的信任，而这意味着她可以吻他，并且享受它。

她想再吻他一次，她毫不怀疑这一点。下次，她想吻的时间更长些。但她是不是希望从他身上得到些别的什么？她不知道。她想等等看。

她决定不在公众面前转变自己对威尔武夫的态度。她仍然会表现得冷酷而尊贵。不然的话，任何细节都可能被人注意到。女人们对这种事情的直觉就像狗闻到野猪气味一样。她不希望城堡里的女仆说她的闲言碎语。

然而在私下里就不一样了——她也决定在他临走之前，至少再与他单独相处一次。不幸的是，除了伯爵和伯爵夫人，没有人有任何私人空间，在城堡里很难做什么私密的事。农民要幸运些，蕾格娜想，他们可以偷偷潜入树林，或者躺在一片成熟的大麦地里，不让别人发现。可她怎么才能偷着见一回威尔武夫呢？

到了瑟堡城堡，她仍然没有想出答案。

她把阿斯特丽德交给马夫，然后自己走回城堡主楼。她母亲示意她到自己的私人住处里去。吉纳维芙对狩猎的事不感兴趣。

"好消息！"她说，她的双眼发亮，"我已经跟路易神父谈过了。他明天就动身回兰姆。他跟我说，他认可你了！"

"很高兴听到这消息。"蕾格娜说，但她并不确定自己是不是真这么想。

"他说你有点冒失——好像我们不知道似的——但他相信随着你变得成熟，你的这个缺点就会慢慢消失。他还说，等纪尧姆当上伯爵，你会成为他强有力的支撑。显然，你很巧妙地解决了圣马丁村的问题。"

"路易是觉得纪尧姆需要支撑？"蕾格娜怀疑地问，"他很弱吗？"

"噢，别这么消极，"她妈妈说，"也许你已经赢得了一个丈夫呢，开心点吧！"

"我很开心。"蕾格娜说。

* * *

蕾格娜找到了一个她和威尔武夫可以亲吻的地方。

木围栏以内除了城堡，还有其他建筑：马厩和牲口棚；面包房、酿酒房和厨房；居民的住宅，还有一些存放着熏肉、鱼、面粉、苹果酒、奶酪和干草的储藏间。储存的干草到了七月就没有用了，因为那个时候草地会长出新草，供牲畜们进食。

刚开始，蕾格娜带他到干草储藏间，借口是让他看一个他手下可以暂时储存武器和盔甲的地方。她一关上门，他就吻了她，这吻来得比第一次还要激烈。这座建筑很快就成了他们时常见面的地方。当夜幕降临——每年的这个时候已是深夜——他们就会像其他去睡觉的人一样，离开主楼，然后各自到干草储藏间里去。那间屋子闻起来有一股霉味，但他们不在乎。一天天过去，他们之间的爱抚变得更加亲密。然后蕾格娜会喊停，喘着气，迅速离开。

他们行事非常谨慎，但他们没能完全骗过吉纳维芙。伯爵夫人不知道干草储藏间的事，但她能感觉到她的女儿和这个来访者之间的激情。不过她的话很委婉，这也是她惯常的说话方式。

"英格兰不是一个舒适的地方。"有一天她说，仿佛是在闲聊。

"你什么时候去过那儿？"蕾格娜问。这是个狡猾的问题，因为她早就知道她的答案。

"我从来没去过，"吉纳维芙承认道，"但是我听说那里很冷，而且一直下雨。"

"那我很高兴我不用去。"

蕾格娜的母亲不是那么容易就会放弃的。"英格兰男人不值得信任。"她继续道。

"是吗？"威尔武夫很聪明，也出乎意料地浪漫。他们在干草储藏间见面时，他总是非常温柔。他不是在支配她，但他性感得令人难以抗拒。有一天晚上，他梦见自己被蕾格娜的红发做成的绳子绑了起来，醒来的时候他勃起了。他把这场梦告诉了她。她发现这场梦激起的性欲威力无比。他值得相信吗？她觉得他值得，但她的母亲明显不这么认为。"为什么这么说？"蕾格娜问道。

"英格兰人只会在对他们有利的时候守信用。"

"你觉得诺曼人的守信就不会挑时间吗？"

吉纳维芙叹了口气："你很聪明，蕾格娜，但你没自己想象的那么聪明。"

对很多人来说，的确如此，蕾格娜想，从路易神父一直到我的女裁缝阿格尼丝，为什么在我身上会例外呢？"也许你是对的。"蕾格娜说。

占上风的吉纳维芙继续进攻："你的父亲把治理的学问教给了你，这是毁了你。一个女人永远不会成为统治者。"

"不是这样的。"蕾格娜说，她的回应比她想象的要激烈，"一个女人可以成为王后、伯爵夫人、女修道院的院长。"

"但她们也会处于男人的统治之下。"

"理论上说是这样的，但这大多是看每个女人的性格。"

"所以你要成为王后，对吗？"

"我不知道我要成为什么，但我喜欢与我的丈夫共同治理，我对他说话，就跟他对我说话一样，我们会共同谈论如何让我们治理的领域幸福、繁荣。"

吉纳维芙伤心地摇了摇头。"梦想，"她说，"我们都有梦想。"她便没再说什么。

同时，威尔武夫与休伯特伯爵的谈判正在进行。休伯特喜欢威尔武夫为诺曼人对库姆的出口航道进行疏通的提议，因为他可以通过对所有进出瑟堡的船征税而获利。他们就其中的细节开始进行协商。威尔武夫不愿意减少关税，而休伯特希望完全没有关税，但双方认为达成一致很有必要。

休伯特问威尔武夫，他们之间的协商是否事先征得了埃塞尔雷德国王的同意。威尔武夫承认他还没有寻求更上一级的准许，但他也无所谓地表示自己一定会请求国王的正式批准，他确定这只是个手续问题。休伯特私底下向蕾格娜承认，他对此并不满意，但他觉得自己从中并不会损失什么。

蕾格娜好奇的是，威尔武夫为什么没有带一位高级参事来帮他，她后来发现，他没有自己的参事。他的很多决定是在郡法庭里做的，在场的会有他属下的大乡绅，有时候，他会听取他的弟弟——一位主教——的建议，但很多时候是由他自己来裁决。

最后，休伯特和威尔武夫达成了协议，休伯特的秘书把协议写了下来。一旁见证的是巴约主教、几位诺曼骑士，以及当时在城堡的神职人员。

然后，威尔武夫就要准备回家了。

蕾格娜等着威尔武夫跟自己提关于未来的事。她想再次见到他，但那怎么可能呢？他们生活在不同的国家。

威尔武夫将他们之间的爱情仅仅看作一时之欢吗？当然不会。这个世界充满了毫不犹豫要与贵族男人共度一夜的农民女孩，更不消说那些没有选择的女奴隶了。威尔武夫肯定在蕾格娜身上看到了些特别的地方，所以才设法每天晚上秘密地见她一次，只是为了亲吻她、抚摸她。

她其实可以直接问他有什么意图，但她犹豫了。一个女孩看上去这么饥渴没什么好处。而且，她太骄傲了。如果他想要她，他就会问；如果他不问，就是他还没那么想要她。

他的船在等着他，风向也适合航行，他打算明早启程。在这之前他们会最后一次在干草储藏间见面。

威尔武夫要离开了，蕾格娜可能永远也见不到他了，这也许会消减她的激情，然而结果却恰恰相反。她紧紧地抱住他，仿佛这样就能把他留在瑟堡。当他触碰她的乳房时，她的欲望完全被唤起了，她感觉潮湿的液体从自己大腿内侧滴流下来。

蕾格娜把自己的身体紧紧压在他身上，透过他的衣物感觉他的勃起，两人就像性交那样移动着身体。她将自己长长的裙子提上来，绕到腰间，想更真切地感受他。这让她的欲望更加强烈。在她的脑海深处，她知道自己已经失去了控制，但是她没法在乎。

威尔武夫跟她的着装方式相似，除了那件及膝的外衣。而现在，他的外衣也被拉起、拨开。两人没有穿内衣——他们只会在特殊场合穿，比如骑马的时候为了舒适而穿——蕾格娜感受着他裸露的肌肤贴在自己身上的刺激感。

过了一会儿，他插进了她的身体。

她依稀听见他在说："你确定吗？"

她答道："用力！用力！"

她突然感觉到一阵剧痛，但只持续了几秒，随后是全然的愉悦。她希望这种感觉能够永远持续下去。而他加快了速度，猛然间，他们在这欣喜当中颤抖着，她感觉他温热的体液在自己的体内流动，世界末日好像降临了。

她抓住他，她的双腿可能随时会支撑不住。他长久地抱紧她。终于到了最后，他稍稍后仰，看着她。"我的天啊。"他说。他仿佛对什么东西感到吃惊。

当蕾格娜终于能够说话的时候，她问："每次都是这种感觉吗？"

"噢，不，"威尔武夫说，"几乎从来不会。"

* * *

仆人们睡在地板上，但蕾格娜和她的弟弟理查，以及一些高级官员是有床的。宽敞的长椅靠在墙边，再铺上塞满稻草的亚麻床垫，这便是床了。在夏天，蕾格娜有一张亚麻被单；到了天气寒冷的时候，她盖的是羊毛毯子。今晚，在蜡烛熄灭之后，她在被单下蜷缩着身体，回忆之前的事。

蕾格娜为自己所爱的男人失去了处女之身，这感觉棒极了。她悄悄地将手放到下体，蘸了蘸威尔武夫残留的体液。她闻了闻，很腥；又尝了尝，很咸。

蕾格娜知道自己做了一件改变人生的事。司铎会说，她已在上帝的见证下结了婚，她也觉得的确如此。她很高兴。干草储藏间的刺激将她淹没，这是他们二人迅速发展的亲密关系带来的身体体验。他就是她要的男人，她很确定。

从更实际的方面来说，她也是属于威尔武夫的。一个贵族女人应该把自己的处女之身献给自己丈夫。在威尔武夫之前，蕾格娜当然从来没有跟其他人发生过关系，他们之间的婚姻不存在任何欺骗。

她可能还会怀孕。

蕾格娜想知道到了早上会发生什么。威尔武夫会做什么？他应该会说些什么。他跟她一样清楚，由于他们做过的事，一切已经改变了。他必须对她的父亲提起他们的成婚之事，他们之间会有一个关于金钱的协议。威尔武夫和蕾格娜是贵族，所以讨论过后还可能会有相关的政治结果。威尔武夫或许还需要得到埃塞尔雷德国王的准许。

威尔武夫也需要与蕾格娜商量。他们要讨论他们在什么时候结婚，在哪里，以及举行什么样的仪式。她急切期盼着这件事。

蕾格娜很开心，而且这些事情是可以处理的。她爱他，他也爱她，他们会陪伴对方，共度一生。

蕾格娜感觉自己应该整晚都睡不着了，但很快，她就沉沉地睡了过去，一直睡到天亮，仆人们已经开始在桌上摆放碗碟，将面包房里硕大的面包拿出来。

蕾格娜从床上猛地起身，环顾四周。威尔武夫的武装士兵正在将他们不多的物品收拾到箱子和皮包里，准备离开。威尔武夫不在大堂：他肯定洗漱去了。

蕾格娜的父母从自己的房间走了出来，坐在桌子的上位。吉纳维芙听了今早的消息不会高兴的。休伯特虽不会太固执，但也不会愉快地答应。他们对蕾格娜有其他的计划。不过如有必要，她会跟他们说她已经把第一次献给威尔武夫了，这样一来，他们就只能让步。

蕾格娜拿了些面包，将浆果和红酒做的酱涂在上面，然后狼吞虎咽地吃了起来。

威尔武夫进来了，在自己的位置上坐下。"我已经与船长打过招呼，"他对每个人说，"我们一小时内离开。"

蕾格娜想，现在，他就会告诉他们了。不过威尔武夫拿起自己的餐刀，切下一片火腿吃了起来。他吃完早餐之后就会跟他们说的，她想。

突然，她紧张得没法进食。面包好像哽在了喉咙间，得喝一大口苹果酒才能下咽。威尔武夫正在跟她的父亲谈论海峡的天气，谈论从这里到达库姆需要多久。这就像在梦里听一场演讲，话语里全无意义。早餐吃完了，也太快了。

伯爵和伯爵夫人打算走到码头送别威尔武夫，蕾格娜也跟他们一起。她感觉自己像个隐形人，一语不发，跟着人群，没人看见她。与她同龄的镇长女儿看见了她，说："美好的一天！"但蕾格娜什么也没说。

到了海边，威尔武夫的手下提起他们的外衣，准备涉水上船。威尔武夫转过身，对这一家人微笑着。现在他肯定会说："我想与蕾格娜结婚。"

威尔武夫正式地逐一向休伯特、吉纳维芙和珥查鞠躬。最后，他向蕾格娜鞠躬。他握住蕾格娜的双手，用不流利的法语说道："谢谢你的款待。"随后，难以置信的是，他转过身去，蹚着海水，登上了船。

蕾格娜说不出话来。

水手们解开绳索。蕾格娜无法相信眼前的一切。这肯定只是场噩梦吧？她很快就会醒过来的。船员扬起船帆。船帆先是轻轻拍打，而随着一阵猛风，它鼓了起来。船加快了行进速度。

威尔武夫倚着栏杆，再次招手，然后转过身去。

第五章

九九七年，七月下旬

　　一个夏日的下午，奥尔德雷德在林间骑着马，他一边看着前方熟悉的小路上不停变换的斑驳树影，一边高声唱着赞美诗。其间，他不时地跟自己的小马驹迪斯马斯说话，问它喜不喜欢自己刚才唱的那首赞美诗，以及接下来它还想听什么。

　　奥尔德雷德离开夏陵已经有几天时间了，他感觉自己正在胜利返乡。他的人生使命是将知识与理性带到愚昧无知的地方。八本新书放在一个绑在迪斯马斯臀部的箱子里，它们均由羊皮纸写就，配有精美的插图，这是宏大工程里的基础一步。奥尔德雷德的梦想就是将夏陵修道院变成知识与学问的重要中心，拥有与瑞米耶日的修道院匹敌的缮写室和大图书馆，以及可以教育贵族后代如何识字、计算和敬畏神灵的学校。

　　今天的修道院与理想中的图景还有些遥远。奥尔德雷德的上级并不认同他的抱负。奥斯蒙德院长是个温和而慵懒的人，他对奥尔德雷德不错，奥尔德雷德年轻时就得到了他的提拔，这主要是因为奥斯蒙德院长知道，只要给奥尔德雷德一份工作，他自己的任务就完成了，不需要再干什么活了。任何不需要他继续工作的事情，奥斯蒙德都会同意。对于奥尔德雷德的想法，修道院的司库①希尔德雷德的反对更加坚决，只要与支出相关的提议，他都不同意，仿佛修道院的使命是省钱，而不是为世界带来启蒙。

也许上帝派奥斯蒙德和希尔德雷德来，是要教奥尔德雷德学会耐心。

拥有这个愿望的并不止奥尔德雷德一人。长期以来，修士中普遍存在一种力图改革的愿望，旧式教堂已经堕入闲散和自我放纵的状态。许多优美的手稿书籍在温彻斯特、伍斯特和坎特伯雷的教堂中诞生。然而，变革的动力仍然没有到达夏陵修道院。

奥尔德雷德唱道："向天堂的守护者致敬，荣耀之父的杰作……"

他突然停了下来。他看见道路前方出现了一个人。

奥尔德雷德甚至没看到那个人是从哪儿冒出来的——这个人肮脏的脚上没穿鞋子，全身裹着破布，戴着一副生了锈的战场铁头盔，头盔挡住了他大部分的脸。一条染了血的布绑着他的上臂，明显是最近受了伤。他站在小道中央，挡住了奥尔德雷德的去路。也许他是个无家可归的穷苦乞丐，但他看上去更像是个法外之徒。

奥尔德雷德的心一沉。他不该冒险独自出行。可是今天早上，穆德福德路口的酒馆里没有人同他一起走这条路，他等得不耐烦，就出发了。他不想等上一天或者更长时间才跟别人成群结队离开。

---

① 司库，管理财务的人。

奥尔德雷德扼住了缰绳。不表现得害怕很重要，就像面对一条危险的狗那样。他努力保持声音平静，说："上帝保佑你，我的孩子。"

那人用嘶哑的声音做了回应。奥尔德雷德突然想到，他的声音可能是伪装的。"你算个什么司铎？"

奥尔德雷德的发型——也就是头顶光秃，周围一圈留着头发的样式——暗示了他是神职人员的身份，不过教士助手往上的级别都是有可能的。"我是夏陵修道院的修士。"

"一个人吗？你就不怕被抢？"

奥尔德雷德怕被杀死。"没人可以抢我，"他带着假装的自信说，"我身上什么也没有。"

"除了那口箱子。"

"那箱子不是我的。它属于上帝。蠢货才会抢劫上帝的东西，让自己的灵魂遭到谴责，落入永恒的地狱。"这时，奥尔德雷德发现丛林里半遮半掩地躲着另一个人。即便他想搏斗，也没办法一人对付两个。

恶棍说："箱子里面有什么？"

"八本圣洁的书。"

"那就很贵重了。"

奥尔德雷德想象着有人敲开修道院的门，把书卖给修士们的场景。然后，这个人会由于他的放肆行为遭到鞭打，而书将会被没收。"对可以在不引起怀疑的情况下卖掉这些书的人来说，的确贵重。"奥尔德雷德说，"你饿了吗，我的孩子？你想吃点面包吗？"

那人迟疑了一会儿，挑衅地说："我不需要面包，我需要的是钱。"

这个迟疑告诉奥尔德雷德，他饿了。也许食物会满足他。"我没钱可以给你。"严格来说，这是真的。奥尔德雷德钱包里的钱属于夏陵修道院。

那人似乎接不上话了，他不知道该如何回应这对话里突然的转折。他停顿了一下，说："卖一匹马比卖一箱书容易。"

"没错。"奥尔德雷德说，"但有人可能会说：'我知道奥尔德雷德修士有匹小马驹，它前额上也有一道白色的十字架印子，就跟你这匹一模一样。所以你这头牲畜是从哪儿弄来的呢，朋友？'这时，那个窃贼该怎么回应呢？"

"你很聪明。"

"你很勇敢。但你不笨，对吧？你不会为了几本书和一匹小马驹而抢劫一名修士，因为你上哪儿也卖不了。"奥尔德雷德决定，现在是结束这场交流的时候了。他的心已经提到了嗓子眼儿，他催促着迪斯马斯前进。

法外之徒站在原地僵持了一会儿，犹豫地支吾几声，然后便让开了。奥尔德雷德骑马从他身边经过，假装漠不关心。

走过去之后，奥尔德雷德忍不住想踢踢迪斯马斯，让它赶紧跑起来，但这样做就会暴露他的恐惧。所以他强迫自己让小马驹慢悠悠地继续走。他发现自己在颤抖。

那人说："我想要点面包。"

这是作为修士无法忽视的请求。为饥饿的人提供食物也是奥尔德雷德神圣的职责。耶稣有言："喂养我的小羊。"①奥尔德雷

---

① 出自《圣经·约翰福音》第21章第15节，表现耶稣对跟随之人的关怀与牵挂。本书《圣经》译文均引用"和合本"，后文同。

德必须遵从，即便冒着生命危险。奥尔德雷德勒住缰绳。

奥尔德雷德的鞍囊里装着一条面包和一块奶酪。他拿出面包，递给法外之徒。法外之徒马上就撕下一块，透过破旧头盔上的洞送进嘴里，而且塞得满满的。他显然很饿。

"跟你的朋友一起享用吧。"奥尔德雷德说。

另一个人从树林里出来了，他的头巾盖住了半边脸，不让奥尔德雷德看清他的模样。

第一个人看上去并不情愿，但他还是掰开了面包，与第二个人分享。

第二个人用手掩住脸，低语一句："谢谢。"

"不用谢我，感谢上帝，是他把我派来的。"

"阿门。"

奥尔德雷德把奶酪也给了第二个人："这个也一起吃吧。"

他们分奶酪的时候，奥尔德雷德骑马走开了。

过了一会儿，奥尔德雷德往身后看，法外之徒已经不见踪影。他安全了，至少看上去是这样。他暗自祈祷，表达感谢。

他今晚可能会饿，但他可以忍受。上帝今天让他牺牲了晚餐，而不是生命，他很感激。

下午的阳光渐渐退去，黄昏来临。终于，在河的那边，奥尔德雷德看见了一个有几所房子和一座教堂的村庄。房子的西边是一片耕种的田地，沿着河流北岸延伸过去。

有条船拴在对岸。奥尔德雷德从没来过德朗渡口，他从夏陵离开的时候走的是另外一条路，但他猜这就是那个地方。他下了马，朝对岸喊去。

一个女孩马上出现了。她解开船坐上去，划桨过来。她靠近的时候，奥尔德雷德注意到她身体圆润，但相貌平平，而且脸色不好。"我是夏陵修道院的奥尔德雷德修士。"

"我叫克雯宝。"女孩答道，"这个渡口是我父亲德朗的，那座酒馆也是。"

奥尔德雷德来对地方了。

"从这儿过去价格是一法寻。"克雯宝说，"但我不能把马带过去。"

奥尔德雷德看得出来，那条粗制的小船很容易就会翻。"别担心，迪斯马斯会游泳。"

奥尔德雷德把一法寻交给克雯宝。他卸下小马驹的担子，把那箱书和马鞍放到船里。上船的时候，他拉住马缰，坐了下去，然后轻轻拽了拽迪斯马斯，鼓励它到水里去。马儿犹豫了一会儿，似乎在抗拒。"来吧。"奥尔德雷德想让它放心，同时，克雯宝从岸边推开小船。迪斯马斯走进水里，到了深水区域，它就游了起来。奥尔德雷德仍然拉住马缰。他觉得迪斯马斯不会跑掉，但也没有必要放开缰绳。

在他们过河时，奥尔德雷德问克雯宝："从这里到夏陵需要多长时间？"

"两天。"

奥尔德雷德看着天空。太阳即将西沉。接下来是漫长的夜晚，但在夜幕降临之前，也许他再也找不到其他地方歇脚了。他最好今天晚上就留在这里。

他们到达对岸，奥尔德雷德闻到了浓烈的酿酒味。

迪斯马斯也找到了落脚点。奥尔德雷德放开缰绳，小马驹便爬上了岸，用力甩掉浸湿自己皮毛的水，然后啃起地上的青草来。

另一个女孩从酒馆跑了过来。她大概十四岁，黑头发，蓝眼睛，尽管年轻，却已经怀孕了。也许她称得上漂亮，但她脸上没有笑容。奥尔德雷德惊讶地看到她没戴任何头巾。通常情况下，暴露自己头发的是妓女。

"这是布洛德，"克雯宝说，"我们的奴隶。"布洛德什么也没说。"她讲威尔士语。"克雯宝补充道。

奥尔德雷德把箱子从渡船上搬了下来，放到岸上。然后把马鞍拿下来。

布洛德过来帮忙把奥尔德雷德的箱子抬起。他不自在地看着她，但她只是搬着箱子进了酒馆。

有个男人的声音传来："给一法寻你就可以干她。"

奥尔德雷德转身。这个人是从一个也许是酿酒房的小建筑里出来的，那儿也正是这浓烈酿酒味的源头。他三十多岁，克雯宝的父亲应该也是这个年龄。他很高，肩膀宽大，让奥尔德雷德依稀想起夏陵的主教温斯坦。奥尔德雷德似乎也听人说过德朗就是温斯坦的表亲，不过德朗走路的时候是一瘸一拐的。

来人的双眼距离有点窄，架在长鼻子两边，打量着奥尔德雷德，漫不经心地笑了笑。"一法寻挺便宜的了。"他补充道，"她还新鲜的时候，值一便士呢。"

"不用了。"奥尔德雷德说。

"没人想要她，因为她已经怀孕了，这蠢娘们儿。"

奥尔德雷德不能放过这句话："我想她怀孕的原因是你无视神的律法，让她卖淫了吧。"

"她很享受，这就是她的问题。女人只有在享受的时候才会怀孕。"

120

"是吗？"

"人人知道这一点。"

"我不知道。"

"这种事其实你一点也不懂，对吧？你是个修士。"

奥尔德雷德试图以基督的方式咽下这份侮辱。"没错。"他说着，点头鞠躬。

如果一个人对他人的侮辱采取忍耐态度，通常会让侮辱者感到难堪，不忍再继续下去。但德朗仿佛不觉得难堪。"我之前有个男孩儿，也许他能让你感兴趣，"他说，"不过他死了。"

奥尔德雷德扭过头去。他对这类非难很敏感，因为在青年时期，他备受这种诱惑的折磨。当他还是格拉斯顿伯里修道院的见习修士时，曾经深深地爱上过一个叫利奥弗里克的修士。奥尔德雷德感觉他们所做的不过是男孩之间随便玩玩的事，但他们还是被抓了现行。之后当然闹翻了天。奥尔德雷德被转院了，与他的爱人分离，如今他在夏陵修道院就是这个原因。

往后再也没有类似的事情发生——虽然仍会有些念头困扰着奥尔德雷德，但他已经可以抑制它们了。

布洛德又从客栈走了出来，德朗打打手势，让她拿着奥尔德雷德的马鞍。"我搬不了重东西，我的背不好。"德朗说，"瓦切特战役的时候，有个维京人把我从马背上打了下来。"

奥尔德雷德看了看迪斯马斯，它正安安静静地待在牧场里。奥尔德雷德走进酒馆。它跟一般的房子没什么区别，但面积更大。里面有许多家具，比如桌子、长椅、储物箱和壁挂。它的阔绰还体现在其他方面：一条大鲑鱼挂在天花板上悬了下来，由底下的火慢慢熏制；一只套上塞子的木桶立在长椅上；鸡群在啄地上的芦苇；炉火上架着一个正在冒泡的锅，飘来令人垂涎欲滴的春羔羊肉的香味。

德朗朝一个年轻女人指了指。她很瘦，正在搅拌这口锅。奥尔德雷德注意到她脖子上挂着一条皮绳，绳上套了一块带雕刻的镀银圆形铁片。"那是我老婆埃塞尔。"德朗说。那女人扫了奥尔德雷德一眼，没说话。奥尔德雷德想，德朗身边全是年轻女人，而她们所有人看上去都不高兴。

奥尔德雷德说："会有很多人经过这里吗？"对于这么个小地方，这种级别的奢华令人吃惊，奥尔德雷德有了个念头，他觉得建造酒馆的钱是抢来的。

"人很够。"德朗不多解释。

"离这里不远的地方，我遇见了两个人，像是法外之徒，"奥尔德雷德看着德朗的脸，说道，"其中一个戴着旧的铁头盔。"

"我们管他叫铁面人，"德朗说，"他是个骗子和杀人犯，专门抢河流南岸来的人，那边的路大部分在树林里。"

"为什么没有人逮捕他？"

"我们尝试过了，相信我。穆德福德的地方官奥法说了，谁能抓到铁面人，谁就能获得两镑的奖赏。他肯定是躲在了树林里，可我们找不到他。治安官的人也在这儿守着，能做的都做了。"

听上去足够合理，奥尔德雷德想，但他还是保持怀疑。德朗是瘸腿，不可能是铁面人本人，除非瘸腿是装出来的，然而铁面人抢劫来的财物，他可能是从中受益的。也许他知道铁面人躲在哪里，只不过他被人收买了。

"他的口音很奇怪。"奥尔德雷德一边说，一边刺探着。

"他很可能是爱尔兰人或者维京人，也可能是别处来的，没人知道。"德朗转移了话题，"你最好来一壶酒，旅途后休息休息。我老婆的酒做得不错。"

　　"也许晚一些吧。"奥尔德雷德说。他尽量不去花修道院的钱。他对埃塞尔说："酿出好酒的秘诀是什么？"

　　"不是她。"德朗说，"是我的另一个老婆利芙，她酒酿得不错。现在她就在酿酒房。"

　　教会一直在与这种现象斗争。大多数男人只要能养得起，一般不止有一个妻子；或者有一个妻子，还有一个或一个以上的姜以及女奴隶。教会对婚姻没有管辖权。只要两个人在另一个人的见证下交换誓言，就算结了婚。也许司铎会给予祝愿，但司铎不是必要的。结婚不会有纸面上的说明，除非夫妻二人富裕，可能会产生财产方面的协议。

　　奥尔德雷德不止在道德层面对此持反对意见。假如德朗这样的人死了，妻姜之间通常会产生恶性冲突，争论哪个孩子是合法继承人。婚礼的不正式会为后来的争端留下空间，导致家庭破碎。

　　德朗家也并不例外。而令人惊讶的是，这种事会发生在一座与教堂毗连的小村庄里。"如果教堂的神职人员知道你家里的事，他们是不会放过你的。"奥尔德雷德严厉地说。

　　德朗大笑："是吗？"

　　"这是肯定的。"

　　"嗯，那你错了。因为他们全知道。那里的总铎德格伯特是我的兄弟。"

　　"那也一样！"

　　"你爱怎么想怎么想吧。"

奥尔德雷德太生气，以致没法继续与德朗对话。他觉得德朗简直面目可憎。他不想发脾气，就走了出去。他朝着河岸走，试着平复自己的心情。

当奥尔德雷德沿着那片耕作的土地走到尽头，就看见了一家农舍和谷仓，很旧，但做了大量翻新。有几个人坐在屋外：三个年轻人和一个年长的女人——这是失去了父亲的一家人，他猜。他犹豫着不敢靠近，担心德朗渡口所有居民跟德朗一个样。他正想转身走回去，其中一个人快活地向他挥了挥手。

对陌生人招手的人大概是没问题的。

奥尔德雷德沿着斜坡走上了农舍。一看就知道，那家人没有家具，因为他们正坐在地上吃晚餐。那三个男孩并不高，但肩膀很宽，胸肌也很发达。母亲显得疲惫，但表情刚毅。四个人很瘦，似乎是没什么东西吃。一条棕白色的狗跟他们坐在一起，它也一样瘦。

那个女人先开了口。"跟我们一起坐坐吧，歇歇脚，如果您愿意的话。"她说，"我是米尔德丽德。"她指着几个男孩，分别从年长的介绍到年幼的："我的儿子，埃尔曼、埃德博尔德和埃德加。我们的晚餐不算美味，但是欢迎您来吃。"

这顿晚餐当然不算美味。他们有一条面包和一口大锅，锅里是略煮过的从森林里摘来的蔬菜，也许是生菜、洋葱、欧芹和野生大蒜，但没有肉。怪不得他们长不胖了。奥尔德雷德很饿，但他不能从如此穷苦的人们那里获得食物。他礼貌地拒绝了："闻起来很诱人，但我不饿，而且修士必须避免暴食的罪。不过我会跟你们坐在一起，谢谢你们欢迎我。"

奥尔德雷德坐在地上，修士平常不这样，除非是在宣誓的时候。眼前是贫穷，奥尔德雷德想，真正的贫穷。

奥尔德雷德开始与他们对话："这里的草地看起来可以割了。几天之后，你们就能收割一大批干草。"

米尔德丽德答道："我不确定我们能不能晒出干草，河岸的土地几乎都是沼泽，不过如果天气热，草就能干。希望每年都是这样。"

"你们刚到这里没多久，对吗？"奥尔德雷德问。

"对，"米尔德丽德说，"我们是从库姆来的。"

奥尔德雷德猜得到他们为什么离开。"你们肯定遭遇了那次维京海盗的突袭。前天我经过那儿的时候看见了被毁的景象。"

埃德加，那个最小的儿子开口说话了。他看上去大概十八岁，只有下巴柔软的浅色胡须能显得出他是个成年人。"我们的一切都没了。"他说，"我父亲是一名造船匠，海盗把他给杀了。我们存下来的木材全被烧了，工具也被毁了。现在一切得重新开始。"

奥尔德雷德饶有兴致地观察着这位年轻人。也许他并不英俊，但他的长相有吸引人的地方。这并不是场正式对话，但他说出来的句子很清晰，很有逻辑性。奥尔德雷德感觉自己被埃德加吸引住了。控制住自己，他想。对奥尔德雷德而言，色欲的罪比暴食的罪更难避免。

奥尔德雷德问埃德加："你的新生活过得怎么样？"

"其实只要接下来几天不下雨，我们是能够卖干草的，这样我们就可以有些钱了。高地上还有正在成熟的燕麦。我们也还有一头小猪和一只羊，可以度过这个冬天的。"

所有的农民都在过着这种不牢靠的生活，他们永远不知道自已能否靠当年的收获撑到明年的丰收季节。米尔德丽德的家庭已经比其他人的境遇要好些了。"能得到这个地方也许是幸运的。"

米尔德丽德干脆地说:"现在还说不准。"

奥尔德雷德说:"你们为什么来到了德朗渡口呢?"

"夏陵的主教把这片农场给了我们。"

"温斯坦?"奥尔德雷德当然认识这位主教,而且对他评价很低。

"我们的地主是光头德格伯特,社区教堂的总铎,也是主教的表亲。"

"棒极了。"奥尔德雷德渐渐了解了德朗渡口。德格伯特和德朗是兄弟,温斯坦是他们的表亲。他们可以共同演绎罪恶三重奏。"温斯坦来过这儿吗?"

"仲夏节不久后他来过。"

埃德加插话:"仲夏节的两周后。"

米尔德丽德继续道:"他给了村庄里每家每户一只羊。我们那只羊就是他给的。"

"慷慨的主教啊。"奥尔德雷德觉得有趣了。

米尔德丽德马上就听出了他的言外之意。"听起来,你是在怀疑,"她说,"你不相信这是他的善举吗?"

"我知道他做任何好事背后都是有隐藏动机的。你面前的这个人对温斯坦并不赞赏。"

米尔德丽德笑了:"我们也不反驳。"

另一个男孩说话了。他是脸上长着雀斑的次子埃德博尔德,声音低沉而洪亮。"埃德加杀了个维京海盗。"他说。

长子埃尔曼插话:"他自己说的。"

奥尔德雷德对埃德加说："你杀了一个维京海盗吗？"

"我从他身后袭击了他，"埃德加说，"他正在跟……一个女人搏斗。他看见我的时候已经太晚了。"

"那女人呢？"奥尔德雷德注意到了埃德加的停顿，他猜这是个特别的人。

"就在我袭击维京海盗之前，他把她摔到了地上。她的脑袋撞到地面的石头阶梯。要救她已经来不及了。她死了。"埃德加那可爱的淡褐色双眼含着泪水。

"她叫什么名字？"

"森吉芙。"埃德加轻轻地说。

"我会为她的灵魂祈祷的。"

"谢谢。"

很明显，埃德加爱她。奥尔德雷德为他感到遗憾。奥尔德雷德同时也松了一口气：一个如此深爱女人的小伙子是不可能与另一个男人犯下罪孽的。也许奥尔德雷德会受到诱惑，但埃德加不会。奥尔德雷德无须担忧了。

长雀斑的埃德博尔德又说话了。"司铎恨埃德加。"他说。

奥尔德雷德说："为什么？"

埃德加说："我跟他争论问题。"

"你赢了，我猜，然后你就把他惹恼了。"

"他说现在是公元九百九十七年，也就是说耶稣已经九百九十七岁了。我指出说如果耶稣是在公元一年出生的，那么他的第一个生日应该是公元二年，下个圣诞节他还只是九百九十六岁。答案很简单。可是德格伯特说我是个自大的兔崽子。"

奥尔德雷德大笑起来："德格伯特错了，虽然这个错误别人也会犯。"

米尔德丽德不高兴地说:"你不该跟司铎争论,即便他们是错的。"

"尤其当他们错了的时候。"奥尔德雷德站了起来,"天快黑了。我得趁着还有些光亮回社区教堂去,不然我路上得掉进河里了。我很高兴跟你们见面。"

奥尔德雷德离开了,沿着河岸往回走。能够在这讨厌的地方见到一些可爱的人,他感到宽慰。

他打算在教堂过夜。于是他走进酒馆,取回自己的箱子和马鞍。他礼貌地跟德朗说了几句话,不过没跟他继续聊。他让迪斯马斯跑到山上去。

奥尔德雷德到达的第一所房子是一块空地上的小建筑。门是开着的,每年的这个时候都这样。奥尔德雷德往里面看。一个大概四十岁的胖女人坐在门口附近,腿上放着一块皮革,正就着窗户照进的光补鞋子。她抬起头来,说:"你是谁啊?"

"奥尔德雷德,夏陵修道院的修士,我找德格伯特总铎。"

"光头德格伯特在教堂的另一边。"

"你叫什么名字?"

"我叫贝比。"

跟酒馆一样,这地方也能看出阔绰的迹象。贝比有一口奶酪箱,箱子四周是薄棉布,既可以进空气,也可以挡老鼠。她旁边的桌上摆着一个木杯和一个陶罐,似乎装着红酒;一个钩子挂着条重重的羊毛毯。"这座村子看上去挺富有的。"奥尔德雷德说。

"不算非常富有。"贝比快速回应道。她想了想,过了会儿,又说:"不过教堂会向大家分发一些钱财。"

"那教堂的财富从哪里来呢？"

"你很好奇，对吗？谁派你来打探我们的消息的？"

"打探消息？"奥尔德雷德惊讶地说，"谁会闲得没事到这种荒原中的村子里来打探消息？"

"那你就不该这么多管闲事。"

"我记住了。"奥尔德雷德离开了贝比。

奥尔德雷德走上山坡，往教堂走去。教堂东侧有一所大房子，那必然是神职人员的住处了。他注意到房子背后有间作坊正在搭建中，与教堂的墙挨着。作坊门是开着的，里面有火光在闪动，看上去是一间铁匠铺，不过显得太小了，铁匠需要的面积要大一些。

他很好奇，走到门口往里看。他看见火炉里燃烧着炭火，旁边一对风箱把火吹得凶猛。一块铁稳稳扎进了一根树干大部分的横截面，形成了个齐腰高的砧。有一名神职人员正弯着腰，用锤子和窄凿子鼓捣一块看上去是银材质的圆片。砧上放着一盏灯，为他的工作照明；旁边还有一桶水，无疑是用来给滚烫的金属降温的；一把也许是剪开金属片用的重重的剪刀。他身后的门估计通向主屋。

那男人是个珠宝匠，奥尔德雷德猜。他有个架子，上面全是摆放整齐、分类明确的工具：锥子、钳子、重型修达刀，还有一把刀刃小、手柄长的剪具。他大概三十岁，是一个有着圆润双下巴的小个子男人，很专注。

奥尔德雷德不想吓到他，于是咳嗽一声。

这个措施没什么作用，那男人跳了起来，工具也掉到了地上，他说："啊，天啊！"

"我不是故意要打扰你，"奥尔德雷德说，"抱歉。"

那男人惊恐万分："你想要什么？"

"我什么也不要。"奥尔德雷德肯定地说，"我看见这里有光，担心是着了火。"这是他临时想出来的，因为不想表现得多管闲事，"我是奥尔德雷德修士，从夏陵修道院而来。"

"我是卡思伯特，是这里的一名司铎。可是访客是不能进我的作坊的。"

奥尔德雷德皱了皱眉头："你在担心什么？"

卡思伯特犹豫了一下："我以为你是个贼。"

"我猜这里的金属很贵重吧。"

卡思伯特不自觉地扭头看了看。奥尔德雷德跟随他的目光，看到进门处附近有只铁箍箱，那大概就是卡思伯特的财富了。奥尔德雷德猜，这里装的是他平时要用到的金、银、铜。

不少司祭会从事不同形式的艺术活动，比如音乐、诗歌和壁画。卡思伯特成为珠宝匠也并不奇怪。他大概会为教堂制作饰物，并出售珠宝赚点钱。神职人员赚钱并不可耻，可为什么他表现得如此内疚？

"你能够从事这种要求精准的工作，那你的眼力一定不错。"奥尔德雷德看着工作台上摆放的东西。卡思伯特好像正在一块圆形银片上雕刻着错综复杂的奇怪的动物图案。"你在做什么呢？"

"胸针。"

一个新的声音传来："你这混蛋在这儿探来探去的想干什么？"

对奥尔德雷德说话的人的头秃得很奇怪，整个脑袋没了头发。这人肯定是光头德格伯特，也就是那位总铎了。奥尔德雷德平静地说："也真是的，你们怎么这么容易激动。门是开着的，我只是进来看看。到底是怎么回事？你们很像是在藏着什么东西。"

"别胡说。"德格伯特说，"卡思伯特需要一个安静、隐蔽的地方来完成这种高度精细的工作，就这样。别打扰他。"

"卡思伯特可不是这么跟我说的。他说他担心有贼。"

"两个都有。"德格伯特走过奥尔德雷德，猛地关上门，跟奥尔德雷德一起站在门外，"你是谁？"

"我是夏陵修道院的图书管理人。我叫奥尔德雷德。"

"一个修士。"德格伯特说，"我猜你是想让我们给你一顿吃的吧。"

"还有个睡觉的地方。我正在长途旅行当中。"

德格伯特显然不乐意，但作为神职人员，他不能如此冷漠地拒绝一个同胞，除非他有立得住脚的理由。"那你就尽量不要问问题了。"他说着离开了，从正门走进房子。

奥尔德雷德站在那儿想了一会儿，对刚才遭到的敌意，他实在想不出原因。

奥尔德雷德不再想了，跟着德格伯特进了屋子。

屋里的景象出乎他的意料。

里面本应在重要位置挂上巨大的耶稣受难十字架，以表示这栋建筑是为上帝服务的；一座教堂里应该有张诵经台，上面放着圣书，当神职人员吃朴素餐食的时候，可以有人为他们朗诵其中的篇章；任何墙上的装饰应该是《圣经》的场景，让神职人员记得上帝的律法。

可这个地方既没有十字架，也没有诵经台，墙上的挂毯描绘的是狩猎的场景。在场的男人虽然是剃度过的，但旁边还有些女人和孩子，看上去像在自己家一样。这感觉像是一所富裕家庭的大宅子。"这还是教堂吗？"奥尔德雷德不敢相信。

德格伯特听见了奥尔德雷德的话，说："你以为你是谁，到这儿来还这副态度？"

奥尔德雷德对这种反应并不惊讶。不检点的司铎对待严格的修士总是有敌意的，他们觉得后者带着一种"我要比你神圣"的态度——有时还有具体的原因。现在看来，这座教堂正是变革运动的矛头所指。不过奥尔德雷德暂时没有下结论。接下来，德格伯特和他的人还是有可能将必要的礼拜仪式完美地展现出来的，而这才是最重要的事。

奥尔德雷德把自己的箱子和鞍囊靠在墙上。从鞍囊里拿出了些谷物，走到外面去喂迪斯马斯。他将小马驹的两条后腿捆上绳子，以防它夜晚走远。然后他走了回去。

之前，奥尔德雷德还希望这所教堂能成为他在喧嚣世界中安静思考的绿洲。他想象过自己能够跟相同兴趣的人在夜晚交谈。也许他们可以讨论一些关于《圣经》的学术问题，比如《巴拿巴书》的真实性；他们可以谈论遭围攻的英格兰国王，误入歧路的埃塞尔雷德；甚至谈论国际政治，比如穆斯林掌控的伊比利亚半岛和基督教控制的西班牙北部之间的战争。他希望他们能饥渴地听他说诺曼底的事情，尤其是瑞米耶日修道院的部分。

但这里的人过的不是那种生活。他们正跟自己的妻子聊天，跟自己的孩子玩，喝着啤酒和苹果酒。有个男人正把一个铁搭扣套到腰带上去，另一个人在给小男孩剪头发。没人在阅读，没人在祈祷。

当然，家庭生活并没有什么不对，一个男人应该照顾自己的妻子和孩子，但是神职人员还有其他职责。

教堂的钟声敲响了。人们不紧不慢地停下了手头的事，准备晚餐礼拜仪式。之后，他们漫步走出了屋子，奥尔德雷德跟在后面。女人和孩子留在屋里。村子里没有一个人来。

教堂的破损程度震惊了奥尔德雷德。入口是一棵树干撑起来的，整座建筑看上去不太竖直。德格伯特应该用他的钱来保养它才对。不过，当然，一个已婚男人首先会把钱花在自己的家庭里。这就是司铎应该单身的原因。

他们走进了教堂。

奥尔德雷德注意到墙上有雕刻。文字已经由于时间的冲刷而变得模糊不清了，不过他能读出其中的信息。这镌刻的文字表明，诺斯伍德的贝格蒙德阁下建造了这所教堂，并被埋在了这里，他在遗嘱中表示自己留下的金钱要付给为他祈祷灵魂的司铎。

奥尔德雷德对那所房子里的生活方式感到失望，但这场晚餐更令他惊愕。赞美诗被单调地念诵，祷告者吐字不清，整个过程中，两名执事一直在争论一只野猫是否能杀死一条猎狗。"阿门"音落时，奥尔德雷德已经怒火中烧。

难怪德朗对自己有两个妻子和一个奴隶妓女毫不羞耻。这座村庄里没有任何道德指引。德格伯特总铎自己就没有洁身自好，他怎么会怪罪那些违抗神职人员婚姻戒律的人呢？

德朗令奥尔德雷德感到作呕，但德格伯特彻底激怒了他。这些人既不为上帝，也不为这片社区服务。神职人员从穷苦农民那里索取钱财，自己过着舒适的生活，至少他们也应该认真举行礼拜仪式，为支持他们的人们祈祷灵魂，以作为回报。可这些人只是拿着教堂的钱，过无所事事的生活。他们比贼还要坏。他们在亵渎神灵。

不过，奥尔德雷德告诉自己，现在向德格伯特传播一点思想、跟他吵一架没有什么用处。

但奥尔德雷德非常好奇：德格伯特之所以对自己的罪过如此无畏，也许是因为他处于某位有权势的主教保护之下，但这并不是全部原因。通常，村民对懒惰而罪恶的司祭充满抱怨，他们喜欢有道德的领导，希望他们是可靠的，而这种可靠来源于他们遵守他们自己的规则。但是与奥尔德雷德交谈过的人没有批评过德格伯特或者这座社区教堂。事实上，大多数人不愿回答他的问题。只有米尔德丽德和她的儿子们比较友好和坦诚。奥尔德雷德知道自己并不亲和——他希望能够像瑟堡的蕾格娜一样，跟每个人成为朋友——但他不觉得德朗渡口居民的沉默寡言完全是因为他的态度。有些事正在发生。

他决心找出其中的原委。

第六章

九九七年，八月上旬

　　上一家租客留下的生锈旧工具里有一把长柄大镰刀，用它来收割农作物的时候不用蹲下身体。埃德加将刀片清理干净，磨得更锋利，并给它装上了一把新的木制手柄。两位哥哥轮流用它来收割青草。由于没有雨水，青草变成了干草，妈妈将它卖给了贝比，换回一头肥猪、一桶鳗鱼、一只公鸡和六只母鸡。

　　接下来，埃德加他们收割燕麦，给它们脱粒。埃德加用两条木棍做了个连枷①，一边是长手柄，另一边是打禾棍，一条皮绳把它们绑在一起——这皮绳是贝比的，埃德加还没还给她。在一个微风天里，埃德加试了试这个工具，布林德尔在一旁看着。他把几条燕麦穗放在干燥的平地上开始抽打。他不是农民，只能在妈妈的帮助下，一边打着，一边研究工具该怎么用。不过连枷似乎发挥了作用：有营养的种子开始从无用的外壳中脱落出来，然后外壳就在风中被吹走了。

---

① 连枷，旧时一种长柄脱粒农具。

留下来的粮食看上去小巧而干燥。

埃德加休息了一会儿。太阳照射下来，他感觉不错，吃了家里做的鳗鱼肉，身体也更有力量了。妈妈会把大多数动物的肉挂在屋梁上熏制。吃完熏鳗鱼，也许他们就会杀掉一头猪做熏猪肉。不过在不得不吃熏猪肉之前，他们会先把鸡窝里的蛋解决掉。这些食物对四个成人而言是不够过一个冬天的，但有了燕麦，也许他们就不会饿死了。

现在屋子已经能住人了。墙上和屋顶的洞已经全被埃德加补好，地上铺着新鲜的灯芯草，屋里放了一个石头灶台，还堆叠起了森林里倒下的枯木做成的木材，用以当柴火。埃德加不想要这样的人生，不过他感觉到自己和家人已经度过了危难时期。

妈妈来了。"几分钟之前我看见克雯宝了。"她说，"她是在找你吗？"

埃德加感到尴尬："当然不是。"

"你好像特别肯定。我觉得她，嗯，对你有好感。"

"她是。但我已经很明白地跟她说了，我对她不是那种感觉。可惜她为此很生气。"

"你这么做，我很欣慰。我担心你失去森吉芙之后会做蠢事。"

"我对她连心动的感觉也没有。克雯宝既不漂亮，也不善良，不过即便她是个天使我也不会爱上她的。"

妈妈带着同情点点头。"你父亲也是这样的，只爱一个女人。"她说，"他母亲告诉我，除了我，他从来没有对任何女孩表示过好感。我们结婚之后他也一样，当然，这就更不一般了。但你还年轻，你不能一辈子爱着一个死去的女孩。"

埃德加觉得可能真的会这样，但他不想跟自己的妈妈争论这事。"也许吧。"他说。

"总有一天，会有别人出现的，"妈妈坚持道，"也许会在你的意料之外。你可能一直相信你只喜欢以前那个人，但突然有一天，你会意识到你心里想的其实是另一个女孩。"

埃德加反问："你会再婚吗？"

"哈，"妈妈说，"你真聪明。不，我不会。"

"为什么？"

妈妈沉默了很长一段时间。埃德加在想自己是不是冒犯了她。不过，没有，她只不过是在思考而已。最后她说："你的父亲就像一块岩石。他答应什么，就会做到什么。他爱我，也爱你们三个，这点在之前的二十多年里从没有改变。他不英俊，有时候甚至脾气也不好，但我完全相信他，他也从来不会让我失望。"泪水从她的双眼流下来，她继续说："我不想有第二个丈夫了，可是即便我再嫁，我也知道自己不会再找到像他那样的人。"妈妈的用词谨慎而周全，但到最后，她控制不住了。她抬头看着夏日的天空说："我的爱人，我真想你。"

埃德加想哭。他们一起站了一会儿，一言不发。最后妈妈咽下苦痛，擦干眼泪，说："够了。"

埃德加明白妈妈的意思，于是换了个话题："我脱粒的方法对吗？"

"嗯，没错。这个连枷有用。但我觉得谷物有点小，这个冬天我们吃不饱了。"

"是我们哪里做得不对吗？"

"不是，是土壤的问题。"

"但你还是觉得我们能熬过这个冬天。"

"是的。你没爱上克雯宝，真让我松了口气。那个女孩看起来特别能吃，这农场喂不饱第五个大人了，更不用说可能会再添几个孩子。要真是那样的话，我们全得挨饿。"

"可能明年会好一些。"

"我们耕种之前，再施点肥料应该有用，不过这样的土地终究是长不出好谷物来的。"

妈妈跟以往任何时候一样，精明而硬气。但埃德加担心她，自从爸爸死后，她已经变了。尽管她精神不倒，但不再坚不可摧。以前她干什么事都显得身强力壮，可现在，埃德加发现自己得急忙赶着去帮她抬一块原木去烧，或者到河里提一桶水上来。他没有跟妈妈说过自己的担忧：要是说她脆弱，她会生气的——在脾气方面，她更像个男人。然而埃德加无法停止想象没有了妈妈之后日子会多黯淡。

布林德尔突然焦急地吠叫起来。埃德加皱着眉头：那条狗发出警报就是告诉人们出了事。过了一会儿，他就听见了喊叫声——不仅是吵闹，还带着愤怒，是一种争斗中的叫嚷和咆哮。那是他的哥哥们，现在他能听见两个声音了，他们肯定是在打架。

埃德加顺着吵闹声跑过去，声音似乎是从房子另一侧的谷仓附近传过来的。布林德尔跟着他一边跑，一边吠叫着。他从余光里看见妈妈正弯腰去捡已经脱粒的燕麦，以便不让鸟儿吃掉。

埃尔曼和埃德博尔德正滚在谷仓外面的地上扭打、撕咬、愤怒尖叫。埃德博尔德那长着雀斑的鼻子在流血，埃尔曼的前额擦伤处有血迹。

埃德加大喊："停下来，你们两个！"他们没理他。真是太蠢了，埃德加想，我们得省下力气来料理这片该死的农场啊。

埃尔曼和埃德博尔德打架的原因马上浮出了水面。克雯宝站在谷仓门口看着他们，开心地笑着。她光着身体。看见了她，埃德加的心中充满了憎恶。

埃尔曼滚到埃德博尔德的身上，握紧大拳头往后拉开距离，准备一拳打在他脸上。埃德加趁着这机会，从埃尔曼身后抓住了他的双臂把他扯开。埃尔曼失去了平衡，没法抵抗，落到地上，放开了埃德博尔德。

埃德博尔德跳起来往埃尔曼身上踢。埃德加抓住埃德博尔德的一只脚一提，把他往地上摔去。埃尔曼又站起身，将埃德加推向一边，抓住埃德博尔德。克雯宝激动地鼓起掌来。

随后，一个充满威严的声音传来："停下，你们这几个蠢孩子。"妈妈从房子一角拐了过来。埃尔曼和埃德博尔德马上站着不动了。

克雯宝抗议道："你破坏了兴致！"

妈妈说："把衣服穿上，你这个不要脸的孩子。"

有一会儿，克雯宝好像是被妈妈气着了，准备要反抗，想张口大骂，可她没这胆子。她转过身，往谷仓里走一步，弯腰去捡自己的裙子。她动作很慢，保证身后的人看见了她的屁股之后，又转过身来，将裙子掀到头上，再举起双臂，将双乳往外突。埃德加忍不住看了一眼，他注意到自从上次在河里看见她的裸体之后，她长胖了。

终于，克雯宝将衣服往下拉，盖住了自己的身体，最后又在衣服里扭动几下，让自己穿得完全舒服了才罢休。

妈妈低声说："上帝放过我们吧。"

埃德加对自己的哥哥们说："我猜你们是其中一个跟她搞上了，导致另一个不高兴。"

埃德博尔德愤怒地说："埃尔曼逼她的！"

"我没有逼她。"埃尔曼说。

"你肯定是逼她了，她爱的是我！"

"我没有逼她，"埃尔曼重复道，"她想要我。"

"她可没有。"

埃德加说："克雯宝，埃尔曼逼你了吗？"

克雯宝看上去很忸怩。"他很能干。"她表示享受。

埃德加说："好吧，埃德博尔德说你爱他，是这样吗？"

"噢，是的。"她停了一下，"我爱埃德博尔德，也爱埃尔曼。"

妈妈厌恶地哼了一声："你是说你跟他们两个都睡过吗？"

"是的。"克雯宝露出愉悦的神色。

"很多次了？"

"没错。"

"多久了？"

"自从你们到这里开始。"

妈妈反感地摇了摇头："感谢上帝我没有女儿。"

克雯宝抗议道："这可不是我一个人干的！"

妈妈叹了口气："对，两个人才能干成这事。"

埃尔曼说："我是最年长的，我应该先结婚。"

埃德博尔德轻蔑一笑："这是谁规定的？我想什么时候结婚就什么时候结婚，用不着你来定时间。"

"但我结得起，你结不起。你什么也没有。以后有一天我可

140

以继承这片农场。"

埃德博尔德气急了："妈妈有三个儿子。妈妈死了之后，这个农场会平分。当然，我希望妈妈活得好好的。"

埃德加说："别傻了，埃德博尔德。现在这片农场支撑不起我们一家人，如果我们三个人分别用这块土地的三分之一来支撑我们各自的家庭，那我们全都得饿死。"

妈妈说："埃德加一向是你们中间唯一一个说话过脑子的。"

埃德博尔德似乎非常受伤："那，妈妈，你的意思是要把我赶出去吗？"

"我不会做那样的事。你知道。"

"那我们三个人得禁欲，像修道院的修士那样吗？"

"我希望不是。"

"那我们该怎么办呢？"

妈妈的回答让埃德加吃了一惊："我们去跟克雯宝的父母聊聊。走。"

埃德加不确定这样做有什么用。德朗没什么常识，只可能又作威作福一番。利芙要聪明一些，也更善良。但妈妈可能有招儿，只是埃德加猜不出来是什么。

他们沿着河边漫步过去。青草被收割并晒成干草后，新的青草已经在此长了出来。村庄沐浴在八月的阳光之下，四下寂静，只有河水淙淙。

他们在酒馆里找到了德朗年轻一些的妻子埃塞尔和他的奴隶布洛德。埃塞尔对埃德加微笑着，她似乎喜欢他。克雯宝说德朗在他兄弟的教堂住处，于是她便跑去找他。埃德加在酿酒房里找到了利芙，她正在用一把耙子搅拌麦芽糖。她很高兴能暂时停下手头的活，于是她装了一满罐酒，拿到酒馆前的长椅上。克雯宝跟她的爸爸一起回来了。

他们站在太阳底下，享受着河水那边吹来的微风。布洛德给大家各倒了一杯酒，米尔德丽德几句话便描述完了问题。

埃德加观察着身边人的面容。埃尔曼和埃德博尔德开始意识到自己有多蠢，各自在想自己其实骗了对方，也被对方骗了。克雯宝仅仅是自豪于对他们的掌控而已。她的父母对她的举动并不惊讶：也许之前就发生过这样的事。德朗只要觉察到别人对女儿的批评意味，他就表示愤怒。利芙只是一副疲惫的模样。米尔德丽德在掌控局势，表现得很自信。埃德加想，决定这件事的处理办法的，会是妈妈。

米尔德丽德说完之后，利芙说："克雯宝必须马上结婚了。不然的话，某个来渡口的人可能会让她怀孕，等到那人走了之后，杂种就得由我们自己来养了。"

埃德加想说：那杂种真会做你的孙子吗？但他没说出来。

德朗说："别这么说我的女儿。"

"她也是我的女儿。"

"你对她太严厉了。她也许有她的错……"

米尔德丽德打断道："我们希望她结婚，但她应该怎么生活？我们的农场喂不饱再多一个人了，更别说到时多的不止一个人。"

德朗说："我不会让她嫁给一个不能养活她的丈夫。我是夏陵郡长的表亲。我的女儿要跟一个贵族男人结婚。"

利芙嘲讽地笑了起来。

德朗继续道："而且我不能让克雯宝离开。我们这里的工作太多了。我需要一个年轻力壮的人在渡口划船。布洛德怀孕了，这活我也不能自己干，我的背不好。曾经有个维京海盗把我从老马的背上打了下来。"

"对，对，在瓦切特战役。"利芙不耐烦地说，"你喝醉的时候说的可是从老鸨身上被打下来，而不是老马啊。"

米尔德丽德说："关于这个工作，德朗，克雯宝离开之后，你可以雇用埃德加。"

嗯，埃德加想，这我可没想到。

"他就是个年轻力壮的人，而且他可以造一条新船，你们那条老树干随时会沉。"

埃德加不确定自己对这个提议的看法。他很想造一条新船，但他恨德朗。

"雇那个自以为是的兔崽子？"德朗尖刻地说，"没人会要一条朝他主人乱吠的狗，我不要埃德加。"

妈妈没理会："你可以付他一天半便士。你可再也找不到比这更便宜的船了。"

德朗的脸上浮现出正在算数的表情，他在研究米尔德丽德说的到底对不对。不过他表态："不，我不要这样。"

利芙说："可我们得做点什么。"

德朗很固执："我是克雯宝父亲，我来决定。"

"还有一种可能。"米尔德丽德说。

又来了，埃德加想，妈妈又在寻思什么计划？

"来啊，说出来。"德朗说。他试图掌控局面，但没人相信他。

米尔德丽德沉默许久，然后说："克雯宝必须跟埃尔曼和埃德博尔德两个人共同结婚。"

埃德加也没想到这个。

德朗暴怒："意思是她会有两个丈夫，对吗？"

利芙故意说了一句："嗯，很多男人也有两个老婆啊。"

德朗怒了，但一时说不出利芙错在了哪里。

"我听说过这种婚姻。"米尔德丽德平静地说，"如果两个或三个兄弟共同继承的农场太小，不足以养活一个以上的家庭，他们就会采用这样的婚姻方式。"

埃德博尔德说："不过，该怎么弄？我是说……晚上的时候。"

米尔德丽德说："兄弟们轮流跟他们的妻子睡。"

埃德加绝对不想跟这场婚姻扯上任何关系，不过这会儿他没说话，他不想挑战妈妈的权威。稍后他会陈述自己的立场。其实要是想一想，妈妈肯定也猜到了他的感受。

利芙说："我知道这样的家庭，我听说过一次。小时候跟我玩耍的一个女孩就有一个妈妈和两个爸爸。"埃德加在想自己要不要相信利芙。他盯着她的脸，她的确露出了回忆的神情。利芙补充道："玛格丽特，她叫这个名字。"

"就是这样，"米尔德丽德说，"一个孩子出生之后，没人知道谁是孩子的爸爸，谁是孩子的叔叔或伯伯。但如果他们的脑子清楚，就不会在意这事。他们就当那是自己的孩子，将他抚养长大。"

埃德博尔德说："那婚礼呢？"

"照常许下誓言，在几名见证人面前——我建议见证人就是两个家庭的成员。"

埃尔曼说："没有司铎会来保佑这样的婚姻。"

"幸运的是，"米尔德丽德说，"我们不需要司祭。"

利芙嘲讽地说："可如果我们请司铎，德朗的兄弟肯定会来祝愿我们的。德格伯特也有两个女人嘛！"

德朗辩护道："一个妻子和一个妾。"

"也没人知道哪个是哪个。"

"很好，"米尔德丽德说，"克雯宝，你有什么要对你爸爸说的吗？"

克雯宝表示不解："我没有啊。"

"我觉得你有。"

埃德加想，现在又是哪一出？

克雯宝皱了皱眉："没有。"

"自从我们到德朗渡口之后，你一直没有来月经，对吗？"

埃德加想，这是妈妈第三次让我感到惊讶了。

克雯宝对米尔德丽德说："你怎么知道？"

"因为你的体形已经变了。你的腰间已经胖了一点，胸部也更大了。我想你的乳头应该会痛。"

克雯宝害怕了，脸色苍白："你怎么知道的？你肯定是个巫婆！"

利芙明白米尔德丽德想说什么。"噢，天啊，"她说，"我本来应该注意到这些迹象的。"

埃德加想，你是酒喝多了才看不清。

克雯宝说："你们在说什么啊？"

米尔德丽德的声音很温和："你要生孩子了。你如果停了月经，就意味着你怀孕了。"

"是吗？"

埃德加心想，一个已经十五岁的女孩怎么会不知道这一点？

德朗被激怒了："你是说她已经怀着孩子了？"

"是的。"妈妈说，"我是看见她裸着身体的时候知道的。而且她不知道自己孩子的父亲是埃尔曼还是埃德博尔德。"

德朗怀着恶意看着米尔德丽德："你是在说她跟个妓女没什么区别！"

利芙说："冷静，德朗。你也和两个女人睡觉，这么说，你也是个男妓了？"

"我已经很久没和你睡觉了。"

"我也为此天天感谢上苍。"

米尔德丽德说："得有人帮克雯宝抚养小孩，德朗。只有两种可能：她留在你身边，你可以帮她抚养你的孙儿。"

"孩子是需要父亲的。"德朗表现出了不寻常的正派。埃德加注意到，克雯宝在德朗身边时，他就没那么强硬。

米尔德丽德说："另一种可能是，埃尔曼和埃德博尔德跟克雯宝结婚，他们一起抚养孩子。如果是这样的话，埃德加必须到这里来生活，你除了为他供应食物，还需要每天付给他半个便士。"

"两个选择我都不喜欢。"

"那你就再提个选择。"

德朗张了张嘴，但没说出话来。

利芙说："你觉得呢，克雯宝？你想跟埃尔曼和埃德博尔德结婚吗？"

"我想，"克雯宝说，"我两个都喜欢。"

利芙说："我们什么时候举行婚礼？"

"明天，"米尔德丽德说，"中午。"

"在哪儿？在这儿吗？"

"在这儿举行的话，村里人人都会来。"

德朗粗暴地说："我不想让他们全喝上免费啤酒。"

米尔德丽德说："我也不想跟德朗渡口的每个蠢货解释十遍这场婚姻是怎么回事。"

埃德加说："那就在农场吧。他们之后会知道的。"

利芙说："我带一小桶酒来。"

米尔德丽德用探询的目光看着埃塞尔，她没说过话。

埃塞尔说："我做一些蜂蜜蛋糕。"

"噢，太好了！"克雯宝说，"我喜欢蜂蜜蛋糕。"

埃德加难以置信地盯着她。她刚刚答应了嫁给两个男人，现在她还能为吃到蛋糕而感到兴奋。

米尔德丽德说："你呢，德朗？"

"我一天付给埃德加一法寻。"

"就这么定了。"米尔德丽德说。她站起身来："那我们明天中午等你们大家。"

她的三个儿子也站了起来，跟在她后面，离开酒馆。

埃德加想，我不再是个农民了。

第七章

九九七年，八月下旬

蕾格娜没有怀孕。

威尔武夫离开瑟堡之后的两周里，蕾格娜都在经受着恐惧的折磨。怀孕之后被人抛弃，这是种最难以忍受的羞辱，尤其是对一个贵族家庭的未婚女子而言。如果一个农民的女儿遭遇了这种命运，会受到同样的嘲笑和鄙视，但最终她还是可能找到愿意抚养另一个男人的孩子的人家。然而一个贵族女子会被同等阶级的每个男人无视。

不过，蕾格娜逃脱了这样的命运。月经来了，像日出一般受到她的欢迎。

经过此事之后，她本应痛恨威尔武夫，但她发现自己做不到。他背叛了她，可她仍然渴望着他。蕾格娜知道，自己是个笨蛋。不过这没关系，因为她可能再也看不到威尔武夫了。

路易神父已经返回兰姆，没有发现蕾格娜和威尔武夫恋情的苗头。路易神父似乎也已经告诉自己那边的人，蕾格娜很适合成为年轻的纪尧姆子爵的妻子。现在纪尧姆自己也来到了瑟堡，他要做最终的决定。

纪尧姆觉得蕾格娜简直完美。

纪尧姆一直这么跟她说。他观察她，有的时候抚摸她的下巴，迎着灯光将她的脸从一侧稍稍移动到另一侧，又从上移到下。"完美，"纪尧姆说，"眼睛就像大海一样碧绿，我从来没有见过这样的色度；鼻子很直，很漂亮；颧骨完全对称；还有浅白的皮肤，以及最完美的头发。"蕾格娜跟所有体面女性一样，将自己大部分的头发盖住了，不过习俗允许其中几缕巧妙地露出来。"多么明亮的金色，天使的翅膀肯定就是这样的颜色。"

蕾格娜受宠若惊，但她总感觉他看自己的样子就像在欣赏一枚珐琅胸针，欣赏他的收藏品里最值钱的东西。威尔武夫从来没有跟她说过她是完美的。他这样说："我的天，我的手没办法从你身上移开。"

纪尧姆自己也长得很好看。他站在瑟堡城堡高高的护墙上，俯视着港湾的船只，微风吹乱了他泛着光泽的长发，深棕色里透着红褐色的光点。他五官端正，长着棕色双眼。他比威尔武夫要英俊，不过当他经过的时候，城堡里的女仆并没有像威尔武夫经过时那样红了脸、咯咯地笑。威尔武夫散发着一种雄性魅力，这是纪尧姆所没有的。

纪尧姆刚刚送给蕾格娜一份礼物，一条由他母亲刺绣的丝绸披巾。蕾格娜将它展开，观察里面的图案设计——缠绕的绿叶和怪物般的大鸟。"真漂亮，"蕾格娜说，"肯定花了她一年的时间。"

"她的品位很不错。"

"她是什么样的人？"

"她非常棒。"纪尧姆笑道，"我想，每个男孩都会认为自己的母亲很棒吧。"

蕾格娜不确定是否当真如此，但她没把自己的想法说出来。

"我相信每个贵族女人对任何与布料相关的东西应该有绝对的权力。"纪尧姆说，蕾格娜感觉自己马上就要听一场准备充足的演讲了，"纺纱、编织、染色、缝纫、刺绣，当然，还包括清洗。一个女人应该统治这样的世界，正如她的丈夫统治他的领土那样。"他的发言仿佛在做慷慨的让步。

蕾格娜直白地说："这些我都讨厌。"

纪尧姆惊呆了："你不喜欢刺绣吗？"

蕾格娜拒绝了搪塞的诱惑。她不希望纪尧姆承受任何误解。我就是我，她想。她说："子爵阁下，我不喜欢。"

纪尧姆困惑了："为什么？"

"我跟大多数人一样，喜欢漂亮衣服，但我不喜欢做衣服。我觉得那很无聊。"

他看上去很失望："你觉得那样很无聊？"

也许是时候表现得更积极一些："你不觉得一个贵族女人也有其他使命吗？如果她的丈夫去打仗了怎么办？需要有个人来确保租金是否交付，正义是否施行。"

"嗯，是的，当然，应急的时候。"

蕾格娜觉得她已经把观点表达清楚了。她做出了一点让步，希望能缓和气氛。"我就是这意思，"她违心地说，"应急的时候。"

纪尧姆看上去松了口气，转变了话题："景色真好啊。"

城堡有一座可以远观四周村落的瞭望台，如果有敌军来临，从这里就可以远远地看到，以做好防御，或者脱身的准备。在瑟堡城堡也能眺望大海，同样是观测敌人之用。但纪尧姆正在观察城镇。抵达海边之前，底维特河穿过左右两边一间间木头和茅草堆砌的屋子蜿蜒流淌。街道上是前往海港和从海港回来的车，木轮子驶过被太阳晒干的路面，扬起尘土。按照休伯特伯爵对威尔武夫的承诺，维京海盗的船已不在此处停泊了，但其他国家的船停在了这里，远处还有一些船在抛锚。一艘进港的法国海船停在浅滩，也许它在运送铁或石块。船后有一段距离的地方，一艘英格兰船正在靠近。"一座商业城市。"纪尧姆评价道。

蕾格娜注意到纪尧姆话里的一丝不满。她问他："兰姆是什么样的城市？"

"一个神圣的地方。"他马上说，"克洛维，法兰克的国王，很久以前就是在那里接受了雷米主教的洗礼。那时，一只白鸽带着一只瓶子出现了，它被称为神圣安瓿，之后，里面的圣油被用于许多王室加冕礼。"

蕾格娜想，除了奇迹和加冕礼，兰姆肯定也存在商品交易活动，不过她再一次忍住了。她跟纪尧姆对话的时候，似乎总要忍住不说出自己的真实想法。

她越来越没有耐心。她告诉自己，她是在履行职责。"我们可以下去了吗？"她说，又违心地补充一句，"我已经等不及要把这条漂亮的披巾拿给我母亲看了。"

他们沿着木梯走下去，进了大堂。蕾格娜没看见吉纳维芙，便以此为借口离开纪尧姆，走到伯爵和伯爵夫人的私人住处。她发现母亲正在翻找珠宝盒，为裙子挑选一支别针。"你好，亲爱的，"伯爵夫人说，"跟纪尧姆相处得怎么样？他看起来很不错嘛。"

"他很喜欢自己的母亲。"

"真好。"

蕾格娜把披巾给她看:"这是他母亲为我绣的。"

吉纳维芙拿起披巾,欣赏起来:"她真好心啊。"

蕾格娜再也忍不住了:"噢,妈妈,我不喜欢他。"

吉纳维芙恼怒地哼了一声:"给他个机会,不好吗?"

"我试过了,真的。"

"我的天啊,他又能有什么问题?"

"他想让我掌管布料工作。"

"嗯,等你当了伯爵夫人之后,那是自然要做的。你不会觉得他要自己给自己缝衣服吧?"

"他很刻板。"

"不,这只是你的想象。他完全没问题。"

"我真希望我已经死了。"

"你不能再想那个英格兰男人了。他完全不适合你,而且他已经走了。"

"太可惜了。"

吉纳维芙转过身,面对着蕾格娜:"你听我说,你不能再继续做一个未婚女人了,别人会以为你永远不会结婚了。"

"或许真的是这样。"

"不要说这种话。单身贵族女人是没有地位的人,是没用的人,可这样的人却仍然需要礼服、珠宝、马匹和仆人,这样一来,她的父亲就会为钱财只出不进而感到厌倦。而且已婚女人会恨她,因为她们觉得她想偷走自己的丈夫。"

"我可以做一名修女。"

"我表示怀疑。你从来不怎么虔诚。"

"修女唱歌、阅读、照顾病人。"

"有时候,她们会与其他修女产生恋爱关系,我不觉得你有这种倾向。我记得那个从巴黎来的妖媚女孩康斯坦丝,但你不是真的喜欢她。"

蕾格娜脸红了。她完全没料到她的母亲知道她和康斯坦丝的事。她们亲吻过,摸过对方的乳房,也看过对方自慰,但蕾格娜并未沉迷于此,后来,康斯坦丝就将注意力转移到另一个女孩身上了。吉纳维芙猜到了多少?

无论如何,她母亲的直觉是对的:与女人的恋爱关系不会让蕾格娜感到快乐。

"所以,"吉纳维芙回归话题,"纪尧姆应该就是现在的有利选择。"

有利选择,蕾格娜想,我想要的是一段可以让我内心歌唱的爱情,可现在我得到的是一个有利选择。

不过她觉得自己只能嫁给纪尧姆。

蕾格娜心情阴郁地离开了母亲。她走过大堂,走到外面的阳光里,希望这样可以让自己开心一点。

大院的正门出现了一小群来访者,也许是之前她看到的其中一艘船上来的人。人群中间是一个长着八字胡、下巴没有胡须的贵族男人,也许是英格兰人,有一瞬间蕾格娜的心跳仿佛停止了,因为她以为自己看到了威尔武夫。他高大、英俊,长着硕大的鼻子和结实的下巴,蕾格娜的脑海里突然闪过威尔武夫回来娶她为妻、带她离开的完整幻象。但过了一会儿,她意识到那个男人的头顶是剃光了的,他穿的是神职人员的黑长袍。男人走近的时候，她发现他的双眼距离更近，耳朵很大，尽管他可能比威尔武夫年轻，但他的脸上已经有了皱纹。他走路的姿态也和威尔武夫不一样：威尔武夫显得自信，这个人显得自大。

蕾格娜看不见自己的父亲，他的高级参事们也不在场，所以由蕾格娜上前迎接来访者。她走上前去，说："你好，先生。欢迎来到瑟堡。我是蕾格娜，休伯特伯爵的女儿。"

来访者的反应让她吃了一惊。他热切地盯着她看，胡子下露出一种讥讽般的微笑。"真的，是你吗？"他好像被她吸引住了，"是你吗？"他说着一口流利的带着口音的法语。

蕾格娜不知道应该如何回应，但她的沉默似乎没有困扰这位来访者。他上上下下打量着她，就像观察一匹马一样，检查她身上所有的重要部位。他的凝视开始让她觉得他很粗鲁。

然后，来访者又开始说话了："我是夏陵的主教，"他说："我叫温斯坦。我是威尔武夫郡长的弟弟。"

* * *

蕾格娜焦躁难耐。仅是温斯坦的出现就令她激动不已。来访者是威尔武夫的弟弟！每次她看着温斯坦，她就在想自己与那个她爱的男人有多近。他们是一起长大的，温斯坦一定非常了解威尔武夫，一定仰慕他的品质，也比蕾格娜更了解他的脆弱之处，懂得他的情绪。温斯坦甚至跟威尔武夫长得还有点像。

蕾格娜让自己那个活泼的女仆卡特跟温斯坦的一个侍卫调情。那个侍卫叫克内巴，是个高大的男人。他只会讲英语，所以他们的交流很困难，也不可靠，但是卡特觉得她对温斯坦的家族

154

有了一点了解。温斯坦实际上是威尔武夫同父异母的弟弟。威尔武夫的母亲死了，他的父亲再婚，第二任妻子生下了温斯坦和弟弟威格姆。三个人在英格兰西部形成了颇有权势的铁三角：一个郡长、一个主教和一个大乡绅。他们很富有，尽管他们的财富受到维京海盗袭击的威胁。

但温斯坦为什么要来瑟堡？如果侍卫们知道，也不会说。

最有可能的是，他这次来访与威尔武夫和休伯特之前所定协议的执行事宜有关；也许温斯坦是想检查休伯特是否信守诺言，是否拒绝让维京海盗在瑟堡港湾停泊；或者，也许与蕾格娜有关。

那天晚上，她知道了真相。

晚餐过后，休伯特正要休息时，温斯坦请他到角落里，并与他低声交谈。蕾格娜仔细听，但听不清词句。休伯特回应的声音同样安静，随后他点点头，前往私人住所，吉纳维芙跟在后面。

不久之后，吉纳维芙把蕾格娜叫了过去。

"发生了什么事？"蕾格娜进了房间，上气不接下气地问，"温斯坦说了什么？"

她的母亲怒不可遏。"问你父亲。"她说。

休伯特说："温斯坦主教代威尔武夫郡长前来向你求婚。"

蕾格娜无法掩饰自己的欣喜。"我都不敢想！"她说。她得克制住自己不像个孩子那样上蹿下跳："我以为他来是为了维京海盗呢！"

吉纳维芙说："请你一秒钟也别以为我们会同意。"

蕾格娜几乎没听见吉纳维芙说了什么。她可以逃开纪尧姆，嫁给她爱的男人了。"原来，他真的爱我！"

"你的父亲只是同意听一听郡长求婚的内容，仅此而已。"

休伯特说："我必须这样。不然就等于粗鲁地表示那个男人在任何情况下都不能被接受了。"

"就是不能接受！"吉纳维芙说。

"可能吧。"休伯特说，"不过，这种事心里想想就好，不宜说出来。不应直接冒犯他人。"

吉纳维芙说："听了他提供的条件之后，你的父亲会礼貌地拒绝他。"

蕾格娜说："到时候你跟我说说是什么条件，父亲，先别急着拒绝，好吗？"

休伯特犹豫了一下。他从来不喜欢当面翻脸。"当然，我会告诉你。"他说。

吉纳维芙厌恶地哼了一声。

蕾格娜继续抓住她的好运："你可以让我参加你与温斯坦的会议吗？"

休伯特说："你可以整个过程不说话吗？"

"可以。"

"你保证？"

"我发誓。"

"很好。"

"上床睡觉吧。"吉纳维芙对蕾格娜说，"我们明早再谈。"

蕾格娜离开了他们，在大堂躺下。她靠着墙边蜷缩在床上。她感觉很难平静下来，她太兴奋了。他真的爱她！

灯芯草蜡烛熄灭之后，房间变暗了，蕾格娜的心跳也慢了下来，身体渐渐放松。同时，她更加清晰地思考起来：如果威尔武夫真的爱自己，为什么他上次什么也不解释就走了？温斯坦会说明他这样做的理由吗？如果他不说明，她也决定直接去问他。

清晰的思考让她慢慢平静下来，然后她睡着了。

蕾格娜在破晓之时起床，第一个进入她脑海的就是威尔武夫。他会提供什么样的条件？通常来说，一个贵族新娘必须确保获得足够的金钱，因为假如她的丈夫去世，她成了寡妇，她可以凭此独自生活。如果二人的孩子要成为这些金钱或财产的继承人，他们就必须在父亲的国度里被抚养长大。有的时候，这些条件是需要经过国王批准的。订婚可以跟一份商业合同一样令人丧气。

蕾格娜最担忧的是，威尔武夫提供的条件里包含了她的父母有理由拒绝的内容。

她刚穿好衣服，就希望自己能晚点起床了。厨房二和马夫向来起床就早，但除了他们，其他人都还在熟睡当中，包括温斯坦。她不得不控制住自己想抓住他的肩膀把他摇醒问问题的冲动。

蕾格娜走到厨房去，喝了一杯苹果酒，吃了块蘸了蜂蜜的煎面包。她拿起一颗半熟的苹果，走到马厩，喂给她的马阿斯特丽德，阿斯特丽德感激地用鼻子蹭了蹭她。"你可从来不知道什么是爱啊。"蕾格娜在它的耳边低语着。但这话不太对：很多时候，通常是在夏天，阿斯特丽德会扬起尾巴，人们得把它紧紧地绑住，才能不让它靠近雄马。

马厩地上的稻草很潮湿，发出了难闻的味道。马夫们太懒了，没有更换它们。蕾格娜命令他们马上把新鲜的稻草拿过来。

大院里的人渐渐苏醒了。男人们来到井口喝水，女人们到井边洗脸。仆人们将面包和苹果酒端进大堂。狗乞求着吃些碎屑，猫则趴着等候老鼠。伯爵和伯爵夫人从私人住所里出来，坐在桌前。早餐开始了。

早餐结束后，伯爵便邀请温斯坦到私人住所里去，吉纳维芙和蕾格娜跟在后面。他们在外房坐了下来。

温斯坦的信息很简单。"六周前，威尔武夫郡长在这里爱上了蕾格娜小姐。回到家之后，他感觉没有她的人生是不完整的。他请求伯爵和伯爵夫人批准蕾格娜与他成婚。"

休伯特说："他会提供什么样的条件作为财务保障？"

"婚礼当天，他会将奥神谷交给她。这是一座丰沃的山谷，包含五座富饶的村庄，共有一千名左右居民，他们会以现金或实物的方式给她交租。山谷里还有一处石灰石采石场。休伯特伯爵，我可否问下，蕾格娜小姐会为这场婚姻提供什么呢？"

"与之相当的条件：圣马丁村和附近八座稍小的村庄，人口加起来也与你们的条件相近，刚好超过一千。"

温斯坦点点头，但没做评论，蕾格娜在想，他是不是想要更多。

休伯特说："两地的收入都将归属于蕾格娜吗？"

"是的。"温斯坦说。

"在她去世之前，两地的财产是否会归蕾格娜所有？她是否可以将这些财产遗赠给任何人呢？"

"是的。"温斯坦又说，"我想问，是否会有现金作为她的嫁妆呢？"

"我认为圣马丁村就已经足够。"

"我可否建议，你们出二十镑银币？"

"我需要考虑一下。英格兰的埃塞尔雷德国王赞成这门婚事吗？"

贵族婚姻请求王室同意是常事。温斯坦说："我已经事先征得了他的同意。"他对蕾格娜露出一抹油滑的微笑，"我跟他说，蕾格娜是一位美丽而有教养的女孩，她会为我的哥哥，为夏陵和英格兰带来荣誉。国王欣然同意了。"

　　吉纳维芙第一次开口："你的哥哥是否也住在一个这样的家里？"她伸出双手，表示城堡的石头。

　　"夫人，在英格兰，没有人住在这样的建筑里，我相信即便在诺曼底和法兰克的领土上，也很少有人住在这样的地方。"

　　休伯特自豪地说："的确如此。在诺曼底的伊夫里也只有一座。"

　　"在英格兰没有。"

　　吉纳维芙说："也许这就是你们英格兰人似乎总是无力防御维京海盗的原因了。"

　　"不是这样的，夫人。夏陵是一座筑有城墙的城市，防守牢固。"

　　"但显然，你们没有一座石头建造的城堡或者主楼。"

　　"是的，没有。"

　　"可以谈谈其他情况吗，如果你愿意的话？"

　　"任何事情都没问题。"

　　"你哥哥今年三十多？"

　　"四十岁了，他只是长得年轻，夫人。"

　　"在这样的年纪，为什么他还没有结婚呢？"

　　"事实上，他结过婚，这也是他上次在瑟堡时没有向蕾格娜小姐求婚的原因。不幸的是，他的妻子已经不跟我们在一起了。"

　　"哈。"

所以是这个原因，蕾格娜想。他之所以七月的时候没有求婚，是因为那时他是结了婚的。

蕾格娜的心中充满了猜测。那为什么他当时不忠于自己妻子呢？也许她已经病了，不久就会死去。当时她的病情可能在逐渐恶化，已经有一段时间无法履行妻子的职责，这应该也是威尔武夫对爱情如此饥渴的原因。蕾格娜有不少问题，但她答应过父亲要保持沉默，于是她忍住懊恼，咬紧牙关。

温斯坦说："我可否带着肯定回答返程呢？"

休伯特答道："我们会告诉你回答的。但我们必须先认真考虑你的话。"

"那是当然。"

蕾格娜试图从温斯坦的脸上读出些什么来。她感觉温斯坦对自己哥哥的选择并不热心。她想知道他可能陷入矛盾情绪的原因。毫无疑问，他希望能够完成比他职位要高的哥哥交给他的任务。但也许他并不满意其中的某一点。也许他对哥哥的妻子有自己心中的人选——贵族的婚姻与政治是高度相关的。也或许他只是不喜欢自己，不过蕾格娜也意识到，一个精力充沛的正常男人不会有这种感觉。不管原因是什么，温斯坦看到休伯特对此事缺乏热情时，并没有太失落。

温斯坦站起身告辞。他一关上门，吉纳维芙就说："岂有此理！他想让她住在一栋木房子里，成为维京海盗的猎物。到头来，她可能会被送到鲁昂奴隶市场去啊！"

"我觉得这有点夸张了，我亲爱的。"休伯特伯爵说。

"但毫无疑问，纪尧姆是个更好的选择。"

蕾格娜大喊："我不爱纪尧姆！"

"你不懂爱是什么，"她母亲说，"你还太年轻了。"

她的父亲说："你也从来没有去过英格兰。那个地方跟这里不一样，你要知道。那里又湿又冷。"

蕾格娜确定自己可以为了心爱的男人忍受这种天气。"我要跟威尔武夫结婚！"

"你说话就像个农村姑娘一样，"她的母亲说，"但你是贵族家的孩子，你没有权利嫁给你想嫁的人。"

"我不跟纪尧姆结婚！"

"你的父亲和我要你嫁给他，你就要嫁给他。"

休伯特说："在之前的二十年里，你从来没有尝过冰冷和挨饿的滋味。但你获得这样的特权是有代价的。"

蕾格娜沉默了。她父亲的逻辑比她母亲的咆哮更有用。她从来没有以这种方式思考过她的人生。她感觉自己清醒了些。

但她仍然想要威尔武夫。

吉纳维芙说："现在温斯坦不能一直在外面闲着。带他去骑骑马吧，让他看看周围的环境。"

蕾格娜觉得，母亲是希望温斯坦能说出或做出什么事，让蕾格娜改变主意。现在的她虽然很想独自思索，但她仍会招待温斯坦，向他了解更多关于威尔武夫和夏陵的事。"我很乐意。"她说，于是走了出去。

温斯坦欣然同意了蕾格娜的建议，两人便一起朝马厩走去，让克内巴和卡特跟随在身边。走在去马厩的路上，蕾格娜悄悄地对温斯坦说："我爱你的哥哥。我希望他知道这一点。"

"他很担心上次他离开瑟堡时的举止会影响到你对他的感觉。"

"我本该恨他的，但我做不到。"

"等我回到家，我就告诉他这一点，让他放心。"

本来她有很多话要跟温斯坦说，但一小群人激动的吵闹声打断了她。马厩后面几码的地方，两条狗正在争斗：一条短腿的黑猎犬和一头灰色的獒犬。马夫们跑出来观战，给两条狗鼓劲助威，还下注打赌哪方会胜出。

蕾格娜很生气，她走到马厩去看有没有人能帮她上马鞍。马夫们已经按照她的命令拿来了干稻草，但所有人都停下了手头的活去看两条狗打架，大部分稻草只是堆在马厩进门处。

她正要走过去将其中一两个兴奋的人从人群中拽出来，她的鼻子就抽动了一下。她嗅了嗅，闻到了着火的味道。她的感官高度警觉起来。她发现了一缕烟。

她猜是有人拿着一块燃烧的木头到厨房暗角点灯，刚好外面的狗打起架来，那人就粗心地把燃烧的木头扔下不管了。不管着火原因是什么，一些新的稻草在冒烟了。

蕾格娜往四周看，旁边有个喂马的水桶和一个倒置的木桶。她抓住木桶，装满水，朝冒烟的稻草泼去。

她马上发现这不足以把火扑灭。没过多久，火势增长，她看到火苗正往上蹿。于是她把木桶交给卡特。"继续泼水！"她命令道，"我们到井边去。"

她从马厩跑了出来。温斯坦和克内巴跟在后面。她一边跑一边喊："马厩着火啦——快拿桶和盆来！"

到了井边，她让克内巴负责摇柄——他看上去力气够大，干这活不累。当然，一开始克内巴没明白她在说什么，温斯坦马上将她的指示翻译成英语，一些人抓起附近的容器，克内巴开始给他们倒水。

马夫们还在专心致志地看两条狗打架，没人意识到发生了火灾。蕾格娜对他们大喊，但谁也没听见。她跑进人群，猛地将男人们推开，往正在争斗的两条狗冲去。她抓起黑狗的后腿，把它从地上提了起来。争斗结束了。"马厩着火了！"她大喊道，"大家排成一列从井边把水传过来。"

一时间，人群处于混乱之中，不过马夫们以值得称赞的速度拿起了水桶，排成一列。

蕾格娜回到马厩。新的稻草仍然在猛烈燃烧，火势已经蔓延。马儿在恐惧地嘶鸣、乱踢，挣扎着想把拴住自己的绳子扯开。蕾格娜走到阿斯特丽德身边，试着让它冷静下来，解开它的绳子，把它放出去。

蕾格娜发现纪尧姆在旁观。"别光站在那里，"她说，"做点事啊！"

纪尧姆看着很吃惊。"我不知道该做什么。"他茫然地说。

他怎么能这么没用？愤怒之下，她说："你个白痴，你要是什么也想不出来，那撒泡尿也行啊！"

纪尧姆一副被侮辱的样子，怒气冲冲地走了。

蕾格娜将阿斯特丽德的缰绳递给一个小女孩，转身又跑进马厩。她解开所有马匹的绳子，放它们出去，希望它们别在慌乱之中伤到什么人。一时间，马儿将灭火的人挤到了一边，但它们完全跑出去之后，却为人们掌控火势留出了空间，又过了一阵，火全被扑灭了。

茅草屋顶没有着火，马厩也被拯救了下来，不少价值昂贵的马匹得以免于一死。

蕾格娜示意人们不用再排队传木桶了。"干得好，各位。"她喊道，"我们及时把火扑灭了。没有造成任何损失，也没有人员和马匹受伤。"

其中一个人喊道："感谢您，蕾格娜小姐！"

其他几个也大声表示赞同，所有人欢呼了起来。

蕾格娜对上了温斯坦的目光。他正看着她，眼神里透着敬意。

她环顾四周，看看纪尧姆在哪里。哪儿都看不见他。

* * *

肯定有人听见了蕾格娜对纪尧姆说的话，因为到了晚餐时间，大院里的人们似乎传开了。卡特告诉蕾格娜人人都在聊这事。她也发现人们与她目光相遇的时候，总会微笑一下，然后悄悄跟身边人低语、大笑，仿佛记起了某句笑话里的妙语。蕾格娜两次不经意间听见有人说："你要是什么也想不出来，那撒泡尿也行啊！"

第二天早上，纪尧姆就回兰姆了。他受到了侮辱，现在成了个笑话。这是他的尊严无法承受的。他很安静地离开了，没有任何仪式。蕾格娜本不想羞辱他，但看到他骑马离去，她也难以不感到喜悦。

蕾格娜父母之前的反对已经瓦解。有人已经告诉温斯坦，他哥哥的求婚被接受了，包括那二十镑的嫁妆。结婚的日子定在了十一月的第一天，也就是万圣节。温斯坦带着好消息回到了英格兰。蕾格娜会用几周的时间做准备，之后，她也会去英格兰。

"你得到了你想要的，就跟以前一样。"吉纳维芙对蕾格娜说，"纪尧姆不想要你，我也没有精力再为你找一个法国贵族男人了。不过至少英格兰人可以把你从我手里领走，我也落个清闲。"

休伯特更和蔼些。"最终，爱情获得了胜利，"他说，"就像你喜欢的那些老故事一样。"

"好了，"吉纳维芙说，"只不过那些故事通常是以悲剧结尾的。"

第八章

九九七年，九月上旬

埃德加决心造一艘让德朗满意的船。

喜欢德朗是件困难的事，很少有人做得到。他心肠坏，而且吝啬。在酒馆生活的埃德加迅速熟悉了德朗这家人。年长些的妻子利芙大部分时候对德朗漠不关心。年轻些的女人埃塞尔似乎很怕她的丈夫。她平时买菜、做饭，但德朗一抱怨价钱，她就会哭。埃德加好奇这两个女人有没有爱过德朗。他觉得没有：两人女人都是来自穷苦的农民家庭，她们嫁给德朗大概是为了财产保障。

布洛德，那个奴隶，她恨德朗。当她不为路过的男人提供性服务时，德朗就让她一直清理房子和酒馆外的屋子，照料猪和鸡，给地面更换灯芯草。德朗对她说话言辞尖刻，她也还之以一贯的暴躁和怨恨。假如她的处境没那么糟糕，也许她还可以为他赚来更多的钱，但他似乎意识不到这一点。

女人们喜欢埃德加的狗布林德尔。布林德尔能把狐狸从鸡舍赶走，它也因此赢得了女人们的欢心。德朗则从来没有轻轻拍过这条狗，布林德尔也当德朗不存在。

然而，德朗似乎喜欢自己的女儿克雯宝，而克雯宝也喜欢他。他看见克雯宝的时候会对她微笑，而他与大多数人打招呼的方式通常只是一声冷笑，至多是自鸣得意的笑。为了克雯宝，德朗常常会放下自己手头的事，两人会坐在一起低声聊天，有时候他们会聊上一个小时。

这也证明与德朗维持一种人类之间的正常关系是可能的，于是埃德加决心去试试。他不是想获得德朗的喜爱，他只想和德朗建立一种没有怨恨的、轻松而实际的关系。

埃德加在河岸搭了间敞篷作坊，幸运的是，八月的阳光延续到了温暖的九月。他很高兴自己可以再次拾起建造的工作，可以再次磨刀，闻到斩开的木头的味道，想象各种形状的木头，构思如何把它们连接在一起，最终让自己的想法成真。

当埃德加做好所有的木制部件，将它们放在地面的时候，船的外形也清晰了起来。

德朗看着，指责道："船的木板相接处一般是要有一部分重叠的。"

埃德加预料到德朗会提问题，而他也已经有了答案，但他很警惕。他不能在德朗面前表现出一副什么都懂的样子，埃德加知道，这对他来说是件危险的事。"那种船体叫作鳞状结构，但这艘船的船底是平的，所以木板是平铺的，只需要两端相接。对了，我们管它叫列板，而不是木板。"

"木板、列板，我不管它叫什么，为什么船底是平的？"

"主要是为了乘船的人和牲畜可以在船上站稳，篮子和麻袋也可以很安全地堆在上面。还有，这样的船不会左右剧烈摇晃，乘客就会保持平静。"

"既然这主意这么好，那么为什么不是所有的船都长这样？"

"因为大多数船必须高速穿过海浪和水流。但这不适用于这个渡口。这里没有海浪，水流很稳，但是不强，而且对划船五十码的距离来说，速度并不是个重要因素。"

德朗嘟哝一声，指着船侧面的列板说："两边应该更高些才对吧。"

"不是的。这里没有海浪，船的两侧不需要太高。"

"通常船的前端是尖的，这艘船的两端好像是钝的。"

"原因一样——它不需要高速穿过水浪。而且两端是方形，乘客上下船也更容易。这里有踏板也是这个原因，这样牲畜也可以登船。"

"需要这么宽吗？"

"如果要运一辆车，就需要。"为了得到一句赞赏，埃德加补充道，"在库姆河口乘船是一只轮子收费一法寻，也就是说，独轮车过渡口收费一法寻，手推车是半便士，一辆牛车就是一便士了。"

德朗的脸上掠过一抹贪婪，不过他说："我们这里没那么多车经过。"

"那些车之所以去了穆德福德，就是因为你的旧木船载不了它们。有了现在这艘，你可以等等看，会有更多车的。"

"这我可不信。"德朗说，"而且要是车上了船，划起桨来就费劲得见了鬼了。"

"这艘船不用船桨。"埃德加指着两条长杆，"这条河不过

168

六英尺①深，过渡口用船篙就可以。一个强壮男人没问题的。"

"我不能，我的背不好。"

"两个女的也可以一起划过去，所以我做了两条船篙。"

一些村民也划船顺流而下来到河边看个究竟。其中就有那个神职人员兼珠宝匠卡思伯特。他懂技术，也很博学，只不过怯懦而不善交际，长期处于他的主人德格伯特的欺压之下。埃德加时常跟卡思伯特说话，但得到的通常却只是一两个词的回复，只有谈到工匠技艺的时候除外。卡思伯特说："这所有的东西是你用一把维京海盗的斧子做出来的吗？"

"我只有这把斧子了，"埃德加说，"斧子的背部可以用作锤子；我也经常把斧刃磨利，它的主要用处也在刃上。"

卡思伯特表示钦佩。他说："你会怎么将相接的列板两端固定住呢？"

"我将它们钉在了一副木骨架上。"

"用铁钉吗？"

埃德加摇摇头："我用木栓。"木栓就是有一端分叉的木钉。木钉插进船身的洞里之后，再把楔子塞进木钉分叉处的空隙中，从而将木钉变宽，将洞口塞满，使得木钉紧紧地固定住。随后，把木钉突出来的两端切掉，让列板两侧表面平坦。

"这样可以，"卡思伯特说，"不过，接合处得不能进水才行。"

"我得去趟库姆，买一桶焦油和一袋原毛。"

听了这话的德朗又来气了："还想要钱是吗？船不是用羊毛

---

① 1英尺，约合0.3048米。

造出来的。"

"列板的接合处需要用浸了焦油的羊毛来填满，这样才能不进水。"

德朗一脸愤恨，"就你机灵，给你好了。"他说。

这几乎算是句赞扬话了。

＊　＊　＊

船造好之后，埃德加将它推入水中。

这通常是一个特殊的时刻。爸爸还活着的时候，全家人会聚在一起观看这个场景，镇上的许多人也会来。不过，现在埃德加是一个人在完成这件事。他并不担心船会沉，只是不想展现出胜利的姿态。作为一个新来的人，他正在试图与他人融洽相处，而不是表现突出。

埃德加先把船系在一棵树上，以免它漂走。随后，他将船推离岸边，观察它在水里的状态。船平直地漂浮着，他很满意。接合处没有水渗入。他解开绳子，踏上踏板。他的重量让船的一侧略略倾斜，这是正常现象。

布林德尔热切地看着他，但他不想让它也登上这艘船。他想看看这艘船没有乘客时候的样子。"你就站在那儿。"他说。布林德尔便趴了下来，鼻子放在两只爪子中间看着他。

两条船篙靠在木钩子上，船的两侧各有三个钩子。他拿起船篙，放入河中抵住河床，然后推开。这比他想象的要简单，他轻轻松松就划开了。

他走向船的前端，将船篙移到靠下游的一侧，让船轻轻往上游移动，逆流而行。他发现一个强壮女人或者正常体格的男人便可以将它推动——布洛德或克雯宝便可以，利芙和埃塞尔两个人一起也行，自己教过她们之后就更简单了。

埃德加一边划着船，一边往岸边扫了一眼。河岸远处，夏末的树叶郁郁葱葱。接着，他看到了一只绵羊，随后，又有几只羊从树林里出来了，两条狗在一旁护卫着；最后，牧羊人出现了，是一个长着长发、散着胡须的年轻人。

埃德加有了自己的第一批乘客。

突然，他紧张起来。他设计的这艘船可以搭载牲畜，可尽管他对船很了解，但他却对羊一无所知。羊群会和他想象的一样吗？它们会不会受惊逃窜？羊群会逃窜吗？他连这一点都不知道。

大概他很快就要知道了。

划到岸边，埃德加下了船，将船拴在一棵树上。

牧羊人身上的味道好像好几年没洗澡了。他盯着埃德加看了好一会儿，说："你是新来的。"他似乎对自己的观察能力很得意。

"是的，我是埃德加。"

"哈，你有一条新船。"

"很漂亮，对吧？"

"跟旧的那条不一样。"牧羊人每说一句话便会停顿一下，享受着完成一个句子给他带来的成就感。埃德加想，平时是不是没人跟他说话。

"很不一样。"埃德加说。

"我叫萨马尔，叫我萨姆就行。"

"希望你一切都好，萨姆。"

"我要把这群仔绵羊赶到市场上去卖。"

"我猜也是，"埃德加知道仔绵羊是满周岁的羊，"每个人或每头牲畜过河要一法寻。"

"我知道。"

"二十只羊、两条狗，加上你，就是五便士三法寻。"

"我知道。"萨马尔打开贴在腰带上的皮包，"我给你六个银便士，你找我一法寻。"

埃德加没有做好金钱交易的准备。他没地方放钱，没零钱，也没有剪子将一便士剪成二分之一和四分之一。"你可以把钱给德朗。"埃德加说，"我应该能一次把你们全运过去。"

"以前那条旧船要分两次，得花一早上时间。而且其中一两个蠢蛋肯定会不小心掉进水里，或者因为受惊跳下去，到时，还得有人去救它们。你会游泳吗？"

"会。"

"哈。我不会。"

"我觉得你的羊不会从这船上掉下去。"

"如果什么东西对它们有威胁，通常羊是能发现的。"

萨姆抱起一只羊，将它放到船上。跟在后面的狗也登上了船，兴奋地探索着，闻着新鲜木头的味道。一声独特的、带着颤音的哨声从萨姆的嘴里发出来，两条狗马上做出反应，又从船上跳了下来，围着后面的羊群，将它们护送到岸边。

这是个挑战的时刻。

领头的羊犹豫了一下，被地面和船之间的缝隙毫无必要地吓了一跳。它左看看，右看看，想找另一条路，但两条狗围住了它，不让它逃跑。那只羊似乎打定主意不踏上船了。就在这时，其中一条狗低沉地轻轻吼了一声，羊便猛地跳了上去。

那只羊稳稳地落在了船的内侧斜坡上，于是它开心地沿斜坡往船中间走去。

后面的羊群跟着它上了船，埃德加满意地笑了。

跟在羊群后面的两条狗也登上了船，像两位哨兵那样分别站在船的两侧。萨姆最后一个上来。埃德加解开绳子，跳到船上，调整船篙。

他们往河水中央移动的时候，萨姆说："这条船比以前那艘好啊。"然后他点了点头，仿佛洞悉了一切。每一句普通的话都被他说得好像至理名言一般。

"很高兴你喜欢它。"埃德加说，"你是我的第一个乘客。"

"之前是一个女孩。克雯宝。"

"她结婚了。"

"哈。他们是结婚了。"

渡船到达了北岸，埃德加跳了出去。他拴绳子的时候，羊群也开始下船。它们比登船的时候要利落多了。"它们看见青草了。"萨姆解释着，它们已经吃起河边的青草来。

埃德加和萨姆走到酒馆里去，两条狗看着羊群。埃塞尔正在准备午餐，利芙和德朗在一边看着。过了一会儿，右洛德抱着木柴走了进来。

埃德加对德朗说："刚才萨姆还没付钱。他要给五便士三法寻，但我没有一法寻零钱找给他。"

德朗对萨姆说："给够六便士，你就能干那个女奴隶了。"

萨姆饥渴地看着布洛德。

利芙开口了："现在她大着肚子呢。"布洛德怀孕快九个月了。三四周以来，没有人想跟她做爱。

但萨姆还在盼着。"我不介意。"他说。

"我不是在担心你。"利芙尖刻地说。萨姆感受到了她的讽刺。"都这时候了，孩子会受伤害的。"

德朗说："谁关心啊？没人想要个奴隶杂种。"他轻蔑地把手一挥，示意布洛德趴到地上去。

埃德加没法想象萨姆要怎么趴在布洛德挺着的肚子上。只见布洛德跪在地上，双手撑地，将自己肮脏的裙子掀了上去，萨姆马上在她后面跪下，将外衣拉起。

埃德加走了出去。

他往水边走去，假装检查一下渡船的停泊情况，他知道船完全没问题，因为他把它绑得很紧。他只是感到恶心。他从来搞不懂那些在库姆的马格丝妓院花钱找乐子的男人。这事听上去就很不愉快。他的哥哥埃尔曼说过："你一旦有了感觉，不想上也得上。"可埃德加从来没有那种感觉。森妮在他身边的时候，他们共同享受过性爱，埃德加觉得，只要不及跟森妮在一起的感觉，就不值得拥有。

当然，萨姆所做之事比不愉快还要糟糕。

埃德加坐在河岸上，望向平静的灰色河水。他希望能出现更多的乘客，把自己在酒馆里看到的事情从脑海中抹去。布林德尔坐在埃德加身边，耐心地等着看他接下来要做什么。没过多久，它就睡着了。

不久，牧羊人就从酒馆出来了，他将自己的羊群赶上房屋之间的山坡，沿路朝西走去。埃德加没有向他挥别。

布洛德来到河边。

埃德加说："我很抱歉你遇上了这样的事。"

布洛德没有看他。她走上浅滩，清洗两腿间的部位。

埃德加往另一边看去。"很残忍。"他说。

他怀疑布洛德听得懂英语，她只是假装不懂。通常要是出了什么事，她会用流畅的威尔士语来咒骂；德朗对她发号施令的时候用的是打手势和吼叫的方式。但有时候埃德加感觉布洛德是能明白酒馆里的对话的，只不过她是偷偷地听。

现在，她证实了他的猜测。"没什么。"她说。她的英语带有口音，但很清晰，她的声音很有乐感。

"我不觉得没什么。"他说。

她清洗完，朝岸上走去。他与她的目光相遇。她带着怀疑和敌对的神情。"你干吗那么好？"她质问道，"你觉得你这样说，干我就不用给钱了？"

埃德加又转过头，朝河水那边的树木望去，没有回答。他以为她会走开，但她一直等在那里，等待他的回答。

最后，他说："这条狗曾经属于一个我爱的女人。"

布林德尔睁开了眼睛。奇怪，埃德加想，狗是怎么知道别人在说它的。

"那个女人比我年长一点，是结了婚的。"埃德加对布洛德说。她没有表情，但似乎在专心地听，"她丈夫喝醉的时候，她就会在树林里跟我见面，我们就在草地上做爱。"

"做爱。"她重复道，仿佛不知道这个词的意思。

"我们打算一起私奔。"令埃德加惊讶的是，他发现自己的眼泪快要掉下来了。他也意识到，自从上次从库姆来这里的路上他跟妈妈提过这事之后，这是他第一回再次跟人讲起。"我在另一座镇子上得到了一份工作和一所房子。"他跟布洛德说到的事连他自己家人也还不知道，"她漂亮、聪明，也善良。"他感觉自己哽咽了，既然将故事起了个头，他就想讲下去，"我觉得我们在一起会很幸福的。"

"发生了什么？"

"我们打算私奔的那天，维京海盗来了。"

"他们把她带走了吗？"

埃德加摇摇头："她跟他们搏斗，然后被杀了。"

"她很幸运，"布洛德说，"相信我。"

想到刚才萨姆对布洛德做过的事情，埃德加几乎要同意她的说法。"她的名字……"埃德加发现自己很难说出来，"她的名字叫森妮。"

"什么时候的事？"

"仲夏节的一周前。"

"我很抱歉，埃德加。"

"谢谢。"

"你还爱着她。"

"噢，是的。"埃德加说，"我永远爱她。"

* * *

狂风暴雨来了。九月第二周的一个晚上，外面大风咆哮。埃德加觉得那座教堂的塔可能要塌了。不过最后，村庄里所有的建筑平安无事，除了利芙那所不堪一击的酿酒房。

利芙失去的不仅仅是这座建筑。她有一口正在炉火上酿酒的大锅，大锅整个翻了过来，火灭了，酒没了。更糟糕的是，一只只装着新酒的桶全被倒落的木头砸烂，一袋袋麦芽被汹涌的暴雨淋湿，无法挽救。

第二天，暴风雨停歇之后，他们走过去看看损失了多少。一些居民——他们永远那么好奇——也聚到了废墟周围。

德朗气极了，他对利芙大发雷霆："那间破棚子在暴雨来之前就要倒了，你本来就该把里面的酒和麦芽放在更安全的地方！"

德朗的怒气对利芙没起什么作用，"你可以自己搬或者让埃德加去搬啊，"她说，"怪我干什么。"

利芙的辩解也没让德朗改变想法，"之后我就得去夏陵买酒了，还要把酒从那里运过来。"他继续道。

"大家喝上几周夏陵的酒之后，就会知道我的酒有多好了。"利芙得意地说。

她的淡漠让德朗暴怒："这已经不是第一次了！"他咆哮道："你已经让酿酒房着过两次火了。上一次你醉倒在地上，差点把你自己也给烧死。"

埃德加心生一计。他说："你应该建座石头酿酒房。"

"别蠢了，"德朗看都没看他一眼，"酿个酒不用建座王宫。"

那个身材有点发胖的珠宝匠卡思伯特也在人群里，埃德加注意到他正在摇头，表示不同意德朗的观点。埃德加说："你觉得呢，卡思伯特？"

"埃德加说得对。"卡思伯特说，"德朗，这已经是你们五年内第三次要重建酿酒房了。石头建筑可以抵挡风暴，也不会被烧毁。从长远来看，你这是在省钱。"

德朗轻蔑地说："那谁能造这所房子，卡思伯特？是你吗？"

"不，我只是个珠宝匠。"

"我们总不能在胸针里酿酒吧。"

埃德加知道这个问题的答案："我会造。"

德朗轻蔑地哼了一声："你对石头建筑有什么了解？"

埃德加对石头建筑一无所知，但他觉得自己的双手能够把任何需要建造的东西做出来。而且他渴望得到展现自己能力的机会。他表现出了比自己内心更强大的自信："石头跟木头是一样的，只不过它更硬一点而已。"

德朗的第一反应是瞧不起他，但他犹豫了一下。他的目光闪向了河边，还有那艘结实的、正在赚钱的渡船。"造这么一所房子要花多少钱？"

埃德加感觉自己有希望了。爸爸常说："人们一旦问到价格，那他们就已经动了买船的心思。"

卡思伯特想了想说："上次教堂有过一次维修，石头是从奥神村的石灰石采石场运过来的。"

埃德加说："那个地方在哪里？"

"沿着上游走一天就到。"

"沙子从哪里弄到？"

"从这里走一英里到树林，有一处采沙坑。你得去挖沙，然后再运过来。"

"做砂浆的石灰呢？"

"这个很难弄到，我们可以去夏陵采购。"

德朗重复道："这要花多少钱？"

卡思伯特说："一块标准的原石在采石场的价格是一便士，如果我没记错的话，当时花的运送费也是一块石块一便士。"

埃德加说："我先做个计划，看看最终确切需要多少，但我想大概是两百块石头。"

德朗假装吃惊："什么，要两镑银币！"

"比起用木头和茅草一遍遍重新盖房子，还是它更便宜。"埃德加屏住呼吸。

"给我算清楚。"

＊　＊　＊

一个凉爽的早晨，埃德加在日出时分，朝着奥神村出发。阵阵凉风刮过河岸。德朗已经同意为石头酿酒房付钱。现在埃德加要去兑现自己的豪言壮语，好好建造一所房子了。

埃德加把斧子带在身边。他本想跟一个哥哥同行，但两个哥哥忙于农事，所以他只得冒险独自上路。而且，他已经见识过那个叫铁面人的法外之徒，上次他逃跑了，这次应该不大会袭击他。不过他还是把斧子拿在了手上，随时做好准备。他很高兴有布林德尔在身边，它可以事先向他报告危险情况。

一个宜人的夏天过后，沿岸的乔木和灌木郁郁葱葱，走上一段路，总是要花去不少精力。早上过去一半，埃德加就需要绕到内陆去了。幸运的是，天空澄澈，他总是能见到阳光，这样他就可以记录方向，以便到时候能再绕回河边。

每走几英里，埃德加就能经过一片或大或小的居民区，看到一栋栋同样是木头和茅草建造的房屋，它们有的在岸边，有的位于内陆，在十字路口、池塘或者教堂附近。靠近这些村落时，他会把斧子吊在腰带上，给当地的人们一个平和的形象。但只要再次独自一人，他便会手持斧子。他想停下来休息，喝一杯酒，吃点什么，但他没有钱，所以他只是跟村民们交流几句，看看自己有没有走错路，然后继续前进。

埃德加以为沿着河边走是件简单的事，可是有数不清的小溪汇入河流，他不太确定哪条是主流，哪条是支流。有一次他看错了，走到下一个居民点，他才发现——这座村庄叫巴斯福德——他只得重新往回走。

他一边走，一边构思着自己要为利芙建造的那所酿酒房。那里面应该要有两个隔间，就像教堂的中殿和高坛一样，这样的话，贵重的物品就可以远离火源。壁炉需要用平整的石头搭建，石头之间需要用砂浆贴合在一起，以承受大锅的重量，而不致轻易塌陷。

埃德加认真地考虑着要做一个防火的屋顶，但他从未见过这样的屋顶，似乎也难以建成。他觉得石头不可能被切割成轻薄的小石块，至少用自己的斧子做不到。他觉得，可能橡树树心做成的木块会不错，但他不确定它们是否比编织紧密的茅草更不易燃。

他希望下午三点左右能够到达奥神村，但因为绕路，他已经拖延了不少时间。等他觉得在走最后一段路的时候，太阳已经落到西边的天空了。

他来到了一座丰沃的山谷，脚踩着厚重的黏质土壤，心想，这一定就是奥神谷了。周围的田野里，农民正在收割大麦，为了最大限度地利用这干燥的天气，他们干活干到很晚。在一条支流汇入河流处，他看到了一座有着超过一百所房子的大村庄。

埃德加走错了路，本来他应该直接到达河流对岸的。这里没有桥，也没有渡船，不过他轻轻松松就游过去了，他把外衣高高地托过头顶，只用一只手就把自己推了过去。水是冰凉的，他从水里走出来的时候一直在哆嗦。

在村庄边缘有片小果园。一个灰发男人正在摘水果。埃德加带着些担忧走了过去，他害怕那个人告诉自己这里离他的目的地还很远。"你好啊，朋友，"他说，"这里是奥神村吗？"

"是的。"那个人友好地说。他大概五十岁，有一双明亮的眼睛，脸上挂着笑容，看上去很聪明。

"感谢上天。"埃德加说。

"你从哪里来啊？"

"德朗渡口。"

"我听说过，那是个对神不敬的地方。"

埃德加很惊讶，德格伯特浪荡的名声居然传到了这么远。他不知道该如何回应，只是说："我的名字叫埃德加。"

"我叫瑟利克。"

"我来这里是想采购石块。"

"你沿着村庄边缘往东走，就能看到一条清晰的车辙路。再往内陆走大概半英里就可以到采石场。你在那里可以找到加贝尔特，也就是加布，还有他的家人。他是采石场主。"

"谢谢。"

"你饿了吗？"

"饿极了。"

瑟利克给了埃德加几个小梨子。埃德加感谢了他。然后他马上连梨带核吃下了肚，继续往前走。

这座村庄相当富有，房子和它们附带的屋子都搭建得不错。村庄的中央矗立着一座石头教堂，对面是一座酒馆，两座建筑中间是一片草地，奶牛正在那里啃食青草。

一个三十多岁的男人从酒馆里走了出来，他看见了埃德加，走到半途，便露出了对抗的姿态。"你是谁啊你？"等埃德加靠近他的时候，他说。男人通红的双眼迷迷糊糊的，言语也含混不清。

埃德加停下脚步。"你好，朋友。我叫埃德加，从德朗渡口来的。"

"你以为自己去的是哪儿？"

"我去采石场。"埃德加温和地说，不想与他争论。

不过那个男人有些好斗："谁批准你去的？"

埃德加有点没耐心了："我觉得我不需要批准。"

"你在奥神村做什么事情，都需要我的批准，因为我是杜达，我是这座村庄的村长。你去采石场干吗？"

"去买鱼。"

杜达一脸不解，然后这才明白过来自己被嘲弄了，他气红了脸。埃德加也意识到自己聪明过了头——这已经不是第一次了——他又一次为自己的聪明劲感到懊悔。杜达说："你这条放肆的狗。"然后将一只大拳头向埃德加的脑袋甩过去。

埃德加敏捷地退后一步。

杜达扑了个空，失去平衡，绊了一脚，然后摔倒在地上。

埃德加在想下一步该怎么办。要是两人真打起来，他肯定能打赢这个杜达，但这对自己有什么好处？要是自己引起了这个地方的人们的反感，也许他们会拒绝把石头卖给自己，那么自己的建筑工程在还没开始的时候就要陷入僵局了。

埃德加松了口气，因为身后传来了瑟利克的声音："好了杜达，我送你回家。不然你该在这儿躺一个小时了。"他拉起杜达的胳膊，扶着他站起来。

杜达说："那小子打我！"

"不是，他没打你，是你自己倒下去的，你吃饭的时候又喝多了。"瑟利克扭过头看着埃德加，示意他离开，接着就把杜达带走了。埃德加懂了瑟利克的意思，便走了。

埃德加很快就找到了采石场。有四个人正在那里工作，其中一个很显然是管事的人，年纪稍大，肯定就是加布了；另外两个男人有可能是他的儿子；还有一个男孩，要么是加布更小的孩子，要么是个奴隶。采石场回荡着锤打的声音，不时被加布的一阵干咳打断。那里有间木房子，应该就是他们的家，有个女人站在门口，正看着太阳下山。石块的粉末飘浮在空中，就像天起了雾，在暮色的光线照射下，点点灰尘也闪射出金色的光。

有位客户排在埃德加前面。一辆结实的四轮货车停在空地的中央。两个男人正在装载切割过的石头，还有两头牛——大概就是拉车的了——在附近吃草，两条尾巴拍打着苍蝇。

那个男孩正在清扫石屑，之后，这些石屑也许会作为砾石被卖出。男孩朝埃德加走了过来。他说话带外国口音，埃德加觉得他应该是个奴隶。"你是来这里买石头的吗？"

"是的。我要能建一座酿酒房的石头。但没那么紧急。"

埃德加坐在一块扁平石头上，观察了加布几分钟，很快便搞懂他是怎么工作的了。他会将一块橡木楔子嵌入一块石头的裂缝处，然后用锤子对着它敲进去，裂缝变大了，石头裂开了，各个部分也就掉到了地上。如果石头上本来没有裂缝，那么加布会动用他的铁凿子。埃德加猜，采石工人应该会从经验中得知石块最易裂的地方在哪里，这样工作也就会简单很多。

加布将一块大石头分成了两到三块，这样利于运输。

埃德加将注意力转移到那群采购石块的人身上。他们将十个石块放到自己车上后，就不再放了。这大概就是牛可以拉动的最大重量。他们将牛拴到车辕上，准备离开。

加布停下手头的活，咳嗽两声，看着天空，好像决定要收工了。他走向牛车，跟两位买家商量了一会儿，然后其中一位给他付了钱。

两位买家往牛身上甩了一鞭子，就离开了。

埃德加走向加布。这个采石场主从石堆里捡起一条修整过的小木棍，小心地在上面刻了一个新记号。这就是工匠和商人做记录的方式——他们买不起羊皮纸，即便有羊皮纸，他们也不知道怎么写。埃德加猜加布是在记录向领主交租的数目，也许租金和进账的比例是一比五，所以他需要记录他卖出了多少。

埃德加说："我是德朗渡口的埃德加。十年前，你曾经卖过石块给我们维修教堂。"

"我想起来了。"加布说着，将那条记有账目的棍子放进口袋。埃德加注意到他只做了五个标记，但他已经卖出十块石头了，也许之后他会再标记上的吧。"我不记得你了，可能当时你还是个小孩子。"

埃德加观察着加布。他的双手全是旧疤，毫无疑问，这是干活的结果。也许他是在想应该怎样剥削这个无知的年轻人。埃德加笃定地说："当时加上运送，价格是两便士一块石头。"

"那你觉得现在还是这样吗？"加布装出怀疑的神色。

"如果还是一样，我们大概需要两百块石头。"

"我不觉得我们能接受同样的价格。现在很多事不一样了。"

"这样的话，我就得回去跟我的主人谈谈了。"埃德加并不想这样。他本来打定主意要带着喜讯回去的。但是他不能让加布对他收取高价。埃德加不相信加布。也许加布只是在跟他商量一下而已，但埃德加感觉他大概不是个诚实的人。

这位采石人咳嗽了一声："上次我们是跟光头德格伯特谈的，就是那个总铎。那时候他是不想多花钱。"

"我的主人德朗也不想多花钱，他们是兄弟。"

"你买石头用来干什么？"

"我要为德朗建造一座酿酒房。他妻子酿酒，之前酿酒的木房子老是被火烧掉。"

"你要造房子？"

埃德加抬起下巴："没错。"

"你还很年轻啊。不过我想德朗应该是想要个便宜点的建筑工吧。"

"他也想要便宜点的石头。"

"你带了钱吗？"

也许我是年轻，埃德加想，但我并不蠢："石头到了之后，德朗会付钱的。"

"他当然得付。"

埃德加猜，采石工人们会先把石头搬到河边，或者装在车上运过去，之后再把石头放到河面的木筏上，顺着水流送到德朗渡口。至于要来回几趟，也许得取决于木筏的大小。

加布说："你今天在哪里过夜？客栈吗？"

"我跟你说过，我没钱。"

"那你就得在这儿睡了。"

“谢谢。”埃德加说。

*　*　*

加布的妻子叫比杜希尔德，不过他叫她比。她比她丈夫要热
情一些，还邀请埃德加一起享用晚餐。埃德加把碗里的东西吃光
之后，才猛然意识到自己在长途跋涉之后有多累，他躺在地上，
片刻之间便进入了梦乡。

到了早上，埃德加对加布说：“我需要一把你用的那种锤子
和凿子，到时我想按照我的需求来修整石块。”

“你当然需要。”加布说。

“我能看看你的工具吗？”

加布耸了耸肩。

埃德加拿起一把木锤掂了掂。它又大又重，也简单、粗糙，
他很容易就能照着做一把。加布另一把稍小的铁头锤做工更为
讲究，锤头与手柄紧紧地嵌在一起。所有工具中，最好的是铁
凿子，它的刀刃很宽，并不锋利，顶部展开，看上去就像一朵雏
菊。埃德加也可以在卡思伯特的作坊里做出一把来。尽管卡思伯
特可能不想与别人分享他的空间，但德朗会让德格伯特命令他这
么做，到时候卡思伯特也别无他法。

这些工具旁边，挂在钩子上的是几根有刻度的棍子。埃德加
说：“我猜每条棍子代表每位客户，你是在上面记账吧。”

“这跟你有什么关系？”

“抱歉。”埃德加不想表现得太多管闲事。然而，他没办
法不注意到新的那根棍子只有五个刻度。加布明明卖出了十块石

186

头，怎么只有五个刻度呢？他这样可是省下了很多租金。

不过即便加布在骗自己的领主，那跟埃德加也没有关系。奥神谷是夏陵郡长管辖的区域，威尔武夫郡长已经够富有了。

埃德加吃了一顿丰盛的早餐，他对比表示了感谢，准备起程回家。

从奥神村回家，埃德加觉得自己应该很快能找到方向，毕竟之前沿途走过一次，但他沮丧地发现自己又迷路了。将近天黑的时候，他才到了家，又渴又饿，筋疲力尽。

酒馆里的人们已经准备睡觉了。埃塞尔对埃德加微笑了一下，利芙含糊地跟他问了个好，德朗没理他，布洛德正在堆木柴。她停了下来，直起腰，左手放在髋部伸展身体，似乎是在舒缓疼痛。当她转过身来，埃德加看到她的一只眼眶一片淤青。

"你怎么了？"埃德加说。

布洛德没有回答，假装没听懂他的话。但埃德加猜得出来。过去的几周里，随着她分娩的日子将近，德朗对她越来越愤怒。当然，男人对自己的家人使用暴力并不奇怪，埃德加也看见过德朗踢利芙的后背，扇埃塞尔的耳光，然而他对布洛德带着特别的恶意。

"还有晚餐剩下吗？"埃德加问。

德朗说："没了。"

"但我走了一天了。"

"这就是给你的教训，下次别迟到。"

"我是去为你办事！"

"我也给你钱了，现在没吃的了，所以闭嘴吧。"

埃德加饿着肚子回去睡觉。

布洛德早上第一个起来。她走到河边去打些新鲜的水，这也常常是她早上起来做的第一件事。水桶是木头做的，但钉着铆钉，所以即便没有装水，它也很重。布洛德回来的时候，埃德加正在穿鞋。他看见布洛德正吃力地提着水桶，想去帮她，但没等他走过去，她就绊倒在半睡半醒的德朗身上，桶里的水泼了他一脸。

"你个蠢婊子！"德朗吼道。

德朗跳起身来，布洛德躲到一边。德朗举起了拳头。埃德加走到他们中间，说："布洛德，把桶给我。"

德朗双眼冒着怒气。有一瞬间，埃德加以为那拳头要冲他过来了。德朗很壮，尽管他常常说自己的背不好，但他身材高大，肩膀结实。在这一瞬间，埃德加也打定了主意，如果德朗打过来，他就还手。虽然他肯定会遭到惩罚，但把德朗打倒在地还挺有快感的。

然而，正如大部分恃强欺弱者，德朗面对着比他强壮的人，便露了怯。他心中的愤怒让步于恐惧，然后他放下了自己的拳头。

布洛德悄悄逃开了。

埃德加把水桶给了埃塞尔。埃塞尔将水倒进悬在炉火上的大锅，把燕麦放入水中，用一根木棍搅拌着。

德朗恶狠狠地盯着埃德加。埃德加估计德朗会为这事记自己一辈子仇了，尽管他大概会为此受苦，他的良心也还是无法对他所做之事感到懊悔。

粥煮好了，埃塞尔将它舀到五只碗里。然后她又切了些火腿，放进其中一只碗，递给德朗，其他几碗给剩余的人。

他们沉默地吃着。

埃德加很快就吃完了。他往大锅看去，再看着埃塞尔。她什么也没说，只是小心地摇摇头。没有更多食物了。

这天是星期天，早餐过后，大家要到教堂去。

妈妈在那里，跟她一起的还有埃尔曼、埃德博尔德和他们共同的妻子克雯宝。现在村里二十五个左右的村民知道了这门一妻多夫的婚事，但没人说什么。埃德加从偷听来的只言片语中得知，虽然大家认为这不太正常，但不至于无法容忍。他听见贝比跟利芙表达过同样的观点："如果一个男人有两个妻子，那么一个女人也可以有两个丈夫。"

看到克雯宝站在埃尔曼和埃德博尔德中间，埃德加马上注意到他们截然不同的装扮。两位哥哥穿的是齐膝的家纺外衣，还没染过的略带棕色的毛织布已经破旧，也打了补丁，就像埃德加自己身上那件那样；克雯宝则穿着一件编织精细的毛织长裙，经过了漂白，并染成了品红色。她的父亲对每个人都吝啬，但对她很慷慨。

埃德加站在妈妈身边。以前她不怎么虔诚，如今，她对待礼拜却似乎认真了很多，当德格伯特和其他神职人员进行礼拜仪式的时候，她把头低下，闭上双眼，他们的随意和匆忙并没有减少她的敬畏感。

"你越来越信教了。"仪式快要结束的时候，埃德加对妈妈说。

她若有所思地看了看他，仿佛在想要不要跟他吐露心声，他会不会理解。"我在想你的父亲，"她说，"我相信他跟上面的天使在一起。"

埃德加并不太理解："你什么时候想他都行啊。"

"但这似乎是最好的时间和地点。我感觉我离他没那么远了。接下来的一周里，每当我想念他，便会盼着周日的到来。"

埃德加点点头，他能理解了。

妈妈说："你呢？你会想他吗？"

"我在工作的时候，如果遇到难题，比如接合处连接不起来，或者刀刃不锋利，我就会想：我要问问爸爸。然后我会想到我已经没法问他了。几乎每天这样。"

"那个时候你会做什么？"

埃德加犹豫了一下。他担心他会说得好像自己有什么灵异体验似的。那种见过魂灵的人一般受人敬畏，但也许他们只是魔鬼的使者，鬼迷心窍罢了。不过妈妈会理解的。"我还是会问他。"埃德加说，"我就说：'爸爸，这个我应该怎么办？'——我在脑子里这么问。"他匆忙地补充道："但我不是看到了什么幻影，不是那种东西。"

她平静地点点头，并不惊讶。"然后呢？"

"然后答案就来了。"

她没说什么。

他有点紧张地说："这听起来是不是有点奇怪？"

"一点也不奇怪。"她说，"人的灵魂就是这样的。"她转过身，跟贝比谈起了鸡蛋的事。

埃德加被勾起了好奇心。人的灵魂就是这样的。你想它，就会得到回应。

埃德加的思考被打断了。埃尔曼靠近他，对他说："我们要做一把犁。"

"今天吗？"

"对。"

正在想象神秘事物的埃德加被拉回了日常事务当中。他估计两个哥哥选择在周日做犁是因为自己在这天有时间。两个哥哥没做过犁，埃德加却什么都能造。"需要我去帮你们吗？"

"你想来就来吧。"埃尔曼不喜欢承认自己需要帮助。

"你们已经有木材了吗？"

"有了。"

每个人似乎都可以在这儿的树林里自取木材。在库姆，爸爸砍一棵橡树要给大乡绅威格姆付钱。不过埃德加又想到，在那个地方，把木材从森林里运到镇上，人人看得见，所以监管伐木者很容易。可在这里，这森林到底属于光头德格伯特，还是穆德福德的地方官奥法，还没人搞得清楚。他们两个人也没有要求过付钱一事。毫无疑问，监管的成本比少量的金钱回报要多。因此，在这里砍伐树木是不收钱的。

大家开始从社区教堂离开。"我们该动手了。"埃尔曼说。

妈妈、三兄弟和克雯宝一起朝农舍走去。埃德加注意到埃尔曼和埃德博尔德之间的感情并没有变，跟以前一样，他们相处和睦，不时伴着低声的吵嘴。这不寻常的婚姻对他们而言显然行得通。

克雯宝一直向埃德加投去得意的目光。"你拒绝了我，"她的表情好像在说，"可你看看我现在得到了什么！"埃德加并不介意。她很幸福，他的哥哥们也很幸福。

同样，埃德加自己也并非不幸福。他造了一艘渡船，也正在建造一座酿酒房。他的薪酬很低，一下就会被人偷光，但他从农事中逃离了出来。

嗯，算是吧。

埃德加看着哥哥们堆在谷仓外的木头，想象着犁的形状。即便是镇上的人，也知道犁长什么样。犁有一条笔直的尖头木棒，用来松土；还有倾斜成一定角度的推土板，用来削出犁沟和翻土。这两样东西需要固定在框架上，由后面的力引导，用前面的力去拉。

埃尔曼说："埃德博尔德和我来拉犁，妈妈在后面控制方向。"

埃德加点点头。这里湿润的土地很软，可以拉犁。如果是奥神村的黏质土壤，就需要牛的力气才犁得动了。

埃德加拿出他腰带上的小刀，跪了下来，开始在木头上做标记，之后他让埃尔曼和埃德博尔德去削。虽然管事的是家中最小的儿子，但两个哥哥也没什么意见。他们认识到埃德加有过人的技艺，尽管他们从来没有说出来过。

两个哥哥做木工的时候，埃德加便开始做犁铧，也就是固定在推土板前面的刮片，它可以更容易切入土壤中。两个哥哥在谷仓里找到了一块生锈的铁铲。埃德加将铁铲在屋里的炉火上烤了一下，然后用岩石敲击，将其打磨成形。它最后的样子看上去有点粗糙，如果用铁锤子和砧的话，埃德加会做得漂亮些。

埃德加用石头将刮片磨利。

要是渴了，他们就跑到河边，双手捧起水来喝。他们没酒，也没杯子。

妈妈喊他们吃午饭的时候，他们已经快要将各种零件用钉子接合在一起了。

妈妈做了熏鳗鱼，配着野洋葱和煎面包。埃德加垂涎欲滴，他感觉自己的下颌骨馋得一阵剧疼。

克雯宝对埃尔曼轻声说了几句。妈妈皱皱眉头——在别人面前说悄悄话是不好的行为——但她没说什么。

当埃德加要伸手去拿第三片面包的时候，埃尔曼说："少吃点行吗？"

"我饿！"

"我们没多少吃的分给你。"

埃德加义愤填膺："我牺牲了今天剩下的时间来帮你做犁，你却连我多吃一片面包都有意见！"

怒气瞬间爆发，兄弟之间总会这样。埃尔曼言辞激烈地说："你不能把我们家东西吃光啊。"

"昨天我没吃晚饭，今天早上也只喝了一碗粥，我快饿死了。"

"这我可帮不了你。"

"那就别叫我来帮你，你这没良心的狗。"

"那快把犁做完了，晚餐时你就该回你的酒馆去了。"

"我在那儿没什么吃的。"

埃德博尔德比埃尔曼脾气温和些。他说："埃德加，问题在于，克雯宝需要吃更多东西，她怀孕了。"

埃德加看见克雯宝在憋笑，他更气愤了。他说："埃德博尔德，那你就自己少吃点，留晚饭给我吃。让她怀孕的又不是我。"他又低声补了一句，"感谢老天。"

一时间，埃尔曼、埃德博尔德和克雯宝嚷嚷起来。妈妈拍拍手掌，他们安静了。她说："埃德加，你说你在酒馆里没什么吃的是什么意思？德朗肯定有钱买很多食物吧。"

"也许德朗有钱，但他吝啬。"

"可你今天也吃了早餐啊。"

"一小碗粥而已。他的碗里有肉，我们剩下几个没有。"

"昨晚的晚饭呢？"

"没得吃。我是从奥神村走回去的，到得比较晚，德朗说晚饭没了。"

妈妈看着很生气。"那你在这里想吃多少就吃多少，"她说，"剩下的人闭嘴，而且你们记住，我的家人在我家里永远有吃的。"

埃德加吃了第三片面包。

埃尔曼满脸不高兴。埃德博尔德说："如果德朗不给他吃的，那我们多久又要让埃德加来这里吃一次？"

"这个你不用担心，"妈妈没有多说，"我来跟德朗打交道。"

*　*　*

那天剩下的时间里，埃德加在想妈妈会怎样履行她的承诺：跟德朗"打交道"。她是个足智多谋、勇敢无畏的人，但德朗有权势。埃德加并不害怕他这个主人——他打女人，不打男人——但他是那屋子里所有人的主人、利芙和埃塞尔的丈夫、布洛德的所有者、埃德加的雇主。他是这座村庄里拥有第二高地位的人物，第一是他的兄弟。他基本上想干什么就能干什么。跟他置气是不明智的做法。

周一跟平日没什么区别。布洛德到河边打水，埃塞尔煮粥。埃德加正坐下来吃他没多少的早餐时，克雯宝怒气冲冲地走了进来，暴跳如雷。她用手指着埃德加，说："你妈妈是个老巫婆！"

埃德加感觉很快就可以听到他盼望的消息了。"我也总是这么想呢。"他诙谐地说道，"她怎么你了？"

"她想把我饿死！她说我只能喝一碗粥！"

埃德加猜测接下来会发生什么事，他掩住自己的笑容。

德朗坚定地发出了权威的声音："她不能这样对我的女儿。"

"她刚才就那样！"

"她有什么理由？"

"她说你让埃德加吃多少，她就让我吃多少。"

德朗惊呆了。他显然一点没有想到米尔德丽德这招。他面露困惑，一时间说不出话来。随后他转向埃德加。"你跟你妈妈诉苦去了，对吧？"他冷笑道。

这句话对埃德加没什么攻击性，要埃德加回答这个问题并不难："妈妈不就是用来诉苦的吗，对吧？"

"对，没错，我听够了。"德朗说，"你不能待在这儿了，你回家去。"

可是克雯宝不同意。"你不能送他回我们家。"她对德朗说，"多了一张嘴，我们那里就不够吃了。"

"那你可以来这里吃。"德朗假装在掌控全局，只是他看上去有点绝望。

"不，"克雯宝说，"我结婚了，我喜欢现在的样子。我的宝宝需要一个父亲。"

德朗意识到自己走入了困局，怒气冲冲。

克雯宝说："你让埃德加多吃点就行了。你花得起钱。"

德朗转身向着埃德加，目露狠色："你可真够狡猾的，啊？"

"这不是我想出来的，"埃德加说，"有时候我也希望我能跟我妈妈一样聪明。”

"你会为你妈妈的聪明后悔的，我向你保证。”

克雯宝说："我喜欢在我的粥里放些好吃的。"她打开埃塞尔放食物的箱子，拿出一罐黄油，随后用她腰带上的刀子从中切了一大块，放进埃德加的碗里。

德朗在一旁无助地看着。

"跟你妈妈说我这样做了。"克雯宝对埃德加说。

"好的。"埃德加说。

在有人来得及阻止埃德加之前，他就把那碗黄油粥喝进了肚子里，他感觉很不错。可德朗的那句话仍在他的脑海里回荡：你会为你妈妈的聪明后悔的，我向你保证。

也许这是真的。

第九章

九九七年，九月中旬

蕾格娜要从瑟堡启程了，她心中满怀期待。她战胜了她的父母，现在她要前往英格兰，嫁给那个她爱的男人了。

整座城镇的人跑来码头欢送蕾格娜。她的海船叫"天使号"，船上的单桅上挂着一面多彩的船帆，两边排着十六对船桨。船首雕刻着一个吹着小号的天使，在船末，一条长长的尾巴弯曲上翘前伸，尾巴的末端是一尊狮头像。船长的名字叫盖伊，是个清瘦结实的灰胡子男人，此前他已有多次横渡海峡驶至英格兰的经验。

蕾格娜只乘坐过这艘船一次：三年前，她与她的父亲曾经行驶九十英里，越过塞纳湾，前往费康，但航线一直没有距离陆地很远。那时天气很好，海面平静，水手们也为船上有一位美丽的年轻贵族女人而感到荣幸。那次的旅行很快乐，也很顺利。

因此，蕾格娜也热切企盼着这一次旅途，这是将来许多新探险的第一步。她知道海上航行理论上是充满危险的，但她禁不住感到兴奋和刺激——这是她的天性。要是担忧太多，什么事都会被毁了的。

陪同蕾格娜的有她的贴身女仆卡特、她最好的女裁缝阿格尼丝，以及另外三名女仆。巨人伯恩和其他六位武装士兵也在一旁护卫着蕾格娜。蕾格娜和伯恩都配有马，蕾格娜的马是她最爱的阿斯特丽德，另有四匹小马驹负责运送行李。蕾格娜带上了四条新裙子和六双新鞋。她还准备了一份送给威尔武夫的礼物——一条配有银质搭扣和尾扣的柔软皮带，装在了一个特别的礼盒里。

马匹拴在了船上，蹄下垫了稻草，如果船上颠簸，这可以起到一定的缓冲作用，防止马匹摔倒。人和马共二十员已登船，船上已经满员了。

船起锚时，吉纳维芙哭了。

在温暖阳光的照耀下，他们启航了，清爽的西南风会在几天之内把他们带到库姆。蕾格娜开始焦虑不安，这还是第一次——虽然威尔武夫爱她，但也许他会变。蕾格娜很渴望与威尔武夫的家人和臣民交朋友，可他们会喜欢她吗？她可以赢得他们的喜爱吗？还是说，他们会看不惯她外国人的行为方式，甚至对她的财富和美貌感到怨恨？她会喜欢英格兰吗？

为了驱逐这些担忧，蕾格娜和她的女仆们练起了盎格鲁-撒克逊语。蕾格娜每天会听一个嫁给了瑟堡男人的英格兰女人教课。现在，蕾格娜已经学会了讲男女身体不同部位的词，逗得大家咯咯笑。

随后，夏日的微风毫无预料地就变成了秋日的风暴，冰冷的雨开始鞭打船只和船上的所有乘客。

船上没有遮蔽的地方。蕾格娜见过一艘漆色绚丽的驳船，它有一张可以为贵族女人遮挡太阳的罩篷，但除了那次，她就再也没有见过设有木棚或者顶篷的船了。一旦下雨，乘客、船员和货物会被淋湿。蕾格娜和她的女仆拥在一起，将她们斗篷的帽子盖过头顶，努力让双脚不踩到底下慢慢积聚起来的水注。

但那只是开始。当狂风来临，没人笑得出来了。盖伊船长看上去很平静，但为了避免翻船，他还是降下了船帆。现在这艘船已经任由天气摆布。星星躲到了乌云背后，即便是船员，也不知道前方的路在哪里。蕾格娜害怕起来了。

船员在船尾抛下海锚，于是海锚便成了一个硕大的装了水的袋子，拖住船只，保持船尾迎风，稳住船的运动状态。然而暴风越加猛烈。船剧烈地前后震荡，船首的天使刚把小号对准漆黑的天空，瞬间又扎进了大海的深处。马儿没法站稳，全跪落在地，惊恐地发出阵阵嘶鸣。武装士兵试图安抚它们，但以失败告终了。水从船边泼了进来。一些船员开始祈祷。

蕾格娜开始觉得自己永远也到不了英格兰了。也许她命中注定不能嫁给威尔武夫，无法怀上他的孩子。也许她会死，会下地狱，因自己婚前与人发生性关系的罪过而遭受惩罚。

蕾格娜想象自己如果淹死了会是什么样——她本不该想的。她想到童年时玩的一个游戏：大家在水里屏住呼吸，看谁能坚持最久。想了一会儿，她就被一阵惊惶俘获了。她感受到了自己肺部吸满水时那种绝望的恐惧。死亡要花多长时间？这个想法让蕾格娜恶心，几个小时前在阳光下享用过的晚餐被她吐了出来。而呕吐却没让她的胃舒适多少，但那种恶心感取代了她的恐惧，现在她不在乎自己是死是活了。

蕾格娜觉得这种状态会永远持续下去。后来她看不见雨水落下了，这才发现是到了晚上。温度降了下来，她穿着湿透的衣服发着抖。

她不知道这场暴风雨究竟持续了多久，不过最后，它终于缓和了下来。瓢泼大雨变成了毛毛雨，风势减弱了。船在黑夜中四处飘荡，一只防水的箱子里放着几盏灯和一罐油，却已经没有了点燃它们的火源。盖伊船长说，如果他能够确定这里离陆地还远，也许他会把船帆升起来，但现在他完全不知道船的位置，也没有灯让他能看清陆地是否在附近，所以升船帆太危险。他们得等到白天，才能重新恢复视野。

当黎明到来，蕾格娜发现盖伊船长的谨慎是明智的：他们的视野之内有一座悬崖。天空布满乌云，但顺着乌云的某个方向，云朵变得明亮，那应该就是东方了，而他们的北方是英格兰。

天空还下着雨，但船员马上开始了行动。他们扬起船帆，派发苹果酒和面包作为早餐，然后把船底的积水排出去。

令蕾格娜惊讶的是，船员能二话不说就回到自己的岗位上。他们几乎濒临死亡，为何还能表现得一切如常？她可什么也想不了，只能庆幸自己奇迹般地活了下来。

他们沿着海岸线继续航行，最后看到了一个小港湾，那里停着几艘小船。船长并不知道这个地方，但他猜这里应该是库姆东面四五十英里的位置。他掉转船头，朝陆地行驶，开进了那座港湾。

蕾格娜突然渴望双脚踏在坚实土地上的感觉。

船进了浅滩，蕾格娜从浅滩被带到了一片卵石沙滩上。在她的女仆和侍卫的陪同下，她走下斜坡，到了那座码头村庄，走进酒馆。蕾格娜盼望着熊熊炉火和一顿温热的早餐，但现在时间还早。炉火的火势很小，女主人顶着乱糟糟的头发，发着脾气，揉着惺忪的眼睛，将棍子扔进微弱的火苗中。

蕾格娜坐在那里发抖，等着行李卸下，换上干衣服。女主人端来不新鲜的面包和没了味道的酒。"欢迎来到英格兰。"她说。

* * *

蕾格娜的自信动摇了。她这辈子从来没有这样长久地害怕过。盖伊船长说，他们得等到天气变好后，再朝西沿英格兰的海岸航行到库姆去，蕾格娜坚定地否决了。她只希望永远也不踏上任何一艘船。也许前头还有更猛烈的风浪等着她，所以，她希望与他们在陆地上见面。

三天之后，她又开始怀疑自己当初的决定是否正确。雨还没有停。每条路都变成了沼泽。泥地上跋涉的马匹筋疲力尽，持久的湿冷让每个人的脾气变得暴躁。他们停下休憩的那间酒馆昏暗、压抑，没起到多少舒缓的作用。听到她外国口音的人们会朝她大喊，好像这样她就能听懂他们的语言似的。有一天晚上，他们受邀到了拉夫堡一位名叫瑟斯坦的年轻贵族男人舒适的家中，但另外两天晚上，他们都是在修道院度过的，这里虽然干净，但寒冷、阴暗。

在路上，蕾格娜裹着斗篷，坐在疲惫地跋涉的阿斯特丽德身上不停晃动，她提醒自己，在旅途的终点，世界上最棒的男人在等着她。

在第三天的下午，一匹扛着行李的小马驹在斜坡上滑了一跤。它跪落在地，行李倾向一侧。它试图站起来，但倾斜一侧的重量让它再度失去平衡。它在泥流上不断下滑，发疯般地嘶鸣着，然后掉进了溪流里。蕾格娜大喊："啊，可怜的马！你们快去救它！"

几名武装士兵跳进大约三英尺深的水里，但他们没法让马站稳。蕾格娜说："你们快把包裹取下来！"

方法奏效了。一个男人抓住马头，让它不再四处摆动，另外两个男人卸下绑带。他们抓住包裹和箱子，递给其他几个一旁候着的人。小马驹身上的行李卸下之后，它便自己站起来了。

蕾格娜看着溪流旁堆叠的行李，说："装着威尔武夫礼物的那只小盒子去哪儿了？"

大家四处寻找，但没人看见。

蕾格娜心底一沉。"我们可不能丢掉它，那是我送他的结婚礼物！"英格兰的首饰非常有名，威尔武夫应该对此有较高的标准，所以蕾格娜请了鲁昂最好的珠宝匠为他做了搭扣和尾扣。

那几个因为救马而湿了衣服的男人又跳回水里，在溪底到处摸索。最后，是眼尖的卡特发现了它。"那里！"她一边喊，一边指着它。

蕾格娜看到距离他们一百码左右的位置有只盒子，正往下游漂去。

突然，有个人影从树林里出现了。蕾格娜刚瞅见了个戴头盔的脑袋，那人就一跃跳进水里，抓住了盒子。"这下好了！"蕾格娜喊。

一瞬间，那人转身看了一眼蕾格娜，她看到了那顶生锈的战斗头盔，上面的几个洞分别露出了眼睛和嘴巴。紧接着，那人一跃而去，消失在了那片植被中。

蕾格娜意识到自己被抢劫了。

她大喊："追上他啊！"

大家追了上去。蕾格娜听见他们在树林里叫唤，随后喊声就被树丛和雨水掩盖住了。过了一会儿，骑手们一个个回来了，他们说，那里森林茂密、杂草丛生，没办法加快速度。蕾格娜感到绝望。最后一个去追的人也回来了，是伯恩，他说："他逃了。"

蕾格娜努力表现得勇敢些。"那我们走吧，"她轻快地说，"丢了就是丢了。"他们在沼泽之中继续跋涉前行。

然而，经历了海上的风暴、三天的雨水和凄郁的着陆，再加上丢失了这份礼物，蕾格娜再也无法承受。她父母那些严峻的警告是对的——这是个可怕的国家，她到这个地方意味着自我毁灭。蕾格娜忍不住了，滚烫的泪水流了下来，与冰冷的雨交融在一起。她将风帽拉到前面去，低下头，希望没人能够看到自己的样子。

丢失礼物一个小时后，他们来到了一处河岸边。河岸对面有座小村庄。在朦胧的天色下，蕾格娜看见了几所房子和一座石头教堂。一艘挺大的船停在了对岸。据他们经过的上一座村庄的村民说，这座有渡船的村庄距离夏陵有两天的路程。还要再经历两天的痛苦，蕾格娜沮丧地想。

男人们朝对岸喊去，很快，一位年轻小伙就出现了，他解开了渡船的绳子。一条棕白两色的狗跟在他的后面跳上了船，那小伙子说了句话，狗又跳了出去。

小伙子似乎不在意下雨，他站在船头，撑着两条船篙前进。蕾格娜听见女裁缝阿格尼丝低声说："强壮的小伙。"

船碰到了附近的岸边。"等我把船拴好，你们再上来。"年轻的渡船夫说，"这样安全些。"他友好又礼貌，看到带着一大批随从的贵族女人也并不感到害怕。他直接看着蕾格娜，对她微笑，仿佛认识她似的，但蕾格娜不记得自己是否见过他。

渡船夫把船拴好，就说："每个人和每只动物要一法寻。我看到这里有十三个人和六匹马，也就是四便士再加上三法寻，谢谢了。"

蕾格娜朝卡特点点头，她在腰袋里放了少量的钱，以备急用。有一匹小马驹背着一个铁箍箱，蕾格娜的大部分钱在那里面，但在私密场合才能打开。卡特给了渡船夫五枚小巧而轻盈的英格兰便士，渡船夫找了他们四分之一枚小银币。

"只要小心一些，就能直接骑着马登船。"渡船夫说，"但如果你们不放心，从马背上下来，然后牵着你们的马上船也可以。对了，我叫埃德加。"

卡特说："这位是瑟堡的蕾格娜小姐。"

"我知道。"埃德加说，他朝蕾格娜鞠躬致意，"很荣幸见到您，小姐。"

她骑着马登上船，其他人跟在后面。

船在河面上非常稳，船的质量看着也不错，列板紧密相扣，船底没有进水。"很好的船。"蕾格娜说。她没有再补上一句在这种破地方不容易，但话里包含了这个意思，她想了一会儿自己是不是冒犯了对方。

但埃德加似乎没有注意到这一点。"谢谢您这么说。"他说，"这船是我造的。"

"你自己一个人造的吗？"蕾格娜表示怀疑。

这么一说，他可能又会觉得被人瞧不起了。蕾格娜意识到自己忘了要和英格兰人做朋友的决心。这不像她，通常她很快就能跟陌生人聊到一起。这趟旅途给她带来的痛苦和这个新国家的陌生感让她的脾气变差了。于是她决定表现得友好些。

但埃德加明显没有感到被轻视。他微笑着说："这个小地方可找不到两个造船匠啊。"

"这里有一个我也很吃惊了。"

"我自己还吓了一跳呢。"

蕾格娜大笑起来。这个小伙子反应很快，也没太把自己当回事，她喜欢这个小伙子。

埃德加看到人和动物上了船，便解开绳子，开始划到对岸去。女裁缝阿格尼丝磕磕碰碰地说起盎格鲁-撒克逊语来，蕾格娜被逗乐了。阿格尼丝说："我们的小姐是要去与夏陵的郡长成婚。"

"威尔武夫？"埃德加说，"我以为他已经结婚了呢。"

"是的，但他的妻子去世了。"

"这么说，你的女主人要成为大家的女主人了。"

"除非我们全在去夏陵的途中被雨水淹死。"

"瑟堡不下雨吗？"

"不会下成这个样子。"

蕾格娜笑了。阿格尼丝还是单身，也急着想嫁人。这位聪明的年轻英格兰男人对她而言是个上好的选择。如果蕾格娜的一个或几个女仆在这里找到丈夫也不奇怪——对一小群女人来说，结婚这事是有传染性的。

蕾格娜向前望去。山上的教堂由石头建造而成，很小，也残破。它小小的窗户形状不一，被随意地放进厚墙里。诺曼的教堂窗户也并不大，但它们的形状是大致相同的，排列也有规律。这种连贯性更能体现出上帝创造的秩序，一种为植物、鱼类、其他动物和人类创造的等级秩序。

船抵达了北岸。埃德加从船上跳了出去，把船拴好，然后请乘客们下船。蕾格娜再次领头走了下来，她的马也让其他跟随下船的马有了信心。

蕾格娜在酒馆门外下了马。有个男人从酒馆里出来，他不时让蕾格娜想到威尔武夫。此人与威尔武夫有着同样的身高和体形，只是他们的脸长得不一样。"我不能让这些人全住在我这里。"来人厌恶地说，"我要怎么喂饱他们？"

蕾格娜说："这里离下一座村庄有多远？"

"你是外国人吧？"来人注意到了蕾格娜的口音，"那地方叫维格里，你今天到不了的。"

来人大概是在琢磨怎么给他们开个高价吧。蕾格娜感到恼火，说："那你有什么建议吗？"

埃德加插话了："德朗，这位是瑟堡的蕾格娜小姐。她是要去与威尔武夫郡长成婚的。"

德朗立马一脸奉承。"抱歉，小姐，我完全不知道这件事，"他说，"请进，欢迎欢迎。也许您不知道，您也要成为我的表亲戚了。"

蕾格娜听到自己竟然要跟这个酒馆主人有亲戚关系，便无法安心了。她并没有马上接受他的邀请。"对，我不知道。"她说。

"噢，的确如此。郡长威尔武夫是我的表亲。您在结婚之后，也会是我的家人了。"

蕾格娜很不高兴。

德朗继续道："在威尔武夫的授权下，我兄弟和我共同管理着这座小村庄。我的兄弟德格伯特就是山上那座社区教堂的总铎。"

“那是座社区教堂？”

“只有六位神职人员，很小。不过，您先请进吧。”德朗用他的手臂搂住蕾格娜的肩膀。

这个动作有点过了。即便蕾格娜喜欢德朗，她也不会允许他对自己动手动脚，更别说他这样惹她生厌。她刻意把他的手臂从自己的肩膀拿下。“我的丈夫不会希望我这样被他的表亲关照的。”她冷冷地说。然后在他前头走进了酒馆。

德朗跟在蕾格娜后面，说：“噢，我们的威尔夫不会介意的。”但他没再碰她。

进了屋子，蕾格娜往四周看，产生了一种逐渐变得熟悉的感觉——就像大部分英格兰酒馆一样，里面很黑，气味难闻，到处是烟味。酒馆里有两张桌子和几张随意放着的长椅和凳子。

卡特紧紧跟在她身后。她把一张凳子移到炉火前让蕾格娜坐下，帮她脱下那湿透了的斗篷。蕾格娜坐在火旁，伸出双手取暖。

她看见客栈里有三个女人。最年长的那个估计是德朗的妻子；最年轻的那个怀孕的女孩有着消瘦的面容，没戴任何头巾，这通常就是妓女的标志，蕾格娜猜她是个奴隶；第三个女人跟蕾格娜年龄相当，也许是德朗的妾。

蕾格娜的女仆和侍卫涌进了屋子。蕾格娜对德朗说：“你可以给我的仆人们倒些酒吗？”

“我的妻子马上就去。”德朗对那两个女人说，“利芙，来些酒。埃塞尔，准备晚餐。”

利芙打开一只装满了木碗和木杯的储物箱，把角落台架上桶里的酒盛进碗和杯子里。埃塞尔将铁锅端到火上，倒水，然后拿出一条大羊腿放到锅里。

怀孕的女孩抱着一堆木柴。她明显已经临近预产期，却仍在干重活，这让蕾格娜很惊讶，怪不得她是一副疲惫、阴郁的样子。

埃德加跪在炉火前，把一根根细枝扔进去，慢慢把火生起来。很快就有了明亮的火焰，温暖着蕾格娜，慢慢烘干她的衣服。

蕾格娜对埃德加说："刚才在渡船上，我的女仆卡特向你介绍我是谁的时候，你说了一句'我知道'。你怎么知道我的呢？"

埃德加笑了："之前我们见过，但您不记得了。"

蕾格娜没有为自己没认出埃德加来表示抱歉。一个贵族女人要与成百上千的人见面，她无法把他们全记住。她说："什么时候呢？"

"五年前，那时候我只有十三岁。"埃德加从腰带上取下小刀，放在火炉的石头边，刀刃亮起了火光。

"也就是我十五岁的时候了。之前我从来没有到过英格兰，你肯定是去了诺曼底。"

"我死去的父亲是库姆的造船匠，我们到瑟堡去派送一艘船，我就是在那个时候见到您的。"

"我们说话了吗？"

"说了。"埃德加有点尴尬。

"等等，"蕾格娜笑了，"我依稀记得有个放肆的英格兰小男孩闯进了我们的城堡。"

"听上去应该是我了。"

"他跟我说我很漂亮。他法语还说得很糟糕。"

埃德加知趣地红了脸："我表示道歉，为我的无礼，也为我的法语。"然后咧嘴一笑，"但不为我的品位。"

"当时我回应你了吗？我忘了。"

"您跟我说话了，您的盎格鲁-撒克逊语说得很好。"

"我说什么了？"

"您跟我说我很有魅力。"

"啊，对了！然后你说有一天你会跟我这样的人结婚。"

"我不知道自己当时为什么这么没礼貌。"

"我不介意，真的。不过可能我当时觉得那玩笑不能再开下去了。"

"是的，没错。您跟我说让我回英格兰去，不然真要惹麻烦了。"埃德加站起身来，大概觉得自己又像五年前那样濒临冒犯对方的边缘了，"您想要些温酒吗？"

"我很乐意。"

埃德加从那个叫利芙的女人手里接过一杯酒。他用自己的袖子当手套，从炉火中捡起小刀，将刀刃猛地插进杯里。杯里的液体顿时起了泡沫，嘶嘶地响。他搅拌了一下，递给蕾格娜。"应该不会太烫。"他说。

蕾格娜用嘴唇碰了碰杯子，呷了一口。"刚刚好。"她说，随后长饮而下。她的胃也暖和了。

她感觉心情好多了。

"我得离开了。"埃德加说，"我的主人应该想跟您说话。"

"噢，不，别走，"蕾格娜匆忙地说，"我受不了他。你留下来吧。坐下，我们聊聊。"

埃德加搬来一张凳子，想了想说："在一个陌生的国家开始新生活肯定不容易吧。"

你是不知道有多不容易，蕾格娜心里想。但她不想表现得闷闷不乐。"这也是一种探险。"她欢快地说。

"但一切都不同了。我在瑟堡那天就感到不知所措：不同的语言、陌生的服装，就连建筑看上去都很奇怪。而且我才去了一天。"

"这是个挑战。"蕾格娜承认道。

"我也发现人们对外国人并不总是很友善。我们住在库姆的时候，见过很多陌生人。人们特别喜欢取笑法国或弗兰芒访客犯的错。"

蕾格娜点点头："无知的人认为外国人是愚蠢的，但是他们意识不到他自己到了外国也一样蠢。"

"承受这些肯定不容易。我佩服您的勇气。"

埃德加是第一个对蕾格娜的遭遇产生共鸣的英格兰人。讽刺的是，他表达的同情却动摇了她强装的坚忍。她气馁地哭了起来。

"我很抱歉！"他说，"是我做错了什么吗？"

"你很善良。"她努力地说，"自从我来到这个国家，你是第一个这么善良的人。"

他再次感到尴尬："我不是故意让您不高兴的。"

"不是因为你，真的。"她不想抱怨英格兰有多糟糕，她把重点聚焦在那个法外之徒身上，"今天，我丢了一件很贵重的东西。"

"抱歉。丢了什么东西？"

"给我未来丈夫的礼物，一条有银质搭扣的腰带。本来我很期盼送这份礼物给他的。"

"太遗憾了。"

"是一个戴着头盔的男人偷的。"

"听着好像是铁面人干的。他是个法外之徒。之前他还想偷我家的小猪，幸好我的狗报警了。"

一个光着脑袋的男人走进屋子，朝蕾格娜走来。他跟德朗一样，跟威尔武夫有一丝相像。"欢迎来到德朗渡口，小姐。"他说，"我是德格伯特，社区教堂的总铎，本村的地主。"德格伯特压低声音对埃德加说："让开，小伙。"

埃德加起身离开了。

德格伯特擅自在埃德加空出来的凳子上坐下。"您的未婚夫是我的表亲。"他说。

蕾格娜礼貌地说："您好。"

"很荣幸有您的光临。"

"幸会。"蕾格娜撒谎道。她在想自己到底什么时候能睡觉。

她跟德格伯特沉闷地闲聊了一会儿，埃德加回来了，和他一起的是一位结实的小个子男人，他穿着司铎服，拿着一个盒子。德格伯特抬头看着他们，生气地说："这是什么东西？"

埃德加说："我让卡思伯特拿些珠宝给蕾格娜小姐看看。今天，她丢了件很贵重的东西，大概是被铁面人抢了，也许她想换件新的。"

德格伯特犹豫了一下。他明显很享受与这位高贵访客的独自交谈。然而，他还是决定姿态优雅地做出让步。"我们教堂的人很为卡思伯特的技艺感到骄傲。"他说，"希望您能找到自己喜欢的珠宝，小姐。"

蕾格娜表示怀疑。最好的英格兰珠宝是无与伦比的，在全欧洲被视为珍品，但这并不意味着每个英格兰人做出的东西都好，而且从这种地方来的更不大可能是好东西。但她很高兴能够摆脱德格伯特。

卡思伯特有点怯场。他紧张地说："小姐，我可以打开盒子吗？我无意打扰您，但埃德加说您可能会感兴趣。"

"没问题啊，"蕾格娜说，"我想看看。"

"您不一定要买任何东西，请放心。"卡思伯特将一块蓝布在地上铺开，打开盒子，里面装满了羊毛织布包裹着的物品。他把物品一件件拿出来，小心翼翼地打开包裹，然后将珠宝逐一放在蕾格娜面前，目不转睛地、焦灼地凝视着她。蕾格娜很高兴，这些珠宝的工艺是高水平的。卡思伯特做了胸针、搭扣、扣钩、臂环、戒指，大多是银质的，也全雕刻上了精美的图案，通常还镶嵌有一种黑色的物质，蕾格娜猜那是乌银，一种金属混合物。

她看到一只颇显阳刚之气的粗重臂环，眼睛泛起了光。她将它拾起，它的重量恰到好处。这银饰物上还刻有巨蛇缠绕的图案，蕾格娜能想象威尔武夫那肌肉发达的手臂戴上它的样子。

卡思伯特狡黠地说："您挑选的这件可是我最好的珠宝啊，小姐。"

她认真地看了看。她觉得威尔武夫一定会喜欢，会骄傲地戴上它。她说："价格多少？"

"里面含了很多银。"

"是纯银吗？"

"其中二十分之一是铜，这是为了让它牢固，"他说，"我们的银币也是这个道理。"

"很好。多少钱呢？"

"是给威尔武夫郡长的吗？"

蕾格娜笑了。这个人不到万不得已是不会说出价格来的。他是在琢磨她到底愿意出多少钱。蕾格娜想，也许卡思伯特胆小，

212

但也狡猾。"是的，"她回答道，"结婚礼物。"

"这样的话，我必须以我的成本价卖给您，作为我对您婚姻的致意。"

"谢谢你。多少钱？"

卡思伯特叹了口气。"一镑。"他说。

这是一大笔钱，相当于两百四十个银便士，但这只臂环里大概含有半镑的银，这个价格也是合理的。蕾格娜越看它，就越想要。她想象着自己将臂环从威尔武夫的手上穿过，再套到他的手臂上，然后看着他的脸，看到他的笑容。

她决定不讲价，因为这有失体面。她不是个在买长柄勺的农妇。但她假装在犹豫，只是为了摆摆姿态。

卡思伯特说："再低就要低于我的成本价了，亲爱的小姐。"

"很好，"她说，"一镑。"

"郡长会很高兴的。他强有力的臂膀定会因此而增彩。"

卡特一直在看着他们交易。这时，蕾格娜看见她安静地走到行李的存放处，默默地打开了铁箍箱。

蕾格娜把臂环套在自己手臂上，当然，它显得太大了，但她喜欢上面的雕刻。

卡思伯特将自己其余的饰物包裹起来，爱惜地放好。

卡特拿出一个小皮包。她以十二个为一组，将便士仔细地数出来。卡思伯特也重新把每组的十二枚便士数了一遍。最后，卡思伯特将钱放进自己的盒子里，盖上，祝愿蕾格娜新婚快乐、永远幸福，然后离开。

晚餐分成两桌，访客先吃。餐桌上没有碟子，厚切面包放在桌子上，面包上是一大勺埃塞尔做的洋葱羊肉。他们等着蕾格娜开始。蕾格娜用刀子戳一块肉放进嘴里，大家也跟着尽情吃了起来。炖菜虽然简单，但是美味。

有了食物和酒，也为心爱的男人买到了礼物，蕾格娜高兴起来了。

吃着吃着，夜幕降临了。怀孕的奴隶点亮屋里的灯。

蕾格娜刚吃完，便问："我累了，我要在哪里睡觉呢？"

德朗爽快地说："您想在哪儿就在哪儿，小姐。"

"可我的床呢？"

"小姐，恐怕我们这里没有床。"

"没有床？"

"抱歉。"

他们难道是想让她裹在自己的斗篷里跟大家一起睡在稻草上吗？那个怪腔怪调的德朗可能还想睡在她旁边呢。此前在英格兰修道院借宿的时候，人们为她提供过一张带床垫的简单木床，拉夫堡的瑟斯坦也让她睡在铺着树叶的箱子做的床铺上。"一张箱子床也没有吗？"蕾格娜说。

"德朗渡口的人是没有床的。"

埃德加说话了："除了修女。"

蕾格娜吃了一惊："没人跟我提过修女的事。"

"在岛上，"埃德加说，"那里有座小的女修道院。"

德朗看起来很生气："您不能到那里去，小姐。她们照顾的是各种麻风病人，所以那座岛才叫麻风岛。"

蕾格娜心中生疑。许多修女会照顾病人，但她们很少会被病人传染。德朗不过是希望享有蕾格娜在此过夜的名誉而已。

埃德加说："麻风病人是不允许进修道院的。"

德朗气愤地说："你懂什么，你顶多在这儿待了三个月，闭嘴吧你。"随后，他又圆滑地朝蕾格娜微笑一下："小姐，我不能让您冒生命危险啊。"

"我不是想得到你的批准。"蕾格娜冷酷地说，"我自己来决定。"她转向埃德加："女修道院的住宿条件如何？"

"我只在修那里的屋顶时去过一次，但我知道那里有两间卧室，一间是给院长和副院长的，另一间大的卧室可以容纳五到六名修女。两个卧室里面有木制的床架，配了床垫和毯子。"

"很不错。你能带我去吗？"

"当然，小姐。"

"卡特和阿格尼丝跟我一起去。我的其他仆人留在这里。如果修道院不适合住，我会马上回来。"

卡特拾起那个皮包，里面装有蕾格娜一些晚间所需的用品，比如梳子和一片西班牙肥皂。她发现英格兰只有液体皂。

埃德加从墙上取下一盏灯，卡特也拿了一盏。德朗可能会反对这么做，但他不敢说。

蕾格娜看到了伯恩，给他使了一个强硬的眼色。伯恩点点头，明白了蕾格娜的意思：他负责保管装钱的箱子。

蕾格娜跟着埃德加走了出去，卡特和阿格尼丝跟在后面。他们走到河边，埃德加解开绳子的同时，她们也登上了船。埃德加的狗跳了上去。埃德加拿起船篙，船划了开去。

蕾格娜希望女修道院能跟埃德加描述的一样好。她太需要安静的房间、柔软的床和温暖的毯子了。她感觉自己像一个口渴的人，喉咙灼烧，对一壶冰苹果酒望眼欲穿。

她说："女修道院富裕吗，埃德加？"

"还可以。"埃德加说。他轻松地推船前行，一边划，一边说话，丝毫不喘气，"她们拥有诺斯伍德和圣约翰森林的土地。"

阿格尼丝说："你跟客栈里的哪个女的是夫妻吗？"

蕾格娜笑了。阿格尼丝明显是迷上埃德加了。

埃德加大笑："没有。那两个是德朗的妻子，怀孕的女孩是个奴隶。"

"英格兰的男人可以有两个妻子吗？"

"实际上不能，但司铎们拦不住。"

"那个奴隶肚子里的孩子是你的吗？"

蕾格娜想，又一个尖锐的问题。

埃德加稍稍被冒犯了："当然不是。"

"那是谁的孩子呢？"

"没人知道。"

卡特说："在我们诺曼底是没有奴隶的。"

天仍然在下雨，没有月亮和星星，蕾格娜看不清前方。但埃德加认识路，很快，渡船就碰到了一处布满沙子的河岸。在两盏灯的照射下，蕾格娜看到有只小船拴在一条竿子上。埃德加将渡船停靠在岸边。

"这个河岸比较陡，"埃德加对几位小姐说，"需要我把你们抱过去吗？虽然只有两步远，但你们会把裙子弄湿。"

卡特答道："你抱着蕾格娜小姐就好，谢谢。"她语气轻快："阿格尼丝和我能行的。"

阿格尼丝发出失望的声音，但她不敢跟卡特争辩。

埃德加站在水里。水没到了他大腿的位置。坐在船边背向着他的蕾格娜转过身来，胳膊绕在他的脖子上，双腿荡了过去。他用双臂架住她的身体，轻松地抱起了她。

她发现自己很享受他的拥抱，却也因此略感羞愧：她爱的是那个她要嫁的男人，她不能舒舒服服地躺在别人怀里！不过她有自己的理由。而且，抱过去只是一瞬间的事。埃德加两步就走出了水面，把蕾格娜放在河岸上。

他们沿着一条人行小道上了斜坡。小道的终点是一座巨大的石头建筑。它在灯光下轮廓模糊，但蕾格娜似乎看到了一对山墙，她猜一面是教堂的墙，另一面则是修道院的墙了。修道院旁边还有座小塔。

埃德加敲响了修道院的木门。

片刻之后，他听到一个声音："谁这么晚敲门呀？"

蕾格娜想起来，修女们晚上一般休息得比较早。

埃德加说："我是建筑匠埃德加。我身边是瑟堡来的蕾格娜小姐，请你们出门迎接。"

一个大概四十岁、有着淡蓝色眼睛的瘦女人开了门。几缕头发从她帽子里溜了出来。她提着一只提灯，看着几位访客。当她看见蕾格娜的时候，她的眼睛睁大，嘴巴也张开了。这是常事，蕾格娜已经习惯了。

修女后退几步，请三位女士进去。蕾格娜对埃德加说："你再等一会儿，谢谢，以防万一。"

修女关上了门。

蕾格娜看见一个有立柱的房间，漆黑空旷，也许这就是修女们不在教堂祈祷时生活的地方。她还看见两张写字台的模糊轮廓，推测这里还是修女们抄写或者装饰书稿和安排麻风病人照料事宜的场所。

刚才让她们进来的修女说:"我是阿加莎修女,也是这里的院长。"

蕾格娜友好地说:"您的名字是以护士们的守护圣人命名的吧?"

"她也是强奸受害者们的守护圣人。"

蕾格娜猜这中间有一段故事,但是今晚她不想听了。"她们是我的女仆,卡特和阿格尼丝。"

"很高兴能招待你们。你们吃晚餐了吗?"

"吃了,谢谢,现在我们很累。您可以给我们几张床铺吗?"

"当然。请跟我来。"

阿加莎领着蕾格娜她们走上一段木楼梯。这是蕾格娜在英格兰见到的第一座有两层楼的建筑。到了楼上,阿加莎转弯走进一个小房间,里面只有一支灯芯草蜡烛,还有两张床。其中一张是空的,一个与阿加莎同龄但长得圆润些的修女正在另一张床上,她坐了起来,很吃惊。

阿加莎说:"这位是弗莉丝修女,我的副院长。"

弗莉丝注视着蕾格娜,仿佛不敢相信自己的眼睛。弗莉丝的眼神让蕾格娜想起男人们有时注视自己的样子。

阿加莎说:"起来,弗莉丝。我们要把床让给我们的客人。"

弗莉丝赶紧从床上起来。

阿加莎说:"蕾格娜小姐,请睡我的床吧,您的仆人们可以睡在弗莉丝的床上。"

蕾格娜说:"您真善良。"

"神就是爱。"阿加莎说。

"那你们两个睡在哪里呢?"

"在隔壁的住宿区里，跟修女们睡在一起。那里还有很多位置。"

令蕾格娜称心的是，这个房间洁净如新。地面是没铺任何东西的木板，打扫得干干净净。桌上放着一壶水和一只盆，毫无疑问是盥洗用的，因为修女会经常洗手。房间里还有一张诵经台，上面放着一本打开的书。这显然是一座具有高文化水准的女修道院。这里没有箱子——修女是没有财产的。

蕾格娜说："这个地方太好了。告诉我，阿加莎修女，这岛上怎么会有一座修道院呢？"

"这是个爱情故事。"阿加莎说，"修道院是贝格蒙德阁下的遗孀诺斯吉斯建造的。贝格蒙德阁下去世之后被葬在了这里的社区教堂，诺斯吉斯不想再嫁，因为贝格蒙德阁下是她的一生所爱。她希望成为一个修女，余生住在贝格蒙德阁下的遗骨附近，这样，在末日审判①那天，他们便可以共同升天。"

"好浪漫啊。"蕾格娜说。

"对吧？"

"可否帮我告诉埃德加一声，他可以回去了？"

"当然可以。那你们好好休息。我稍后回来，看看你们还需要什么。"

两位修女走了出去。蕾格娜脱下斗篷，爬上了阿加莎的床。卡特将蕾格娜的斗篷挂到墙上挂的钩子上。她从带来的皮包里拿出一小瓶橄榄油，蕾格娜伸出双手，卡特在她两只手上各滴了一滴，然后蕾格娜合掌揉搓。

---

① 末日审判，基督教认为，在世界终结前，上帝将要对世人进行审判。

蕾格娜好好地放松了下。床垫是亚麻布的，里面塞了稻草。这里唯一的声响就是河水冲刷岛岸的声音。"我真高兴我们找到了这个地方。"她说。

阿格尼丝说："建筑匠埃德加真是上帝派来的人——他生了火，给您端了热酒，找了那位小珠宝匠，还把我们带到了这里。"

"你爱埃德加，对吗？"

"他很可爱啊。我现在就可以嫁给他。"

三个女人咯咯地笑了起来。

卡特和阿格尼丝爬上弗莉丝她们的床。

阿加莎回来了。"一切还好吗？"她说。

蕾格娜尽情地伸了个懒腰。"一切都很完美。"她说，"真的谢谢你。"

阿加莎朝蕾格娜弯下腰，轻轻地吻了吻她的双唇。这不是个随意的轻吻，但也没有持续太长时间，而不至于让对方拒绝。阿加莎直起身来，走出房门，又转过身。

"神就是爱。"阿加莎修女说。

第十章

九九七年，九月下旬

在埃德加的人生前十八年，他认识的唯一主人就是他的父亲，也许他严厉，但从不严酷。在那之后，德朗的出现令他震惊。埃德加从来没有遭遇过这种纯粹的恶意对待。

然而森妮因为丈夫，她遭遇过这种对待。许多次，埃德加设想过森妮应对辛纳里克时的情景。大多时候森妮会由着他来，少数时候她也会反抗。她是个大胆而固执的人。埃德加也试图以同样的方式对付德朗。埃德加避免冲突，面对小的伤害或者稍微不公正的事情，他会忍一下；但如果不得不发生争吵，他也会战斗到底。

至少埃德加阻挠过一次德朗打布洛德。还有那次，德朗显然希望蕾格娜在酒馆过夜，但埃德加违背了德朗的意愿，带着蕾格娜去了修道院。在母亲的帮助下，埃德加还逼着德朗给自己分配体面的伙食。

毫无疑问，德朗很想摆脱埃德加，但存在两个障碍：一个障碍是他的女儿克雯宝，她已经是埃德加家族的一员了。德朗已被埃德加的妈妈深刻地教训过一次：如果他伤害了埃德加，也就等于间接地伤害了自己的女儿。另一个障碍是德朗一直没办法花一天一法寻的价格找到与埃德加具备同等能力的建筑匠。一位好的工匠要的价格会是埃德加的三四倍。对此埃德加认真思考过，德朗的吝啬更甚于他的恶意。

埃德加知道自己正走在悬崖的边缘。因为德朗本质上不是一个完全理智的人，有一天，他会为了报复而不计后果。然而与德朗打交道并没有安全的办法，除非躺在他的脚下，像地上的灯芯草那样任他践踏。埃德加可不能这样做。

所以，埃德加对德朗继续采取顺从与反抗交替的态度，同时小心观察德朗脾气爆发的迹象。

蕾格娜离开后第二天，布洛德走过来跟埃德加说："你想跟我免费来一次吗？虽然现在我肚子太大，不能被干了，但我可以给你好好吸一顿。"

"不想！"埃德加说，随后又难为情地补充道，"谢谢。"

"为什么不想？是我丑吗？"

"我跟你说过我死去的森妮了。"

"那你为什么对我这么好？"

"我不是对你好。我只是跟德朗不一样。"

"你对我很好。"

埃德加转移了话题："你给你的孩子起名字了吗？"

"我不知道我还被允许给孩子起名字。"

"你应该起个威尔士名字。你的父母叫什么？"

"我父亲叫布里奥克。"

"我喜欢这名字，听上去有力量。"

"这是一位凯尔特圣徒的名字。"

"你母亲呢？"

"埃莱丽。"

"一个美丽的名字。"

泪水涌上了布洛德的眼眶："我好想他们。"

"我让你伤心了。抱歉。"

"你是唯一问我家人情况的英格兰人。"

酒馆里传来喊声："布洛德！进来。"

布洛德走了，埃德加则继续干活。

第一批交付的石头由加布的一个儿子从奥神村驾着小筏运到了下游，货物被卸下，堆到被烧毁的老酿酒房旁边。埃德加已经为新建筑的地基做了准备工作，他挖了一条沟渠，先将石头松散地放在里面。

埃德加必须先预估地基需要凿多深。他为此察看过社区教堂的地基，沿着高坛的墙凿了一个小洞，发现那里几乎没有地基。怪不得教堂摇摇欲坠。

他将砂浆倒在石头上，又出现了一个问题：如何确保砂浆的表面是平的？他眼力好，但这不够。之前他见过建筑工造房子，现在他希望自己当时能够看得仔细一点。最后，埃德加发明了一套装置。他做了一条一码长的薄薄的扁木棍，将其中一面挖空，做成一条平整的通道，就像之前德朗的圆木独木舟的微型版本。然后埃德加让卡思伯特在他的作坊里打造了一颗小型的、抛光的铁球。他将扁木棍放在砂浆表面，球放在通道里，然后轻拍木棍。如果球往一边移动，则表明砂浆的表面是不平的，需要重新调整。

这个过程需要花点儿时间，德朗很不耐烦。他从酒馆走出来，两手叉腰，看着埃德加干了一会儿活，说："你弄这个弄了一个星期了，我也没看见你搭出什么东西来。"

"我得先把地基弄平。"埃德加解释道。

"我不在乎它平不平。"德朗说，"这就是间酿酒房，不是大教堂。"

"如果不平，它便会塌的。"

德朗看着埃德加，不知道该不该信他，但他又不想暴露自己的无知。于是他一边走开，一边说："我得让利芙尽快酿酒。从夏陵订的酒很费钱。你给我赶紧的！"

埃德加干活的时候，常常能想起蕾格娜。那天她出现在德朗渡口，就像一位来自天堂的访客。她高挑、沉着而美丽，看着她的时候，你很难相信她是人类的一员。但她一旦说起话，便是一位富有魅力的人类了：她很亲切，有一颗温暖的同情心，可以为失去一条腰带而哭泣。威尔武夫郡长是个幸运的男人。他们二人将成为一对杰出的组合。不管他们去哪儿，每一双眼睛会追随他们，一位英俊的统治者和他美丽的新娘。

蕾格娜跟埃德加说了话，让他受宠若惊，即便她也直白地表示，跟他说话是想回避德朗。令埃德加欣喜不已的是，他能为她找到一个比客栈更合适的住处。他理解她不想跟大家躺在一起的心情。在酒馆里，即便相貌平平的女人也可能遭到男人的骚扰。

第二天早上，埃德加再次划船到麻风岛去接蕾格娜。阿加莎修女陪同蕾格娜与卡特和阿格尼丝走到河边，在那不远的距离，埃德加清楚地看到，阿加莎与他一样也被蕾格娜迷住了。她聚精会神地听着蕾格娜说话，目光难以从她身上移开。他们驶离小岛之后，修女一直站在河边朝他们挥手，直到船抵达对岸，蕾格娜走进酒馆。

离开之前，阿格尼丝跟埃德加说，她希望很快能再见到他。他觉得阿格尼丝对自己的兴趣可能是出于爱情。如果是这样，他就必须跟她坦白，自己不会爱上她，同时向她解释森妮的事。他好奇自己会把这个故事告诉别人多少遍。

临近晚上，酒馆里一声痛苦的叫喊吓了埃德加一跳。声音像是布洛德的，埃德加觉得可能德朗在打她。于是他放下工具，跑进屋去。

但没人在打什么人。德朗坐在桌上，一副很生气的样子。布洛德背靠着墙，倒在地上。她的汗水浸湿了黑发，刘芙和埃塞尔站在一旁看着她。埃德加进门之后，布洛德又发出了一声痛苦的尖叫。

"上帝救救我们，"埃德加说，"发生了什么可怕的事吗？"

"怎么回事？你个蠢小子。"德朗讥讽道，"你没见过女人生孩子吗？"

埃德加没见过。他只见过动物分娩，但那不一样。他是家中最小的儿子，他的哥哥出生的时候他还没来到世上。他知道人类分娩在理论上是怎么回事，所以他知道这会痛，还有，现在想起来，以前有时他会听见邻居家传来的痛苦叫喊，他记得妈妈说："她到时候了。"但他从来没有近距离体验过这回事。

埃德加只知道，分娩的时候，通常妈妈们会死去。

这个女孩正承受着痛苦，但他却无能为力。埃德加备受折磨。"我们可以给她一点酒吗？"他绝望地说。通常烈酒会减轻疼痛。

利芙说："可以试试。"她倒了一半的酒到杯子里，递给埃德加。

他在布洛德旁边跪下，将杯子伸到她嘴边。她喝了一大口，却再次疼得扭曲了脸。

德朗说："是伊甸园的原罪导致了这一切。"

利芙讽刺地说："大家请看，我的丈夫，一位司铎。"

"这是真的。"德朗说，"夏娃违抗了命令，这就是为什么上帝要惩罚所有女人。"

利芙说："我想夏娃是被她丈夫逼疯了吧。"

埃德加不知道自己还可以干什么，其他人好像也一样。也许这全得听命于上帝了。埃德加回到外面，继续干活。

埃德加想知道森妮分娩会是什么样子。他们做爱显然也会导致怀孕，但埃德加从来没有认真想过这个问题。现在他意识到如果他看见森妮也处于这种痛苦，他会受不了的。他看着布洛德的时候已经够难受了，而他和布洛德只不过算是认识而已。

砂浆填好地基的时候，天色开始变黑。到了早上，他会再次检查地基是否平整，如果没有问题，明天他会先铺上第一批石块。

埃德加走进酒馆。布洛德躺在地上，似乎在打瞌睡。埃塞尔端上了晚餐——炖猪肉和胡萝卜。每年这个时候，人们要决定哪些牲畜可以活过冬天，哪些必须现在屠宰。有些肉可以现吃，剩余的便熏制或者盐腌，为冬天做准备。

埃德加痛快地吃了起来。德朗看着他吃饭的样子，火气来了，但也没说什么。利芙又喝了些酒，她稍稍醉了。

刚吃完饭，布洛德又呻吟起来，疼痛似乎更加频繁了。利芙说："快了。"她说话含糊不清，每到这个时候，她就会这样，但别人还是听得懂的。"埃德加，到河里打些新鲜的水，到时候给婴儿清洗。"

埃德加很吃惊："婴儿要清洗的吗？"

利芙笑了："当然，你等着看看。"

他提起桶，朝河边走去。天色漆黑，但天空澄澈，还挂着半轮明月。布林德尔跟着埃德加，希望能搭船兜风。埃德加将水桶浸在河里，然后提回酒馆。进去后，他看见利芙已经将几块干净的布摆了出来。"把水桶放在炉火边，这样水可以暖一点。'她说。

布洛德的叫喊声更痛苦了。埃德加看见她臀部底下的灯芯草已被某种液体完全浸湿。这应该是正常现象吧？他说："我要让阿加莎修女过来吗？"遇上伤病之类的紧急情况，通常人们会让修女来帮忙。

德朗说："我可付不起请她的钱。"

"她不收钱！"埃德加愤怒地喊。

"明面上是不收，但她希望你捐钱，除非你是穷人。她希望我能给钱，别人也觉得我有钱。"

利芙说："别担心，埃德加。布洛德会没事的。'

"你是说这是正常的吗？"

"是的，没错。"

布洛德试图起身，埃塞尔扶着她。埃德加说："她不是应该躺下吗？"

"不是现在。"利芙说。

利芙打开一只箱子，从里面取出两条细皮带，又取出一把干黑麦。据说燃烧黑麦可以驱赶邪恶的灵魂。最后，她捡起一大块干布，搭在自己肩膀上。

埃德加发现这是场此前他一无所知的仪式。

布洛德站着，双脚分开，弯下身体。埃塞尔站在她前面，布洛德伸出双臂抱住埃塞尔的瘦腰作为支撑。利芙跪在布洛德身后，提起她的裙子。"要生了。"她说。

德朗说："噢，恶心。"他站了起来，裹上斗篷，拿起他的大酒杯，一瘸一拐地走了出去。

布洛德叫声起伏，仿佛正挣扎着抬起一件重物。埃德加紧紧盯着布洛德，同时感到难以置信和惊恐不安：一个那么大的婴儿怎么可以从那个地方出来呢？不过，那个出口开始变得大了些，一个物体似乎正从里面被推出。"那是什么？"埃德加问。

"婴儿的脑袋。"利芙说。

埃德加目瞪口呆："上帝帮帮布洛德。"

婴儿出来得并不流畅，脑袋似乎被推出来了一些，将出口撑大了，然后就停住了，仿佛是在休息。婴儿每往外涌一次，布洛德便会痛苦地叫喊一阵。

埃德加说："婴儿有头发。"

利芙说："通常都有头发。"

随后，如同奇迹一般，婴儿的整颗脑袋来到了世间。

埃德加被一种无以名状的强烈情感笼罩了。眼前所见之事令他充满惊惧。他的喉咙收紧，仿佛要哭出来，然而他并不悲伤，实际上，他感到喜悦。

利芙从自己的肩膀上把那块布拿下，放在布洛德的大腿之间，用双手支撑住婴儿的脑袋。婴儿的两只肩膀出现了，然后是肚子，还有个东西跟肚子连在一起，埃德加马上意识到，那是脐带。婴儿的整个身体被一层黏滑的液体覆盖。最后，双腿出现了，埃德加看出来了，这是个男孩。

埃塞尔说："我觉得好奇怪。"

利芙看了看她，说："埃塞尔要晕倒了。扶着她，埃德加。"

埃塞尔的双眼往上一翻，身体软了下来。埃德加及时扶住她的腋下，小心地让她躺在了地上。

男婴张开嘴，哭了起来。

布洛德的双手和双膝慢慢落下。利芙用布裹着小婴儿，轻轻地让他躺在地面的灯芯草上。然后她拿出那两条神秘的细皮带，紧紧绑住脐带，一条靠近婴儿的肚子，另一条距离第一条带子几英尺的位置。最后，她取下自己腰带间的刀子，把脐带割掉。

利芙用一条干净的布在桶里蘸了些水，开始清洗婴儿。她首先轻柔地洗掉他脸上和头上的血液和黏液，接下来是他的身体。婴儿碰到了水，又哭了起来。利芙将婴儿身上的水轻轻地拍干，再次把他包裹起来。

布洛德费力呻吟着，仿佛又要开始分娩，埃德加以为她生的是双胞胎，不过里面出来的只是一些模糊不清的块状东西，他困惑地皱起眉头，利芙便说："这是胞衣。"

布洛德翻过身来，背靠着墙。她原先带着警戒敌意的表情已经消失，取而代之的是苍白和筋疲力尽。利芙把孩子给布洛德，她的神色再次变了，变得温柔而欣喜。她带着爱意看着她怀里这个小巧的身体。婴儿朝向她，脸蛋贴着她的胸口。布洛德将胸口的衣服拉下，将他的脸放到自己的胸脯上。婴儿似乎知道了要做什么，嘴巴急切地咬住乳头，吮吸起来。

布洛德闭上双眼，露出了满足的神情。埃德加从来没见过她这副模样。

利芙给自己又倒了一杯酒，大口喝光了。

布林德尔注视着婴儿，它被迷住了。婴儿的小脚从包裹的布里伸了出来，布林德尔舔了舔它。

通常清理腐烂稻草是布洛德的工作，但埃德加觉得这个时候自己应该承担起这个责任。他将布洛德身底下那团脏东西包括胞衣拿了起来，扔到外面去。

德朗正坐在月色下的长椅上。埃德加说："孩子生下来了。"

德朗把杯子放在嘴边，喝了一口。

埃德加说："是个男孩。"

德朗什么也没说。

埃德加将稻草扔到粪堆附近，它们干了之后，就可以被烧掉。

埃德加走了回去，布洛德和婴儿似乎入眠了。利芙躺在地上，闭上了眼睛，也许筋疲力尽，也许喝得太多，也许两者都是。埃塞尔仍然不省人事。

德朗进来了。布洛德睁开眼睛，警惕地看着他，但德朗只是走到桶边，给自己的大酒杯又倒上了酒。布洛德再次闭上双眼。

德朗把杯里的酒一饮而尽，然后把酒杯放在桌上。他突然坚决而迅猛地弯腰拾起婴儿。裹布掉到了地上。他说："这小子是个杂种。"

布洛德说："把他给我！"

"哈，这么说，你会讲英文。"德朗说。

"把孩子给我。"

埃塞尔没动静，但利芙说："把孩子给她，德朗。"

"我猜他需要些新鲜空气吧。"德朗说，"这里对孩子来说太熏了。"

"求你了。"布洛德说。

德朗把孩子带了出去。

利芙跟在德朗的后面。布洛德想起身，却还是倒在了地上。埃德加跟在利芙后面。

"德朗，你要干什么？"利芙害怕地大喊。

"到那儿去，"德朗对孩子说，"尝尝河边的新鲜空气不是更好吗？"他沿着斜坡走到水边。

也许那里的新鲜空气的确对孩子更好，埃德加想，但这真的是德朗的意图吗？除了克雯宝，埃德加从来没有见过德朗对谁表现出如此的善心。分娩的戏剧过程是让德朗想起了克雯宝来到世间的场景吗？埃德加跟着德朗，与他相隔一定距离，盯着他。

德朗转身面对着埃德加和利芙。白色的月光照射在婴儿小巧的身体上。已经入秋，冰凉的空气吹在婴儿裸露的肌肤上，他醒了，哭了起来。

利芙喊："暖着他的身体！"

德朗抓起婴儿的脚踝，把他倒吊起来。婴儿的哭声更加急迫。埃德加不知道这是怎么回事，但他肯定会发生坏事。他感到一阵猛然的惊惶，于是朝德朗冲了过去。

瞬间，德朗迅速将孩子一甩，随着手臂挥摆，孩子被扔进了河中。

利芙尖叫起来。

孩子掉入河里，溅起水花，哭声突然停住了。

埃德加朝德朗撞去，两人倒在了浅滩上。

埃德加一跃而起。他拽掉自己的鞋子，将外衣从头顶拉出来脱下。

德朗气急败坏地说："你个疯子，居然想淹死我！"

埃德加光着身体跳进了河里。

孩子小小的躯体已经被远远地冲到河流中间。德朗是个高大的男人，他常常抱怨的背部并没有影响他的投掷能力。埃德加朝着他认为孩子可能坠落的地方用力游去。天空无云，月色明亮，但埃德加沮丧地发现，前方的水面上什么也没有。婴儿肯定会浮起来的吧？人的身体一般不会沉入水底，对吗？可是人是会溺水的。

埃德加到达了他认为的婴儿落水点，从那里游过去，但他什么也没看见。他在水底挥动手臂，希望能够触碰到什么东西，但什么也感觉不到。

拯救孩子的急迫心情压得他喘不过气来。他感到绝望。他不知道是为什么，但感到这与森妮的事有某种关联。他没有被这个想法转移他的注意力。埃德加在水上踩着，转了一个圈，紧紧地盯着下方，希望光线能更亮一点。

通常水流会把漂浮物冲到下游。于是埃德加朝着下游方向游去，他一边左右扫视，一边以最快的速度前进。布林德尔与他在一起，努力划水跟上他的速度。也许它可以在埃德加有所发现之前，嗅到婴儿的味道。

水流推着埃德加往麻风岛的北岸前进，他想水流也会推着婴儿朝那个方向去。村庄里的废弃物有时候会冲到对岸的岛上，埃德加觉得在那里找到婴儿的希望最大。于是他游到岛的边缘。这里的河岸线并不清晰，它是低洼的泥地，是农场的一部分，只不过并没有长太多东西。他沿着河岸继续游，仔细在月光下察看。他看见许多废弃物：木屑、坚果壳、动物骨骸，还有一只死猫。如果婴儿在那儿，他肯定能看见他雪白的身体。但他还是失望了。

埃德加觉得自己越来越逼近疯狂，便不再继续沿岸游，而是直接游到了对岸的麻风岛。这里的河岸杂草丛生，他没办法看清楚地上有什么。他从水里走上来，朝着修道院，尽力在月色下扫视水边的物体。布林德尔叫了，埃德加听见了附近的动静。他猜麻风病人们正在看着他。据说他们很羞怯，也许是不愿让人们看到自己畸形的身体，但埃德加决定开口说话。"嘿，有人能帮忙吗？"他大声说。那动静突然停了下来。"有个婴儿掉进水里了。"他说，"你们看见什么了吗？"

　　沉寂持续了一会儿，有棵树后面出现了个人影。那个男人穿着破布，但他的身体看上去并不畸形，也许传言夸大了事实。"没人看见婴儿。"那男人说。

　　埃德加说："你能帮我找找吗？"

　　那男人犹豫了下，然后点点头。

　　埃德加说："他可能被冲上岸了。"

　　对方没有回应，所以埃德加转身继续自己的搜寻。渐渐地，他发现有人在陪着他找。有个人在灌木丛中跟他一起走动，还有一个跟在他的身后，踩着浅滩。他看到前方也有人在动。他很感激有人帮他，这么小的东西很容易就会看漏。

　　而当他已经快绕完一个圈，朝酒馆的方向往回走的时候，他发现很难再保持希望了。他疲惫不堪，身体还在发抖，一个裸身的婴儿现在会是什么状况？要是他没有淹死，也可能被冻死了。

　　埃德加现在的步行轨迹与修道院平行。他看见修道院里亮着灯，而这时在外面，他还看见了匆忙的步伐。一位修女正朝他走来，他认出了那是阿加莎修女。他这才记得自己没穿衣服，但阿加莎却像没有注意到似的。

她手臂上抱着一捆东西。埃德加希望大增。修女们是找到了孩子吗？

　　阿加莎肯定是看到了他脸上的急切，因为她对他悲伤地摇了摇头，埃德加心里满是惊惶。

　　她靠近他，把手臂上的婴儿给他看。布洛德的孩子被裹在一块白色毛毯里。他的双眼已经闭上，没有了呼吸。

　　"我们在岸上发现了他。"阿加莎说。

　　"他当时还……"

　　"活着吗？我不知道。我们带他去了暖和的地方，但是太晚了。不过我们已经给他做了洗礼，现在他和天使在一起了。"

　　埃德加悲痛得难以自控，他一边发抖，一边哭了出来，泪水模糊了他的视线。"我看着他出生，"他抽泣着说，"那就像个奇迹。"

　　"我知道。"阿加莎说。

　　"然后我看着他被杀害。"

　　阿加莎打开毯子，把小婴儿递给埃德加。他将婴儿冰冷的身体贴着自己裸露的胸口，哭泣着。

第十一章

九九七年，十月上旬

蕾格娜距离夏陵越来越近，她的心中充满惶恐。

当初她怀着热切的心情踏上了这趟冒险的旅程，迫不及待地想与她爱的男人成婚，却没有多想其中的危险。糟糕的天气令蕾格娜感到挫败，在接下来的旅途中，她更加意识到，其实她并不知道自己选择了什么样的命运。她与威尔武夫共同度过的短暂时光是在她自己的家，而那时他是一位试图适应的外来者。可她从来没有见过威尔武夫在自己的地盘是什么样子的，从来没有见过他在自己的人身边生活，没有听他讲过他的家庭、他的邻居、他的臣民。她几乎不怎么了解威尔武夫。

最后，她终于来到他所在的城市。她停下了脚步，仔细观望着。

这个地方很大，山坡下聚集了几百处居所，一片湿雾飘悬在茅草屋顶的上方。城市四周建有防御土墙，这无疑是为了抵挡维京海盗。两座巨大的教堂矗立着，淡色的石头和湿润的鹅卵石与大面积的棕色木材互相支撑。其中一座似乎是修道院建筑的一部分，一条壕沟和一座围栏围绕着它。毫无疑问，这修道院正是英俊的奥尔德雷德修士负责的缮写室所在之处。蕾格娜期盼着能再次与奥尔德雷德见面。

另一座教堂应该就是大教堂了，因为在它旁边有一座二层住宅，那一定是威尔武夫的弟弟温斯坦大主教的住所——他马上也要成为蕾格娜的小叔子了。蕾格娜希望温斯坦能够像一个好心的大哥哥那样对待自己。

一座没有钟塔的石头建筑大概就是铸币者的家，因为这样的建筑必须足够防盗，以保证存放的金属银不会失窃。英格兰的货币是值得信任的，因为蕾格娜得知银币的纯度受到国王的严格管制，一旦人们伪造，将面临残酷的惩罚。

这种面积的城镇里会有更多的教堂，但也许它们是木头建筑，就像一般的住宅。

高耸于城镇之中的山顶上有一个大院子，那里有二三十座各式的楼房，有坚固的栅栏包围，那肯定就是统治阶层所在地、郡长的住所、威尔武夫的家了。

现在那也是我的家了，蕾格娜紧张地想。

那里没有石头建筑。她对此并不吃惊：诺曼人用石头建造主塔和门房并没有多长的历史，而且大多数比蕾格娜父亲在瑟堡的城堡要简单粗糙。她在这里必然会感觉没有那么安全。

她之前就知道英格兰人很软弱。两个世纪以前，维京海盗第一次袭击这个国家，直到现在，英格兰人也没能永久结束这种局面。比起打仗来，这里的人们更擅长珠宝和刺绣。

蕾格娜派卡特和伯恩去与威尔武夫通报她已抵达的消息。她慢慢跟随着他们，留些时间给威尔武夫来迎接她。她压抑住自己想踢着阿斯特丽德一路小跑的欲望，望眼欲穿地企盼着拥抱威尔武夫。每一分钟的拖延都令蕾格娜心烦意乱，但她也渴望在进场时表现出尊贵的姿态。

尽管细雨冰冷，但市集仍然忙碌：人们在购买面包和酒，马匹和马车正派送袋装和桶装的货物，小贩和妓女们走在泥泞的街道上。然而蕾格娜和她的随从到达之后，忙碌的景象停止了。蕾格娜与她的手下组成了一大支队伍，华丽的衣着、武装士兵简单的发型，让人一眼就能认出他们是诺曼人。人们一边目不转睛地看着他们，一边用手指指点点。大概他们猜到了蕾格娜是谁：那场即将来临的婚礼在城里已经人尽皆知，大家肯定早就等着他们来了。

人群流露出来的是警惕的神情。蕾格娜猜这是因为他们不知道该对此做出何反应——她是否是个外来的篡夺者，要偷走本该属于当地女孩的英格兰西部最抢手的男人？

蕾格娜注意到自己的手下在她四周围成了一个圈，护卫着她。她意识到这是个错误，夏陵的人们需要看看他们的郡长夫人长什么模样。"我们好像表现得太有戒心了。"她对伯恩说，"这不是办法。你和奥多①先往前骑十步，只是在前方开开路就行。其他人往后退。让城里的人们看看我。"

伯恩露出担忧的神色，但还是根据蕾格娜的指示改变了队形。

蕾格娜开始与人们互动。她跟人们进行眼神交流，对他们微笑。大多数人会感觉很难不回以微笑，但她也发觉了他们的不情愿。有个女人试探性地向她招了招手，蕾格娜也对她招手；一群

---

① 书中有两个奥多，一个是此处出现的蕾格娜的武装士兵，另一个是前文出现的圣马丁村的总铎奥多。——译者注

正在盖茅草屋顶的人停下了手头的活，向她叫唤，而他们说的是带着浓重口音的英语，蕾格娜听不明白，所以她不太确定他们喊的到底是欢迎之辞，还是嘲讽之语，但她仍然向他们抛了一个飞吻；有些旁观者则赞赏地微笑着；酒馆外面一小群正在喝酒的人在空中挥了挥帽子，欢呼着；其他旁观者也学着他们的样子。

"这样好些了。"蕾格娜说，她的焦虑缓和了些。

房子里和店里的人们听见声音，也跑了出来看个究竟。前方的人群越聚越多，周围的人也都在了随从队伍后面。蕾格娜沿着山坡走向山顶大院的时候，人群的嗡嗡作响已经演化成隆隆轰鸣，她被现场的热情感染了。蕾格娜的微笑越持久，人们的欢呼声也就越热烈；人们的欢呼越热烈，她便越感觉幸福。

木围栏上有两扇硕大的门，开得很宽。蕾格娜刚一进去，又有另一群人聚拢起来，估计他们就是威尔武夫的仆人和攀附者们了。他们一看见蕾格娜，便报以掌声表示欢迎。

除了没有那座城堡，这里的院落与蕾格娜在瑟堡的没什么不同。这里有房子、马厩和储物间。厨房是侧边敞开式的。其中一所房子是其他房子的两倍长，房子前后两处都有小型窗户，那应该就是大堂，也就是郡长主持会议和宴会的地方。其他房子便是其他重要人士和家属的住所了。

人群分成两列，示意蕾格娜从他们中间骑马进入。她缓步前进，花时间去看每个人的脸，对他们微笑。几乎每个人的脸上都挂着欢迎和快乐的神色，只有少许人态度冷漠，不置可否，仿佛正谨慎地保持中立，等待更多的证据表明她是位合格的妻子。

在那所长房子的门外，站着的是威尔武夫。

他与她记忆中一样，高大、四肢灵活，有一头金色长发，有八字胡，但下巴上没有胡须。他笑容满面，但很放松，仿佛他们昨天才分别，而不是两个月前。他站在雨中，没有戴帽子，并不在意自己被雨点打湿。他张开双臂表示欢迎。

蕾格娜再也没法控制住自己了。她从马背上下来，朝威尔武夫奔去。旁观者们爆发出热烈的欢呼声。他的笑容更灿烂了。她冲向他的怀抱，热烈地亲吻着他。周围欢声雷动。她搂住他的脖子，身体往上一蹿，双腿绕到他的腰间，人群疯狂了。

她使劲地吻他，但没有持续太长时间，便重新站回到地面上。一点小粗野就能起到长时间的效果。

他们站着，相视而笑。蕾格娜想与威尔武夫做爱，她感觉他知道她在想什么。

他们任人群继续欢呼一阵，随后，威尔武夫拉起蕾格娜的手，共同步入大堂。

一小群人等在那里，继续对他们报以掌声。蕾格娜习惯了大堂较暗的光线之后，就注意到里面有十几个人，衣着比外面的人更华丽些，她猜，这些便是威尔武夫的家人了。

蕾格娜往前走了一步，就认出了一个长着大耳朵、双眼距离有点近的人。"温斯坦主教，"她说，"很高兴再次见到您。"

他亲吻了她的手："很高兴您在这里，我也为我能尽微薄之力前去协商此事感到骄傲。"

"为此我也多谢您。"

"您刚进行了一次长途旅行。"

"当然，我也已经开始了解我的新国家了。"

"您觉得这个国家怎么样？"

"有点潮湿。"

大家笑了起来，这让蕾格娜很高兴，她知道现在不是直白说话的时候，于是她便直接撒了个谎："英格兰人友好、善良，我喜欢他们。"

"太好了。"温斯坦说，显然他信了。

蕾格娜快要脸红了。她自从踏足英格兰，一直在经历痛苦。那些酒馆很脏，人们也不友善，啤酒跟苹果酒不能比，她还被抢劫了一次。不过，不，她想，这还不是全部的真相。阿加莎修女欢迎了她，那位热心的渡船夫帮了她很大的忙。无疑，英格兰人有好有坏，就跟诺曼人一样。

而且，在诺曼人里找不到像威尔武夫这样的男人。当蕾格娜与威尔武夫的家人交谈，时不时停顿找寻合适的盎格鲁–撒克逊词语的时候，她会抓住机会瞥他一眼，而每当她认出他那些熟悉的特点，便能感受到一种强烈的愉悦：他结实的下巴、蓝绿色的双眼，以及她渴望再次亲吻的金色胡子。每次她看他的时候，她都发现他也在注视着她，他骄傲的神色里隐隐透着迫不及待的欲望，这让她感觉很不错。

威尔武夫向她介绍另一位长着浓密金色胡子的高大男人："请允许我介绍我同父异母的弟弟，威格姆，库姆的领主。"

威格姆上下打量了蕾格娜一番："哎呀，欢迎您。"他的言辞友善，但他的笑容让蕾格娜感到不自在，尽管她已经习惯人们盯着她的身体看。这时，威格姆又说了一句话，蕾格娜便确定了自己对他的厌恶："威尔武夫肯定向您解释过了，我们三兄弟什么都会互相分享，包括女人。"

这句打趣的话让男人们哄堂大笑，而在场的女人却不觉得有多诙谐。蕾格娜决定不去理会。

威尔武夫说："这位是我的继母，吉莎。"

出现在蕾格娜面前的是一个大概五十岁的可畏女人。她很矮，蕾格娜猜，她的儿子们肯定遗传了他们已故父亲的体形。吉莎长长的灰发环绕出了她俊俏脸孔的轮廓，包括一对鲜明的眉毛。蕾格娜想象着这张脸背后的精明和倔强。她感觉到这个女人将影响她的一生，或好，或坏。蕾格娜表达了一句过分恭维的赞美："您养育了这三位杰出的男人，该是多么自豪啊。"

"谢谢你这样说。"吉莎说，但她没有笑。蕾格娜想，让吉莎认可自己的魅力，还需要时间。

威尔武夫说："吉莎会带你参观大院，然后我们一起就餐。"

"好极了。"蕾格娜说。

吉莎为她引路。蕾格娜的仆人在外面等候。蕾格娜说："卡特，你跟我一起来。其他人原地等候。"

吉莎说："不用担心，你们的东西我们会关照好。"

蕾格娜不准备就此听从吉莎。她问卡特："男人们呢？"

"在马厩里，照顾马匹。"

"跟伯恩说，看好行李，等候我的吩咐。"

"是。"

吉莎带着蕾格娜四处参观。一切都已经清楚了，从人们对吉莎的恭敬程度可以看出，她才是管事的那个，她主管着威尔武夫的家庭生活。这点必须改变，蕾格娜想，她不能事事按照她继婆婆的吩咐去做。

她们经过奴隶的住房，走进马厩。这里面人挤着人，但蕾格娜注意到英格兰马夫并不与诺曼人交谈。这不是办法。于是她搂住伯恩的肩膀，提高音量说："英格兰的男人们，这是我的朋友，巨人伯恩。他对马很温柔……"她拉住伯恩的手，举了起来，"对女人也是。"男人们中间发出了一阵低沉的笑，他们总是调侃阴茎大小，说这跟手的大小有关，而伯恩的手很大。她露出淘气的神情："因为他需要。"

他们笑了，坚冰被打破了。

蕾格娜说："如果我手下的人讲你们的语言时犯了错误，对他们好一些，也许他们会教你们一些诺曼法语呢。这么一来，你们见到法国女孩的时候就会知道该跟她们说些什么了……"

他们又大笑起来，蕾格娜知道自己已经与他们产生了情感的联结。在她走出去的时候，那笑声还没停止。

吉莎带蕾格娜去看一座大了一倍的建筑，这是武装士兵的营房。"我不进去了。"蕾格娜说。这是男性住所，她进去也许是冒失的表现。机智灵巧和冶荡轻佻之间仅一线之隔，一个外来人必须小心不去逾越。

这时，蕾格娜注意到屋外乱作一团的人群——刚才明明看见人们挤在马厩里。"外面这么多人，"她对吉莎说，"发生什么事了吗？"

"是的。威尔夫在集合军队。"这是蕾格娜第二次听见有人叫威尔武夫为威尔夫。这显然是他的昵称。"南威尔士人袭击了边疆。"吉莎继续道，"通常，每年这个时候他们就可能会这样——丰收之后，粮食堆满了谷仓。但你别担心，威尔夫在婚礼之前是不会出去的。"

蕾格娜不禁感到一阵恐惧。她的丈夫与她结婚之后，就立刻要上战场了。当然，这是件正常的事，她也见过自己的父亲多次全副武装，骑马而去，面对英勇杀敌和战死沙场两种命运。但她从来都没有习惯过。休伯特伯爵去参战的时候，她总是很害怕，如今，她也同样担心着威尔武夫。蕾格娜试着不去想这件事，她还有其他要想的。

大堂在大院正中的位置，它的一侧是各式家政类建筑：厨房、面包房、酿酒房和储物间；另一侧是个人住宅。

蕾格娜走进厨房。正如一般的厨房，厨师都是男性，但这里还有几个女人和女孩在一旁协助。蕾格娜礼貌地跟男厨师们打了招呼，但她对那些女性更感兴趣。一个三十岁左右、高大而漂亮的女人引起了她的注意，她可能是领班。蕾格娜对她说："味道闻起来真不错！"

那个女人对蕾格娜露出友好的微笑。

蕾格娜问："你叫什么名字？"

"小姐，我叫吉尔达特里，叫我吉尔达就可以。"

吉尔达旁边的女孩正给一大摞略带紫色的小胡萝卜洗去泥巴。她长得跟吉尔达有点像，蕾格娜说："这个可爱的孩子是你的亲戚吗？"这是个相当稳妥的猜测，在一片小社区里，大多数人相互之间有亲戚关系。

"这是我的女儿薇尔诺德，"吉尔达自豪地说，"十二岁。"

"你好啊，薇尔诺德。你长大以后，想跟妈妈一样，做出美味的食物吗？"

薇尔诺德很害羞，不好意思说话，但她点了点头。

"嗯，谢谢你洗了胡萝卜。"蕾格娜说，"我吃胡萝卜的时候会想起你的。"

薇尔诺德露出了愉悦的神色。

蕾格娜离开厨房。

在未来几天里，她会与大院里生活或工作的每一个人说说话。要记住所有人的名字并不容易，但她会尽最大的努力。她会问问他们儿孙的情况，问问他们身体有什么不适，笃信什么，聊聊他们的家，他们的衣服。她不需要假装感兴趣，她本来就对身边人的日常生活很好奇。

卡特会有更多的发现，现在她的英语也说得更自信了。她会像蕾格娜那样，迅速与身边的人成为朋友，不消多久，女仆们就会把八卦分享给她，比如哪个洗衣女工有个情人，哪个马夫喜欢跟男人睡觉而不喜欢女人，哪个人从厨房里偷东西，哪个士兵怕黑。

蕾格娜和吉莎朝几所房子走去。大多房屋的长度只有大堂的一半，但是它们的质量各不相同。每所房子有结实的角柱和茅草屋顶，大多是抹灰篱笆墙——直立的树枝与水平的细枝交叉编织，再用泥与稻草覆盖。三所最好的房子在大堂后方，它们的墙面上直立的木板两端紧密相接，扎在沉重的木槛里。

蕾格娜说："哪所房子是威尔武夫的？"

吉莎指向中间的房子。蕾格娜走到门口。吉莎说："你可能得等到他邀请你，才能进去。"

蕾格娜笑了笑，走了进去。

卡特跟随着她，吉莎也不情愿地一起进去了。

蕾格娜很高兴能见到一张低矮的床，宽度足够两个人睡，还有一张大床垫，一沓色彩染得明亮、引人注目的毛毯。同时，屋里也有一股战斗气息，墙上四处的钩子上挂着武器和发着微光的盔甲，也许这是为威尔武夫接下来与南威尔士人战斗做的准备。他的其他物件放在几只大型木箱里。一条制作精良的壁毯展示着狩猎的场景。屋内似乎没有供写作或者阅读的材料。

蕾格娜从屋里出来，朝威尔武夫家后面的房子走去——那又是一座上等住宅。蕾格娜正往那方向走的时候，吉莎说："也许我该带你去看看你自己的房子了。"

蕾格娜不愿让吉莎告诉她该干吗，她觉得自己应该早些向吉莎表明这一点。蕾格娜并没有停下脚步，而是说："那么，那所房子是谁的？"

"是我的。你不能进去。"

蕾格娜转过身。"在这片大院里，没有任何一座建筑的大门是对我关闭的。"她安静但坚决地说，"我即将嫁给郡长本人。只有他能告诉我应该干什么。我将成为这里的女主人。"

蕾格娜走进了房子。

吉莎跟在她后面。

这个地方装修奢华。屋里有一张舒适的软垫椅子，就像国王的座位。桌上有一篮子梨和一只通常装着酒的小桶，昂贵的羊毛长裙和斗篷挂在挂钩上。

蕾格娜说："非常好。您的继子对您很好。"

"他不该这样做吗？"吉莎表现出防御的姿态。

"的确应该。"蕾格娜走了出去。

刚才吉莎说了一句话：也许我该带你去看看你自己的房子了。这意思是蕾格娜的房子跟威尔武夫的房子是分开的。这本是个寻常的安排，但蕾格娜并没有预料到这一点。通常贵族家庭的女人会在丈夫房子附近另有一所房子，供婴儿、大一点的孩子和他们的保姆居住，她可以在这里住几天，再回去与丈夫住几天。可是蕾格娜并不想与威尔武夫在任何一个晚上分开，除非有了孩子之后，才不得不这样做。现在分开住为时过早。她真希望威尔武夫之前跟她谈谈这事。之前他们没有机会对此做什么商量。

蕾格娜感到不舒服，而且由于这件事是吉莎安排的，她便更不自在了。蕾格娜知道做母亲的对自己儿子的女人带着无理的敌意，也许对继母而言也是如此。蕾格娜想起了一件事，有一次，她的弟弟理查被人发现在瑟堡城堡的城墙边抱着一个洗衣女工，母亲吉纳维芙就想对那女孩施以鞭刑。自然，她不希望一个仆人怀上她儿子的孩子，但理查当时所做的不过是轻抚那女孩双腿之间的部位而已。蕾格娜深知，所有处于青春期的男孩只要有机会便会这么干。显然吉纳维芙的怒意已经不是出于谨慎那么简单了。一个母亲甚至是一个继母会对自己儿子的爱人产生嫉妒吗？吉莎对蕾格娜的不友好是因为她们喜欢威尔武夫吗？

蕾格娜对此很警惕，不过，她倒没有太焦虑。她知道威尔武夫对她的感觉，她也有自信能够把握和保留他的爱。如果她每天晚上想与他同床共枕，那么她就可以这样做，她会确保他感到幸福。

蕾格娜朝最后三所房子走去。

"那是威格姆的住处。"吉莎说。但这一次，她没有阻止蕾格娜进去。

威格姆家里的摆设看上去像是临时放置的，蕾格娜想这可能是因为威格姆一般在库姆，他是那个地方的领主。不过现在他在屋里，与另外三个年轻男人坐在一罐酒的周围掷骰子、赌银币。看到蕾格娜，威格姆站了起来。"进来，进来。"他说，"突然感觉这房子更暖和了。"

她马上就后悔进来了，但她并不想匆忙撤退，就好像她害怕了一样。她要传递一个信息：她有权利决定自己去哪儿。她没有理会威格姆的调侃，而是说："你没结婚吗？"

"我妻子在库姆，维京海盗袭击了那里之后，她要监督房屋重建。但你结婚的时候，她会来的。"

"她叫什么名字？"

"米尔德伯格，叫她米莉就好。"

"很期待见到她。"

威格姆向她靠过去，以更亲近的语调低声说："你可以坐下来跟我喝一杯吗？你喜欢的话，我们可以教你怎么掷骰子。"

"今天不了。"

他随意地将自己的双手放到她胸脯上，挤了一挤。"老天，可真大啊，你说是不？"

卡特愤怒地哼了一声。

蕾格娜后退一步，将威格姆的双手推开。"但它们不是你的。"她说。

"我只是在我哥哥买下它们之前先验验货而已。"威格姆朝他几个朋友投去顽皮的一眼，随后他们爆发出一阵大笑。

蕾格娜朝吉莎扫了一眼，看见她唇间露出一丝诡秘的笑。

蕾格娜说："下一次维京海盗袭击时，我希望你们这些勇敢的男人能去迎战。"

威格姆不说话了，他没搞清楚蕾格娜这到底是赞扬，还是诅咒。

蕾格娜借这个机会离开了。

一个男人随意触摸女人的乳房是可以被处以罚款的，但蕾格娜不打算让这个插曲变成一起案件。不过，她在心中发誓要想个办法惩罚威格姆。

到了外面，蕾格娜转过身对吉莎说："所以，威尔夫也为我准备了一所房子？"这个措辞是她精心考虑过的。让她过得舒服是威尔武夫的责任，但大概他把这个任务交给了吉莎去安排。不过，如果蕾格娜有任何不满，她会直接向威尔武夫抱怨，而不是吉莎。她希望让吉莎从一开始就明白这一点。

"这边走。"吉莎说。

威格姆家附近是一所更廉价的房子，抹灰篱笆墙，还会进风。吉莎走了进去，蕾格娜跟在后面。

家具摆设尚算齐全，里面有一张带长椅的桌子、几只箱子，还有不少木杯和木碗。壁炉旁边有一堆木柴，还有一个估计是装着啤酒的桶。这地方谈不上什么奢侈。

蕾格娜感觉自己被冷落了。

吉莎觉察到了她的反应，犹豫地说："你肯定从瑟堡带来了自己挑选的壁挂吧。"

蕾格娜没带。她预计这里一切是准备妥当的。她身上有钱，自己需要什么可以买，但问题不是在这里。"有毯子吗？"她说。

吉莎耸耸肩："为什么你需要毯子呢？很多人是在自己斗篷里睡的。"

"我注意到威尔武夫的房子里有很多条毯子。"

吉莎没有回应。

蕾格娜朝四壁望去。"钩子不够。"她说，"您不觉得一个新娘可能会有很多要挂的东西吗？"

"你可以钉自己的钩子。"

"那我得借把锤子。"

吉莎不太明白，随后她意识到蕾格娜是在讥讽自己。"我明天派个木匠来。"

"这地方太小了。我有五个女仆和七个武装士兵。"

"男人们可以在镇上住。"

"我还是喜欢他们离我近一点。"

"也许这不太可能。"

"到时看吧。"蕾格娜很生气,她觉得自己被伤害了。不过她还是需要在采取行动前思考和计划清楚。她转身对卡特说:"让其他女仆过来,跟男人们说把行李带过来。"卡特出去了。

吉莎试图重新获得主导位置。她用命令的语气说:"你就住在这里,如果威尔武夫想跟你过夜,他要么来这儿,要么你到他的房子里去。你不能在不经邀请的情况下就跑到他的床上。"

蕾格娜没理会吉莎。她和威尔武夫之间的事无须他的继母插手。她控制住了把这话说出来的欲望。

她受够了吉莎。"谢谢你带我参观。"她的语气透着漠然。

吉莎犹豫了一下:"希望一切都好。"

也许吉莎以为来的是个可以任她使唤、慌慌张张的年轻外国女孩。现在,蕾格娜猜,吉莎正急忙修正自己的预期呢。

"到时看吧。"蕾格娜不客气地说。

吉莎再次尝试:"关于你的住所,你会跟威尔夫说什么?"

"到时看吧。"蕾格娜重复道。

蕾格娜明显是想让吉莎离开,但吉莎无视了她的暗示。多年以来,她一直是这里最有权力的女人,也许她并不相信自己要听命于其他女人。蕾格娜要更强硬才行。"现在我这里不需要您了,继婆婆。"她说。但吉莎仍然没有走出去,于是蕾格娜便补充一句:"您可以走了。"

吉莎因尴尬和愤怒而涨红了脸,但最后她还是出去了。

卡特跟其他人一起来了，男人们搬着行李，提着包。他们将行李堆在墙边。卡特说："现在大家都来了，这地方很挤啊。"

　　"男人们必须睡在其他地方。"

　　"哪里？"

　　"住镇上。但先别打开行李，就先住一晚上吧。"

　　温斯坦主教从屋外走了进来。"好啊，好，"他观望四周，说，"这就是您的新房子了。"

　　"算是吧。"蕾格娜说。

　　"不满意吗？"

　　"我会跟威尔夫讨论的。"

　　"好主意。他只希望您幸福。"

　　"我很高兴。"

　　"我是为您的嫁妆而来。"

　　"是吗？"

　　温斯坦皱紧眉头："您带来了吗？"

　　"当然。"

　　"二十镑银币，我与您父亲达成的协议。"

　　"没错。"

　　"那么就麻烦您给我吧。"

　　蕾格娜并不相信温斯坦，他的这个请求更是加深了她的担忧。"与威尔武夫成婚之后，我会自己交给他。这也是您与我父亲达成过的协议。"

　　"但我得先数一数。"

　　蕾格娜不想让温斯坦知道钱放在哪个箱子里。"婚礼那天早上您可以数。交换誓言之后，钱就会交到我丈夫的手上。"

温斯坦眼神里的不满混杂着敬意。"当然，您说了算。"他说，然后走了出去。

＊　＊　＊

第二天，蕾格娜在天亮之前就起床了。

她仔细考虑了一番自己要穿什么。昨天，她是穿着一身浅黄褐色的长裙、披着红色斗篷来的，韵味十足。但由于衣服已经潮湿，也溅了泥，她并没有展现出自己最美丽的一面。今天，她要让自己看上去像一朵在破晓时分绽放的鲜花。蕾格娜选择了一条黄色的丝绸长裙，颈部、袖口和下摆有刺绣。卡特为她清洗眼角，梳理厚厚的红发，然后将一条绿色的头巾盖到她头上。

天还未亮的时候，蕾格娜蘸着淡啤酒吃了些面包，专心思考接下来要做的事。夜里很长一段时间她都在想对策。威格姆必须受到惩罚，但这是第二重要的事。她最大的任务是去证明，她——而不是吉莎——主管着威尔夫的家庭生活。蕾格娜并不希望发生争执，但她一天也不会允许吉莎掌控这个地方。因为只要她接受了这一点，那么她的地位每分每秒都会被削弱。她必须立即采取行动。

这是个冒险。也许她会让自己未来的丈夫不高兴，这已经足够糟糕；更糟的是，她可能会在斗争中败下阵来，这样的话，吉莎将永远处在主导的位置上。

卡特将蕾格娜从德朗渡口卡思伯特那里买来的臂环给她，蕾格娜将臂环放进皮腰袋里。

蕾格娜走了出去。东方的地平线上出现一道微弱的银光。夜里下了雨，脚下还有些泥泞，但天色有望明朗。在漆黑的城镇，修道院敲响了第一课礼拜仪式①的钟声。大院开始恢复生机。蕾格娜看见一个穿着破旧外衣的奴隶男孩正捧着木柴，一个手臂粗壮的女仆提着一桶在清晨冒着热气的新鲜牛奶。其他人没出现，大概他们还在温暖的被窝里，双眼紧闭，假装白天还没到来。

蕾格娜越过大院，走向威尔夫的房子。

她又看见了另一个人。一个年轻女人站在吉莎的房子门口，靠着墙打哈欠。女人看见了蕾格娜，赶紧直起身来。

蕾格娜笑了。吉莎是安排她来监视自己的，不过吉莎没机会了。这正好迎合了蕾格娜今天的目的。

蕾格娜走到威尔夫的门前，那女仆在一边看着。

蕾格娜突然想到，晚上的时候，也许威尔夫会把门锁上，有些人有这个习惯。这样就会破坏她的计划。

但当她抬起门闩的时候，门开了，她放松下来。也许威尔夫觉得晚上锁门会让他的手下觉得他在怕什么。

蕾格娜用余光看见那个女仆正脚步匆忙地走进吉莎的房子里。

威尔夫的自信还有一个原因——蕾格娜走进去的时候，听见了一声低沉的吼叫。威尔夫有一条狗，它会向威尔夫发出警报。

蕾格娜向前看去。她知道床的位置。炉火的灰烬还发着光，一丝微弱的光线从小窗照射进来。她看见有个人挺直躺在床上，正伸手去拿武器。

威尔夫的声音传来："谁在那儿？"

蕾格娜安静地说："早上好，阁下。"

---

① 第一课礼拜仪式，通常在上午6点左右进行。

她听见威尔夫轻声地笑。"你来了，早上当然好了。"他又躺了下来。

地上有东西动了动，蕾格娜看见一条大獒犬回到了自己在火边的位置。

她坐在床边。这真是个美妙的时刻。她的母亲告诫过她在婚礼之前不要跟威尔夫一起睡。他会想跟你睡，吉纳维芙说，蕾格娜知道自己也想。但她决心抗拒这个诱惑。蕾格娜没办法说清这件事为什么重要，尤其是其实他们早就一起睡过了。但她在意的是，当她和威尔武夫最终可以不带任何内疚和恐惧放纵欲望时，他们对这场婚姻的感受。

不过她还是吻了他。

她靠在他宽阔的胸膛上，双手抓住他毯子的褶边，将毯子作为双方身体的屏障。然后，她慢慢地低下头，直到他们双唇接触。

威尔武夫发出了一阵低沉的、满足的声音。

她将舌头环绕在他的嘴边，感受着他柔软的双唇和短硬的胡子。他将一只大手埋进她的厚发里，脱下她的头巾。但当他另一只手伸向她的乳房时，她躲开了。"我有份礼物要送给你。"她说。

"你身上的礼物不止一个。"他的声音里透着浓浓的欲望。

"我给你从鲁昂带了一条配有漂亮银搭扣的腰带，可是在路上，它被人偷了。"

"在哪儿被偷了？"他说，"你被抢劫了吗？'她知道，他负责这个地方的法律与秩序，也要为任何给他带来坏名声的偷窃行为负责。

"在穆德福德和德朗渡口之间。窃贼戴着副旧头盔。"

"是铁面人。"威尔夫生气地说，"穆德福德的地方官已经搜寻过那片森林了，但找不到他藏身的地方。我要让他再找一遍。"

蕾格娜没有要抱怨的意思，也很遗憾让他生了气。她赶紧挽救当前的浪漫氛围。"可我给你带了别的东西，比之前的礼物还要好。"她说。她站起身来，往四周看去，她发现了一支雪白的蜡烛。她点燃蜡烛，将它立在床头附近的长椅上。然后她拿出自己从卡思伯特那里买来的臂环。

"这是什么？"威尔武夫说。

她将蜡烛靠近，让他能够仔细看清礼物。他用一根手指摩挲着刻在银臂环上缀以乌银的复杂图案纹路。"精美的工艺，"他说，"却仍有一股勇猛的雄性气质。"威尔夫将它套上自己的左手，滑到手肘上方。臂环紧紧地贴合了他左上臂的肌肉。"你的品位真好！"他说。

蕾格娜很激动："你戴上它显得太高贵了！"

"全英格兰人都会羡慕我。"

蕾格娜不太希望听到这样的话。她不想成为权势的符号，就像一匹白马和一把贵重的剑那样。

威尔武夫说："我想整整一天都吻你。"

这更像是她想听到的话，她再次依偎在他的身上。现在他更果决了，他抓住了她的双乳，而当她试图移开时，他阻止了她，把她拉了回来。她有点着急。面对躺在床上的他，她依然有着身体上的优势，可如果真拼起力气来，她就没办法抵抗了。

这时，她期待的外界干预来了。狗吼了一声，门嘎吱一声开了，吉莎的声音传来："早上好，我的儿子。"

这时的蕾格娜可就不急着从威尔夫身边躲开了——她想让吉

莎看到威尔夫有多想要她。

吉莎说："噢！蕾格娜！我不知道你也在这里。"

骗子，蕾格娜想。真相是那个女仆向吉莎报告蕾格娜进了威尔夫屋里，吉莎这才匆忙打扮好，跑进来看发生了什么事。

蕾格娜缓缓转身。她有权利亲吻自己的未婚夫，也竭力表现出不内疚的样子。"婆婆，"蕾格娜说，"早上好。"蕾格娜很礼貌，也允许自己在声音里流露出一丝愤怒。吉莎才是这里的闯入者，她来的是她没有权利进入的地方。

吉莎说："威尔夫，我需要让理发师来给你修剪下巴上的胡须吗？"

"今天不用。"威尔武夫显出不耐烦的样子，"我到婚礼那天早晨再修。"从他的语气里可以听出，他觉得吉莎本该知道这一点。很明显，吉莎问这个也仅仅由于她需要一个来这里的借口而已。

蕾格娜不慌不忙地重新打理自己的头发，她想强调吉莎在他们亲热的时候闯了进来这个事实。系头巾的时候，蕾格娜说："威尔夫，把你收到的礼物给吉莎看看吧。"

威尔夫指指自己手臂上的臂环，它在火光的照射下闪闪发亮。

"很漂亮。"吉莎语气里不带一丝暖意，"通常银很值钱。"她话里的意思是银没有金值钱。

蕾格娜没有理会吉莎这个嘲讽："好了，威尔夫，现在我要请求你一件事了。"

"什么事都行，我心爱的人。"

"你让我住进了一所很糟糕的房子。"

他大吃一惊："真的吗？"

他的惊讶证实了蕾格娜的怀疑：他的确把这件事交给吉莎处理了。蕾格娜说："那里没有窗，晚上还会有冷风透进来。"

威尔夫看着吉莎："这是真的吗？"

吉莎说："没那么糟糕。"

吉莎的这个回答激怒了威尔夫。"我的未婚妻值得拥有这世界上一切最好的东西！"他说。

"也只有那所房子了。"吉莎抗议道。

蕾格娜说："不对吧。"

"没有别的空房子了。"吉莎坚持道。

"可威格姆和他的武装士兵并不是真正需要房子。"蕾格娜以理性的温和语调答道，"他的妻子甚至不住在这里，他们家在库姆。"

吉莎说："威格姆是郡长的弟弟！"

"我是郡长的新娘。"蕾格娜努力控制自己的愤怒，"威格姆是个男人，他的需求比较简单，而我是个正在准备婚礼的新娘。"她的目光转向威尔夫，"这两个人，你更喜欢哪一个？"

对新郎而言，这里只有一个可选项。"当然是你。"他说。

"婚礼之后，"蕾格娜继续注视着威尔夫，"晚上我能与你离得更近，因为威格姆的房子就在你旁边。"

威尔夫笑了："问题也就解决了。"

威尔夫已经做好了决定，吉莎只好退让。她不傻，自己已经失势，于是便不会再争论下去。"很好，"她说，"我让蕾格娜和威格姆换一下。"她忍不住加上一句："威格姆不会喜欢的。"

威尔夫干脆地说："如果他抱怨了，你就提醒他一下你哪个儿子才是郡长。"

吉莎俯首答应道："当然。"

蕾格娜赢了，威尔夫对吉莎也已心存不满。蕾格娜决定助推一把。"抱歉，威尔夫，我想我两所房子都需要。"

吉莎说："你到底想用来干吗？没人需要两所房子。"

"我手下的士兵也得住在附近。现在他们在镇上住。"

吉莎说："你需要武装士兵干什么？"

蕾格娜对吉莎露出傲慢的神色。"这是我的喜好。"她说，"而且我要成为郡长的妻子了。"她朝威尔夫转过脸去。

威尔夫开始失去耐心了。"吉莎，蕾格娜想要什么就给她什么，别再说了。"

"很好。"吉莎说。

"谢谢，我的爱人。"蕾格娜说，再次亲吻了威尔夫。

第十二章

九九七年，十月中旬

在百户法庭①开庭当日，埃德加心怀忐忑，但心意已决。

德朗渡口的百户法庭成员由几处散落的小居民区组成。巴斯福德是最大的村庄，但德朗渡口才是行政中心。按照传统，社区教堂的总铎是法庭的主持者。

法庭审判每四周举行一次。一般不管天气如何，都在户外举行。尽管今日寒冷，却天色明亮。一把大木椅摆在了教堂外的西面，一张小桌子放置在椅子旁边。德奥尔温神父是最年老的司铎，他从祭坛下方带来了圣餐盒——这是由卡思伯特制作的，一个有铰链盖的圆形银质容器。圣餐盒侧面刻有耶稣被钉在十字架上的图案，里面盛放着弥撒的圣饼，今天它会被用于宣誓仪式。

五座村庄的男男女女都来了，其中包括孩子和奴隶。有些人骑马来，而大多数人选择步行。大家尽量到场，因为法庭作出的决定会影响他们的日常生活。连阿加莎修女也出席了，虽然其他

---

① 百户法庭，百户邑是当时英国介于郡和村之间的行政单位，其所设的法庭即百户法庭。——译者注

修女未到场。女人是不被允许作证的，至少从理论上说是这样，但强硬的女人，比如埃德加的妈妈，就常常会发言。

埃德加在库姆多次参与过百户法庭。很多时候，他的父亲不得不对延迟付款的人提起诉讼。他的哥哥埃德博尔德少年时期不时犯点小事，也曾两次被控与人在街头打架。所以埃德加对法律和相关流程并不陌生。

今天比平常更加刺激，因为要审判的是一场谋杀案。

埃德加的哥哥们曾企图说服埃德加不去起诉这桩案件。他们不想惹麻烦。"德朗是我们的岳父。"埃德博尔德一边说，一边看着埃德加用他的新锤子和新凿子将一块凹凸不平的石头削成平整的长方体。

由于愤怒，埃德加敲去石头碎片时，手臂很用力。"但这并不意味着他可以犯法。"

"没错，但这意味着我的弟弟不能控诉他。"埃德博尔德是埃德加两个哥哥中更聪明的一个，他有能力进行理性的辩论。

埃德加将工具放下，集中精力面对埃德博尔德。"我怎么可能保持沉默？"他回答道，"他杀了人，这是我们的村庄，我们不能假装什么事也没有发生。"

"我觉得没什么不能假装的。"埃德博尔德说。"我们刚刚在这个地方安顿下来没多久。人们正在接受我们，你为什么要添麻烦？"

"因为杀人是错的！"埃德加说，"我还需要什么原因？"

埃德博尔德泄气地哼了一声，走开了。

那个晚上，埃德加的另一个哥哥埃尔曼也在酒馆外面跟埃德加聊了聊。他用的是另一种策略。"光头德格伯特是百户法庭的主持者。"他说，"他的目的就是保证他的兄弟无罪。"

"也许他保证不了。"埃德加答道，"法就是法。"

"德格伯特是总铎，是我们的地主。"

埃德加知道埃尔曼说得没错，但这对他的决定没有影响。"也许德格伯特可以随心所欲，在末日审判时才得到惩罚，但我不能容忍一个孩子被杀害。"

"你不害怕吗？德格伯特是这里最有权力的人。"

"对，"埃德加说，"我害怕。"

卡思伯特同样试图劝阻埃德加。埃德加在卡思伯特的作坊里制造过自己的新工具，那里也是德朗渡口唯一的锻造作坊。埃德加发现在那里能听到的消息比在库姆要多——由于这个小村庄设备有限，每个人迟早会上那儿求助。埃德加用卡思伯特的砧打磨自己的新工具时，这位司铎跟他说："德格伯特对你很生气。"

埃德加知道这是有人授意卡思伯特对他说的话。卡思伯特太胆小，即便是他自己想批评别人，他也不敢去说。

"这我没办法。"埃德加说。

"如果你与他为敌，他是会使坏的。"卡思伯特嗓音里透着真切的恐惧，他显然很害怕这位司铎。

"这我不怀疑。"

"而且他的家庭很有权势。威尔武夫郡长是他的表亲。"

这些埃德加知道。恼怒之下，他说："但你是神的使者，卡思伯特。如果有人被谋杀，你真的可以保持沉默、袖手旁观吗？"

卡思伯特真的可以，这是肯定的。因为他很软弱。但埃德加提出的这个问题却冒犯了他。"我没见到什么人被谋杀。"卡思伯特生气地说，然后走开了。

人们渐渐聚拢到一起，德奥尔温神父正跟其中几个最重要的人说话，尤其是每个村的村长。埃德加从以往参加百户法庭的经验中得知，德奥尔温是在询问他们有没有需要在法庭上讨论的事务，他会逐一与德格伯特沟通。

最后，德格伯特从总铎的房子里出来了，他坐在那把椅子上。

原则上，百户法庭的裁决是群众最终共同决定的。但实际上，主持开庭的富裕贵族男人或者高级神职人员会在整个过程中处于主导地位。不过，判决结果仍然需要群众一定程度的认同，因为毕竟一方难以强迫另一方接受完全相反的裁决。一个贵族男人可以用多种方式让农民的生活变得艰难，但农民却可以直接拒绝听命于他。除了群众的一致意见，没有什么组织可以强迫他人执行法庭的决定。因此，在法庭上，通常会有两股大致相当的力量博弈，就像水手发现风的力量将他的船吹往一处，潮汐却将船引向另一边。

德格伯特宣布，法庭会首先讨论耕牛队的共享问题。

规则里并没有赋予他安排议程的权利。在有些地方，最大村庄的村长会扮演这个角色。但德格伯特长久以来牢牢地掌握着这一特权。

耕牛队的共享问题是常年的争端。德朗渡口的土地较为松软，但其他四个居民区的土壤是硬实的黏质土，所以这些居民区共同拥有一支八头公牛的耕牛队。到了冬天的耕种期，耕牛队就必须从一个地方到另一个地方。耕种有两个理想时期：一个是天气变冷，野草不再生长的时候；另一个是夏日的干燥不再，气候变湿，土壤变得柔软的时候。但每个人都想先得到耕牛队，因为如果排在后面，等到耕种的时候，也许土地就已经湿透、发黏了。

这一次，巴斯福德的领头人诺瑟姆——一位睿智的灰胡子男人——已经想出了合理的折中方案。而对耕地本无兴趣的德格伯特也没有反对意见。

　　接下来，德格伯特邀请穆德福德的地方官奥法发言。威尔武夫郡长下令让他再次搜寻铁面人的下落，最近此人胆敢抢劫威尔武夫的未来新娘。奥法是个三十岁的高大男人，长着一个歪鼻子，也许是在战争中受的伤。他说："我沿着南岸，在此地和穆德福德之间一路搜寻，询问每个我遇见的人，就连那个臭熏熏的牧羊人萨马尔我也问了。"人群中发出笑声，人人知道萨姆（萨马尔），奥法接着说："我们认为铁面人肯定生活在南岸，因为他总在那里行窃，但我们同样搜寻了一遍北岸。跟以往一样，仍然不见他的踪迹。"

　　没人感到惊讶。铁面人已是多年的法外之徒。

　　最终，轮到埃德加发言了。首先，德格伯特要求他宣誓。埃德加将一只手放在银色圣餐盒上，说："在全能的上帝见证之下，我发誓，渡船主德朗杀害了一名由奴隶布洛德所生的尚未命名的男孩。十二天前，德朗将此新生儿扔入了水中。此事是我亲眼所见，亲耳所闻。阿门。"

　　人群中传来惊恐的低语声。他们之前就知道这则控诉，但也许并没有注意细节；或者他们可能知道细节，但当埃德加以他清晰的嗓音把它大声说了出来，他们还是心生恐惧。不管什么原因，众人的震惊令埃德加欣慰。他们应该震惊。也许他们的愤怒会让德格伯特感到羞耻，不得不同意执行某种正义。

　　案件开始审判之前，埃德加又说："德格伯特总铎，您不能主持这次审判。因为被告人是您的兄弟。"

德格伯特做出受了侮辱的样子。"你是在说我可能被收买吗？你说这话是可能受到惩罚的。"

埃德加预料到了德格伯特会有这个反应，所以埃德加也准备好了自己的答案："不，总铎，只不过，我们不应要求一个人去谴责他的兄弟。"他看到人群中有人赞同地点点头。村民们一向珍惜自己的权利，也对贵族专断的地方法庭感到愤慨。

德格伯特说："我是一名司铎，是社区教堂的总铎，是这座村庄的领主。我应当继续主持百户法庭。"

埃德加之所以坚持自己的立场，并不是因为他可以赢得这场争论，而是想向村民们进一步强调德格伯特的立场是偏颇的。"巴斯福德的村长诺瑟姆就很适合主持这次案件。"

"这实在没有必要。"

埃德加点了点头，承认自己的失败。反正，他已经说出了他的要点。

德格伯特说："你希望请哪位助誓人吗？"

助誓人是另一名宣誓者，他将发誓称原告所说的是真的，或者助誓人也可以仅仅是一个诚实守信的人。助誓人的身份越高，誓言的分量越重。

埃德加说："我请布洛德作证。"

"奴隶不能作证。"德格伯特说。

埃德加在库姆见过奴隶作证，尽管这不是常事。于是他说："法律不是这样规定的。"

"该由我来告诉你法律是怎么规定的。"德格伯特说，"你连字也不认识。"

他说得对，埃德加只好让步。他说："这样的话，我请米尔德丽德——我的母亲——作证。"

米尔德丽德将手放在圣餐盒上说:"在神的见证下,埃德加所起之誓完全真实,毫无虚言。"

德格伯特说:"还有人吗?"

埃德加摇摇头。他请求过埃尔曼和埃德博尔德,但他们拒绝在他们的岳父面前发这样的誓。至于利芙和埃塞尔,埃德加没去问,因为她们两个是不能为她们丈夫的罪名作证的。

德格伯特说:"德朗对这则控诉有什么话说吗?"

德朗走上前去,将他的手放在圣餐盒上。

好了,埃德加想,他宁愿让他永世的灵魂遭到诅咒吗?

德朗说:"在神的见证下,埃德加所说之事和所控之罪不存在,我是清白的。"

埃德加倒吸了一口气。德朗的手正放在圣器上啊,他犯下的是伪证罪。但德朗似乎没有察觉自己要付出下地狱的代价。

"有助誓人吗?"

德朗叫来了利芙、埃塞尔、克雯宝和伊迪丝,以及修道院的所有神职人员。他们组成了一个地位显赫的团体,他们的生活也或多或少地依赖德朗或者德格伯特。他们的誓言在村民们心中的分量有多少?埃德加猜不出来。

德格伯特问埃德加:"你有什么要说的吗?"

埃德加意识到自己的确有要说的话。"三个月前,维京海盗杀害了我的父亲和我爱的女孩。"他说。群众并没有预料到埃德加会讲这个,大家安静了下来,想知道接下来他会说什么。"那里没有什么公义可言,因为维京海盗是野蛮人。他们崇尚伪造的神灵,而看到男人被杀害、女人被强奸、诚实的家庭被盗窃时,他们的神灵会报以大笑。"

人群中发出了表示赞同的嗡鸣声。他们有些人经历过维京海盗的侵袭，而大多数人也认识经历过袭击的人。他们痛恨维京海盗。

埃德加继续道："但我们不是那样的人，对吗？我们知道真正的上帝是什么，我们遵从他的法律。上帝告诉我们：不可谋杀①。依照上帝的意志，我请求法庭惩罚杀人者，也证实我们并非野蛮人。"

德格伯特立即回应："我还是第一次被一个十八岁的造船匠教育什么是上帝的意志。"

这是个聪明的奚落，但旁观人群已经被这件事的恐怖氛围所感染，个个变得肃穆，没有心情被俏皮话逗乐了。埃德加感到自己已经赢得了支持。人们正以赞同的眼光看着他。

但他们会违抗德格伯特吗？

德格伯特请德朗发言。"我是无罪的。"德朗说，"那个孩子是死产儿。我捡起他来的时候，他已经死了。所以我才把他扔进了河里。"

埃德加被德朗公然的谎言激怒了："当时他没有死！"

"他已经死了，那个时候我一直这样说，但没有人听我说话，利芙正在狠命尖叫，你就直接跳河里了。"

德朗自信的语调让埃德加更加愤慨："你把他扔河里的时候他在哭，我听见了！他当时光着身体，一被扔到冰冷的河水里，他的哭声就突然停了。"

人群中一个女人在低语："噢，可怜的孩子！"埃德加看

---

① 《圣经》十诫中的第六诫。——译者注

到，那是埃巴，修道院的洗衣女工。即便是那些需要依靠德格伯特生活的人也震惊了。可这样足够了吗？

德朗继续以嘲讽的语气说道："利芙在尖叫，你是怎么听到婴儿在哭的？"

有一瞬间，埃德加被这个问题难住了。他是怎么听到的呢？随后，答案来了。"两个人同时出声，我们一般是能听见的。他们的声音是不同的。"

"不，小伙子，"德朗摇摇头，"你犯了个错误。你以为自己看到了一场谋杀案，其实并没有。现在你又出于自尊心，不想承认自己犯了错。"

德朗的声音很难听，他的态度也傲慢，但令人愤恨的是，这个说法却有它的合理之处，埃德加害怕人们会因此相信德朗。

德格伯特说："阿加莎修女，当你发现孩子在浅滩上的时候，他是活的，还是死的？"

"他奄奄一息，但仍然是活着的。"阿加莎修女说。

人群里有人说话了，埃德加认了出来，这位是畸形足西奥贝尔特，他是个养羊的农夫，在下游拥有一片长数英里的牧场。他说："德朗触摸过婴儿的身体吗？我是说，在那之后。"

埃德加知道西奥贝尔特为什么问这个问题。有人相信，如果谋杀者触摸了尸体，那么尸体会鲜血直流。埃德加不知道这是不是真的。

布洛德大声喊："他没有！我不让那恶魔碰我的孩子！"

德格伯特说："你说呢，德朗？"

"我不确定我有没有。"德朗说，"如果有需要的话，我会，但我不觉得我有什么这么做的必要。"

结论模棱两可。

德格伯特转向利芙。"当德朗把孩子扔下水的时候，除了德朗和他的原告，你是当时唯一在场的人。"他说得没错，当时埃塞尔在酒馆里已经晕过去了，"当时你在尖叫，那么现在，你能确定婴儿当时是活着的吗？你有可能是搞错了吗？"

埃德加只希望利芙能说出真相。但她有这个勇气吗？

利芙接受了挑战："婴儿生下来时是活着的。"

"但在德朗把他扔进河里之前，他死了，"德格伯特坚持道，"然而在那个时候，你把他想象成了活着的人。这就是你搞错的地方，对吧？"

德格伯特正在肆无忌惮地欺凌着利芙，但没人能够制止他。

利芙看看德格伯特，又看看埃德加，再看看德朗，眼里流露着惊惶。然后她看着地面。利芙沉默了很长的时间，最后发出的声音几乎是耳语："我觉得……"人群安静下来，每个人竖起了耳朵听她要说什么。"我可能搞错了。"她说。

埃德加绝望了。她明显是在重压之下惊慌失措，才做了假证。然而，利芙说出了德朗希望她说的话。

德格伯特看向人群。"证据已经清晰了。"他宣布道，"婴儿之前就已经死了。埃德加的控诉无法被证实。"

埃德加注视着村民。他们并不愉快，但他也马上看得出，他们并没有愤怒到想去反抗当地最有权势的两个男人。他感觉恶心。德朗要逃脱这个罪名了，正义没有得到伸张。

德格伯特继续道："德朗犯下了埋葬不当罪。"

这个说法很聪明，埃德加愤懑地想。如今婴儿已被埋葬在教堂的墓地，而德朗当时由于自己的过失，没有合理地处置婴儿尸体，这的确圆得过去。更重要的是，德朗虽然逃脱了一个大罪，却接受了一个小惩罚，对村民来说，也更容易接受一些。

德格伯特说："德朗被罚款六便士。"

这太少了，村民们低语道。但他们仅止于不满，并不至于反对。

布洛德喊道："六便士？"

人群安静了。大家看着布洛德。

泪水顺着她的脸流了下来。"六便士，我的孩子就值六便士？"她说。

她理直气壮地背向德格伯特，大步走开。几步之后，她回过头，再次发声："你们这些英格兰人。"她说。她哽咽的声音里夹杂着悲伤和愤怒。

布洛德往地上啐了一口。

然后，她走开了。

*   *   *

德朗赢了，但村庄里发生了一些变化。人们对德朗的态度变了，在酒馆吃午餐的时候，埃德加静静地想。比如德格伯特的妻子伊迪丝，以及为社区教堂提供食物的贝比，以前她们路过酒馆的时候会跟德朗聊聊天，但现在她们只和他简单说几句，就匆匆赶路了。大多数晚上，酒馆是空荡荡的，或者只有几个人。德格伯特有时会来喝利芙的烈酒，但其他人离酒馆远远的。为表服从，人们对德格伯特和德朗很礼貌，但并没有什么感情。居民们仿佛是在努力弥补他们没能坚持的正义，而埃德加认为，上帝并不会觉得这样就足够了。

当埃德加正在建造新的酿酒房时，那些从他身边经过的曾为德朗作证的人会露出羞愧的表情，并避免与他目光对视。有一天，在麻风岛，当埃德加为修女派送一桶酒的时候，阿加莎修女走出来跟他说，他做了正确的事。"正义在来世会得到伸张。"她说。埃德加心里感激她的支持，但他希望正义在今世也得到伸张。

在酒馆里，德朗比以前任何时候脾气都要坏。他会因为利芙递给他的酒里留了残渣而扇她耳光；他会一拳冲向埃塞尔的胃部，只因粥是冷的；他还会打布洛德的脑袋，将她击到在地，没有任何原因。每一次，德朗的动作都非常迅猛，让埃德加来不及干涉，而当德朗打了人之后，他会朝埃德加投向挑衅的一眼，仿佛在说，谅你也不敢做些什么。此时，伤害已经造成，埃德加只好看向别处。

德朗从来没有打过埃德加。埃德加很欣慰。他对德朗已经心怀仇恨，一旦两人真要对决，也许不到德朗丧命，这场架是不会停止的。德朗似乎也感知到了这一点，所以他没有进攻埃德加。

布洛德却是平静得出奇。她干她的活，服从命令，不曾抗议。德朗继续以轻蔑的态度对待她。然而当她看着德朗的时候，她的双眼燃烧着仇恨，随着日子一天天过去，埃德加能够看出，德朗开始怕布洛德。也许他在担心她会杀了自己。也许她真的会。

有一次，埃德加在吃东西的时候，布林德尔发出了警报。一个陌生人在靠近。也许是一个要渡河的乘客，埃德加从桌边起身，走了出去。两个穿着破旧衣服的人正牵着一匹驮马从北边走来，植鞣皮在马背上堆得高高的。

埃德加向他们打招呼，说："你们想过河吗？"

"是的，"年长的一位说，"我们想去库姆把我们的皮革卖给一位出口商。"

埃德加点点头。英格兰人杀了很多母牛，牛皮常常会被卖到法国去。可这两个人总让埃德加疑心他们获得兽皮的途径是否正当。"渡河的费用是每只动物或每个人一法寻。"他说。他不确定他们能不能付得起钱。

"好的。如果这儿是酒馆的话，我们想先在里面吃点东西，喝壶酒。"

"这是酒馆。"

于是两人从马背上卸下行李，让马儿吃草去，然后他们进了酒馆。埃德加走回去吃饭，利芙给两位旅客倒了酒，埃塞尔从煮锅里为他们盛了吃的。德朗问他们最近外面有什么新闻。

"郡长的新娘已经从诺曼底抵达了夏陵。"年长的访客说。

"我们知道，蕾格娜小姐在这里住了一晚。"德朗骄傲地说。

埃德加问："婚礼是哪天？"

"万圣节。"

"这么快！"

"威尔武夫等得不耐烦了。"

德朗窃笑："这我不吃惊，蕾格娜小姐长得很美。"

"这是一方面原因；另一个原因是威尔武夫要去抵御威尔士的突袭者，他要等结了婚才去。"

"我不怪他，"德朗说，"如果他死了，却留了蕾格娜小姐一个处女身，那很可惜。"

"但他的拖延会成为威尔士人的优势。"

"当然，他们是野蛮人。"

埃德加几乎要笑出来。他想问德朗，威尔士人有没有野蛮到杀害一个新生儿的地步。但他控制住了自己。埃德加向布洛德看了一眼，她好像没有注意到这句诋毁她故乡人的话。

年长的旅客继续道："他们从来没像现在这样深入英格兰。人们对这事有诸多不满。有些人说保卫人民是郡长的第一责任，其次才是结婚。"

"跟他们有个屁关系啊。"德朗说。他不喜欢听到人们批评权贵，"这些人还以为自己是谁呢。"

"我们听说，威尔士人已经到达特兰奇了。"

埃德加大吃一惊，德朗也是。"那只有几天就能到这里了！"德朗说。

"我知道。幸好我们带着这批货物往相反的方向走。"

埃德加吃完东西，便回去干活。一个石块搭在另一个石块上，酿酒房迅速地被盖了起来。很快，他就可以为屋顶修整木材了。

他思考着，一方面，面对威尔士的袭击，德朗渡口没有任何防御能力；假如维京海盗顺着河流上游到达此地，这里的人们也是束手无策的。另一方面，也许袭击者认为这么个小地方没有值得抢的东西，除非他们知道卡思伯特和他的珠宝作坊。英格兰是个危险的地方，埃德加想，东部有维京海盗，西部有威尔士人，中部还有德朗。

一小时之后，两位旅客重新往马背装上行囊，埃德加划船载他们过河。

回来之后，他发现布洛德正躲在尚未完工的酿酒房里。她在哭泣，裙子上面有血。"怎么了？"埃德加说。

"那两个男人花钱干我了。"布洛德说。

埃德加惊呆了。"可你刚生完孩子还不到两周！"他不确定女人生完孩子之后需要禁欲多久，但对布洛德而言，肯定需要一到两个月的时间才能完全恢复。

"所以现在疼得厉害。"她说，"第二个人还不愿意付全部的钱，因为他说我在哭，毁了他的兴致。现在德朗要来打我了。"

"仁慈的耶稣啊，"埃德加说，"你接下来要做什么？"

"我要在德朗杀了我之前，把他杀了。"

埃德加不认为她该这么做，但他问了一个实际的问题。"怎么杀呀？"每个人大概五岁之后会拥有一把刀子，布洛德也有，但她的刀子很小，跟孩子的一样，而且她被禁止磨刀子。她用这把刀杀不了任何人。

布洛德说："我要在半夜起床，取下你的斧子，把斧刃扎进德朗胸口。"

"你会被处死的。"

"可我死得满足。"

"我有个更好的点子，"埃德加说，"为什么你不逃跑呢？他们睡觉的时候，你可以偷偷溜走——到了晚上，他们总是会喝醉，不会醒的。现在就是个好时机——威尔士的突袭者还有两天就要到这儿来了。他们晚上行动，白天藏匿。你可以跟你们的人一起走。"

"万一他们发起喊捉①怎么办？"

埃德加点点头，喊捉是将罪犯捉拿归案的手段。法律规定，在百户邑内，每个男人都有义务追捕罪犯。如果不这样做，他们

---

① 喊捉，特指在百户邑发生案件时，依照当时的法律，居民有义务大声呼喊捉拿罪犯。——译者注

就要为罪犯造成的损失偿还代价，通常是赔偿损失的物品。男人们很少会拒绝，因为这对他们有利，而且追捕罪犯是令人兴奋的事。要是布洛德跑了，德朗就会发起群众喊捉，布洛德很有可能会被再次抓回来。

但埃德加考虑过这个情况。"你走了之后，我会将渡船划到下游，找个地方把船拖上岸，我自己再走回来。如果他们发现船不见了，肯定会觉得你偷了船逃走了，那么他们也就会以为你为了尽快跟他们拉大距离，已经到了下游。这样他们可能会朝着东面一路搜寻，而实际你前往的是另一个方向。"

布洛德消瘦的脸燃起了希望："你真的觉得我可以逃掉吗？"

"我不知道。"埃德加说。

* * *

后来埃德加才意识到自己做了件什么事。

如果他帮助布洛德成功逃脱，那么他就等于犯了罪。就在几天前，他还在百户法庭上挺身而出，坚称人人必须遵守法律。现在他就要犯法了。如果他被人发现了，他的邻居们对他不会有什么同情：他们会称他为伪君子。他还会遭到判罚，德朗购买新奴隶的账要记到他头上。他将会负债多年，他自己也可能成为奴隶。

但埃德加不能收回自己的话。他甚至不想收回。德朗对待布洛德的方式让他感到厌恶，他觉得自己不能让它继续发生。也许，世上还有比法律更加重要的原则。

埃德加只需要确保自己不被人发现。

百户法庭审判之后，德朗喝的酒比以前更多了，那个晚上也不例外。到了黄昏，他说话已经含糊不清。他的两个妻子也在一旁撺掇他喝，因为他喝醉的时候总是出拳不准。夜幕降临后，德朗勉强解开了皮带，将自己裹在斗篷里，醉倒在铺着灯芯草的地面上。

利芙总是喝很多酒。埃德加怀疑她这么做是为了恶心德朗，埃德加从来没有见过他俩拥抱。埃塞尔才是德朗性爱的选择——不过这要在他清醒的时候，而且不常发生。

埃塞尔入睡没有其他人快，埃德加听着她的呼吸，等待声音出现平缓的节奏，她慢慢进入梦乡。埃德加想起了四个月前自己躺在库姆的家里半夜失眠的情景。那个时候，他兴奋地怀着与森妮在一起的憧憬，最终他迎来的却是永远失去她的凄凉。想到这里，悲痛袭来。

利芙和德朗在打呼噜，利芙是平稳的嗡嗡声，德朗则是响亮的鼻鼾带着呼气声。最后，埃塞尔的呼吸也平稳了。埃德加看着房间另一边的布洛德，他能看到火光映照下的那张脸。她的双眼睁着，等着来自埃德加的信号。

到了最终决定的时刻。

埃德加站起身来，德朗动了动。

埃德加再次躺下。

德朗停止了打鼾，转过身，平缓呼吸了一阵，就爬起身来。他拿起一只杯子，从水桶里舀了一杯水喝掉，然后又躺回原来的地方。

过了一会儿，德朗又打起了鼾。

这样下去是永远找不到最好时机的，埃德加想。他坐了起来，布洛德也坐起来。

他们两人站起身来。睡觉的人有任何动静都会让埃德加警惕起来。他从钩子上取下斧子，轻轻地走向屋门，然后往后看。

布洛德没有跟着他。她正朝德朗俯下身。埃德加突然一惊：她是想杀掉这个折磨她的人吗？她真的觉得自己可以悄无声息地割破他的喉咙然后走开吗？要是真发生这样的事，埃德加就会成为一个谋杀共犯了。

德朗旁边的灯芯草上有一条他的腰带，上面的刀鞘里插着一把匕首。这是他的日常工具，用作切肉之类，跟布洛德的刀子一样已经不再锋利了。埃德加屏住呼吸。布洛德悄悄地将刀子从刀鞘拔出，埃德加觉得她肯定是要杀掉自己孩子的谋杀者了。她握住匕首，站起身来，然后将刀柄捆在自己平常用作腰带的绳子上，朝门口走去。

埃德加松了口气，但没有发出声息。

埃德加估计布洛德偷德朗匕首是为了防御在夜间路上遇到的危险。可即便是埃德加自己的刀子，在那种情况下也派不上什么用场。

他缓缓打开门。门嘎吱一声，但声音不大。

他扶住门让布洛德先走，她出去了，后面跟着的是布林德尔。幸运的是，这只狗够聪明，知道什么时候自己要保持安静。

埃德加最后一次扫了一眼里面睡觉的人。令他惊恐的是，埃塞尔的双眼正大睁着。她在看着埃德加。他的心脏仿佛停止了跳动。

他盯着她。她会做什么？有很长一段时间，两个人静止不动。也许她想鼓起勇气大声呼叫，把德朗喊醒。

可她什么也没做。

埃德加走了出去，轻轻关上背后的门。

埃德加在门外静静地站了一会儿，等待里面的呼叫声，但他只能听见河水的流淌。埃塞尔决定让他们走。埃德加心里的石头再次落下了地。

他将斧子吊在腰带上。

天空多云，月亮从云层中探出头来。河水闪着光，村庄却被淹没在幽暗之中。埃德加和布洛德沿着房屋之间的山坡往上走。埃德加担心哪条狗会听见他们，然后发出警报，但什么也没发生——乡村里的猎犬大概听得出他们的脚步声，或者嗅得出布林德尔的味道，或者两样都有。不管什么原因，他们发现自己已经无须紧张了。

埃德加和布洛德路过教堂的时候，布洛德走进了教堂的墓地里。埃德加警觉起来：她要干什么？

布洛德孩子的坟墓还没有长草。在翻过的土壤上，两条交错的平滑石块组成了一个十字架，这肯定是布洛德自己放在上面的。她跪在十字架脚下，双手合十，埃德加也与她一道祈祷。

余光里，埃德加看到有人从司铎的房子里走了出来。

埃德加碰了碰布洛德的肩膀提醒她。他看到那是德奥尔温神父。老人蹒跚几步，提起长袍的下摆。埃德加和布洛德呆住不动。他们不能逃过人的视线，但他希望隐在暗处的他们足以骗过一个老人糟糕的视力。

跟所有孩子一样，埃德加从小就被教育，看他人解手是一种很不好的行为。可现在他正警惕地看着德奥尔温，心里还一边祈祷这位老人不要抬起自己的目光。不过德奥尔温一直在专心干他要干的事，没有兴致看这沉睡中的乡村周围的模样。最终，德奥尔温放下长袍，慢慢转身。有一会儿，他的脸朝埃德加和布洛德转来，埃德加心里一紧，等待他的反应。但德奥尔温似乎没有看见他们，而是继续走进屋去。

他们继续前行，为老人糟糕的视力感到庆幸。

他们继续往山顶走去。到了山脊，路岔开了。布洛德面朝西北特兰奇的方向。

布洛德说："再见，埃德加。"她的神情伤感。她本该高兴的——她正在奔向自由啊。

"祝你好运。"埃德加说。

"我再也见不到你了。"

还是别见到了，埃德加想，再见的话就说明你被抓住了。他说："代我向布里奥克和埃莱丽问好。"

"你还记得我父母的名字！"

埃德加耸了耸肩："我喜欢这两个名字的发音。"

"他们会听到你的故事的。"她亲了亲他的脸颊，"你是我的朋友。"她说："唯一的朋友。"

埃德加所做的不过是将她当成一个人对待而已。"我没有做太多。"

"对我来说已经是一切了。"她双臂搂着他，头靠在他的肩膀上，又紧紧将他抱住。她很少表达感情，这热情让他吃了一惊。

她放开了他，没再说一句话，便沿着小路走了。她没有回头看。

他看着她离去，直到她走出自己的视野。

埃德加往回走下山坡，脚步仍然很轻。似乎没人醒来。很好。要是现在他被人发现，他找不到任何借口。一个奴隶逃走了，埃德加半夜醒来走在外面，毫无疑问，他们之前串通好了。

这件事的后果是难以想象的。

埃德加本想直接回到酒馆，在安全舒适的地方躺下，但他答应过布洛德要给她伪造一条逃跑路线。

他走回河岸，解开渡船。布林德尔跳了上去。埃德加上了船，轻轻拾起船篙。

只需一推，渡船便到了河流当中。水流将船只送往麻风岛北面的方向。埃德加掌控着船篙，让船只避免碰到两边的河岸。

埃德加划着船经过农场。埃尔曼和埃德博尔德已经耕过农田，月色映照在潮湿的犁沟上。房屋里没有透出光线，甚至连火光也看不见，因为那房屋根本没有窗。

河流中间靠右一点的位置，水流是最快的。布林德尔低着脑袋留意动静。它嗅着周围的空气，双耳竖起，倾听每个声响。他们经过了散布着村落和独户住宿区的茂密树林。一只猫头鹰在鸣叫，布林德尔吠了一声。

一个小时之后，埃德加开始观察左岸，想找一个把渡船停下的合适位置。这条船必须紧紧缠在河边的植被上，足以让一个瘦小的女孩解不开。他得做一个假证据，让人简单而清晰地推断出一个故事来。只要有任何瑕疵，怀疑便会落到他的身上。一切必须令人无从生疑。

埃德加选的是一小块卵石滩，乔木和灌木的枝叶在那里垂落下来。他推篙靠岸，跳了过去。然后，他用力将这条重船的一部分拖到岸上，推进植被丛中。

他往后退，观察眼前的构图。这完全像是一个缺乏经验的人划船时失去控制，只能任由船在植被丛中缠成一团，搁浅在岸。

任务已经完成。现在埃德加要走回去了。

埃德加脱下外衣和鞋子，把它们捆在一起。他踏进河里，一只手将衣服举过头顶，以免沾水，然后游了过去。到了对岸，他一边发着抖，一边迅速把衣服穿上，布林德尔在一旁劲头十足地将自己甩干。

埃德加和他的狗并排走回去。

树林里并不是没有人。然而即便是铁面人，现在应该也已入睡。要是有人醒了，在附近活动，布林德尔也会事先发出警报。不过埃德加还是将自己的斧子从腰带上取下，以防万一。

他的计谋会有用吗？德朗和村里的其他居民会顺着他的思路，做出错误推断吗？突然，他已经没有办法判断整个欺骗计划有没有漏洞了。他被心中的怀疑折磨着，无法忍受去想象经历过这一切的布洛德再次遭到抓捕。

他经过畸形足西奥贝尔特的羊圈，西奥贝尔特的狗叫了一声。他担忧起来，如果西奥贝尔特看见了他，那么这个欺骗计划就完全失去可信度了。他匆匆向前，狗停止吠叫。没人从屋里走出来。

沿着河岸走的时候，偶尔要费劲地穿过缠绕的植被，以致他发现走路比划船要慢，回到酒馆差不多要花两个小时。他经过农场的时候，月亮已经沉没，天空上的星星被云层遮挡，所以他走最后一段路的时候，四周一片漆黑。

埃德加凭借记忆和感觉走到了酒馆。最后一个危险时刻到了。他在门外停了一阵，倾听里面的声音。他只能听见鼾声。他轻轻地提起门闩，将门拉开。鼾声继续。他走了进去。火光中，他看见了德朗、利芙和埃塞尔三个人正处于沉睡中。

他将斧子挂在钩子上，小心翼翼地低着身体坐到草堆里。布林德尔在炉火前伸展开了身体。

他脱下鞋子，解开腰带，闭上眼睛躺下。高度紧张过后，他以为自己很长一段时间也睡不着，但他一会儿就睡着了。

* * *

直到有人摇埃德加的肩膀，他才醒来。他睁开眼睛，已是白天。叫他醒来的人是埃塞尔。他迅速瞅了一眼周围，德朗和利芙还在睡觉。

埃塞尔甩甩头示意他一下，然后走了出去，他跟了上去。

他关上身后的门，低声说："谢谢你没有告发我们。"如果她现在再告发也已经太晚了，因为这等于是在说，她看见他们走掉，但她什么也没做。这样一来，她也是串通的一员。

"发生什么事了？"埃塞尔悄声说。

"布洛德走了。"

"我以为你会跟她一起走的！"

"一起？为什么我要走？"

"你不是爱上布洛德了吗？"

"当然不是。"

"噢。"埃塞尔看上去若有所思，似乎在重新调整自己的假设，"那你为什么要在半夜跟她一起出去？"

"我就送送她。"埃德加不喜欢撒谎，但是他开始意识到，一个谎言会导致另一个谎言。

埃塞尔发现了什么："船不见了。"

"我下次再跟你讲整个故事。"埃德加说，"但现在我们必须表现得正常一些。我们就说我们不知道布洛德去了哪里，不知道她为什么不见了，但我们不担心，因为她一定会回来。"

"好的。"

"就从现在开始，我先去找些木柴给你生火。"

埃塞尔进屋去了。埃德加把木柴拿进来的时候，德朗和利芙醒了。德朗说："我的匕首呢？"

"你昨晚放在哪儿就在哪儿。"利芙烦躁地说。她在早上从来没什么好脾气。

"我就放在这儿的，就在这把刀鞘里，在我腰带上的。我腰带在我手上，你看，这是刀鞘，但里面没刀子。"

"好吧，反正我没拿。"

埃德加将木柴放下，埃塞尔开始生火。

德朗看了看周围："那奴隶去哪儿了？"

没人回答。

德朗的目光落在埃德加身上。"你为什么拿木柴？这是那奴隶干的活。"

埃德加说："我猜她是去教堂墓地了，去看她的孩子。有时候她早上一起来就到那儿去，只不过那时候你还在沉睡。"

德朗愤怒地说："她应该在这儿的！"

埃德加拿起水桶。"别担心，我去打水。"

"打水是她的工作，不是你的工作。"

埃德加正想再说些调解的话，但他意识到如果自己显得太冷静，会引起别人的怀疑，所以他让自己的真实情感流露出来。"你知道吗，德朗？既然你对生活这么不满，那么我就想你干吗不直接跳进那条破河里，把你这条可恶的命淹死算了。"

德朗气坏了。"你这个没大没小的兔崽子！"他喊道。

埃德加走了出去。

他一走到外面，便意识到自己需要对消失的渡船表现出惊讶才行。

他转身再次打开门。"船到哪儿去了？"他说。

德朗回答："它平时在哪儿就在哪儿啊，蠢小子。"

"它不在。"

德朗走了出去，看了看："那它去哪儿了呢？"

"这是我问你的问题。"

"哼，你自己应该知道。"

"那是你的船。"

"它漂走了。你没绑紧。"

"我绑紧了。我每次都是绑紧的。"

"我猜是哪个小精灵把它解开了吧，"德朗讥笑道，"你是这个意思吗？"

"没错，也可能是铁面人。"

"铁面人要船干吗？"

"小精灵要船干吗？"

德朗的脸上开始出现一丝怀疑："那奴隶去哪儿了？"

"这话你问过了。"

虽然德朗很坏，但他不笨。"船不见了，我的匕首不见了，奴隶也不见了。"他说。

"你在说什么，德朗？"

"那奴隶明显是乘着渡船逃走了，你这蠢货。"

这一次，埃德加并没有介意德朗的辱骂。他很高兴德朗迅速跳进了他计谋的结论当中。他说："我去教堂墓地看看。"

"每家每户都去看看，不用花你多长时间。如果再过一会儿还找不着，就跟大家说我们要发起喊捉了。"

埃德加按德朗说的去做。他走到教堂墓地，往教堂里看去，然后走进司铎的房子里。母亲们正在喂养孩子。他跟男人们说，稍后很可能会开始一次喊捉，除非布洛德突然出现了。年轻些的神职人员开始绑紧鞋带，穿上斗篷。埃德加注视着德奥尔温，那男人没理会埃德加，他应该没注意到昨晚发生了什么。

埃德加走到胖贝比的家，这样他就可以说他在那儿也找过布洛德了。贝比在睡觉，他没叫醒她。女人没有必要加入喊捉，况且这个女人动作也太慢了。

其他居民是为社区教堂工作的仆人家庭，他们在做饭、清洁、洗衣，以及干其他家务。埃德加叫醒了为他们从森林里提供木柴的塞尔迪克，还有大家都叫哈德的哈德温，他为他们的地面更换灯芯草。

埃德加回到酒馆的时候，人群已经聚集起来了。德格伯特和德朗正骑在马背上。村庄里所有的狗也在那儿，它们可以嗅出藏匿的逃亡者。德格伯特指出，先给狗闻闻几件布洛德的衣服会更有用，这样它们就会知道大家搜寻的目标是什么，但德朗说布洛德的衣服就只有她身上那件。

德朗说："埃德加，从屋里的箱子里拿一段绳子来，到时可能要把奴隶给绑上。"

埃德加照德朗说的做了。

埃德加再从酒馆走出来的时候，德朗正提高音量，向众人发言："她偷走了渡船，一个女孩是不可能有力气将渡船划到上游去的，因此可以肯定的是，她往下游的方向逃走了。"

埃德加很高兴德朗打算跟着自己伪造的路线走。然而德格伯特并没有那么容易轻信别人："她不是也有可能把船绳解开，让它往一个方向漂，然后自己朝另一个方向逃走吗？"

德朗说："她没那么聪明。"

德格伯特的设想里还有另外一个漏洞，但埃德加没敢指出来，因为他担心自己因表现得太希望人们往下游搜寻而引起怀疑。不过卡思伯特帮埃德加把话说了出来："船不会自己漂那么远的，水流会把船送到对岸的麻风岛。"

其他人点头，大多数残骸会涌到那里去。

塞尔迪克说："那里还有另一条船——修女们的船，我们可以借那条船去找布洛德。"

卡思伯特说："阿加莎修女不会愿意借的。布洛德孩子的死已经让她对我们愤怒了。她可能还会觉得我们应该放布洛德走。"

塞尔迪克耸耸肩："我们直接把船划走不就行了？"

埃德加指出："那条船很小，只能坐两个人。没什么用的。"

德朗果断地说："我不想麻烦阿加莎，我要愁的事已经够多了。走吧。现在那奴隶越跑越远了。"

事实上，埃德加想，现在布洛德可能正躲在西北方向，从这里到特兰奇之间的某片树林里。她会到茂密而隐蔽的灌木丛中间，试图在冰冷的地面睡上一阵。森林里的大多数动物都胆小，会远离她。即便是一头有攻击性的野猪或者野狼，也不会去攻击一个没有事先挑衅它的人类，除非那个人明显受了伤，或者失去了自卫能力。主要的危险就是铁面人这样的法外之徒，埃德加希望布洛德别被这种人发现。

德朗渡口的人们出发了，顺着河水右岸朝下游找去，埃德加开始觉得自己的计划已经奏效了。他们在农舍停下，埃尔曼和埃德博尔德也加入了队伍。最后，克雯宝也决定一起搜捕，她已经怀孕四个月，不过肚子几乎看不出来，而且她很壮。

后来马成了一个阻碍因素。它们在岸上的青草地走是没问题的，但往前走还有茂密的森林，在相互缠绕的灌木丛和树苗之间，马就得被牵着走了。随着任务变得更复杂，无论人或狗，原来的热情和兴奋渐渐消失。

德格伯特说："我们真的要走这条路吗？她的家乡是在相反的方向啊。"

这话让埃德加紧张起来。

幸运的是，德朗与他的兄弟意见不一致。"她是往库姆去了。"他说，"她觉得自己在那里不会引起注意。大城镇里陌生人很多。不像乡村，每个旅客得先解释自己是谁。"

"那我就不知道了。"德格伯特说。

幸运的是，没人知道，埃德加想，所以他们得按照自己最佳的猜测走，这条路线便是他们的最佳猜测。

很快，他们就走到了畸形足西奥贝尔特住的地方。一个奴隶正在料理绵羊，旁边一条狗在帮忙。狗吠了一声，埃德加认得出，这正是他半夜里听见的叫声。狗不会讲话可真是件幸事。

西奥贝尔特一瘸一拐地走出了房子，后面跟着他的妻子。他说："这喊捉声是怎么回事？"

"昨天晚上，我的奴隶逃了。"德朗说。

"我知道她，"西奥贝尔特说，"我在酒馆的时候注意过她。一个大概十四岁的女孩。"他似乎要说更多，然后扫了自己的妻子一眼，便改变了主意。埃德加猜他不仅仅是"注意"到了这个人。

"过去十二小时，你没见过她吗？"德朗问。

"没有，但夜晚曾经有人经过这里。狗叫了。"

"那就是她了。"德朗肯定地说。

其他人也激动地表示同意，大家的精神提了起来。埃德加很高兴，西奥贝尔特出乎意料地帮了他一个大忙。

德朗说："你家狗叫是在夜晚早些时候，还是将近黎明？"

"不知道。"

西奥贝尔特的妻子说："大概是在半夜，那时我也起来了。"

西奥贝尔特说："现在她可能已经离这里很远了。"

"没关系。"德朗说，"我们会抓到那小婊子的。"

"我想跟你们一起，"西奥贝尔特说，"但我会拖慢你们的速度。"

德朗嘟哝一声，人群又继续往前走了。

不久，他们来到了一个埃德加在昨晚的黑暗之中没有看到的地方：河水距离陆地几码处，是一个畜栏，里面有三匹小马驹。畜栏的门由一条獒犬把守，埃德加从来没有见过这么大的獒犬，它趴在一张简陋的遮篷底下，被一根绳子拴着，刚好能对偷马的人发起攻击。畜栏附近是一所条件很差的房子。

"捕马人，"德格伯特说，"乌尔夫和薇恩。"森林里有一些小野马，胆怯而灵活，不易被发现，也难以捕捉，更是抗拒驯化。捕马人就是专门干上述这类活儿的，他们往往粗犷而干练，对动物手段残暴，却不善于与人交流。

两人从屋里走了出来：一个是矮小而精瘦的男人，一个是比他高大的妻子，他们穿着肮脏的衣服和结实的皮靴。乌尔夫问：
"你们想要什么？"

德朗说："你们见过我的奴隶吗？一个大概十四岁的威尔士
女孩。"

"没有。"

"有人夜里从这里经过吗？你们的狗叫了吗？"

"这狗不是用来叫的，是用来咬人的。"

"你们能给我们一杯啤酒吗？我们可以付钱。"

"没啤酒。"

埃德加藏着笑，德朗终于见到了一个比他自己脾气还差的人。

德朗说："你们应该加入我们的喊捉，帮我们找到她。"

"我不去。"

"这是法律规定的。"

"我没生活在你那片百户邑。"

埃德加心里想，十有八九谁也不知道乌尔夫和薇恩到底生活
在哪片百户邑。这样一来，他们也就可以逃掉租金和什一税了。
而从他们的穷苦外表来看，也没人会有兴趣查清楚这一点。

德朗对薇恩说："你的兄弟呢？我以为他跟你住在一起。"

"贝格斯坦死了。"薇恩说。

"那他的尸体在哪儿？你也没在教堂埋他。"

"我们把他的尸体带到库姆去了。"

"撒谎。"

"实话。"

埃德加猜他们是把贝格斯坦的尸体埋在树林里了，这是为了
省下请司铎的钱。但这其实也没多大关系，德朗不耐烦地说：

"我们走吧。"

人群很快就来到埃德加把渡船拖上岸的地方。埃德加比其他人先看到了船，但他决定不第一个说出来，因为这会引起怀疑。他等着别人去发现。人们的注意力在前方穿过树林的道路上，埃德加开始觉得没人会注意到船。

最后，埃尔曼说："看，那不就是埃德加的船吗？就在河对岸上。"

德朗尖刻地说："那不是他的船，那是我的船。"

"但那船放在那里干什么呢？"德格伯特说，"看着好像是布洛德把船划到了那儿，可能是什么原因使她决定步行了。"德格伯特已经抛弃了之前第二条路线的推断，这正合埃德加的心意。

卡思伯特大汗淋漓，上气不接下气，走那么远对他肥胖的体形来说很不容易。他说："我们要怎么过去才行？船可是在对岸啊。"

德朗说："埃德加过去取。他会游泳。"

埃德加不介意，但他假装不情愿的样子。他慢慢脱下鞋和外衣，光着身体，然后发着抖，滑进冰冷的水中。他游了过去，取了渡船，又划着船回来。

大家上船的时候，埃德加把自己的衣服穿回去。他又划船带他们到了对岸，将船拴好。德格伯特说："她现在就在河的这边，从这里到库姆之间。"

库姆到德朗渡口要两天的时间，喊捉的人群到不了那么远。

白天过了一半，他们在一个叫作朗米德的地方停了下来，这是百户邑间的东南交界点。埃德加已经知道，这里没有人会看到一个逃跑的奴隶。他们从村民手里买下了酒和面包，坐下来休息。

当大家一起吃东西的时候，德格伯特说："从西奥贝尔特的羊圈开始，就没有她的踪迹了。"

卡思伯特说："恐怕也没了她的气味。"

现在德格伯特想放弃，打道回府了，埃德加猜。

德朗抗议："这个奴隶很贵！我花不起钱再找一个了。我可不富裕。"

"中午已经过去很久了，"德格伯特说，"如果我们想在天黑之前到家，现在就得回去。"

卡思伯特说："我们可以回到渡船那里，然后坐船回去。"

德朗说："埃德加可以划船。"

"不行，"埃德加说，"我们这样回去是逆流而上，需要两个人一起划。而且一个小时之后，划船的人就会累了，所以还得轮流划。"

德朗说："我不行，我背不好。"

德格伯特果断地说："我们这里年轻小伙子够多，没问题。"他朝太阳扫了一眼，"但现在我们就得走了。"他站起身来。

人群开始返回了。

布洛德逃了，埃德加雀跃地想。他的计谋成功了。他们已经在这次喊捉的徒劳路途中耗掉了能量。布洛德距离特兰奇只剩一半的路程了。

埃德加一边走，一边低头往下看，藏起了一直涌上嘴角的胜利微笑。

第十三章

九九七年，十月下旬

奥尔德雷德知道，温斯坦主教一定会气坏的。

婚礼的前一天，暴风雨骤然而至。那天早上，奥尔德雷德被他所在修道院的院长叫了过去。一位见习修士传了话：坎特伯雷的维格斐斯修士来了。奥尔德雷德马上就明白了这是怎么回事。

那位见习修士在一条有屋顶的回廊上看见了奥尔德雷德，这条回廊与夏陵修道院的主楼相接，通往修士的教堂。奥尔德雷德正是在那个地方建起了自己的缮写室——其实那里不过只有三张凳子和一口装有写作材料的箱子。奥尔德雷德梦想着有一天缮写室能有一个专门的房间，里面有暖暖的炉火，十几位修士能在那里工作一整天，抄写、装饰书籍页面。他有一名助理名叫塔特维，最近又新添了一名长着粉刺的见习修士，叫伊德格。他们三人坐在凳子上，把几块斜木板架在膝上进行书写。

奥尔德雷德将他的作品放在一旁晾干，然后在一盆水中清洗羽毛笔的笔尖，再用他的长袍袖子将它擦干。他走向主楼，沿着外围的楼梯上了楼。那是住宿区所在地，修道院的仆人正在抖床垫、扫地板。走上一段距离之后，奥尔德雷德进入奥斯蒙德院长的私人住所。

这个房间看着简朴而实用，又颇有种素净的舒适。靠在墙边的是一张窄床，上面放着厚重的床垫和毯子。东面的墙上挂着一个纯银的十字架，前面是一张用作祈祷的凳子。一张天鹅绒垫子放在地上，虽然已经破旧褪色，但上面的绒毛仍然充实，足以保护奥斯蒙德的膝盖。桌上的石壶装着的不是啤酒，而是红酒，旁边还有一块楔形奶酪。

奥斯蒙德并不是一个禁欲的热衷支持者，每个人从他的样貌便能看出来。尽管他穿着粗糙的修道院黑色长袍，头发也削成了修士标准的光秃样式，但他长着一张带着粉色光泽的圆润脸，鞋子还是毛茸茸的松鼠皮做的。

司库希尔德雷德站在奥斯蒙德旁边。奥尔德雷德很熟悉这样的组合。以往，这意味着希尔德雷德对奥尔德雷德所做之事感到不满——通常是因为花钱——于是他说服奥斯蒙德对此表示谴责。现在，奥尔德雷德正热切地看着希尔德雷德那张瘦脸，即便刚刚刮过胡子，他凹陷的双颊也是乌黑一团。奥尔德雷德发现，这一次，希尔德雷德的脸上并没有那种自鸣得意、预示着他要开始设下陷阱的表情，事实上，他几乎算得上面目和善。

房间里的第三位修士穿着一身溅了泥的长袍，这是在英格兰的十月里长途旅行的结果。"维格斐斯修士！"奥尔德雷德说，"见到你很高兴。"他们曾在格拉斯顿伯里修道院同为见习修士，尽管那个时候维格斐斯看上去和现在不太一样：这些年来，他的脸已经发胖，下巴的胡楂也变得浓密，瘦削的身材也长结实了。维格斐斯常常到这片区域拜访，传说他在特兰奇的村庄有一个情人。他是大主教的信使，也为坎特伯雷的修士收取租金。

奥斯蒙德说："维格斐斯为埃尔弗里克带了封信来。"

"好！"奥尔德雷德说，尽管他心里一阵惊悸。

埃尔弗里克是坎特伯雷大主教，英格兰南部的基督教堂的领导者。之前他是拉姆斯伯里的主教，那里离夏陵不远，奥斯蒙德很熟悉他。

奥斯蒙德拿起桌上一张羊皮纸，读了起来："谢谢你对德朗渡口面临的糟糕处境进行汇报。"

奥尔德雷德写了那份报告，虽然是奥斯蒙德签字的。奥尔德雷德详细地描述了那座摇摇欲坠的教堂、敷衍了事的仪式，以及已婚的司铎们奢华的住宅。奥尔德雷德私下还写了一封专门描述德朗的信，他有两个妻子和一个奴隶妓女，但他的兄弟德格伯特总铎容忍了他的行为。

如果这封信让温斯坦知道了，他必然会大怒，因为正是他将他的表亲德格伯特指派到那个地方去的。这也是奥斯蒙德决定直接向埃尔弗里克大主教投诉的原因，因为跟温斯坦反映这些事根本没用。

奥斯蒙德继续念道："你在信中表示，这个问题可以通过直接解除德格伯特以及他的神职人员的职务，换一批新人的方式来解决。"

这也是奥尔德雷德的建议，但不是他自己最先想出来的。埃尔弗里克到达坎特伯雷的时候做过类似的事情，他驱逐了游手好闲的司铎，输入了一批有纪律的修士。奥尔德雷德很希望埃尔弗里克赞同在德朗渡口也采取同样的措施。

"我同意你的提议。"奥斯蒙德读道。

"太好了！"奥尔德雷德说。

"新的修道院队伍会是夏陵修道院的一部分，新的院长也将直接听命于夏陵修道院的院长。"

这同样是奥尔德雷德的提议。他很欣慰，德朗渡口的社区教堂是一个渎神之地，现在它遭到了责罚。

"维格斐斯修士还带来了一封信给同为基督信徒的温斯坦，信中告诉了他我的决定，因为德朗渡口属于他的治理范围。"

奥尔德雷德说："温斯坦的反应可就有意思了。"

希尔德雷德说："他会不高兴的。"

"至少可以这么说。"

"但埃尔弗里克是大主教，温斯坦必须服从他的命令。"对希尔德雷德而言，规则就是规则，此外一切不必多说。

奥尔德雷德说："温斯坦认为每个人都应该遵守规则，除了他自己。"

"的确，但他很懂教堂政治。"奥斯蒙德静下了心，"我想象不出他会为德朗渡口这点小事而跟大主教发生争执。要是他去挑战，事情的性质就不一样了。"

奥尔德雷德希望奥斯蒙德是对的。

奥尔德雷德对维格斐斯说："我送你去主教的宅邸。"

他们沿着外面的楼梯走下去。"谢谢你带来的消息！"经过城市中心广场的时候，奥尔德雷德说，"那座可怕的修道院实在令我愤怒。"

"大主教听说的时候，也和你一样愤怒。"

他们经过夏陵大教堂，那是一座典型的英格兰大教堂，厚墙的高处有一些小窗户。教堂附近便是温斯坦的宅邸——在夏陵，只有这座建筑和修道院是双层建筑。奥尔德雷德敲了敲门，一位年轻的神职人员出现了。奥尔德雷德说："这是维格斐斯修士，他从坎特伯雷来，带了一封埃尔弗里克大主教给温斯坦主教的信。"

那位神职人员说："主教出去了，你可以把信留给我。"

奥尔德雷德想起了这位年轻人的名字——伊塔马尔。他是位执事，也是温斯坦的秘书。他长着淡褐色的头发，一张娃娃脸，但奥尔德雷德知道他并不天真无知。于是奥尔德雷德严厉地说："伊塔马尔，这个人是你上司的上司的信使。你必须欢迎他，邀请他进去，为他提供食物和水，询问可以为他做些什么。"

伊塔马尔朝维格斐斯修士投去怨恨的一眼，但他知道奥尔德雷德说得没错，只见他停顿一下，说："请进，维格斐斯修士。"

维格斐斯站在原地，说："你觉得温斯坦主教还需要多久才能回来？"

"一两个小时。"

"那我在里面等。"维格斐斯朝奥尔德雷德转过身，"我送完信之后就回去。我希望能在修道院里睡一下。"

好决定，奥尔德雷德想。如果一位修士不去自觉抵抗，那么主教宅邸的生活就可能对他造成诱惑。

奥尔德雷德和维格斐斯分开了。奥尔德雷德往修道院的方向走去，但是他又犹豫了一下。他已经有一段时间没有拜访过威尔武夫郡长现在的未婚妻了。蕾格娜小姐在瑟堡的时候招待了奥尔德雷德，他也希望在夏陵为她做同样的事。如果他现在去找她，可以为她的婚礼带去一些祝福。

奥尔德雷德穿过店铺和作坊，朝城镇中心走去。

快速发展的夏陵城为三类群体提供服务——郡长的大院，以及里面的武装士兵和攀附者们；大教堂和主教的宅邸，及其司铎和仆人们；还有修道院，及其修士和庶务修士们。这座城镇的商人则包括罐、桶、餐刀和其他家用器具的制造商，织布工和裁缝，马鞍和马具制造商，伐木工和木匠，盔甲、刀剑和头盔制造商，弓箭制造商，乳牛场女工，面包师，酿酒师，以及为每家每户提供肉食的屠夫。

但最盈利的行业是刺绣。十几个女人会聚在一起，一整天都坐在浅色的亚麻布上用染了色的羊毛线绣出交错的图案。通常这些图案描绘的是《圣经》故事和圣徒们经历过的场景，一般饰有奇怪的鸟儿和抽象的镶边。最终，这些亚麻布或者浅色的羊毛布会成为司铎身上的祭衣以及王室长袍，销往全欧洲。

奥尔德雷德在当地是个名人，街上的人们会跟他打招呼。于是他不得不停下来与几个人单独交谈，比如一个租了他在修道院的房子却欠着房租的人；奥斯蒙德的红酒供应商，他从司库希尔德雷德那里拿钱遇到了困难；还有一个想让修士为自己生病的女儿祈祷的女人——人人都知道，禁欲的修士比一般修士的祈祷更加灵验。

最终，当他到达大院的时候，他发现人们在忙活着准备婚礼。运送啤酒和面粉的马车正堵在门口。仆人们正在外面摆放一长排的搁板桌，很明显，这是因为客人太多，大堂的空间已经容不下了。一名屠夫正在屠宰动物，鲜肉会被插到烤肉扦上；一头公牛的两条后腿被吊在一棵粗壮的橡树上，它强有力的脖颈正溅出鲜血，涌进桶里。

奥尔德雷德发现蕾格娜正住在三兄弟里年纪最小的威格姆之

前的房子里。门开着，蕾格娜和三个从瑟堡来的仆人都在——漂亮的女仆卡特、女裁缝阿格尼丝，还有长着红胡子的侍卫伯恩。穆德福德的地方官奥法也在。奥尔德雷德因为他也在场而感到一阵好奇，但很快，他就将注意力转向了蕾格娜，她与两位女仆正在检视不同颜色的丝质便鞋。蕾格娜抬起头认出奥尔德雷德之后，露出了快乐的笑容。

"欢迎来到英格兰，"奥尔德雷德说，"我来看看你有没有住进自己的新房子。"

"现在我有好多事要干啊！"蕾格娜说，"不过它们很让人兴奋！"

他仔细看着她那张活泼的脸。他记得她是个漂亮的姑娘，不过那记忆已经生硬了——他的回忆里没能印出她那双独特的海绿色眼睛，她高高颧骨的优美曲线，以及她浓密的、泛红的、悄悄从一条棕色的丝绸头巾里露出几缕的金黄色头发。奥尔德雷德不像大部分男人，会被女性的胸部诱惑到罪恶的欲望当中，但即便是他，也看得出那令人惊叹的轮廓。

他说："您对婚礼的感觉怎么样？"

"我快等不及了！"蕾格娜说，然后她脸红了。

奥尔德雷德想，那也就是没问题的意思了。"我想威尔武夫也等不及了。"他说。

"他想要个儿子。"蕾格娜说。

奥尔德雷德转移了话题，以免她继续脸红下去："我想威格姆被赶出了自己的房子，很不高兴吧。"

"他可不比郡长的新娘地位高。"蕾格娜说，"而且他有他自己的房子——他妻子在库姆——所以他也不需要房子。"

奥尔德雷德向四周看去。这所房子是一座高质量的木制建筑，但也许没有从前那么舒适了。通常木房子在二十年之后就需要一次大翻修，五十年之后会完全坍塌。奥尔德雷德看见了一扇偏离了窗框的窗板、一张断了条腿的长椅，以及屋顶的一处漏缝。"您这里需要一位木匠啊。"他说。

蕾格娜叹了叹气："他们在忙着为婚礼准备桌椅。那个木匠领班邓内尔一到下午就会喝醉。"

奥尔德雷德皱紧眉毛，木匠领班肯定得听郡长新娘的。"您不能让邓内尔走人吗？"

"他是吉莎的侄子。不过没错，重组维修队伍很快就是我要做的事了。"

"德朗渡口有个小伙子，他应该是一位很好的木匠。他叫埃德加。"

"我记得他。我能让他来修这栋房子吗？"

"您可以直接发出命令，无须多问。埃德加的主人是德朗，威尔武夫的表亲。您让德朗直接派他的这位手下过来就可以了。"

蕾格娜笑了："现在我还不确定这是不是我的权力范围。不过我会听取您的建议。"

奥尔德雷德有一丝隐隐的忧虑。他感觉蕾格娜透露了些重要的事，但他没能抓到其中的意思。不过现在他也想不起来了。

他说："您喜欢威尔武夫的家人吗？"

"我跟吉莎谈过，她也接受了我成为这里新的女主人。但我还有很多东西要学，我希望她能帮到我。"

"您肯定会赢得每个人的好感，这也是我曾经亲眼所见。"

"希望您是对的。"

蕾格娜行事谨慎，但奥尔德雷德并不确定她是否完全明白自己选择的身份意味着什么。"兄弟二人分别是同一个地区的主教和郡长，这不是寻常事。它给了这样一个家族非常大的权力。"

"您说得有道理。威尔夫需要一个他可以信任的主教。"

奥尔德雷德犹豫了一下，说："其实他并不是完全信得过温斯坦。"

蕾格娜露出饶有兴致的表情。

奥尔德雷德必须小心自己的言辞。在他看来，威尔武夫和他的家人就像牢笼里的野猫，一直处于互相攻击的边缘，目前仅仅是出于私利而避免争斗而已。但他并不想把这话毫无保留地告诉蕾格娜，因为他担心这样会令她泄气。他想提醒蕾格娜，但不想吓到她："我是说，他的弟弟们并没有做出过什么令他惊喜的事，就这样。"

"国王肯定喜欢这家人，他给了他们如此大的权力。"

"也许是的，曾经是这样。"

"你是什么意思？"

奥尔德雷德这才发现，原来蕾格娜还什么也不知道。"威尔武夫在埃塞尔雷德国王那里已经失宠了，就因为他与你父亲的那项协定。他本该请求国王批准的。"

"之前他跟我们说国王会很乐意批准的。"

"不是这样的。"

"我父亲一直担心这事儿呢。威尔夫会遭到惩罚吗？"

"他已经被国王处以罚金了，但他还没有上缴款项。他认为埃塞尔雷德国王的决定没有道理。"

"那接下来会发生什么？"

"短时间内没什么。如果贵族阶级公然挑战王室，其实国王没有什么可以马上采取的措施。但长期下来，谁知道呢？"

"那么有没有谁能对这个家族的权力起到制衡作用？有什么职位是威尔夫不能派自己的人去就任的？"

这是个关键问题，如奥尔德雷德所料，蕾格娜把它提了出来。奥尔德雷德估计，蕾格娜父亲教给她的东西她全学了过来，还补充了些自己的智慧。"有，"他说，"治安官，德恩。"

"治安官？我们在诺曼底没有这样的职位。"

"他是郡里的地方官，也是国王在当地的代表。威尔武夫希望威格姆能够得到这个职位，但他被埃塞尔雷德国王拒绝了，国王安插了自己的人。尽管人们管他叫'决策无方的埃塞尔雷德'，但他并没有那么蠢。"

"这是个重要角色吗？"

"现在治安官变得越来越有权力了。"

"为什么？"

"这跟维京海盗有关系。过去六年，埃塞尔雷德曾两次通过金钱交易，让此地免于维京海盗的侵袭——这笔钱可是个大数目。六年前，他花了一万镑；三年前，是一万六千镑。"

"我们在诺曼底听说过这个。我爸爸说，这就像喂饱一头狮子，希望它不再继续把你吃掉。"

"这里很多人也有类似的说法。"

"但为什么这能让治安官拥有权力呢？"

"他们负责筹集资金。这就意味着他们有强制执行的权力。一名治安官现在已经拥有自己的军事力量了，虽然队伍很小，但薪酬很高，装备也足。"

"这就是与威尔夫抗衡的力量。"

"完全正确。"

"那治安官的角色跟郡长的角色不就冲突了吗？"

"一直就是冲突的。郡长负责维持正义，治安官则负责处理犯上之事，包括不交租金。明显这两者之间是会产生摩擦的。"

"有意思。"

奥尔德雷德想，现在的蕾格娜就像一名伸出手指放在里拉琴上的乐师，尝试在演奏之前拨出几个音来。之后的她将成为这个地区的权力所在，可能她会做不少好事。但从另一方面讲，她也有可能被毁灭。

只要是奥尔德雷德力所能及的事，他都会帮助蕾格娜。"如果有什么我可以做的事，请告诉我，"他说，"来修道院找我。"他又想到，如果年轻修士看到蕾格娜这样的女人，也许会忍不住诱惑。"或者直接捎个信。"

"谢谢您。"

奥尔德雷德转身向门口走去，他的目光又被奥法那庞大的轮廓和歪扭的鼻子吸引住了。作为郡长的小仆人，这位地方官在镇上有自己的房子，但据奥尔德雷德所知，他和蕾格娜没什么关系。

蕾格娜看到了奥尔德雷德的目光，说："您认识奥法吗？穆德福德的地方官。"

"是的，当然认识。"奥尔德雷德看到蕾格娜朝阿格尼丝扫了一眼，她正害羞地垂下双眼。奥尔德雷德马上便看出来，奥法正在追求阿格尼丝，这明显也是得到了蕾格娜准许的。也许蕾格娜是希望自己的仆人也能够在英格兰立稳脚跟。

奥尔德雷德向蕾格娜道了别，走出大院。在城镇中心，穿过大教堂和修道院教堂之间的广场时，他遇见了刚从主教宅邸出现的维格斐斯。"把信给温斯坦了吗？"他说。

"给了，刚才给的。"

"他有没有大发雷霆？"

"他拿了信，说之后会读。"

"唔。"奥尔德雷德简直希望温斯坦能暴怒。他迫不及待地想见到温斯坦的反应。

两位修士回到修道院。司厨正在准备午餐食物——鳗鱼煮洋葱和豆子。他们吃饭的时候，戈德莱夫修士在朗诵《圣本笃会规》的序言：听啊，孩子，竖起你心灵的耳朵，倾听你主人的规诫（Obsculta, o fili, praeceptamagistri, et incline auremcordistui）。奥尔德雷德喜欢这个词，"心灵的耳朵"（auremcordistui）。这是一种比普通的聆听更为专注和细致的倾听方式。

之后，修士们一个接一个地沿着有屋顶的回廊走到教堂，进行下午的第九课礼拜仪式①。这座教堂比德朗渡口的社区教堂要大，但比夏陵大教堂要小。它由两个空间组成，一个是十二码长的中殿，另一个是小一些的高坛，中间由一条窄拱门分隔开。修士们从侧门进入教堂。高级修士走进高坛，围绕祭坛，站到自己的位置上，其他人则整齐地排列在中殿，礼拜的会众同样站在中殿，尽管没有多少会众。

奥尔德雷德与他的教友们站在一起吟诵祷文，他开始对自己、对这个世界和对上帝感到平静了。今天的出行过程中，他很想念这种感觉。

---

① 第九课礼拜仪式通常是下午3点左右进行。——译者注

然而，这种平静并没有持续太长时间。

仪式进行了几分钟，奥尔德雷德听见教堂西边的门嘎吱一声打开了——这扇主门平时并不常使用。所有年轻的修士转过头去看是谁进来了。奥尔德雷德认出了那淡黄色的头发——温斯坦主教年轻的秘书，伊塔马尔执事。

年长的修士坚定地继续念诵祷文。奥尔德雷德觉得必须有人搞清楚伊塔马尔想干什么才行。于是他从队伍里走了出来，悄声对伊塔马尔说："怎么了？"

执事看上去很紧张，但他大声地说："温斯坦主教召见坎特伯雷的维格斐斯。"

奥尔德雷德不情愿地扫了维格斐斯一眼，后者圆圆的脸上露出了惊恐的表情。奥尔德雷德自己也很害怕，但他下定决心不让维格斐斯单独面对愤怒的温斯坦。现在有人遭遇这样的事：本来是去答个不讨好的话，结果回来的时候，人头被装在了麻袋里。温斯坦似乎不会这么做，但也不是完全没有可能。

奥尔德雷德装出了自信的语调："请向主教致歉，告诉他，维格斐斯修士正在进行礼拜仪式。"

伊塔马尔明显不想带着这样的话回去："如果让主教等，他是不会高兴的。"

奥尔德雷德知道这一点。他保持平静的声音，讲出他的道理："温斯坦肯定不希望打扰一个正在祷告的神职人员吧。"

伊塔马尔的表情清晰地表明，温斯坦对此并无顾虑，但这位年轻的执事正要开口的时候，犹豫了一下。

不是所有修士都是司铎，但奥尔德雷德身兼二职，他的职位也比伊塔马尔高，后者仅仅是个执事而已。所以伊塔马尔迟早要让步于他。稍作思量过后，伊塔马尔得出了同样的结论，然后不情愿地离开了教堂。

修士们首战告捷，奥尔德雷德高兴得一阵眩晕。但这种胜利的感觉很快就因另一种想法消退了，这件事远未结束。

他回到礼拜仪式当中，但他的心思已经不在这儿。仪式结束之后，维格斐斯就没借口了，那时候该怎么办？奥尔德雷德和维格斐斯会一起到主教的宅邸去吗？奥尔德雷德并不适合侍卫这个角色，然而也许去比不去更好。他能说服奥斯蒙德院长陪他一起去吗？温斯坦肯定不会直接跟一位院长对着干。但从另一方面来说，奥斯蒙德不是个勇敢的人。最有可能的是，奥斯蒙德会胆怯地说，这封信是坎特伯雷的埃尔弗里克自己写的，维格斐斯也是他派来的，所以要不要保护这位信使，还是让埃尔弗里克说了算吧。

然而，一切提前爆发了。

主门再次打开，这一次，门砰然作响。吟诵顿时停止，每个修士都转过身往后看。温斯坦主教大步踏进教堂，斗篷飞舞。跟在他后面的是武装士兵克内巴。温斯坦身材高大，而克内巴比他还要高大。

奥尔德雷德吓坏了，但他能藏好自己的情绪。

温斯坦吼道："你们这里谁是坎特伯雷的维格斐斯？"

奥尔德雷德向前一步，面对着温斯坦，他也说不清自己为什么要这么做。"主教阁下，"他说，"您打扰了修士们的第九课礼拜仪式。"

"我爱打扰谁就打扰谁。"温斯坦喊道。

"包括上帝？"奥尔德雷德说。

温斯坦恼羞成怒，他的双眼仿佛鼓了起来。奥尔德雷德差点要往后退一步，但他强迫自己站在原地。他看见克内巴的手伸向了佩剑。

在奥尔德雷德身后，祭坛上的奥斯蒙德院长用他发抖但坚定的声音说道："你最好不要在教堂拔出那把剑，克内巴，除非你希望上帝永远诅咒你终有一死的灵魂。"

克内巴脸色苍白，他的手猛地往上一松，仿佛被那剑柄烫着了。

也许奥斯蒙德并不是完全没有勇气的，奥尔德雷德想。

温斯坦的势头有所消减。但他的愤怒依然可畏，可修士们没有屈服。

温斯坦愤怒的目光转到了院长身上。"奥斯蒙德，"他说，"你竟敢向大主教投诉一座在我权力范围之内的教堂！你根本没有去过那儿！"

"可我去了。"奥尔德雷德说，"德朗渡口那座教堂的罪恶和堕落是我亲眼所见的。汇报我的见闻是我的职责。"

"闭上你的嘴，小毛孩。"温斯坦说，其实他仅仅比奥尔德雷德年长几岁而已，"我在跟巫师讲话，不是巫师的猫。我要问的是你的院长，不是你，你只不过是想把我的社区教堂要走，归到他的帝国里去。"

奥斯蒙德说："社区教堂属于上帝，不属于人。"

又一个勇敢的回击，这再次挫败了温斯坦。奥尔德雷德开始相信，温斯坦最终要夹着尾巴从这里跑掉了。

然而，奥斯蒙德在言语上的胜利却让温斯坦更具威胁。"是上帝把这座社区教堂交给了我。"他咆哮道。然后他上前逼近奥斯蒙德，奥斯蒙德往后退："你给我听着，院长，我是不会允许你要走德朗渡口教堂的。"

奥斯蒙德仍然以反抗的姿态回应，不过他的声音在颤抖："事情已经决定了。"

"但我会在夏陵法庭斗争到底。"

奥斯蒙德害怕了。"这样会遭到非议的。"他说，"夏陵的两位神职领袖不适合这样公开争论。"

"这一点，你偷偷摸摸给坎特伯雷大主教写那封信的时候，就应该想到了。"

"你必须服从他的权威。"

"我不会的。如果有需要的话，我会直接到坎特伯雷，向他汇报你的罪恶。"

"埃尔弗里克大主教早就知道我的罪恶，不过那是另一回事。"

"我敢说，有一些他可是从来没有听说过的。"

奥斯蒙德并没有什么严重的罪恶，奥尔德雷德想，但温斯坦可能会捏造一些出来，甚至会找人发誓，以证实它们的存在，只要他能达到自己的目的。

奥斯蒙德说："你不能不服从大主教的意愿。"

"你也不该强迫我使用这么极端的手段。"

这就奇怪了，奥尔德雷德想。没人强迫温斯坦做什么事。德朗渡口看上去并不是个重要的地方。奥尔德雷德也确信，它没什么值得争的。但他想错了：温斯坦已然是一副要打仗的样子了。

为什么呢？温斯坦从社区教堂获得一部分收入，但不会太高。教堂为德格伯特提供了一份工作，但也没有给他很大的权力。德格伯特甚至不是温斯坦的近亲，再说了，温斯坦为德格伯特再安排一个职位是很简单的事。

那德朗渡口为什么对他如此重要呢？

温斯坦仍然在怒吼："这场争斗会持续几年时间，除非你今天做出理性的选择，奥斯蒙德，快投降认输。"

"你是什么意思？"

"给埃尔弗里克写一封回信。"接下来，温斯坦装出了一副嘲弄道义的语调，"你就说，秉承着基督精神，你不希望与你的基督教兄弟夏陵主教发生争执，他已经真诚地保证，一定会将德朗渡口整治妥当。"

但奥尔德雷德知道，温斯坦没有做这样的保证。

温斯坦继续道："向埃尔弗里克解释，他的决定会导致夏陵发生丑闻，而你并不认为那座小教堂值得引发这样的动乱。"

奥斯蒙德犹豫了。

奥尔德雷德愤怒地说："神的作品经得起这样的动荡。耶稣把货币兑换商从神殿赶出去的时候也不介意引发丑闻。福音书①……"

这一次让奥尔德雷德闭嘴的是奥斯蒙德。"这种事让你的长辈来管。"奥斯蒙德厉声道。

温斯坦说："对，奥尔德雷德，闭上你的嘴吧。你坏的事已经够多了。"

奥尔德雷德俯首听从，但他的内心怒不可遏。奥斯蒙德没有必要就此投降，大主教是站在他这一边的！

---

① 《新约全书》的福音书记载，耶稣与他的门徒在耶路撒冷度过逾越节的时候，曾将商人和货币兑换商从神殿里驱逐出去，并谴责他们将神殿变成了贼窝。——译者注

奥斯蒙德对温斯坦说："我会虔诚地考虑你的意见。"

这对温斯坦而言并不足够。"我今天就写信给埃尔弗里克，"他说，"我会跟他说，他的建议——他的建议——并不受欢迎。你和我已经就此事做了讨论，我相信你经过深入的思考之后，也对我表示同意，现在这个时候，那座社区教堂不能改成修道院。"

"我跟你说过，"奥斯蒙德恼怒地说，"我需要考虑一下。"

温斯坦没有理会他的回答，他感觉奥斯蒙德已经败下阵来。"维格斐斯修士可以把我的信带回去给他。"他朝一排修士盯过去，不知道哪个是维格斐斯，"对了，如果我的信没能顺利送达大主教处，我会亲自用一把生锈的刀将维格斐斯的睾丸切掉。"

修士们听到如此暴戾的话，都震惊了。

奥斯蒙德说："请离开我们的教堂，主教，不要再玷污上帝的住所。"

"写你的信吧，奥斯蒙德，"温斯坦说，"跟埃尔弗里克大主教说你改变主意了。不然的话，你会听到更坏的消息。"说完这句话，温斯坦转身从教堂大步离开。

他觉得他赢了，奥尔德雷德对自己说。

我也这么觉得。

第十四章

九九七年，十一月一日

万圣节，十一月一日，蕾格娜与威尔夫成婚。这天，阳光与雨水交替倾洒大地。

现在蕾格娜对大院已经十分熟悉了。它闻起来有马厩、没洗澡的人以及厨房里煮鱼的味道。这里也很吵闹：狗在吠，孩子在尖叫，男人大喊，女人们咯咯地笑；铁匠们用锤子敲打马蹄铁，木匠们用斧子劈开树干；西风将乌云吹过天空，云影在茅草屋顶上相互追逐。

蕾格娜在她的房子里吃了早餐，她的仆人陪同在她身边。蕾格娜需要一个安静的早晨为婚礼做好准备。她对自己的样貌感到紧张，也担心自己能不能恰当地扮演好自己的角色。她希望对威尔夫而言，一切都是完美的。

蕾格娜等这一天已经等得不耐烦了，可现在她却希望它早点结束。在她平生，参与盛典和仪式是常事，她需要的只是在夜里跟她的丈夫睡在一起。之前，蕾格娜一直控制着自己不去盼望婚礼的到来，也承受了很大的压力。然而她很高兴自己能忍到现在，因为随着威尔夫一天天的等待，他的欲望也更加强烈了。她能够从威尔夫的眼神里、他的手放在她胳膊上的方式，还有他道晚安时那带着渴望的吻里感受到这种欲望。

他俩共同相处了很长一段只是聊天的时光。威尔夫跟蕾格娜讲了他的童年时代，他母亲的死，他父亲再娶吉莎时对他的震撼，以及他生命中那两个同父异母弟弟的降临。

不过威尔夫不喜欢回答问题。她是问他与国王埃塞尔雷德的争执时发现这一点的。把威尔夫当作一个战犯去审问，是对他尊严的冒犯。

蕾格娜和威尔夫曾在夏陵和德朗渡口之间的森林里一起狩猎。他们在威尔夫远离人群的狩猎营地里单独过夜，营地里有马厩、犬舍、储物间和一所人们睡在灯芯草上的房子。那个夜晚，威尔夫详细讲述了他父亲的故事：他也曾是夏陵的郡长，但这个职位并非世袭，威尔夫忆述了父亲去世之后他经历的权力斗争。蕾格娜也了解到许多英格兰政治上的事。

婚礼这天，蕾格娜很高兴自己比当初刚到夏陵时更懂威尔夫了。

她希望能有个平静的早晨，但情况并非如此。她今天的第一位访客是温斯坦主教，他斗篷上的雨水还在滴落，身后的克内巴拿着笔直的杆秤和一只装有砝码的小盒子。

蕾格娜富有礼貌："早上好，我的阁下。祝身体安康。"

温斯坦没把蕾格娜这问候当回事，而是直入主题："我是来检查你的嫁妆的。"

"很好。"蕾格娜一直在等候这个时刻，当心着温斯坦会耍的花招。

屋椽上有几条绳子，它们的用途很多，比如把食物吊起来防老鼠咬。现在克内巴将其中一条绳子系在秤上。

秤的铁杆两侧并不平衡——短的一侧挂着一个托盘，需要称重的物体会放在上面；长的一侧吊着一个秤锤，可随着重量的变化来调节刻度。现在托盘上没放东西，秤锤滑到了最靠里的刻度上，两边平衡了，秤杆在空气中轻轻摆动了一下。

随后，克内巴将他的盒子放在桌上打开。里面的砝码是铅制的短圆柱体，每一个砝码的顶部嵌有一枚银币，以表示砝码是经过国家认证的。温斯坦说："这是我从铸币厂里借的。"

卡特正要去把装着嫁妆的小箱子拿来，蕾格娜伸出一只手阻止了她。蕾格娜并不相信温斯坦。况且还有克内巴在这里护卫着他，温斯坦很可能会直接把箱子夹在胳膊下走人。"现在请克内巴离开我们。"蕾格娜说。

"我希望他能留下。"温斯坦说。

"为什么？"蕾格娜说，"他比你还会称重吗？"

"他是我的侍卫。"

"你是在怕谁呢？我，还是我的女仆卡特？"

温斯坦看了伯恩一眼，打算不去回答蕾格娜的问题。"很好，"他说，"在外面等着吧，克内巴。"

侍卫走了。

蕾格娜说："让我们来检查一下这杆秤。"她将五磅的重量放在托盘上，秤杆短的一侧低了下去。她重新调整另一侧的刻度尺，标记停在五磅的刻度上，杆秤是准确的。

蕾格娜朝伯恩点点头，然后伯恩把箱子拿了过来，放到桌上。蕾格娜用挂在脖子皮绳上的钥匙将箱子打开。

箱子里有四只小皮袋。蕾格娜将其中一只皮袋放在刻度显示五磅的秤上。两侧几乎完全平衡——皮袋本身只有一点重量。"皮袋的重量可以忽略不计。"蕾格娜说。

　　温斯坦不屑地挥了挥手。他关心更重要的事。他说："把硬币拿出来给我看。"

　　蕾格娜将袋子清空，几百枚银币倒在了桌上，全是英格兰硬币，一面是十字架，另一面是埃塞尔雷德国王的头像。婚姻协定里写明要付英格兰便士，它比法国德尼厄尔①的含银量更高。

　　温斯坦满意地点点头。

　　蕾格娜将银币放回袋子里，又对其他三只袋子重复一遍刚才的步骤。每一个袋子的重量正好是五磅。嫁妆兑现，于是她将袋子放回箱子里。

　　温斯坦说："那我现在就带走它们。"

　　蕾格娜将箱子给了伯恩："我嫁给威尔夫的时候再给你。"

　　"你今天中午就要嫁给他了！"

　　"那么我中午十二点再把嫁妆给你。"

　　"这样的话，这次检查就没有意义了。未来两个小时内，你还可以从每只袋子里偷五十枚硬币回去。"

　　蕾格娜将箱子锁了起来，把钥匙递给温斯坦。"给你，"她说，"现在我打不开，你也偷不了。"

　　温斯坦假装认为蕾格娜的谨慎过于极端。"客人已经来了！"他说，"牛和猪烤一晚上了，一桶桶酒也装好了，面包师在烤炉里放着一百多条面包。你真的觉得现在威尔夫会把你的嫁

---

① 德尼厄尔，法国旧制钱币，19世纪停止流通。

妆抢走，然后取消婚礼吗？"

蕾格娜甜蜜一笑。"我要成为你的嫂子了，温斯坦，"她说，"你得学着信任我。"

温斯坦吐了口闷气，走了。

克内巴回来把秤和砝码拿走。他走出去之后，威格姆就来了。他遗传了他们家族硕大的鼻子和下巴、金黄的头发和胡须，但他的脸上有种暴躁感，仿佛他一直在遭遇不公的对待。他穿的是昨天的衣服——一件黑色外衣和一件棕色斗篷，仿佛在向大家宣称，对他来说，今天不是什么重要日子。"这么说，我的嫂子，"他说，"今天就是你的破处之日了。"

蕾格娜脸红了，因为四个月前，这事就已经发生了。

幸运的是，威格姆没有理解她尴尬的原因。"啊，别害羞嘛。"他发出了一阵淫邪的轻笑，"你会很享受的，我向你保证。"

简直无与伦比，蕾格娜想。

跟在威格姆后面的是一个矮小而丰满的女人，与威格姆年纪相当，大概三十岁。她的魅力体现在她丰盈的体态上，她行走的摇曳步态也仿佛她自觉是个性感女人。她没有做自我介绍，威格姆也懒得解释她的在场，于是蕾格娜对女人说："我想我们没见过面吧。"

女人没有回答，但威格姆说："这是我的妻子，米莉。"

蕾格娜说："很高兴见到你，米莉。"她一时兴起，向前一步亲吻了米莉的脸颊。"我们要成为姐妹了。"她说。

米莉的回应很冷淡。"你说奇不奇怪，"她说，"我们还不太会说对方的语言呢。"

"噢，每个人都可以学习新的语言，"蕾格娜说，"他们需要的只是一点耐心。"

米莉朝室内看了看。"听说你叫了个木匠改造了一下这个地方。"

"德朗渡口的埃德加上周在这里工作。"

"这里看上去没什么变化啊。"

米莉之前住这儿的时候，房子已经有些许陈旧，也难怪她会表现得如此不友好：如果蕾格娜坚持说这里有了改进，米莉她肯定觉得自己低人一等。蕾格娜耸耸肩说："对几个地方做了小修整而已。"她就这样轻描淡写地说了一句。

吉莎进来了，威格姆说："祝好，母亲。"吉莎穿了一条暗灰色的新裙子，时而闪现红色的衬里，她灰色的长发也束在了一顶制作精良的帽子里。

蕾格娜马上警惕起来。有的时候，吉莎会模仿蕾格娜的口音逗仆人们笑。卡特曾向她的女主人报告过这一点。蕾格娜自己也隐约注意到，平时自己说一些并不是玩笑的话时，女人们也会不时笑起来，她猜这是因为自己的说话方式已经成了大院里的笑话。她能忍受这点，但她对吉莎感到失望，她本想与吉莎做朋友的。

然而今天的吉莎却出乎意料地对蕾格娜说了些好话："蕾格娜，需要有人帮你打理裙子和头发吗？我已经打理好了，如果你需要的话，我可以派一两个我的女仆过来。"

"我不需要帮忙了，谢谢您考虑这么周到。"蕾格娜说。蕾格娜谢谢吉莎的时候是真心的，吉莎是今天早上第四个到访的姻亲家人，却是第一个说了好话的人。到现在，蕾格娜还没能赢取她丈夫家人的喜爱，她本以为没有那么困难的。

当德朗一瘸一拐地走进来时，蕾格娜几乎要大叹一声。

这位渡船主戴了一顶锥形帽子，帽子太高，看上去简直滑稽。"我路过这里，刚好在这个好运的早晨看望一下蕾格娜小姐。"德朗说着，深深地鞠一躬，"我们之前就认识了，对吧，未来的姻表亲？您上次到这儿来，途经我的酒馆，为它添了光彩。早上好啊，威格姆表弟，我希望你一切都好；还有你，米莉表亲；还有吉莎夫人，我一直不知道该叫您表姐，还是姨妈。"

"我们的关系比这两个都远。"吉莎没好声气。

蕾格娜注意到，德朗在这个家庭并不受欢迎，怪不得他要这么刻意地夸大他与这家人的关系，以此来提升自己的地位。

德朗装作曲解了吉莎的意思。"我到你们这里来的路途的确遥远，谢谢您的关心，当然了，我的背不好，有个维京海盗在瓦切特战役时把我从马背上打下来了，您也知道，但我不可能错过这样的场合。"

威尔夫走了进来，蕾格娜感觉一切都好了。威尔夫的手伸到她双臂下将她搂住，在大家面前热情地亲吻了她。他爱慕她，他家人的不友好根本就不算什么。

她放开了他的拥抱，喘着气，努力不让自己看上去太得意。

威尔夫说："云散开了，能看见蓝天了。之前我还担心我们可能需要把宴会场地移进屋子里，现在可以按照计划到外面用餐了。"

德朗几乎要兴奋地蹦起来。"威尔夫表哥啊！"他说，音调上扬，破音成了假声，"祝您一切安康，见到您我可太高兴了，送您一千个祝福，您的新娘是位天使，而且是天使长呢！"

威尔夫点点头，耐心容忍着，仿佛默认德朗是他家里的一个傻子。"欢迎你，德朗，但我想这间屋子已经有点挤了。我的新娘需要时间为婚礼做准备。出去吧，你们出去，快！"

蕾格娜就等着威尔夫这句话，她感激地笑了笑。

家人们走了出去。威尔夫出去之前，再次亲吻了蕾格娜，这一次时间更长，吻得蕾格娜都有点害怕自己的蜜月要在此时此地开始了。最后，威尔夫抽开身体，重重地喘着气。"我去迎接客人。"他说，"把门关上，先安静地待一会儿。"他走了。

蕾格娜长长地叹了一口气。这是怎样的一家人啊，她想：有位神灵般的男人，还有一群猎犬般狂吠的亲戚。但她嫁的是威尔夫，不是威格姆，不是德朗，不是吉莎，也不是米莉。

蕾格娜坐在凳子上，让卡特帮她打理头发。当女仆为她将头发梳顺、理好、束上之时，蕾格娜平静了下来。她知道在典礼中应该如何表现：动作放慢，对每个人微笑，根据提示行动；如果不需要做什么，那就站着不动。威尔夫已经跟她讲过主要的流程，她也一词一句记下了。由于对英格兰的仪式还不太懂，她也可能会出错，但即便出错，她也会微笑着重新做一遍。

卡特帮蕾格娜弄好头发后，拿出一条秋日栗子色的头巾，盖住了蕾格娜的头发和脖子，再用一条刺绣精美的束发带将头巾系好。现在蕾格娜准备穿衣了。今天早些时候她已经洗过澡，穿了件不露痕迹的纯褐色亚麻布内衣。现在她又穿上了一件蓝绿相间的羊毛长裙，显得双眼更加明亮。这条长裙的袖子向外展开，袖口是由金线刺绣而成的几何图案。卡特将一条挂着银色十字架的丝带绕在蕾格娜的脖子上，悬在长裙之外的胸前。最后，蕾格娜穿上了一件金色衬里的蓝色斗篷。

穿戴好后，卡特注视着蕾格娜，泪水涌了出来。

"怎么了？"蕾格娜说。

卡特摇摇头。"没什么，"她抽泣道，"您太美了。"

有人在敲门，外面一个声音说："郡长已经准备好了。"

伯恩粗声粗气地说："比预想的早了点！"

"你知道威尔夫的，"蕾格娜说，"他等不及了。"她提高音量对外面的人说："新娘也已经准备好了，威尔夫可以随时来接她。"

"我去汇报一声。"

几分钟之后，门口传来砰砰的响声，然后是威尔夫的声音："郡长来接他的新娘了！"

伯恩拿起装着嫁妆的箱子。卡特打开门。威尔夫穿着红色斗篷站在外面。蕾格娜高高地昂起头，走了出去。

威尔夫挽起蕾格娜的手臂，两人缓缓穿过大院，走到大堂门前。等待的人群发出了热烈的欢呼声。尽管早上下了大雨，但镇上的人们已然穿戴就绪。只有富裕人家能够穿得起全套的新衣，但大多数人戴了新帽子或方巾，而棕黑两色的大海也被婚礼上欢庆的红色和黄色映照得生机勃勃。

仪式很重要。蕾格娜从她父亲那里学到，获得权力比保持权力要更容易。征服仅仅是杀戮和攻入堡垒的问题，但保持权力从来没有那么简单。而且外在形象非常重要。人们希望他们的领导者是勇猛、强壮、俊美和富裕的，希望领导者的妻子年轻漂亮。威尔夫和蕾格娜清楚这一点，他们在向群众展示他们希望看到的东西，从而巩固自己的权威。

威尔夫的家人在人群面前站成一个半圆。一侧是站在桌前的伊塔马尔，桌上放着羊皮纸、墨水和笔。尽管婚礼并非宗教圣礼，但财产转让的细节需要记录下来，并被见证。能够书写的人大多是神职人员。

威尔夫和蕾格娜面对面站着，握着对方的手。当欢呼声停歇，威尔夫大声地说："我，威尔武夫，夏陵的郡长，将娶你，瑟堡的蕾格娜为妻，我立下誓言，我将在余生爱你、照料你，并忠于你。"

蕾格娜的嗓音力量不能与之匹敌，但清晰而自信："我，蕾格娜，瑟堡休伯特伯爵之女，将让你，夏陵的威尔武夫，做我的丈夫，我立下誓言，我将在余生爱你、照料你，并忠于你。"

蕾格娜和威尔武夫亲吻着，人群欢呼着。

温斯坦主教祝福这段婚姻，并为之祈祷。随后，威尔武夫从他的腰带处取下一把硕大的装饰钥匙。"这是我房子的钥匙，现在我赠予你，它也是你的房子了，让你的陪伴为我造就一个家。"

卡特递给蕾格娜一把崭新的插在精美刀鞘里的剑，蕾格娜将剑向威尔夫展示，说："我将此剑赠予你，以守护我们的房子，以及我们的儿女。"

双方互赠两件象征性的礼物之后，便开始进行更加重要的财务交换环节了。

蕾格娜说："如我父亲向你的弟弟温斯坦主教承诺的，我向你呈上二十镑银币。"

伯恩走上前去，将装银币的箱子放在威尔武夫脚下。

温斯坦从人群中走出来，说："我已亲眼见证，箱子内的钱财与此前商定的一致。"他将钥匙递给威尔夫。

威尔夫说："请文书记下，我将赠予你奥神谷及其五座村庄和采石场，包括相应的租金，它们将归入你与你的子嗣名下，直到末日审判。"

蕾格娜还没有去过奥神谷。她听说，那是片繁华的居民区。此前她已拥有诺曼底的圣马丁地区，现在加上奥神谷，她的收入将翻倍。无论未来她可能遇上什么问题，金钱大概不会是其中一个。

英格兰与诺曼底一样，区域管辖权已成为政治上的一种流通货币。最高统治者将土地授予高级贵族，高级贵族又将其分配给下级统治者——在英格兰叫大乡绅，在诺曼底叫骑士——于是，一张王室网络就这样建成，人们从中得到了财富，也欲求得到更多。每个贵族男人需要在其中谨慎地保持平衡——既要对外有足够的馈赠以赢得支持，也要对内有所保留，以保证自己的权力地位。

这时，出乎所有人的意料，威格姆从人群中走了出来，说："等等。"

还真像是他的作为，蕾格娜想，无论如何都要破坏我的婚礼。

威格姆说："几代以来，奥神谷都是我们家族的。我质疑威尔夫兄长将其转移的权利。"

温斯坦主教说："这是婚姻协议里规定的！"

"那也并不证明它是对的。"威格姆说，"它属于我们家族。"

"现在还是属于这个家族，"温斯坦说，"现在属于威尔夫的妻子。"

"可她去世之后，就会传给她的子嗣。"

"那也是威尔夫的子嗣，同时是你的侄儿。为什么你偏偏在今天提出反对意见？几个月前你就已经知道协议细节了。"

"我要在见证者们面前提出。"

威尔夫打断了对话，"够了，"他说，"威格姆，你的话毫无道理。往后站。"

"恰恰相反……"

"安静，不然我要发火了。"

威格姆闭上了嘴。

仪式继续。但蕾格娜很困惑，威格姆肯定知道他的抗议会被一口回绝，为什么他会选择在如此公开的场合提出反对呢？他不可能觉得威尔夫会改变关于奥神谷的想法。为什么他要发起这场注定失败的战斗呢？她将疑惑放下，打算稍后再想。

威尔夫说："作为我成婚的虔诚之礼，我将维格里村赠予教堂——德朗渡口的社区教堂，依照契约，那里的神职人员将会为我、我的妻子，以及我们的孩子祈祷。"

这类礼物很常见。当一个男人获得了某种财富和权力，娶妻生子，他对物质的欲望也随之转变为对上天福运的渴望，于是他便会尽他所能保护自己来世灵魂的安逸。

婚礼的正式程序已近尾声，蕾格娜很高兴仪式进展顺利，除了威格姆那奇怪的干预。现在伊塔马尔正写下婚姻见证者们的名字，从威尔夫开始，接着是所有在场的重要人物：温斯坦、奥斯蒙德、德格伯特和德瓦尔德①治安官。见证者的名单并不长，蕾格娜以为还会有其他神职人员，比如说邻近地区——温彻斯特、舍伯恩和诺斯福德——的主教以及高级修士，比如格拉斯顿伯里修道院的院长。但英格兰的习俗与这里不一样。

令蕾格娜遗憾的是，她自己的家人一个也没有到场。她在英格兰也没有亲戚，而从瑟堡到这里是一段很长的路程——她来的

---

① 德瓦尔德，是前文提到的德恩治安官的全名。

时候就花了两周。让一位伯爵离开自己的领土进行一番长途旅程并不是件易事，但她也曾希望自己的母亲能来，也许还能带上弟弟理查。然而她母亲是反对这门婚事的，也许她还会拒绝祝福她的婚礼。

她没再想下去了。

威尔夫抬高音量说："现在，朋友们、邻居们，开餐吧！"人群欢呼起来，厨房工人开始端出大盘的肉、鱼、蔬菜和面包，以及为普通人准备的啤酒和为特殊来宾准备的蜂蜜酒。

现在蕾格娜只想与丈夫睡在一起，但她知道他们得先参加宴会。她不会吃太多，不过跟尽量多的人交谈对她来说很重要。这是一个给城镇人们留下好印象的机会，她希望自己牢牢抓住它。

奥尔德雷德把蕾格娜介绍给了奥斯蒙德院长，她在奥斯蒙德身旁坐了一会儿，询问了些关于修道院的事。她也借此机会表扬了奥尔德雷德，表示自己认同奥尔德雷德的看法，觉得夏陵正在成为世界的学术中心——当然是在奥斯蒙德领导下的结果。奥斯蒙德深感荣幸。

蕾格娜还与处于领导地位的城镇居民们进行了交谈：铸币厂厂主埃夫怀恩、做毛皮生意的寡妇伊玛、拥有城里最受欢迎的畅饮之地——修道院酒馆的女人，还有羊皮纸制造商、珠宝匠和染印商。他们很高兴能够吸引蕾格娜的注意，因为这让他们在其他居民眼中显得是个重要人物。

随着酒饮至酣处，与陌生人友好交谈的任务也变得越来越简单。蕾格娜向治安官德瓦尔德，也就是德恩，做了自我介绍。他是一个长着灰色头发、面露狠相的四十多岁男人。一开始，德恩对蕾格娜很警惕，她也猜到了这是为什么——他是威尔夫的对手，自然会觉得蕾格娜也是带着敌意的。不过这会儿，治安官的妻子也在他的身旁，于是蕾格娜便向她询问起他们的孩子来。她了解到，他们的第一个孙子刚刚出生；而谈到这里，强悍的治安官也变成了一个满怀爱意的祖父，双眼变得朦胧了。

蕾格娜离开了德恩治安官，温斯坦朝她走来，用挑衅的语气说："你跟他说了什么？"

"我答应他，要把你所有的秘密告诉他。"蕾格娜说。这话让她得到了反馈：温斯坦的双眼猛地流露出一阵紧张感，随后他才意识到蕾格娜是在逗他。蕾格娜继续道："其实啊，我是在跟德恩聊他的孙子呢。现在我有个问题想问你了，既然现在奥神谷是我的了，那你跟我讲讲它吧。"

"噢，你没必要担心这个。"温斯坦说，"我一直在帮威尔夫收租金，接下来我也会帮你收。你只需要每年向我收四次钱就可以了。"

蕾格娜没理会温斯坦的回答："那里有五座村庄和一片采石场，对吧。"

"没错。"他没有再添加其他信息。

"没有磨坊吗？"她试着问道。

"嗯，每座村庄有一家石磨坊。"

"没有水磨坊吗？"

"有两家，应该是。"

蕾格娜露出了迷人的笑，仿佛他在帮她的忙。"有采矿的地方吗？铁矿或者银矿？"

"当然是没有贵重金属的。不过树林里应该有一两组炼铁工人在干活。"

"你说得可不怎么仔细啊。"蕾格娜轻声说，藏住自己的恼怒，"如果你不知道那个地方确切有些什么，你怎么能保证他们交的钱够数呢？"

"我会恐吓他们，"他以实话实说的口吻说道，"他们不敢骗我。"

"我不相信恐吓别人有用。"

"那没问题，"温斯坦说，"你把这事交给我就行。"他走开了。

这场对话还没结束，蕾格娜想。

等餐桌上的东西没人再动，桶里的酒也喝干的时候，人们开始散去了。蕾格娜终于可以放松下来。她坐在一碟放着烤肉和卷心菜的餐盘旁，正吃着，建筑匠埃德加朝她走来，礼貌地问好、鞠躬。"我已经完成您房子的维修工作了，夫人，"他说，"若您允许，明天我会跟德朗回到德朗渡口。"

"谢谢你的工作，"蕾格娜说，"现在我的房子更舒适了。"

"我很荣幸。"

她示意埃德加看一眼那个叫邓内尔的木匠，他趴在餐桌上喝昏了过去。"那就是我面对的问题。"她说。

"很遗憾看到这样的事。"

"今天在婚礼上，你玩得开心吗？"

埃德加似乎在思考，然后说："不，不太开心。"

蕾格娜很吃惊："为什么呀？"

"因为我很嫉妒。"

她扬起眉毛："嫉妒威尔夫吗？"

"不是……"

"嫉妒我？"

他笑了："我敬重郡长，但我不想跟他结婚。不过奥尔德雷德可能想。"

蕾格娜偷偷笑了。

埃德加又变得严肃起来："我嫉妒所有能够与自己所爱之人结婚的人。那样的机会曾经从我身边一闪而过，我没有抓住。所以现在婚礼总是让我伤心。"

蕾格娜对埃德加的坦白只是些许吃惊。男人们对她一般比较信任。她也鼓励这样的倾诉——她总是对其他人的爱恨情仇感到着迷。"你爱的人叫什么名字呢？"

"森吉芙，人们叫她森妮。"

"你还记得她，记得和她做过的所有事。"

"最让我伤心的是我们没有做过的事。我们从来没有一起做过一顿饭、一起洗蔬菜、往锅里放调味料、将碗端到桌子上。我从来没有带她到我的船上一起钓过鱼。我做的那艘船很漂亮，所以维京海盗才会把它偷走。我们做爱过很多次，可我们从来没有整晚躺在对方的臂弯里聊天。"

蕾格娜观察着埃德加的脸，他长着稀松的胡子和淡褐色的眼睛，她觉得他实在太年轻，不该这么早就承受如此的悲伤。"我想我是懂你的。"她说。

"我还记得我和我的哥哥们还小的时候，到了春天，我父母会带我们到河边割灯芯草。那条河边，那灯芯草丛中肯定有过一些浪漫的故事。也许我的父母就是在那里做爱，然后结婚的。那个时候，我没往这上面想——我太年轻了——但我知道他们共享一个难忘的甜美秘密。"他露出了悲伤的笑容，"那些事情，你把它们联想到一起，就知道日子是怎么过来的了。"

蕾格娜惊讶地发现，泪水已经在自己的眼眶里打转。

埃德加突然很尴尬："我不知道我为什么要跟您说这些。"

"你可以找到其他你爱的人。"

"我当然可以，但我不想要其他人。我只要森妮，而她已经走了。"

"抱歉。"

"在您结婚的日子里跟您说这些伤心的故事，是我的不对。我不知道我怎么了。我向您道歉。"埃德加鞠了一躬，走开了。

蕾格娜重新想了想他说过的话。埃德加失去的爱让蕾格娜感觉，拥有威尔夫是多么幸运。

她把啤酒喝完，从搁板桌前站起，回到房子里。她突然感觉很疲惫。她不知道这是为什么，她没有干什么费体力的事，也许是由于之前几个小时以展示的姿态面对公众带来的压力吧。

她脱下斗篷和长裙，躺在床垫上。卡特拉好门闩，以防德朗这样的人闯入。蕾格娜开始想接下来的夜晚会发生什么。到了某个时候，她就会被叫到威尔夫的房子里。令她吃惊的是，她竟有点紧张，真傻。她早就跟威尔夫发生过性关系了，还有什么好紧张的呢？

同时，蕾格娜也好奇。那时在暮色里，他们偷偷溜进瑟堡城堡的干草间，四处昏暗，一切是那么鬼祟而匆忙。现在，他们可以从容地做爱了。她想好好地端详他的身体，用她的指尖仔细探索、研究和感受他的肌肉、头发、皮肤和骨骼。这个人现在已经是她的丈夫了。我的，她想，一切都是我的了。

蕾格娜肯定是睡着了，因为她是被砰砰的敲门声叫醒的。

她听见了几句模糊的对话，随后卡特说："时间到了。"卡特看着像今晚是她自己的蜜月之夜似的。

蕾格娜起身。她脱下内衣，穿上新的睡裙时，伯恩转过身去。那是一条暗赭黄色的裙子，专门为这个场合设计的。她穿上了鞋子，不想带着沾了泥的脚钻进威尔夫的被窝。最后，她披上斗篷。

"你们两个留在这里。"蕾格娜说，"我不想太声张。"

可她失望了。

走出去之后，她看见威格姆和排成列的武装士兵正在为她欢呼。他们大多数人已经喝得醉醺醺，吹着口哨，敲打着锅和盘子。温斯坦的手下克内巴正放荡地拿着一把扫帚在两腿之间摆弄，扫帚柄朝上指，仿佛一条硕大的木制阴茎。他尽情嬉戏着，惹得周围的男人大声叫嚷、狂笑不止。

蕾格娜觉得受了侮辱，但她尽力不表现出来——如果抗议，则会显出她的懦弱。蕾格娜缓缓地从两列以她取乐的男人们中间傲然走过。他们看到她的傲慢，变得更加粗俗了。可她知道，自己不能落得与他们一样低贱。

终于，蕾格娜到了威尔夫的房间门口，打开门，转身面向着那群男人。男人们的声音停止了，他们想知道她要说或做些什么。

她朝他们咧嘴一笑，抛了个飞吻，然后迅速地走了进去，关上身后的门。

她听见男人们在欢呼，便知道自己做了正确的事。

威尔夫站在他的床边，等待着。

他也穿了一件睡衣，颜色是椋鸟蛋那般的蓝。她走近看他的脸，对一个狂欢作乐了一整天的人而言，这张脸显得异常清醒。

她猜他今天很注意自己的酒精摄取量。

她等不及了，于是她解下斗篷，踢开鞋子，脱下睡衣，裸着身体站在他的面前。

威尔夫饥渴地盯着蕾格娜看。"我永世的灵魂啊，"他说，"你比我记忆中还要漂亮。"

"你，到你了，"她说，指着他的睡衣，"我想看看你。"

他脱下了睡衣。

她再次看到他手臂上的疤痕、他腹部的金色毛发、他双腿的长条肌肉。她毫不羞怯地注视着他的下体，它每一秒都变得更大了。

蕾格娜看够了。"我们躺下吧。"她说。

她不想要逗弄、轻抚、悄悄话或者亲吻，她只想要他进入她的身体，就在现在。威尔夫似乎猜到了她的想法，不再躺在她身旁，而是立刻趴到她身上。

当威尔夫进入蕾格娜的身体之后，她深深地呼了一口气，说："终于。"

第十五章

九九七年，十二月三十一日

　　蕾格娜的大部分仆人和武装士兵要回诺曼底了。婚礼之后，蕾格娜让他们在英格兰留了尽可能长的时间，最后不得不让他们走。他们将在十二月的最后一天离开。

　　具有英格兰特色的毛毛细雨落在仆人和武装士兵身上，他们冒着雨，将包裹搬到马厩，放到驮马背上。只有卡特和伯恩会留下来——一开始就是这样安排的。

　　蕾格娜抑制不住自己的伤感和焦虑。尽管她与威尔夫在一起已经幸福洋溢，但她还是害怕这个时刻。现在她是个英格兰女人了，身边的人全是几周以前刚刚认识的。现在她感觉像是没了一条腿或者一只胳膊，她想念自己的父母、亲戚、邻里和仆人们，想念这些在她有记忆之前就认识她的人。

　　她对自己说，世界上好几千个贵族新娘有同样的感觉。贵族女孩离家千里出嫁是件很正常的事。她们中最聪明的人会投入到充满能量和激情的新生活当中，就像现在的蕾格娜一样。

　　但这只是个小小的安慰。蕾格娜经历过似乎全世界都要与她作对的时刻——如果下次再有这样的情况，她要找谁去呢？

她会找威尔夫，当然。他会是她的朋友、她的顾问，和她的爱人。

他们俩在夜晚做爱，常常到了早晨还会做一遍，有时候半夜里也会。一周之后，威尔夫恢复了正常的工作，每天骑马出去拜访他治下的某些区域。幸运的是，没有争斗发生——威尔士的突袭者已经打道回府，威尔夫说会找个时间好好教训他们一番。

不过，威尔夫并不是每个行程都是当天去当天回的，所以他有时候在外面过夜。蕾格娜想跟他一起去，但现在她已经要掌管他的家了，她还没有牢牢握住自己的权威，所以她还是留了下来。这样的安排有一个好处——每当威尔夫从这种旅途回来，他会对蕾格娜更加饥渴。

大院里大多数居民前来送别即将离开的诺曼人，蕾格娜备感欣慰。尽管刚开始，其中一些英格兰人对外国人很警惕，但这种感觉很快便消散，友谊之花随之绽放。

当仆人和武装士兵开始准备回家的长途旅程时，女裁缝阿格尼丝含着泪向蕾格娜走来。"夫人，我爱上了那个叫奥法的英格兰人，"她抽泣道，"我不想走。"

令蕾格娜惊讶的只有一点——阿格尼丝居然到现在才说出来。两人恋爱的迹象一直很明显。蕾格娜四处看看，遇到奥法的目光。"过来。"她命令道。

奥法站在蕾格娜面前。他本不会成为蕾格娜的选择。他总是阴沉着脸，肤色通红，仿佛一个沉溺吃喝享乐的人。他脸上的歪鼻子也许不是他自己的过错，但还是让蕾格娜觉得他不堪信任。然而，是阿格尼丝选择了他，不是蕾格娜。

阿格尼丝身形小巧，奥法是大个子，两个人并排一站，看上去还有点滑稽。蕾格娜得忍住不笑出来。

蕾格娜说："奥法，你有什么要对我说的吗？"

"夫人，我请求您让阿格尼丝成为我的妻子。"

"你是穆德福德的地方官。"

"但我在夏陵有一所房子。阿格尼丝仍然可以照看您的服装。"

阿格尼丝匆忙地补充一句："如果您希望这样的话，夫人。"

"我希望，"蕾格娜说，"我也很高兴地赞同你们结婚。"

他俩一再向蕾格娜道谢。有时候，让人们幸福其实很容易，蕾格娜沉思着。

最后，返程的队伍走了。蕾格娜站在那儿向他们招手，直到他们消失在视野里。

蕾格娜可能再也不会见到他们了。

她不允许自己停留在失意的思绪中。接下来需要做什么？她决定处理一下木匠邓内尔的问题。即便他是吉莎的侄子，蕾格娜也不会再忍受他的懈怠了。

她回到自己的房子，派伯恩去把邓内尔和他的手下找来。为了接见他们，她坐在她父亲在正式场合坐的座位上，那是一张宽大的长方形四脚凳，上面还有舒适的坐垫。

一共有三名木匠，分别是邓内尔、埃德里克和埃德里克的儿子亨斯坦。蕾格娜没有邀请他们坐下。"从现在开始，"她说，"你们需要每周去森林砍一次树。"

"为什么呀？"邓内尔闷闷不乐地说，"我们需要木头的时候去就是了。"

"你们需要储存物资，以减少工作延误。"

邓内尔表示不服，但埃德里克说："这是个好主意啊。"

蕾格娜记住了他，这个人比邓内尔工作积极。

她说："而且，你们必须在每周的同一天去。我规定在周五。"

"为什么？"邓内尔说，"哪天去不一样吗？"

"这样便于你们记住这个任务。"其实是为了她能更好地追踪他们的情况。

邓内尔并不打算让步："好，那么如果有人在周五那天要我们去修东西呢？比如说，米莉，或者吉莎，怎么办？"

"你们到森林里去会出发得很早，所以那天你们是接不到活的。你们可以把早餐带上。但如果有人要你们在周五干别的——不管是米莉、吉莎，还是谁——你们就让他们过来找我，因为我现在负责管理你们，没有得到我的批准，你们不允许改变自己的工作计划。清楚了吗？"

邓内尔一脸愠怒，但埃德里克说："非常清楚，女主人，谢谢您。"

"你们可以走了。"

他们一起离开了。

蕾格娜知道这样做会引起麻烦，但这是必要的。如果她遭到反击，以她的聪明，她也可以保护自己。吉莎可能会背地里向威尔夫抱怨，蕾格娜要确保自己知道该怎么回应。

她离开自己的房子，朝威尔夫的住处走去。她经过她的武装士兵过去十二周住过的房子，现在它已空空荡荡，她需要想想再为此做些什么。

令蕾格娜惊讶的是，她看见一个自己不认识的女人从那个地方走出来，她还不认识夏陵的每一个人，但眼前这个人很显眼。她三十多岁，穿着紧身服装，脚下一双红鞋，还有不少凌乱的头发没有被盖在那顶大软帽子里。体面女人是不会在公众场合展示过多头发的，稍露几缕才叫无伤大雅——这个红鞋子女人的装束是在挑战礼仪的底线。但她看着却不怎么难为情，而且自信地踏着大步往前走。蕾格娜很想问她几句话，不过正在这时，她看见了威尔夫。她打算下次再问，就跟着威尔夫进屋子了。

与往常一样，威尔夫热烈地吻了她，然后说："今天我要去维格里了。我得确保他们给德格伯特总铎交的租金准确无误。"

蕾格娜说："我已经跟木匠们交代过，让他们每周五到树林里砍一次树。他们现在需要存货，这样的话，开工不致延迟。"

"很好的想法。"威尔夫带着些许不耐烦说道。他不想管家庭事务。

蕾格娜说："我之所以跟你说木匠的事，是因为现在邓内尔是个问题。他很懒，还经常酗酒。"

"你最好对他严厉一点。"

尽管威尔夫不耐烦，但蕾格娜还是要烦扰他给出她希望听到的答复："你不会觉得因为他是吉莎的侄子，就理应得到特别对待吧？"

"不会！不管他是谁，他都得给我好好工作。"

"我同意，我很高兴得到你的支持。"蕾格娜张开嘴对他吻了下去，他忘了自己的烦躁，热切地回应着她。"现在你必须走了。"她说。

他俩一起离开房子。武装士兵们正在集合准备出发，蕾格娜看见威尔夫加入了他们，跟三四个人开个玩笑，聊了几句。正要出发的时候，一个十六岁左右的年轻人加入了队伍，令蕾格娜惊讶的是，威尔夫疼爱地亲吻了他。蕾格娜正想问威尔夫此人是谁，威尔夫就上了马，骑出去了。

威尔夫离开之后，吉莎朝蕾格娜走了过来。这下她来了，蕾格娜想，她要对木匠的事大动肝火了。邓内尔肯定第一时间就跟自己的姑妈抱怨去了。

但让蕾格娜吃惊的是，吉莎说的是别的事。"你的武装士兵之前住的房子现在已经空了。"她说。

"是的。"

"我可以提个建议吗？"

吉莎谨慎而礼貌，这又让蕾格娜吃了一惊。蕾格娜回答道："当然。"

"也许我们可以让威格姆和米莉再搬回来住了。"

蕾格娜点点头："好主意。除非还有其他人需要它？"

"我想没有了。"

"今天早些时候，我看见有人在看这所房子，一个穿着红鞋子的女人。"

"那是米莉的姐妹，英奇。威格姆和米莉在库姆的时候，她可以照看这所房子。"

"这个安排听起来比较合适。"

"谢谢。"吉莎说，但语调里并没有感激的意思。在蕾格娜听来，吉莎更像是在宣示胜利。

吉莎走了。蕾格娜皱着眉头，回到自己的家。为什么这场对话让她感觉那么不自在？她对吉莎产生了怀疑，她感到吉莎礼貌言辞的表面下藏着一种敌意。

蕾格娜的直觉告诉她，这事不太对。

* * *

这一整天，蕾格娜的焦虑每分每秒在加重。她丈夫亲吻的那个小伙是谁？也许是他的一个近亲，或——蕾格娜很肯定，威尔夫这种男人不可能爱上男人。还有，吉莎假装这么友好，她到底想干什么？

蕾格娜打算等威尔夫一回来就去问他。但随着时间的流逝，她这个想法动摇了。也许她要更加小心才行。有些她还不太明白的事正在发生，而她的无知可能会让她处于劣势。蕾格娜的父亲参加任何一次重要会议之前，是对会上可能提到的内容了然于胸的。蕾格娜正身处国外，其中的习俗她还尚未明晰，她必须小心行事。

维格里并不远，威尔夫下午三点左右就到家了，但十二月里的白天很短暂，这时日光已经开始退去。一个仆人正在点燃主楼外柱顶的火把。蕾格娜跟随威尔夫到他的房子里，给他倒了一杯酒。

威尔夫一口喝了下去，带着酒味亲吻了蕾格娜。他身上有汗水、马匹和皮革的味道。也许因为被难以平息的情绪折磨了一整天，她很渴望得到他的爱。她拉起他的手，在她的大腿之间按压。无须多说什么，两人马上就做起爱来。

之后，威尔夫沉入了浅睡当中，他肌肉发达的手臂向两边伸展，长长的双腿叉开，这是一个强壮男人度过了精力充沛的一天后的样子。

蕾格娜离开了威尔夫。她走到厨房里检查晚餐的准备情况；她朝大堂看去，确保里面的餐桌已经摆上；然后到大院里走一圈，看看谁在辛勤工作，谁在游手好闲，谁是清醒的，谁还泡在酒里，谁的马已经被喂好食物和水，谁的马连马鞍都没有卸下。

走到最后，蕾格娜看见威尔夫正在跟那个红鞋子女人说话。

他们之间有种感觉吸引了蕾格娜的注意。她停下脚步，从远处观察他们。威尔夫的房间门口一支火把摇曳的光线照在了他们身上。

他们没有不能跟对方说话的理由——英奇和威尔夫算得上是姻表亲的关系，他们也可能互相有些纯洁的好感。但蕾格娜对他们之间的身体接触感到惊讶，他们站得很近，英奇碰了他好几次——她随意抓起他的前臂强调自己的话，用手背不屑一顾地敲打他的胸膛，仿佛在告诉他别那么蠢，而且，有一次，她还用食指尖亲热地碰了他的脸颊。

蕾格娜定住了，她无法将目光移开。

然后她看到了威尔夫亲吻的那个小伙。他很年轻，没有胡子，尽管长得高，但还是给人一种没有完全长大的印象，仿佛那长长的四肢和宽肩膀并没有很好地融合到他的身体中去。他加入了威尔夫和英奇，他们三个就像熟络的家人那样聊了一阵。

这两个人明显在多年以前就已经成为我丈夫生活中的一部分了，蕾格娜想，为什么我完全不知道他们是谁？

最后，他们分开了。他们并没有注意到蕾格娜。威尔夫朝马厩走去，显然是去看马夫有没有帮他把马照料好。英奇和那个小伙走进了屋里，就是那所蕾格娜已经同意分配给威格姆、米莉和英奇的房子。

蕾格娜再也不能这样抱着怀疑生活下去了，但她还是不太愿意直接跟威尔夫对峙。那么她该跟谁说去呢？

的确，只有一个可能性——吉莎。

蕾格娜讨厌这个想法。吉莎似乎才刚刚接受她自己不再是威尔夫家的掌管人的事实，现在蕾格娜就要在吉莎面前暴露无知，展现软弱，让吉莎变成明智的、掌握信息的那一个了。

但蕾格娜还可以对谁去说呢？温斯坦会比吉莎更加糟糕。奥尔德雷德现在应该在做礼拜。她也还不太认识德恩治安官，她更不会把自己的身段放得那么低，以至于去问厨房女工吉尔达。

蕾格娜走到吉莎的房子里。

还好，吉莎一个人在家。吉莎给她倒了一杯红酒，蕾格娜接了过来，她需要勇气。她们在炉火旁的凳子上面对面坐着。吉莎看起来很警惕，但蕾格娜注意到了别的东西——吉莎知道蕾格娜会来，知道她要问什么问题，也一直在等这个时刻。

蕾格娜喝下一口酒，努力让语调显得轻松："我注意到大院里有个新来的人，一个未成年男孩，大概十六岁，挺高。"

吉莎点点头："那是加鲁夫。"

"他是谁，他在这里做什么呢？"

吉莎笑了。蕾格娜惊恐地看到她的笑容里带着恶意。吉莎说："加鲁夫是威尔夫的儿子。"

蕾格娜倒抽一口气。"儿子？"她说，"威尔夫有个儿子？"

"是的。"

至少这解释了那个吻。

吉莎补充道："威尔夫今年四十岁了。你还以为自己嫁了个处男吗？"

"当然不是。"蕾格娜生气地想。她知道威尔夫之前结过婚，但她不知道威尔夫有孩子。"还有其他孩子吗？"

"据我所知，没有了。"

嗯，一个儿子。令人震惊，但蕾格娜能忍受。不过她的问题不止这一个："加鲁夫和穿红鞋的女人是什么关系呢？"

吉莎露出了爽朗的笑容，她明显是在宣示胜利，这是个不祥之兆。"怎么，"她说，"英奇是威尔夫的第一个妻子啊。"

蕾格娜震惊得跳了起来，杯子掉在地上，但她没捡起来。"他第一个妻子已经死了！"

"谁跟你说的？"

"温斯坦。"

"你确定他这么说了吗？"

蕾格娜记得很清楚："我很确定，温斯坦说：'不幸的是，他的妻子已经不跟我们在一起了。'"

"难怪呢，"吉莎说，"你看，不跟我们在一起跟死不是一回事，意思完全不同。"

蕾格娜不敢相信这一切："他骗了我，骗了我的父亲母亲？"

"没有什么欺骗。威尔夫遇见你之后，英奇就被搁置了。"

"搁置？能不能告诉我这是什么意思？"

"就是英奇不再是威尔夫的妻子的意思。"

"所以是离婚了？"

"算是吧。"

"那她为什么在这儿？"

"她不再是威尔夫的妻子并不意味着威尔夫不能见她吧。毕竟，他们也是一起生过孩子的。"

蕾格娜心中充满了恐惧。与她刚刚结婚的男人已经有了一个家庭，有一个相处多年、"算是"离了婚的妻子，一个几乎已经长大成人的儿子。而他明显是喜欢他们的。现在他们住进了大院里。

蕾格娜感觉世界正在自己脚下移动，她努力稳住身体，以保持平衡。她不断地想这肯定不是真的。她不可能错信了关于威尔夫的一切。

威尔夫肯定不会如此欺骗她。

蕾格娜现在觉得自己必须马上从吉莎欢欣鼓舞的注视下逃开。她无法忍受那个女人落在她身上那知悉一切的目光。蕾格娜跑到门口，又转过身来。她被一种更糟糕的想法击中了。

蕾格娜说："可是威尔夫不能再与英奇保持夫妻关系了。"

"是吗？"吉莎耸耸肩，"我亲爱的，你必须亲自问问他才好。"

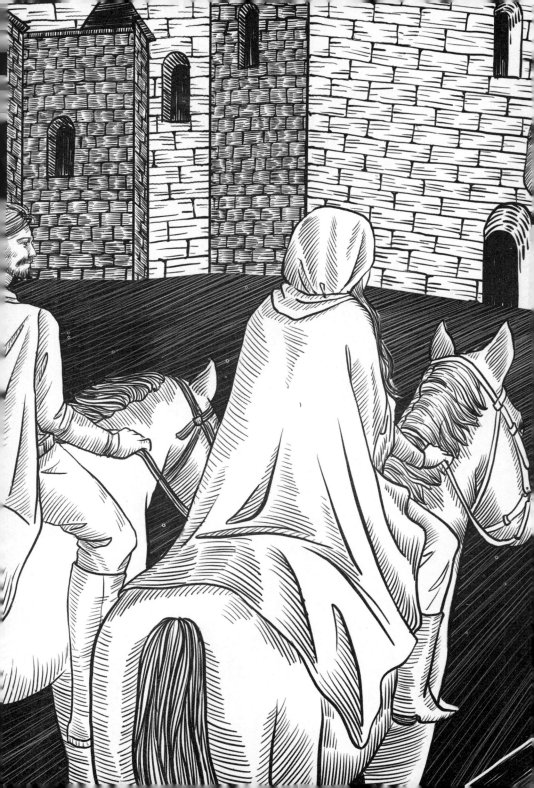

第二部

審判

（九九八年）

ART 2

THE
TRIAL
998 CE

第十六章

九九八年，一月

午夜过去很久，蕾格娜才最终停止哭泣。

她是在自己的房子里过夜的。她没办法再跟威尔夫说一句话。她让卡特告诉威尔夫，今晚蕾格娜不能跟他睡了，因为她遇上了女人每月的诅咒。这样她能自己待一会儿。

蕾格娜的仆人们在火光旁担惊受怕地看着她，但她没办法向他们解释自己的痛苦。"明天，"她一直说，"明天我会告诉你们的。"

她觉得今晚睡不着了，但当她的泪水像被过度开采的井水那样完全干涸时，她断断续续地打起瞌睡来。可是她梦里又出现了那场毁了她人生的悲剧，她突然恐惧地惊醒，再次哭了起来。

每年这个时候，大院在迟迟不来的黎明前就有了动静。清晨的声音让蕾格娜高度警惕——狗吠，鸟鸣，男人们互相大喊，大厨房里丁零当啷，准备喂饱这里的一百多个人。

新的一天到了，蕾格娜想，我不知道该怎么办，我很茫然。

她想，要是我能早一点知道这个真相，那我可能就会跟自己的武装士兵一起回瑟堡去了。但她马上又意识到，她不可能回去。威尔夫会派上一支军队去追她，她会被抓住，然后被带回夏陵。没有一位贵族男人会允许自己的妻子离开，他们不会蒙受此等羞辱。

我可以悄悄溜走，先给自己争取几天时间吗？这也不可能，蕾格娜想。她是郡长的妻子，虽说消失几分钟人们可能发现不了，但只要消失几个小时，别人肯定会注意到。而且她对这个国家不熟悉，不懂得怎样才能逃避追捕。

还有，令蕾格娜沮丧的是，她发现自己其实并不想走。她爱威尔夫，渴望着他。虽然他欺骗了她，背叛了她，但她仍然不能忍受不与他生活在一起的日子。她诅咒自己的懦弱。

蕾格娜需要跟别人聊聊。

她坐了起来，把毯子甩开。卡特、阿格尼丝和伯恩注视着她，疑惧地等待着她接下来的话语或行动。

"温斯坦主教把我们骗了。"她说，"威尔夫的第一个妻子没有死。她的名字叫英奇，她只是被'搁置'了，一种似是而非的离婚方式，昨天她已经搬进我们武装士兵空出来的房子里了。"

伯恩说："没人告诉过我们！"

"大家可能以为我们知道。这些英格兰人看到男人一夫多妻也不会特别惊讶。你们还记得渡口的德朗吧。"

卡特若有所思。她说："这件事，埃德加多多少少透露过。"

"是吗？"

"我们第一次见他的时候，他送我们过河，我说我家小姐要跟郡长结婚了，他就说：'我以为他已经结婚了呢。'我说：'是的，但他的妻子去世了。'埃德加说他不知道这一点。"

蕾格娜说："他们没有跟我们讲的另一件事是英奇和威尔夫有一个儿子，一个叫加鲁夫的年轻男人，他已经搬过来跟他母亲一块儿住了。"

伯恩说："居然没人跟我们讲过威尔武夫的第一个妻子，我还是觉得很奇怪。"

"何止奇怪，"蕾格娜说，"他们不仅仅是只字不提，在婚礼之前，在我们的人离开瑟堡之前，他们一直不让英奇和加鲁夫现身。这可不是凑巧的事，而是温斯坦故意安排的。"蕾格娜沉默了一会儿，然后说出了更加可怖的想法："威尔夫一定也参与了这个阴谋。"

其他人没有说话，蕾格娜知道，这意味着他们同意她的看法。

蕾格娜急着想跟仆人之外的人聊一聊。她想获得更加客观的视角，深入分析自己正经历的灾难。她想到了奥尔德雷德。他说过："如果有什么我可以做的事，请告诉我。到修道院来。"

"我要跟奥尔德雷德修士谈一谈。"蕾格娜跟大家说。

然后她回忆起来，奥尔德雷德有过其他考虑，又补充道："或者先传个话给他。"

"伯恩，到修道院去一趟。"她说，"等等，让我想想。"她不想让奥尔德雷德到大院来。她总感觉这样做不对。要问原因，是因为她直觉认为不能让吉莎或英奇这样的人知道她的同盟可能是谁。

那她应该在哪里见奥尔德雷德呢？

大教堂。

"让奥尔德雷德到大教堂去，"蕾格娜说，"跟他说，我会在那里等他。"大教堂的门很少会关上。"等等，你们跟我一起走到那儿去。"

蕾格娜擦干眼泪，在脸上涂了些油。阿格尼丝给她拿了斗篷。蕾格娜披上斗篷，把风帽也罩在头上。

蕾格娜和伯恩从大院走了出去，走下山坡。一路上，她低下头，不跟任何人说话——她已经没办法进行正常的对话了。当他们到达广场的时候，伯恩走到修道院处，蕾格娜走进大教堂。

之前她来这里做过几次礼拜。这是她迄今为止见过的最大的英格兰教堂，中殿有二三十码长，大概八码宽，到了圣诞节这种特别的日子，人们会涌进来。这里总是很冷。石墙很厚，她猜即便是在夏天，这地方也会冷飕飕的。今天气候冰冷，她站在一个石雕圣洗池旁向四周看。从小窗户照射进来的光线映出了室内的色彩斑斓——红黑图案的地砖、画有圣经场景的壁毯、一尊巨大的、上了漆的圣家族木制雕塑。从拱门往高坛里看，蕾格娜看见一个覆盖着白色亚麻布的石头祭坛。祭坛后的石墙上，浮华的蓝黄二色绘出了耶稣受难像。

蕾格娜内心的风暴平息了些。巨大石墙里的阴郁和冰冷让她领略了永恒。俗世上的问题只是暂时的，即便是最糟糕的问题——这座教堂似乎在传递这样的信息。蕾格娜心脏的跳动再次平稳了。她发现自己无须大口喘气，也已能安然呼吸。她也知道，尽管涂了油，但自己的脸仍然通红，好在眼眶已经干了，泪水不再涌出。

她听见门开了又关了，过了一会儿，奥尔德雷德站到她的身旁。"您哭了。"他说。

"哭了一整晚。"

"到底怎么了？"

"我的丈夫有另外一个妻子。"

奥尔德雷德倒抽一口气："您不知道英奇？"

"不知道。"

"我也没向您提过。我以为您不希望谈论她。"奥尔德雷德突然想到一件事，"他想要一个儿子。"

"什么？"

"您之前跟我讲威尔夫的时候提到过，您说'他想要一个儿子'。当时我就知道那场对话有点奇怪，但我说不清到底哪里不对。现在我知道了。威尔夫已经有一个儿子了，可您不知道。我太蠢了。"

"我来这里不是要责备您的。"北墙有一张嵌入式的石椅。每年圣诞礼拜，镇上的人全涌到这里来的时候，年老的居民由于不能站一整个小时，于是他们就会挤在那个冰冷、狭窄的座位上。蕾格娜朝那个位置点点头说："我们坐下来吧。"

他们坐下之后，奥尔德雷德说："埃塞尔雷德国王之所以不肯承认你们的婚姻，就是因为英奇。"

蕾格娜又被震惊了。"可是温斯坦事先已经得到了王室的许可，他告诉我们的！"她愤怒地说。

"要么是温斯坦撒谎了，要么是埃塞尔雷德国王改变主意了。不过我觉得英奇只是一个借口而已。埃塞尔雷德对威尔夫不缴罚款的事很愤怒。"

"这就是主教们不参加我婚礼的原因，因为国王不赞同这门婚事。"

"恐怕是这样的。因为威尔夫要娶您，埃塞尔雷德对威尔夫处以六十镑的罚款，但威尔夫不缴。现在他更加失宠了。"

蕾格娜很是气馁："那埃塞尔雷德也只能任他不缴吗？"

"国王可以让夏陵遭受重创。十五年前，他就是这样对罗切斯特的，因为他跟埃夫斯坦主教发生了冲突。不过这种做法有点极端，事后国王也后悔了。"

"那么一个贵族男人就可以这样挑战国王的权威，然后逃脱责任吗？"

"不能永远逃脱。"奥尔德雷德说，"我想起了伍尔夫巴德大乡绅的著名案例。他一次又一次无视王室的命令，拒绝缴纳罚款，逃避责任，最后，他的土地逐渐成了国王的财产，不过那是伍尔夫巴德死后的事了。"

"我完全不知道我的丈夫跟他的国王有这么大的争执，没人跟我说过！"

"我以为您知道，只是不想提。也许温斯坦跟威尔夫的家人说过，让他们不要向您透露任何事情。仆人们甚至可能不知道，虽然他们一般到最后还是会打听出来。"

"那我跟威尔夫到底结婚了没有？"

"您结婚了。英奇被搁置了，威尔夫娶了您。教堂不赞成这种搁置，也不赞成这门婚事，但是英格兰法律不禁止。"

"我该怎么办？"

"回击。"

"我的对手不仅仅是英奇，还有温斯坦、吉莎、威格姆、米莉，甚至是加鲁夫。"

"我知道。他们组成了强大的团体。但您有一个可以战胜他们所有人的神奇武器。"

蕾格娜在想奥尔德雷德是不是想让她皈依宗教："你是说上

帝吗？"

"不是，尽管向上帝请求帮助总是明智的选择。"

"那我的特别武器是什么呢？"

"威尔夫的爱。"

蕾格娜怀疑地看了他一眼。奥尔德雷德懂什么爱呢？

奥尔德雷德明白她的心思："噢，我知道人人觉得修士对爱情和婚姻一无所知，但这并非真相。而且，每个长了眼睛的人都能看到威尔夫是多么爱您。说实话，还挺尴尬，他一直盯着您看，他的双手一直忍不住想碰您。"

蕾格娜点点头。他们结婚之后，她对威尔夫的这些举动也没那么难为情了。

"他爱慕您，崇拜您。"奥尔德雷德继续道，"这种爱让您比其他几个人加起来更有力量。"

"我不觉得这对我有什么好处。威尔夫不是还让他的第一个妻子住在我隔壁吗？"

"这不是结局，这只是开始。"

"我不明白您要我做什么。"

"首先，不要失去威尔夫对您的爱。我不能告诉您如何保留这种爱，但我能肯定您知道。"

是的，我知道，蕾格娜想。

"加强您的意志，"奥尔德雷德继续说，"与吉莎、温斯坦和英奇发生一些小争执，获得小的胜利，进而赢得更大的胜利。让每个人都知道，如果发生冲突，威尔夫的第一直觉总是会向着您。"

比如关于威格姆的房子的那次争执，她想，或者邓内尔木匠的事情。

"然后建立您的权威，发展同盟。您已经与我成为同盟了，但您需要更多的人，有多少就争取多少。争取人的力量。"

"比如德恩治安官。"

"很好。还有温彻斯特的埃弗海主教，他恨温斯坦，可以让埃弗海成为您的朋友。"

"您像是在谈论战争，而不是婚姻。"

奥尔德雷德耸耸肩："过去二十年来，我都跟修士在一起生活。修道院是一个可怕而强势的大家庭，这里有仇恨，有嫉妒，有争吵，有等级，还有爱情。很难从这样的环境中逃脱。遇见困难，我会很高兴，因为我能处理。真正的危险来源于意料之外的问题。"

他们沉默地坐了一会儿，蕾格娜说："您是个好朋友。"

"但愿如此。"

"谢谢。"她站了起来，奥尔德雷德也一样。

他说："您跟威尔夫说过英奇的事了吗？"

"没有，我还不知道该怎么说。"

"无论您做什么，别让他觉得内疚。"

蕾格娜心中涌上一阵愤慨："为什么不能？他本就该觉得内疚。"

"您不能变成那个让他不高兴的人。"

"可这太过分了。他就本应该为他对我做的事不高兴。"

"他当然应该。但向他指出这一点对您没什么帮助。"

"这个我不确定。"

他们离开了大教堂，两人往相反的方向走。蕾格娜沿着山坡走上大院的一路上都在思索。她开始觉得奥尔德雷德的最后几句话有几分道理。她不能在这个早晨显出伤心、落败的模样。她是威尔夫的选择，是他的新娘，是他爱的女人。她必须像个赢家那样走路、谈话。

蕾格娜回到自己的房子里。很快就到了午餐时间。她让卡特帮她梳好头发，然后挑选了一条她最喜欢的、深秋叶色的丝绸长裙，再戴上琥珀珠子项链。她走到大堂里，照常坐在了威尔夫的右手边。

用餐的时候，蕾格娜一直像往常那样说话，问候身边人早上做了什么，与男人们开玩笑，跟女人们闲聊。她看见有几个人用惊讶的目光看着她——这些人肯定知道她刚刚经历过多大的打击。他们还以为今天她会悲痛欲绝。她的确悲痛欲绝，只是不表现出来而已。

在这之后，蕾格娜与威尔夫一起离开，她走在他身旁，一起回到他的房子里。威尔夫做爱之前通常需要些小刺激。她便装出了平常的激情，但很快她就发现假装没有必要，最后她依旧会满足。

不过，那些事情蕾格娜一点也没忘。

当威尔夫从她的身上滚落，她并没有马上让他习惯性地睡去。"我不知道你有个儿子。"她以平淡的语调说道。

她感觉他的身体在她旁边绷紧了，但他还是让自己的声音显得轻松。"对，"他说，"加鲁夫。"

"我不知道英奇还活着。"

"我从来没说过她死了。"威尔夫马上驳了回去，听上去像是一个准备多时的答案。

蕾格娜无视了这个答案。她不想与他陷入他是不是骗了她或者没有告诉她全部真相的无意义争吵中。"我想知道你的一切。"

威尔夫警觉地看着蕾格娜。很明显他搞不清她的意图。他还在问自己到底是要做好被痛斥的准备，还是得先找出个借口来。

让他自己想去吧，蕾格娜心想。她不想控诉他，但如果他的良心让他感到不安，她也不介意。"你跟诺曼人的行事方式不太一样，"她说，"我应该问你更多的问题。"

他没法拒绝。"好。"他看上去放松了些，仿佛之前预料的比这个要糟。

"我不想再有什么惊喜了。"她说，并听见了自己嗓音里的强硬。

他显然不知道该如何应对。她猜他正在等待她的怒火或泪水，但两个都没有出现，于是他便无从回应了。他面露困惑，只是说："我知道了。"

在之前的几个小时里，她的焦虑已经分解成了两个迫切的问题，她决定现在就问。她觉得他会迫不及待地告诉她答案。

蕾格娜扣住双手，防止它们发抖。"现在我要问几个问题。"

"问吧。"

"英奇是哪里人？她的背景是什么？"

"她父亲是位司铎，其实是我父亲的秘书。"

蕾格娜很容易就想到了这种可能性——两个紧密工作的男人分别有一个女儿和一个儿子，他们时常陪伴在一起，于是两个青少年间产生了恋情，也许女孩还意外怀了孩子，最终，他们早早地就结了婚。"也就是说，英奇没有贵族血统。"

"她没有。"

"当时我父亲同意我这门婚事的时候，他的预想肯定是我的孩子会成为你的继承人。会吗？"

威尔夫丝毫没有犹豫："会的。"

这很重要。这就意味着蕾格娜是郡长的正式妻子，而不是其中一个与他保持性关系的地位不明的女人。她不会让自己处于次要位置的。

蕾格娜需要确保这个事实，于是她要求威尔夫再回答一遍："不是加鲁夫。"

"不是！"他说。被问了两遍相似的问题让他有些恼怒了。

"谢谢你对此留下了庄严的话语。"

蕾格娜很欣慰能够从他那里获得如此重要的承诺。也许他一直就是这么打算的，但到了现在这个时候，她不该对此感到理所当然。

在她的逼问之下，威尔夫有点被激怒了。从他语气里可以听出他的耐心快要耗光："还有别的事吗？"

"还有，就一个问题：你还想和英奇做爱吗？"

威尔夫轻轻地笑了："如果我还有精力的话。"

"这不是个玩笑。"

他板起了脸。"这不是你该怀疑的事，"他说。"不用你来跟我说我该让谁或不该让谁上我的床。"

蕾格娜感觉被扇了一巴掌。

威尔夫说："我是个男人，一个英格兰男人，夏陵的郡长，我不听从任何女人的命令。"

蕾格娜看向一边，藏起她的悲伤。"我明白了。"她说。

威尔夫用手抬起蕾格娜的下巴，将她的脸转过来，让她面对着他:"我爱操谁就操谁。明白了吗?"

"完全明白。"蕾格娜说。

* * *

蕾格娜尝到了尊严受伤的痛楚,但她还能忍受。她心灵受到的伤害更加严重。

她高高地昂起头,掩住伤痛,修补自己的尊严。她还记得奥尔德雷德的建议,也在尽早寻找机会确立自己的权威。但没什么能够减轻她内心的伤。她只是呵护着伤口,期望及时缓解。

加鲁夫收到了一只球作为礼物。球是皮革材料的,用粗绳缝制,里面塞的是碎布。到了一月,大院里的少年们玩起了游戏,他们分成两队互相比赛,哪队先把球送进对方的"城堡",也就是地面标记的方格,哪队就得分。当然,加鲁夫是其中一支球队的队长,另一支球队的队长是他的朋友斯蒂奇。他们的赛场就在马厩和水池之间,烦人的是,还靠近大院主门。

这闹哄哄的游戏很惹大人们讨厌,但加鲁夫是郡长的儿子,于是大家也就忍了下来。可蕾格娜注意到,随着日子一天天过去,这比赛越来越凶猛了,男孩们对路过的人也越来越不小心。威尔夫不在的时候,情况更糟糕,蕾格娜开始感觉,这是对她权威的挑战。

有一天,威尔夫外出,球撞到了厨房女工吉尔达的脑袋,把她撞倒在地。

蕾格娜刚好看到了。她抓起球,终止比赛,然后跪在吉尔达身旁。

吉尔达睁开了双眼，过了一会儿，她坐起来，抬起头。"疼。"她说。

男孩们站在各处，大口喘着气。蕾格娜注意到，加鲁夫对这次意外并没有表现出什么懊悔，对吉尔达也不关心。他生气只是因为这场好玩的比赛被终止了。蕾格娜不高兴了。

"你静静坐一会儿，"蕾格娜对吉尔达说，"先把呼吸缓过来。"

可是吉尔达很不耐烦。"我觉得坐在这摊泥地里显得好蠢。"她说着，挣扎着站起来。

蕾格娜扶起了她。"到我的房子里来，"她说，"我给你一小口红酒，恢复下力量。"

她们朝蕾格娜的房门口走去。

加鲁夫跟在她们后面，说："把我的球还我。"

蕾格娜意识到自己手里还拿着球。

蕾格娜把吉尔达送进屋里，手扶着门，朝加鲁夫转过身来，说："你这是想找打。"她走进去，猛地甩上了门。

她将球扔到角落里。

她劝服吉尔达躺在她的床上，卡特送来了一小杯红酒。吉尔达很快就感觉好些了。等蕾格娜确认她不再头晕，可以自行走路的时候，就让她回到了厨房。

过了一会儿，吉莎傲慢地走了进来。"那只球是我送给我孙子的礼物。"她说。

加鲁夫只是吉莎的继孙子，但蕾格娜没有对此吹毛求疵。"也就是说，这球是你送的了。"她说。

"加鲁夫说你拿走了它。"

"没错。"

吉莎环顾四周,发现球就在角落,她马上捡了起来,面露胜利的神色。

蕾格娜说:"他有没有跟你说,我为什么会把球拿走?"

"就是一个小意外。"

"一个厨房女工被球撞倒在地。这场比赛变得很危险了。"

"这是男儿的本色。"

"那也应该在大院之外才露出本色。我不允许这场比赛继续在大院内进行。"

"我孙子的行为我自己来管教。"吉莎说着,手里拿着球走了出去。

不久之后,比赛又开始了。

蕾格娜把伯恩叫来,两人一起站在外面观看。男孩们看见他们两个,试着做些回避,但他们控制不住自己的动作——这就是问题所在——不久之后,球又往蕾格娜的方向来了。

蕾格娜将球捡了起来。

加鲁夫和斯蒂奇向她走来。斯蒂奇身强力壮,这横行霸道的架势弥补了他的蠢样。

加鲁夫说:"那是我的球。"

蕾格娜说:"你们不能在大院里玩这只球了。"

斯蒂奇突然上前一步,一拳打在蕾格娜的手臂上,想让那球落下。那一拳很疼,蕾格娜松开了手,却用另一手接住了球,然后后退几步,远离斯蒂奇。

伯恩挥拳往斯蒂奇脑袋一侧猛击过去,斯蒂奇倒在地上。

伯恩狠狠地看着加鲁夫说:"还有人想对郡长夫人动手吗?"

加鲁夫想了想。他凝视的目光从高大的伯恩落到郡长夫人娇贵的身体上，又看了看伯恩。他后退了。

蕾格娜对伯恩说："把你的刀子给我。"

伯恩腰带上别着一把锋利的匕首。蕾格娜将球放在地上，用刀子插入球的某一个缝接点，然后切断了缝接线。

加鲁夫发出了抗议的呼叫，又走上前去。

蕾格娜用刀子指着加鲁夫。

伯恩向着加鲁夫上前一步。

蕾格娜继续将线切断，直到整只球开了一个大口，她将里面塞着的东西全部倒出来。

最后，她站起来，将那个已经切烂的皮革制品扔到水池中央。

她将刀柄朝向伯恩还给他刀，说："谢谢。"

在伯恩的陪同下，蕾格娜回到自己的房子。被斯蒂奇打过的左臂还在疼，但她的内心在歌唱胜利。

威尔夫在那个下午回来了，不久之后，蕾格娜就被叫到他的房子里。她并不惊讶地看到吉莎也在。

威尔夫看上去脾气很差。"这只球是怎么回事？"他说。

蕾格娜笑道："我亲爱的丈夫，你不该为这种愚蠢的争吵伤脑筋。"

"我的继母向我抱怨说，你偷了她给我儿子的一份礼物。"

蕾格娜心中暗喜，但她藏起了情绪。愤怒破坏了吉莎客观的判断，她必定要输。她怎么争也占不了上风的。

蕾格娜以轻盈的语气提到了一件小事："比赛太凶猛了。今天你的一个仆人被球击中受了伤。"

吉莎嗤之以鼻："她自己在泥地里滑倒的。"

"她是被击中了头部。接下来会有更严重的受伤事件发生的。我跟加鲁夫他们说过，要在大院外面玩，但他们不听，所以我只好停止比赛，把球毁掉了。真的，威尔夫，很抱歉你要被这样的事情打扰。"

威尔夫露出怀疑的神色："真的发生了这样的事吗？"

"嗯，也不全是。"蕾格娜把自己的左袖拉了上去，一块刚出现的淤青露了出来，"那个叫斯蒂奇的男孩打了我一拳，"她说，"所以伯恩把他打倒在地了。"

威尔夫脸色一沉，看着吉莎："一个男孩对郡长夫人动手？母亲，这个你刚才可没告诉我。"

吉莎说："他只不过是想把球拿回来而已！"但那块淤青表明了事实，吉莎已经失势。

威尔夫说："那加鲁夫做了什么？"

"他就在旁边看着。"蕾格娜说。

"没有保护他父亲的妻子吗？"

"恐怕没有。"

威尔夫怒了，正如蕾格娜所料。"斯蒂奇必须被鞭打。"他说，"一个不成熟的男人就要接受这种孩子式的惩罚。打十二鞭。但我不知道应该怎样处置加鲁夫。我的儿子本该明白对错。"

蕾格娜说："我可以提个建议吗？"

"你说。"

"让加鲁夫来执鞭。"

威尔夫点点头。"非常好。"他说。

＊　＊　＊

斯蒂奇被脱光，面朝一根柱子被绑了起来。羞辱也是惩罚的一部分。

加鲁夫站在斯蒂奇身后，手里拿着一条皮鞭，皮鞭的尾端分成了三条小绳，每一条小绳子都嵌入了锋利的石头。他露出怨恨而痛苦的神色。

大院里每个居民都前来观看，无论男人、女人，还是小孩。惩罚是为了教育每一个人，而不仅仅针对受罚者。

威尔夫站在一旁，说："斯蒂奇对我妻子动手了。这是对他的惩罚。"

人群沉默着。唯一的声音就是鸟儿在傍晚的吟唱。

威尔夫说："开始。一。"

加鲁夫举起皮鞭，往斯蒂奇裸露的后背抽了一下。鞭子发出尖厉的声音，斯蒂奇缩起身体。

蕾格娜抖了一下，她真希望自己不用观看，但现在离开会显得脆弱。

威尔夫摇了摇头。"力度不够，"他说，"重新开始。一。"

加鲁夫更用力地抽下去。斯蒂奇闷声发出一阵疼痛的呻吟。他雪白的皮肤上留下了红色的印记。

人群中，一个女人轻轻地哭了，蕾格娜认了出来，那是斯蒂奇的妈妈。

威尔夫未被触动："还是太轻了。重新开始。一。"

加鲁夫高高扬起鞭子，用尽全力鞭打下去。斯蒂奇痛苦地尖叫，石头划破了他的皮肤，血一滴滴流了出来。

这尖叫让鸟儿也沉默了。

"二。"威尔夫说。

第十七章

九九八年，二月

埃德加想到有人窃取蕾格娜的东西，就很生气。

如果采石场主加布欺骗的是郡长威尔武夫，他倒也不在意。威尔武夫有很多钱，再说，这跟埃德加没关系。但当蕾格娜成为受害者的时候，埃德加的感受就不一样了，也许因为她是个外国人，所以比较脆弱；也许，他哭笑不得地想，因为她漂亮。

婚礼之后，埃德加差点就要告诉蕾格娜采石场主的欺骗行为，但他犹豫了。他必须完全确定才行，他不想给蕾格娜一个虚假警报。

不管怎么说，埃德加还是要去一趟奥神村。酿酒房的墙壁已经建好了，木椽也已经就位，但他还想在屋顶铺设不易燃的薄石瓦。埃德加跟德朗说，如果他自己运输材料，那么他能以一半的价格得到它。事实的确如此。德朗也同意了，毕竟他总是迫不及待地想省钱。

埃德加用原木简单地做了一只又长又宽的木筏。上一次他去奥神村的时候是沿着上游走过去的，所以他知道路上没什么需要特别对待的障碍物，只是有两处河水很浅，所以得拉着绳子拖着木筏走上几码。

然而，推着船篙把木筏划向上游并非易事，用绳子拖着它在浅滩走则更难，所以埃德加说服了德朗，分别给埃尔曼和埃德博尔德每人一便士离开农场去帮自己的忙。

德朗递给埃德加一只小皮包，说："里面有十二便士。够多了。"埃塞尔给他们做了面包和火腿在路上吃，利芙还给了他们一壶酒解渴。

兄弟三人早早地出发了。登上船的时候，布林德尔也跳了上去。在狗的信条里，去别处总比被留在一个地方好。埃德加问自己，这是不是也是他的信条？他不知道答案。

埃尔曼和埃德博尔德已经瘦了，埃德加猜想自己应该也是这样。一年前住在库姆的时候，他们连微胖也说不上，冬天一来，必然还要再掉些体重。现在的他们仍然强健，只是体形单薄了，脸颊凹了下去，肌肉缩了，腰身也窄了。

这是个寒冷的二月早晨，但是划着船篙、推着木筏往上游去的时候，他们还是累得出了汗。这木筏是一个人可以驾驭的，但两人的话，一人一侧能划得更容易，这时候，第三个人就可以休息。平常他们不怎么说话，但在这路上也没别的事做，所以埃德加问："你们跟克雯宝相处得怎么样？"

埃德博尔德答道："埃尔曼一三五跟她睡，我二四六。"他咧嘴笑道："周日是她的休息日。"

他们对这事还挺能开玩笑的，埃德加想，这场不太正统的婚姻应该进行得不错。

埃尔曼说："其实就是躺着，没别的。现在她也怀孕了，操不得了。"

埃德加计算着孩子的出生日期。他们是仲夏节前三天到达德朗渡口的，克雯宝在那之后没多久就怀孕了。"天使报喜节三天前，孩子会降生。"埃德加说。埃尔曼嫌弃地看了他一眼。埃德加在数字上的能力在别人看来几乎是一种奇迹，但他的哥哥们对此感到愤愤不平。

埃尔曼说："反正呢，克雯宝没法帮我们春耕了。妈妈得引着犁铧，我们在前面拉。"

德朗渡口的土壤是轻盈的沃土，但他们的母亲已经不再年轻了。埃德加说："妈妈可以吗？"

"她快做不动了。"

埃德加大概一周见他的母亲一次，他的哥哥们则天天跟她在一起。"她睡得好吗？"埃德加问，"她胃口好吗？"

他们并不善于观察。埃德博尔德耸耸肩，埃尔曼粗暴地说了一句："听着，埃德加，她老了，有一天她会死，只有上帝知道这一天是什么时候。"

之后他们没再说话了。

埃德加往前望去，心里想着，要证实加布欺瞒的罪名并不容易。他必须在不引起对方敌意的情况下，才能去证实。如果表现得太好奇，加布就会警觉。如果他暴露了自己的怀疑，加布会愤怒。真是一件怪事，犯了错的人被发现错误后，倒常常会义愤填膺，仿佛别人的发现对他来说是个冒犯，跟他原来的罪过全无关系似的。更重要的是，如果加布知道自己被怀疑，他就会找个机会掩盖真相。

乘木筏比埃德加在岸上走的时候速度要快，他们在中午时分到达了奥神村的大村庄。这里的土壤是黏质土壤，八头公牛组成的耕牛队正在附近的田野里拉一只重型犁，大块的泥土像海浪拍打岸边那样升起又落下。远处的男人一边在犁沟里吃力地走，一边播撒种子，小孩子们跟在后面大声尖叫，把鸟儿吓跑。

兄弟三人把木筏拖上了岸，为保险起见，埃德加把它拴在一棵树上。然后他们往村庄走去。

跟上次一样，瑟利克在他的果园里，正在修剪树枝。埃德加停下来跟他说话："我这次又要惹上杜达了吗？"

瑟利克看看天色，估算时间。"这么早还不至于，"他说，"杜达现在还没吃饭呢。"

"好。"

"不过也要小心，他即使不喝醉，也好不到哪儿去。"

"我能想象。"

他们继续往前走，一分钟之后，他们就在酒馆外遇上了杜达。"问个好，小伙儿们，"杜达说，"你们来这儿有什么事啊？"看到三个强壮的年轻人，他的攻击性无疑被煽动起来了。布林德尔感受到了他潜在的敌意，跟上次一样吼了几声。

埃德加对他的哥哥们说："这位是杜达，奥神村的村长。"然后对杜达说："我是想去采石场买石头，跟上次一样。"

杜达一脸茫然，显然已经不记得埃德加来过："到村庄东面去，沿着朝北的道路走。"

埃德加认识路，但他只是说："谢谢。"然后就继续走了。

跟上次一样，加布和他的家人在采石场干活。空地上有一大堆切割完成的石块，这意味着交易进程很慢，对买主埃德加来说，这大概是件好事。有辆手推车放在那堆石块旁。

我要做的，埃德加想，就是在我买完我需要的石块之后，看着加布如何标记自己的账目棒。如果他标记的是正确的数目，那么我的怀疑就毫无理由；如果不是，我就会证明他有罪。

　　加布把切好的一块厚石板扔到了地上，一声巨响，尘土四起。加布咳嗽几声，把工具全部放下，朝三兄弟走来。他认出了埃德加，说："德朗渡口，是吧？"

　　"我是埃德加，他们是我的哥哥，埃尔曼和埃德博尔德。"

　　加布调侃一句："他们是来保护你，以防被杜达欺负的吧？"显然他听说了埃德加上次来时跟村长发生的争吵。

　　埃德加并不觉得这有多好笑。"面对那个胖酒鬼，我不需要别人保护。"他干脆地说，"我是来买石头的，这一次我自己运，我哥哥是来帮我忙的。这样的话，每个石块就可以省下一便士。"

　　"噢，是吗？会吗？"加布逗弄他。埃德加事先知道了他的价格，他可不怎么高兴："谁跟你说的呀？"

　　卡思伯特说的。但埃德加没回答他的问题。"我需要十个石块。"他说。埃德加打开德朗给他的钱包，然后惊讶地发现里面不止德朗所说的十二枚便士。事实上，他扫了一眼，看见了二十四枚。埃尔曼和埃德博尔德发现他犹豫地皱着眉，也看到了里面的硬币。不过埃德加没有给他们插嘴的机会，他不想在加布面前显得迟疑不决。他打算之后再思考这个未解之谜。现在，他利落地数出了十枚便士。

　　加布数好之后，将便士放进钱包。让埃德加失望的是，他并没有在账目棒上做标记，只是指了指那堆石块。"自己拿吧。"他说。

埃德加没有提前想好如何应对这个意外。他决定一边搬石头，一边想。"我们要把石块放到河边去。"他对加布说，"可以用下你的手推车吗？"

"不行。"加布露出狡猾的微笑，"你本来就想省钱，你自己搬好了。"他走开了。

埃德加耸了耸肩。他把斧子取下来，递给埃尔曼。"你们两个到树林里砍两根结实的木杆，我们抬着走。"他说，"我先看看石头的情况。"

哥哥们离开之后，他仔细观察着这堆石头。之前他尝试过将一个石块切割成薄石瓦，但他发现这是个非常精细的活。石头切割的厚度必须恰到好处：太薄，容易断；太厚，木椽不能承受。但他相信自己的技艺已经有所长进了。

哥哥们回来之后，埃德加把木杆削好，平行地放在地面。他和埃尔曼共同搬起一个石块放到木杆上。然后他们跪着，一人在前，一人在后，两手抓起木杆，起身将它们提到了臀部一般高的位置。

他们沿着小路往河边走。埃德加朝后面的埃德博尔德喊："一起过来，我们需要有人看着木筏。"

他们轮流抬，休息的人就留在河边，以免哪个胆大的过路人企图偷上一两块石头。待到日光退去时，三人已经双肩发酸，两脚生疼，石头也只剩一块了。

但埃德加的另一个目的还没有达到——他没能确认加布是否有欺瞒行为。

采石场上没人了。加布和他的儿子们也消失了，也许他们已经进了屋子。埃德加敲了敲门，走了进去。那家人正在吃晚饭。

加布抬起头，神色恼怒。

埃德加说："我们可以在这里过夜吗？上次你很好心，给了我一个睡觉的地方。"

"不行，"加布说，"你们人太多了。而且你那个钱包里还有钱，你可以到酒馆休息去。"

埃德加并不惊讶，这个请求是不合理的。他提出的问题只是敲门进来的借口。

加布的妻子比说："酒馆可能闹哄哄的，但是那里的食物还不错。"

"谢谢。"埃德加慢慢转身，仔细看着墙上的账目棒。有一根是刚刚刻下的，他看到了，棍子还是浅色的，很新。

他马上就看到那里只有五个标记。

他的怀疑已被证实。

埃德加藏起满意的心情，露出一副由于被拒而失望，还有些许愤恨的模样。"那再见了。"他说，然后走了出去。

和埃德博尔德抬着最后一个石块到河边的路上之后，埃德加心中欢呼雀跃。他不太明白这是为什么，但能为蕾格娜做件好事让他觉得挺高兴的。他迫不及待地想跟她说这件事。

当最后一个石块放到石堆上时，埃德加说："我觉得如果让布林德尔在这里守一个小时，这些石头是可以保证安全的，尤其现在天也快黑了。我们可以在酒馆吃晚饭。你们两个可以在那儿过夜，我在木筏上睡就好。天气也不太冷。"

埃德加用一根长长的绳子把布林德尔拴住，接着，三兄弟就往酒馆走去了。晚上，他们吃了好几碗煮羊肉和很多黑麦面包，每人还喝了一罐酒。埃德加注意到加布正和杜达在一处角落聊得起劲。

埃德博尔德说："我看见你那钱包里有好多钱。"

埃德加一直在想他们什么时候会谈到这事。对此他没说什么。

埃尔曼说："剩下的钱我们打算怎么办？"

埃德加注意到他用的词是"我们"，但他没指出这点。他说："嗯，我想我们是可以花掉晚餐和住宿钱的，其他的肯定就要还给德朗了。"

"为什么？"埃尔曼说。

埃德加不喜欢这个问题："因为这是他的钱！"

"德朗说他给你的是十二便士。包里有多少钱？"

"二十四便士。"

"剩下多少钱？"埃尔曼在数字方面不太擅长。

"十二便士。"

"他给错了。所以剩下的十二便士我们可以留着。每个人能分不少呢。"

埃德博尔德比埃尔曼要聪明，他说："每人四便士。"

埃德加说："你们的意思是让我从德朗那里偷十二便士，然后还要给出去八便士！"

"这是我们大家的啊。"埃尔曼说。

"要是德朗发现自己给错了怎么办？"

"我们就一口咬定，钱包里只有十二枚便士。"

埃德博尔德说："埃尔曼说得没错。这是个机会。"

埃德加坚定地摇摇头："我要把剩下的还回去。"

埃尔曼嘲讽地说："德朗可不会感谢你。"

"德朗从来就不感谢我。"

埃德博尔德说："要是他能偷你的东西，他随时会偷。"

"他会，但我不是他那样的人，谢天谢地。"

两个哥哥放弃了。

埃德加不是个贼，但加布是。他那根棍子上只有五个刻度标记，而埃德加买的是十个石块。如果加布只记录自己售出数量的一半，那么他只需要向蕾格娜上缴一半的租金。而如果他要这样做，他必须与村长勾结起来，因为村长负责确保村民们缴纳的租金无误。杜达可以上报加布的欺诈行为，除非加布用金钱收买了杜达。此时此刻，就在埃德加眼前，加布和杜达正一起喝酒，严肃交谈，仿佛在商定什么涉及双方利益的重要事务。

埃德加决定跟瑟利克谈谈这事。瑟利克也在酒馆里，他在跟一个穿着黑袍、剃了头顶的男人聊天——这肯定就是村里的司铎了。等到瑟利克起身离开，埃德加就对两位哥哥说："黎明时分见。"于是他便跟了出去。

埃德加跟着瑟利克朝果园旁边的房子走去。瑟利克到门口的时候，转过身，说："你打算去哪儿？"

"我想到河岸过夜，我想守住我的石头。"

瑟利克耸耸肩："不太有必要，但也不是不可以，晚上天气很温和。"

"我可以私下问你些问题吗？"

"进来吧。"

一个头发灰白的女人坐在炉火旁，正拿着勺子喂一个小孩。埃德加抬起眉头，有些惊讶——以瑟利克和他妻子的年纪，他们不像是这小孩的父母。瑟利克说："这是我的妻子，伊德姬丝，还有我们的孙子埃尔德温。我们的女儿分娩的时候去世了，她的丈夫去了夏陵，现在是郡长的武装士兵。"

原来如此。

"我想问你……"埃德加看了伊德姬丝一眼。

瑟利克说："随便说就行。"

"加布是个诚实的人吗？"

瑟利克对这个问题并不惊讶："我说不清。他想骗你吗？"

"不，不是我。不过，我买了十个石块，但我发现他在账目棒上只做了五个标记。"

瑟利克说："这么说吧，如果要我发誓说加布是个诚实的人，那我会拒绝。"

埃德加点点头，这就够了。对于加布的不诚实，瑟利克没有证明什么，但他也不怎么怀疑。"谢谢你。"埃德加说，然后离开了。

木筏被拉上了岸，但埃德加的两个哥哥没有把石头放在上面，这简直是在给别人偷木筏的机会。埃德加躺在木筏上，拉上斗篷裹在自己周围。他可能不会睡着，但守着贵重物品也不是件坏事。

布林德尔呜咽几声，埃德加把狗拉到自己的斗篷底下。布林德尔可以让埃德加暖和些，如果有人靠近，也会警告他。

埃德加要去告诉蕾格娜，她被加布和杜达联合欺骗了。他琢磨，他可以明天去夏陵。埃尔曼和埃德博尔德可以让木筏沿着下游运货回去，到时候，他就在镇上沿着道路走回酒馆。他需要石灰来做砂浆，可以在夏陵买了，然后扛回去。这可以帮德朗省下驴子驮货的钱，他一定会很高兴。

埃德加断断续续地睡了一晚上，第一丝曙光照射下来的时候，他就醒了。过了一会儿，埃尔曼和埃德博尔德出现了，手里拿着利芙给他们的酒壶，里面装了满满一壶奥神村的酒，还带了一大条在路上吃的黑麦面包。埃德加跟他们说，自己要去夏陵买石灰。

"你不帮我们把木筏划回去了？"埃尔曼气愤地说。

"不会特别费力的，"埃德加耐心地说，"回去的路是顺流而下的。你们只需要注意别让木筏靠近河岸就行。"

在木筏拴着的情况下，三个人一起把木筏推回水里，再把石头装上去。埃德加坚持说石块要紧密相连地叠在一起，以免木筏发生漂移，不过河水很平静，其实没有必要这么做。

"你们最好在木筏过浅滩之前，就把货卸下来。"埃德加说，"不然可能会困在浅滩里。"

"然后又要把货再装一遍吗？太麻烦了。"埃尔曼咕哝道。

埃德博尔德说："到家之后，我们还得再卸一次货呢！"

"不然你们还想怎么样，德朗付了钱就是让你们干这活的。"

"好好好。"

埃德加解开木筏的绳子，三个人上船了。"撑着船篙过去，把我放到对岸。"埃德加说。

三人过了河。埃德加在浅滩下船。他的哥哥们重新将船划到河流中间，水流慢慢地涌了上来，推着木筏往前走了。

埃德加看着他们消失在视线之外，然后沿路往夏篓出发。

* * *

眼下夏陵正忙碌着：蹄铁匠正在给马蹄钉铁片；马具商的铁

片已经卖光了；两个转动磨石的男人正把刀磨得锋利；造箭商的箭供不应求。埃德加很快就找到了夏陵忙碌的原因：威尔武夫要去攻打威尔士了。

秋天的时候，西部的野蛮威尔士人突袭了威尔夫的领土，当时他正忙于婚礼，并未反击，但威尔夫也没有忘记。现在他集合了一小拨军队，对他们示以惩戒。

英格兰的进攻对威尔士而言会是毁灭性的打击——它会扰乱整个耕作周期。男人和女人将丧失性命，所以耕种和播种的人会更少；少年男女会被抓捕，郡长和他的武装士兵将他们以奴隶的身份售出从而获利，所以威尔士能生育的人也更少。理论上说，从长远来看，威尔士突袭者也会变少。

威尔夫进攻威尔士的目的是挫败他们再次突袭的决心，然而威尔士人一般仅仅是闹饥荒的时候才会突袭，所以这个惩戒效用甚微，埃德加是这么看的。复仇才是真正的动机，他想。

埃德加朝修道院的方向走去，打算在那里过夜。修道院矗立在城镇中央，这是一座浅色的石头建筑，此刻正在为战争做准备。奥尔德雷德看到埃德加很高兴，修士们正准备排着队往教堂走去，参加第九课礼拜仪式，但这次奥尔德雷德可以不参加。

埃德加在二月的寒风中走了很长时间，奥尔德雷德说："你得进来暖暖身体。奥斯蒙德的屋里有炉火，我们就坐那儿吧。"埃德加感激地答应了。

其他修士已经离开了，修道院很安静。埃德加突然感到不太自在——奥尔德雷德对他有点太热情了。埃德加希望接下来不要出现什么难为情的场面。他不想冒犯奥尔德雷德，但他也不想被奥尔德雷德拥抱。

其实埃德加不需要担心。奥尔德雷德心里想着别的事。"原来蕾格娜不知道威尔武夫的第一个妻子英奇还在。"他说。

埃德加记得自己与女裁缝阿格尼丝之间的对话。"他们以为她已经死了。"他回忆道。

"结婚之后她才发现的，可那时候，蕾格娜的大部分仆人已经回到瑟堡了。威尔武夫又让英奇跟他们的儿子加鲁夫一起搬回了大院住。"

埃德加担心极了，胃里就像堵了一块硬物。"她怎么样了？"

"心慌意乱。"

埃德加为蕾格娜痛心不已，一个远离家人和故土的外地人被英格兰人无情地耍了一道。"可怜的姑娘。"他说 但他觉得自己的用词不足以表达内心的想法。

奥尔德雷德说："但这并不是我这么迫切想跟你谈话的原因。我想说关于德朗渡口的事。"

埃德加费力地将自己对蕾格娜的思绪暂时放在一边。

奥尔德雷德继续说："上次我看到了德朗渡口教堂的状况，所以我向上面提议让修士们去接管，而且大主教也同意了。但后来温斯坦大吵大闹了一番，奥斯蒙德院长就退缩了。"

埃德加皱皱眉头："温斯坦为什么对这件事这么在意？"

"问题就在这里。这座教堂并不富裕，德格伯特对温斯坦而言也不过是个远亲。"

"为什么温斯坦要为了这一件鸡毛蒜皮的事跟大主教吵架呢？"

"我就是想问你这事。你生活在酒馆里，也驾驶渡船，你能够看到每天来来往往的人。那里大部分的事你应该知道。"

371

埃德加想帮奥尔德雷德的忙，但他并不知道这个问题的答案。埃德加摇摇头。"我想不出温斯坦有什么心思。"然后他突然想到了一件事，"不过，有时他倒是会去那里看看。"

"真的吗？"奥尔德雷德被勾起了兴致，"多久去一次？"

"从我到那儿之后，他去了两次。一次是米迦勒节的一周后，第二次大概是六个月以前。"

"你很会算日子。也就是说，两次是在季度结算日之后去的。他到访那里的目的是？"

"不太能看得出来。"

"嗯，那他去那里干什么？"

"圣诞节的时候，他给每家每户送了一头小猪。"

"奇怪了。平时他不是个大方的人。而且很吝啬。"

"然后他和德格伯特就会一起到库姆去。两次都是这样。"

奥尔德雷德挠挠他光秃的头顶。"肯定发生了什么事，但我一时想不出来。"

埃德加有个想法，但说出来让自己觉得有点尴尬："温斯坦和德格伯特可能是……我是说，他们可能有某种……"

"爱情关系？可能吧，但我不这么觉得。我对那种事情知道一点，但我看这两个男人不像那个类型的。"

埃德加不得不表示赞同。

奥尔德雷德补充道："他们可能会在社区教堂跟奴隶女孩举行纵欲聚会，这样更可信一些。"

这时候，轮到埃德加表示疑惑了："我觉得他们不可能秘密举行这样的活动，不然他们在哪里藏这些奴隶呢？"

"你说得对。不过他们也可能举行异教仪式，那就不需要奴隶了。"

"异教仪式，这对温斯坦有什么好处？"

"这个对任何人有什么好处？但还是会有异教徒。"

埃德加不相信："在英格兰吗？"

"也许不是。"

埃德加猛地又想到一件事："我依稀记得我们还住在库姆的时候，温斯坦去过库姆。年轻人对神职人员不太感兴趣，所以那时我也没太注意，不过他会住在自己弟弟威格姆的家里。我记得我妈妈还说过，一位主教不是应该在修道院过夜吗？"

"那他去库姆干什么？"

"库姆是个纵欲的好去处。至少维京海盗烧毁它之前是这样的，之后它大概也很快恢复过来了。有个叫马格丝的女人在那儿有家妓院，好几所房子里也有人在下大注赌博，那里的酒馆比教堂都多。"

"声色犬马的巴比伦。"

埃德加笑了。"很多像我这样的普通人在那儿只是想做个生意。不过镇上的确有很多来访者，他们大多是水手，也因此造就了那个地方的特点。"

一阵沉默之后，他们听见门外传来了轻轻的声音。奥尔德雷德马上站起，把门敞开。

埃德加看见有个正要走开的修士。

"希尔德雷德！"奥尔德雷德说，"我以为你在做礼拜呢。你是在偷听吗？"

"我回来拿些东西。"

"什么东西？"

希尔德雷德犹豫了。

"算了。"奥尔德雷德说，然后甩上了门。

*   *   *

郡长的大院比以往还要忙碌。军队要在黎明时分出发，所有士兵都在做准备。他们正把箭磨利，擦亮头盔，将熏鱼、硬奶酪装进鞍囊。

埃德加发现有些女人也已乔装打扮，他好奇这是为什么。随后他想到，她们担心这是与丈夫在一起的最后一个晚上，所以她们希望自己好好记住它。

蕾格娜的样子变了。上一次埃德加见到她是在婚礼上，那时她的脸上泛着愉悦和希望的光芒。现在的她仍然漂亮，但不太一样了——更像是满月的光芒，明亮，却冰冷。她比以往任何时候都更沉着镇定，身着一件十分合适的浓棕色衣服，但那女孩般的热情已经不见，取而代之的是带着愠怒的决心。

埃德加仔细打量她的身姿——干这事他从来不累——他推断她还没怀孕。蕾格娜结婚不过三个月多一点，所以还早。

蕾格娜欢迎埃德加到自己屋里来，以面包配软奶酪和一杯啤酒招待他。他想知道威尔夫和英奇的事，但又不敢问这种私人问题，所以他只是说："刚才我去了一趟奥神村。"

"是去做什么呢？"

"给我正在德朗渡口建造的新酿酒房买石块。"

"我是奥神谷的新领主了。"

"我知道。这就是我要来见您的原因。我觉得您被欺瞒了。"

"你继续说。"

埃德加把加布和账目棒的事情告诉蕾格娜。"我没法举证您被骗了，但我敢肯定这一点。"他说，"您还是去看一下为好。"

"我会去的。如果村长杜达以这种方式欺骗我　那他骗我的地方大概不止这一个。"

埃德加没想到这一点。他发现蕾格娜对治理有种敏锐的直觉，就跟他在木石建造方面的天资一样。他对她的敬佩之情加深了。

蕾格娜若有所思地说："其他村民是怎么样的？我从来没有到那儿去过。"

"那里有位叫瑟利克的老人，他看起来比其他人更明事理。"

"这个信息很有用。谢谢你。你多大了？"蕾格娜的声音变得明亮，稍微尖利了些，"你现在已经到结婚年龄了。遇见哪个女孩了吗？"

埃德加吃了一惊。上次在她婚礼的时候，他已经跟她讲过森吉芙的事了，现在她怎么还能问出一个关于爱情的轻松问题来呢？"我不打算结婚。"埃德加简短地说。

蕾格娜觉察出了他的反应，于是说："抱歉。刚才我有点忘了，忘了你是个多么认真的人，有着超出年龄的认真。"

"我想您也是这样的人。"

她想了想。他担心自己说话无礼了，不过她只是说："对。"

他们的谈话进入了一个亲密瞬间，埃德加鼓起勇气说："奥尔德雷德跟我讲了英奇的事。"

蕾格娜美丽的脸庞出现了受伤的神情。"这对我是个打击。"她说。

埃德加猜蕾格娜不是对谁说话都这么直白的，也感到很荣幸。"我很抱歉。"他说，"您这样被英格兰人带入歧途，我也觉得受了侮辱。"在他脑海深处，他发现自己其实没有预想的那么悲伤。不知怎么，威尔夫没能成为蕾格娜心中满意的丈夫，也没有让他感到太不愉快。他把这自私的想法抛到一边，说："这就是我对采石场主加布那么生气的原因。不过，您知道我们英格兰人不是个个那样，对吗？"

"当然。但我嫁的只有这一个。"

埃德加又问了个大胆的问题："您还爱他吗？"

她毫不犹豫地说："爱。"

他吃了一惊。

埃德加肯定是表现出来了，因为蕾格娜说："我知道。他骗了我，他不忠，但我爱他。"

"我明白了。"他说，尽管他没明白。

"你不该这么吃惊。"她说，"你爱的是一个死去的女人。"

这句话很残酷，但他们是在坦诚交流。"我想您是对的。"他说。

突然，她似乎意识到他们聊得太远了。她站起来说："我还有很多事情要做呢。"

"很高兴见到您。谢谢您的奶酪。"他转身要离开。

她的手放在他的胳膊上："谢谢你跟我讲了奥神村采石场主的事。我很感激。"

埃德加心中洋溢着喜悦。

让他惊讶的是，蕾格娜亲了亲他的脸颊。"再见。"她说，"希望很快就能再见到你。"

＊　＊　＊

到了早上，奥尔德雷德和埃德加去看军队启程。

奥尔德雷德仍然在琢磨德朗渡口的未解之惑。那个地方在隐瞒着什么事情。他很想知道为什么那里的普通村民对陌生人会带着敌意。这是因为他们正在守卫一个秘密——除了埃德加和他的家人，所有人都知道。

奥尔德雷德决心一探到底。

埃德加带着他的那袋石灰，准备在未来两天扛回去。"你这么强壮真是件好事。"奥尔德雷德说，"我可能连两个小时也扛不了。"

"我能行的。"埃德加说，"能有机会跟蕾格娜谈话，这也值了。"

"你喜欢她。"

看到埃德加那双闪烁着的淡褐色双眼，奥尔德雷德的心跳加快了。"喜欢，但不是你认为的那种喜欢。"埃德加说，"但也无妨，反正伯爵的女儿是不可能嫁给造船匠的儿子的。"

奥尔德雷德熟悉这种不可能的爱。他几乎要说出来他的爱，但他忍住了。他不想让自己对埃德加的柔情令他们两人陷入窘迫。这样他们的友情就会结束，而他现在拥有的也只有友情了。

奥尔德雷德扫了埃德加一眼，埃德加表情很平静。奥尔德雷德松了口气。

山坡上传来响声，那是马蹄声和欢呼声。声音越来越大，军队出现了。领头的是一匹铁灰色的雄马，眼里透着狂野。骑在马上的人穿着红色斗篷，当然就是威尔夫了，但他的脸藏在一副全罩式头盔里面，头盔上还插了一根羽毛。奥尔德雷德再仔细看，发现那副头盔不仅由简单的金属做成，还刻有远距离看不清楚的复杂图案。奥尔德雷德估计那副头盔仅作为装饰之用，由此获得众人称赞而已，如果真要上战场，威尔夫应该不会戴那么贵重的东西。

威尔夫的弟弟威格姆和儿子加鲁夫紧随其后，并排前行；然后是武装士兵们，衣着不那么奢华，但色彩明亮。他们后面跟着的是一群年轻男人——农民小伙和贫苦的镇上青年，他们穿着破烂的普通棕色外衣，大多拿着自制的木矛，还有些人只有一把厨房用的刀或斧子，他们希望能在战争中改变自己的命运，抢回一袋珠宝，或抓回几个值钱的十几岁俘虏，卖为奴隶。

他们经过广场，向城镇的人们招手，人们也在拍手、欢呼。随后，他们消失在北边。

埃德加要往东边前行。他扛上石灰，离开了。

奥尔德雷德回到修道院。快到礼拜仪式时间了，但他被召去见奥斯蒙德院长。

与往常一样，希尔德雷德与院长在一起。

奥尔德雷德想：现在又是哪一出？

奥斯蒙德说："奥尔德雷德修士，我就直说了。我不想让你成为温斯坦主教的敌人。"

奥尔德雷德马上明白了过来，但他假装没听懂："当然，这位主教是我们基督教兄弟。"

这样的陈词滥调骗不过奥斯蒙德："上次你跟德朗渡口那小伙子的对话被人听到了。"

"是的，我也当场发现希尔德雷德在偷听了。"

希尔德雷德说："你被偷听是件好事！这是你对院长的谋逆之举！"

"当时我只是在问问题。"

奥斯蒙德说："听着。我们在温斯坦对待德朗渡口的事情上有分歧，但这件事已经解决了，现在无须再提起了。"

"并非如此。在神的眼里，那座教堂仍然是一种亵渎。"

"也许是，但我已经决定不再与主教争吵了。我也不会控诉你的谋逆，尽管希尔德雷德对此言辞激烈。不过，奥尔德雷德，我认真地跟你讲，你绝对不能削弱我的权力。"

奥尔德雷德感觉内心交杂着耻辱和愤怒。一方面，他无心冒犯自己善良却懒惰的上级；然而从另一方面讲，一位神职人员无视邪恶是错误的行为。奥斯蒙德为了度过他平静的生活而不惜一切代价，但修士除了平静的生活，还有义务做更多的事。

可现在不是对抗的时候。"我很抱歉，我的院长阁下。"奥尔德雷德说，"我会更努力地记住我立下的服从誓言。"

"我知道你是个明事理的人。"奥斯蒙德说。

希尔德雷德露出怀疑的神色，他不相信奥尔德雷德有这么真诚。

他是对的。

* * *

第二天下午，埃德加回到了德朗渡口。他累垮了，扛着一袋石灰走那么远的路是个错误。他很强壮，但并不拥有神力。他的背部疼痛难忍。

到达之后，他看见的第一个东西就是堆在河岸上的石块。他的哥哥们把石块从木筏上卸了下来，但没有搬到酿酒房的旁边。那一刻，他恨不得把他们杀了。

埃德加累得没法走到酒馆里。他把那袋石灰往石块旁随便一扔，整个人就瘫在了地上。

德朗走了出来，看见他。"你回来了。"他说了一句多余的话。

"回了。"

"石头到了。"

"我看见了。"

"你带了什么东西回来？"

"一袋石灰。我替你省了车马钱，不过我再也不这样了。"

"还有别的吗？"

"没了。"

德朗露出一种邪魅的得意劲，表情很奇怪。

埃德加说："还有一件事，"他把钱包拿出来，"你给我太多钱了。"

德朗看起来吃了一惊。

埃德加说："石头是一便士一块。我们在奥神村的酒馆里花了一便士吃晚饭和睡觉，石灰四便士，还剩九便士。"

德朗接过钱包，数数里面的硬币。"是九个。"他说，"好，好。"

埃德加不解。德朗这种吝啬的人发现自己多给了别人钱应该是惊恐才对，可刚才他只是表现得有点意外而已。

"好，好。"德朗又说，然后回到酒馆去了。

埃德加躺在地上，等待背部的疼痛有所缓解。他觉得有点好笑。德朗的表情看着好像是原本就知道自己多给了钱，可他却为多余的钱被还回来而感到惊讶。

　　是的，埃德加想，就是这个原因。

　　德朗是在考验自己。德朗故意在他的行程中设置了诱惑，看看他会做什么。

　　换作他的兄弟们，他们就会咬下鱼饵。他们会把这钱偷了，然后被发现。但埃德加只是还给了他。

　　不过，埃尔曼和埃德博尔德说对了一件事，他们说德朗永远不会感谢埃德加，埃德加也确实没有获得感谢。

第十八章

九九八年，三月

对蕾格娜而言，访问奥神谷本是件简单的事。

威尔夫前往威尔士之前，蕾格娜曾向他提起过访问之事，他毫不犹豫地点头同意了。但在军队离开之后，温斯坦来到蕾格娜的屋里。"现在访问奥神谷并不是个好时机。"他露出不真诚的微笑，轻声说。一般温斯坦假装在说公道话的时候都会摆出这副模样。"现在已是春耕时节了，我们不希望去打扰农民。"

蕾格娜警惕起来。温斯坦从来没有对农事表达过兴趣。"自然，我也不想妨碍他们劳作。"她敷衍着。

"很好。把你的访问推迟。同时，我会为你收租，然后将收入交给你，就像圣诞节那时一样。"

温斯坦的确在上个圣诞节之后的几天给了蕾格娜很大一笔数目的账款，但他没有记录账目，所以她也不知道是不是收到了所有属于自己的钱。那个时候因为英奇的事，她心烦意乱，无暇顾及其他，但她不想让这种松散的状态持续下去。当他正要离开的时候，蕾格娜将一只手放在他的胳膊上："那你觉得应该什么时候去呢？"

"我想一想。"

蕾格娜怀疑自己对耕作周期比他了解得多。"东看，田地里总有急着要做的事。"

"是的，但……"

"耕种之后，就到播种了。"

"是……"

"然后就是除草，接着收割，再到打谷，接下来是碾磨。"

"我知道。"

"接下来就是冬耕了。"

温斯坦恼火了："什么时候合适，我会告诉你的。"

蕾格娜坚定地摇摇头："我有个更好的点子。我就在天使报喜节那天访问奥神谷。那是个假日，农民也不会劳作。"

温斯坦犹豫了一下，但显然找不出反驳的理由。"很好。"他简短地说着，然后离开。蕾格娜知道这不是他的最终答案。

但蕾格娜没有被吓倒。到了天使报喜节，她就会去奥神村收租，还会对加布进行突击检查。

她想带埃德加一起去当面对质。她派了位信使将埃德加从德朗渡口叫来，假装是想让他再做些木工活。

她希望离开此地的另外一个原因是自从大院里的丈夫们走后，这里的气氛令她厌倦。这里剩下的男性，要么尚且年幼无法上战场搏斗，要么年纪太大。蕾格娜发现，当男人们走后，女人们就开始不守规矩了，她们争吵、尖叫，还互相诽谤，她们的丈夫看了是要取笑她们的。也难怪她们不在场的时候，男人们也会做些令她们瞧不起的事。关于这点，她得问问威尔夫。

蕾格娜决定天使报喜节之后在奥神谷待上那么一两周，对这块已归入她名下的土地进行一次私人名义上的旅行，仔细看看自己到底拥有什么。她会亲自去见自己的佃户和属下，慢慢了解他们。她会在每座村庄主持庭审，建立自己作为公正审判官的名声。

蕾格娜向马夫长维诺斯询问马匹的情况，维诺斯摇摇头，在那口黄牙之间吸进一缕空气。"我们没有足够的马，"他指出，"之前闲置的马因为进攻威尔士而被征用了。"

蕾格娜不可能走着到那儿去。人们是通过形象来判断权威的，一位不能骑马到达的贵族会被视为缺乏权威。"但阿斯特丽德在。"她说。她从瑟堡带来了她最喜爱的马。

"您去访问肯定要配一些随从的。"维诺斯说。

"对。"

"除了阿斯特丽德，现在还有一匹老母马、一匹独眼的小马驹，和一匹从没有被骑过的驮马。"

镇上还有其他的马。主教和院长有坐骑，治安官还有一间大马厩，但会用作他途。"我们这里的马肯定够了。"蕾格娜坚决地说，"这不是理想的情况，但我会安排好。"

从马厩离开的时候，蕾格娜看见两个年轻居民正在厨房附近闲逛，跟吉尔达和其他几个厨房女工聊天。蕾格娜停下脚步，皱着眉头。在道德上，她对调情一事并不反对。事实上，如果有需要，她自己也很擅长。但是当丈夫们在外参战，这种暧昧之事会变得很危险。风流韵事瞒不了多久，从战场上回来的士兵们很容易会采取暴力措施回应。

蕾格娜改变了行进的方向，朝那两个男人走去。

一个叫艾希德的厨娘正在用一把锋利的刀子刮鱼鳞，满手是血。没人注意到蕾格娜的到来。艾希德正在赶男人们走开，但她显然是用一种逗弄的语气，而不是出于本意。"我们才不要你们这种男人呢。"她说，随后偷偷笑了起来。

蕾格娜发现吉尔达露出不满的神色。

其中一个男人说："女人从来不要我们这一种，可是她们会反悔啊！"

"噢，瞎说吧你。"艾希德说。

蕾格娜突然说话了："你们两个男的是谁？"

他们大吃一惊，一时间没有作声。

蕾格娜说："告诉我你们的名字，不然你们两个要挨鞭子。"

吉尔达用一根扦子指过去："他是维加，另一个是塔塔。他们在修道院的酒馆工作。"

蕾格娜说："维加和塔塔，你们觉得，当这些女人的丈夫们握着跟艾希德手里的鱼刀一样血淋淋的剑回到家里，知道了你们刚才对他们妻子说过的话，会有什么样的事情发生？"

维加和塔塔羞愧难当，沉默不语。

"杀人，"蕾格娜说，"他们会杀人。现在，回到你们的酒馆去吧，别再让我在大院里看见你们，直到威尔夫郡长回家。"

他们匆匆离去了。

吉尔达说："谢谢您，夫人。很高兴看到他们两个走了。"

蕾格娜回到自己的房子，重新考虑奥神谷的事。她决定在天使报喜节前夜骑马到达，第二天一早访问村子，下午则与村民们交谈，随后在第三天早上开始庭审。

在蕾格娜离开的前一天，维诺斯来找她，带着马厩里的气味进了她的屋子。他看上去一副假装悲伤的模样，说："去奥神村的路被洪水冲掉了。"

她紧紧地盯着他。他很高大，但笨拙。她说："是完全没法通行吗？"

"是的，完全没法通行。"他说。他并不擅长撒谎，看上去鬼鬼祟祟的。

"谁告诉你的？"

"呃，吉莎夫人。"

蕾格娜并不吃惊。"我会去奥神村的。"她说，"如果有洪水，我就想个办法过去。"

温斯坦似乎已经决心阻挠蕾格娜的访问，她细想。他动员了吉莎和维诺斯一起来劝阻她，以致现在她更加打定主意要去了。

蕾格娜等着埃德加从德朗渡口来，但他没有到。她很失望——她需要他来证实自己对加布的指控。没有埃德加的证词，她还可以指控加布吗？她不确定。

第二天，蕾格娜早早地起床了。

她穿着面料讲究的暗色服装——暗棕色和深黑色——以强调自己此行的严肃性。她感到紧张。她对自己说，她只不过是去见见她的人民而已，这种访问以前早就有过十几次了。不过，从来不在英格兰。一切可能并不如她所料。从她在此地的生活经验来看，事情往往就是这样。还有，给人们留下好印象至关重要。农民总是可以把一件事情记很久。一旦犯错，挽回可能就需要几年时间。

埃德加出现了，蕾格娜很高兴。他为他没有在前一天赶来表示抱歉，他说自己来晚了，所以直接就到修道院过夜了。蕾格娜松了口气，她不用独自面对加布了。

他们朝马厩走去。伯恩和卡特正将行李放在驮马身上，为那匹老母马和独眼小马驹套马鞍。蕾格娜从自己的马厩里将阿斯特丽德牵出来，她马上就发现了不对劲的地方。

阿斯特丽德行走的时候，一直在反常地上下摆动脑袋。蕾格娜仔细观察一阵，发现当阿斯特丽德的左前腿碰到地面时，总会抬起自己的头颈。蕾格娜知道，一般马受伤的时候会用这样的方式减轻身上的疼痛。

蕾格娜跪在阿斯特丽德身旁，用两手触碰着马腿的下半部分。她的手先是轻轻点压，随后加大了力度。蕾格娜一加大力度，阿斯特丽德就抽动起来，试图从蕾格娜的手中挣脱。

这样的马是没办法载着她前行的。

蕾格娜愤怒至极。她站起身来，狠狠地盯着维诺斯。她努力控制住自己的情绪，说：“我的马受伤了。”

维诺斯看起来很害怕：“肯定是哪匹马把它踢着了。”

蕾格娜看着别的马，它们都是一副有气无力的样子。“到底是哪匹活力四射的马把它给踢着了呢？”她讽刺地说。

维诺斯的声音出现了哀求的语调：“有时马会踢腿。”

蕾格娜往四处看。她的目光落在一盒工具上。马蹄需要铁蹄钉在脚掌上作为保护，而其中一个钉铁蹄的工具，就是重重的短木槌。她的直觉告诉她，维诺斯就是用那把木槌敲伤了阿斯特丽德的前腿。但她证明不了。

“可怜的马。”她轻声地对阿斯特丽德说。随后，她转身面向维诺斯：“如果你不能保证马匹的安全，那你就不配管理这间马厩。”她冷冷地说。

维诺斯摆出一副流里流气的固执模样，仿佛自己遭到了不公正的对待。

蕾格娜需要时间思考。她对伯恩和卡特说："你们先待在这里，不要把行李卸下来。"然后她离开马厩，朝自己的房子走去。

埃德加跟在后面。

他们经过水池的时候，蕾格娜对埃德加说："维诺斯那头猪故意把我的马弄瘸了。他肯定是用他钉铁蹄的木槌敲了它。它的骨头没裂，但肿得厉害。"

"维诺斯为什么要这么做？"

"他是个懦夫。有人让他这么做，他没有勇气拒绝。"

"谁会命令他这么做呢？"

"温斯坦不想让我去奥神谷。他一直在给我设置障碍。以往他都为威尔夫收租，现在他也想替我收租。"

"然后他就从中捞油水吧，我猜。"

"对。我怀疑他已经在路上了。"

他们走进蕾格娜的房子，但她没有坐下。"我不知道该怎么办。"她说，"我不想放弃。"

"现在谁有可能帮到您吗？"

蕾格娜想起她与奥尔德雷德关于同盟的对话。她有一些同盟。"奥尔德雷德会帮我，如果他可以的话。"她说，"德恩治安官也会。"

"修道院有马，德恩也有。"

蕾格娜思考了一会儿："我现在去奥神谷，其实就是去对质。温斯坦已经下了决心，我担心他会拒绝让我亲自收租，所以我要找一个强制执行法律的办法。"

"这样的话，您需要诉诸郡法院。"

蕾格娜摇摇头。在诺曼底，血缘关系比法律条文更加奏效，就她的观察，英格兰的法律制度也好不到哪儿去。"郡法院是威尔夫主持的。"

"您的丈夫。"

蕾格娜想到了英奇，她耸了耸肩。威尔夫会站在他妻子这边，还是他弟弟那一边？她不确定。这样的想法让她伤感了一会儿，但她甩开这种情绪，转而说道："我讨厌扮演抱怨者的角色。"

埃德加按照这个逻辑说下去："那么您就必须确保您自己收到了租，而不是温斯坦，让他抱怨去。"

这是个完美却不易实现的建议："现在我需要权威的支撑。"

"奥尔德雷德可能会跟我们去。修士是拥有道义权威的。"

"我不确定院长会不会放奥尔德雷德走。奥斯豪德很胆小，他不想引起争吵。"

"让我跟奥尔德雷德说。他喜欢我。"

"值得试一试。但道义权威可能还不够。我需要武装士兵，而我现在只有伯恩。"

"德恩治安官呢？他有自己的手下。要是他支持您，也只不过是在执行国王的法律，这也是他的职责。"

这是一种可能性，蕾格娜想。她很晚才发现，由于瑟堡协议和她的婚姻，威尔夫和温斯坦违抗了国王。治安官可能正对此痛心不已。"也许德恩很珍惜控制温斯坦主教的机会。"

"肯定的。"

蕾格娜感觉看到了前方的一条路："你跟奥尔德雷德谈一谈。我去找德恩。"

"我们必须分开走，不然别人会觉得我们在合谋什么。"

"没错。我先走。"

蕾格娜大步走出房子，穿过大院。她没有跟任何人说话——让他们心惊胆战地猜去，猜猜她的怒火会导致什么样的结果。

蕾格娜顺着山坡，朝城镇边缘德恩的住所走去。

维诺斯在温斯坦的唆使下与蕾格娜对抗，令她深感失望。她一直努力赢得大院仆人们的忠诚，她以为自己做到了。吉尔达是第一个依附蕾格娜的仆人，其他厨房女工也紧随其后。武装士兵们喜欢加鲁夫，他们大笑着说这男孩可真行，蕾格娜对此无能为力。但她曾不厌其烦与马夫们做朋友，现在看来，她失败了。她反思着：比起温斯坦，人们更喜欢她，但人们更怕温斯坦。

现在蕾格娜需要所有可以获得的支持。德恩会来帮她吗？她觉得有机会。他没有理由害怕温斯坦。奥尔德雷德呢？只要能帮，他会帮的。但如果这次他俩不行，蕾格娜就只能孤军奋战了。

治安官家的室内装备跟郡长家一样令人生畏，肯定是刻意作为震慑之用。德恩有一个围着栅栏的院子，里面是营房、马厩、大堂和几座稍小的建筑。

德恩拒绝参加威尔夫的军队，他说他的职责是保护国王治下夏陵地区的安宁，而且郡长不在的时候，这里更加需要他——温斯坦的行为还真是证明了这一点。

蕾格娜在大堂里找到了德恩。跟一般的男人一样，德恩见到蕾格娜很高兴。他的妻子和女儿跟他在一起，旁边还有他引以为豪的孙子。蕾格娜逗了一会儿小孩，小孩笑了，咿咿呀呀地回应着她。然后她开始说正事了。

"温斯坦企图抢夺我在奥神谷的租金。"蕾格娜说。

德恩的回答让她喜出望外。

"是吗，现在吗？"德恩露出愉悦的微笑，"那我们必须做点事了。"

* * *

蕾格娜和她的同盟对他们的计划颇为谨慎，只字不提。所以黎明时分没人知道他们出发，也没人有机会提前去通知温斯坦。他可是要大吃一惊了。

天使报喜节是三月二十五日，是为了纪念天使长加百列告诉圣母马利亚，她会奇迹般地怀上一个孩子。尽管当天阳光普照，但空气仍然冰冷。蕾格娜感觉这是一个向奥神谷的人们宣布自己是新领主的绝佳时机。

蕾格娜骑着德恩的一匹灰色母马，离开了夏陵。治安官跟她一起走，还带上了十几名由领队威格伯特领头的武装士兵。德恩治安官的支持令蕾格娜兴奋不已。这证明了她并不弱小，并非只能依靠自己丈夫的家庭而活。这场冲突还没有完结，但蕾格娜已经证明，她不是那么轻易被打倒的。

伯恩、卡特和埃德加牵着马走。在城镇外，他们与奥尔德雷德汇合。奥尔德雷德自己偷偷从修道院溜出来了，没告诉奥斯蒙德。

蕾格娜感觉振奋。她克服了每一个问题，处理好了遇到的种种障碍。她拒绝向挫折让步。

蕾格娜还记得威格姆当时在她婚礼上粗鲁的干预。他反对她接手奥神谷，马上就被威尔夫训斥了下去。之前蕾格娜不懂威格姆为什么要进行如此没有把握的抗议，现在她明白了。他想让大

391

家记住这个场景。威格姆和温斯坦一直盘算着从她手中夺走奥神谷，他们希望有一天可以说，他们从来就没有承认过蕾格娜有拥有它的合法性。

这肯定是温斯坦的计划，威格姆还没那么聪明。蕾格娜对温斯坦主教感到一阵厌恶。他滥用职权，利用官位满足自身贪欲。想到这个，蕾格娜顿时就想呕吐。

迄今为止，他们的计划仍然无法得逞，但蕾格娜告诉自己先不要得意。她挫败了温斯坦让她待在家里的企图，但现在只是个开始。

她专心思考自己在这次访问中要实现的目标。让那里的人们喜欢自己已经不再是她的主要任务。她首先必须让他们明白，她是他们的新领主，而不是温斯坦。也许没有比现在更好的机会来挑明这个事实了，治安官不会每一次陪同她去访问。

蕾格娜问埃德加奥神村有什么人，然后记下了几个主要的人名。她又让埃德加在进村的时候跟在队伍后面，不要让大家看见，等着自己把他叫上前去。

抵达之后，蕾格娜很愉快地发现这是座富裕的村庄。大多数房子里有一头小猪、一间鸡舍或者牛棚，有几户人家同时拥有这三样。蕾格娜知道，繁荣的地方往往有交易，她猜测，位于山谷出口的奥神村自然而然成了这整片地区的集市区。

让当地的财富维持并增长是她的责任，为的是她和居民们的利益。她的父亲总是说，贵族有特权，也同样有职责。

村庄外围的大片土地被遗弃了。蕾格娜很快就看见大部分居民聚在了教堂与酒馆之间的绿地中央。

在这片地带的中心位置，温斯坦坐在一张带坐垫的宽敞四脚凳上——那种在正式场合使用的座椅。他的两侧各站着一个男人。其中一个的头顶是剃光的，应该是村里的司铎，他的名字——蕾格娜想起了自己与埃德加的对话——叫德拉科；另一个体形笨重、红脸的人应该是村长杜达。

他们的周围摆放着物品。钱币在乡村里流通，且许多农民以实物的形式交租。两辆大车载着桶装和袋装的货物，还有在笼子里的鸡、熏好或腌好的鱼和肉；小猪和幼羊被临时关在紧靠教堂的畜栏里。

搁板桌上摆放着数不清的账目棒和几堆银便士。温斯坦的秘书伊塔马尔坐在桌前，手里拿着一张脏旧且边缘已经磨损的长羊皮纸，上面整洁地书写着的紧凑文字，可能是拉丁文，那便是每个人该缴纳的数目了。蕾格娜决心拿到那张羊皮纸。

这个场景对蕾格娜来说很熟悉，跟在诺曼底没什么区别，她扫了一眼就明白了。随后，她的目光聚焦到温斯坦身上。

温斯坦从椅子上站了起来，往前盯着，嘴巴张大。他看到了这支队伍的规模和权势。他的表情震惊又沮丧。怪不得他以为让阿斯特丽德瘸了腿，就能确保蕾格娜离开不了夏陵呢，现在他才开始意识到自己有多低估了她。温斯坦说："你是怎么……"但他随即改变了想法，没有问出来。

蕾格娜继续骑着马向温斯坦走去，人群从她的两边分开了。她左手握着缰绳，右手执着马鞭。

总能急中生智的温斯坦改变了语调。"蕾格娜夫人，欢迎来到奥神谷。"他说，"您的到来让我们很惊讶，但也感到荣幸。"温斯坦似乎想去抓住蕾格娜的马笼头，但她可不能由着他：她稍稍扬起马鞭，仿佛要朝他的手打过去。他看到了她的决心，便放弃了行动。

她骑马从他身边经过。

以前蕾格娜常在人数众多的群众面前发言，也知道如何让自己的声音传得更远。"奥神谷的人们，"她说，"我是蕾格娜，你们的新领主。"

一阵沉默。蕾格娜等待着。这时，人群中一个男人跪了下来。其他人也随之效仿，很快，每个人跪在了地上。

她转身对自己的队伍命令道："把那些车取走。"

治安官朝他的武装士兵点点头。

领队威格伯特是个身材精瘦、相貌凶狠的小个子男人，脾气如同绷紧的弦。他的副手是高大壮实的戈德温。他的体形让人们害怕，但他反而是两人中较为友好的那个。威格伯特才是大家要惧怕的人。

温斯坦说："那些车是我的。"

蕾格娜说："之后会还给你，但不是今天。"

温斯坦的同伴大多是仆人，并非武装士兵，威格伯特和戈德温朝他们靠近的时候，他们从车旁往后退去了。

村民们仍然跪在地上。

温斯坦说："慢着！你们想让一个女人统治你们吗？"

村民们没有回应。他们仍然跪在地上，但跪是免费的，现在真正的问题不是他们向谁俯首，而是他们给谁交钱。

蕾格娜对温斯坦的问题已经有了答案。"你不知道阿尔弗雷德大帝的女儿，麦西亚王国的首领，伟大的公主埃塞尔弗莱德吗？"她说。奥尔德雷德跟蕾格娜讲过，大部分人听说过这位仅仅去世八十年的杰出女性。"她就是英格兰有史以来最伟大的统治者之一！"

温斯坦说："她是英格兰人，你不是。"

"可是，温斯坦主教，你去协商了我的婚姻契约。奥神谷是在你的安排下授予我的。当你在瑟堡跟休伯特伯爵商定协议的时候，你是否注意到，当时你自己是在诺曼底，与一位诺曼贵族协商他诺曼女儿的婚姻问题？"

人群大笑起来，温斯坦气红了脸。"以前这里的人们就是把租金交给我的，"他说，"德拉科神父可以确认这一点。"温斯坦盯着村里的司铎。

那人一脸惊恐，只有力气说这么一句："主教说得对。"

蕾格娜说："德拉科神父，谁是奥神谷的领主？"

"夫人，我只是一名小小的乡村司铎……"

"但你知道谁是你这座村庄的领主。"

"是的，夫人。"

"那么请回答问题。"

"夫人，我们被告知，您是奥神谷的新领主。"

"那么，人们的租金应该交给谁？"

德拉科小声而含糊地说："您。"

"请大声点，让村民们都听见。"

德拉科看到自己已经没了别的选择："他们应该把租金交给您，夫人。"

"谢谢。"蕾格娜往人群望过去，停顿片刻，说，"所有人站起来。"

人们站了起来。

蕾格娜很满意，她控制了局面。但事情还没结束。

她从马背上下来，走到台前。每个人静静地看着她，好奇她的下一步。"你是伊塔马尔，对吗？"蕾格娜对温斯坦的助手说。伊塔马尔焦虑不安地盯着她。蕾格娜从他手里抓过羊皮纸。他没预料到她这个举动，也来不及抵抗。那份文件用拉丁文详细列出了村庄每个人应付的款项，还有不少潦草的改动痕迹。文件已经老旧，当今的佃户是最早先那些人名的儿孙辈。

蕾格娜决定向村民们展示自己的学识："今早到现在为止，你已经收了多少？"她问伊塔马尔。

"收到了面包师维尔蒙德这里。"

蕾格娜用手指顺着清单滑下去。"维尔蒙德斯·皮斯托尔，"她念了出来，"这里写着，他每个季度需要缴纳三十六便士。"人群中响起惊诧的低语：蕾格娜不仅识字，还能翻译拉丁文。"上前来，维尔蒙德。"

那位面包师是位身材圆润的年轻人，黑色胡子沾了些面粉。他与他的妻子和十几岁的儿子走上前去，每个人手里拿着一只小钱包。维尔蒙德慢慢数出了二十枚完整的硬币，就是二十便士。随后，他的妻子半个硬币半个硬币地数出十便士。

蕾格娜说："面包师的妻子，怎么称呼你？"

"蕾根希尔德，夫人。"她紧张地说。

"这位是你的儿子？"

"是的，夫人，他叫彭达。"

"好小伙子。"

蕾根希尔德放松了些："谢谢您，夫人。"

"你多大了，彭达？"

"夫人，我十五岁。"

"十五岁就长这么高了。"

彭达脸红了："是的。"

彭达数出了相当于二十四枚四分之一便士，这家人的钱就交完了。他们回到人群中，对这位贵族女人的关照露出微笑。蕾格娜想做的就是表现出对人，而不仅仅是对租客的关心。他们会记住这些很长时间。

蕾格娜朝村长杜达转过身去。她假装不懂，问道："跟我讲讲这些账目棒吧。"

"他们是采石场主加布的。"杜达回应道，"每位顾客买他的石块，他便会用这样一根棍子记下数量。其中五分之一的收入属于领主。"

"也就是我了。"

杜达闷声闷气地说："我们被告知是这样的。"

"你们这里哪一位是加布？"

一个手上有伤痕的瘦男人咳嗽着向前走来。

台上有七根棍子，只有其中一根有五个刻度。蕾格娜假装随机地拾起一根，问："那么，加布，这根棍子是哪位顾客的购买记录呢？"

"渡口主德朗。"加布的声音很粗，毫无疑问是长期吸入石粉的结果。

蕾格娜仿佛试图搞懂这套流程，她说："也就是说，德朗从你这里买了五个石块。"

"是的，夫人。"加布看上去不太自在，像是在琢磨事情的走向。他补充道："这其中一个石块的收入是我需要交给您的。"

蕾格娜朝杜达转过身："是这样吗？"

杜达焦虑不安，似乎在担心出现意外，可就是想不出来会发生什么："是的，夫人。"

"今天，德朗的建筑匠也跟我一起来了。"蕾格娜说。

蕾格娜听见两三声惊呼，但很快就压了下去，她猜有些村民肯定已经知道了加布的欺骗行为。加布突然像病了似的，杜达的红脸变得煞白。

蕾格娜说："上前来，埃德加。"

埃德加从武装士兵和仆人中间出现了，走上前站在蕾格娜的身旁。杜达向他投去憎恨的目光。

蕾格娜说："你从我的采石场买了多少石块呢，埃德加？"

加布赶紧接话："五个，是吧，年轻人？"

埃德加说："不是。五个石块不够我做酿酒房的屋顶。我买了十个。"

加布慌了："这是我的无心之错，夫人，我发誓。"

蕾格娜冷冷地说："没有什么无心之错。"

"可是夫人……"

"安静。"蕾格娜想开除加布，但她需要一个采石场主，也还找不到顶替的人。她决定将这种无奈当作自己的施恩之举，"我不准备惩罚你，"她说，"但我要跟你说一句我主对淫妇说过的话——去罢，从此不要再犯罪了！①"

人群对蕾格娜这个判决感到惊讶，但他们似乎是赞成的。蕾格娜希望她向人们展示了她是个无法被愚弄，但也心怀慈悲的统治者。

---

① 出自《圣经·约翰福音》第8章第11节。

她转向杜达："不过，我不会原谅你。你的职责就是保证你的领主不被欺瞒，但你没有做到。你不再是村长了。"

她再一次聆听着群众的反应。他们很震惊，但她没有听到反对之意，她由此推断，人们对开除杜达并没有什么遗憾。

"瑟利克向前一步。"

一个五十岁上下、面貌聪敏的男人从人群中走了出来，向蕾格娜鞠躬。

蕾格娜看着村民们说："我听说瑟利克是个诚实的人。"

她不是在问大家问题，但这会给大家一个印象——这是村民们自己的选择。不过她还是关注着群众的反应，有人发出了赞同之声，有人点头表示附议。看来，埃德加对瑟利克的直觉是对的。

"瑟利克，你现在是村长了。"

"谢谢您，夫人。"瑟利克说，"我会诚实守信。"

"很好，"蕾格娜看着温斯坦的助手，"伊塔马尔，这个位置不再需要你了，德拉科神父，你来接手。"

德拉科看起来很紧张，但他还是坐到了桌子前，瑟利克站在他身后。

温斯坦扬长而去，他的手下紧随着他。

蕾格娜往四周看了看。村民们很安静，看着她，等着她的下一步。蕾格娜已经得到了大家的密切关注，他们也准备好了听她之命。她获得了领导地位。她满意了。

"很好，"蕾格娜说，"我们继续吧。"

第十九章
九九八年，六月

奥尔德雷德骑着小马驹迪斯马斯离开夏陵，前往库姆。路上不止他一个人，所以相对安全。地方官奥法与他同行，准备去穆德福德。奥尔德雷德身上带着一封奥斯蒙德院长写给乌尔夫里克院长的信。信中所述是土地问题，问题棘手的地方在于，这些土地是由两座修道院共同拥有的。在奥尔德雷德的鞍囊里装着用亚麻布小心翼翼包裹着的教皇格里高利一世的《对话录》，奥尔德雷德在缮写室里重新对其进行了抄写和装饰。这是送给库姆一座小修道院的礼物。奥尔德雷德希望能够收到回赠之礼，即另一本可以扩充夏陵图书馆的书。有时书籍要经过买卖获得，然而作为礼物交换更常见。但奥尔德雷德前往库姆的真正原因并非送信，也不是想获得一本书。他是想去调查温斯坦主教。

奥尔德雷德希望仲夏节之后能马上抵达库姆，如无意外，那个时候，温斯坦和德格伯特会到访。他决心找出这对腐败的表亲在那里做什么，以及这与德朗渡口之谜有什么关系。奥尔德雷德已经被严令禁止再碰这方面的事，但他打定主意要违抗命令了。

德朗渡口的教堂对奥尔德雷德造成了很深的影响，他有种被玷污的感觉。看到与他同样身份的人行为放荡，作为神职人员，他难以为傲。德格伯特和他的手下似乎给奥尔德雷德所做的一切蒙上了阴影。奥尔德雷德愿意打破他服从的誓言，只要他能让那样的教堂不再存于世间。

现在奥尔德雷德已在路上，但他却有了一些担忧。他要如何找到温斯坦和德格伯特的去向呢？他可以跟踪他们，但也许他们会注意到。更糟糕的是，库姆有些房子是神职人员不能进的。也许温斯坦和德格伯特会悄悄地溜进去，或者根本不在意别人看见他们进去，但奥尔德雷德无法扮演一个常客，不然肯定会被发现的。这样一来，麻烦就大了。

奥尔德雷德会路过德朗渡口，于是他决定找埃德加帮忙。

一到村庄，奥尔德雷德就去了社区教堂。他高昂起头，走了进去。上一次他来这里，大家不欢迎他；这一次，迎接他的则是憎恨。他并不惊讶。他曾经试图剥夺这里的司铎闲适安逸的生活，他们永远不会忘记这一点。原谅和慈悲是他们缺乏的诸多基督徒的美德之一。不过，奥尔德雷德仍然坚持要求他们为自己提供神职人员应得的服务。他不打算鬼鬼祟祟地在酒馆里住，该感到羞耻的不是他。德格伯特和司铎们的罪行已经让大主教同意将他们驱逐：他们应该感到抬不起头才对。他们之所以还在这里的唯一原因是温斯坦主教干那些见不得人的勾当时可以利用他们，那些也正是奥尔德雷德想揭开的秘密。

奥尔德雷德不想暴露自己正前往库姆，会与温斯坦和德格伯特在同一时间到，所以他撒了个善意的谎，说他要去舍伯恩，从库姆到那里要七天时间。

一顿凑合的晚餐和一次敷衍的晚间祈祷后，奥尔德雷德去找埃德加。他发现埃德加在酒馆外面。暖夜下，正哄着一个坐在他膝上的婴儿。取得奥神村的胜利之后，他们就没有再见过面了。埃德加看起来很高兴见到奥尔德雷德。

　　可奥尔德雷德被婴儿吓了一跳。"你的吗？"他说。

　　埃德加笑了，摇摇头。"我哥哥的。她的名字叫温斯维斯，我们叫她温妮。她已经快三个月大了。是不是很漂亮？"

　　在奥尔德雷德看来，她跟其他婴儿没什么不同——圆脸，跟司铎一样是光头，流着口水，没什么吸引力。"对啊，很漂亮。"他说。这是他今天的第二个善意谎言了。他要祈求宽恕了。

　　"你怎么来了？"埃德加说，"不可能是想来看望德格伯特吧。"

　　"我想跟你谈谈，我怕被偷听，有没有什么地方可以聊？"

　　"我带你去我的酿酒房，"埃德加急切地说，"等一会儿。"埃德加走进酒馆放好婴儿，然后空手出来了。

　　酒馆离河流很近，从河里打水回去不用走多远，而且这里是在上游。在所有的河畔居民区，居民们会把桶拿到上游打水，让废弃物流到下游。

　　新建筑的屋顶是橡木做的。"我以为你打算用石头做屋顶呢。"奥尔德雷德说。

　　"我犯了个错误，"埃德加说，"我发现我不能将石头切成瓦片。它们要么太厚，要么太薄。所以我得改设计。"埃德加看上去有点惭愧："以后我得记住不是每一个好点子都能付诸实践的。"

　　酿酒房里，悬在石墙壁炉上的古铜色大锅里传来了浓烈而刺激的发酵气味，桶和袋子堆叠在一个隔间里，石地板很干净。

"真是座小宫殿啊！"奥尔德雷德说。

埃德加笑了："就是为了防火的。你为什么想私下跟我聊？快告诉我。"

"我正准备去库姆。"

埃德加马上明白了："过几天，温斯坦和德格伯特也会到那里去。"

"我想知道他们到底在干些什么。但我遇到了个问题。我不能跟着他们到处走，我会被发现的，尤其是万一他们要进那种败坏名声的场所。"

"那你打算怎么办？"

"我想让你帮我看着他们。你不太容易引起他们的注意。"

埃德加笑了："你的意思是说，一位修士想让我去马格丝的妓院吗？"

奥尔德雷德厌恶地做了个苦相："我自己也不敢相信。"

埃德加又严肃起来，说："我可以去库姆买必需品。德朗相信我。"

奥尔德雷德惊讶地说："他相信吗？"

"德朗给我设了个套。我买石头的时候，他多给了我钱，他还以为我会把剩下的偷走。我把钱还他的时候，他都震惊了。所以现在他很乐意让我做事，他不是一直嚷嚷自己的背不好吗，我也能替他减轻负担。"

"你需要从库姆买什么吗？"

"我们很快就要买一些新绳子了，在库姆买要便宜些。我明天可能就可以离开。"

"我们不能一起走，不能让别人知道我们在合作。"

"那我就在仲夏节的第二天走，把木筏带上。"

"完美。"奥尔德雷德感激地说。

他们走出酿酒房。太阳开始下山了。奥尔德雷德说："你到了之后，可以在小修道院找到我。"

"路上注意安全。"埃德加说。

* * *

仲夏节五天之后，埃德加在那家叫水手的酒馆里吃奶酪时，听说温斯坦和德格伯特在那个早上已经到达库姆，他们跟威格姆一起住。

威格姆重新修建了家里一年前被维京海盗摧毁的院子。盯着一个门口对埃德加来说并不难，尤其是这个门口不远处还有间酒馆。

但这是个无聊的活，埃德加只能通过推测温斯坦的动机来消磨时间。他想到了主教可能参与的所有罪恶勾当，但他就是想不出这跟德朗渡口有什么关系，他越想越没有头绪。

温斯坦和他的弟弟和表亲到达的第一个晚上，他们在家里狂欢作乐。埃德加一直盯着大门，直到院子里灯光熄灭。然后他跑去跟奥尔德雷德说，他什么也没有发现。

埃德加担心自己被人注意到了。库姆大多数人都认识他，大家很快就要开始琢磨他到底要干什么了。他已经买了绳子和其他必需品，也跟一帮老朋友喝了酒，还好好地看了看已经重建的小镇。现在，他需要一个停留的借口了。

现在是六月，埃德加记得树林里有个地方长着野草莓。这是每年这个时候的一种特别待遇，虽然草莓很难找，但是它们好吃得让人流口水。黎明时分，修士们起床做礼拜时，埃德加离开了小镇，走一英里到森林去。他很幸运，草莓熟得刚刚好。他摘了一袋子回到镇上，开始在威格姆的门口卖。院子进出的人流很多，所以这里是商贩摆摊的合理地点。二十四个草莓，埃德加卖一法寻。

到了下午，埃德加已经卖完了草莓，满口袋全是零钱。他回到自己在酒馆外的座位上，点了一杯酒。

布林德尔在库姆的行为很异常。这条狗似乎对身处一个如此熟悉却面目全非的地方感到不解。它在街上到处跑，重新与镇上其他的狗相认，困惑地嗅着重建的房子。它对着那座在大火中幸存下来的石制奶场愉快地大叫。整个半天的时间，它都坐在外面，等着森吉芙回家。

"我知道你的感受。"埃德加对布林德尔说。

那天傍晚早些时候，温斯坦、威格姆和德格伯特从威格姆的院子里出来了。埃德加小心翼翼，不去与温斯坦的目光接触——主教很可能认出他来。

不过温斯坦今晚挂念的是寻欢作乐之事。他的兄弟们换上了光鲜的装扮，他则将主教的黑色长袍换成了短外衣，外面披着一件用金色别针扣住的轻型斗篷，光秃的脑袋上还戴了顶神气活现的帽子。三个男人在傍晚的夜灯下，绕着布满尘土的街道蜿蜒前行。

他们走进水手酒馆，这是镇上最大也是装修最好的酒馆，里面总是很繁忙。埃德加考虑进去点杯啤酒，正巧，温斯坦也点了壶蜂蜜酒——这是一种用蜂蜜发酵的烈酒。然后埃德加从鼓胀的钱包里掏出几便士付了钱。

埃德加慢慢喝着酒。温斯坦没做什么特别的事，只是喝酒，大笑，点了一碟虾，还把手伸进一个上菜的少妇裙子里。他没有刻意隐藏自己寻欢作乐的秘密，尽管他也注意不去声张。

日光渐渐退去，毫无疑问，温斯坦也喝得更醉了。三人随即离开酒馆，埃德加跟在他们后面。埃德加感觉自己被发现的概率正在减少，但跟踪的时候，他还是谨慎地和他们保持了一定距离。

埃德加想到，如果他们发现了自己，他们可能也会装作没发现，之后再对自己发起突然袭击。要真是那样，他们可能会将自己打个半死，因为他自己不可能在他们三个面前成功自卫。埃德加努力让自己不害怕。

他们三个走到马格丝的妓院里，埃德加跟在后面。

马格丝重建了这场所，装修的奢华程度不逊于任何宫殿。墙上有壁毯，地面有褥垫，每张座椅有坐垫。两对男女正在毯子底下性交。屋内还设有屏风，用来遮挡因过于难堪或罪恶而无法直视的性行为。这里大概有八到十个姑娘和几个小伙，有些带着外国口音，埃德加猜他们大多是奴隶，是马格丝从布里斯托尔奴隶市场买回来的。

温斯坦马上就成了瞩目的焦点，他是这里级别最高的顾客。马格丝亲自给他端来一杯红酒，并亲了亲他的嘴唇，然后站在他身边介绍每个姑娘的特别之处：这一个胸大，那一个口活儿好，还有一个全身的毛剃得一干二净。

刚开始有一会儿没人注意到埃德加，后来，终于有个漂亮的爱尔兰姑娘把自己粉嫩的乳房露给他看，问他喜欢什么样的服务，埃德加低声含糊地说自己来错地方了，然后马上离开。

温斯坦在做一个主教不该做的事，而且他没有刻意隐瞒之意，可埃德加还是想不出那个最终的未解之谜是什么。

三个寻欢作乐者从马格丝的房子里摇摇晃晃地走出来时，夜色已经完全笼罩大地，但他们的夜晚还没结束。埃德加跟在他们后面，已经不太担心自己被发现了。他们朝海边一所房子走去，埃德加认得出来，那是羊毛商人辛瑞德的家，他的财富在库姆大概仅次于威格姆。门迎着晚风敞开着，他们走了进去。

埃德加不能跟着他们走进一所私人住宅，但从敞开的门望去，埃德加能看见他们坐在一张桌子四周，放松而友好地交谈着。温斯坦把自己的钱包拿了出来。埃德加躲在房子对面漆黑的巷道里。

很快，一个穿着讲究的中年男人朝房子走近。埃德加没认出这个人来。他显然不太确定自己是不是来对了地方，抬头四处看了看房门。在屋内灯光的映照下，埃德加能看见他穿着贵重的服饰，也许是个外国人。他问了一个埃德加没听见的问题。"进来，进来！"有人喊道。那男人进去了。

随后，门关上了。

不过埃德加仍然能听见里面的活动，很快，谈话的音量增大了。他清清楚楚地听见了一只骰子在杯子里碰撞的声音。他听见里面的叫喊声：

"十便士！"

"两个六！"

"我赢了，我赢了！"

"这骰子可邪了门儿了！"

显然，温斯坦喝酒嫖妓还没玩够，最后还要赌一把。

在巷道等了许久后，埃德加听见了修道院的钟声，那是午夜祈祷，新的一天的第一个仪式。过了一会儿，赌博结束了。几位赌徒从屋里出来，走到街上，手里拿着从火堆里捡的树枝，照亮回程的路。埃德加在巷子里往后退，但他清楚地听见了温斯坦的声音："罗贝尔先生，今天你运气可真不错啊！"

"你输钱也输得大方得体。"那人带着口音说，埃德加推测，这长着外国脸的人是个法国或诺曼商人。

"你得给我个机会把这些赢回来啊！"

"我很乐意。"

埃德加懊恼地想，他一整晚跟着温斯坦，结果只发现了主教是个输得起的人。

温斯坦、威格姆和德格伯特回到威格姆的住处，罗贝尔往相反的方向走去。兴起之下，埃德加跟在了罗贝尔后面。

那外国人走到海滩边，随后挽起外衣下摆，蹚水下去。埃德加跟随着火光看着他，直到他登上了船。在火把的光线之下，埃德加能看见，这船的船幅很宽、船体很深，几乎能肯定就是一艘诺曼货船。

之后火灭了，埃德加看不见罗贝尔了。

* * *

第二天早上，埃德加跟奥尔德雷德见面，承认自己一无所获。"温斯坦把教堂里的钱花在了酒、女人和骰子上，但没什么神秘的事。"埃德加说。

可是奥尔德雷德被埃德加以为无关紧要的一个细节吸引住了："温斯坦似乎不太在意输没输钱，刚才你是这样说的吗？"

埃德加耸了耸肩："要是他在意的话，他也没表现出来。"

奥尔德雷德怀疑地摇了摇头。"赌博的人总是在意输赢的。"他说，"不然赌博就不刺激了。"

"他只是跟那人握了握手，说他希望以后有机会全赢回来。"

"这个地方不对劲。"

"我想不出哪里有问题。"

"然后罗贝尔先生就上船了，那应该是他的船。"奥尔德雷德握紧拳头捶到桌上，"我得跟他谈谈。"

"我带你去。"

"很好。告诉我，库姆有兑换货币的地方吗？应该有的，这是座港口。"

"有，珠宝匠那儿，他会买下外国货币，然后把它们熔化。"

"珠宝匠？那他肯定有架天平，也有精准的砝码，可以衡量小件贵重金属。"

"肯定的。"

"我们先不急着找他。"

埃德加的好奇心被勾起来了。他不太能跟得上奥尔德雷德的思路。他问："为什么呢？"

"耐心一点。现在我还没有把这件事厘清。我们得先去找罗贝尔。"

他们离开了修道院。直到现在，人们还没有见过他们一起待在库姆。但奥尔德雷德似乎太兴奋了，已经忘了这事。埃德加领着他到海滩上。

埃德加也很兴奋。尽管他比较困惑，但他猜他们很快就会解开这个谜题了。

那艘诺曼货船已经在装货了。海滩上有一小座铁矿石堆成的山。男人们正将矿石铲进桶里,将桶搬到船上,将矿石倒进货舱。罗贝尔先生在海滩上指挥着。埃德加发现他腰带上别着一只被硬币撑起来的皮包。"那就是他。"埃德加说。

奥尔德雷德朝那个男人走去,自我介绍说:"我有个重要的秘密要告诉你,罗贝尔先生。我想昨天晚上你被骗了。"

"被骗了?"罗贝尔说,"可是我赢了啊。"

埃德加跟罗贝尔一样不解。他装了满皮包的钱,怎么叫被骗呢?

奥尔德雷德说:"如果你跟我到珠宝匠那里去一趟,我会跟你解释的。我向你保证,你不会白去一趟。"

罗贝尔紧紧地盯着奥尔德雷德看了好一会儿,随后似乎决定相信他。"好。"

埃德加领着他们到了珠宝匠威恩的家,这是一所幸存于维京突袭之火的石房子。威恩正在与自己的家人吃早餐。他是个五十岁上下、正在掉发的小个子男人。他的妻子很年轻——第二任了,埃德加想起来——还有两个小孩。

埃德加说:"早上好,先生。希望一切都好。"

威恩很友好:"你好啊,埃德加,你妈妈怎么样了?"

"说实话,老了些。"

"我们不都是这样吗。你回来库姆生活了吗?"

"只是来看看。这位是奥尔德雷德修士,夏陵修道院的图书管理人。他在库姆的小修道院待个几天。"

威恩礼貌地说:"很高兴见到您,奥尔德雷德修士。"他有点困惑,但很耐心,等着看发生了什么事。

"这位是罗贝尔先生，港口一艘船的船主。"

"很高兴见到你，先生。"

奥尔德雷德把话接了过来："威恩，是否可以森烦你帮罗贝尔先生手里的英格兰便士称一称重量呢？"

埃德加渐渐明白奥尔德雷德要做什么了，他被吸引住了。

威恩只是犹豫了一阵，为重要的修士做一件好事会在将来得到回报。"当然，"他说，"到我的作坊来吧。"

他领着他们走了进去，罗贝尔一脸不解，但并非不情愿。

埃德加看到，威恩的作坊跟卡思伯特在教堂的乍坊相似，有一个壁炉、一台铁砧、一列小工具，还有一口大概装着贵重金属的铁箍箱。工作台上有一架"T"字形的精美天平，天平横杆的两端各有一个托盘悬在下方。

奥尔德雷德说："罗贝尔先生，我们能称一称咋天你在辛瑞德的房子里赢来的便士吗？"

埃德加说："啊。"他开始明白罗贝尔是怎么被骗了的。

罗贝尔从他的腰带上取下皮包，然后打开，里面有英格兰硬币和外国货币。他把英格兰硬币从里面拣出来，其他人则耐心地等待着。硬币一面是十字架，另一面是埃塞尔雷德国王的头像。罗贝尔小心翼翼地合上皮包，重新别在腰带上，然后又数了数那些便士，共六十三枚。

奥尔德雷德说："这是你昨天晚上赢的全部钱吗？"

"几乎是全部了。"罗贝尔说。

威恩说："请将六十便士放在天平上，不用挑选。"罗贝尔照做了。威恩从盒子里把几个小砝码拿了出来。它们是圆盘状的，埃德加觉得它们像是铅做的。"六十便士的话，重量会是三盎司①整。"威恩说。他将三个砝码放在另一边的托盘上，托盘马上沉到了台面。埃德加倒抽了一口气，他震惊了。威恩对罗贝尔说："你的便士很轻。"

"什么意思呢？"罗贝尔说。

埃德加知道什么意思，但他没说话，等威恩解释。

"大多数银便士含有铜，这样会让硬币更耐用。"威恩说，"英格兰便士中含有一份铜和十九份银。你稍等。"他将一盎司重量的砝码从托盘拿走，用小一点的砝码代替它们。"铜比银要轻。"托盘两边平衡之后，威恩说，"你的便士里有十份铜和十份银。因为不易区分，所以日常使用没有问题。但这些是假币。"

埃德加点点头。这便是未解之谜的答案了：温斯坦是个造假币的人。不仅如此，现在埃德加意识到，赌博就是一个以假钱换真钱的方式。如果温斯坦赢了，他赢的是真银币，但如果他输了，他输的只不过是假银币而已。从长远来看，他肯定是赚的。

罗贝尔气红了脸。"我不相信你。"他说。

"我来证明给你看。有人有正常的银币吗？"

埃德加有德朗的钱。他给了罗贝尔一便士。罗贝尔拿出自己腰带别着的小刀，往硬币有埃塞尔雷德国王的一面划了一刀，划痕几乎看不出来。

威恩说："这枚硬币从上到下是一样的。不管你划多么深，里面都是银的。现在你划一个自己的。"

罗贝尔把硬币还给埃德加，从托盘上拿起一枚自己的硬币，像刚才那样划了一刀。这一次，划痕是棕色的。

---

① 1盎司，约合28.350克。

威恩解释说："这是半银半铜的颜色。造假币的人会用硫酸将硬币表面的铜刷干净，让它们看上去是银色的，但表面之下的金属仍然是棕色。"

罗贝尔气愤地说："那些该死的英格兰人跟我用假币赌钱！"

奥尔德雷德说："这个，其实就一个人。"

"我现在就去告辛瑞德！"

"也许辛瑞德不是犯错的那个。那里有多少个人？"

"五个。"

"你打算告谁去呢？"

罗贝尔看到了问题所在："意思是骗我的人要逃掉了？"

"如果我能帮上忙的话，就不会逃。"奥尔德雷德坚决地说，"可如果你现在把他们全指控一遍，他们肯定会否认的。更糟糕的是，可能有人会事先提醒恶人，这样的话，就很难将恶人绳之以法了。"

"那我要拿这堆假钱怎么办？"

奥尔德雷德并没有同情之意："罗贝尔，这是你赌博得来的钱。把这些假币熔掉，做成戒指戴上，时刻提醒自己不要再赌博了。记住罗马士兵在十字架前为了我主耶稣的衣服掷骰子的事。①"

"我考虑一下。"罗贝尔闷闷不乐地说。

埃德加怀疑罗贝尔不会将这些假币熔掉。他看起来更像是会每次花出去一两个，这样人们也就不易察觉它们的重量了。但事实上，埃德加发现，要真是这样，也正合奥尔德雷德的目的。如果罗贝尔打算花这钱，那他是不会跟任何一个人说的，所以温斯

---

① 出自《圣经》，耶稣在被钉上十字架时，罗马士兵脱下他的衣服，用赌博的方式赢取耶稣的衣服。

坦不会知道他的秘密已经被暴露了。

奥尔德雷德转向威恩说："基于同样的原因，我可以请你不把这件事告诉别人吗？"

"好的。"

"我可以向你保证，我决心让罪犯绳之以法。"

"很高兴听到您这么说。"威恩说，"祝您好运。"

罗贝尔说："阿门。"

＊　＊　＊

奥尔德雷德感觉像打了场胜仗，但他很快就意识到这场战役还没结束。"社区教堂的所有神职人员明显知道这件事。"埃德加将木筏往上游划的时候，奥尔德雷德若有所思地说，"这事在他们那里几乎是藏不住的。但他们还是保持沉默，因为这种沉默可以为他们换来一辈子的闲适富贵。"

埃德加点点头："还有村民们。他们大概也猜到了有些不正常的事在发生，但温斯坦每年会贿赂他们四次。"

"所以当时我建议把那座腐败教堂改革成敬神的修道院时，温斯坦才会这么愤怒。这样一来，他们就得到另一座偏远村庄重建这套体系了，重来一遍可不容易。"

"卡思伯特肯定就是那个造假币的。在模具上刻图案，然后做硬币，这种技术只有他一个人会。"埃德加感到不太舒服，"他不是个那么坏的人，他只是软弱而已。他永远都没办法跟温斯坦这样的霸凌者对抗。我几乎要为他感到遗憾了。"

他们在穆德福德路口分开了。他们还是很小心不让别人发现

414

他们在一起。埃德加继续往上游走，奥尔德雷德骑着迪斯马斯，绕路前往夏陵方向。奥尔德雷德幸运地遇上了两个载着一车看上去像是煤但实际上是锡石的矿工。锡石是从宝贵的锡中提取的矿物。如果法外之徒铁面人出现在附近，奥尔德雷德能肯定他一看见这两个人高马大、握着铁头锤子的矿工，就会被吓住了。

旅途中的人一般喜欢聊天，但这两个矿工不怎么说话。所以，奥尔德雷德也可以借这个时间仔细思考应该怎样将温斯坦送到法庭，让他被判罪，接受惩罚。然而，就奥尔德雷德现在所知，这并不是件简单的事，而且会有大量的助誓人当场发誓，证明主教是个诚实的人，他们所述绝无谎言。

若是证人表示反对，那么就会有一套解决问题的流程——其中一个证人需要经历严酷的考验，要么捡起一块炙热的铁条，握着它走十步；要么将他的双手伸进滚烫的水中，把一块石头拿出来。从理论上说，上帝会保护一个讲了真相的人。而实际上呢，奥尔德雷德从来没听说过有谁是愿意接受这个考验的。

通常而言，哪一方说了真话，法庭是清楚的。法庭会相信更可信的证人。但温斯坦的案件会在夏陵法庭举行，由他的哥哥主持。威尔武夫郡长将会不顾廉耻地袒护自己的弟弟。而奥尔德雷德唯一的机会就是提供再清楚不过的证据，背后的支持者也必须有相当的地位，这样的话，即便是温斯坦的哥哥，也无法假装自己一无所知了。

奥尔德雷德想知道是什么让温斯坦这样的人成了假币制造者。主教的生活本就清闲自在，他还需要什么呢？为什么要冒着失去一切的风险做这些？奥尔德雷德的假设是，温斯坦是个贪得无厌的人。不管他已经拥有多少钱和权，他仍然想得到更多。罪恶本身如此。

第二天晚上比较晚时，奥尔德雷德才回到夏陵修道院。修道院很安静，他在教堂里也能听见夜课的圣咏，这场仪式标志着一天之末。他把马牵进马厩，直接走回住宿区。

他的鞍囊里有一份库姆修道院送给他的礼物——一本《约翰福音》，开头的文字引人深思：太初有道，道与神同在，道就是神（In principio erat Verbum, et Verbum erat apud Deum, et Deus erat Verbum）。奥尔德雷德感觉自己可以花费一生的时间来搞懂这个奥秘。

奥尔德雷德一见到奥斯蒙德院长，就会把这本新书给他看。正当奥尔德雷德把包里的东西取出来时，戈德莱夫修士从住宿区楼层最里的奥斯蒙德的房间里走了出来。

戈德莱夫与奥尔德雷德年纪相当，皮肤黝黑，清瘦而结实。他的母亲是个挤奶工，曾被一个路过的贵族男人强暴。戈德莱夫不知道那男人的名字，他话里表达过他母亲也从来不知道。就像大多数年轻修士一样，戈德莱夫与奥尔德雷德持有相似的观点，也对奥斯蒙德和希尔德雷德的谨慎与吝啬感到不耐烦。

奥尔德雷德注意到戈德莱夫脸上的担忧。"怎么了？"他说。他意识到戈德莱夫心里有些不愿讲的事。"说出来吧。"

"我一直在照顾奥斯蒙德。"戈德莱夫来修道院之前，一直是个怯懦的人，而且话也不多。

"为什么啊？"

"他已经卧病在床了。"

奥尔德雷德说："很遗憾听到这个消息，但也不算太震惊。他病了有一段时间了，下楼也比较困难，不用担心。"他停了下来，观察戈德莱夫的表情："还有别的事，对吗？"

"你最好去问问奥斯蒙德吧。"

"好的，我会的。"奥尔德雷德拿起他从库姆带来的书，走进奥斯蒙德的房间。

奥尔德雷德发现院长正坐在床上，靠着身后垒起的一叠垫子。他身体不好，但看上去挺舒服。奥尔德雷德猜，不管院长接下来的人生是长是短，这样在床上度过余生，他也是满足的。"很遗憾听说您身体不适，我的院长阁下。"奥尔德雷德说。

奥斯蒙德叹叹气："智慧的上帝没有赋予我继续前行的力量。"

奥尔德雷德不确定这是否完全由上帝决定，但他只能回答："上帝永远是智慧的。"

"我必须依靠更年轻的人了。"奥斯蒙德说。

奥斯蒙德看上去有点难为情。跟戈德莱夫一样，他似乎正背负压力，有些不愿意说出来的话。奥尔德雷德有种不祥的预感。他说："您是否在考虑指派一位执行院长，在您生病期间为您管理修道院事务呢？"这是个重点，被指派为执行院长的修士将有很大机会在奥斯蒙德死后成为正式院长。

奥斯蒙德没有直接回答。这不对劲。"年轻人的问题是他们会惹麻烦。"奥斯蒙德说，这话对奥尔德雷德明显是个打击。"他们太理想化了，"他继续道，"他们会冒犯别人。"

不能再问得这么小心翼翼了。奥尔德雷德直白地说："您是已经指派谁了吗？"

"希尔德雷德。"奥斯蒙德说完，就往别处看云。

"谢谢，我的院长阁下。"奥尔德雷德说。他把书扔到奥斯蒙德的床上，离开了他的房间。

第二十章

九九八年，七月

　　威尔武夫离开夏陵的时间比人们预想的要长三个月，占了蕾格娜与他成婚后的三分之一的时间。六周之前传来了一个消息，说他对威尔士的进攻比原计划要更加深入，还有，他身体状况良好。

　　蕾格娜很想威尔武夫。婚后的她已经喜欢上有个男人跟她聊天、跟她讨论问题、夜晚躺在她身边的生活了。英奇导致的刺激为蕾格娜的快乐蒙上了阴影，但她仍然渴望着威尔夫归来。

　　蕾格娜几乎每天都能在大院里看见英奇。蕾格娜才是威尔夫的正式妻子，她高高地昂起头，避免与她的敌人说话，但她还是时不时会感到羞辱。

　　蕾格娜紧张地想着威尔夫回来后对她的感觉。也许他已经在旅途中跟别的女人睡上了，之前他就残忍地向她表明——而且不是在婚前，是在婚后——他爱她，但这并不意味着他不会跟别人睡觉。他在威尔士有没有遇见更年轻漂亮的姑娘？他回来之后还会对她的身体感到饥渴吗？还是两样都有？

　　蕾格娜提前一天知道了威尔夫要回来的消息。疾驰的马捎来了他的话——明天即将抵达。蕾格娜马上让大院开动起来。厨房开始准备宴会，屠杀一只小公牛，在烤肉坑里生火、烤面包，将一个个桶装满酒。厨房里没有领到活的人被派去打扫马厩，给地面换上新的灯芯草和稻草；还有仆人负责拍打床垫、晾晒毯子。

蕾格娜走到威尔夫的房间里，燃烧黑麦驱逐蚊虫，拉下窗板，让空气进来；又撒上薰衣草和玫瑰花瓣，让床铺沁人心脾。她把一个个水果摆到篮子里，还在房间里摆上一壶红酒、一小桶啤酒，以及面包、奶酪和熏鱼。

做着这些事，蕾格娜心中的焦虑也渐渐消散了。

第二天早上，蕾格娜让卡特烧了一大锅水，把全身上下清洗了一遍，尤其是头发；随后将香薰油涂在脖子、胸部、大腿和双脚上揉搓；最后，她穿上一件刚洗过的长裙和新的丝绸鞋，用一条有金色刺绣的带子护住头巾。

威尔武夫在中午时分到达。他还没有到达大院，蕾格娜就听见了镇上的欢呼声。他领着军队骑马奔来，她匆匆走去，希望能在大堂前方占到主要的迎接位置。

威尔武夫穿过大门，骑着马而来，身上红色的斗篷飘扬，副手们紧随其后。他一眼就看见了她，于是以危险的速度朝她奔去，蕾格娜第一反应就是想冲过去迎接他，但她努力忍住了，她知道自己要向他——以及众人——表现出对他驾驭技术的信心。在最后那一瞬，她看到了他没有修剪的头发和胡子，他平常刮得光光的下巴已毛发丛生，前额还有了一道新的疤痕。大家注意到威尔武夫没能及时拉住马缰，还让马从蕾格娜身边走远了好几英寸，她的心脏就像被锤子敲打一般怦怦直跳，而欢迎的微笑也一直保持在她脸上。

威尔武夫从马背上一跃而下，把蕾格娜抱在怀里，这正合她心中所愿。大院的人们欢呼、大笑着——他们喜欢看到他对她的激情。蕾格娜知道这是他对追随者们的炫耀，她也接受了这个事实——这是他领导者角色的一部分。不过他拥抱她时的真诚是毋庸置疑的。威尔武夫贪婪地吻着蕾格娜，舌头伸进她的嘴里，她也急切地做出了同样的反应。

过了一会儿，威尔武夫停了下来，俯下身，将一只手臂搂在蕾格娜的双肩下，另一只手臂支撑着她的双腿，然后把她抱起。她快乐地笑了起来。他抱着她经过大堂，到自己的住所里去。人群满意地欢呼着。蕾格娜的快乐加倍了，因为她已经把他的房子打理得干净又惬意。

威尔武夫摸索着找到门闩，甩开门，将蕾格娜抱进去，然后把她放下，又甩上了门。

蕾格娜将头巾解下，让头发自由飘散，随后迅速脱下长裙，裸着身体躺到他的床上。

他盯着她的身体，眼神里透着愉悦和欲望。他像个口渴的人，想喝下山间溪水。他还穿着短皮衣和裹腿裤，然而整个人就落到了她的身上。

她用双臂和双腿包裹着他，将他深深地插入自己体内。

一切进行得很快。他从她身上滚落，几秒钟就睡着了。

蕾格娜躺着看了威尔夫一会儿。她喜欢他的络腮胡子，但她知道明天他就会把它刮掉，因为英格兰贵族男人是不留络腮胡的。她碰了碰他眉头上的新伤疤。那条疤痕自他右边靠近发际线的太阳穴开始，沿着锯齿般的路线到达了左眉。她用指尖顺着伤痕摸过去，沉睡中的威尔夫动了一下。又伤了半英寸……她猜是某个勇敢的威尔士人干的。那个人大概因此丧了命。

蕾格娜倒了一杯红酒，吃了一小口奶酪。她看着威尔夫，很高兴他活着回到了自己身边，仅仅是这样，她就已经满足了。威尔士人不是强劲的对手，但并非手无缚鸡之力，她能肯定，大院里不少做妻子的现在已经听说自己丈夫不能回来的消息，她们正在为此哭泣。

威尔夫一醒来，他们就再次做爱，这一次要慢一点。他脱下了衣服。蕾格娜有了时间慢慢享受每一种知觉，用双手在他的肩膀和胸部揉搓着，将手指插进他的头发里，咬他的嘴唇。

结束之后，他说："天啊，我能吃得下去一头牛了。"

"我正好为你的晚餐烤了一头。但我现在先让你吃点东西。"蕾格娜给他端来了红酒、新鲜面包和熏鱼，他津津有味地吃了下去。

然后他说："我在路上看见了温斯坦。"

"啊。"她说。

"他跟我说了上次在奥神村发生的事了。"

蕾格娜紧张起来。她知道威尔夫会问。温斯坦一直没有接受那次失败，他会通过挑拨她和威尔夫的关系来复仇。但她没想到他动作那么快。昨天信使一到，温斯坦肯定就动身去见威尔夫，迫切地把自己那个版本的故事先告诉他，让蕾格娜处于防守地位。

但她已经有了策略。这整件事是温斯坦的错，而不是她的，所以她不会为自己做的事找借口。她迅速进入了与他讨论的状态。"不要对温斯坦生气，"她说，"兄弟之间要和睦。"

威尔夫没想到蕾格娜会这么回答。"可温斯坦对你感到生气。"他说。

"当然了。你不在的时候，他想钻你远征的空子抢我东西，不过你别担心，我阻止他了。"

"是这样吗？"显然，此前的威尔夫并不认为，此事的性质是一个有权势的男人攻击了一个没有防备的女人。

"他失败了，所以他生气。但我可以去跟温斯坦打交道，我不想让你为我担心。你别责怪他了。"

威尔夫正在调整自己对整个事件的理解："可温斯坦说，你在其他人面前羞辱了他。"

"一个当场被抓获的窃贼自然是会感到被羞辱的。"

"也是。"

"他的补救办法就是不要再去偷了，不是吗？"

"对。"威尔夫笑道。蕾格娜也看到自己成功处理好了一次棘手的对话。他补充道："温斯坦可能遇上劲敌了。"

"噢，我可不是他的敌人。"蕾格娜说，尽管她知道真相恰恰相反。可是这番谈话已经足够，而且有了个好结果，所以蕾格娜转移了话题："跟我讲讲你的历险吧，你有没有狠狠地把威尔士人教训一顿？"

"有，我还带回来几百名俘虏来当奴隶。我们可以小赚一笔。"

"干得好。"蕾格娜说，但她心里不是这么想的。奴隶制是她在英格兰生活中感受到的艰辛一面。在诺曼底，奴隶几乎已经不存在了，可在这里却是正常现象。夏陵有上百个奴隶，其中一些就在大院里工作和生活。很多人干的是铲除粪堆、清洁马厩的脏活，或者干些类似挖沟、搬木材的重活。镇上的妓院无疑也会有年轻奴隶，尽管蕾格娜没有亲眼见过，因为她没进去过。奴隶一般不用绳索绑着，他们可以逃跑，有人成功逃脱了，但很容易被认出来，因为他们衣衫褴褛，没有鞋子，口音也奇怪。大多数逃脱的人被抓了回来，这时，原主人就要给抓获奴隶的人付报酬。

威尔夫说："你看上去可没那么高兴。"

蕾格娜不想现在跟威尔夫讨论奴隶制。"我在为你的胜利激动着呢。"她说，"我在想，你够不够男人，能不能厉害到在一个下午与我做三次。"

"够不够男人？"他带着不屑气愤地说道，"跪下趴着，我就让你看看。"

* * *

第二天，俘虏在城镇的广场上展出，他们在大教堂和修道院之间布满尘埃的地上排成一列，蕾格娜在卡特的陪同下走出来看。

由于一路跋涉，俘虏全身脏兮兮的，筋疲力尽。有些人身上带着小伤，可能因为挣扎过。蕾格娜想，那些伤得重的应该是在路上被抛下等死了。广场上的奴隶有男人有女人，也有十一岁到十三岁之间的男孩和女孩。眼下是夏天，烈日炎炎，但他们头顶没有遮挡。他们以各种方式被捆绑着——大多被绑住了脚，以防逃跑；有些人被铁链锁在一起；还有一些被他们的捕获者牢牢抓住，等着好好议个价。一般的士兵都要卖上一两个奴隶，但威格姆、加鲁夫还有其他领队有好几个要卖。

蕾格娜沿着那排奴隶往前走。这一幕令她沮丧。人们说，奴隶之所以成为奴隶，是因为他们做过活该的事，有时也许这是真的，但不是在每个人身上都对。青少年能犯下什么样的罪过，活该成为妓女和男妓呢？

　　奴隶是任凭使唤的，但他们表现糟糕，能逃则逃；而由于人们要为他们提供食宿和少量衣服，所以其实他们比最低价的劳动力便宜不了多少。困扰蕾格娜的不是金钱，而是精神上的问题。奴役一个人对灵魂是没有好处的。残忍成了常事——法律对虐待奴隶的行为做了相关规定，但没有得到执行，而且只是轻微的惩罚。对他人施以拳脚、强奸，甚至杀戮，已让人类最恶毒的天性原形毕露。

　　蕾格娜在广场上端详奴隶们的脸时，认出了加鲁夫的朋友斯蒂奇，就是那个在球赛上与她发生过冲突的人。斯蒂奇向蕾格娜鞠了一躬，动作夸张得不真实，但也不算粗鲁，不值得为此抗议。她没理会他，只看着他抓来的三个俘虏。

　　蕾格娜惊讶地发现有个人她认识。

　　那个女孩大概十五岁，长着黑色的头发、蓝色的眼睛，典型的威尔士人相貌，与海峡另一边的布列塔尼人相貌也类似。如果洗去她脸上的污垢，也许是个美人。她也盯着蕾格娜，违抗的神情没有很好地掩盖她内心的脆弱，这神情让蕾格娜突然回到以前的记忆里。"你是德朗渡口的那个女孩。"

　　被俘虏的人什么也没说。

　　蕾格娜记起了她的名字："布洛德。"

　　女孩还是没说话，但神色柔和了下来。

　　蕾格娜压低了声音，不让斯蒂奇听见："他们说你逃跑了。你现在肯定是第二次被捕了。"运气太坏了，她想，心中对这个第二次经历同样命运的人涌起了同情的暖意。

　　她想起了更多的事："我听说德朗……"想到自己接下来要

说的话，她停了下来，手飞快地捂住嘴。

布洛德知道蕾格娜在犹豫什么："德朗杀了我的孩子。"

"我很抱歉。没人帮你吗？"

"埃德加跳进了河里救他，可是在黑夜里，埃德加找不到他。"

"我认识埃德加。他是个好人。"

"他是我见过的唯一正派的英格兰人。"布洛德痛苦地说。

蕾格娜看到她眼里的坚定："你爱上他了吗？"

"他爱别的人。"

"森吉芙。"

布洛德向蕾格娜投去神秘的一眼，但什么也没说。

蕾格娜说："那个被维京海盗杀死的人。"

"是的，是她。"布洛德焦虑地朝广场周围望去。

"我想你是在担心这次谁会把你买下。"

"我很害怕德朗。"

"我很确定他不在城里，不然他会先来看我，他喜欢假装我们是一家人。"蕾格娜在广场上还注意到了温斯坦和他的侍卫克内巴，"但也有其他残忍的人。"

"我知道。"

"也许我应该把你买了。"

布洛德的脸上燃起了希望："您会吗？"

蕾格娜对斯蒂奇说："这个奴隶，你打算卖多少钱？"

"一镑。她十五岁，很年轻。"

"太贵了。我可以出一半的价。"

"不行，她值更多钱。"

"那就折中成交？"

斯蒂奇皱了皱眉头："那是多少钱？"他知道折中成交的意思，但他算不清数。

"一百八十便士。"

温斯坦突然来了。"买奴隶呢，我的蕾格娜夫人？"他说，"我还以为你们品德高尚的诺曼人是不赞成这事儿的呢。"

"就像一位不赞成通奸的高尚主教那样，我还就是这么做了。"

"你的回答总是很聪明。"温斯坦一直好奇地打量着布洛德，"我认识你，对吗？"

布洛德大声地说："你操过我，如果你是这意思的话。"

温斯坦面露尴尬，他这样可不常见。"别胡闹了。"

"你操过两次，在我怀孕之前，你把钱给了德朗，一次三便士。"

温斯坦只是摆出了神职人员的正派样，但被人在大庭广众之下大声控诉他的不检点，他还是陷入了窘迫："胡说八道，你这是瞎说。我记得你从德朗那儿逃跑了。"

"他杀了我的男婴。"

"谁关心呢？一个奴隶的孩子……"

"也许是你的儿子。"

温斯坦脸色煞白。显然他没有想到这点。他努力挽回自己的尊严："你逃跑了，应该被鞭打。"

蕾格娜打断了温斯坦："我正在为这个奴隶谈价格呢，主教阁下，你能不能停下来，让我继续？"

温斯坦面带恶意地笑了："你不能买了。"

"抱歉你再说一遍？"

"这个人不卖。"

斯蒂奇说："要卖！"

"不行，不能卖。她是个逃犯。她必须回到她的合法主人那里。"

布洛德小声道："不，别这样。"

"这不是我的决定。"温斯坦欢快地说，"即便一个奴隶没有对我说什么不敬的话，结果也还会是这样。"

蕾格娜想争论，但她知道温斯坦是对的。之前她没想过这个问题，但一个逃跑的奴隶的确仍然合法地属于原来的主人，即便在重获自由几个月后。

温斯坦对斯蒂奇说："你必须把这个女的带回德朗渡口。"

布洛德哭了起来。

斯蒂奇不明白："可她是我抓获的。"

"你把逃犯抓了回来，德朗会给你应有的报酬，所以你也不会什么钱也捞不着。"

斯蒂奇仍然不解。

蕾格娜一贯认为要遵守法律。法律有残酷的时候，但总比无法无天好。然而在这件事上，如果她可以的话，她会违抗法律。如今，维护法律的人是温斯坦，可真是个天大的讽刺。

蕾格娜别无他法："这个女孩我来照管，我也会给德朗相应的补偿。"

"不行，不行。"温斯坦说，"你不能这样，不能这样对待我的表亲。如果德朗想把奴隶卖给你，他也许会卖，但这个奴隶一定要先返还给他。"

427

"我会把她带回家，然后给德朗捎个信。"

温斯坦对克内巴说："把这个俘虏带走，关在大教堂的地窖里。"他又转身对斯蒂奇说："你什么时候可以把她带去德朗渡口，我就把她放了给你。"最后，他看着蕾格娜："如果你不喜欢这个决定，就跟你的丈夫说去。"

克内巴开始解开布洛德的绳索。

蕾格娜意识到今天出来没带上伯恩真是个错误。如果他在，他就能跟克内巴抗衡，这样至少可以延迟对布洛德的命运做出最后决定的时间。但现在，即便是这点，蕾格娜也做不到了。

克内巴牢牢地抓住布洛德的双臂，把她带走了。

温斯坦说："我觉得，等德朗拿到她的时候，得好好抽她一顿。"他笑了，鞠了一躬，尾随克内巴走了。

蕾格娜简直要沮丧愤怒地尖叫。她克制住自己的情绪，高昂着头，从广场离开，走到山坡上的大院去。

* * *

七月是个饥饿的月份，埃德加一边远眺着他哥哥们的农场，一边思考着。大多数冬天的食物已经吃完了，人人等着八九月份的谷物丰收。在这个季节，奶牛正在产奶，母鸡也在下蛋，所以有奶牛或者母鸡的家庭是不会挨饿的。其他人则只能勒紧裤腰带，吃森林里还处于生长早期的水果和蔬菜、叶子、浆果以及洋葱。有大农场的人可以在春天种植一些豆子，待到六七月收割，但拥有富余土地的农民并不多。

埃德加的哥哥们挨过饿，但不会再饿下去了。因为现在已是第二年，他们在靠近河边的低地上收获了不少干草。仲夏节的三周前，气候湿润，最终河水涨高了，但天气却奇迹般地清朗起来，于是他们沿着河边，割下了长长的青草。今天，埃德加沿着河流下游，想找个距离平时打清水处远一点的地方把煮锅擦洗干净，就是在那个地方，他看见好几英亩割下的青草正被猛烈的阳光晒黄。两个哥哥很快就可以把这些干草卖掉，换钱买食物了。

这时，埃德加看见远处有一匹马从山坡上往村庄走来，他在想这会不会是骑着迪斯马斯的奥尔德雷德。上回他们在穆德福德路口分开之前，埃德加问过奥尔德雷德，他准备拿温斯坦伪造货币的事怎么办。奥尔德雷德说他还在考虑当中。埃德加想，现在他是不是已经想出个计划来了。

但骑在马背上的人不是奥尔德雷德。马慢慢靠近，埃德加看到一个人在骑马，另一个人走在后面。埃德加往酒馆方向走回去，因为待会儿可能需要他驾驶渡船。过了一会儿，他能看见那个走路的人被绑在了马鞍上。那是个女人，光着脚，身上穿着破布。他倒抽了一口气，惊愕地意识到，那个人是布洛德。

埃德加确认布洛德当时逃脱成功了。可是过了那么长时间，她怎么还会被抓回来呢？他想起了威尔武夫郡长入侵威尔士的事——她肯定成了威尔武夫郡长的俘虏被带了回来。这是多么巨大的不幸啊，本已重获自由，却要再度为奴！

布洛德抬起脸，看见了埃德加，但她似乎已经没了认出他来的精力。她的双肩坠了下去，没穿鞋子的脚在流血。

骑在马背上的男人与埃德加年纪相当，但他体形更壮，佩戴着一把剑。当男人看到埃德加的时候说："你是渡船主吗？"这个人给埃德加一种不怎么聪明的印象。

"我为渡船主德朗工作。"

"我把这奴隶带回来了。"

"我看到了。"

德朗从酒馆里走出来，认出了骑马的人："你好啊，斯蒂奇，你想要什么？我的老天啊，这不是那小婊子布洛德吗？"

斯蒂奇说："如果我早知道她是你的，我就会把她留在威尔士，抓别的女孩去了。"

"可她就是我的。"

"我帮你把她送回来了，你得给我钱。"

德朗不喜欢这个提议："是吗，我要吗？"

"温斯坦主教说的。"

"噢，他说了给多少没有？"

"给一半的价。"

"她值不了多少钱，这卑鄙的妓女。"

"我开价一镑，蕾格娜夫人提出给半价。"

"你的意思是，我要给你一镑的一半的一半，也就是六十便士。"

"蕾格娜可能会出一百八十便士。"

"可她没给。来，你把那贱人解开，进来说话。"

"我得先拿到钱。"

德朗的声音变得柔和了些，假装友好："你不想先来碗煮的东西和一大杯酒吗？"

"不用了。现在只是中午而已。我马上就回去了。"斯蒂奇也不完全傻，大概他也知道酒馆老板的路数。如果他在这里喝醉了、过夜了，他到手的六十便士就不知道要被扣去多少了。

"很好。"德朗说着，走进酒馆。斯蒂奇从马背上下来，把布洛德解开。她坐在地上等着。

过了好一会儿，德朗带着裹在布里的钱走了出来，递给斯蒂奇。斯蒂奇把钱放到自己腰包里。

德朗说："你不数数吗？"

"我相信你。"

埃德加差点笑了出来。傻子才会相信德朗。可是也许斯蒂奇数不到六十这个数字。

斯蒂奇骑上马背。

德朗说："我老婆的著名啤酒真吸引不了你吗？"他仍然希望把一部分钱拿回来。

"不能。"斯蒂奇掉转马头，沿路返回。

德朗对布洛德说："进去。"

布洛德在德朗身边走过的时候，他往她的背部踢了一脚。她痛苦地大叫一声，磕碰几下，才重新保持平衡。"这才刚开始呢。"德朗说。

埃德加跟着他们，可是德朗到了门口，就转过身说："你待在外面。"随后走了进去，关上了门。

埃德加转过身，看着河流。过了一会儿，他听见了布洛德痛苦的叫喊。这是不可避免的，他对自己说，一个奴隶肯定会因为逃跑而受到责罚。奴隶拥有的东西寥寥可数，甚至一无所有，所以他们没办法缴纳罚款，也就是说，唯一可能的惩罚就是鞭打了。这是惯例，也是合法的。

布洛德又喊了出来，并开始哭泣。埃德加听见德朗气哼哼的，一边用力打她，一边咒骂着自己的受害人。

德朗有权利这么干，埃德加告诉自己。而他也是埃德加的主人，埃德加无权干涉他。

布洛德开始哀求。埃德加还听见利芙和埃塞尔在高声抗议，但这是徒劳。

随后，布洛德尖叫起来。

埃德加开门冲了进去。布洛德在地板上痛苦地扭动着，她的脸上全是鲜血，德朗正在踢她。当布洛德护着头的时候，德朗踢她的胃部；当布洛德护住身体时，德朗踢她的头。利芙和埃塞尔正抓住德朗的胳膊想拉住他，让他停手，但对她们来说，德朗太强壮了。

再这样下去，布洛德会死的。

埃德加从德朗身后把他抓住，拉开了他。

德朗摆脱了埃德加的控制，迅速转身，往埃德加的脸上给了一拳。德朗是个壮实的人，那一拳打得实在疼。埃德加条件反射般地回击，对着德朗的下巴就是一拳。德朗的脑袋就像箱盖子那样往后一翻，整个人倒在了地上。

地上的德朗指着埃德加。"你给我出去。"他喊道，"再也别回来了！"

可是埃德加还没有完。他双膝顶住德朗的胸口，双手使劲地掐住他的脖子。德朗没办法呼吸了，他徒劳地朝埃德加的双臂胡乱地拍打。

利芙尖叫起来。

埃德加俯下身，将自己的脸凑到距离德朗的脸几英寸的地方。"如果你再打她，我会回来的。"他说，"我向上帝发誓，我会杀了你。"

埃德加放开了手。德朗抽着气,嘶哑着嗓子呼吸着。埃德加看着德朗的两个妻子。她们往后退步,惊慌失色。"我是认真的。"他说。

然后埃德加站起身,走了。

他沿着河岸往农舍走去。他擦擦自己的颧骨,他的一个眼圈要变黑了。他在想自己做的事到底有没有什么好处。德朗缓过气之后,可能还要再打布洛德一顿。埃德加只能寄望于自己的恐吓能让那个男人先停一阵子。

埃德加丢了工作。现在德朗大概会让布洛德去划渡船了。等她从暴打中恢复过来,她就可以干这个活。也许德朗会因此不至于将布洛德打残废。这还是有希望的。

田地里看不见埃尔曼和埃德博尔德的身影,现在已是中午,埃德加猜他们在农舍里用餐了。埃德加快要走到农舍的时候就看见了他们。太阳底下的他们正坐在农舍外面一张埃德加做的搁板桌旁,显然是刚刚吃过饭。妈妈正抱着已经四个月大的温妮,给她哼着一首似乎很熟悉的歌。埃德加想,自己小时候是不是也听过。妈妈长裙的袖子卷了上去,埃德加震惊地看到她的手臂已经瘦成了什么样。她从来不抱怨,但她明显是生病了。

埃德博尔德看着埃德加说:"你的脸怎么了?"

"我跟德朗吵了一架。"

"为了什么事啊?"

"那个叫布洛德的奴隶又被抓回来了。德朗要杀了她,我阻止了他。"

"你阻止他干吗?那奴隶是他的,他要杀就杀呗。"

这话说得几乎没错。没有正当理由杀了奴隶的人可能需要忏悔，并以禁食的方式接受责罚，但正当理由很容易找，而禁食算不得什么大的惩罚。

可是埃德加表示反对："我是不会让德朗在我面前杀了布洛德的。"

哥哥们提高了嗓门儿，吵到了温妮，她开始哭个不停。

埃尔曼说："那你就是个该死的蠢货。你根本不在乎德朗会解雇你。"

"我已经被解雇了。"埃德加坐在桌子旁说。煮锅已经空了，但桌上还有些大麦面包，埃德加撕下一块。"我不会回酒馆去了。"他吃了起来。

埃尔曼说："希望你也不要以为我们会给你吃的。如果你蠢到连自己的工作也保不住，那是你自己的事。"

克雯宝从妈妈手中把婴儿接过来，说："我给温妮的奶都不够。"她一边露出自己的乳房，将婴儿的嘴放到自己的乳头上，一边从她眼皮下向埃德加扫去风骚的一眼。

埃德加站了起来。"如果没人欢迎我，那我走。"

妈妈说："别傻了，坐下吧。"她看着其他人："我们是一家人，只要家里还剩下一块面包皮，我的任何一个孩子或者孙儿就可以在我的桌上吃上东西。你们永远不要忘记这点。"

* * *

那天晚上下了一场暴风雨。风摇动着屋子的木材，倾盆大雨撞在屋顶的茅草上。埃德加一家醒了，包括婴儿温妮。她哭了，然后有人喂了她。

埃德加打开一条门缝，瞥了瞥外面，只见一片漆黑。除了雨帘像破裂的镜子一般反射出他身后的火光，他什么也看不见。然后他关紧了门。

温妮重新进入梦乡，其他人似乎在打瞌睡，但埃德加仍然清醒。他担心那些干草。干草湿了一段时间之后就会腐烂。如果明天天气好转，太阳再次高照，他们有可能把它们弄干吗？他还不是个真正的农民，不太懂这些。

曙光刚现，风雨就缓了下来，但还没完全停。埃德加再次打开了门。"我要去看看干草。"他说，然后披上斗篷。

埃德加的哥哥们和妈妈也一起出去，留下了克雯宝和婴儿在屋里。

他们刚到达河边低地，就看到了灾难般的场景——整片田被水淹了，干草不仅湿了，还在水上漂着。

曙光之下，他们盯着干草，担忧而惊恐。

妈妈说："已经毁了。没什么办法了。"她转过身，朝着屋子往回走。

埃德博尔德说："如果妈妈说没希望了，那就是没希望了。"

埃德加说："我在想这到底是怎么发生的。"

埃尔曼说："你想这个有什么用？"

"雨水太多，土地已经吸收不了，我想是这样的，所以水才会从山坡上下来，把低地淹没了。"

"我弟弟可真是天才。"

埃德加没理会他的哥哥。"如果水能够流走，那么也许干草能被挽救下。"

"那又怎么样？它就是流不走啊。"

"我在想，如果从斜坡顶上开始，穿过田地一直到河岸挖一条沟渠，要多久才能让水流到河里。"

"现在也太晚了啊！"

这块田地狭长，埃德加估计它的宽度为两百码。一个强壮的男人可以在一周左右把沟挖出来，如果困难，可能需要两周。"田地中间的位置有个稍微低下去的地方。"埃德加透过雨帘，眯着眼睛看过去，说："把沟渠设在那里最好。"

埃尔曼说："现在我们不能开始挖沟。我们得给燕麦地除草，然后收割。现在妈妈也干活了。"

"我来挖沟。"

"还有，这段时间我们吃什么呢？现在我们有六个人。"

"我不知道。"埃德加说。

他们在雨里跋涉回去。埃德加看到妈妈不在屋里。于是他对克雯宝说："妈妈去哪儿了？"

克雯宝耸耸肩："我以为她跟你们在一起呢。"

"她没跟我们一起走。我以为她回来了。"

"哦，她没回来。"

"那现在这天气，她上哪儿去了？"

"我怎么知道？她是你妈妈。"

"我到谷仓找找去。"

埃德加回到雨里。妈妈不在谷仓里。埃德加有种不祥的预感。

埃德加往田地看去。在这样的天气里，他看不到村庄——妈妈也不会往村庄的方向走。而且如果她改变了主意，掉转头，她也会遇见自己的三个儿子。

那她去哪儿了呢？

埃德加努力压住自己的惊慌。他走到森林边缘。在这种天气里，她为什么要到树林里呢？他下山到了河流边。她不可能过河的，她不会游泳。他往河岸附近看了看。

他觉得自己在几百码处的下游看到了些东西，他的心颤抖着。那看上去像是一捆破布，但当他靠近后再仔细瞅的时候，他发现那捆破布里伸了个东西出来，可怕的是，那像极了一只手。

埃德加匆匆沿着河岸往前跑，急不可待地推开挡路的灌木和低矮的树枝。他走近看，内心充满恐惧。那捆东西是个人，一半在水里。棕色的破烂衣服里是个女人，脸朝下，但身体的形状熟悉得吓人。

女人没有动。

埃德加在她身旁跪了下来，慢慢地转过她的脸。他看到的正是他害怕的——这是妈妈的脸。

妈妈没有呼吸。埃德加的手放在她的胸口。没有心跳。

埃德加在雨中低下了头，手仍然放在那僵硬的身体上。他哭了。

过了一会儿，他开始思考。她被淹死了。可是，为什么呢？她没有理由要到河里去。除非……

除非她是故意要死的。她杀了自己，是为了让儿子们能有足够的东西吃吗？埃德加感觉恶心。

埃德加的心里仿佛被灌进了一块沉重而冰冷的铅。妈妈走了。他能够想到她的理由——她生病了，也不能再干活了，在这世上也活不了多久。她每天只不过是在吃掉家里需要的食物。她为了他们牺牲了自己，也许，尤其是为了她的孙女。如果她把这些想法告诉埃德加，他会激烈地反对；所以，她只是在心里想了想，然后迈出了可怕的、符合逻辑的一步。

他决定撒谎隐瞒妈妈死亡的真相——如果她被认为是自杀，也许人们会拒绝为她举行基督教葬礼。为了避免这种情况，埃德加会说，他是在森林里发现妈妈的。她湿透的衣服可以解释为是被雨水淋湿的。她病了，也许失去了理智，迷了路，瘦弱的身体被雨水一淋，便要了她的命。他甚至会向自己的哥哥们讲这个故事。这样她就能躺在教堂旁边的墓地里了。

埃德加把妈妈抱起的时候，水从她的嘴里流了出来。她很轻，在德朗渡口生活的日子里，她变瘦了。她的身体摸上去仍是温暖的。

埃德加亲吻了妈妈的前额。

然后他把她抱回了家。

* * *

在湿润的教堂庭院，三兄弟挖了一块墓地。第二天，他们把妈妈埋下了。除了德朗，村庄里的所有人都到了。妈妈的智慧和坚毅赢得了人们的尊重。

一年之内，三兄弟就失去了他们的父亲和母亲。埃尔曼说："我是家中长子，现在我是一家之主了。"没人信他。埃德加才是聪明、足智多谋、能找到解决办法的那一个。他自己可能永远不会说出这一点，但实际上他已经成了一家之主，这一家人包括烦人的克雯宝和她的孩子。

葬礼的第二天，雨停了，埃德加开始挖沟渠。他不知道这个计划能不能成功。这个点子会不会像给酿酒房造石瓦屋顶那样，是个实际上无法操作的设想呢？但他可以试试看。

埃德加用的铲子是木柄，铲尖是生了锈的铁。他不想让沟渠的两边太高，这样的话就达不到目的了，所以他必须将土运到河流边。他要用这些土把河岸堆高。

没有了妈妈的房间几乎让人无法忍受。埃德加每从碗里吃一口，埃尔曼便要盯牢，一直看着他吃；克雯宝则继续对埃德加发起攻势，想让他为没跟自己结婚而后悔；埃德博尔德抱怨说除草害得他背疼；只有小温妮令人愉快。

挖沟渠花了两周时间。源头处出了水，一条细流缓缓地沿着山坡跑下。有希望，埃德加想。他在河岸边挖开了一个缺口，让水流下去，河岸旁便形成了一汪水池，与河水高度相当。埃德加意识到水在同一平面上，这是自然规律。

埃德加光着脚站在水池里，用石头将水池四周加固，这个时候，他的脚趾头感觉到了一些动静。他意识到，池子里有鱼。他正踩着鳗鱼呢。这是怎么回事？

埃德加看着自己建造的工程，想象着水下生物的生活。它们的游动是没有规律的，很明显，有些鱼通过他在河岸上挖的缺口，从河里游到了池里。可它们要怎么出去呢？它们会被困在这里，至少困上一阵。

埃德加隐约看到了解决食物匮乏问题的办法。

用鱼钩放线的话，钓鱼速度很慢，而且不可靠。库姆的渔夫做的是巨大的渔网，他们开着海船到达捕鱼点，鱼便会以千只为单位成群结队地游入网中。但捕鱼还有别的方法。

埃德加见过那种编织的捕鱼篮，他觉得他可以做一个。于是他走到森林里，从灌木和幼树上折下了长长的、易弯的绿枝条。

随后，他坐在农舍外的地上，开始将枝条编成他记忆中的形状。

埃尔曼看到了说："等你玩够了之后，可以帮我们在田里干点活。"

埃德加做的是一个窄颈的大篮子。它的原理跟那一汪水池一样，鱼容易进来，却很难出去——如果真有用的话。

那天傍晚，埃德加做好了篮子。

到了第二天早上，他走到酒馆的粪堆旁，看看有什么他能用作诱饵的东西。他发现了一只鸡头和两只正在腐烂的兔腿。他把它们放到篮子最底下。

为了让篮子稳固，埃德加还向里面加了一块石头，然后把捕鱼篮沉到他挖的池子底下。

他强迫自己不去时不时拿出篮子来看，而让篮子在那里放了二十四个小时。

第二天早上，埃德加离开农舍的时候，埃德博尔德说："你去哪儿？"

"去看我的渔网。"

"你之前做的就是这东西吗？"

"我不知道有没有用。"

"我也去看看。"

埃德博尔德、埃尔曼和抱着孩子的克雯宝跟着埃德加。

埃德加蹚进水里，水深到他的大腿。他不确定自己把篮子沉到哪儿了。他得弯下身体在泥土里摸索几下。篮子甚至可能在夜间移动了。

"你把它弄丢了！"埃尔曼嘲讽道。

埃德加不可能弄丢它，这个池子没那么大。但下一次，他会用一个浮标来标记位置，也许在篮子上用绳子系一小块木片，让木片浮上来漂在水面上。

如果有下一次的话。

终于，埃德加的双手触到了篮子。

他在心中默默祈祷。

埃德加摸到了篮子的颈部，于是他把篮子倒转过来，让篮子口处于上方，然后，他往上一提。

篮子似乎很重。埃德加担心它有可能陷在了泥二里。他用力一拉，将它拉上了水面，水从枝条编织的小洞口里涌了出来。

水流光之后，埃德加能清清楚楚地看到篮子里面的东西——满满的鳗鱼。

埃德博尔德高兴地说："看看啊！"

克雯宝拍着手说："我们有钱了！"

"这个办法有用。"埃德加带着骄傲的满足感说。这一大篮子东西能让他们好好地吃上一周或更长的时间。

埃德博尔德说："我还看见里面有几条河鳟，有些小一点的鱼我认不出来。"

"小鱼可以作为下次的诱饵。"埃德加说。

"下次？你觉得每周可以这么干一次？"

埃德加耸耸肩："我不确定，但我看不出来为什么不可以。甚至每天都可以。河里的鱼数不胜数。"

"我们吃也吃不完了！"

"然后我们可以卖一些换钱，然后用换的钱买肉吃。"

埃德加肩上扛着篮子，他们走回屋子里。埃德博尔德说："奇怪，之前怎么没人这么干？"

"我猜是因为之前这农场的人没想到这一点。"埃德加说。他想了想，又补充道："这个地方的人也不至于饿到要试这种新点子。"

他们把鱼倒进一大盆水里。克雯宝将其中一条大鱼洗净、去皮，然后放到火上烤，作为早餐。布林德尔吃掉了鱼皮。

他们打算正餐吃鳟鱼，其他鱼则用来熏烤。鳗鱼可以挂在屋里的木椽上，留着冬天吃。

埃德加将小鱼放回篮子里作为诱饵，然后将篮子重新放进水池。他好奇第二次会有多少收获。即便有今天的一半多，他也能卖出一些。

埃德加坐在那里盯着沟渠、河岸和水池。他解决了洪水的问题，甚至可能确保这家人在可预见的未来里不再挨饿。他好奇的是，自己为什么不高兴。

不久，埃德加就找到了答案。

他不想当个渔夫，也不想当农民。当他梦想自己未来的生活时，他从来没有设想过自己的伟大成就是做捕鱼篮。他感觉自己就像一条鳗鱼，在篮子里游来游去，却没有看到那个窄窄的出口。

埃德加知道自己有某种天赋。有些人可以去战斗，有些人可以背诵一首持续好几个小时的诗歌，有些人可以依靠星星的指引驾驶船只。埃德加的天赋与形状有关，与数字有关，是对重量和压力、压强和张力的直觉把握，这是一种难以名状的天赋类别。

曾经有段时间，埃德加并没有意识到自己是出类拔萃的，所以他时而会对他人，尤其是比他年长的人造成冒犯，他会说："这还不明显吗？"

他能看到某些东西。他想过多余的雨水会从土地流进他的沟渠，从沟渠流入河中。于是他的想象就成真了。

埃德加还可以做更多的事。他做过一艘维京船、一座酿酒房和一条排水渠，但这只是开始。他的天赋必须有更大的用处。他知道这一点，就像他知道鱼会落入篮子里一样。

这是他的命运。

第二十一章

九九八年，九月

奥尔德雷德在玩一个危险的游戏——搞垮一位主教。所有的主教都有权势，但温斯坦不但有权势，还冷酷残忍。奥斯蒙德院长怕他是有道理的。冒犯温斯坦，就是把自己的脑袋送入狮口。

可是作为基督教徒，必须这样做。

奥尔德雷德越是这么想，就越确定控诉温斯坦的人应是德恩治安官。第一，治安官是国王的代表人，伪造货币是对国王的冒犯，国王的职责就是保证货币体系的健全。第二，治安官和他手下组成的团体与威尔夫和他的弟弟们势均力敌。他们权力相互制约，双方也因此互相仇恨。奥尔德雷德能肯定德恩恨威尔武夫。第三，控诉一名身居高位的伪造货币者对治安官而言是他的个人成就。这会让国王很高兴，当然，他也会好好地奖赏德恩一番。

周日弥撒之后，奥尔德雷德跟德恩谈了谈。奥尔德雷德让氛围随意些，当作镇上两个重要人物互相问候——他看上去不能像是在策划阴谋。奥尔德雷德友好地笑着，安静地说："我想跟您私下谈谈。明天我能否到您院子里坐一坐？"

德恩惊讶地睁大了眼睛。他有种机敏的警觉，无疑能猜到这不仅仅是个简单的社交问候。"当然可以，"他答道，语气是同样闲谈般的礼貌，"很乐意。"

"那就在下午，如果您方便的话。"修士在下午一般没有太多宗教任务。

"当然可以。"

"还有，越少人知道越好。"

"明白。"

第二天午餐后，奥尔德雷德从修道院溜了出去。这个时候，镇上的人们正困顿地消化自己肚子里的羊肉和啤酒。街上没几个人注意到奥尔德雷德。现在他可以把一切告诉治安官了，可他又担心起德恩的反应来。德恩会有勇气对抗强大的温斯坦吗？

奥尔德雷德在大堂里找到了德恩，他正用一块手持磨刀石磨利他最喜欢的剑。奥尔德雷德从德朗渡口开始讲述自己的故事——不友好的居民区、社区教堂的堕落景象，以及他当时的直觉认为，那个地方藏着一个罪恶的秘密。当奥尔德雷德讲到温斯坦每个季度结算日会到访和送去礼物时，德恩的兴致被勾了起来；听到库姆妓院的故事，他也为之一乐；但当奥尔德雷德提到称硬币重量那段，德恩把剑放下了，急切地听了下去。

"温斯坦和德格伯特到库姆去，明显是为了把他们的假币花出去，然后换回真钱。因为这座城镇比较大，是商业往来之地，伪造的货币不那么容易被发现。"

德恩点点头："有道理。在一个镇上，便士很快就会从一个人手里到另一个人手里。"

"这些硬币肯定是在德朗渡口制造的。想完美复制王室铸币厂使用的铸币压模，需要珠宝匠帮忙。德朗渡口就有个珠宝匠，名字叫卡思伯特。"

德恩既惊骇，又急切。他似乎着实被这无法无天的罪恶震惊了。"一个主教啊！"他激动地低声说，"伪造国王的货币！"但他也很兴奋："如果我能将这个罪恶曝光，埃塞尔雷德国王将永远不会忘记我的名字！"

德恩平静下来之后，奥尔德雷德让他专注去想应该如何对他们进行伏击。

"我们要当场抓获他们，"德恩说，"我得看到他们伪造的材料、工具和流程。我要看假币制造的过程。"

"我想这是可以安排的。"奥尔德雷德说，但他的心里却没那么自信，"他们会定期开工，通常是季度结算日之后的几天。那个时候，温斯坦会去收租，顺便把真币带去德朗渡口，在那里做出两倍数目的假币。"

"简直邪恶。但我们抓获他们之前，千万不能让他们听到风声。"德恩若有所思地说，"我会在温斯坦离开夏陵之前走，这样他就不会觉得有人在跟踪他。我需要一个借口，比如，我可以假装要去巴斯福德一带搜捕铁面人。"

"好主意，正好我听说几周前有几只山羊被偷了。"

"然后我们可以藏在德朗渡口附近的森林里离道路比较远的地方。不过要有个人能告诉我们，温斯坦什么时候到社区教堂。"

"我来安排。我在村里有位同盟。"

"信得过吗？"

"他已经知道了一切，是建筑匠埃德加。"

"好选择。他在奥神村帮过蕾格娜夫人。他年轻且聪明。等温斯坦他们一开始造币，他就要来通知我们了。您觉得他能做到吗？”

“能。”

“我想我们的初始计划已经做好了。但我需要再好好地想一想。我们迟些时候再聊。”

“没问题，治安官。”

＊　　＊　　＊

九月二十九日的米迦勒节，温斯坦主教坐在自己夏陵的住处收租。

一整天，财富涌入温斯坦的金库，给他带来了与性匹敌的愉悦感。附近村庄的村长早上来了，他们赶着牲畜，驾着装了货的车，带上了一袋袋、一箱箱的银便士。距离夏陵较远的贡品下午才到。作为主教的温斯坦同样是其他几个郡某些村庄的领主，那些财物则会在接下来的一两天运到。温斯坦对收到的财物逐一清点，仿佛一个饥饿的农民在数自己鸡舍里的小鸡。温斯坦最喜欢银便士，因为他能把它们带到德朗渡口，然后奇迹般做出两倍的数目。

梅德克的村长少了十二便士，没交钱的人是司铎的儿子戈德里克，他也来到了夏陵向温斯坦解释。“主教阁下，请求您宽宏大量。”戈德里克说。

“别说那些，我的钱呢？”温斯坦说。

“仲夏节前后的雨实在太可怕了。我有个老婆和两个孩子，我不知道这个冬天要怎么填饱他们的肚子。”

毕竟这场雨跟去年库姆经历的灾难不一样，那时候，整个镇的人都变得一贫如洗。温斯坦说："梅德克的其他人都交了。"

　　"我的地在朝西的斜坡，谷物被水冲走了。明年我会交给您双倍的租金。"

　　"不，你不会的，到时候，你又要给我找别的借口了。"

　　"我发誓。"

　　"如果我接受了你发的誓而收不到你的租金，我就要变穷，你可就有钱了。"

　　"那我应该怎么办？"

　　"借钱。"

　　"我问过我的父亲，也就是司铎，但他没有钱。"

　　"如果连你的亲生父亲也拒绝你，那我为什么要帮你？"

　　"那我该怎么办？"

　　"想办法找到钱。如果你借不到，就把自己和家人卖了做奴隶。"

　　"阁下，您可以收我们做您的奴隶吗？"

　　"你的家人在吗？"

　　戈德里克指了指正焦急地等在后面的一个女人和两个孩子。

　　温斯坦说："你老婆太老，不太值钱；你孩子也太小了，我不收。问问别人吧。那个皮货商，就是寡妇伊玛，她有钱。"

　　"阁下……"

　　"滚开。村长，如果戈德里克在今天结束之前还没把钱交上，那就找别的农民接手朝西斜坡那块地。确保新来的人懂得排水沟的重要性。这是英格兰西部，我的天，下雨是常事。"

　　与戈德里克状况相同的人还有几个，他们被温斯坦以同样的方式打发了。如果允许农民不交租，那么下一个季度结算日，他们还会带着悲伤的故事空手而来。

温斯坦同时还为威尔武夫收租。在他身旁的伊塔马尔小心翼翼地将两份账目分开摆放，温斯坦会从威尔武夫的钱里抽走适当的回扣。温斯坦也敏锐地意识到，自己与郡长的关系放大了自己的财富和权力。温斯坦不想在他们的关系中平添危险。

到了下午的尾声，温斯坦召来几位仆人，将交给威尔夫的实物类租金运送回大院，自己则留着银币。温斯坦想私自返还给威尔夫，这样看上去像是他在向威尔夫赠送礼物。他在大堂见到了威尔夫。"你把奥神谷赠予蕾格娜夫人之后，钱箱里的租金也就没那么多了。"温斯坦说。

"她现在就在奥神谷。"威尔夫说。

温斯坦点点头。这是蕾格娜亲自收租的第三个季度结算日。自从与他在天使报喜节的对决之后，蕾格娜明显再乜不愿意派个走卒替她去收租了。"她很出色，"他说，仿佛很喜欢她一样，"很美，很聪明，我理解你为什么总会向她征求意见了，虽然她只是个女人。"

这是句挖苦的赞美。一个被妻子管住的男人必然会受到嘲讽，而且大多不堪入耳。威尔夫觉察到了这话的别样意味。他说："我也向你征求意见了，你不也只是个主教吗？"

"当然。"温斯坦笑了，他听出了反驳。他坐下，一个仆人为他倒上一杯红酒。"那次球赛，蕾格娜让你儿子出了丑。"

威尔夫板起了脸："加鲁夫就是个傻子，很遗憾。在威尔士的时候就能看出来。他不是胆小鬼，有什么困难都会迎上，可他不是当将军的料。他的策略就是跑到战场上用最大的嗓门儿喊，不过别人倒是会跟着他跑。"

他们继续谈论维京海盗的事。今年，维京的袭击是在更远的东部——汉普郡和苏塞克斯，与前一年库姆和威尔夫的其他所辖领域都遭到的重创不同，这次，夏陵的大部分地区躲过了一劫。然而，今年反常的雨水却让夏陵深受其害。"也许上帝对夏陵的人们有怒意。"威尔夫说。

"大概是因为他们没给够教堂钱吧。"温斯坦说。威尔夫大笑。

回住处之前，温斯坦去看望母亲吉莎。他亲吻了吉莎，坐在炉火旁，靠近她身边。吉莎说："奥尔德雷德修士去见德恩治安官了。"

温斯坦好奇了："是吗，真的？"

"他一个人去的，很小心。大概他以为没人注意到。不过我听说了。"

"狡猾的狗。他偷偷摸摸去找坎特伯雷大主教，还企图让人接管我在德朗渡口的教堂。"

"他有什么弱点吗？"

"在他青年时代发生过一件事，他跟另一个年轻的修士有恋情。"

"在那之后呢？"

"没有了。"

"或许这是个有用的攻击点，但如果之后他没有再犯，便还不足以把他搞垮。修士的生活里没女人，我想他们半数人都在住宿区里搞来搞去。"

"我对奥尔德雷德不担心。我打败过他一回，我一定可以再

450

来一次。"

吉莎不那么肯定。"我不太明白，"她发愁道，"一个修士找治安官干什么去？"

"我更担心那个诺曼婊子。"

吉莎点头赞同："蕾格娜是个聪明人，也大胆。"

"她在奥神谷凭她的策略战胜了我一次，没几个人能做到这一点。"

"她还让威尔夫把马夫长维诺斯给开除了，就是那个帮我把马弄瘸的人。"

温斯坦叹了口气："当时我们让威尔夫娶她真是个错误。"

"当初你协商的时候，为的是强化与休伯特伯爵的协议。"

"不只是这个，还因为威尔夫太想要她了。"

"你本来可以阻止这场婚姻的。"

"我知道。"温斯坦懊悔地说，"当时我从瑟堡回来的时候，本来可以说我们去得太晚了，她已经跟兰姆的纪尧姆结婚了。"温斯坦琢磨着自己的解释。通常他可以跟自己的母亲说实话，吉莎无论如何都会站在他这边。"威尔夫只不过是委托我这个主教办件事而已，可悲的是，我自己没那个胆。我担心他猜到我干了什么。他发起火来，问题就大了。可事实上，我几乎肯定躲得过。但那时候我不知道。"

"别担心蕾格娜，"吉莎说，"我们能摆平她。她不知道自己在跟什么力量对抗。"

"我不太确定。"

"无论如何，现在起来反对她是愚蠢的行为。威尔夫的心正攥在她手里呢。"吉莎嘴唇一拧，笑道，"不过男人的爱总是暂时的。给威尔夫一点时间，他慢慢就会厌倦她。"

"需要多长时间？"

"我不知道。耐心一点，时候会到的。"

"我爱您，母亲。"

"我也爱你，我的儿子。"

＊　＊　＊

有的早上，捕鱼篮是满的，有的早上只有一半满，偶尔还有几天除了几条小鱼，什么也没有，但在任何一周，家里的鱼都吃不完。准备拿来熏的鱼被悬挂在木椽上，一段时间之后，屋里看着就像在下鳗鱼雨似的。一个周五，捕鱼篮满了的时候，埃德加决定去卖一些鱼。

埃德加找到一根一码长的棍子，用细枝当绳子，把十二条肥鳗鱼系在棍子上，走到酒馆去。夏末的阳光底下，德朗那个年轻些的妻子埃塞尔正坐在酒馆外拔鸽子毛，准备煮汤。她那双瘦得皮包骨头的双手血淋淋的，还满是油。"你要鳗鱼吗？"埃德加说，"一法寻两条。"

"你从哪儿弄来的？"

"被淹的干草地里。"

"不错。这些鱼又肥又美。好的，我来两条。"

埃塞尔走进去问德朗要钱，德朗跟她一起出来了。"你从哪儿弄的？"他问埃德加。

"我在树上发现了个鳗鱼窝。"埃德加说。

"这人一向无礼。"德朗说。他给了埃德加四分之一枚银

452

币，埃德加继续往前走。

埃德加向洗衣女工埃巴卖了两条，向贝比卖了四条。在修道院做清洁的埃芙伯格说她没有足够的钱，但她的丈夫哈德温一整天在森林里采坚果，所以她还有一种方式可以回报埃德加。但他拒绝了。

腰包里有了四法寻之后，埃德加就带着剩下的鱼到司祭那里。

德格伯特的妻子伊迪丝正在屋外给孩子喂奶。"鱼不错啊。"她说。

"半便士，这四条①就是你的了。"埃德加说。

"你最好问他。"伊迪丝说，头一甩指向打开的门。

德格伯特闻声走了出来。"你从哪儿弄来的这些东西？"他对埃德加说。

埃德加克制住嘲讽的冲动："因为洪水，我们的干草地上有了一汪鱼池。"

"谁告诉你，你能从那儿把鱼拿走的？"

"鱼游到我们的农场里也没经过谁的批准。"

德格伯特看着埃德加的棍子："看来你已经卖了不少了。"

埃德加不情愿地说："八条了。"

"你忘了我是这里的地主。我租给你的是农场，而不是河。如果你要做鱼池，你需要得到我的允许。"

"是吗？我以为你是土地的主，而不是河流的主呢。"

"你就是个没受过教育的农民，什么也不懂。社区教堂的特许证给予了我捕鱼的权利。"

---

① 此处疑为作者笔误，实际上埃德加手中应该只剩两条鱼。

"我在这里住了这么长时间，你没捕过一条鱼。"

"那不影响。规定就是规定。"

"特许证在哪儿？"

德格伯特笑了："你等等。"德格伯特走进屋，拿着一张折叠的羊皮纸回来，"这里，"他指着其中一段，"任何人若从河里捕鱼，必须向总铎上缴捕获数量的三分之一。"他咧开嘴笑了。

埃德加没有看羊皮纸。德格伯特知道埃德加不认识字。上面写的可能是别的东西，埃德加觉得被羞辱了。他是个无知的农民，这是真的。

德格伯特得意扬扬地说："你拿走了十二条鳗鱼，所以你欠我四条。"埃德加把系着鳗鱼的棍子给了德格伯特。

然后埃德加就听见了马蹄声。

他抬头往山坡看去，德格伯特和伊迪丝也往那个方向看。六名骑手从山上轰隆而来，停在前方。埃德加认得出，他们领头的是温斯坦主教。

德格伯特前去迎接他这位尊贵的表亲时，埃德加迅速走开了。他经过酒馆，越过田野，他的哥哥们正在将收割的燕麦绑成一捆捆，但他没跟他们说话。埃德加绕开农舍，悄悄地溜进树林里。

埃德加知道该走哪条路。他沿着一条几乎看不见的鹿道，穿过橡树和角树丛走了一英里，来到一块林中空地。德恩治安官和奥尔德雷德修士等在那里，还带上了二十名骑着马的士兵。这支队伍锐不可当，穿戴着刀剑、盾牌和头盔，全副武装，马匹健壮。埃德加出现的时候，其中两名士兵抽出了武器，埃德加认出了他们——那个矮小凶狠的是威格伯特，高大的是戈德温。埃德加举起双手，表示没带武器。

奥尔德雷德说："大家不用紧张，他是村里的卧底。"于是二人放下了剑。

埃德加后退一步。他不想让别人觉得自己是个卧底。

他一直为此感到苦恼。伪造货币者会被抓捕，他们得到的惩罚是残忍的。德格伯特活该受到任何惩罚，但卡思韦特呢？他是个软弱的男人，他只是依照别人的指令行事而已。他之所以犯罪，是因为他人将他欺凌至此。

不管怎么样，埃德加对逾越法律感到恐惧。妈妈总是跟那些当权者争论，但她从来没有骗过他们。逾越法律是杀害了森妮的维京海盗的行为，是法外之徒铁面人的行为，是温斯坦和德格伯特这两个抢劫穷人、却假装关心他们灵魂的人的行为。最好的人是遵守规矩的人，比如奥尔德雷德这样的神职人员，以及雷格娜这样的贵族。

埃德加叹了叹气。"是的，我是那个卧底。"他说，"温斯坦主教刚刚到。"

德恩说："很好。"他抬头扫了一眼。树叶之间露出一小片天空，让中午的烈日变得柔和，投射出类似傍晚时分的光线。

埃德加回答了德恩心中的问题："今天他们不会造多少货币。他们需要些时间来生火，把便士熔化。"

"也就是从明天开始。"

"我猜明天上午过半的时候，他们就全面开工了。"

德恩看起来不太自在："我们不能冒险。你能不能时不时看看他们的进度，到了适合突袭的时候，你就告诉我们？"

"可以。"

"他们会让你进作坊吗？"

"不会，就是他们不让我进去，我才知道他们在干吗。平时珠宝匠干活的时候，我会跟他聊天，我们谈论工具、金属和……"

"你通过什么知道？"德恩不耐烦地打断埃德加。

"卡思伯特唯一关上门的时候，就是温斯坦在场的时候。到那时，我会敲门找卡思伯特。如果我被拒绝了，也就是他们开工了。"

德恩点了点长着灰发的头。"可以了。"他说，"到时候，你来告诉我们。我们会准备好的。"

* * *

那个晚上，温斯坦到村子里走了一圈，给每家每户送了一块熏肉。

第二天早餐之前，卡思伯特走进作坊，加木炭生火。木炭能比木头或者煤块烧得更热。

温斯坦确认作坊的外门已经关好、上闩之后，让克内巴站到门外把守。最后，温斯坦将一个铁箍箱交给卡思伯特，里面装着满满的银币。

卡思伯特拿出一口大黏土坩埚，将它埋入炭火中，火焰烧至锅口边缘。锅的温度逐渐升高，变成了拂晓时分的红色。

卡思伯特将已经切成圆柱形铸块的五磅重量的铜，与同样重量的银便士完全混合在一起，倒进坩埚之中，随后用风箱加大火力。混合物熔化后，他用一根木制搅炼棒将金属溶液搅拌均匀。木头在热金属中灼烧，但这不会有伤害。黏土坩埚继续变色，开始变成正午阳光那种明亮的黄。熔化的金属也变成了暗黄。

他在工作台上将十个黏土模具排成一列。将熔化的金属倒满一个模具，则会形成一磅的熔化混合物。这是温斯坦和卡思伯特不久前在反复试验中确定下来的模具。

最后，卡思伯特用两把长柄钳子将坩埚从火上抬出来，将混合物倒入黏土模具中。

温斯坦第一次亲眼看见这个过程时，他心惊胆战。伪造货币是一项严重的罪名。任何对货币制度的破坏行为都是对国王的谋反，是叛国罪。从理论上说，对此罪的惩罚是截肢，但实际执行的判罚也许更加严厉。

当时，温斯坦只是个副主教。他在社区教堂旁来回踱步，从作坊出来又进去，不停地看有没有人来。现在他意识到，他当时的表现简直就是一个有罪之人的模样。但没有人敢质问他。

温斯坦很快就发现，大多数人不希望知道自己的上级在犯什么罪，因为知情会让他们陷入麻烦。于是，温斯坦月送礼的方式来加强人们的这种感受。即便是现在，他怀疑村民们也不会猜他一年四次在这里干些什么。

温斯坦希望自己不是大意，只是更自信而已。

当金属在模具中冷却、变硬，卡思伯特把模具翻转过来，将厚厚的铜银合金圆盘弹出。随后，他锤击每块圆盘，将它们打薄、打宽，直到每块圆盘确切填满工作台上用圆规刻出的大圆。温斯坦知道，一块这样的圆盘可以做出两百四十枚没有图案的空白硬币。

卡思伯特做了一个与一便士直径完全相等的压割器，现在他把合金圆盘中与便士直径相等的部分压割出来。随后，他小心翼翼地扫起残余碎片，待再次将其熔化。

卡思伯特的工作台上有三个重重的铁圆柱体。其中两个是压模，有着卡思伯特煞费苦心雕刻的、埃塞尔雷德国王发行的便士的两面图案。下方的压模叫砧模，刻有国王的侧面头像，配有"英格兰国王"的拉丁文字样。卡思伯特将砧模牢牢地放在铁砧的槽里。上方的压模叫锤模，有个十字架图案，也伪造了出处，有一行"夏陵埃夫怀恩制造"的字样，同样是拉丁文。去年，英格兰对便士设计做了修改，十字架的两臂变长了，这个变化给伪造货币增加了难度——国王也正是此意。由于多次锤打，锤模的另一面已经成了个蘑菇的形状。第三个铁圆柱体用来校准上下压模是否对齐，叫校准圈。

卡思伯特将空白硬币放到砧模上，套上校准圈，又将锤模塞进校准圈，让它完全与空白硬币表面接触。随后，他用铁头锤子对准锤模猛地一击。

卡思伯特取下锤模，又拿开校准圈。现在，原本空白的金属硬币刻上了十字架的图案。卡思伯特用一把钝刀子将硬币从砧模上撬起，翻转过来，另一面出现了国王的头像。

硬币的颜色不对，这枚合金硬币是棕色的，不是银色的。但解决这个问题很简单。卡思伯特用钳子将硬币在火里烧热，然后浸入一碗稀释的硫酸里。温斯坦在一旁看着，硫酸已经将铜从硬币的表面带走了，留下的是纯银的颜色。

温斯坦笑了。坐收其利，他想。没什么能比看到这个更让他欢心的了。

有两种东西令温斯坦快乐——钱与权。实际上，它们是一种东西。温斯坦享受驾驭人们的权力，而钱给了他这个权力。他永远希望拥有更多的权力和金钱。他是一个主教，但他还想当大主教，而当他当上大主教，他还会力求成为国王的大臣，或许，最后成为国王。到了那个时候，他还想要更大的钱和权。但生活就是如此，他想。晚饭吃饱之后，到了第二天早上，仍然会饿。

卡思伯特将黏土坩埚放回火里，重新倒入一拨真币和铜片。

金属熔化之后，卡思伯特再次敲打锤模，挑出新的便士。

"跟处女的乳头一样新鲜。"温斯坦赞赏地说。

卡思伯特将便士放入硫酸中。

外面传来了声音。

卡思伯特和温斯坦僵住了，一声不吭地听着。

他们听见克内巴说："走开。"

一个年轻的声音说："我想见见卡思伯特。"

卡思伯特小声道："那是建筑匠埃德加。"

温斯坦放松下来。

外面的克内巴说："你找卡思伯特干什么？"

"给他一条鳗鱼。"

"你可以给我。"

"我可以给魔鬼，但这是给卡思伯特的。"

"卡思伯特很忙。你现在滚开。"

"也向你问好，善良的先生。"

"傲慢无礼的狗。"

温斯坦和卡思伯特沉默地等着，外面的对话不再继续了。过了一会儿，卡思伯特再次开始工作。他加快速度，把空白硬币塞进压模，锤打锤模，挑出新便士，迅速重复整套流程，就像厨房女工挑豌豆一样。真正的铸币者，也就是夏陵的埃夫怀恩，是以三人一组为单位工作的，他们可以一个小时制造七百枚硬币。卡思伯特将棕色便士浸入硫酸中，每几分钟停下手头的活，将表面呈银色的新硬币从硫酸中取回。

温斯坦继续在一旁看着，他甚感奇妙，意识不到时间的流逝。这个流程中最难的部分，他苦笑着想，其实是把钱花出去。因为铜没有银重，假币不能用作需要将硬币称重的大笔交易。但温斯坦会把卡思伯特做的便士在酒馆、妓院和赌房中使用，他享受在那里自由挥霍金钱的时光。

温斯坦正看着卡思伯特第二次将熔化了金属的坩埚从烧着木炭的火里抬出来时，遐想又被门外另一个声音打断了。"又怎么了？"他愠怒地低语道。

这一次，克内巴的语气不太一样。之前跟埃德加说话的时候，他的语气带着讽刺，现在，他听上去又惊又怕，温斯坦不自在地皱起眉头。克内巴说："你是谁？"他声音响亮，却带着焦虑："你们从哪儿来的？你们偷偷摸摸来找一个人是什么意思？"

卡思伯特将坩埚放到工作台上，说："噢，耶稣啊，救我。是谁啊？"

有人把门撞得嘎吱响，但门是锁上的。

温斯坦听见了个声音，他想自己应该知道是谁。"还有另一个入口，"外面的声音说，"从主房进去。"

是谁呢？一会儿温斯坦就想起了名字——夏陵修道院的奥尔德雷德修士。

温斯坦记得自己跟母亲说过，奥尔德雷德不是什么威胁。

"我要让他上绞刑架。"温斯坦嘟囔道。

卡思伯特仍一动不动，害怕得全身瘫软。

温斯坦迅速环顾四周。处处有他们的罪证——掺假的金属、非法的压模和伪造的硬币。把所有东西都藏起来是不可能的——坩埚上炽热的熔化金属不可能塞进箱子里。他唯一的希望就是不让外面的访客进来。

温斯坦穿过室内的门，走到教堂去。神职人员和他们的家人正在屋子各处，男人们在聊天，女人们在准备素菜，孩子们在玩耍。温斯坦猛地关上门时，他们全都突然抬头看去。

过了一会儿，德恩治安官穿过正门进来了。

他和温斯坦互相对视了一阵。温斯坦看起来既惊愕，又丧气。很明显，是奥尔德雷德把德恩带到了这里，只为一个目的。

我母亲警告过我的，温斯坦想，但我没有听。

温斯坦努力保持镇静。"德恩治安官！"他说，"实在是没有想到啊。进来，坐下，喝杯酒吧。"

奥尔德雷德也跟着德恩进来了，他指着温斯坦后面的门。"作坊就是从这儿进去。"他说。

后面跟着来的人是两名武装士兵，温斯坦知道他们，分别是威格伯特和戈德温。

温斯坦有四名武装士兵。克内巴在把守作坊外门，另外三名在马厩过夜。现在他们人呢？

更多治安官手下的士兵进入了教堂，温斯坦意识到，他自己的人在哪儿已经不重要了——他们在人数上已经远远处于劣势。那几个可恶的懦夫可能早早就放下了武器。

奥尔德雷德大步穿过屋子，温斯坦整个人站在作坊门口，挡住了他的去路。奥尔德雷德看着他，对德恩说："就在里面。"

德恩说："让开，主教阁下。"

温斯坦知道自己无法辩驳，除了利用他的官位。"出去！"他说，"这是司祭的房子。"

德恩朝四周看了看那些司祭和他们的家人，所有人静静地盯着这场对峙。"这可不像司祭的房子啊。"德恩说。

"你会在夏陵法庭为这句话付出代价的。"温斯坦说。

"噢，别担心，我们当然会去夏陵法庭。"德恩说，"现在，让开。"

奥尔德雷德从温斯坦身边推过去，把手放到门上。温斯坦勃然大怒，用尽全力朝奥尔德雷德脸上给了一拳。温斯坦的指关节都打疼了，他不常跟人拳斗。他用左手揉揉自己的右手。

德恩对武装士兵做了个手势。

威格伯特朝温斯坦走来。主教体形更大，但威格伯特似乎更危险。

"你敢碰主教！"温斯坦气愤地喊道，"你会招来上帝的诅咒！"

威格伯特犹豫了。

德恩说："温斯坦这样的邪恶之徒不会为你招来上帝的诅咒，即便他是位主教也一样。"

德恩讽刺的语气把温斯坦气疯了。

"抓住他。"德恩说。

温斯坦动身，但威格伯特速度更快。温斯坦还没来得及躲，威格伯特就已经把他抓住，将他双脚离地提起，从门口移开了。温斯坦挣扎着，但徒劳——威格伯特的肌肉就像海船的绳索一般。

温斯坦的愤怒像卡思伯特坩埚上的金属一样滚烫。

奥尔德雷德冲进了作坊，德恩和戈德温紧随其后。温斯坦仍然被威格伯特抓着。有一会儿，他不想动了，被一个治安官的部下粗暴对待已经令他大惊失色。这时，威格伯特稍稍放松了自己抓牢的手。

温斯坦听见奥尔德雷德说："看看这个，用来掺进银的铜、用来伪造货币的压模，还有工作台上的全新硬币。卡思伯特，我的朋友，你脑子里在想什么？"

"是他们逼着我干的，"卡思伯特说，"我只想为教堂做装饰物。"

撒谎的狗，温斯坦想，你巴不得想要这工作，你的利润肥着呢。

温斯坦听见德恩说："那位邪恶的主教这样逼着你践踏国王的货币，有多长时间了？"

"五年。"

"好，现在结束了。"

温斯坦看到白花花的银币就要从他身边流走，怒不可遏，他猛地一推，从威格伯特手中挣脱开去。

* * *

奥尔德雷德惊讶地看着卡思伯特工作台上这座成熟的假币工厂——锤子、剪子、火里的坩埚、压模和模具，以及一堆发光的假银币。他正揉搓着被温斯坦打过的左颧骨上方，就听见温斯坦一声怒吼，随着威格伯特带着惊呼的咒骂，温斯坦冲进了作坊。

他满脸通红，唇上带着唾沫，就像生病的马嘴上的白沫。他像个疯子似的尖声叫骂着淫秽之词。

奥尔德雷德从来没有见过温斯坦发这么大的火。他似乎失去了控制。他语无伦次地宣泄着仇恨，猛地往德恩治安官身上撞去。德恩一时不备，被撞到了墙上。奥尔德雷德猜德恩对此类意外肯定很有经验，只见他抬起一条腿，往温斯坦的胸口踢过去，温斯坦踉跄几步。

温斯坦朝卡思伯特转过身去，卡思伯特畏缩后退。温斯坦抓起铁砧，将它打翻，工具和假便士洒向各处。

温斯坦又抓住铁头锤子，高高举起。他想杀人，奥尔德雷德从他的目光中看了出来。奥尔德雷德感觉自己生命中第一次亲眼见到了魔鬼。

戈德温勇敢地向温斯坦进攻。温斯坦改变姿势，手臂一缩，把锤子甩向了工作台上装着熔化金属的坩埚。锅被打碎了，金属四溅。

奥尔德雷德看到滚烫的熔化金属立刻朝戈德温的整张脸溅去。这个高大的男人惊恐而痛苦地尖叫，但他刚一尖叫，就猛地停了。随后，奥尔德雷德的小腿被什么东西砸中了，他平生从没有感受过这般疼痛，然后昏了过去。

* * *

奥尔德雷德醒过来时，他尖叫起来，尖叫声持续了几分钟。最后，他的喊声变成了呻吟。有人给他喝了点烈酒，但这只能使他困惑而惊惧。

当惊慌终于缓和下来，奥尔德雷德能看清眼前事物的时候，他看着自己的腿。他的腿肚子有一个知更鸟蛋般的洞，肉已经成了炭黑色，疼得要命。造成伤害的金属已经冷却，掉到地上去了，奥尔德雷德猜。

其中一个司祭的女人给他拿来了药膏涂抹伤口，但他拒绝了——不知道这药里会有什么样的异教徒神奇成分。可能是蝙蝠的脑袋，可能是捣碎了的槲寄生，也可能是黑鹏屎。这时奥尔德雷德瞧见了受人信赖的埃德加，便叫他为自己暖些酒清洗一下腿上的洞，再找块干净的布。

就在昏倒之前，奥尔德雷德看见戈德温被溅了满脸的熔化金属。德恩治安官跟他说，戈德温死了，奥尔德雷德明白了这是为什么。一小滴熔化金属便能马上在奥尔德雷德的腿上溅出一个洞来，那么打中戈德温那张脸的熔化金属则必然会在瞬息之间将他的脑袋全部烧伤。

"我已经逮捕了德格伯特和卡思伯特，"德恩说，"审判之前，我会把他们关在牢里。"

"温斯坦呢？"

"我不想马上把主教抓起来。我不想让整座教堂体系与我作对。但其实逮捕他也没有必要——温斯坦是逃不掉的了，如果他逃走，我会把他抓住。"

"我希望你是对的。我认识他很多年了，但我从来没有见过他如此癫狂。他已经超出了一般的邪恶，他被魔鬼附了身。"

"我想你说得对，"德恩说，"这是一种新层次的邪恶。但别担心，我们抓了现行。"

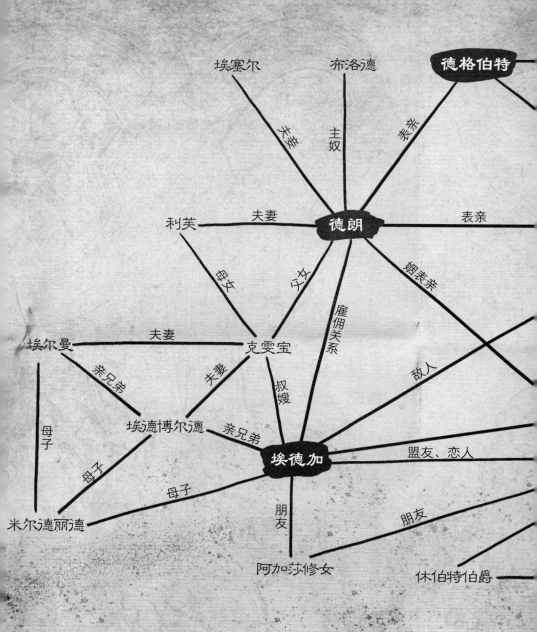

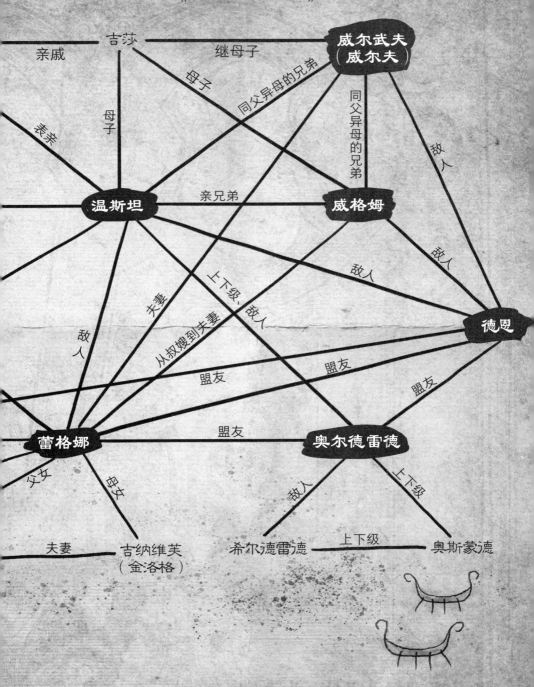

《暗夜与黎明》主要人物关系图

THE
EVENING
· AND THE ·
MORNING

读客外国小说文库

熊猫君激发个人成长

暗夜与黎明

与

夜

黎

明

下

（全两册）

［英］肯·福莱特 著

邓若虚　汪洋 译

江苏凤凰文艺出版社

JIANGSU PHOENIX LITERATURE AND
ART PUBLISHING

THE
EVENING
∴ AND THE ∴
MORNING

KEN
FOLLETT

目　录

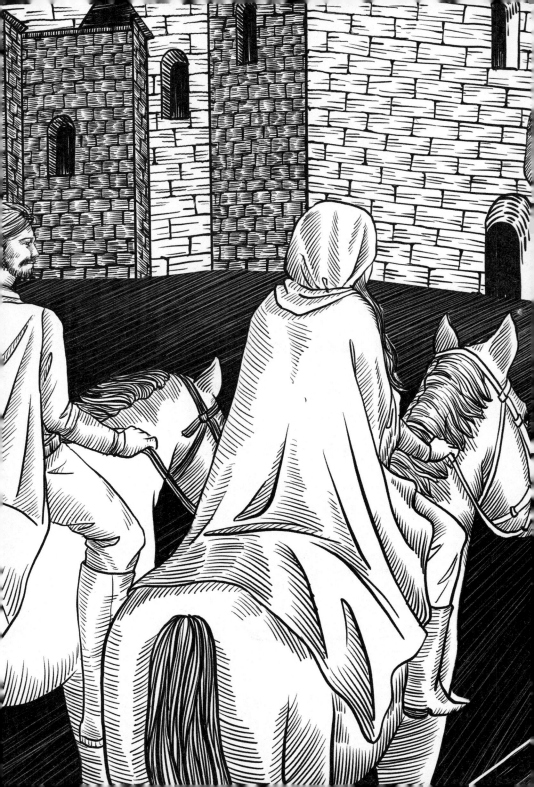

第二部

审判

（九九八年）

ART 2

THE

TRIAL

998 CE

第二十二章

九九八年，十月

　　埃德加知道，事情不会就这样简简单单地结束。温斯坦绝不会心甘情愿地接受已发生的一切。他会反击，会对那些暴露他罪行的人施以残酷的报复。恐惧在埃德加心中升腾。他到底陷入了多么可怕的危险之中呀？

　　埃德加扮演了重要角色，但他一直藏在幕后。奥尔德雷德他们突袭珠宝匠时，他不在场。直到喧嚣过后，他才跟着一群好奇的村民来到社区教堂。他肯定自己不会被温斯坦发现。

　　但他错了。

　　突袭过后一周，温斯坦的秘书，圆脸、浅金发的伊塔马尔来到德朗渡口。弥撒过后，他宣布了一项管理决定：社区教堂的司铎中，最年长的德尔温神父已被任命为总铎，代替被抓走的德格伯特。这种事明明写封信告知就行了，而他却专程从夏陵赶来宣布，这似乎没多大必要。

　　会众离开小教堂时，伊塔马尔朝埃德加走来。埃德加正同自己的家人在一起，包括埃尔曼、埃德博尔德、克雯宝和六个月大的宝宝温妮。伊塔马尔没有费神寒暄，毫不客气地对埃德加说：
"你是夏陵修道院奥尔德雷德修士的朋友。"

这就是伊塔马尔此行的真实目的？埃德加不由得打了个寒战，道："我不知道您为什么这么说。"

埃尔曼愚蠢地插话道："因为你就是白痴。"

埃德加恨不得冲埃尔曼的脸揍一拳，但他只是道："没人同你说话，埃尔曼，闭上你的笨嘴。"他转身面对温斯坦的秘书，"我当然认识那位修士。"

"他被烧伤之后，你清洗了他的伤口。"

"谁都会这样做。您问这个干什么？"

"有人看见你在德朗渡口这里同奥尔德雷德在一起，你们在夏陵和库姆的时候也有人看见了。我本人还看见你同他一起出现在奥神村。"

伊塔马尔是说埃德加认识奥尔德雷德，仅此而已。伊塔马尔似乎不知道埃德加其实是奥尔德雷德的卧底，那他这番话又是何意？埃德加决定直奔主题："您想说什么，伊塔马尔？"

"你打算当奥尔德雷德的助誓人吗？"

原来如此。伊塔马尔的任务是找出奥尔德雷德的助誓人是谁。埃德加松了口气。他本以为情况严重得多。

埃德加说："没人请我当助誓人。"

这话没错，但也并非百分百诚实。埃德加非常希望有人请他当助誓人。如果助誓人亲身了解所涉事件的真实情况，那么他就会增加誓言的分量。埃德加去过作坊，见过那些金属、压模和刚刚铸造出的钱币，所以他的誓言可以帮助奥尔德雷德，同时打击温斯坦。

伊塔马尔明白这一点。"几乎可以肯定，会有人请你的。"他说。他那张娃娃脸带着恶意扭曲起来："我建议你到时候拒绝。"

埃尔曼再次开口："他说得对，埃德加。我们这样的人应该少掺和司铎之间的争端。"

"你哥是个明白人。"伊塔马尔说。

埃德加说："谢谢二位的忠告，但事实上，一直没有人传唤我出席温斯坦主教的审判。"

伊塔马尔依然不满足。"记住，"他说，摆了摆一根手指，"德格伯特司铎是你的地主。"

埃德加吃了一惊。他没想到自己竟然会受到威胁。"您这话是什么意思？"他朝伊塔马尔凑过去，"给我说清楚。"

伊塔马尔似乎害怕了，不禁后退了一步，但他摆出一副好斗的样子，不甘示弱地说："我们需要佃户支持教会，而不是搞垮教会。"

"我绝不会搞垮教会。比如，我不会在社区教堂里铸造假币。"

"少跟我耍小聪明。告诉你吧，要是你得罪了地主，他就会把你和你的家人从农场上赶出去。"

埃尔曼说："上帝救救我们吧。我们可不能失去农场啊。我们才刚刚站稳脚跟呢。埃德加，听这个人的话。别犯傻了。"

埃德加难以置信地瞪着伊塔马尔。"我们在教堂里，而您刚刚参加了弥撒。"他说，"天使和圣徒环绕着我们，虽然他们看不见，但却是真实存在的。他们都知道您在干什么。您想隐瞒真相，保护坏人，使其不用承受犯罪的后果。您在犯下这些罪行的时候，嘴唇上还沾着圣餐中的红酒。天使正一边注视您，一边窃窃私语呢，您想象得到吗？"

埃德博尔德抗议道："埃德加，他才是司铎，你不是！"

伊塔马尔面色煞白，思索了片刻，才开口作答。"我是在保护教会，天使知道这一点。"他说，尽管他看上去仿佛自己也不信，"你也应该这样做。不然，你就会感受到上帝的神职人员的怒火。"

埃尔曼绝望地说："你必须照他说的做，埃德加，不然我们又会落得十五个月之前的下场，无家可归，一贫如洗。"

"这个我听出来了。"埃德加简短地答道。他不知所措，犹豫不决，但他不想表现出来。

埃德博尔德插话道："告诉我们你不会出庭做证，埃德加，求你了。"

克雯宝说："想想我的宝宝。"

伊塔马尔说："听你家人的话，埃德加。"然后他转过身，那样子仿佛在说，他能做的都做了。

埃德加想知道妈妈会怎么说。现在他需要妈妈的智慧，其他人都帮不上忙。他说："你们回农舍去吧，好吗？随后我再赶上来。"

埃尔曼狐疑地问："你要去干什么？"

"我要去同妈妈谈谈。"埃德加说，然后便离开了。

埃德加走出教堂，穿过墓地，来到妈妈的安息之所。妈妈墓上的嫩草青翠欲滴。埃德加站在坟头，双手十指交握做祈祷状。"我不知道要怎么做，妈妈。"他说。

他闭上眼，想象母亲还活着，站在自己身边，若有所思地聆听着。

"如果我宣誓做证，就会导致全家被赶出农场。"

埃德加知道母亲无法回答。不过，母亲还活在他的记忆里，她的灵魂肯定就在附近，所以如果他展开想象，母亲是可以同他说话的。

"我们手头刚有点余钱，"他说，"可以去买毯子、鞋子和牛肉。埃尔曼和埃德博尔德耕作很辛苦，他们应该得到一些奖赏。"

埃德加知道母亲会同意这一点的。

"但如果我屈服于伊塔马尔，就会帮助邪恶的主教逃脱正义的惩罚。温斯坦会继续作奸犯科。我知道您不会让我这样做的。"

埃德加觉得自己把道理讲得清楚又明白。

母亲也在他的想象中给出了明确无误的回答。"家人永远最重要。"她说，"照顾好你的两个哥哥。"

"那我就拒绝帮助奥尔德雷德好了。"

"没错。"

埃德加睁开眼："我知道您会这样说的。"

他转身离开，但这时，母亲又开口了。

"或者，你也可以把事情做得聪明些。"她说。

"什么？"

他没听到答案。

"怎么把事情做得聪明些呢？"他问。

但母亲没有回答。

* * *

威尔武夫郡长拜访了夏陵修道院。

一个见习修士上气不接下气地来缮写室传唤奥尔德雷德。"郡长来啦！"他说。

一阵恐惧袭上奥尔德雷德心头。

"他要求见奥斯蒙德院长和你！"见习修士补充道。

威尔武夫的父亲当郡长的时候，奥尔德雷德就在修道院了。他不记得这两位老爷几时来过修道院。看来这次的事情非同小可。奥尔德雷德用片刻时间平复了呼吸和心跳。

奥尔德雷德猜得到是什么导致了这次前所未有的拜访。全郡上下都在谈论治安官对德朗渡口社区教堂的突袭，或许整个英格兰西部都议论纷纷。对温斯坦的打击便等同于是对他哥哥威尔武夫本人的冒犯。

在威尔武夫眼中，奥尔德雷德多半就是罪魁祸首。

同所有强权人物一样，威尔武夫会不遗余力地维持权力。但他会狂妄到去威胁一名修士吗？

郡长应该是人民眼中不偏不倚的法官，否则他就会丧失道德上的权威，他的决定就会难以执行。对郡长来说，执行才是难点。他可以动用私人武装士兵去惩罚偶尔爆发的小反抗，他还可以招募军队——尽管相当麻烦，而且耗费不菲——去抗击维京海盗和威尔士人，可一旦人民对大乡绅丧失信任，他们就会暗暗地长期反抗，这便是郡长难以应对的了。他需要得到人民的尊敬。现在，威尔武夫准备置民意于不顾，无论如何也要打击奥尔德雷德吗？

奥尔德雷德感到胃里一阵恶心，于是使劲咽了口唾沫。自从开始调查温斯坦，他就知道自己对抗的是冷血的恶棍，他告诉自己这是他的责任。不过，在想象中冒险往往很容易，而如今，实打实的危险已降临到他头上。

奥尔德雷德一瘸一拐地爬上楼梯。他的腿还在痛，尤其是走路的时候。熔化的金属泼在血肉上，简直比刀扎还疼。

威尔武夫可不是那种愿意在门外干等的人，他已经进入了奥斯蒙德的房间。他身上的黄色披风分外刺眼，给灰白的修道院带来了鲜亮的世俗色彩。他站在床尾，双腿分开，双手叉腰，摆出一副典型的挑衅姿态。

院长依然没下床。他坐起身，头戴睡帽，面露惊恐。

奥尔德雷德心里发虚，但他表现得相当自信。"您好，郡长。"他语气活泼地问候道。

"进来，修士。"威尔武夫说，仿佛这里是他的大院，而奥尔德雷德他们才是访客。威尔武夫得意扬扬地补充道："你那黑眼圈想必是我弟弟给你的吧。"

"别担心。"奥尔德雷德故意装出一副屈尊俯就的口吻，"如果温斯坦主教坦白了自己的罪行并乞求原谅，尽管他犯下了神职人员不该犯的暴行，那上帝也会宽恕他的。"

"有人挑衅他！"

"上帝不接受这样的借口，郡长。上帝教导我们，'有人打你的右脸，连左脸也转过来由他打'①。"

威尔武夫恼怒地咕哝了一声，口风一转，道："对德朗渡口发生的事，我很生气。"

---

① 出自《圣经·马太福音》第5章第39节。——译者注

"我也是。"奥尔德雷德开始进攻，"温斯坦竟然对国王犯下如此邪恶的罪行！更别提他还杀害了治安官的手下戈德温。"

奥斯蒙德怯生生地说："闭嘴，奥尔德雷德，让郡长说话。"

希尔德雷德推门而入。

连续两次被人打断，威尔武夫不由得火冒三丈。"我没有传唤你，"他对希尔德雷德说，"你是谁？"

奥斯蒙德答道："这位是司库希尔德雷德，我委托他在我患病期间代行院长职责。无论您说什么，他都会洗耳恭听的。"

"好吧。"威尔武夫接过刚才的话茬儿，继续说，"有人犯了罪，这是可耻的。"他承认道："但现在的问题是，我们该做什么。"

"进行正义的审判。"奥尔德雷德说，"这显而易见。"

"闭嘴。"威尔武夫说。

奥斯蒙德带着恳求的语气说："奥尔德雷德，你这样只会给自己惹麻烦。"

"惹麻烦？"奥尔德雷德义愤填膺地说，"该受惩罚的不是我。我没有伪造国王的货币。那是威尔武夫的弟弟干的。"

威尔武夫自知理亏。"我来这儿不是跟你讨论已经发生了什么的。"他搪塞道，"我刚才说了，问题是现在要做什么。"他转头面对奥尔德雷德："别再说什么正义了，不然我就把你光溜溜的脑袋从瘦干的脖子上拧下来。"

奥尔德雷德无言以对。不必由他指出，人人都知道，贵族威胁修士，说要亲手对后者施加暴力，这至少是不成体统的。

威尔武夫似乎意识到他自降了身份，于是换了口气。"我们的职责，奥斯蒙德院长，"他说，将院长抬到同自己相当的地位，以示恭维，"是确保这件事不会损害贵族或教会的权威。"

"所言极是。"奥斯蒙德说。

奥尔德雷德生出一丝不祥的预感。威尔武夫恃强凌弱才正常，好言安抚反倒意味着他居心不良。

威尔武夫说："铸造假币的行为已经结束，压模也被治安官没收了，举行审判又有什么意义呢？"

奥尔德雷德倒吸一口凉气。如此厚颜无耻的提议简直令人惊愕不已。不举行审判？这简直就是无法无天！

威尔武夫继续道："审判只会让主教丢脸罢了，而这位主教还是我同父异母的弟弟。想想看，要是此后再没有人谈论这件事，那该多么美妙啊。"

"对你邪恶的弟弟来说当然妙不可言。"奥尔德雷德在心里嘀咕道。

奥斯蒙德支吾道："您的意思我懂了，郡长。"

奥尔德雷德说："您在这儿是白费口舌，威尔武夫。无论我们说什么，治安官都不会同意您的提议的。"

"或许吧。"威尔武夫说，"但倘若你们撤回对治安官的支持，也许他就不会一意孤行了。"

"您这话到底是什么意思？"

"我猜治安官会让你当他的助誓人。我请你拒绝他的要求，为了教会，为了贵族。"

"我必须讲出真相。"

"有时候，真相最好烂在肚子里，就连修士也必须明白这一点。"

奥斯蒙德恳求道："奥尔德雷德，郡长说得句句在理啊。"

奥尔德雷德深吸一口气："假设温斯坦和德格伯特是虔诚专一、甘于牺牲的神职人员，将自己的生命献给了上帝的事业，戒除了所有的肉体欲望，但他们犯下了一个愚蠢的错误，让自己的职业生涯陷入岌岌可危的险境，那么，没错，我们需要讨论对他们的惩罚是否弊大于利。然而，他们不是这类神职人员，对吧？"奥尔德雷德顿了顿，似乎在等待威尔武夫回答这个问题，但郡长明智地一言不发。奥尔德雷德继续道："温斯坦和德格伯特将教会的钱全花在酒馆、赌场和妓院里了，而且有太多的人知道这桩丑事。如果明天他们被剥夺了圣职，那对贵族和教会的权威来说只会有利无害。"

威尔武夫面露愠色："你最好不要同我作对，奥尔德雷德。"

"我当然不会。"奥尔德雷德答道。这倒是实话，只是他看上去没那么真诚。

"那你就按我的话去做，撤回你们对治安官的支持。"

"不行。"

奥斯蒙德说："好好想想，奥尔德雷德。"

"不行。"

这时，希尔德雷德才第一次开口："你既然是修士，那你就应该服从权威，听院长的话，难道不是吗？"

"不行。"

* * *

蕾格娜怀孕了。

她还没有告诉任何人，但她相当肯定。卡特八成是猜到了，

012

但别人不知道。蕾格娜严守着这一秘密，让那个新孕育的宝宝在自己体内生长。无论是四处活动的时候，还是命令下人打扫、整理和维修的时候，抑或是让整个大院保持运转，以免威尔夫为家里的事务而烦心的时候，她都在想着宝宝。

蕾格娜知道，怀孕的消息透露过早的话会给自己带来厄运。许多胎儿都自然流产了。蕾格娜出生六年后，她弟弟才呱呱坠地。在此期间，她母亲经历了好几次流产。蕾格娜要等到肚子大到裙子遮掩不住之后才会宣布。

蕾格娜很激动。她没有像许多女孩那样梦想过生孩子，但现在她怀孕之后，她发现自己竟然渴望能抱住一个小生命，好好地爱他。

她也很乐意扮演她在英格兰社会中的角色。她是一名嫁给了贵族的贵族女人，她的工作就是为丈夫诞下继承人。这会令她的敌人灰心丧气，同时使她和威尔夫的关系更加亲密。

蕾格娜也很担心。每个人都知道，生孩子是危险而痛苦的。女人芳华早逝，多半是因为难产。蕾格娜有卡特在身边，但卡特从未生过孩子。蕾格娜希望母亲在这里。不过，夏陵有一位出色的接生婆，蕾格娜见过她，那是一个冷静能干、头发灰白的女人，名字叫希尔迪丝丽丝，也叫希尔迪。

听说温斯坦终于恶人有恶报，蕾格娜非常开心。伪造货币无疑只是温斯坦的诸多罪行之一，但只有这一桩被揭发了出来。她希望温斯坦受到严惩，或许这次经历会打击他的傲慢气焰。她想，奥尔德雷德真是好样的，竟然能端了这老狐狸的窝。

这将是蕾格娜在英格兰参加的第一次重大审判，她迫不及待地想要了解这个国家的法律体系。她知道，这里的法律有别于诺曼底。《圣经》中"以眼还眼、以牙还牙"的原则在这里并不适用。这里对杀人的惩罚通常就是给受害者的家人一笔罚金。这笔钱被称作"赎罪金",因死者的财富和地位的不同而变化——大乡绅值六十镑银币,普通农民就只值十镑。

埃德加来看蕾格娜的时候,她又了解到一些别的情况。她正在桌子上挑选苹果,拣出那些带伤的,因为它们挨不过冬天。她打算教厨房女工吉尔达制作苹果酒的最佳方法。就在这时,她看见了埃德加强壮的身影,后者正迈着自信的步伐进入大门,穿过院子。

"您变了。"一见到蕾格娜,埃德加就笑盈盈地说,"怎么回事啊?"

他的观察力确实相当敏锐,尤其是对体形。"我吃了太多的英格兰蜂蜜。"她说。这是实话——她总是饥肠辘辘。

"您看上去气色不错。"埃德加想起自己有些失礼,便又补充了一句,"请原谅我出言唐突,夫人。"

他站在桌子另一头,帮助蕾格娜挑选苹果,一边轻柔地拿放着好苹果,一边将坏苹果扔进桶里。蕾格娜察觉他心神不宁,便问:"德朗派你来购买物资吗?"

"我不再是德朗的仆人了。我被解雇了。"

也许他可以为自己工作,蕾格娜很喜欢这个主意。"你为什么被开除了?"

"布洛德被归还给德朗之后,他对布洛德死命地拳打脚踢,我以为他会杀了布洛德,就出手制止了他。"

埃德加总是努力去做正确的事,蕾格娜思忖道,但他到底给他自己惹了多大的麻烦?"你是回农场了吗?"也许他惦记的就是这件事，"我记得那片地产量不高啊。"

"确实不高，但我围了一个鱼塘，现在我们食物充足，还有一些多余的鱼可以拿去卖。"

"布洛德还好吗？"

"我不知道。我告诉德朗，要是他再伤害布洛德，我就会宰了他。也许这会让他有所忌惮。"

"你知道我试过买下布洛德，将她从德朗手里救下来吧？但温斯坦否决了我的提议。"

埃德加点了点头："说到温斯坦……"

蕾格娜看出埃德加紧张起来，猜他接着就要说出此次来访的真正原因。"嗯？"

"他派伊塔马尔来威胁我。"

"怎么威胁的？"

"如果我出庭做证，我的家人就会被赶出农场。"

"理由是什么？"

"教会需要佃户支持教士。"

"太过分了。你打算怎么办？"

"我想对抗温斯坦，为奥尔德雷德做证。但我的家人需要农场。现在我不光有两个哥哥，还有一位嫂嫂和一名在襁褓里的小侄女。"

蕾格娜看出他左右为难，不禁心生怜悯："我明白。"

"所以我来找您。在整个奥神谷，肯定常常会出现无人耕种的农场吧。"

"一年会有那么几次。一般是原耕种者的儿子或女婿来接着耕种，但也不尽然。"

"如果我确信可以倚靠您，确信您可以给我家人一座农场，我就会当奥尔德雷德的助誓人，对抗温斯坦。"

"如果你们被赶出去了，我就会给你们一座农场。"蕾格娜毫不犹豫地说，"我当然会。"

蕾格娜看见埃德加安心地放下了紧绷的双肩。"谢谢。"他说，"您不知道这对我来说多么……"她讶异地发现，他淡褐色的眼睛中噙满了泪水。

蕾格娜的手从桌面上方伸过来，抓住埃德加的手。"你可以依靠我。"她说。她又握了一会儿他的手，然后才松开。

* * *

希尔德雷德在教士大会上对奥尔德雷德发动了突袭。

每天的教士大会上，修士们会感到他们在根本上是平等的。他们是兄弟，在上帝的眼中，他们全无尊卑之分，在修道院的运营中也无高下之别。但他们也宣誓服从权威，这两条原则显然是直接冲突的，所以它们并未得到严格遵循。修士们日复一日地执行着院长发出的指令，但在教士大会上，他们围坐成一圈，以平等的身份决定重大的原则问题，包括老院长过世后选举新院长。如果没有达成一致的话，他们就会投票。

希尔德雷德最先发话，说他不得不提请众修士讨论一个问题，他自己和楼上卧病不起的奥斯蒙德院长为此苦恼不已。然后，他通报了威尔武夫来访的事。奥尔德雷德扫视了听故事的修士们。年长的修士面色如常，奥尔德雷德意识到，希尔德雷德已经提前取得了他们的支持。年轻的修士震惊不已，他们没有得到事先通知，以免奥尔德雷德有机会辩驳。

最后，希尔德雷德总结道，他之所以在教士大会上提出这个问题，是因为奥尔德雷德在对温斯坦的调查及随后的审判上扮演什么角色乃是一个原则问题。"我们的修道院为什么会存在？"他问，"我们该扮演什么角色？我们要参与贵族和高级神职人员的权力争斗吗？还是说，我们的职责是脱离俗世，在平静之中崇拜上帝，对周围肆虐的俗世生活的风暴置若罔闻？院长曾让奥尔德雷德不要掺和对温斯坦的审判，但奥尔德雷德拒不从命。我相信，聚集于此的兄弟们有权想想，上帝对我们的修道院有怎样的安排。"

奥尔德雷德看得出，众人大多认同希尔德雷德。就连那些没有预先被希尔德雷德硬拉着通气的修士也认为，修士们不应该卷入政治。大部分修士更喜欢奥尔德雷德，而非希尔德雷德，但他们也钟爱平静的生活。

他们等着奥尔德雷德开口。奥尔德雷德觉得自己仿佛置身角斗场中。他同希尔德雷德是院长之下最优秀的两名修士，两人中迟早有人会接替奥斯蒙德的职位。眼下这场争斗会影响最终谁能胜出。

奥尔德雷德要表明自己的观点，但他担心太多修士已有定见，仅仅诉诸理性或许是不够的。

奥尔德雷德决定在众人做出最终决定前，再努力争取一次。

"希尔德雷德兄弟所言，我基本同意。"奥尔德雷德开口道，辩论中尊重对手总是明智的——人们不喜欢你一上来就显得格格不入。"这确实是原则问题，关乎修士在这世上扮演的角色。我知道希尔德雷德对修道院的关心是真诚的。"奥尔德雷德的宽容已经达到极限，他决定就此打住。"不过，我想提出一个稍微不同的观点。"

房间里鸦雀无声，大家一脸渴望地等待着。

"修士必须像关心来世一样关心现世。耶稣教导我们'积攒财宝在天上'①，但我们只能通过在地上行善来做到这点。我们活在一个充满残酷、愚昧和痛苦的世界，我们要让它变得更好。当邪恶在我们面前大行其道时，我们绝不能视若无睹。至少……我做不到。"奥尔德雷德顿了顿，以增强感染力，"院长让我不要参与审判，我表示拒绝。这不是上帝给我的旨意。我的兄弟们，我请求你们尊重我的决定。但如果你们决定将我逐出这座修道院，那我当然不得不离开。"他扫视房内众人，"对我来说，这将是悲伤的一天。"

人们全都震撼了。他们并未料到奥尔德雷德会将这件事上升为个人的去留问题。没有人想把事情闹得这么大，或许，希尔德雷德除外。

众人沉默良久。奥尔德雷德需要一位朋友提出一种解决方案。可他根本没有机会预先安排，所以只能希望有人会自行想出办法，替他解围。

最后，是戈德莱夫修士想到了办法。"没必要驱逐你。"他用自己特有的简练语言道，"我们不应该强迫任何人去做他认为不对的事情。"

希尔德雷德愤愤不平地说："但他宣誓过要服从权威，这又怎么说？"

戈德莱夫寡言少语，但并不缺乏智慧。他在辩论中可以同希尔德雷德一较高下。"服从是有条件的。"他言简意赅地说。

---

① 出自《圣经·马太福音》第6章第20节：只要积攒财宝在天上，天上没有虫子咬，不能锈坏，也没有贼挖窟窿来偷。——译者注

奥尔德雷德看出许多修士都表示赞同，对权威的服从不是绝对的。奥尔德雷德觉得民意已经朝自己这边倾斜。

令奥尔德雷德吃惊的是，他在缮写室的同事、老抄写员塔特维举起了手。奥尔德雷德不记得此前塔特维在教士大会上发过言。"我有二十三年未曾踏出这座修道院，"塔特维说，"但奥尔德雷德去过瑞米耶日。那儿甚至不在英格兰！他带回了不可思议的典籍，都是我们见所未见的书卷。多了不起啊。你们瞧，要做修士，可不止一种方式。"他微笑着点点头，仿佛在同意自己的观点："不止一种方式。"

年长的修士被塔特维的这番话打动了，但更可能是因为他们几乎从未听过他表达意见。塔特维每天同奥尔德雷德一起工作，这让他的观点更有分量。

希尔德雷德知道自己被打败了。他没有强迫大家投票表决。"如果诸位想要原谅奥尔德雷德的抗命行为，"他强压恼怒，故作宽容道，"我相信奥斯蒙德院长也不会固执己见。"

大部分修士点头赞许。

"那讨论下一个议题。"希尔德雷德说，"我知道，有人抱怨面包发霉……"

* * *

审判前一天，奥尔德雷德同德恩一道喝啤酒。德恩说："温斯坦想方设法地逼我们的助誓人放弃做证，但我认为他没有成功。"

奥尔德雷德点头道："他派伊塔马尔威胁埃德加，如果埃德加不放弃做证，他就把埃德加全家赶出农场，但埃德加说服蕾格娜在必要的时候为他另寻农场，现在他是不会动摇的。"

"我猜，你在教士大会上也取得了胜利吧。"

"威尔武夫试图胁迫奥斯蒙德院长，但最终教士大会支持了我，站在了我这边。"

"温斯坦在宗教团体中不受待见，因为他使所有人脸上无光。"

"不光在夏陵，其他地方有许多人也关心这个案子。会有几位主教和修道院院长出席审判，我想他们会支持我们。"

德恩又给奥尔德雷德倒了一杯啤酒，奥尔德雷德谢绝了，但德恩自己又喝了一杯。

奥尔德雷德说："温斯坦会遭到怎样的惩罚？"

"有法律规定，伪造货币者的手应该被剁下，钉在铸币厂的门顶上。但还有法律规定，在森林里伪造货币的人应被处死，德朗渡口或许就属于这一区域。不过，反正法官也并不是每次判案都要参看法律文书。他们往往随心所欲地做出裁决，尤其是威尔武夫那种人。但我们必须首先保证温斯坦能被定罪。"

奥尔德雷德眉头紧皱："我不明白法庭怎么会判他无罪。去年，埃塞尔雷德国王让每位郡长同十二位顶级权贵宣誓，不得包庇任何有罪之人。"

德恩耸耸肩："威尔武夫会打破誓言的。威格姆也会。"

"主教和修道院院长会遵守誓言的。"

"同威尔武夫非亲非故的其他大乡绅没有理由为了救温斯坦而背誓，那样会危害他们不朽的灵魂。"

"上帝的旨意终将实现。"奥尔德雷德说。

第二十三章

九九八年，十一月一日

黎明前的晨祷中，奥尔德雷德心不在焉。他努力专注于祷词及其含义，但他满脑子都是温斯坦。奥尔德雷德捉住了一头狮子的尾巴，如果他不杀掉这头猛兽，就会被其反噬。倘若今天奥尔德雷德在法庭上落败，那结果将不堪设想。温斯坦必将发起冷酷无情的报复。

晨祷过后，修士们回床休息，但不久，他们又起来做早祷。他们在十一月的冷冽空气中穿过院子，进入教堂时，已经瑟瑟发抖。

奥尔德雷德发现，每一段赞美诗、每一首圣歌、每一条经文似乎都会让自己想到审判。今天唱的圣歌中有一首是《诗篇》第七章，从奥尔德雷德口中涌出的歌词字字击中他自己的内心："求你救我脱离一切追赶我的人，将我救拔出来！恐怕他们像狮子撕裂我。"①

他几乎没吃早饭，但喝光了自己那杯啤酒，而且想再喝。在

---

① 出自《圣经·诗篇》第7章。——编者注（本书中注释如无特别说明，均为编者注）

第三课前——这次祈祷是关于耶稣受难的——德恩治安官敲响了修道院的大门，奥尔德雷德披上斗篷，走了出去。

德恩身边跟着一个提篮子的仆人。"都在这里了。"他说，"压模、掺假的金属，还有伪造的银币。"

"好。"物证很重要，对发誓证明其真实性的人来说尤为如此。

德恩和奥尔德雷德朝郡长大院进发。威尔武夫一般会在大堂前开庭。经过大教堂时，他们被伊塔马尔拦下了。"审判将在这里举行。"他得意扬扬地说，"在教堂西门举行。"

德恩怒问："谁决定的？"

"当然是威尔武夫郡长。"

德恩转向奥尔德雷德："是温斯坦搞的鬼。"

奥尔德雷德点头道："在这里举行审判实际上就是在提醒众人，温斯坦是一位地位尊崇的主教，那样他们就很难在大教堂前面判他有罪了。"

德恩看向伊塔马尔："但他就是有罪，我们可以证明。"

"他是上帝在人间的代表。"伊塔马尔说完就走开了。

奥尔德雷德说："或许这并不完全是坏事。很可能会有更多市民来旁听审讯，而他们会起来反对温斯坦——凡是搞乱货币的人，都会成为千夫所指，因为那些劣质货币最后会流入城里商人的钱包。"

德恩面露狐疑："恐怕民众的情感无足轻重。"

奥尔德雷德担心德恩是对的。

市民开始聚集，先到者抢占了视野好的位置。大家很想知道德恩篮子里装着什么。奥尔德雷德告诉德恩，尽管让他们看好了。"审讯过程中，温斯坦可能会阻止你出示证据。"奥尔德雷德说，"最好让大家提前看看。"

一群人围在篮子周围，德恩回答了他们提的各种问题。大家已经听说主教涉嫌伪造货币，但亲眼看到精密的压模、逼真的假币，还有那一大块冷却的棕色合金之后，大家认定温斯坦的罪行确凿无疑，而且再次感到震惊不已。

治安官手下的武装士兵领队威格伯特带上了两名囚犯——卡思伯特和德格伯特——他们被捆住双手，手脚还被绳索连在一起，这样他们就无法突然发足奔逃了。

一个仆人带着郡长的座椅和红色长毛绒坐垫到达现场，将椅子放在巨大的橡木门前。接着，一位司铎将一张小桌放在座椅旁，在上面摆了一个圣骨匣。那是盛放圣人遗骨的雕花银质容器，人们可以手按其上起誓。

人群越发拥挤，空气中弥漫着久未洗澡者身上散发的恶臭。教堂钟楼传来当当的钟鸣，宣告庭审官员和本地权贵——大乡绅和高级教士——已到场。他们站在郡长那张依然空无一人的椅子周围，迫使普通市民往后退。蕾格娜现身时，奥尔德雷德朝她鞠了一躬，并向她身边的埃德加点了点头。

低沉的钟声消失之后，教堂中传出了唱诗班的赞歌。德恩怒不可遏。"这里是要开庭审案，不是要举行礼拜！"他说，"温斯坦到底想干什么？"

奥尔德雷德对温斯坦的意图一清二楚。紧接着，温斯坦主教就走出了高大的西门。他穿着一件绣着《圣经》场景的教士长袍，戴着一顶高高的锥形毛边帽。他使尽浑身解数避免被公众视为罪犯。

温斯坦走向郡长座椅，站到旁边，闭上双眼，双手十指交握，开始祈祷。

"可恶至极。"德恩怒冲冲地说。

"没用的。"奥尔德雷德说，"大家看透他了。"

在一大队武装士兵的护卫下，威尔武夫终于登场。奥尔德雷德诧异了片刻，他不明白威尔武夫为何如此兴师动众。人群寂静下来。不知何处传来了锤子击打铁器的声音，这场万众瞩目的盛大审判丝毫没有影响那位铁匠忙碌的劲头。威尔武夫阔步穿过人群，向聚在周围的权贵点头致意，然后安安稳稳地坐到了坐垫上。他是现场所有人中唯一落座的。

审判的第一道程序就是宣誓。无论是被告、原告，还是助誓人，都必须把手放在银匣上向上帝发誓，保证实话实说，使有罪者难逃罪愆，让无辜者免遭诬陷。威尔武夫看起来很不耐烦，温斯坦却打起了十二万分精神注视着每一个立誓者，仿佛觉得自己可以抓到某人誓词中的漏洞一样。奥尔德雷德知道，平常温斯坦根本不在乎仪式细节，今天他却故意装出一副一丝不苟的模样。

宣誓结束之后，奥尔德雷德感觉德恩治安官神经紧绷，正准备开始提起指控。但威尔武夫转而朝温斯坦点了点头，令奥尔德雷德瞠目结舌的一幕出现了——温斯坦开始主持法庭。"有人犯下了一起可怕的罪行。"他说，低沉的嗓音中透着深深的悲哀，"是罪行，也是深重的罪孽。"

德恩迈出一步。"等等！"他厉声道，"这不对！"

威尔武夫说："没有哪里不对，德恩。"

"我才是治安官，应该由我来提起控告。伪造货币是对国王的犯罪。"

"你有机会发言。"

奥尔德雷德不安地皱起了眉。他猜不透这兄弟俩葫芦里卖的是什么药，但他们肯定没安好心。

德恩说："不行！我替国王发言，国王的圣意必须宣达！"

"我也替国王发言，正是国王陛下任命我做郡长的。"威尔武夫说，"马上给我闭嘴，德恩，不然我会让你张不了口。"

德恩的手放到了剑柄上。

威尔武夫的武装士兵也不甘示弱地握住了武器。

奥尔德雷德迅速转过头清点了一下，发现威尔武夫带来了十二名武装士兵。现在他知道威尔武夫为什么会如此兴师动众了。而德恩没有料到郡长会用暴力相威胁，所以只带了威格伯特一人。

德恩也意识到对方人多势众，于是只好松开了剑柄。

威尔武夫说："继续吧，温斯坦主教。"

奥尔德雷德想，这就是埃塞尔雷德国王希望法庭遵守程序的原因，不然贵族就会像威尔武夫刚才那样随心所欲地做出裁决。埃塞尔雷德改革的反对者主张规则可有可无，只有睿智贵族的英明决断才能保证正义得到伸张。说这种话的往往是贵族。

温斯坦指着德格伯特和卡思伯特。"解开这两个司铎。"他说。

德恩抗议道："他们是囚犯！"

威尔武夫说："他们是法庭的囚犯。解开他们。"

德恩只好让步。他朝威格伯特点点头，后者解开了绳索。

两名司铎看起来不那么像有罪之人了。

温斯坦再次提高嗓门儿，让所有人听见："这项罪行，也是罪孽，便是伪造国王的货币。"他直接指向威格伯特，把后者吓了一跳。"上来，"温斯坦说，"给法庭展示篮子中的物品。"

威格伯特瞅了眼德恩，后者耸了耸肩。

奥尔德雷德有点摸不着头脑。他本以为温斯坦会竭力掩盖物证，但现在后者却要求将其展示出来。那家伙到底打的是什么鬼主意？他处心积虑地将自己装扮成无辜者的模样，可现在似乎又在指控自己。

温斯坦将篮子里的东西一件件地取出来。"掺假的金属！"他煞有介事地惊呼道，"砧模、锤模、校准圈，最后是铸好的假币，半银半铜。"

聚拢的权贵看起来同奥尔德雷德一样不明所以。温斯坦为什么会故意凸显自己的邪恶呢？

"最骇人听闻的是，"温斯坦高叫着，"这些东西竟然属于一位司铎！"

没错，奥尔德雷德想，它们属于你。

这时，温斯坦表情浮夸地指向一个人，道："卡思伯特！"

所有人望向卡思伯特。

温斯坦说："如此邪恶的罪行，竟然就在我眼皮子底下进行，想想我得知之后是多么震惊、多么恐惧吧！"

奥尔德雷德惊得下巴都快掉地上了。

现场一片寂静，所有人震惊得说不出话来。他们全以为温斯坦才是罪犯。

温斯坦说："我应该早点发现的。我的粗心应该遭到谴责。主教必须时刻对罪行保持警觉，而我没有做到。"

奥尔德雷德终于回过神来，冲温斯坦大吼道："但他是你教唆的！"

温斯坦悲伤地说："啊，我知道邪恶之徒会拉我下水的。错在我。是我让他们钻了空子。"

卡思伯特说："是你让我伪造货币的。我只是想给教堂制作装饰品罢了。是你让我干的！"他哭喊起来。

温斯坦依旧一脸懊悔："我的孩子，你觉得诈称是上级唆使你干的，就能替你减轻罪行……"

"我就是被你唆使的！"

温斯坦悲痛地摇头道："没用的。是你干的，想赖也赖不掉。不要在你的累累罪行之上再增添一条伪证罪了。"

卡思伯特转向威尔武夫。"我坦白，"他可怜巴巴地说，"我伪造了银币。我知道我会遭到惩罚。但整个计划是主教想出来的。别让他逃脱了谴责。"

威尔武夫说："别忘了，诬告可是重罪，卡思伯特。"他转头面对温斯坦："继续，主教。"

温斯坦将注意力转向聚集的权贵，所有人全神贯注地观察着法庭上的进展。"卡思伯特将罪行掩藏得很好。"温斯坦说，"德格伯特司铎本人并不知道卡思伯特在附属社区教堂的小作坊里干了什么。"

卡思伯特哀怨道："德格伯特什么都知道！"

温斯坦说："上前来，德格伯特。"

德格伯特依言上前，奥尔德雷德发现此刻他站在权贵当中，仿佛自己就是其中一员，而不是应该遭到权贵审判的罪犯。

温斯坦说："司铎承认自己有过错。他同我一样疏于监管。但他的过错比我更大，因为他每天都在社区教堂里，而我只是偶尔才造访一下。”

奥尔德雷德说："德格伯特同你一起将钱挥霍掉了！"

温斯坦对此置若罔闻："作为主教，我已自行对德格伯特做出了惩罚。他被逐出了社区教堂，并被褫夺了总铎的头衔。如今，他只是一介卑微的司铎，由我亲自监管。"

奥尔德雷德暗忖：他只是从社区教堂转去了大教堂，并没吃多少苦头。

难道真有这种荒唐事？

德恩怒吼道："对伪造货币者来说，这样的惩罚可不够！"

"我同意。"温斯坦说，"而德格伯特不是伪造货币者。"他环顾四周："这里没有人否认，那些假币就是卡思伯特制造的。"

这是实话，奥尔德雷德沮丧地想道。虽然从整体上看，这并不是事实的全部，但严格说来，也并非谎言。

奥尔德雷德看得出来，权贵们开始相信温斯坦的说辞了。他们并不相信温斯坦这个人——毕竟他们知道他是什么货色——但他们无法证明他有罪。而且，他是主教。

温斯坦的绝妙招数就是由自己来发起指控，不给治安官陈述那些令人信服的事实的机会。这些事实包括：温斯坦每个季度结算日之后会去德朗渡口；他会给当地居民分发礼物；他会同德格伯特前往库姆，夜里在城中的酒馆和妓院挥金如土。结果这些事实没有机会被公布，如果现在说出来的话，便会显得软弱无力，而且是间接证据。

温斯坦用这些假币赌过钱，但没人可以证明这一点。而受他蒙骗的罗伯特先生是远洋货船的船长，此刻也不知他去了欧洲的哪个港口。

温斯坦的故事中唯一的漏洞是，直到治安官突袭作坊的那一刻，他才"发现"卡思伯特的罪行。这也太巧合了吧，权贵们肯定不会买账。

奥尔德雷德正要指出这一点，温斯坦却抢先一步。"面对这样的罪行，上帝也忍不住出手了。"主教说，声音越发洪亮，如同教堂的钟鸣，"就在我发现卡思伯特勾当的那一刻，德恩治安官来到了德朗渡口——正好赶上逮捕这个邪恶的司铎！这肯定是上帝的命令。赞美我主。"

温斯坦竟然可以这样厚颜无耻，奥尔德雷德简直惊呆了。上帝出手了！难道这个浑蛋从不担心自己在审判日那天如何替自己辩白吗？温斯坦是一只变色龙。在库姆的时候，他看起来只是声色之徒，只是放纵的神职人员；而在德朗渡口，当他的秘密被发现的时候，他变得如同被恶魔附身一般，厉声尖叫，口吐白沫；可现在，他又成了神圣的主教，而且比以往更加狡猾，在邪恶的泥潭中越陷越深。魔鬼就是这样俘获一个人的，奥尔德雷德想，一步一步地，积小恶而成大患。

温斯坦虚构的这个故事逻辑严密，而且他讲起来煞有介事，就连奥尔德雷德也差点儿招架不住，开始怀疑事实或许果真如此。奥尔德雷德从权贵的表情看出，他们也打算认可这个故事，尽管他们内心深处还保留着些许怀疑。

威尔武夫感到气氛变得对自己有利，就顺水推舟道："德格伯特已经被处置了，我们只需要对卡思伯特判刑。"

"错！"德恩治安官喝道，"你必须处理针对温斯坦的指控。"

"没有人指控温斯坦。"

"卡思伯特提出了指控。"

威尔武夫假装惊讶道:"你是说,低级司铎的誓言比主教的誓言更可信?"

"那我就亲自指控温斯坦。我进入社区教堂的时候,看到温斯坦正同卡思伯特一起伪造货币!"

"温斯坦主教解释过了,他就是在那个时候发现了卡思伯特的罪行,毫无疑问,这全是天意。"

德恩环顾四周,同权贵们面面相觑。"你们当真相信这番鬼话?"他说,"卡思伯特用贱金属制造假币时,温斯坦就在作坊里,就站在卡思伯特旁边,而他只是恰巧刚刚发现那里在干什么勾当?"德恩转头面对温斯坦:"别告诉我们这是上帝出手了。这同上帝无关,是更世俗的东西——一则彻头彻尾的老套谎言。"

威尔武夫对权贵们说:"我相信,我们同意,针对温斯坦主教的指控是恶毒的捕风捉影。"

奥尔德雷德做出了最后一次挽回局面的尝试:"国王肯定会听说这次审判。你真的认为他会相信温斯坦编造的故事?对那些宣布温斯坦和德格伯特无罪,却只惩罚一个低级司铎的权贵,他会做何感想?"

众人面露不安,但没有人站出来为奥尔德雷德说话。威尔武夫说:"既然如此,本法庭认定卡思伯特有罪。鉴于他还企图嫁祸两名高级神职人员,给予他的惩罚将比通常的更为严厉。我宣判,卡思伯特将被刺瞎并阉割。"

奥尔德雷德说:"不!"但事到如今,任何抗议也于事无补了。

卡思伯特双腿一软,跌倒在地。

威尔武夫说："处理一下，治安官。"

起初，德恩还犹豫不决，后来勉强对威格伯特点了点头，后者扶起卡思伯特，将他带了下去。

温斯坦再次发话。奥尔德雷德觉得主教已经得偿所愿，但主教的戏还没演完。"我要指控我自己！"温斯坦说。

威尔武夫面色如常，奥尔德雷德推断这场戏就像先前上演的一切一样，是提前安排好的。

温斯坦说："我发现这一罪行的时候，气得火冒三丈，当场就毁掉了伪造货币者的许多设备。我用卡思伯特的锤子砸碎了火红的坩埚，熔化的金属飞溅出去，害死了一个名叫戈德温的无辜者。这是一场事故，但我接受谴责。"

奥尔德雷德看得出，温斯坦再次通过指控自己达到了先发制人的效果。他让那场谋杀尽量显得只是无心之失。

威尔武夫严厉地说："你的行为依然是犯罪。你犯下了过失杀人之罪。"

温斯坦故作谦卑地低下了脑袋。奥尔德雷德很想知道这场把戏骗了多少人。

威尔武夫继续道："你必须向受害人的寡妇支付赔偿金。"

人群中出现了一名怀抱婴儿的动人少妇，她满脸怯惧之色，似乎受到过恐吓。

威尔武夫说："杀害一名武装士兵的赔偿金是五镑银币。"

伊塔马尔走上前来，将一个小木箱递给温斯坦。

温斯坦朝那名寡妇鞠了一躬，将小木箱递给她，道："我不停地祈祷，希望上帝和你会原谅我的所作所为。"

温斯坦四周的许多权贵点头赞同。奥尔德雷德简直想放声大叫。他们全清楚温斯坦是什么东西！他们怎么能相信他会低声下气地忏悔呢？可话说回来，温斯坦装出基督徒的样子假惺惺地悔恨自责，这让大家一时忘记了他的本性。那一大笔罚金也很重，这也让大家忽略了他已悄然摆脱的更严厉的指控。

那名寡妇接过箱子，一言未发地退了下去。

唉，奥尔德雷德在心里叹息道，上等人犯了罪，却可以全身而退；下等人即便只是被逼作恶，也要遭到残酷的责罚。公正被扭曲至此，这其中到底包含了怎样的上帝旨意呢？虽然大局已定，但或许奥尔德雷德可以在某些方面扳回一城。奥尔德雷德想起，自己应该趁温斯坦还在假装纯洁时采取行动。于是他几乎脱口而出："威尔武夫郡长，听完今天的审判之后，我们认为，德朗渡口的社区教堂显然应该关闭。"是时候荡除贼窝了，他心想，但没必要将这句话说出口。他的暗示已经相当明显。

奥尔德雷德看见温斯坦脸上闪过一丝愤怒，但转眼就消失了，恢复了虔诚温顺的表情。

奥尔德雷德继续道："大主教已经同意，将德朗渡口的社区教堂变成夏陵修道院的分支机构，并为其配备修士。该方案首次提出时被搁置了，但现在似乎是重新考虑的良机。"

威尔武夫看向温斯坦，寻求他的意见。

奥尔德雷德猜得到温斯坦在想什么。德朗渡口的社区教堂从来没什么油水，如今又干不成伪造货币的勾当，就更加无利可图了。他的表亲德格伯特本来可以挂名在那儿混薪水，但现在，他不得不被革职了。即便德朗渡口的社区教堂被夏陵修道院收走，对他来说，损失也几乎为零。

被奥尔德雷德小小地赢了一把，温斯坦肯定很不开心，奥尔德雷德想，但温斯坦也得考虑一下，倘若自己此刻试图保护社区教堂，会给众人留下什么印象。他假装自己对伪造货币的行为震惊不已，大家自然认为他不会舍不得放弃发生那桩罪行的地方。如果他继续反对奥尔德雷德的计划，那些不信任他的人甚至会怀疑他打算恢复假币铸造作坊。

"我支持奥尔德雷德兄弟。"温斯坦说，"给所有的司铎重新分配职责，把社区教堂变成修道院吧。"

总算听到了一条好消息，奥尔德雷德由衷地感谢上帝。

威尔武夫转向司库希尔德雷德，"希尔德雷德兄弟，这依然是奥斯蒙德院长的意愿吗？"

奥尔德雷德拿不准希尔德雷德会说什么。无论奥尔德雷德想干什么，司库往往会反对，但这次他竟然表示赞同。"是的，郡长。"他说，"院长渴望看到计划付诸实施。"

"那就照此执行吧。"威尔武夫说。

但希尔德雷德的话还没说完："另外……"

"怎么了，希尔德雷德兄弟？"

"将社区教堂变成修道院是奥尔德雷德的想法，刚刚他又重新提出了这一方案，而一直以来，奥斯蒙德院长认为，这座新修道院的最佳院长人选……非奥尔德雷德兄弟莫属。"

奥尔德雷德大吃一惊。他没料希尔德雷德会来这一出，也不想要这样的职位。在偏远之地管理一家小修道院，这可不是他的志愿。他的目标是成为夏陵修道院的院长，将那里塑造成世界级的学习和学术中心。

希尔德雷德想用明升暗调的形式将奥尔德雷德赶走，如此一来，他就可以毫无悬念地接替奥斯蒙德成为院长。

奥尔德雷德说："不，谢谢，希尔德雷德司库，我不配得到那样的职位。"

温斯坦带着几乎毫无掩饰的喜悦加入了对话。"你当然配，奥尔德雷德。"他说。

你也想让我滚蛋，奥尔德雷德想。

温斯坦继续道："作为主教，我非常乐意立刻批准你的升职任命。"

"这算不上什么升职，我在修道院里已经是图书管理人了。"

"哦，别这么粗暴地拒绝嘛。"威尔武夫微笑道，"你在那里做一院之长，可以无拘无束地大展拳脚。"

"只有奥斯蒙德院长有权任命附属修道院院长。莫非本法庭要篡夺他的这项特权吗？"

"当然不是。"温斯坦油腔滑调地说，"但我们可以赞成希尔德雷德司库的提议。"

奥尔德雷德意识到自己聪明反被聪明误。现在，夏陵所有的权势人物都支持这项任命，奥斯蒙德是不敢违逆他们的决定的。他进退维谷，只得就范，不由得哀叹：我到底为什么要故作聪明呢？

温斯坦说："吾兄威尔夫，如果可以的话，我还想提一件事。"

奥尔德雷德在心里嘀咕：你又要干吗？

"说吧。"威尔武夫道。

"过去许多年里，虔诚的民众捐赠了不少土地来供养德朗渡口的社区教堂。"

奥尔德雷德心头一沉。

温斯坦继续道："那些土地是给夏陵主教管区的，必须作为大教堂的资产留下来。"

奥尔德雷德怒不可遏。温斯坦口口声声说什么"主教管区""大教堂",其实指的就是他自己。"岂有此理!"奥尔德雷德抗议道。

温斯坦摆出恩赐者的架子,道:"我将德朗渡口这个村子赠给新的修道院,以表示我的善意;但维格里这个村子是您,我的兄长,在您婚礼上赠予社区教堂的。其他供养社区教堂的土地也必须作为主教管区的资产留下来。"

"这样做是不对的。"奥尔德雷德说,"埃尔弗里克大主教用修士取代了坎特伯雷大教堂的司铎时,离开的司铎也没有将大教堂的所有财产带走!"

"那完全是两码事。"温斯坦说。

"我不同意。"

"那就请郡长裁决吧。"

"不,不行。"奥尔德雷德说,"这是大主教管的事。"

威尔武夫说:"我的结婚礼物是赠给社区教堂,而不是修道院的,我相信其他捐赠者也持相同观点。"

"你不知道其他捐赠者是什么观点。"

威尔武夫面露愠色:"我宣判,温斯坦主教胜诉。"

奥尔德雷德拒不让步:"只有大主教有权做判决,你没有。"

被人说自己没有审判权,威尔武夫深感不快。"那咱们走着瞧。"他气冲冲地说。

奥尔德雷德知道事情会如何发展。大主教会命令温斯坦将土地还给新修道院,但温斯坦会置若罔闻。威尔武夫已经两次违抗国王的命令,自行其是。首先是同休伯特伯爵签署条约,然后是同蕾格娜结婚。现在,温斯坦也会以同样轻蔑的态度对待大主教的判决。而无论是国王，还是大主教，对拒不从命的权贵都束手无策。

奥尔德雷德发现威格伯特在德恩耳边私语。威尔武夫也看到了他们在交流，便说："准备好实施惩罚了吗？"

德恩勉强答道："好了，郡长。"

威尔武夫站起身，在武装士兵的簇拥下，穿过人群，朝广场中央走去。权贵们跟在他身后。

广场中央竖着一根长木桩，这是为公开行刑准备的。就在大家看着威尔武夫坐在椅子上，听他发号施令的时候，可怜的卡思伯特被剥了个精光，牢牢地捆在木桩上，一动也不能动，就连脑袋也转不了。所有人围上来观刑。市民们推推搡搡，争抢着好位置。

威格伯特取出一对大剪刀，最近刚磨过的刀片寒光闪闪。人群中的嗡嗡声越发响亮。奥尔德雷德发现周围的人脸上写满了对血腥的渴望，他不由得一阵恶心。

德恩治安官说："去执行郡长的判决吧。"

这一惩罚的目的不是杀害作恶者，而是使其余生只能作为阉人，不男不女地活着。威格伯特调整了剪刀，好让刀片可以夹掉卡思伯特的阴囊，而不会切断阴茎。

卡思伯特呻吟不止，泪流满面，嘴中念诵着祷词。

奥尔德雷德感到震惊。

威格伯特果断一剪，卡思伯特的睾丸应声而落。他放声尖叫，鲜血顺着大腿流下。

不知从哪里窜出一条狗，叼起卡思伯特的睾丸就跑了。民众爆发出一阵大笑。

威格伯特放下布满血污的剪刀，站到卡思伯特面前，双手放在卡思伯特的太阳穴上，大拇指贴着眼皮，然后娴熟地将拇指深深插入卡思伯特眼中。卡思伯特再次放声尖叫，被挤爆的眼球化成黏液，顺着脸颊滴落下来。

威格伯特解开将卡思伯特绑在木桩上的绳子，卡思伯特瘫倒在地。

奥尔德雷德瞥了眼温斯坦。主教正站在威尔武夫身边，两人注视着地上血流不止的那个家伙。

温斯坦的脸上浮现出一抹微笑。

第二十四章
九九八年，十二月

奥尔德雷德这辈子只有一次感觉自己蒙受了彻底的失败和羞辱，对未来完全丧失了希望。那是他在格拉斯顿伯里修道院当见习修士的时候，有一次，他同利奥弗里克在草药园里接吻被当场逮住。在那之前，他一直是年轻修士中的佼佼者——读书、写字、歌唱、背诵《圣经》，全都出类拔萃。但转眼间，他的缺点就成了修道院每一场对话的主题，甚至在教士大会上也有人议论。人们不再用艳羡的口吻谈论他的光明前程，而是相互询问该拿这样堕落的孩子怎么办。奥尔德雷德觉得自己是一头不堪驾驭的驽马，或者是一条咬了主人的疯狗。他只想爬进一个洞里睡上一百年。

现在，那种感觉又回来了。他本来已经做到了夏陵修道院的图书管理人，前途一片大好，人人在讨论终有一天他会成为院长。如今，这一切成了泡影。他的雄心壮志——学校、图书馆、世界级的缮写室——已经沦为幻梦。他被驱逐到德朗渡口那个偏远的村子，管理一座一贫如洗的小修道院，并将在那里了却残生。

奥斯蒙德院长告诉他，他太容易激情迸发了。"修士应该养成淡泊从容的性情。"奥斯蒙德院长在跟奥尔德雷德道别的时候说，"我们无法纠正世上所有的恶行。"一连许多个夜晚，奥尔德雷德辗转难眠，悲愤地回想着那场判决。两次激情葬送了他：第一次是对利奥弗里克的眷恋；第二次是对温斯坦的愤怒。但奥尔德雷德打心底里不赞同奥斯蒙德的观点。修士绝不能在罪恶面前淡定从容，他们必须奋起抗争。

绝望令他意志消沉，但并没有让他一蹶不振。他说过，那座古老的社区教堂令教会蒙羞，那么现在，他可以将全部精力投入到小修道院，将那里打造成光辉的典范，向世人展示神职人员应该是何等样子。那座小教堂已经改换了面目——地板扫净了，墙壁也刷白了。老抄写员塔特维是选择同奥尔德雷德一起迁到德朗渡口的修士之一，他已经开始在墙上作画，那是一幅基督诞生图，象征了教堂的新生。

埃德加修复了教堂入口。他将拱门石一块块取出来，加工成合适的形状，再重新安放回去，让整扇拱门看上去仿佛是一个圆轮的一部分。他说，只需如此，便能使其更加牢固。奥尔德雷德在德朗渡口得到的唯一安慰是，他看到了更多聪明迷人的小伙子，这令他心动不已。

房舍本身也不一样了。德格伯特及其属下离开的时候，自然将所有精美物品都带走了，包括壁挂、饰品和毛毯。如今这里不事虚华，简单实用，修士的住所就应该是如此风格。不过，埃德加用橡木造出一张诵经台，作为欢迎礼物送给了奥尔德雷德。如此一来，其他修士用餐时，就可以聆听一位修士念诵《圣本笃会规》，或者圣人的事迹。这是一份饱含爱意的礼物，尽管它不是奥尔德雷德有时梦想的那种爱，不是那种在夜里亲吻、抚摸、拥抱的爱，但这份礼物仍旧让他热泪盈眶。

奥尔德雷德明白，工作是最好的安慰。他告诉修士们，修道院的历史通常是从修士们挽起袖子清理场地开始的，而在德朗渡口这里，他们已经开始砍伐教堂上方葱郁山坡上的树木了。修道院需要土地来开辟菜园、果园、鸭塘，以及供一些羊和一两头奶牛吃草的草场。埃德加利用卡思伯特老作坊里的铁砧打造了斧子和锤子，还教授奥尔德雷德和其他修士如何高效又安全地砍树。

奥尔德雷德作为地主从村里收的地租甚至无法解决修士们的吃饭问题，奥斯蒙德院长本已同意每个月给小修道院一笔补助金，但希尔德雷德主张只给奥尔德雷德拨付杯水车薪的一笔钱。"不够的话，你可以回来同我们商量。"希尔德雷德说。可奥尔德雷德知道，一旦决定了补助金的额度，司库就绝不会同意增加。最后确定的补助金仅够修士们糊口并勉强维持教堂运转而已。倘若奥尔德雷德想购买书籍、开辟果园、建造牛棚，就得自己筹钱。

修士们到达这里，四下查看一番后，老抄写员塔特维曾对奥尔德雷德毫不客气地说："或许上帝想教你谦逊的美德。"奥尔德雷德认为塔特维可能是对的，谦逊从来不是他的长项。

星期天，奥尔德雷德在小教堂中举行弥撒。他站在小高坛上的祭坛旁，另外六名同他来到德朗渡口的修士——全是志愿者——分列两行，站在充作教堂中殿的塔楼底层，村民则聚集在修士们身后，一改往日的喧闹。他们很少感受如此肃穆庄严的氛围，不由得心生敬畏。

仪式过程中，门外传来了嘚嘚的马蹄声。奥尔德雷德的老朋友——坎特伯雷的维格斐斯——来到了教堂。维格斐斯常到英格兰西部收取地租。修士们传言说，他在特兰奇的情妇已经为他生了个孩子。维格斐斯在其他方面算得上优秀修士，奥尔德雷德一直同他交好，他只会在偶尔听到维格斐斯不得体地提到他的非法家人时，不赞成地皱皱眉罢了。

仪式一结束，奥尔德雷德就对维格斐斯说："很高兴见到你。希望你有空留下来用午餐。"

"当然。"

"我们可不富裕。吃我们的食物，你完全不必担心犯下暴食的罪。"

维格斐斯微微一笑，拍了拍肚子："我正需要这样的救赎呢。"

"坎特伯雷方面有什么新消息？"

"两件事。埃尔弗里克大主教已经命令温斯坦将维格里村的所有权还给德朗渡口的教堂，也就是你。"

"太好了！"

"等等，别高兴得太早。我已经将这个消息传达给温斯坦，但他说这件事并不是大主教可以裁决的。"

"就是说，他要对裁决置之不理。"

"不仅如此，温斯坦还将德格伯特任命为夏陵大教堂的副主教。"

"其实就是温斯坦的助手和可能的继任者。"

"没错。"

"这就是温斯坦所谓的'惩罚'。"德格伯特刚在审判中被降职，就又被拔擢到如此高位。此举意在告诉众人，凡是温斯坦的人，都能官运亨通，而凡是反对他的人，比如奥尔德雷德，就得沉沦下僚。

"大主教拒绝批准这项任命。温斯坦对此却毫不理会。"

奥尔德雷德挠了挠剃光的脑袋："温斯坦藐视大主教，而威尔武夫藐视国王。这样的情况还要持续多久？"

"我不知道，或许要持续到末日审判那天。"

奥尔德雷德转过头，发现会众中的两人正在满怀期待地注视着他。"我们午餐上再聊。"他对维格斐斯说，"我得同村民谈谈，他们全都是一肚子不满。"

维格斐斯离开了，奥尔德雷德转身面对等待他的那两人。一个手掌干裂、名叫埃巴的女人说："过去，这里的司铎会付钱请我洗衣服，你们为什么不这样？"

"洗衣服？"奥尔德雷德说，"我们自己洗。"他们没多少衣服可洗，修士们常常两年才洗一次长袍。其他人或许会有缠腰布，就是缠在腰上和胯间的布条，在身前打结系好。女人在月经期会用缠腰布，过后会洗干净；男人则在骑马时用缠腰布，而且多半从来不洗。有时婴儿会裹在类似的布条中。但这种东西对修士来说毫无用处。

女人的丈夫塞尔迪克说："过去，我为这里的司铎收集木柴，用灯芯草给他们铺地，还每天从河里替他们打新鲜水。"

"我没有钱付给你们。"奥尔德雷德说，"温斯坦主教偷走了这座教堂的所有财富。"

"主教是一位非常慷慨的人。"塞尔迪克说。

温斯坦慷慨是因为他用伪造货币赚了黑钱，奥尔德雷德在心里说，但当着村民的面谴责主教是毫无意义的。他们要么相信温斯坦用来洗白自己的故事，要么就假装相信那是真的，否则他们自己都会变成温斯坦的同谋。奥尔德雷德已经在法庭辩论中败北，这辈子再也不想争论这个问题了，于是他说："总有一天，修道院会兴旺起来，给德朗渡口带来就业的机会和繁荣的商贸，但那需要时间、耐心和艰苦的劳动，因为我能付出的也只有这些了。"

奥尔德雷德离开那对不满的夫妇，继续前进。他们的这番话令奥尔德雷德很郁闷。苦苦支撑一座新修道院，这可不是他梦想中的生活。他想要的是与书籍笔墨为伴，而不是摆弄菜园和鸭塘。

奥尔德雷德朝埃德加走去，后者仍然能给他黯淡的生活带来几许光亮。埃德加在村子里发起了每周一次的鱼类交易。德朗渡口附近没有大村子，但分布着许多小定居点和孤独的农场，比如畸形足西奥贝尔特的羊圈。每周会有几个人——大部分是妇女——前来买埃德加的鱼。但德格伯特曾宣称自己有权获得埃德加捕获的鱼的三分之一收益。"你问我关于德格伯特的特许证，"奥尔德雷德说，"如今那份特许证归新修道院，因为部分权利同原先是一样的。"

"那德格伯特有没有说实话呢？"埃德加问。

奥尔德雷德摇头道："特许证里没有提到捕鱼权。他无权向你征税。"

"我猜也是。"埃德加说，"那个谎话连篇的小偷。"

"恐怕他就是这种人。"

"大家都想不劳而获。"埃德加抱怨道，"我哥哥埃尔曼说，我应该把赚的钱分给他。挖鱼塘的是我，编捕鱼篮的是我，每天早上去腾空篮子的也是我。我的家人能吃多少鱼，我就给了他们多少鱼，但他们还想要钱。"

"男人都是贪婪的。"

"女人也是。八成是我嫂嫂克雯宝教埃尔曼这么说的。唉，算了。我能给您看些东西吗？"

"当然。"

"跟我来墓地吧。"

他们离开教堂，绕到这座建筑的北面。埃德加滔滔不绝地说："我父亲教育我，一艘做工精良的船上，接合部不能咬得太紧。木材之间的细微运动可以吸收连续不断的风浪冲击，但石制建筑却缺乏这样的松动。"埃德加指着高坛同塔楼相交的地方，"看到裂缝没？"

奥尔德雷德当然看到了。在塔楼同高坛接合的地方有很大一条缝，他都可以将拇指伸进去了。"上帝啊。"他说。

"建筑会移动，但用灰泥接合的石块之间却没有松动的空间，于是它们之间就产生了裂缝。从某种角度来讲，裂缝是有用的，因为它们向我们传递了建筑的状况，事先警告了即将出现的问题。"

"你能用灰泥把缝隙填平吗？"

"当然可以，但这样做还不够。问题在于，塔楼在朝山坡缓慢倾斜，高坛却留在原地。我可以填补空缺，但塔楼还会继续偏移，然后又会产生裂缝。不过，这还是最轻微的问题。"

"那最严重的问题是什么？"

"塔楼会倒塌。"

"它再过多久会倒塌？"

"说不准。"

奥尔德雷德真想掩面痛哭。自己已经承受了那么多苦难，但这似乎还没到头，现在他的教堂又要倒了。

埃德加看到奥尔德雷德脸上的表情，便轻轻碰了碰他的胳膊，道："不要绝望。"

埃德加的抚摸鼓舞了奥尔德雷德："基督徒从不绝望。"

"很好，因为我能够阻止塔楼倒塌。"

"怎么做？"

"在朝山坡的一侧修建扶壁支撑它。"

奥尔德雷德摇头道："我没有钱买石料。"

"呃，或许我可以搞到一些免费石料。"

奥尔德雷德面露喜色："你真能搞到？"

"我不知道。"埃德加说，"我可以试试。"

* * *

埃德加向蕾格娜寻求帮助。蕾格娜对埃德加一直很不错。别人谈起她时，都带着敬畏的语气，仿佛她是一头可怕的恶龙。她也的确是一个知道自己想要什么、不达目的不罢休的女人，但她似乎对埃德加颇有好感。不过，这并不意味着无论埃德加要什么她都会给。

埃德加迫不及待地想见到蕾格娜，他不禁自问这是为什么。当然，他想要帮助奥尔德雷德从忧郁的泥沼中挣脱出来。但埃德加怀疑，也许自己只是渴望成为贵族的朋友，而他向来鄙视别人趋炎附势。他想起德朗在权贵身边如何奴颜婢膝，对威尔武夫和温斯坦极尽谄媚，反复提到自己同他们是亲戚。此刻他想同蕾格娜交谈的愿望是如此强烈，但愿这同德朗那种可耻的巴结讨好是两码事。

埃德加乘船沿河前往奥神村，在新村长瑟利克家里住了一晚，瑟利克的妻子和外孙也在家。也许是埃德加的想象吧，这村子在瑟利克治下似乎更安宁幸福了。

第二天早上，埃德加将木筏留给瑟利克照管，自己步行前往夏陵。如果计划成功的话，他将用木筏载着一堆石头返回德朗渡口。

路上寒气逼人。冰冷的雨变成了雨夹雪。埃德加的皮靴已经湿透，双脚走得生疼。要是我有钱就好了，他想，那样我就能买一匹小马了。

埃德加想起了奥尔德雷德。他为奥尔德雷德感到难过，那名修士只是想做好事罢了。奥尔德雷德勇气可嘉，敢于公然对抗主教。但或许他太勇敢了——我们可以希冀来世获得公正，但在今生，那只是奢望。

夏陵的街道上几乎空无一人——碰上这种天气，大多数人待在室内，蜷缩在炉火旁。但在埃夫怀恩的石头屋子外面有一小群人，那里是国王批准的银币铸造厂。铸币者埃夫怀恩站在门外，他的妻子在他身边哭泣。德恩治安官及其手下也在那里，埃德加看见他们将埃夫怀恩的铸币设备搬到街上砸碎。

埃德加问德恩：“出什么事啦？”

“埃塞尔雷德国王命令我关闭铸币厂。”德恩说，“他对德朗渡口的伪造货币行为深感不悦，并认为那场审判弄虚作假，而这就是他表达愤怒的方式。”

埃德加没有料到国王会有这样的反应，威尔武夫和温斯坦显然也会大感意外。全英格兰所有重要的城市都各有一座铸币厂。

夏陵铸币厂的关闭对威尔武夫将是一记沉重的打击。这不仅削弱了威尔武夫的威望，而且更重要的是，铸币厂能促进夏陵的商业，如今，那里的贸易活动要转移到别处去了。国王虽然没有多少手段保证令出必行，但铸币权掌握在他手中，关闭铸币厂是他可以施加的惩罚。然而，埃德加推测这还不足以让威尔武夫从此对国王俯首听命。

埃德加在郡长大院附近的牧场上找到了蕾格娜。她觉得天气太糟，不适合放马，所以正在监督马夫把马赶到一起带回马厩。她穿着一件狐皮大衣，同她的头发一样是红金色的。她看上去就像一个居住在森林中的野性难驯的女人，美丽而又危险。埃德加发现自己正在幻想蕾格娜的体毛是否也是同样的颜色。接着，他立刻将这个念头赶出脑海——一介劳工对贵族女人想入非非，这真是愚不可及。

蕾格娜冲埃德加微笑道："天气这么冷，你是走过来的吗？你的鼻子看起来快被冻掉了！跟我来，喝点热啤酒吧。"

他们进入郡长大院。这里的大部分人也待在室内，尽管也有几个披着斗篷的忙碌人影在房屋之间穿梭。蕾格娜带埃德加进入她的房子。她脱掉外套的时候，埃德加觉得她有点发福。

他们在炉火旁紧挨着坐下。蕾格娜的女仆卡特加热了一块烙铁，插入一大杯啤酒中。卡特将酒杯呈给蕾格娜，蕾格娜说："给埃德加喝吧，他冻得比我厉害。"

卡特面带愉悦的微笑将酒杯递给埃德加。或许我该娶一个像卡特这样的女孩，埃德加想。如今我有了鱼塘，可以养活妻子，而且夜里有人相拥而眠总是好事。不过，这个念头刚冒出来，他就知道这样想不对。卡特是一个完美的女人，但他对卡特没有当年对森吉芙的那种感觉。一时间，他感到有点尴尬，连忙端起酒杯就喝，好让别人看不见他的表情。啤酒下肚，一阵暖意传遍全身。

蕾格娜说："我给你在奥神谷选了一座很好的小农场，结果你用不着了。现在奥尔德雷德是你的地主，你用不着担心他会收回土地。"

蕾格娜有点心不在焉，埃德加怀疑她有心事。"但我还是要感谢您。"他说，"是您鼓励了我，让我有勇气去当奥尔德雷德的助誓人。"

蕾格娜点头赞同，但显然，她对重提那场审判不感兴趣。埃德加决定直奔主题，以免她不耐烦。"我来这里，是想请您再帮我一个忙。"他说。

"说吧。"

"德朗渡口的教堂快塌了，奥尔德雷德没钱修缮。"

"我能怎么帮他呢？"

"您可以允许我们免费使用石料。我可以自己运输，您不用花一分钱。那将是一份虔诚的礼物。"

"没错。"

"您同意了吗？"

蕾格娜饶有兴趣地凝视着埃德加的眼睛，但她的脸上还透着某种难以捉摸的神情。"当然。"她说。

她答应得如此爽快，埃德加的泪水差点儿夺眶而出。一股由衷的感激之情涌上他心头，那几乎算得上爱了。为什么这世上像她这样的好人这么少呢？"谢谢。"他说。

蕾格娜在座位上往后一靠，让他回过神来。她干脆利落地问："你需要多少石头？"

埃德加抑制住汹涌的感情，变得务实起来。"大概五筏石料和碎石吧。我打算建造一堵地基很深的扶壁。"

"我会写一封信给瑟利克，说你可以想拿多少石头就拿多少。你把信交给他就行了。"

"您真是太好了。"

蕾格娜耸耸肩："谈不上。反正奥神村的石料可以供我们用上一百年。"

"嗯，但我还是要感谢您。"

"那你可以为我做件事。"

"您尽管开口。"替蕾格娜效劳是埃德加现在最想做的事。

"加布仍然是我的采石场主。"

"您为什么还留着这个偷您石料的人呢？"

"因为我找不到别人替代他。不过，或许你可以代替他担任采石场主，并监督他工作。"

想到自己能为蕾格娜工作，埃德加兴奋不已。但这怎么办得到呢？他说："我一边监督采石，一边修缮教堂？"

"我觉得你可以一半的时间待在奥神村，一半的时间待在德朗渡口。"

埃德加缓缓点头。这或许行得通。"我本来就要常常去奥神村搬运石料。"但那样一来，他就不得不将鱼塘交给哥哥们，从而丧失卖鱼的收入。

蕾格娜用接下来的一句话解决了这个问题："我每周付你六便士，每块卖掉的石料还给你抽四分之一便士。"

这可比卖鱼的收入高多了："您太慷慨了。"

"我想让你确保加布不会故技重施。"

"这很简单。我只要看看采石场，就能知道他开采了多少石料。"

"他还很懒。如果有人愿意努力销售的话，奥神村是可以生产更多石料的。"

"您认为我是理想人选？"

"你无所不能。你就是这样的人。"

埃德加惊呆了。即便这样的称赞名不副实，那他也很开心蕾格娜如此看他。

蕾格娜说："别脸红哟！"

他喜笑颜开地说："谢谢您信任我。但愿我对得起您的期待。"

"好啦，现在我要告诉你一个消息。"蕾格娜说。

啊，他想，这就是她刚才心不在焉的原因了。

她说："我怀孕了。"

"哦！"埃德加闻言大吃一惊。这反应很不正常——一位健康的年轻新娘怀上孩子，这没什么好奇怪的。他甚至注意到她发福了。"怀孕，"他傻兮兮地说，"老天啊。"

"预产期在五月。"

埃德加不知该如何回应。人们通常会对怀孕的妇女说什么呢？"您希望生男孩还是女孩？"

"男孩，好让威尔夫高兴。他想要一名子嗣。"

"当然。"贵族总是想要子嗣的。

蕾格娜莞尔一笑，"你为我感到开心吗？"

"是的。"埃德加说，"非常开心。"

他很想知道，自己为何会言不由衷。

* * *

今年的圣诞前夜是星期天。那天一大早，奥尔德雷德就收到阿加莎修女送来的一条消息，请他前去见她。奥尔德雷德披上斗篷，走到渡口。

埃德加也在渡口，他正从木筏上卸石料。"蕾格娜同意我们免费使用石料。"埃德加说，脸上洋溢着胜利的微笑。

"太好了！你真行。"

"我还不能开始建造扶壁，这个时节抹砂浆的话，过一晚上就全冻住了，砂浆不会自然凝结固定。但我可以做好所有准备工作。"

"可我还是没法儿给你工钱。"

"我饿不死的。"

"我能做什么报答你吗？不要付钱的那种。"

埃德加耸耸肩，"我想到的话，会主动说的。"

"很好。"奥尔德雷德朝酒馆望去，"我要过河去女修道院。布洛德在吗？"

"我送您过去。"奥尔德雷德跳上渡船，埃德加解开缆绳，拿起船篙，撑船渡过狭窄的河道，前往小岛。

埃德加在河畔等候，奥尔德雷德敲了敲修道院的门，披着斗篷的阿加莎出来应门。她是不会让男人进入女修道院的，但外面实在太冷，于是她领着奥尔德雷德进入空无一人的教堂。

在教堂东端的祭坛附近，有一把用整块石头雕出的圆背平座的椅子。"庇护之椅。"奥尔德雷德评论道。根据传统，任何坐在教堂中这种椅子上的人不会遭到起诉，不管他或她犯下了多大的罪过，而如果有人藐视这一规则，逮捕或者杀害在这把椅子上寻求庇护的人，那违规者自己将被处以死刑。

阿加莎点头道："当然，到这座岛上可不容易，但倘若逃亡者是无辜的，那他就会克服一切困难来这里。"

"经常有人使用庇护之椅吗？"

"二十年里有三次。每次来寻求庇护的是不顾家人反对、坚决要做修女的女人。"

他们坐在北墙边冰冷的石椅上，阿加莎说："我很钦佩你。对抗温斯坦那样的人可是需要勇气的。"

"但要打败他就不能只是逞匹夫之勇。"奥尔德雷德沮丧地说。

"我们总得试试。这是我们的使命。"

"我同意。"

阿加莎语气一转，变得更加务实了。"我有一个提议。"她说，"能让我们在隆冬振奋起来。"

"你有何打算？"

"我想明天把修女带到教堂去参加圣诞仪式。"

奥尔德雷德来了兴趣："你怎么会产生这样的想法？"

阿加莎微笑道："因为我记得一个事实——是女人将我主带到这个世上的。"

"确实如此，所以，我们应该让女人同我们一起吟唱圣诞颂歌。"

"我就是这样想的。"

"另外，有女人加入，颂歌也会唱得更好听。"

"说不定真可以，"阿加莎说，"尤其是把弗莉丝修女留下的话。"

奥尔德雷德放声大笑，但还是说："别这样。把每个人都带来吧。"

"我很高兴你喜欢这个主意。"

"喜欢极了。"

阿加莎站起身，奥尔德雷德也跟着起立。这次交谈相当简短，但阿加莎不是爱闲聊的人。他们走出了教堂。

奥尔德雷德看见埃德加正在同一个身穿污秽长袍的男人谈话。眼下天寒地冻，那人却光着一双脚，肯定是那种找修女乞食的苦命人。

阿加莎说："哦，天啊，可怜的卡思伯特又迷路了。"

奥尔德雷德心头一惊。走近之后，他看到那人的眼睛上缠绕着绷带一样的脏布条。奥尔德雷德想，卡思伯特一定是被某个好心人带到了这里，让他同麻风病人和其他无法自理的人一起靠修女的施舍过活，然后他就为那个好心人不是自己而深感愧疚。他过于关心自己的问题，以至于没有像基督那样去帮助别人。

卡思伯特的声音低沉刺耳。"我落得如此田地，都是你的错。"他说，"你的错！"

"我知道。"埃德加说。

阿加莎高声道："卡思伯特，你又闯入修女的领地了。我把你带回去吧。"

埃德加说："等等。"

阿加莎说："怎么了？"

埃德加说："奥尔德雷德，刚才您问我，为了报答我为教堂修扶壁，您能为我做什么事。"

"是的。"

"我想到了一件事。我要您的小修道院收留卡思伯特。"

卡思伯特惊得目瞪口呆。

奥尔德雷德大受感动，好一阵子说不出话来，最后用哽咽的声音说："你想当修士吗，卡思伯特？"

卡思伯特说："是的，请你收留我，奥尔德雷德兄弟。我这辈子都在当神职人员，我只会过这种生活。"

"你必须学习我们的生活方式。修道院不是社区教堂，两者有些地方不一样。"

"上帝会要我这样的人吗？"

"他尤为关心你这样的人。"

"但我是罪人。"

"耶稣说：'我来本不是召义人悔改，乃是召罪人悔改。'①"

"这不是玩笑吧？不是用来折磨我的恶作剧吧？有人对瞎子十分残忍。"

"不是恶作剧，我的朋友。马上跟我走吧，到渡船上来。"

"现在就走？"

"现在就走。"

卡思伯特浑身战栗，抽泣不止。奥尔德雷德用一条胳膊搂住他，浑然不顾他身上刺鼻的臭味。"走吧，"他说，"我们上船。"

"谢谢你，奥尔德雷德，谢谢。"

"谢谢埃德加吧。我自己居然没想到，真是惭愧。"

---

① 出自《圣经·路加福音》第5章第32节。——译者注

他们朝阿加莎挥手作别，她说："愿上帝保佑你们。"

他们过河的时候，奥尔德雷德想，就算他无法在这个偏远的小修道院实现自己的雄心壮志，也还是可以做一些善事的。

他们离船登岸，埃德加把渡船拴好。奥尔德雷德说："这不算数，埃德加。我仍然欠你一份报答。"

埃德加说："呃，我还有一个请求。"他神情忸怩。

"讲出来吧。"奥尔德雷德说。

"之前您说过要开办学校。"

"这是我的梦想。"

埃德加犹豫片刻，然后脱口而出："您能教我识字吗？"

第三部

谋杀

（一〇〇一年 — 一〇〇三年）

ART 3

THE
MURDER
1001—1003 CE

第二十五章

一〇〇一年，一月

蕾格娜正在生第二个孩子，分娩并不顺利。坐在母亲吉莎家里的温斯坦主教可以听到蕾格娜的尖叫。门外不停地下着雨，但哗啦啦的雨声也掩盖不住那些噪声。蕾格娜的哭喊让温斯坦心头升腾起一线希望。"如果母子双亡的话，我们所有的问题就全解决了。"他说。

吉莎拿起一只罐子，"我生你的时候就是这样。"她说，"折腾了一天一夜才把你生出来。当时所有人觉得我们娘儿俩要完了。"

这话在温斯坦听来似乎是谴责。"不是我的错。"他说。

吉莎又给温斯坦的杯子里倒了些红酒。"然后你就生出来了，挥着拳头哇哇大号。"

温斯坦在母亲家里很不舒服。她总是准备了甜美的红酒和浓郁的啤酒，还有一碗碗当季的李子和梨子、一盘盘火腿和奶酪，晚上还可以盖上厚毯子抵御寒气。尽管如此，温斯坦还是不自在。"我是个好孩子。"他抗议道，"我勤奋好学。"

"没错，但得我逼着你才行。一旦我不盯着你，你就会翘课去玩。"

童年记忆袭上温斯坦心头："你不让我去看熊。"

"什么熊？"

"有人带来了一头拴着链子的熊。大家都去看了。但阿卡夫神父非要我先抄完十诫，你还给他撑腰。"温斯坦想起自己当年只能坐在那里，用钉子在石板上刻字，听着窗外其他男孩的欢笑和大叫。"我总是写不好拉丁文。等我准确抄完之后，那头熊已经不见了。"

吉莎摇摇头："我不记得了。"

温斯坦却记忆犹新："我因为这事儿恨死你了。"

"但我那样做是出于对你的爱。"

"没错，"温斯坦说，"你肯定爱我。"

吉莎接着解释说："你必须成为主教。让那些农民的小崽子去玩儿吧。"

"你为什么一定要我当主教呢？"

"因为你是继子，而我是后妻。威尔武夫会继承你父亲的财产，多半还会成为郡长，而你本来是个无足轻重的角色，只有在威尔武夫死了的情况下，你才有用。我决心改变我们母子的命运，而教会就是你获取权力、财富和地位的途径。"

"对你来说也是。"

"我无关紧要。"吉莎说。

她的谦虚全是装出来的，但温斯坦并未纠缠："在我之后，你五年没生孩子。你是故意的吗？因为生我时难产，所以你是怕了？"

"不是。"她愤慨地说，"贵族女性是不会逃避她的生育义务的。"

"当然。"

"但在生你和威格姆之间，我流产了两次。威格姆之后，我还有一次胎死腹中。"

"我还记得威格姆出生之后的情况。"温斯坦沉思道，"那时我五岁，恨不得杀了他。"

"年长的孩子总是有这种心态，这表明他有了自己的脾气，但他也就是心里恨一恨罢了，极少会付诸行动。不过，我还是没有让你靠近威格姆的摇篮。"

"你生他的时候顺利吗？"

"不算糟，但生孩子从来都不简单。第二个孩子让你吃的苦头往往没有头一个那么大。"吉莎朝哭喊声传来的方向看去，"但显然蕾格娜的情况不一样。说不定出什么岔子了。"

"分娩时丢掉性命的事很常见。"温斯坦乐呵呵地说，然后他瞥见吉莎面色阴沉，意识到自己说过了头。不管他做什么，母亲都会支持他，但她到底是个女人。"谁在照顾蕾格娜？"温斯坦问。

"一个叫希尔迪的夏陵接生婆。"

"我猜那个本地婆子只懂异教巫医。"

"是的。但就算蕾格娜和她肚子里的孩子死了，奥斯伯特也还在。"

蕾格娜的第一个孩子快两岁了，那是一个姜黄色头发的诺曼娃娃，取名奥斯伯特，以纪念威尔武夫的父亲。奥斯伯特是威尔武夫的合法继承人，就算今天蕾格娜肚里的孩子死了，奥斯伯特的地位也不会改变。但温斯坦轻蔑地摆了摆手："没有母亲的孩子构不成什么威胁。"他盘算着，做掉一个两岁的小屁孩并不难，但考虑到吉莎刚才表露的不悦，他并没有将这一打算说出来。

吉莎只是点了点头。

温斯坦仔细打量着母亲的脸。三十年前，那张脸曾令他莫名恐惧。如今她已经年过半百，早就满头银丝，但最近，她的眉毛也染上了霜雪，唇上垂直的细纹也更密了。她的身材与其说是丰满，不如说是矮胖。但她依然能令温斯坦心生畏惧。

吉莎耐心而平静，女人做得到这点，温斯坦却不可以。他一边跺脚，一边在座位上扭动身体，嘴里嘟囔着："老天啊，到底还要等多久？"

"如果婴儿卡在产道里，通常母亲和孩子都得死。"

"但愿如此。我们需要加鲁夫继承威尔武夫的财富和地位，只有这样，我们才能保住已经赢得的一切。"

"这话当然没错。"吉莎苦着脸说，"尽管加鲁夫并不是最明智的人选，但幸好我们可以控制他。"

"他很受欢迎，武装士兵喜欢他。"

"这真叫人看不懂。"

"他总是乐意给他们买啤酒喝，还让他们轮奸囚犯。"

母亲的面色又阴沉下来，但她的顾虑只是暂时的，最终她会为了家族去做必须做的事。

尖叫停止了。温斯坦和吉莎陷入沉默，焦急地等待着结果。温斯坦开始觉得，他的愿望已经成真。

然后，他们听见明确无误的婴儿啼哭声。"活的。"温斯坦说，"该死。"

不一会儿，门被推开了，一个十五岁的女仆——她名叫薇尔诺德，是吉尔达的女儿——探头进来，满头大汗，就像刚被雨淋过一样。"是男孩。"她说，脸上笑开了花，"像小牛犊一样强壮，还有他父亲一样的大下巴。"说完，她就不见了。

温斯坦嘟哝道："让他该死的下巴见鬼去吧。"

"看来，我们不够走运。"

"这下一切都不一样了。"

"没错。"吉莎若有所思地说，"这意味着我们必须采取全新的策略。"

温斯坦一惊："是吗？"

"一直以来，我们看待问题的角度都错了。"

温斯坦没有认识到这一点，但他母亲常常是正确的。"继续。"温斯坦说。

"我们真正的问题不是蕾格娜。"

温斯坦扬起眉毛："不是吗？"

"是威尔武夫才对。"

温斯坦连忙摇头。他还没有明白母亲的意思，但母亲可不是蠢货，他耐心地等待着母亲的解释。

不一会儿，吉莎说："威尔武夫简直为蕾格娜着了魔。他从未如此痴迷一个女人。他喜欢她，爱她，而她似乎也知道如何在床上取悦他，在其他事情上迎合他。"

"这并不影响威尔武夫偶尔睡一次英奇。"

吉莎耸耸肩："男人从来不会真正从一而终。但英奇威胁不到蕾格娜。要是让威尔武夫二选一的话，他眼也不眨就会选蕾格娜。"

"有没有可能引诱蕾格娜出轨，背叛威尔武夫？"

吉莎摇头道："虽然她喜欢德朗渡口那个机灵的小伙子，但别指望他们之间发生什么。他们一个天上，一个地下，不可能。"

温斯坦记得那个来自库姆的造船匠，后来他搬去了德朗渡口的农场，是个无足轻重的家伙。"没错。"他轻蔑地说，"能让蕾格娜倾倒的得是某个城里的帅小伙儿，趁着威尔武夫出兵去打维京海盗，把她迷得神魂颠倒，主动宽衣解带。"

"恐怕不行。她太聪明了，不会为了寻欢作乐而损害自己的地位。"

"真遗憾，我同意你的判断。"

薇尔诺德又出现在门口，把他们吓了一跳。她的头发比刚才更湿，但脸上的表情却比刚才更欢喜。"又一个男孩！"她说。

吉莎道："双胞胎！"

"这个小一点，而且是黑发，但非常健康。"说着，薇尔诺德就走了。

"让他们去死吧。"温斯坦说。

吉莎说："现在，挡在加鲁夫面前的是三个合法男性继承人，而不是一个了。"

两人沉默了片刻。这是郡内权力政治的重大变化。温斯坦仔细考虑了一下后果，他相信母亲也在做同样的思考。

最后，温斯坦丧气地说："肯定有办法离间威尔武夫和蕾格娜。她又不是世上唯一的尤物。"

"或许会再来个女孩把威尔武夫迷住。当然，她会比蕾格娜更年轻，而且多半也更狂野。"

"我们可以找到这样的女孩吗？"

"也许吧。"

"这招行得通吗？"

"有可能。我想不出更好的办法了。"

"那我们到哪里去找这样的女人呢？"

"我不知道。"吉莎说，"或许我们可以买一个。"

* * *

平静的圣诞节之后，铁面人又在一月发动了袭击。

一个空气冷冽、阳光明媚的早晨，农舍附近的河畔，埃德加正从木筏上卸石料。他打算在自家农场盖一座烟熏室。他们经常有卖不完的鱼，到了冬天，挂在他们家茅草房顶上的鳗鱼就像是一根根倒着长的光秃秃的小树苗，让房顶变成了一座上下颠倒的森林。一座石制烟熏室会提供足够的空间容纳多出的鱼，而且不易着火。

埃德加对自己的石匠技艺越来越有信心了。他很早就给教堂造好了扶壁，现在那里已经稳如磐石。他为蕾格娜管理了两年奥神村的采石场，卖出了远超以往的石料，给蕾格娜和他自己赚了不少钱。但冬天的时候，石料需求萎缩，于是他趁机储备了给自己的工程用的石料。

河畔出现了埃德博尔德的身影，他正沿着崎岖的小路滚动一只空酒桶。"我们需要更多的啤酒。"埃德博尔德说。拜鱼塘所赐，现在他们买得起啤酒了。

"我来帮你。"埃德加说。一个人可以搬运一只空酒桶，但要两个人才能在凹凸不平的道路上运送满满一桶啤酒。

兄弟俩将空酒桶滚到酒馆，布林德尔一路小跑跟在后面。埃德加他们向利芙付账的时候，来了两个旅客要坐渡船。埃德加认出他们是奥多和阿德莱德，一对来自瑟堡的信使夫妇。两个礼拜前，他们也曾经过德朗渡口，在两名武装士兵的护送下，去夏陵给蕾格娜送信和钱。

埃德加向奥多和阿德莱德打了个招呼，并问道："要回家了吧？"

奥多用带着法兰克口音的英语答道："是的，我们希望能在库姆找到一艘船。"他是一个三十岁左右的壮汉，一头金发，留着诺曼人的发式，后脑勺的头发全剃光了。他还佩带着一把看上去坚不可摧的剑。

他们没有侍卫护送，但这次他们也没有携带大量金钱。

阿德莱德兴奋地说："我们正急着赶路呢，因为有好消息要带回去。蕾格娜夫人生了，而且生的是一对双胞胎男孩！"阿德莱德是一个矮小的金发女人，银项链上坠着一颗琥珀珠子。这首饰戴在蕾格娜身上一定很合适，埃德加想。

双胞胎的诞生令埃德加很开心。如今，威尔武夫的继承人八成会是蕾格娜的孩子了。英奇的儿子——愚蠢又粗暴的加鲁夫——则希望渺茫。"对蕾格娜来说是好事。"埃德加说。

听到阿德莱德的宣告，德朗说："大家应该想举杯庆祝小王子们的降生吧！"他话里的意思似乎是酒馆会请大家喝酒，但埃德加知道他只是在玩弄诱导消费的把戏罢了。

诺曼人没有上当。"我们要在天黑之前赶到穆德福德路口。"奥多说，然后他们便动身离开了。

埃德加和埃德博尔德将满满一桶啤酒滚到农场，接着，埃德加继续从木筏上卸石料，然后用绳子捆好卸下的石料，拽上河畔斜坡，往烟熏室建筑工地拖去。

冬日高照，埃德加正要卸下最后一块石料，忽然听到河对岸传来一声呼喊："救命啊！"

他朝对岸望去，看到一个男人抱着一个女人，两人赤身裸体，女人似乎昏迷了。他手搭凉棚再观察，认出他们是奥多和阿德莱德。

他跳上木筏，撑船过河。他猜他们浑身上下所有的东西都被抢光了，包括衣服。

埃德加抵达河对岸。奥多依然紧抱着阿德莱德，他们登上木筏，重重地坐在还未搬走的那块粗糙的石料上。奥多满脸血污，一只眼睛半睁着，一条腿上好像还有伤。阿德莱德则双眼紧闭，金发上的血块已经凝结，但她还有呼吸。

埃德加对这位瘦弱的年轻女性忽生同情，对那个加害于她的人怒不可遏。他说："岛上有一座女修道院。阿加莎修女掌握了一些疗伤技能。我直接带你们去那里如何？"

"好，请赶快。"

埃德加拼命撑船向上游驶去。"出什么事了？"他问。

"一个戴头盔的家伙袭击了我们。"

"是铁面人。"埃德加说完，然后恶狠狠地咕哝道，"撒旦之子。"

"他至少有一个帮凶。我被打晕了。他们也许以为我们死了，于是他们便丢下我们跑了。我醒过来后，发现我们被剥光了。"

"他们需要武器。可能是你的剑吸引了他们，还有阿德莱德的坠子。"

"如果你认识森林里的那些家伙，为什么你不去抓他们？"奥多的语气里饱含责难，仿佛那些强盗得到了埃德加的纵容一样。

埃德加假装没有听出弦外之音："相信我，我们试过了。我们搜索了南岸的每一码土地，但他们就像灌木丛中的黄鼠狼一样狡猾，怎么找也找不到。"

"他们有一艘船。他们发动袭击之前，我看见了。"

埃德加一惊："什么样子？"

"一艘小划艇。"

"这个我倒是不知道。一直以来，大家认为铁面人在南岸藏身，因为他常常在那一带实施抢劫。但如果他有船的话，他的巢穴就完全有可能在北岸。"

"你有没有见过他？"奥多问。

"有天晚上，他要抢走我们的猪，我用斧子砍伤了他的胳膊，但他逃走了。我们到了。"埃德加将木筏停靠到麻风岛岸边，然后手挽缆绳，等奥多抱着阿德莱德走下筏子。

奥多抱着阿德莱德来到女修道院门口，阿加莎修女打开门，她没有在意奥多一丝不挂，径直看向受伤的女人。

奥多说："我妻子……"

"可怜的女人。"阿加莎说，"我会试着帮她的。"她朝昏迷不醒的阿德莱德伸出了手。

"我抱她进来吧。"

阿加莎默默地摇了摇头。

于是奥多只好让她从他怀中抱走阿德莱德。阿加莎轻松地接过伤者，返回房内。一只看不见的手关上了大门。

奥多站在那里，盯了好一会儿大门，然后才转身离开。

奥多和埃德加登上木筏。"我还是去酒馆算了。"奥多说。

"你身无分文，在那里不受欢迎。"埃德加说，"但修道院会收留你。奥尔德雷德院长会给你修士长袍和鞋子，替你清洗伤口，还会一直供你吃饭。"

"感谢上帝，这世上还有修士。"

埃德加撑木筏过河，上岸系好缆绳。"跟我来吧。"他说。

奥多一离开木筏，就打了个趔趄，跪倒在地。"不好意思，"他说，"我两条腿没力气，抱阿德莱德太久了。"

埃德加把他拽起来。"就在前面不远了。"他扶着奥多走到曾是司铎之家、现在成了修道院的那座建筑前。他抬起门闩，几乎是将奥多抱进了门。修士们正围坐在桌边吃午餐，除了奥尔德雷德。他站在埃德加制作的诵经台上，高声念诵着经文。

见埃德加和奥多进门，奥尔德雷德停下来问："怎么了？"

"在回老家瑟堡的路上，奥多和他妻子遭到殴打和洗劫，被抢走了身上所有的东西，只能留在原地等死。"埃德加说。

奥尔德雷德合上经书，轻轻挽住奥多的胳膊。"到这里来，躺在炉火边上。"他说，"戈德莱夫兄弟，给我拿点红酒来，我要清洗他的伤口。"然后他帮奥多缓缓躺下。

戈德莱夫拿来一碗红酒和一块干净的碎布，奥尔德雷德开始擦洗伤者血淋淋的面庞。

埃德加对奥多说："我要走了。你会得到很好的照顾的。"

奥多说："谢谢你，邻居。"

埃德加会心一笑。

　　　　　　＊　＊　＊

　　蕾格娜给双胞胎中的哥哥取名休伯特，与蕾格娜的父亲同名，给弟弟取名科利南。他们长得并非一模一样，很容易就能区分，因为一个又白又壮，另一个又黑又小。蕾格娜有足够的奶水喂双胞胎，她的乳房总是胀鼓鼓、沉甸甸的。

　　蕾格娜也不缺照看他们的人手。卡特在蕾格娜分娩时就陪在她身旁，从一开始便对双胞胎宠爱有加。卡特嫁给了巨人伯恩，生了自己的孩子，年纪同蕾格娜的第一个儿子奥斯伯特相仿。她同伯恩似乎很幸福，尽管她曾对其他女人说自己老公肚子太大，她总是不得不骑在他身上做爱。那些女人闻言，会呵呵傻笑，惹得蕾格娜也不由得纳闷——要是知道女人在背后怎么谈论他们的话，男人会怎么想？

　　女裁缝阿格尼丝也一样喜欢双胞胎。她嫁给了穆德福德的地方官、英格兰人奥法，但他们没有孩子，于是她将自己受挫的母爱全倾注到蕾格娜的双胞胎身上。

　　听说奥多和阿德莱德的遭遇之后，蕾格娜第一次离开了双胞胎。

　　她忧心如焚。两名信使是为了给蕾格娜送信和钱才来到英格兰的，她觉得自己对他们负有责任。何况他们同她一样是诺曼人，这就令蕾格娜越发同情他们了。她必须去探望他们，查看他们的伤情，并为他们提供自己力所能及的帮助。

　　蕾格娜将孩子交给卡特照管，还准备了两个奶妈，以免孩子挨饿。她带上阿格尼丝作为女仆，伯恩作为侍卫，还收拾了衣服带给奥多和阿德莱德，因为她得知他们浑身上下被贼人剥了个精光。蕾格娜骑马离开大院，心情沉重——她怎么能抛下小宝宝呢？但责任所在，她义不容辞。

在前往德朗渡口的两天行程中，她无时无刻不在想念孩子们。

她在傍晚时分抵达渡口，立刻乘渡船前往麻风岛，将伯恩留在酒馆。阿加莎修女给了她一个表示欢迎的吻，还用骨瘦如柴的胳膊抱了她一下。

蕾格娜开门见山地问："阿德莱德怎么样了？"

"正在迅速康复。"阿加莎说，"她会没事的。"

蕾格娜紧绷的身体松懈下来："感谢上帝。"

"阿门。"

"她伤到哪里了？"

"头部遭受重击，但好在她年纪轻，身体壮，看起来不会留下病根。"

"我想同她谈谈。"

"当然可以。"

阿德莱德在住宿区。她覆满金发的头上缠着干净的布条，身穿浅褐色的宽大修女服，在床上坐直身体，一见蕾格娜，就开心地笑起来："夫人！您大老远地跑一趟，真是受累了。"

"我必须亲眼看到你在康复。"

"但您还有宝宝！"

"现在看你没事了，我就可以赶紧回到他们身边去了。但我不来的话，谁给你送干净的衣服呢？"

"您对我太好了。"

"别说这些没用的。奥多怎么样了？他们说他没有你伤得这么重。"

"他显然没事，但我一直没见到他，这里不许男人进来。"

"只要你们感觉身体好得差不多，可以动身了，我就让巨人伯恩护送你们去库姆。"

"我明天就能走。这会儿已经不觉得哪里不舒服了。"

"我还是借你一匹马吧。"

"谢谢。"

"你可以骑伯恩的马。他护送你乘船回瑟堡之后，再骑马回夏陵。"

蕾格娜还给了阿德莱德一些钱和女性必需品——一把梳子、一罐洗手油、一条亚麻缠腰布。然后蕾格娜便起身告辞，阿加莎又吻了她一下，然后蕾格娜返回对岸。

奥多在奥尔德雷德主持的小修道院。他面部青肿，起身鞠躬时，小心呵护着左腿，但他一脸欢喜。蕾格娜将从夏陵带来的男性衣物递给奥多。"阿德莱德打算明天就走。"蕾格娜告诉奥多，"你感觉如何？"

"我感觉自己完全康复了。"

"听阿加莎修女的指示，她照顾过许多伤者。"

"好的，夫人。"

蕾格娜离开修道院，返回码头。她要乘渡船返回麻风岛，在女修道院过夜。

蕾格娜在酒馆外遇到了埃德加。"您的信使遭此一劫，我感到非常遗憾。"埃德加说，尽管这显然不是他的过错。

蕾格娜问："你觉得，袭击他们的盗贼就是三年前抢走我带给威尔武夫的结婚礼物的那个人吗？"

"我可以肯定。奥多说，那是一个戴铁头盔的男人。"

“我猜，所有抓捕他的尝试都失败了吧。”蕾格娜蹙眉道，“偷走的牲畜，他会与同伙吃掉；盗窃的武器和钱财，他们会藏起来；但衣服和珠宝总得变卖才行。我在想，他们是怎么卖掉这些的呢？”

埃德加沉思道：“也许铁面人将这些东西带去了库姆，那儿有几个买卖二手衣服的商人，还有两三个珠宝商。珠宝可以熔化，或者至少改改款式，好让它们不容易被认出来。衣服也可以重做，去掉独特的标志。”

“但这些亡命之徒邋里邋遢，一眼就可以看出来啊。”

“肯定有人愿意从他们手上进货，而且不问货从何来。”

蕾格娜皱起眉：“反正我觉得逃犯是可以辨认出来的。我曾经见过他们一两次，他们破衣烂衫，看上去病恹恹、脏兮兮的。你住在库姆，你可记得，有看似在森林里艰苦度日的人进城来卖东西吗？”

“没有印象。我也不记得有人说见过这种人。你觉得铁面人会托中间人出货吗？”

“有可能。某个有头有脸的人物，而且有光明正大的理由去库姆。”

“但这样的人有几百个。库姆可是一座大城。他们都会去那里做买卖。”

“你有怀疑对象吗，埃德加？”

“这里的酒馆老板德朗，他心肠够坏，但是他不喜欢跑来跑去。”

蕾格娜点头赞同。“这个问题需要好好想想。”她说，“我要结束这种无法无天的局面，德恩治安官也有同样的意愿。”

"我们都有同样的意愿。"埃德加说。

* * *

蕾格娜和卡特听到门外的喧嚣时，她们正在将双胞胎放入小床睡午觉。一个女孩发出愤怒的号叫，几个女人开始呼喊，然后许多男人哄笑起来。双胞胎闭上眼睛，对这一切浑然未察，转眼就沉入梦乡，然后蕾格娜出门查看出了什么乱子。

门外天寒地冻，呼啸的北风夹着冰碴儿扫过大院。众人围在一桶水前。蕾格娜走上去，看到人群中央是一个赤身裸体、怒气冲冲的女孩。吉莎和其他两三个女人正要用刷子、抹布、油和水给她清洗身体，其他人则奋力将她摁住。他们将冰水淋在女孩身上，她不由自主地颤抖起来，口中吐出一连串咒骂。蕾格娜觉得那应该是威尔士语。

蕾格娜问："她是谁？"

新任马夫长乌法站在蕾格娜前面，头也不回地答道："这是吉莎的新奴隶。"然后吼道："把她的胸搓干净！"他身边的男人又纵声欢笑起来。

倘若众人虐待的对象是一个普通姑娘，蕾格娜还可以阻止；如果是奴隶的话，她也爱莫能助。人们有权对奴隶残忍。虽然无故杀死奴隶者也会犯法，但那种法律规定得很宽松，难以执行，惩罚也不痛不痒。

蕾格娜觉得，那女孩大概有十三岁。洗掉污秽后，她露出了白皙的皮肤。她头上和两腿之间的毛发深得发黑，胳膊和腿又细又长，双乳虽小，但形状堪称完美。虽然她因为愤怒而五官扭曲，但还是看得出她容貌秀丽。

蕾格娜说："吉莎为什么需要一个奴隶女孩？"

乌法乐呵呵地转过头，正要作答，突然意识到自己在同谁说话，当即改变了主意。他敛住笑，压低声音答道："我不知道。"

乌法显然知道，但他不好意思说。

威尔武夫从大堂出来，朝人群走去，显然同刚才的蕾格娜一样好奇。蕾格娜紧盯着他，不知道他会对看到的一幕做何反应。吉莎立刻命令众人停止清洗，将女孩固定好，供威尔武夫检视。

众人恭恭敬敬地给郡长让出一条路。现在女孩基本洗干净了。她的黑发湿答答地贴在脸颊上，经过用力揉搓的皮肤红彤彤的，她满脸的怒容反倒令她更加诱人。威尔武夫笑开了花。"这是谁啊？"他问。

吉莎连忙作答："她叫卡尔文，是我送给你的礼物。世上再也找不到比你更好的继子啦，我要好好感谢你。"

蕾格娜强忍住大声抗议的冲动。这不公平！她千方百计取悦威尔武夫，就是为了让他保持忠诚。在三年的婚姻生活中，威尔武夫比大多数英格兰贵族更忠于妻子。他会不时同英奇睡一觉，仿佛是要怀旧一般；他不在这里的时候，也八成与一些农村女孩同床共枕过。但他只要在这里，就不会多看别的女人一眼。可现在，蕾格娜的良苦用心都因为这个奴隶女孩而付诸东流了，而这个女孩竟然是吉莎送给威尔武夫的！蕾格娜当即明白，吉莎的诡计是想在蕾格娜同威尔武夫之间制造隔阂。

威尔武夫伸出双臂，迈步向前，似乎要去拥抱卡尔文。

但卡尔文冲威尔武夫吐了口唾沫。

威尔武夫骤然止步，现场鸦雀无声。

如此放肆的奴隶足以遭到处决。威尔武夫大可以拔出匕首，当场割断她的喉咙。

威尔武夫用衣袖擦干脸，手摸到腰带里的匕首刀柄上。他瞪了卡尔文好久，蕾格娜猜不出他接下来会干什么。

威尔武夫仍然有可能断然拒绝接受卡尔文。谁会要一个啐了自己一脸唾沫的"礼物"？蕾格娜暗自庆幸，女孩的反抗举动或许救了蕾格娜。

这时，威尔武夫紧绷的身体松弛下来。他露齿一笑，打量了周围一圈。众人不安地傻笑了两声。威尔武夫开始放声大笑。

众人也跟着笑了。蕾格娜自己也觉得莫名其妙。

威尔武夫的表情又严厉起来，众人再次安静下来。

他抽了那奴隶一耳光，下手很重。他的手粗大有力。卡尔文大叫一声，痛哭起来。她面颊鲜红，一股血从她嘴唇流到了下巴。

威尔武夫转头对着吉莎，"把她捆起来，扔到我房里去。"他说，"放在地上。"

威尔武夫看着女人们将卡尔文的手绑到她身后。女人们费了些劲儿，因为卡尔文拼命挣扎抵抗。手绑好后，女人们把卡尔文的脚也绑了起来。

人群中的男人盯着裸体的卡尔文，女人则偷偷观察着蕾格娜。蕾格娜知道，她们很想看看她会做何反应。她面无表情，竭力保持着尊严。

吉莎的女仆将捆得结结实实的卡尔文抬起来，带去威尔武夫的房子。

蕾格娜转身缓缓走开，感觉自己心乱如麻。今晚，自己三个儿子的父亲要同这个奴隶女孩过夜。自己该怎么办呢？

蕾格娜决不允许这件事破坏自己的婚姻。吉莎可以伤害她，但绝打不垮她。她会想办法牢牢抓住威尔武夫的心。

她走进自己的房子。仆人们没有同她说话。他们已经得知出了什么事，而且看到她面色阴沉。

蕾格娜坐下思考。她立刻就认识到，阻止威尔武夫睡卡尔文是错误的。他不可能理会她的意愿——他这样的男人是不会听女人命令的，即便是他爱的女人——要求他洁身自好只会惹他不快。她要不要假装无所谓呢？不，那样就太假了。正确的做法是，带着几分哀怨，接受男人是有欲望的这一事实。如果必要的话，她可以做到这一点。

晚餐时间快到了。蕾格娜必须不惜一切代价，避免自己表现得如同沮丧伤心的怨妇。她必须精神焕发、娇艳动人，让威尔夫悔恨自己不该同另一个女人过夜。

蕾格娜选了一条黄黑色的裙子，她知道威尔夫会喜欢的。裙子把蕾格娜的臀部勒得有点紧，但这正是她的优点所在。她让卡特用栗色丝绸方头巾给自己扎好头发，然后披上深红色羊毛斗篷，保护后背免遭大堂木墙缝隙中钻入的寒风侵袭。最后，她给自己别上了一枚镶有金色珐琅的胸针。

晚餐时，蕾格娜像平常一样坐在威尔夫的右侧。他心情愉快，和男人们说笑打趣。但时不时地，蕾格娜会发现他在看自己，眼中透着某种意味深长的东西。那算不上恐惧，但又比单纯的焦虑更严重。她知道，威尔夫其实非常紧张。

她该如何应对呢？倘若她流露出自己的痛苦，威尔夫就会觉得受到了要挟，因此怒火中烧，然后八成会将所有注意力投到卡尔文身上，借此给她一个教训。不行，必须找一个不那么咄咄逼人的办法。

整个晚餐过程中，蕾格娜都在使尽浑身解数，让自己显得无比诱人，尽管这样做令她很难受。只要威尔夫讲了涉及男欢女爱的笑话，蕾格娜都会哈哈大笑。她还会故意低下头，抬起眼皮，眼睛上翻去瞅威尔夫，这模样往往会撩得他春心荡漾。

用完餐，男人们全喝醉了，蕾格娜便同大多数女人一起离开餐桌。她回到自己的房子，拿起一支灯芯草蜡烛给自己照路。她没有脱掉斗篷，只是站在门口向外张望，注视着大院里晃动的模糊人影，默默构思着待会儿要说的话。

卡特问："您在做什么呀？"

"等大家安静下来。"

"为什么？"

"我不想让吉莎看到我进了威尔夫的房子。"

卡特惊恐地说："那个女奴就在那里。您打算对她做什么？"

"我不知道。我正在想。"

"别让威尔夫生您的气。"

"走着瞧吧。"

几分钟后，蕾格娜看见一个人影从吉莎的房子闪出，手持蜡烛前往威尔夫的房子。那应该是吉莎，她要去查看自己的礼物，确保卡尔文依然可以见人。

蕾格娜耐心地等候。不一会儿，吉莎就离开威尔夫的房子，返回自己的房子了。蕾格娜又给了吉莎一小段时间收拾入睡。一个女人和她醉醺醺的丈夫走出大堂，摇摇晃晃地穿过大院。终于，四下无人，足够安全了，蕾格娜迅速穿过不算长的大院，进入威尔夫的房子。

卡尔文依然被捆着手脚，但可以坐直身体了。她浑身赤裸，自然觉得很冷，于是她便蠕动着凑到了火炉边。她的左脸颊上被威尔夫抽过巴掌的地方肿起了一大块淤青。

蕾格娜坐在凳子上，不知卡尔文能不能听懂英语。她说："见你遭到这种对待，我很难过。"

卡尔文毫无反应。

"我是他的妻子。"蕾格娜说。

卡尔文说："哈！"

看来她听得懂英语。

"他不是一个残暴之徒，"蕾格娜继续说，"至少不比一般男人残暴。"

卡尔文的神情放松一点，或许她暗暗松了口气。

"他从没有像今天打你那样打过我。"蕾格娜说，"但我要提醒你，一直以来我非常谨慎，避免惹恼他。"她抢先举起一只手，制止了对方的争辩："我并非要对你指手画脚，我只是想告知你实情。"

卡尔文点点头。

谈话见效了。

蕾格娜从威尔夫床上取来一张毛毯，裹住卡尔文瘦弱白皙的肩膀。"想喝点红酒吗？"

"想。"

蕾格娜走到桌边，从罐子里将红酒倒入一只木杯。她跪在卡尔文身边，把杯子递到她唇边。卡尔文张嘴喝起来。蕾格娜有点期待对方将红酒吐到自己脸上，但卡尔文满怀感激地将酒大口灌下了肚。

这时，威尔夫进来了。

"该死，你在这儿干什么？"威尔夫脱口而出。

蕾格娜站起身："我想同你谈谈这个奴隶的事。"

威尔夫双臂抱胸。

蕾格娜说："你想喝杯红酒吗？"她不等威尔夫作答，就径直倒了两杯，递给他一杯，然后坐下。

威尔夫啜了一口酒，坐到蕾格娜对面。他脸上的表情仿佛在说，如果她想吵架的话，他就会把她骂得狗血喷头。

蕾格娜脑中一个模糊的念头渐渐清晰起来，她说："我觉得卡尔文不应该住在奴隶之家。"

威尔夫看上去有点愕然，不知如何反应。他万万没想到蕾格娜会这么说话。"为什么？"他说，"因为奴隶之家太脏了？"

蕾格娜耸耸肩："那里脏是因为我们晚上把他们锁在里面，他们不能到外面小便。但我担心的不是这个。"

"那你担心的是什么？"

"如果她在那里过夜，就会被一个或者多个男人强奸，那些男人多半患有恶心的疾病，会通过她传染到你身上。"

"我从未想到这一层。那她应该住在什么地方呢？"

"现在大院里没有空房子，而且奴隶是绝不允许有自己的住所的。既然是吉莎买了卡尔文，那么，卡尔文没有侍奉你的时候……或许就应该同吉莎一块儿住。"

"好主意。"威尔夫说，他看起来明显轻松多了。他本以为会跟妻子吵一架，结果妻子只是提出了一个务实的问题，而且想好了解决方案。

吉莎会气得跳脚的，但威尔夫答应下来的事情就不会反悔。对蕾格娜来说，虽然这只是小小的复仇而已，但还是令她颇感满意。

蕾格娜站起身，"好好享受吧。"她说，尽管事实上她希望威尔夫败兴而归。

"谢谢。"

蕾格娜朝门口走去。"等你玩腻了这个女孩，又想要女人的时候，可以回来找我。"她打开门，"晚安。"说完，她便出了门。

第二十六章

一○○一年，三月

事态没有按蕾格娜预期的那样发展。一连八天，威尔夫每晚都是同卡尔文睡的，然后他就去埃克塞特了。

起初，蕾格娜非常不解。同一个十三岁女孩待那么长时间，威尔夫怎么受得了呢？他和卡尔文聊了什么？那名少女到底说了什么话，竟能吸引威尔夫这个年纪的成熟男人？早晨，同蕾格娜躺在床上的时候，威尔夫会畅谈郡务，比如收税啦、捕盗啦，还有最重要的——保护本地免遭维京海盗袭击。威尔夫当然不可能同卡尔文谈论这些话题。

威尔夫依然会同蕾格娜聊天，只是不在床上罢了。

吉莎很高兴看到事情发生了变化，并最大限度地加以利用这件事，不放过任何在蕾格娜面前提到卡尔文的机会。蕾格娜深感羞辱，但她却用笑脸掩盖了自己的情感。

英奇本就憎恶蕾格娜抢走了威尔夫，现在，她自然乐于看到蕾格娜地位不保。她同吉莎一样，都想方设法地在蕾格娜的伤口上撒盐，但她没有吉莎的胆子，只会说："嘿，蕾格娜，你已经好几个礼拜没同威尔夫过夜啦！"

"你也没有。"蕾格娜答道。英奇自讨没趣，只好闭嘴。

蕾格娜尽可能过好自己的新生活，但她心中却藏着难言的酸楚。她邀请诗人和音乐家来夏陵，还将自己的房子扩大了一倍，把那里改造成第二大堂，用来款待客人。这些得到了威尔夫的迅速同意——因为睡了奴隶女孩，他迫不及待地想要安抚蕾格娜。

随着威尔夫对蕾格娜爱意渐弛，她担心自己的政治地位或许也会被削弱。为弥补这方面的损失，她加强了同其他权势人物的关系，比如诺伍德的主教、格拉斯顿伯里修道院院长、德恩治安官等等。夏陵修道院的奥斯蒙德院长还活着，但他久病不起，所以蕾格娜结交了司库希尔德雷德。她邀请这些有头有脸的人物到自己的房子听音乐和诗朗诵。威尔夫欣喜地看到自己的大院成了文化中心，这有利于提升他的威望。不过，他的大堂依旧常有小丑和杂耍艺人出没，午餐后，男人们谈论的依旧是刀剑、马匹、战船之类的话题。

然后，维京海盗来了。

去年夏天，维京海盗安安静静地待在诺曼底。英格兰没人知道这是为什么，但都在谢天谢地，埃塞尔雷德国王也放心大胆地前往北方袭扰斯特拉斯克莱德^①的布立吞人。但今年春天，维京海盗却回来复仇了，一百艘船头如同曲剑的战船，沿埃克斯河飞驰而来。埃克塞特城防守严密，他们未能攻克，但他们无情地洗劫了城市周边的乡村。

夏陵从前来求援的信使那里了解了战况。威尔夫当机立断。

---

① 斯特拉斯克莱德，公元6世纪至11世纪的凯尔特王国，位于苏格兰南部和英格兰西北部。——译者注

倘若维京海盗控制了埃克塞特周边地区，那他们就拥有了可以轻易从海上进出的基地，并可以从那里随意袭击英格兰西南各郡。他们可以轻而易举地攻占这一区域，夺取威尔夫统治的夏陵郡，就像先前他们攻陷英格兰东北部大部分地区一样。这样的结果简直不堪设想，于是威尔夫立刻组织了一支军队。

威尔夫同蕾格娜商量策略。蕾格娜说，他不能盲目地率领一小支夏陵军冲过去，一发现维京人就开打。兵贵神速、出其不意固然没错，但敌强我弱，说不定刚一交手他就会败下阵来，徒遭羞辱。威尔夫表示同意，说他会首先巡游英格兰西南各郡，招募士兵，扩充部队，希望能在遇到维京海盗之前组建一支庞大的军队。

蕾格娜明白自己面临着危机。她必须在威尔夫离开之前公开确立自己代丈夫处理郡务的地位。一旦威尔夫不在，她的敌人就会趁她缺乏保护，千方百计地诋毁她。温斯坦不会同威尔夫一道前去抗击维京海盗，因为作为神职人员，他是不能杀生的。温斯坦破坏了许多其他规则，却偏偏严格遵守这一条。他会留在夏陵，并且肯定会在吉莎的支持下努力夺取夏陵郡的控制权。蕾格娜不得不每天都小心戒备。

蕾格娜希望威尔夫离开之前可以陪自己一晚，但她的这个愿望落空了，她心中越发凄苦。

威尔夫要动身那天，蕾格娜同他站在大堂门口，等待乌法去将威尔夫的爱马——一头名叫"克劳德"的铁灰色种马——带过来。四处不见卡尔文的身影，想必威尔夫已经同她私下道过别，他这样做倒是挺体贴的。

威尔夫当着众人的面亲了亲蕾格娜的嘴唇——这还是两个月以来的第一次。

蕾格娜提高嗓门儿，确保所有人能听见。"我向你承诺，我的夫君，我会在你离开时好好统治你的郡。"她说，着重强调"统治"二字，"我会像你一样公正无私，还会保护你的人民和财产。我不会让任何人阻碍我履行职责。"

威尔夫明白，蕾格娜这明显是在挑战温斯坦，伛他的负罪感又让他答应了蕾格娜的请求。"谢谢，我的夫人。"他用同样大的声音说，"我知道，你会像我本人一样统治这里。"威尔夫同样强调了"统治"二字。"违抗蕾格娜夫人就等同违抗我本人。"他说。

蕾格娜压低声音。"谢谢。"她说，"愿你平安归来。"

* * *

蕾格娜变得寡言少语，常常陷入沉思，几乎不同周围的人交谈。她渐渐认识到，自己必须面对一个残酷而不争的现实——威尔夫再也不会如她期望的那样爱她了。

威尔夫喜欢她，尊敬她，而且八成早晚会再次与她同房。但她将一直是他马厩中的一匹母马罢了。这可不是她爱上他时梦想的生活。她会慢慢习以为常吗？

这个问题让蕾格娜真想放声痛哭。白天同别人在一起的时候，她强忍着悲痛。但到了夜里她就会泪流不止，只有住在同一屋檐下的贴身仆人才听得见她的哭泣。蕾格娜觉得自己已经成了寡妇，但她的丈夫没有死，只是被另一个女人抢走了。

蕾格娜决定像往年一样，在天使报喜节这天前往奥神村，借此忘掉已经破灭的生活。她将孩子们留给卡特照管，带上女仆阿格尼丝就上路了。

蕾格娜进入奥神村时，表面上春风满面，实际上心事重重。但一见到村子，她就打起了精神。这三年来，在她的统治之下，奥神村已是一派繁荣景象。村民尊称她为"公正者蕾格娜"。曾几何时，这里人人生活惨淡，因为大家都在欺诈盗窃。现如今，在瑟利克的管理下，村民更愿意诚实劳动，因为他们知道自己的劳动成果不会遭到剥夺。他们相信自己的付出终将获得回报，于是他们工作得越发努力。

蕾格娜在瑟利克家过夜，一大早就开庭审案。她只吃了一点午饭，因为接下来将有一顿大餐。根据安排，她下午要去检查采石场。准备好动身时，她发现披着蓝色斗篷的埃德加正在等她。埃德加有自己的坐骑了，是一匹健壮的黑色母马，名叫巴特里斯。"我能在路上请您看点东西吗？"蕾格娜骑上自己的马时，埃德加问。

"当然可以。"

蕾格娜觉得埃德加十分紧张，这可不太像他。无论他要对她说什么，想必都相当重要。每个人都有要事禀报郡长夫人，但埃德加可不是普通人，蕾格娜很想知道他打算让自己看什么。

他们沿河边骑行，然后跟着车辙前往采石场。道路一侧是村舍的背面，每家每户拥有一小块田地，包括一片菜园、几棵果树、一两圈牲畜，还有一座粪堆。道路另一侧则是一处名为"东野"的地方，只有部分田地被耕过，潮湿的黏土犁沟反射着日光，但此时无人劳作，因为今天是假日。

埃德加说："请留意，东野同菜园的间隙非常宽。"

"没必要啊，这距离足够修两条路了。"

"没错。现在，两个男人得花大半天时间，才能将一船石料从采石场沿这条小路运到河边。这提升了我们石料的价格。用马车运的话，倒是能省事，但花费的时间差不多。"

蕾格娜觉得埃德加要说明一个重大问题，但她还不懂那是什么："这就是你想给我看的东西？"

"我试图向库姆修道院出售石料的时候，他们告诉我，他们已经开始从诺曼底的卡昂购买石料了，因为那里更便宜。"

蕾格娜不解地问："怎么可能呢？"

"石料一路走水运，沿卡昂河进入大海，穿过英吉利海峡，抵达库姆港。"

"我们的问题是采石场不在河边？"

"也不能这么说。"

"什么意思？"

"我们的采石场离河只有半英里。"

"但我们不能让那半英里消失啊。"

"我想我们可以。"

蕾格娜会心一笑。她看得出埃德加在享受一步步揭晓答案的感觉。"怎么做？"

"挖我们自己的运河。"

她吓了一跳："什么？"

"格拉斯顿伯里那边已经这样做过了。"他说，那样子就像是打出了一张锁定胜局的牌，"奥尔德雷德这么说的。"

"挖我们自己的运河？"

"我全计算好了。十个劳工用镐头和铁锹开掘的话，大约需二十天，就可以挖出一条从采石场通往河道的运河。深三英尺，宽略大于我的木筏。"

"这就完了？"

"挖掘是最简单的部分。或许我们还需要加固河岸，这取决于挖掘下去的地段是否属于同一土层，但我自己就可以完成这项工作。更困难的部分是计算好运河的深度。显然它必须足够深，才能让河水流进来。不过，我认为这也难不倒我。"

埃德加比威尔夫更聪明，或许就连奥尔德雷德也比不过他，蕾格娜想。但她只是问了一句："这得花多少钱？"

"假如我们不使用奴隶的话……"

"我不愿意使用奴隶。"

"那每个劳工每天半便士，还要给工头每天一便士，总共一百二十便士，相当于半镑银币。我们还得给他们提供食物，因为他们大多得离家工作。"

"从长远来看，这会给我省钱。"

"省许多钱。"

埃德加和他的工程令蕾格娜欣欣鼓舞。这将是一件前所未有的大事。虽然耗费不菲，但她可以承受。

他们抵达了采石场。如今这里已有两座房子了。埃德加给自己建了一处容身之所，这样就不必同加布及其家人挤在一起了。这是一座漂亮的房子，一块块榫槽相连的垂直木板拼成了墙壁，墙上有两扇百叶窗，门是用一整块橡木做的。门上有一把锁，埃德加插入钥匙一转，门就开了。

房内充满了男性气息，最显眼的位置放着工具——绕起来的绳子、缠成球的线，还有马具。房里有一桶啤酒，但没有葡萄酒；有一块桶状的硬奶酪，但没有水果，也没有鲜花。

蕾格娜留意到墙上钉着一张羊皮纸。她上前一看，发现上面写着客户名单，包括他们收到的石料和所付钱款的明细。大多数工匠用木棍上的刻痕记录这些数据。

"你会写字？"蕾格娜问埃德加。

他一脸骄傲："是奥尔德雷德教我的。"

蕾格娜从来没听他提到这一点："显然你也识字。"

"有书的话也能读读。"

蕾格娜打算在运河完工之后，送埃德加一本书作为礼物。

蕾格娜坐在长凳上。埃德加从桶里给她接了一杯啤酒。"我很高兴您不愿使用奴隶劳工。"他说。

"你为什么这么说？"

"一旦使用奴隶，人们最丑陋的一面就会暴露出来。奴隶主会变得野蛮残暴，他们会殴打、杀戮、强奸奴隶，仿佛那是天经地义的一样。"

蕾格娜叹气道："我希望所有男人像你这样想。"

埃德加笑出了声。

蕾格娜问："怎么了？"

"我记得自己也曾对您有同样的想法。我请求您为我找一个农场，您毫不犹豫地答应下来，那时我就对自己说：为什么他们不能全像她一样呢？"

蕾格娜咧嘴一笑。"你让我心情好多了。"她说，"谢谢。"她猛然站起来，吻了埃德加。

蕾格娜本来要吻他的脸，不知为何，却吻到了他的嘴。他们嘴唇相接只有片刻，她本不觉得这有什么，他却被吓到了，连忙往后跳开，羞得满脸通红。

蕾格娜意识到自己犯了错。"对不起。"她说，"我不应该这样做的。我只是想感谢你让我心情好了起来。"

"我不知道您心情很糟。"埃德加说。他开始恢复镇定，但蕾格娜观察到他用手指碰了碰嘴。

蕾格娜不会向他解释卡尔文的事。"我在想念我丈夫。"她说，"他正在组建军队抗击维京海盗。海盗已经沿埃克斯河驶入内地，威尔夫忧心如焚。"她发现，听到"维京海盗"时，埃德加脸上掠过一丝阴影。她想起维京海盗杀害了他的恋人。"抱歉。"她补充道。

埃德加摇了摇头："没关系。不过我还有一件事想对您说。"

蕾格娜庆幸他主动转换了话题："请讲。"

"您的女仆阿格尼丝戴着一枚戒指。"

"是的，那是她丈夫给她的。"

"戒指是银丝缠绕而成，而且里面镶着一块琥珀。"

"非常漂亮。"

"这让我想起了您的信使阿德莱德被抢走的坠子，那坠子也是银丝配琥珀。"

蕾格娜大惊："我从没留意过这一点！"

"我还记得，我见到坠子的时候还想过，那首饰戴在您身上一定很合适。"

"但阿格尼丝为什么会戴着一枚用阿德莱德的坠子做成的戒指呢？"

"坠子被盗走后改了款式，以掩人耳目。问题是，她丈夫是从哪里得到坠子的？"

"她嫁给了穆德福德的大乡绅奥法。"蕾格娜渐渐看出背后的关联，"奥法很可能是从库姆的某个珠宝商那里购买的。珠宝商知道中间人，而中间人知道哪里可以找到铁面人。"

"是的。"埃德加说。

"治安官必须审问奥法。"

"是的。"埃德加说。

"或许奥法买戒指的时候并不知情。"

"是的。"埃德加说。

"我不想冒险，那会给阿格尼丝的丈夫惹麻烦的。"

"您必须那样做。"埃德加说。

* * *

埃德加护送蕾格娜回到村中心，村民纷纷围上来。埃德加悄悄溜走，返回采石场，将巴特里斯留在森林边缘吃草。最后，他在自己屋里躺下来，回味着那个吻。

埃德加当时既惊讶，又狼狈。他猜自己一定脸红了。然后他连忙跳开。这一切蕾格娜全看见了，而且为这尴尬的一幕道了歉。但她只是看到了他的表面反应。他的内心已经波涛汹涌，但他努力将其掩盖起来。当蕾格娜的嘴唇碰到他嘴唇的那一刻，他觉得自己立刻被对她的爱意淹没了。

刹那间，雷鸣电闪，他如遭雷击——

不，这只是想象罢了。埃德加独自躺在火炉旁的灯芯草上，紧闭双眼，反思着自己的心路历程，发现自己很早就爱上了蕾格娜。这么多年来，他一直对自己说，他全心全意爱的是森吉芙，没有人可以取代她的位置。但从某个时刻开始——他不知道具体是什么时候——他却爱上了蕾格娜。他当时并未觉察，现在却无比清醒。

埃德加回顾过去四年，发现蕾格娜已经成为他生命中最重要的人，他们互相帮助。他最喜欢做的事就是同她聊天，这是什么时候成为他钟爱的消遣的啊？他崇拜她超凡的智慧和决心，尤其是将不容挑战的权威同平易近人的特质相结合的手腕。

埃德加喜欢蕾格娜，崇拜她，而且她真的太美了。热情如火都不足以描绘埃德加对蕾格娜的爱。那简直就是一堆干柴，只消一粒火星，就能燃起熊熊烈火，而今天的这个吻就是那粒火星。他想要再次吻她，每日，每夜，吻个不停——

但那只是痴心妄想。蕾格娜是伯爵的女儿，即便她还是单身，也绝不会嫁给区区一个建筑匠。何况她现在还是有夫之妇。绝不能让她嫁的那个男人知道她吻过埃德加，不然那个男人绝对会眼都不眨就杀了埃德加。更糟的是，蕾格娜无时无刻不在表现自己对丈夫的爱。如果这都不足以让埃德加死心的话，蕾格娜还同那个男人生了三个儿子。

我到底是怎么回事啊？埃德加自问。我以前爱的那个女孩已经死去，而现在爱的这个女人，除非她也死了，不然我就绝无机会同她厮守。

埃德加想起了两个兄长，他们幸福地共享着一个粗俗、自私、不太聪明的妻子。我为什么就不能像他们那样，随随便便找个女人过日子算了？我为什么如此愚不可及，竟然爱上了一位已婚的贵族女人？我才是三兄弟里最聪明的那个啊。

埃德加睁开双眼。今晚，村里要举行宴会。他可以整晚待在蕾格娜身边。明天他就要开掘运河了。未来好几个礼拜，埃德加有充足的理由同蕾格娜说话。她绝对不会再吻他了，但她将成为他生命的一部分。

这就足够了。

＊　＊　＊

蕾格娜一回到夏陵，就找德恩治安官谈话。她迫不及待地想抓住铁面人，他对整个地区来说是心腹大患。如果威尔夫回家时发现蕾格娜已经解决了这个问题，一定会非常开心——这样的成就是卡尔文绝不可能达成的。

治安官同样热情高涨，赞同蕾格娜的意见，即或许奥法会提供关于那名逃犯行踪的线索。他们决定第二天早上审问奥法。

蕾格娜希望最后不会查出阿格尼丝和奥法有罪，比如收受被窃物品。

第二天破晓时分，蕾格娜在奥法和阿格尼丝家门外会合。昨天晚上下了一夜的雨，地上全是水。德恩带着领队威格伯特和两名武装士兵，还有两个带着铁锹的仆人。蕾格娜不知道铁锹是干吗用的。

阿格尼丝打开门。看到治安官及其手下时，她一脸惊恐。

蕾格娜问："奥法在吗？"

"您找奥法究竟有什么事，夫人？"

虽然也为阿格尼丝感到难过，但蕾格娜必须严格执法。她是夏陵郡的统治者，绝不能在罪案调查中纵容亲信。蕾格娜说："闭嘴，阿格尼丝，要你说话的时候，你才能开口。你很快就会明白事情的原委了。现在让我们进去。"

威格伯特让两名武装士兵留在外面，但示意仆人们跟进来。

蕾格娜看到房子里布置得相当舒适，墙上挂着阻挡寒风的窗帘，床上铺着垫子，桌子上放着一排金属镶边的杯子和碗。

奥法从床上坐直身体，抖掉厚厚的羊毛毯子，站起来问："出什么事啦？"

蕾格娜说："阿格尼丝，给治安官看看你在奥神村佩戴的那枚戒指。"

"我现在还戴着呢。"阿格尼丝把左手朝德恩伸出去。

蕾格娜说："奥法，你是从哪里弄到这个的？"

奥法思索了片刻，挠着扭曲的鼻子，仿佛在努力回想，或者在构思一个可信的故事："我在库姆买的。"

"是谁卖给你的？"蕾格娜本希望奥法能说出珠宝商的名字，结果她却大失所望。

"一个法国水手。"奥法说。

如果奥法在说谎，那他的谎话就编得太机智了，蕾格娜想。库姆的珠宝商是可以被抓来审问的，而外国水手却影踪难觅。

蕾格娜问："他叫什么？"

"巴黎的理查。"

也许这是奥法临时编造的名字。叫"巴黎的理查"的人，多半有好几百个。蕾格娜开始怀疑奥法，但为阿格尼丝着想，蕾格娜希望自己的怀疑是站不住脚的。她问："为什么这个法国水手会出售女人的珠宝？"

"呃，他对我说，他本来是买给他妻子的，但在赌掉所有的钱之后，他就后悔买了这东西。"

通常蕾格娜能看出对方有没有说谎，这次她却拿不准奥法说的是真是假。她问："巴黎的理查又是在哪里买的戒指？"

"我猜他是从库姆的珠宝商那里买的，但他没有透露过。这是怎么回事啊？为什么你要审问我？我花六十便士买了那枚戒指。有什么不对的吗？"

蕾格娜认为，奥法肯定知道，或者至少怀疑戒指是被盗物品，但他想保护卖赃物给他的人。她不知道接下来该问什么。沉默片刻后，德恩开始发号施令，转身面对两名仆人，粗声道："搜屋子。"

蕾格娜不确定这样做是否有用。他们需要让奥法松口，而不是搜查屋子。

屋子里有两口锁上的箱子，还有几个储藏食物的盒子。蕾格娜耐心注视着仆人将屋子上上下下搜了个遍。他们拍打挂在钉子上的衣服，探入啤酒桶的底部，掀开地板上所有的灯芯草垫子。蕾格娜不知道他们到底在找什么，但不管怎样，他们没有找到感兴趣的东西。

蕾格娜松了口气。为阿格尼丝着想，她希望奥法是清白无辜的。

这时，德恩说："火炉。"

蕾格娜这下明白铁锹是干吗用的了。仆人们用铁锹铲起火中灰烬，抛出屋子。火红的木块落在外面潮湿的地面上，发出嗞嗞的声响。

火炉的地面很快暴露出来，仆人们开始往下挖掘。

刚往下挖了几英寸，他们的铁锹就撞上了木头。

奥法突然冲出门，因为他动作太快，屋里没有人来得及阻止他。但门外守着两名武装士兵。蕾格娜听到一声沮丧的咆哮，然后便是沉重的身体撞击地面的扑通声。不一会儿，武装士兵将奥法押了回来，一人紧抓他的一只胳膊。

阿格尼丝抽抽搭搭地哭起来。

"接着挖。"德恩对仆人们说。

过了几分钟，他们从洞中拖出一口一英尺长的木箱。从他们搬箱子的吃力样子，蕾格娜推断那东西相当沉。

木箱没有上锁。德恩打开箱盖，里面装着数千枚银便士，以及不少珠宝。

德恩说："常年盗窃所得的收益，外加一些纪念品。"

银币最上面是一条柔软的皮带，带扣和带尾是银的。蕾格娜倒抽一口冷气。

德恩说："你认识这东西吗？"

"这条皮带是我要送给威尔夫的礼物，但被铁面人抢走了。"

德恩转头问奥法："铁面人的真名是什么？他藏在什么地方？"

"我不知道。"奥法说，"这条皮带是我买的。我知道我不应该买。我很抱歉。"

德恩朝站在奥法前面的威格伯特点了点头。两个武装士兵将奥法抓得更紧了。

威格伯特从腰带上取出一根光溜溜的橡木大棒，二话不说，举起就冲奥法的脸上砸去。蕾格娜失声大叫，但威格伯特没有理会。他对奥法的头、肩和膝实施了一连串迅速而精准的打击。硬木打碎骨头的咔嚓声令蕾格娜不由得作呕。

威格伯特停手时，奥法已经满脸血污。他无法站立，但武装士兵撑着他，让他依然直立着。阿格尼丝不住地呻吟，仿佛自己也痛苦难当。

德恩又问："铁面人的真名是什么？他藏在什么地方？"

从碎裂的牙齿和滴血的嘴唇后面传出一个声音："我发誓我不知道。"

威格伯特又举起了棒子。

阿格尼丝尖叫道："别，求你啦，别打啦！铁面人是乌尔夫！别打奥法了，求你啦！"

德恩转身面对阿格尼丝，"那个捕马人？"他问。

"是的，我发誓。"

"你最好说的是实话。"德恩说。

* * *

埃德加简直不敢相信，捕马人乌尔夫竟然会是铁面人。他曾见过乌尔夫几次，记得他似乎个子不高，但精力充沛，体格强健，他以驯服森林里的野生小马为生。两次见到铁面人的情形至今仍历历在目，埃德加肯定那人是中等身材。德恩治安官前去拘捕乌尔夫，路过德朗渡口时，埃德加对德恩说："可能是阿格尼丝搞错了。"

"可能是你搞错了。"德恩说。

埃德加耸耸肩。阿格尼丝也可能是在撒谎。或者，她只是为了让领队停止酷刑，而随意喊出了一个名字，其实她根本不知道那副生锈的铁头盔下到底是谁的头颅。

埃德加和其他村民加入了德恩一行。德恩并不需要援手，但村民们不想错过激动人心的一幕，而且有光明正大的借口——他们有义务维护本百户邑的法律。

人群路过埃德加的两个哥哥埃尔曼和埃德博尔德的农场时，他们也加入了进来。

队伍走近畸形足西奥贝尔特的羊圈时，狗叫了起来，西奥贝尔特和他妻子问他们在干什么，德恩说："我们在找捕马人乌尔夫。"

"都这个时节了，你们在他家里就能找到他。"西奥贝尔特说，"野马在挨饿，他把干草摆在外面，马儿就会自己跑过来。"

"谢谢。"

又走了一英里左右，他们来到乌尔夫围着木栅的畜栏前。拴在门边的獒犬没有吠，马却嘶鸣起来。乌尔夫和他的妻子薇恩从屋里出来。埃德加记得，乌尔夫是一个矮小的男人，比自己妻子还矮一点，但浑身的肌肉却如同紧绷的缆绳一般。夫妻俩的脸和手脏兮兮的。埃德加还记得，薇恩有一个名叫贝格斯坦的兄弟，在埃德加和家人搬到德朗渡口前后死了。德朗怀疑他死得蹊跷，因为他的遗体并没有埋在社区教堂。

治安官的手下将乌尔夫夫妇俩团团围住，德恩对乌尔夫说："有人告诉我，你就是铁面人。"

"那是诬陷。"乌尔夫说。埃德加觉得他在说实话，但依然有所隐瞒。

德恩命令手下搜查乌尔夫的房子。

威格伯特对乌尔夫说："你最好将那头獒犬拴到靠近木栅的地方，因为如果它胆敢袭击我的人，我就会用长矛刺进它的胸膛，比你眨眼还快。"

德恩收短狗绳，让獒犬的活动半径只有几英寸。

他们搜遍了这座摇摇欲坠的房子。威格伯特带出了一个箱子，道：“他拥有的钱比你们设想的更多，我敢说，这儿有四五镑银币。”

乌尔夫说：“这可是我一辈子的储蓄啊。二十年的辛勤劳动换来的，二十年！”

这或许不假，埃德加想。不管怎样，这笔钱其实不足以证明乌尔夫有罪。

两个带铁锹的男人在畜栏外绕来绕去，仔细观察地面，寻找乌尔夫将东西埋在地下的痕迹。然后他们跳进木栅，在畜栏里面也搜了一遍，把野马吓得直往后退。但他们一无所获。

德恩开始流露出沮丧的神色，悄悄对威格伯特和埃德加说：“我认为乌尔夫肯定有嫌疑。”

“是的，他肯定有嫌疑。”埃德加说，“但他不是铁面人。再次看到他之后，我越发确定这一点了。”

“你为什么说他有嫌疑？”

“只是直觉。或许他知道铁面人是谁。”

“反正我要逮捕他。但我希望我们能找到一些可以定他罪的东西。”

埃德加环顾四周。乌尔夫的房子残破不堪，房顶下陷，抹灰篱笆墙上还烂了几个洞，但薇恩看上去营养良好，外套也是皮毛衬里的。这对夫妻并不贫穷，只是邋遢罢了。

埃德加朝狗舍望去。“乌尔夫对自己的狗挺好的啊。”他说。没多少人会费神给看家护院的狗遮风挡雨。他皱着眉朝狗舍走去。獒犬发出威胁的低吼，但它被牢牢地拴住了。埃德加从腰带中取下维京战斧。

乌尔夫说：“你在干什么？”

埃德加没有回答。他挥斧砍砸了几下，就将狗舍毁了。然后用斧刃挖开狗舍下的地面。过了一会儿，他的斧子就当的一声撞到了某种金属物体。

埃德加跪在挖出的洞边，用双手舀出淤泥。一个圆圆的生锈的铁家伙慢慢显露出来。"啊！"认出那东西之后，埃德加不由得发出一声惊呼。

德恩说："那是什么？"

埃德加从洞里取出那东西，得意扬扬地举起来。"铁面人的头盔。"他高声宣布。

"铁证如山。"德恩说，"乌尔夫就是铁面人。"

乌尔夫辩解道："我发誓我不是！"

埃德加也说："没错。他不是。"

"那这副头盔是谁的？"德恩问。

乌尔夫欲言又止。

"如果你不说，那就是你的。"

乌尔夫指着自己的妻子，喊道："是她的！我发誓！薇恩就是铁面人！"

德恩说："一个女人？"

薇恩突然拔腿就跑，避开身边的治安官手下。后者纷纷转身追赶，结果他们撞到了一块儿。其他人立刻跟进，但关键的最初几秒被浪费了。薇恩眼看着就要逃脱了。

就在这时，威格伯特扔出长矛，击中薇恩的臀部，她当即倒地。

薇恩趴在地上，痛苦地呻吟起来。威格伯特走到她身边，把长矛从她身体里取出来。

100

薇恩倒地时，左袖被推到肩上，露出柔软苍白的上臂后侧的一道伤疤。

埃德加记得，他和家人刚抵达德朗渡口的几天，一个月明星稀的夜晚，农场里静悄悄的，布林德尔突然大叫起来。埃德加看见一个戴铁头盔的窃贼正将小猪夹在腋下逃跑，于是他挥出维京战斧，击倒了那个窃贼。

妈妈割断了另一个窃贼的喉咙，想必那就是薇恩的兄弟贝格斯坦吧。

埃德加跪在薇恩身边，比对伤疤和斧刃，长度完全一致。

"铁证如山。"埃德加对德恩说，"这条伤疤是我给她留的。她就是铁面人。"

* * *

蕾格娜感觉糟透了。是她将阿格尼丝从瑟堡带到这里，是她高高兴兴地同意了她与奥法的婚事。可现在，她却不得不主持一场最终可能判奥法死刑的审判。她很想对奥法网开一面，但她必须维护法律的尊严。

这次，郡法庭的规模小多了。大部分大乡绅和其他一般会参加审理的贵族随威尔武夫去抗击维京海盗了。蕾格娜坐在临时搭建的顶棚之下。春天仿佛还没有降临这个世界——天气阴冷，不时下着雨，没有一丝暖阳会出来的迹象。

今天的大事是审判薇恩，如今，大家都知道了她就是铁面人。同她一起遭到起诉的还有奥法和乌尔夫，他们是薇恩的同谋。他们全面临着死刑指控。

蕾格娜不知道阿格尼丝对她丈夫的罪行了解多深。阿格尼丝曾在绝望中大叫乌尔夫就是铁面人，由此可见，她已经有所怀疑，但她弄错了怀疑对象，这说明她其实并不了解真相。倘若妻子没有与其丈夫同流合污，那她就不会因丈夫犯罪而被牵连，这是一条公认的法律原则。总而言之，蕾格娜和德恩治安官决定不起诉阿格尼丝。

　　尽管如此，蕾格娜还是觉得左右为难。现在她就可以心安理得地判奥法死刑，让阿格尼丝变为寡妇了吗？

　　蕾格娜知道自己应该公正无私。她向来主张法治，并以一丝不苟的公正而著称。在诺曼底，人们称她为"底波拉"，那是《圣经》中的法官；而在奥神村，她是"公正者蕾格娜"。她认为，正义应该是不偏不倚的，有权有势者影响法庭做出有利于其亲属的裁决是不可接受的。蕾格娜曾激烈地表达这一观点。看到威尔武夫对卡思伯特的伪造货币行为判以重罪，却让温斯坦免受责罚，蕾格娜曾感到无比愤慨。她自己绝不能重蹈覆辙。

　　三个被告站成一排，手脚被绑住，以防他们逃跑。乌尔夫和薇恩浑身肮脏、衣衫褴褛，奥法站得笔挺，衣冠楚楚。薇恩那副锈迹斑斑的铁头盔放在蕾格娜座椅前的一张矮桌上，旁边就是证人需要手按其上发誓的圣骨匣。

　　德恩治安官是原告，他的助誓人包括武装士兵领队威格伯特、建筑匠埃德加和渡船主德朗。

　　薇恩和乌尔夫认了罪，还说奥法购买了他们的部分赃物，然后拿到库姆售卖。

　　奥法则全面否认薇恩和乌尔夫对自己的指控，但他只有阿格尼丝这一个助誓人。尽管如此，蕾格娜还是隐隐希望奥法给出站得住脚的理由，能证明自己无罪，或者至少能支持减刑。

德恩治安官讲述了抓捕铁面人的过程，然后念诵了遭铁面人抢劫甚至杀害的受害者的名单。参与审理的贵族——大部分是高级神职人员，以及年老体衰、无法作战的大乡绅——郢嘟囔囔地发泄着对铁面人的愤怒，正是铁面人及其同伙威胁了通往库姆的道路，而大部分贵族会在那条路上通行。

奥法慷慨激昂地替自己辩护。他说薇恩和乌尔夫在撒谎。他发誓在他家发现的失窃物品是自己诚心诚意在珠宝商那里买的，还声称他之所以试图从德恩治安官面前逃跑，只是因为惊慌失措，而自己妻子喊出乌尔夫的名字，也不过是随机乱选的而已。

奥法的话，没有人相信，哪怕是一个字。

蕾格娜宣布，法庭一致认定三人全部有罪。

就在这一刻，阿格尼丝跪倒在蕾格娜面前的潮湿地面上，抽泣道："哦，可是夫人，他是个好人啊，我爱他！"

蕾格娜心如刀割，但依然保持着平静的声调：'那些犯下盗窃、强奸、谋杀罪行的男人全有母亲，许多还有爱他们的妻子和需要他们养育的孩子。但他们杀害了别的女人的丈夫，将别人的孩子卖为奴隶，还夺走了别人的毕生积蓄去酒馆和妓院挥霍。这样的罪犯必须受到惩罚。"

"可我给您当了十年的女仆！您一定得帮帮我！您一定得饶恕奥法，不然他会被绞死的！"

"我要伸张正义！"蕾格娜说，"想想所有被铁面人伤害、抢劫的人！倘若因为奥法娶了我的女裁缝，就将其释放，那些受害者将是何等感受？"

阿格尼丝厉声尖叫："但您是我的朋友啊！"

蕾格娜很想说：哦，好吧，或许奥法并不想伤害任何人，我不会判他死刑。但她做不到。"我是你的女主人，我也是郡长的妻子。我不会为了你而徇私枉法。"

"不要啊，夫人，我求您开开恩！"

"我的回答是不行，阿格尼丝。不要再纠缠下去了。来人啊，把她拖下去。"

"你怎么能如此对我？"治安官的手下抓住阿格尼丝的时候，她的五官因为愤怒而扭曲了。"你要杀死我丈夫，你这个凶手！"她淌下了口水，"你这个女巫、魔鬼！"她将口水吐到蕾格娜绿色礼服的裙摆上，"但愿你的丈夫也死掉！"她叫嚣道，然后就被拖走了。

* * *

温斯坦兴致勃勃地观察着蕾格娜同阿格尼丝之间的激烈争吵。阿格尼丝满怀恶毒的愤怒，蕾格娜则深感愧疚。这种情况是温斯坦可以利用的，只是他一时半会儿还不知道怎么利用。

第二天，犯人们便被绞死了。随后，温斯坦给参加审理的贵族举办了一场简朴的宴会。三月并不适合招待大家大吃大喝，因为当年的羊羔和牛犊还没有出生。于是，摆上主教宅邸餐桌的只是熏鱼和腌肉，还有几盘用坚果和干果调味的豆子。温斯坦准备了大量红酒，以弥补食物的寒酸。

温斯坦在用餐时听的比说的多。他喜欢知道谁发财了，谁没钱了，哪些贵族怨恨哪些贵族，他还喜欢了解各种难听的传言，不管它们是有理有据，还是捕风捉影。他也认真思索了阿格尼丝的问题。他只在一场关于小修道院院长奥尔德雷德的对话中做了重要发言。

提起话题的是特兰奇的大乡绅森布利特——那老家伙虚弱得没法儿上战场了——他说奥尔德雷德曾来拜访他，请他捐助德朗渡口的小修道院；可以捐钱，但最好是赠一片地。

温斯坦知道奥尔德雷德院长正在到处募捐。不幸的是，那家伙取得了一点成功，尽管那成功不值一提。如今，小修道院在德朗渡口之外又拥有了五个村子的土地。不过，温斯坦一直在竭力阻挠捐赠。"但愿你没有太大方。"他说。

"我穷着呢，大方不起来。"大乡绅说，"您为什么这么说呢？"

"这个嘛……"温斯坦从不错过任何贬低奥尔德雷德的机会，"我听到了一些恶心事儿。"他装出不愿讲的样子，"或许我不该多嘴，因为那可能只是谣言。但有人说奥尔德雷德啊，会同奴隶纵酒淫乐呢。"这连谣言都不是，完全就是温斯坦的胡诌。

"哦，老天！"大乡绅说，"我只送给了他一匹马，但现在我后悔了。"

温斯坦假装要收回刚才的话："呃，也许这些消息靠不住。不过嘛，奥尔德雷德在格拉斯顿伯里修道院做见习修士的时候就行为不端。换作是我的话，不管传言是否属实，我都一定会立刻严厉约束下属，可惜德朗渡口已经不归我管了。"

桌子另一头的德格伯特副主教说："太遗憾了。"

维格里的大乡绅德格拉夫开始谈论埃克塞特传来的消息，没人再提奥尔德雷德了，但温斯坦依然感到很满意。他已经在贵族的心中埋下了怀疑的种子，而且不是第一次。奥尔德雷德的募捐能力受到持续不断的流言蜚语的严重限制。德朗渡口的修道院将永远是荒远之地的穷酸教堂，奥尔德雷德注定将在那里度过残生。

客人散去之后，温斯坦同德格伯特退回私室，商量了庭审的事。不可否认的是，蕾格娜迅速而公正地主持了正义。她对嫌疑人是有罪还是清白有着超凡的直觉。她对不幸之人宽仁大度，对邪恶之徒毫无怜悯。她没有试图利用法律来赢得朋友和惩罚敌人，从而增进自身的利益，这真是太天真了。

事实上，蕾格娜已经跟阿格尼丝结了仇——在温斯坦看来，这是一个愚蠢的错误，但他可以善加利用。

"你觉得这个时候可以在哪儿找到阿格尼丝呢？"温斯坦问德格伯特。

德格伯特用手掌揉了揉光溜溜的脑袋："她还在服丧呢，除非有不得已的理由，否则她是不会离家的。"

"我可以去看看她。"温斯坦起身道。

"我要同你一起去吗？"

"我看不必了。我们要私下聊聊——一个是悲伤的寡妇，一个是来给她精神慰藉的主教。"

德格伯特将阿格尼丝的住址告诉温斯坦，温斯坦披上斗篷就出门了。

温斯坦看到阿格尼丝坐在桌边，面前放着一碗炖菜，碰也没碰一下，已经凉了。阿格尼丝见到温斯坦，吓得跳了起来。"主教大人！"

"坐下，坐下，阿格尼丝。"温斯坦低声说。他之前没怎么留意这个女人，现在却饶有兴致地打量起她来。她长着蓝眼睛和尖鼻子。她看上去相当精明，温斯坦觉得那是一种魅力。他说：

"我来这里，是为了给哀痛中的你带来上帝的安慰。"

"安慰？"阿格尼丝说，"我不需要安慰，我只要我丈夫。"

她依然怒火难消，而温斯坦已经想到自己该如何利用这点。

"我没法儿让你的奥法死而复生，但我可以帮你实现别的愿望。"他说。

"什么愿望？"

"复仇。"

"上帝让我去复仇？"阿格尼丝半信半疑地问。温斯坦发现这女人的头脑非常灵活，这意味着她更加有用了。

"上帝的旨意高深难测。"温斯坦坐下来，拍了拍身边的长凳。

阿格尼丝跟着落了座："向谁复仇？是指控奥法的治安官？是判奥法死刑的蕾格娜？还是绞死了奥法的威格伯特？"

"你最恨谁？"

"蕾格娜。我恨不得将她的眼珠子挖出来。"

"千万要冷静。"

"我要宰了她。"

"不，你不能这么做。"温斯坦一直盘算的那个方案现在终于成形了，但那行得通吗？"你要向她复仇，却是以她永远也不知道的方式。"

"快告诉我，告诉我。"阿格尼丝气喘吁吁地说，"只要能伤害她，我就会干。"

"你要回到她家，继续当她的女裁缝。"

"不！"阿格尼丝抗议道，"决不！"

"哦，你得回去。你要在蕾格娜家当我的卧底。你要把那里发生的一切告诉我，包括那些本该秘而不宣的事，应该说，特别是那些事。"

"蕾格娜是绝不会同意我回去的。她会怀疑我动机不纯。"

这正是温斯坦担心的地方。蕾格娜不是傻瓜，但她总是把人往好处想，而不是相反，这是她的本能。何况她对阿格尼丝的遭遇本就感到十分难过——他在庭审时已经看出这点了。"我认为，对于不得不判处你丈夫死刑，蕾格娜是深感愧疚的。她不顾一切地想要弥补你。"

"是吗？"

"或许她会犹豫，但最终她会同意的。"尽管这话说出了口，但温斯坦还是没有百分百的把握。"然后你要背叛她，就像她背叛了你一样。你要毁了她的生活，而她将浑然不知。"

阿格尼丝满面红光，俨然一个处在性高潮带来的狂喜中的女人。"好！"她说，"好，我就要这样干！"

"好孩子。"温斯坦说。

* * *

蕾格娜看着阿格尼丝，悔恨与内疚令她痛苦难当。

但开口道歉的是阿格尼丝，"我太对不起您啦，夫人。"她说。

蕾格娜坐在炉火旁的一把四条腿椅子上。她觉得是自己对不起阿格尼丝。她杀了阿格尼丝的丈夫。虽然她这个决定是正确的，但感觉还是太残忍了。

蕾格娜没有立刻流露自己的感情。她让阿格尼丝继续站着，自己在心中盘算：我该怎么做呢？

阿格尼丝说："我骂了您，您本可以命人抽我一顿鞭子，但您没有。您不该对我这么好啊。"

蕾格娜挥了挥手，表示自己根本就不介意阿格尼丝说了什么。盛怒之下的辱骂对蕾格娜来说根本无足挂齿。

旁听的卡特却不这么看，她语气严厉地说："夫人就是对你太好了，你压根儿不配，阿格尼丝。"

蕾格娜道："好啦，卡特。我自己知道说话。"

"对不起，夫人。"

阿格尼丝说："我是来请您原谅的，夫人，虽然我知道自己不配。"

蕾格娜觉得，自己和阿格尼丝需要相互原谅。

阿格尼丝说："这几天，我夜里都睡不着觉，躺着翻来覆去地想。现在我想通啦，您的做法是对的，您也只能那样做。我真的对不起您。"

蕾格娜不喜欢道歉。人与人之间出现裂痕的时候，不是只靠说几句固定道歉语就能弥补的。不过，自己同阿格尼丝之间的不和，蕾格娜是想消弭的。

阿格尼丝继续道："当时我无法正常思考，脑子太乱了。"

蕾格娜想：换作是我的话，或许也会咒骂判我丈夫死刑的人，即便我的丈夫罪有应得。

蕾格娜不知道如何作答。她可以同阿格尼丝握手言和？也许威尔夫会嘲笑她的这个想法，但他是男人。

从务实的角度出发，蕾格娜希望阿格尼丝回来。卡特已经不堪重负，她要照顾蕾格娜的三个儿子，还有她自己的两个女儿，这些孩子全不足两岁。阿格尼丝走后，蕾格娜一直在寻找替补人选，但一无所获。要是阿格尼丝回来的话，这个问题就能迎刃而解。何况孩子们喜欢她。

经历了审判铁面人一伙儿带来的对立之后，蕾格娜还可以信任阿格尼丝吗？

"您不知道嫁错了丈夫对女人来说是多么不幸，夫人。"

啊，可是我知道，蕾格娜想。她意识到自己终于承认了这一点。

同病相怜的感觉油然而生。无论阿格尼丝有怎样的罪过，那都是在奥法的负面影响下犯的。她嫁给了一个不诚实的男人，但这并不等于她就是一个不诚实的女人。

"如果您能在我走之前说一两句暖心的话，我一定会没齿难忘的。"阿格尼丝说，那模样看起来确实怪可怜的，"就说一句'愿上帝保佑你'吧，求您了，夫人。"

蕾格娜无法拒绝这个请求："愿上帝保佑你，阿格尼丝。"

"我可以吻一吻双胞胎兄弟吗？我很想念他们。"

蕾格娜想起阿格尼丝没有自己的孩子："可以。"

阿格尼丝娴熟地同时抱起两个孩子，一条胳膊搂一个。"我爱死你们啦。"她说。

弟弟科利南虽然比哥哥晚出生几分钟，但他却发育得更快。科利南迎上阿格尼丝的目光，咧开小嘴，开心地咯咯笑起来。

蕾格娜叹息一声，问道："阿格尼丝，你想回来吗？"

第二十七章

一〇〇一年，四月

　　奥尔德雷德院长对诺伍德的大乡绅德奥曼抱有很高的期待，因为德奥曼相当有钱。诺伍德是一个市镇，而哪里有市场，哪里就富得流油。一个月前，德奥曼那位伴他多年的妻子亡故了，大乡绅会因此考虑死后的事。亲人的去世往往能刺激贵族做出虔诚的捐赠。

　　奥尔德雷德需要捐赠。小修道院已经不像三年前那样一贫如洗——现在，那里有三匹马、一群羊，还有几头奶牛——但奥尔德雷德还有更远大的志向。他已经认命，自己绝不可能掌管夏陵修道院了，但如今他相信自己可以将小修道院建成学习中心。而要实现这一目标，他还需要几座村子。奥尔德雷德必须获得某个更大的地方，比如一座繁荣的镇子或者小城，要不然就是获得能赚钱的特许权利，比如经营某个港口或者在某条河里捕鱼的权利。

　　大乡绅德奥曼的大堂里富丽堂皇，墙上挂着壁毯，床上铺着毛毯，椅子上衬着坐垫。他的仆人正将丰盛的午餐摆上桌，房间里弥漫着浓郁的烤肉香味。德奥曼是一个中年男人，但他视力不

111

好，无法跟随威尔武夫去抗击维京海盗。他身边有两个衣着艳丽的女人，她们举止同德奥曼非常亲昵，应该不是他的仆人那么简单。奥尔德雷德皱起眉头，琢磨着她们在家中的真实地位。至少有六个孩子不停地跑进跑出，一边玩耍，一边发出刺耳的尖叫。

德奥曼没有理会那些孩子，对女人们的抚摸和微笑也毫无反应，却对坐在他边上的一条大黑狗颇为喜爱。

奥尔德雷德直奔主题道："听说您亲爱的妻子葛吉芙过世了，我深表遗憾。愿她的灵魂得到安息。"

"谢谢。"德奥曼说，"我还有两个女人，但葛吉芙跟我三十年啦，我好想念她。"

奥尔德雷德对德奥曼拥有多位配偶一事未予置评，或许改天他可以同德奥曼讨论这个问题。今天奥尔德雷德必须专事专办，于是他用更低沉、更动情的语气说："如果您希望委托德朗渡口的修士每天为您亲爱的夫人的不朽灵魂献上庄严的祈祷，我们将乐意之至。"

"我请诺伍德这里的一座大教堂的司铎为她祈祷了。"

"那您就有福了，准确地说，是您夫人有福了。但我想您肯定知道，相比已婚的司铎，独身修士的祈祷在我们所有人将前往的另一个世界里更有分量。"

"大家也是这样说的。"德奥曼赞同道。

奥尔德雷德语调一转，变得更活泼了。"您不仅是诺伍德本地的老爷，您还拥有一个叫索斯伍德的小村子，那里有一座铁矿。"奥尔德雷德说到这里，就暂停下来。是时候明白无误地提出自己的要求了。他怀着希望默默地快速祈祷了一下，然后道："为了纪念葛吉芙夫人，您愿意将索斯伍德及其铁矿作为虔诚的礼物送给我的小修道院吗？"

奥尔德雷德屏住了呼吸。德奥曼会不会对这一要求嗤之以鼻？他会不会大声嘲笑奥尔德雷德厚颜无耻？他会不会觉得受到了冒犯？

德奥曼的反应还算温和。他很诧异，但也被逗乐了。"这要求好大胆啊。"他不置可否地评论道。

"你们祈求，就给你们；寻找，就寻见；叩门，就给你们开门。"①奥尔德雷德在请求别人捐赠的时候，常常会背诵《马太福音》里的这一节。

"你不开口要，在这世上肯定得不到多少东西。"德奥曼说，"但那座矿给我赚了很多钱。"

"但它能改变我的小修道院的命运。"

"那是肯定的。"

德奥曼没有说"不"，但话语隐隐透着否定的意味。奥尔德雷德等着德奥曼告诉他问题在哪里。

"你的小修道院里有多少修士？"过了一会儿，德奥曼问道。

德奥曼在拖延时间，奥尔德雷德想，答道："包括我在内，有八名。"

"他们全是好人吗？"

"千真万确。"

"但我听到一些流言。"

原来在这里等着我呢，奥尔德雷德在心里嘀咕。他怒火中烧，但告诉自己必须保持冷静。"流言。"奥尔德雷德重复道。

---

① 出自《圣经·马太福音》第7章第7节。——译者注

"和你实话实说吧，我听说你的修士同奴隶纵酒淫乐。"

"我知道您是从哪儿听来的消息。"奥尔德雷德说。他无法完全掩盖自己的愤怒，但他设法让语调依然保持平静。"几年前，我不幸发现一个权势人物犯下了可怕的罪行。至今我仍在因此而受惩罚。"

"你在受惩罚？"

"是的，这种恶毒诽谤就是对我的惩罚。"

"你是说，同奴隶纵酒淫乐的故事是故意编造的谎言？"

"我要告诉您的是，德朗渡口的修士严格遵守《圣本笃会规》。我们不蓄奴隶，不近情妇，不好娈童。我们禁欲独身，弃绝肉体的欢愉。"

"嗯。"

"但您不要只是听我说，请来我们那里看看，最好不要提前通知，而是突然造访，那您就会看到我们日常是何种模样。我们工作、祈祷、睡眠。我们会邀请您同我们一起享用鱼和蔬菜。您会看到我们没有奴隶，没有宠物，没有任何形式的奢侈享乐。我们的祈祷真的是再纯粹不过。"

"唔，那就拭目以待吧。"德奥曼让步了，但他有没有被说服呢？"咱们先吃东西。"

奥尔德雷德同德奥曼的家人和高级仆人在餐桌旁落座。一名漂亮的姑娘坐在奥尔德雷德身旁，不停地挑逗他。奥尔德雷德神态优雅，但他对女人的调情无动于衷。他猜这是主人在有意考验自己，但考验方式错了——面对一个迷人的小伙子时，奥尔德雷德才可能暴露弱点。

食物非常可口，乳猪配春白菜，红酒也浓郁芬芳。奥尔德雷德和往常一样，吃得很少，只喝了一小口红酒。

午餐结束，撤下碗盘时，德奥曼宣布了自己的决定。"我不会给你索斯伍德。"他说，"但我会给你两镑银币，请你们为葛吉芙的灵魂祈祷。"

奥尔德雷德知道自己不应流露出失望。"我衷心感激您的善意。我向您保证，上帝会听到我们的祈祷的。"他说，"不过，您能给五镑吗？"

德奥曼大笑道："三镑吧。我就知道你会讨价还价。我之所以多给你一镑，是为了奖励你锲而不舍的态度。"

"非常感谢。"奥尔德雷德说，但他内心深处又气又恨。他本来可以募得更多的钱，但温斯坦的中伤损害了他的公信力。就算德奥曼并不相信那些谎言，但他也找到了少捐钱的借口。

德奥曼的司库从一口箱子里取出银币，奥尔德雷德将其收入鞍囊。"我不会带着这笔钱单独行动的。"他说，"我会去橡树酒馆，找个明天陪我上路的伴儿。"

奥尔德雷德起身告辞。城中心距德奥曼的大院只有几步路，所以奥尔德雷德没有骑马，而是步行牵着它前往酒馆的马厩，他边走边思考刚才的失败。他本希望温斯坦的无耻谰言不会远播至此，因为诺伍德有自己的大教堂和主教，但他的愿望落空了。

奥尔德雷德从橡树酒馆门前走过时，没有理会里面传出的开怀畅饮者的喧嚣，径直朝马厩走去。到了那里，他京讶地看到一个熟悉的身影——瘦骨嶙峋的戈德莱夫正从一匹花斑马身上卸马鞍，他看上去是一路疾驰而来。"出什么事啦？"奥尔德雷德说。

"我觉得你想尽快听到这个消息。"

"什么消息？"

"奥斯蒙德院长去世了。"

奥尔德雷德在胸前画了一个十字，道："愿他的灵魂得到安息。"

"希尔德雷德被任命为新院长了。"

"速度够快的啊。"

"温斯坦主教坚决要求立刻选举院长，并监督了选举过程。"

温斯坦千方百计确保他中意的候选人胜出，然后批准了修士们的选择。理论上，大主教和国王对这项任命有发言权，但如今他们很难推翻温斯坦制造的既成事实。

奥尔德雷德说："这些你是怎么知道的？"

"德格伯特副主教到小修道院通报了消息。我觉得他希望亲口告诉你，尤其是资金那部分。"

奥尔德雷德心头一沉："说吧。"

"希尔德雷德取消了修道院对我们小修道院的资助。从今往后，我们必须靠自己募集的资金过日子，不然就只能关门大吉。"

奥尔德雷德感觉被人当头抢了一棒，突然感激起德奥曼给的三镑银币来。有了这笔钱，小修道院就没有立刻倒闭的危险。

奥尔德雷德对戈德莱夫说："你去吃点东西。我们要尽快离开此地。"

他们坐在酒馆旁的橡树下，这里便是因此树得名的。趁戈德莱夫吃黄油面包喝啤酒的当儿，奥尔德雷德陷入了沉思。他对自己说，希尔德雷德的最新安排也有好处，小修道院从此取得实际上的独立，夏陵修道院院长再也无法通过威胁切断资助的方式对我们指手画脚了。开弓没有回头箭，希尔德雷德的决定是撤销不了的。现在，奥尔德雷德要请求坎特伯雷大主教授予特许证，正式认可小修道院的独立地位。

可是，德奥曼的捐赠难以持久。奥尔德雷德必须抓紧开拓财源，确保小修道院的生存。但他能做什么呢？

大多数修道院依靠大量捐赠所积累的财富。一些修道院拥有大批羊群，一些修道院可以从村镇收取地租，还有一些修道院拥有渔场和采石场。三年来，奥尔德雷德一直孜孜不倦地努力获取这样的捐赠，但成果相当有限。

奥尔德雷德想起了九世纪温彻斯特的主教圣斯威森[1]，后者在伊钦河上缔造了奇迹。因为同情一位把一篮鸡蛋掉在地上的可怜女人，圣斯威森把打碎的鸡蛋全部复原。常常有朝圣者前往圣斯威森在大教堂中的陵墓拜谒。病人在那里会神奇地得到治愈。朝圣者会给大教堂捐钱，还会购买纪念品，在属于修士的旅馆住宿，这一切推动了城市的繁荣。修士将赚到的钱用于扩建教堂，以容纳更多的朝圣者，而更多的朝圣者又会带来更多的钱。

许多教堂都有神圣遗物，或者是圣人的白骨，或者是真十字架的碎片，或者是一块奇迹般地印着耶稣面部轮廓的碎布。如果修士能高明地经营教堂——确保能受到朝圣者的欢迎，将圣物放在宏伟的圣殿里，还到处宣传教堂中的种种奇迹——那些神圣遗物就能吸引朝圣者，而朝圣者会让城市与修道院兴旺起来。

不幸的是，德朗渡口没有神圣遗物。

这种东西是买得到的，但奥尔德雷德的钱不够。有人会赠给他如此贵重的物品吗？奥尔德雷德想到了格拉斯顿伯里修道院。

他在格拉斯顿伯里修道院当过见习修士，知道那里收集了许

---

[1] 圣斯威森（？—863年），温彻斯特的主教，后来成为温彻斯特大教堂的守护神。——译者注

多神圣遗物，以至于圣器管理人西奥德里克修士不知道该拿它们怎么办。

奥尔德雷德不由得兴奋起来。

那座修道院拥有爱尔兰主保圣人圣帕特里克①的陵墓，还有其他二十二位圣人的完整尸骸。院长不会给奥尔德雷德一副无价的完整圣人尸骸，但修道院拥有数不清的圣人残骨和衣片、一支沾着血污的杀死了圣塞巴斯蒂安②的箭头，以及从迦拿的婚礼上传下来的一瓶密封的酒③。奥尔德雷德的老朋友会可怜他吗？没错，他是灰溜溜地离开格拉斯顿伯里的，但那是许多年前的事了。在对抗主教这件事上，修士们常常互相帮助，而没有一位修士喜欢温斯坦。奥尔德雷德认定自己有机会，乐观的情绪逐渐占了上风。

反正奥尔德雷德也想不出更好的主意了。

戈德莱夫吃完饭，将大木杯送回酒馆。回来后，他问："好了，咱们回德朗渡口吧？"

"计划有变，"奥尔德雷德说，"我会陪你走一程，然后我要去格拉斯顿伯里。"

---

① 圣帕特里克（约386—461年），爱尔兰基督教传教士与主教，被誉为"爱尔兰使徒"，是爱尔兰的主保圣人。——译者注
② 圣塞巴斯蒂安（约256—288年），基督教早期圣徒和殉道者，据说他是在罗马皇帝戴克里先迫害基督徒期间被杀害的。——译者注
③ 出自《圣经·约翰福音》第2章第1—11节，耶稣及其母亲和门徒被邀请参加在迦拿举行的一场犹太婚礼，当酒用完的时候，耶稣将水变成了酒。这是耶稣所行的第一个神迹，用以展示他的荣耀。——译者注

＊　＊　＊

看到自己度过青春期的地方，汹涌的怀旧感霎时涌上心头，令奥尔德雷德猝不及防。

奥尔德雷德登上一座小丘，俯瞰平坦的沼泽平原，只见处处春意盎然，树叶青翠欲滴，还有波光粼粼的池塘和小溪点缀其间。北面是一条五码宽的运河，沿着平缓的山坡，笔直地延伸过来，尽头是集市码头。那里的商品琳琅满目，既有一捆捆红布，也有一块块黄色桶状硬奶酪，以及一堆堆绿色卷心菜。

在开挖奥神村的运河之前，埃德加曾向奥尔德雷德仔仔细细地打听这条运河的方方面面，奥尔德雷德苦苦回忆，才勉强回答上来。

小村后面矗立着两座灰白色的石制建筑，那是教堂和修道院，外面包围着十多座密密麻麻的木质结构建筑，包括畜栏、仓库、厨房和仆人宿舍。奥尔德雷德甚至看得到那座草药园，他就是在那里被人抓到吻了利奥弗里克的，从此他背负了无法洗刷的耻辱。

骑马朝修道院走去时，奥尔德雷德想起了利奥弗里克。他已经有二十年没见过这位昔日密友了。在他的想象中，利奥弗里克是一个高挑瘦削的男孩，面庞粉嫩，上唇长着金色的绒毛，浑身散发着少年的活力。但是，利奥①肯定早就变了模样。奥尔德雷德自己也不是当年那个男孩了——他的行动变得更缓慢高贵，举止更庄重优雅了，即便他刚刮过胡子，也看得出腮上胡楂的浓影。

奥尔德雷德不由得悲从中来，叹惜那男孩永远回不来了。那

---

① 利奥，利奥弗里克的昵称。

孩子曾不知疲倦地读书学习，像羊皮纸吸墨一样吸收知识。课程结束后，那孩子又同样精力充沛地破坏各种清规戒律。现在，他来到格拉斯顿伯里，就像是到自己的青春之墓拜祭。

奥尔德雷德骑马穿过村庄，努力摆脱这种感觉。村子里人声鼎沸，买卖兴旺，交易的既有木器，也有铁器，男男女女不是在叫嚷，就是在欢笑。他朝修道院马厩走去，那里散发着干净的草料和刷洗过的马匹的味道。他解下迪斯马斯的鞍，让这头疲惫的牲口喝饱马槽里的水。

这里的前尘往事会助奥尔德雷德成功，还是拖他后腿？人们会深情地怀念他，尽其所能地帮他，还是会把他当作一个因行为不端而被开除的叛徒，不欢迎他回来？

这里的马夫不是修士，而是雇工，奥尔德雷德一个也不认识，但他问了一个上了年纪的马夫，埃尔夫沃德还是不是修道院院长。"没错，而且他身体健康着呢，赞美上帝。"马夫说。

"圣器管理人还是西奥德里克？"

"没错，只是如今他老喽。"

奥尔德雷德装出若无其事的样子，又问："那利奥弗里克修士呢？"

"你问司厨？唔，他也好着呢。"

司厨是修道院里负责采购所有物资的重要神职人员。

一个男孩说："反正把自己喂得饱饱的。"其他孩子哄笑起来。

奥尔德雷德由此推断利奥长胖了。

年长的马夫显然对这位访客颇感好奇，道："您想去修道院的什么地方？或者见某位修士？我可以带您去。"

"我要先去向埃尔夫沃德院长表达敬意。他应该就在自己的屋里吧？"

"很有可能。修士的午餐已经结束了，还要再过一两个小时才会敲第九课的钟。"第九课是下午三点左右的祈祷。

"谢谢。"说完，奥尔德雷德就径直离开了，没有让马夫充当自己的向导。

他没有去院长居所，而是去了厨房。

在这种大修道院里，司厨不会亲自扛面粉和牛肉去灶台生火做饭，而是拿着鹅毛笔伏案工作。不过，明智的司厨会在厨房附近工作，监督进出厨房的物品，让想顺手牵羊的家伙没机会下手。

厨房里传出了修道院仆人刷洗餐具时锅碗瓢盆碰撞的声音。

奥尔德雷德想起，当年司厨在同厨房相连的披屋①里工作，可如今，在原来披屋的位置矗立着一座更坚固的石砌建筑，这无疑是一间安全的储藏室。

奥尔德雷德忐忑不安地朝前走去，对利奥会如何接待自己充满了恐惧。

他站在门口。利奥则坐在桌边的长凳上，面朝门口，好让光线照到案头。他拿着一支铁笔，正在面前的一块蜡板上做笔记。利奥没有抬头，奥尔德雷德仔细观察了他一会儿。其实他并不胖，尽管他肯定已经不是奥尔德雷德记忆中那个皮包骨头的男孩了。他光秃秃的头顶周围的头发依然是金色的，甚至面庞看上去比以前更粉嫩了。奥尔德雷德想起自己曾经多么热烈地爱过这个男人，心脏仿佛停跳了一拍。二十年后，他对这个男人还会念念不忘吗？

---

① 披屋，指同正房两侧或后面相连的小屋。

就在奥尔德雷德扪心自问之前，利奥抬起了头。

一开始，利奥并没有认出奥尔德雷德。虽然自己很忙，但见到不期而至的客人，利奥还是彬彬有礼地挤出例行公事般的微笑，问："我可以帮您什么吗？"

"你可以记起我，傻瓜。"说着，奥尔德雷德走进屋内。

利奥站起身，张嘴皱眉，既惊且疑："你是奥尔德雷德？"

"如假包换。"奥尔德雷德说，张开双臂朝利奥走去。

利奥举手保护自己。奥尔德雷德立刻明白，利奥不想拥抱他。这多半是明智的选择，因为知晓他们历史的人或许会怀疑他们要旧情复燃。奥尔德雷德立刻停下步子，后退一步，但脸上依然挂着微笑，道："见到你真好啊。"

利奥稍感放松，"我也是。"他说。

"我们可以握握手。"

"嗯，握手是可以的。"

于是他们伸出手，在桌子上方握住。奥尔德雷德的双手紧握利奥的一只手，但他只握了一小会儿，便松开了。奥尔德雷德依然对利奥深情款款，但此刻他意识到，自己对同利奥肌肤相亲完全不感兴趣了。有时候，奥尔德雷德也会对老抄写员塔特维，或者可怜的盲人卡思伯特，或者阿加莎修女生出爱怜，但那种感情同年少时无法抑制的肉欲完全不是一回事。

"搬一条凳子过来。"利奥说，"要喝一杯红酒吗？"

"我想要一大杯啤酒。"奥尔德雷德说，"越淡越好。"

利奥进入储藏室，端着一大木杯黑啤酒回来。

奥尔德雷德饥渴难耐，举杯便喝："走了好长一段路，风尘仆仆的。"

"还很危险呢，万一路上遇到维京海盗怎么办？"

"我走了另一条偏北的路。战斗应该发生在南方才对。"

"过了这么多年，你来这儿干什么？"

奥尔德雷德将事情的原委讲给利奥听。利奥已经知道伪造货币的事——如今这案子已众人皆知——但他并不怎么了解温斯坦针对奥尔德雷德的复仇行动。奥尔德雷德慢慢聊开后，利奥彻底放下心来，因为显然奥尔德雷德并不是来再续前缘的。

"这儿的圣人遗骨肯定比我们需要的多。"听完奥尔德雷德的话，利奥说，"但西奥德里克修士愿不愿意拿出来就是另一个问题了。"

此时利奥几乎完全放下了戒备，但和蔼的态度背后还藏着什么东西。他对奥尔德雷德依然有所隐瞒，或许是什么秘密。无所谓了，奥尔德雷德想，我不必了解他如今生活的方方面面，只要他站在我这边就好。

奥尔德雷德说："我在这儿的时候，西奥德里克就是个怪脾气的老顽固。他似乎尤其怨恨年轻人。"

"他的脾气越来越坏了。不过，我们还是马上去见见他吧，趁第九课还没开始。他吃完午餐后，心情会相对好点。"

奥尔德雷德非常开心，因为利奥成了自己的盟友。

利奥刚起身，另一名修士就嚷嚷着进了门。来者大概比奥尔德雷德和利奥年轻十岁，样貌俊俏，眉毛乌黑，嘴唇饱满。"他们只送来三车奶酪，却要收我们四车的钱。"来者说，这时他看到了奥尔德雷德。"哦！"他说，扬起眉毛，"这是哪位？"他绕过桌子，站到利奥身边。

利奥说："这是我的助手彭德雷德。"

奥尔德雷德说："我是奥尔德雷德，德朗渡口小修道院的院长。"

利奥解释道："奥尔德雷德和我一起在这儿做过见习修士。"

奥尔德雷德立刻就懂了。彭德雷德站得同利奥那么近，而利奥的声音中又透着那么一股子紧张，显然他们是"亲密伙伴"，至于多么亲密，奥尔德雷德就不得而知了，他也不想知道。

毫无疑问，这就是利奥想要隐瞒的秘密。

奥尔德雷德觉得彭德雷德说不定是个危险角色，或许他会在嫉妒心的驱使下，试图阻止利奥对自己施以援手。奥尔德雷德迫切地需要证明自己毫无威胁，于是他便露出光明磊落的神情，说："很高兴认识你，彭德雷德。"奥尔德雷德语气严肃，好让彭德雷德知道这不仅仅是礼节性的问候。

利奥说："奥尔德雷德同我曾是非常好的朋友。"

奥尔德雷德马上说："但那是很久之前的事了。"

彭德雷德缓缓点头，点了三下，然后道："我也很高兴认识你，奥尔德雷德兄弟。"

彭德雷德已经听懂了弦外之音，奥尔德雷德总算松了口气。

利奥说："我要带奥尔德雷德去见西奥德里克。给乳品店三车奶酪的钱，就说我们拿到第四车之后，再付剩下的钱。"说完，他便领着奥尔德雷德出去了。

收获一名朋友，还消除了一个潜在对手。到目前为止，一切顺利。

穿过庭院时，奥尔德雷德看到了运河，问道："运河河道全在黏土之中吗？"

"差不多。"利奥说，"只是到了这一头，地里的沙子有点多。河道必须用夯实的黏土衬里，再用木板加固——工程术语是"护岸"。我知道这些，是因为上次更新木板用的木料是我采购的。你问这个干什么？"

"一个叫埃德加的建筑匠一直反复询问格拉斯顿伯里运河的事，因为他正在奥神村挖运河。他是个聪明的年轻人，但他从来没挖过运河。"

他们进入修道院教堂。几名年轻修士正在唱歌，或许是在学新的赞美诗，但也可能在练老赞美诗。利奥带路来到南耳堂的东面，那里有一扇上了两把锁的沉重的包铁木门，但门是敞开的。奥尔德雷德记得，这里就是金库。他们走进一个阴冷的无窗房间，里面满是灰尘的味道，显然已经多年无人打扫了。眼睛适应了灯芯草蜡烛的昏暗灯光之后，奥尔德雷德看见靠墙的一排排架子上摆着各式各样的金、银、木制容器。

房间后部——那里是东端，所以也是最神圣的场所——一名修士跪在简陋的小祭坛前。祭坛上放着一个银和象牙雕成的精致盒子，那无疑就是圣骨盒——盛放圣人遗骨的容器。

利奥低声解释道："圣萨凡节就在下礼拜。圣人遗骨将被列队抬进教堂，举行庆祝活动。我想西奥德里克正在因为打扰了圣人而祈求他的宽恕。"

奥尔德雷德点头认可。圣人确实在某种意义上活在他们的遗骨中，而且能在守护他们尸骨的任何圣所显灵。他们很高兴能得到后人的铭记和尊重，后人也必须抱着极高的敬意和谨慎来对待他们。如果不得不移动遗骨，就必须举行复杂的宗教仪式。"你最好别去打扰他。"奥尔德雷德说。

虽然他们压低了声音，但西奥德里克还是听见了。西奥德里克挣扎着站起身，转过头，盯着他们，然后迈着颤巍巍的步子走过来。他大概七十岁了，奥尔德雷德想，他脸上皮肤松弛，皱纹密布。他天生就是秃子，根本不需要剃发。

"抱歉打断了你的祈祷，西奥德里克兄弟。"

"别担心我。但愿你没惹恼圣人。"西奥德里克尖刻地说，"出来再说吧。"

奥尔德雷德待在原地，指着一个紫杉木做的红黄色小盒子，一般那种木头用来制作长弓。奥尔德雷德觉得自己见过这盒子："里面是什么东西？"

"温彻斯特的圣阿道弗斯的一些遗骨，只有头颅、一根手臂和一只手。"

"我想我还记得。他是不是被一位撒克逊国王杀害了？"

"没错，因为他藏有基督教书籍。好啦，请到外面去。"

他们进入耳堂，西奥德里克随手关上了门。

利奥说："西奥德里克兄弟，不知你还记不记得奥尔德雷德兄弟？"

"我记性好着呢，从不忘事。"

奥尔德雷德假装相信他的话。"很高兴再次见到你。"他说。

"哦，是你啊！"西奥德里克听出了奥尔德雷德的声音，"奥尔德雷德，没错。你是个惹是生非的家伙。"

"我现在是德朗渡口小修道院的院长。对那里惹是生非的家伙，我会非常严厉。"

"那你现在为什么不在那地方待着？"

奥尔德雷德笑了。利奥没说错，岁月并未削平西奥德里克的锋芒。"我需要你的帮助。"奥尔德雷德说。

"帮你什么？"

奥尔德雷德又将温斯坦和德朗渡口的故事讲了一遍，解释说自己需要能吸引朝圣者的东西。

西奥德里克假装怒不可遏："你要我把宝贵的圣人遗骨给你？"

"我的小修道院没有一位圣人看护，格拉斯顿伯里修道院这里却有二十多位。我只是请你可怜可怜更穷的修士。"

"我去过德朗渡口。"西奥德里克说，"那座教堂五年前就摇摇欲坠了。"

"我请人在西端修了扶壁。现在它稳固了。"

"你怎么给得起钱？你说你穷得叮当响啊。"西奥德里克看上去得意极了，自以为戳穿了奥尔德雷德的谎言。

"蕾格娜夫人允许我免费使用石料，一个叫埃德加的年轻建筑匠帮我修了扶壁，条件是我教他读书和写字。所以我一分钱也没花。"

西奥德里克改变了策略："那座教堂太寒酸了，不适合展示圣人遗骨。"

此话不假。奥尔德雷德灵机一动："倘若你给了我我想要的东西，西奥德里克兄弟，我就会在蕾格娜和埃德加的帮助下，再次扩建教堂。"

"照样没用。"西奥德里克语气坚决，"就算我想给你圣人遗骨，院长也绝不会答应。"

利奥说："也许你是对的，西奥德里克。但我们还是去问问院长本人吧，怎么样？"

西奥德里克耸耸肩："你们非要去的话，就去试试呗。"

他们离开教堂，朝院长居所走去。一个盟友，一个敌人，奥尔德雷德想，现在一切都取决于埃尔夫沃德院长了。

路上，利奥问："埃德加是个什么样的人，奥尔德雷德？"

"小修道院的好朋友。你问他干什么？"

"他的名字，你提了三次。"

奥尔德雷德神色一凛："你显然已经猜到我喜欢他，但他的心思在蕾格娜夫人身上。"奥尔德雷德没有明说，但已经暗示利奥，埃德加不是自己的情人。

利奥领会到了："好吧，我明白。"

埃尔夫沃德院长住在大堂里，侧面开着两道门，表明有两个独立房间。奥尔德雷德猜院长在一个房间睡觉，在另一个房间开会。单独睡觉是一种奢侈，但格拉斯顿伯里修道院院长可是位高权重的大人物。

利奥领他们进入的房间显然是会议室。室内没有生火，空气清新怡人。一面墙上挂着一大张绘有天使报喜场景的壁毯，圣母玛利亚穿着蓝色的裙子，裙边镶着贵重的金线。一个明显是院长助手的小伙子说："我去告诉他你们来了。"不一会儿，埃尔夫沃德就进入了房间。

埃尔夫沃德已经当了二十五年的院长，如今已经迟暮，必须靠一只颤抖的手拄着拐棍才能行走。他表情严肃，但眼中闪烁着智慧的光彩。

利奥向院长介绍了奥尔德雷德。"我记得你，"埃尔夫沃德严厉地说，"你犯下了所多玛①之罪。我不得不将你送走，把你同你的邪恶同谋分开。"

---

① 根据《圣经》描述，所多玛跟蛾摩拉是两座罪恶之城，因为淫乱和堕落而被神毁掉。——译者注

128

开局不妙啊。奥尔德雷德说："您教导我，生活是艰难的，而要做优秀的修士就更难了。"

"很高兴你还记得。"

"我用了二十年去记住，院长大人。"

"你离开我们之后表现得还不错，"埃尔夫沃德说，语气缓和下来，"这一点值得赞扬。"

"谢谢。"

"但你还是在惹事。"

"我惹的是好事。"

"也许吧。"埃尔夫沃德没有会心微笑，"你今天到这里做什么？"

奥尔德雷德第三遍讲述了自己的故事。

听完奥尔德雷德的话，埃尔夫沃德转身对西奥德里克说："我们的圣器管理人怎么看？"

西奥德里克说："我无法想象，有哪位圣人会因为我们将他的遗骨送到荒僻的小修道院去而感谢我们。"

利奥弗里克开口支持奥尔德雷德："但换个角度来看，那些在这里无人问津的圣人或许愿意到别处去创造奇迹。"

奥尔德雷德注视着埃尔夫沃德，但院长一脸深不可测的表情。

奥尔德雷德说："我记得，我还在这里的时候，许多宝物从未被带到教堂主殿，也从未给修士展示，更别提会众了。"

西奥德里克轻蔑地说："几根骨头、几片带血迹的衣物、几缕头发，虽说也宝贵，但同完整的尸骸比，它们就不够震撼了。"

西奥德里克这一贬低显然犯了错。"正是！"奥尔德雷德抓住这一可乘之机，连忙说，"正如西奥德里克兄弟所说，它们在格拉斯顿伯里修道院不够震撼，但在德朗渡口，它们却可以创造奇迹！"

埃尔夫沃德诧异地看着西奥德里克。

西奥德里克说："我敢肯定我没有说'不够震撼'。"

"不，你说了。"院长说。

西奥德里克沮丧起来，反悔道："那我就不该那么说，我收回刚才的话。"

奥尔德雷德觉得成功就在眼前，于是他便得寸进尺，不管会不会显得贪心冒进，"修道院里有好几根圣阿道弗斯的遗骨——有头颅，还有一条手臂。"

"阿道弗斯？"埃尔夫沃德说，"如果我没记错的话，他因为持有《马太福音》而成了殉道者。"

"是的。"奥尔德雷德说，"他因为一本书而牺牲，所以我记得他。"

"他应该成为图书馆管理员的主保圣人。"

奥尔德雷德觉得成功已经唾手可得，便说："我最真诚的愿望就是在德朗渡口创建一座大图书馆。"

"这个志向值得赞扬。"埃尔夫沃德说，"唔，西奥德里克，圣阿道弗斯的遗骨肯定不是格拉斯顿伯里最宝贵的财产吧？"

奥尔德雷德保持沉默，担心一开口就暴露了真实想法。

西奥德里克闷闷不乐地说："我觉得就算它们不在了，也没人会觉察。"

奥尔德雷德努力克制着狂喜。

埃尔夫沃德的助手拿着一件斗篷再次现身。那是一件宽肩的礼拜斗篷，用白羊毛织就，上面用红线绣着《圣经》中的场景。

"第九课时间到了。"他说。

埃尔夫沃德站起身，助手将斗篷披到他肩膀上，在身前系紧。穿上做日课的制服后，埃尔夫沃德转身对奥尔德雷德说："我想，你知道圣人遗骨本身并不重要，关键要看你怎么利用它们。你必须创造出最可能催生奇迹的环境。"

"我向您保证，我会最大限度地利用圣阿道弗斯的遗骨。"

"你还必须礼节周全地将遗骨迎回德朗渡口。最好不要让圣人一开始就讨厌你。"

"别担心。"奥尔德雷德说，"我已经安排了盛大的迎接仪式。"

* * *

温斯坦主教站在夏陵主教宅邸的上层窗户边，望着繁忙的集市广场另一头的修道院。窗户上没装玻璃——玻璃是国王才用得起的奢侈品——而是安着窗板，此刻，窗板已经打开，好让清新的春风吹进来。

一辆四轮牛拉车正沿着通往德朗渡口的道路缓缓驶来，由奥尔德雷德院长率领的一小队修士护送。

一座偏远修道院的穷光蛋院长竟然如此惹人生气，这简直令人惊诧。那家伙把先前的失败抛到九霄云外去了。温斯坦转向德格伯特副主教，后者的妻子伊迪丝也在场。城中的大部分流言蜚语都逃不过德格伯特和伊迪丝的耳朵。"那个该死的修士到底要干什么？"温斯坦问。

伊迪丝说："我出去看看。"说着，她就离开了房间。

"我猜得出来。"德格伯特说，"两周前，他去过格拉斯顿伯里修道院。院长给了他圣阿道弗斯的一部分遗骨。"

"阿道弗斯？"

"他被一位撒克逊国王处死，成了殉道者。"

"嗯，我现在想起来了。"

"奥尔德雷德又要去格拉斯顿伯里修道院，这次是去举行迎奉圣人遗骨的必要仪式的。但那只是一盒骨头，我不知道为什么他需要一辆车。"

温斯坦注视着那辆车停在夏陵修道院门口，那里聚集了一小群好奇的人，他看到伊迪丝融入了人群，然后问："奥尔德雷德怎么付得起四轮车和牛的钱呢？"

德格伯特知道这个问题的答案："诺伍德的大乡绅德奥曼给了他三镑银币。"

"还有不少德奥曼那样的傻瓜。"

人群紧紧地挤在一起，奥尔德雷德扯掉某种罩子，但温斯坦看不见车上有什么。然后罩子又盖上了，车驶入修道院，人群也散开了。

伊迪丝不一会儿便回来了。"那是一具真人大小的圣阿道弗斯雕像！"她兴奋地说，"他有一张可爱的脸蛋，神圣却又哀伤。"

温斯坦不屑一顾地说："只有白痴才会崇拜那样的偶像。我猜还刷了颜料，对吗？"

"脸还有手脚是白的；长袍是灰的，但眼睛蓝幽幽的，就像在盯着你看一样！"

蓝色颜料由青金石碾碎后制成，是最昂贵的颜料。温斯坦慢吞吞地说："我知道那个狡猾的家伙要干什么。"

德格伯特说："希望您能告诉我。"

"他想带着圣人遗骨巡游。从格拉斯顿伯里到德朗渡口的每一座教堂，他都会停留。希尔德雷德取消了对他的资助，他现在需要钱，所以打起了圣人遗骨的主意，想利用它们筹钱。"

"这一招八成管用。"德格伯特说。

"我出手的话，就不一定了。"温斯坦说。

第二十八章

一〇〇一年，五月

在特兰奇村的边界上，修士们唱起了赞美诗。

德朗渡口小修道院的八名修士都在，包括瞎子卡思伯特，此外还有埃德加，他负责摆弄机关。他们神情肃穆地列队行进在车两侧，戈德莱夫在前面牵着牛鼻环领路。

圣人的雕像和装有遗骨的紫杉木盒放在车上，用布料盖着。布料塞满了圣物同车之间的缝隙，防止其移动。

村民正在田间劳动。时值播种季节，他们相当忙碌，但这种活儿很容易就能搁下。于是一听到修士的吟唱，村民们就从大麦和黑麦的绿苗田上站直了揉背。望见修士的队伍后，他们就穿过田野，去路上一看究竟。

奥尔德雷德命令修士先不要同任何人说话。他们继续吟唱，一脸严肃，目视前方。村民加入了队列，跟着车，激动不已地窃窃私语起来。

奥尔德雷德做了谨慎而周密的计划，但这还是他第一次将其付诸实施。他祈祷自己能成功。

车在房舍之间穿行，将没在田里劳作的人吸引了出来——老翁老妪、五谷不分的孩童、抱着羊羔的牧羊人、手持锤子和凿子的木匠，还有拿着黄油搅拌器的挤奶女工，她跟到了车后面，边走边继续搅拌。狗也跑过来，兴奋难耐地嗅着陌生人的长袍。

他们全都来到村中心。那里有一个鱼塘，一片只有几头羊在吃草的、没有栅栏的公共牧场，一家酒馆，一座木制小教堂，以及一栋豪宅。那宅子多半属于年迈的大乡绅森布利特，但他没有现身，奥尔德雷德猜他离家外出了。

戈德莱夫将车掉了个头，尾部正对教堂大门，然后解开牛，带它去牧场吃草。

现在修士可以平稳地抬着圣人遗骨和雕像，将其搬进教堂了——他们已经反复练习过这一动作，自信可以表现得足够庄重。

这就是奥尔德雷德的计划。但此时他看见村中的司铎站在教堂前，双臂抱胸。他年纪不大，满脸惧色，但又相当坚定。

这有点蹊跷。

"接着唱。"奥尔德雷德悄声叮嘱其他人，自己朝司铎走去，"您好，神父。"

"你好。"

"我是德朗渡口小修道院院长奥尔德雷德，我将圣阿道弗斯的神圣遗骨带来了。"

"我知道。"司铎说。

奥尔德雷德皱起眉。他怎么知道的？奥尔德雷德没有对任何人透露自己的计划，但他决定不去讨论这个问题。"圣人希望今天能在教堂中过夜。"

司铎面露难色，但还是说："唔，恐怕不行。"

奥尔德雷德惊讶地紧盯着司铎："圣人遗骨明明就在你面前，你却要惹圣人动怒吗？"

司铎使劲吞了口唾沫："我接到了命令。"

"你当然要遵照上帝旨意行事。"

"是经过我的上级解释的上帝旨意。"

"哪个上级告诉你，不能让圣阿道弗斯在你的教堂里借宿一宿呢？"

"是我的主教。"

"温斯坦？"

"没错。"

温斯坦命令这位司铎拒他们于门外，更糟的是，他多半已经对格拉斯顿伯里和德朗渡口之间的每一座教堂都下达了这一命令。想必他迅速采取了行动，才能如此快地传出命令。但他居心何在呢？仅仅为了阻碍奥尔德雷德筹款吗？主教真的可以如此肆意妄为、怙恶不悛吗？

奥尔德雷德转身背对司铎，这个可怜虫更怕温斯坦，而不是圣阿道弗斯，奥尔德雷德不怪他。但奥尔德雷德不会放弃。村民在盼望奇迹，奥尔德雷德打算满足他们。如果不能在教堂里施展，那就在外面好了。

奥尔德雷德悄悄对埃德加说："雕像放车上，机关也能用，对不对？"

"是的。"埃德加说，"放哪儿都能用。"

"那就做好准备吧。"

奥尔德雷德来到车前，面朝村民，环顾四周，村民安静下来。他开始祈祷，用的是拉丁语，村民听不懂，但他们已经习惯了——事实上，用拉丁语反倒能让可能出现的怀疑者相信这是一场真正的教堂礼拜。

然后奥尔德雷德换成了英语："哦，全能永恒的上帝，您通过圣阿道弗斯的美德向我们展示您的仁慈和怜悯，愿您的圣人代我们向您求情。"

奥尔德雷德念了主祷文，村民也跟着念起来。

祈祷结束后，奥尔德雷德讲述了这位圣人的生平与死亡。虽然奥尔德雷德只知道一些最基本的事实，但他却添油加醋地大加渲染。他将那位撒克逊国王描绘成暴怒的自大狂，而阿道弗斯拥有令人惊叹的温和脾气和纯洁心灵。他肯定这同真相八九不离十。他将数不胜数的奇迹归到阿道弗斯身上，相信这位圣人一定创造了这些奇迹或者类似的奇观。众人全屏气凝神地谛听着。

最后，奥尔德雷德开始对圣人本人说话，提醒众人，眼下，阿道弗斯就在特兰奇村，就在村民中穿行，一边观察，一边倾听。"哦，神圣的阿道弗斯啊，如果在这里，在信奉基督的特兰奇村，有人感到悲伤，我们乞求您能给他带去慰藉。"

这是给埃德加的提示，奥尔德雷德想转头去看，但他忍住了诱惑，他相信埃德加会做好他该做的事。

奥尔德雷德提高音量，让整个人群都听得到："如果有人失去了宝贵的物品，我们乞求您，哦，圣人啊，就将失物归还主人吧。"

奥尔德雷德听见身后传来微弱的嘎吱声，这表明埃德加正在车后面平稳地拉动一条结实的绳子。

"如果这里有人遭到抢劫或者诈骗，就将公正带给他们吧。"

人群中突然有了反应。有人开始朝车指指点点。其他人纷纷后退，惊讶地嘟哝起来。奥尔德雷德知道这是为什么：一直躺在车板上的雕像正从包裹物中一点点地立起来。

"如果有人生了病，就将健康带给他们吧。"

奥尔德雷德面前的所有人震惊不已地盯着他身后的一幕。他知道他们在看什么。他已经同埃德加演练过许多遍。雕像的双脚依然紧贴着车板，身体却在向上倾斜。村民可以看到埃德加正在拉一条绳子，但他操作的机关却隐藏了起来。对从未见过滑轮和杠杆的农民来说，这尊雕像似乎是自己立起来的。

众人全倒抽一口凉气，奥尔德雷德猜那是因为圣人的脸露了出来。

"如果有人被魔鬼附身，就将魔鬼赶走吧！"

奥尔德雷德同埃德加达成了一致：一开始，雕像会起得很慢，然后会越来越快。现在，雕像猛地直立起来，众人得以清楚地看见它的眼睛。一个女人失声尖叫，两名孩童撒腿就跑，还有几条狗吓得猖猖狂吠。在场有一半人在胸前画十字。

"倘若这里有人曾经犯下罪过，请直视他的面庞。哦，圣人啊，给罪人以坦白的勇气吧！"

一个站在前排的姑娘跪倒在地，呻吟不已，抬头凝望着蓝眼雕像。"是我偷的。"她说，眼泪滑下面庞，"我偷了阿贝的刀子。对不起，请原谅我，对不起。"

人群后部传来另一个女人愤怒的声音："弗丽吉丝！是你！"

奥尔德雷德没有料到会有这一出。他本来打算上演"神奇治愈"的戏码。不过，既然圣阿道弗斯给了别的结果，他就见招拆招吧。"圣人触动了你的内心，姐妹。"他宣布，"你偷的刀子在哪儿？"

"在我家。"

"马上带来给我。"

弗丽吉丝爬起来。

"快，跑回去！"

弗丽吉丝跑过人群，进入附近一间屋子。

阿贝说："我还以为是我搞丢了。"

奥尔德雷德再度祈祷："哦，圣人啊，我们感谢您触动了罪人的内心，让她坦白了罪行！"

弗丽吉丝拿着一把带有精心雕刻的骨柄的、亮闪闪的刀子回来了。她将刀子交给奥尔德雷德。奥尔德雷德叫阿贝出来，后者走上前，脸上依然带着一丝怀疑——她比弗丽吉丝年长，也许还不怎么买"奇迹"的账。

奥尔德雷德说："你原谅你的邻居吗？"

"是的。"阿贝无精打采地说。

"那就给她一个宽容之吻吧。"

阿贝亲了弗丽吉丝的面颊一下。

奥尔德雷德将刀子递给阿贝，说："所有人跪下！"

奥尔德雷德开始用拉丁语祈祷。这是在提示修士们端着碗四处乞求施舍。"请给圣人献一份礼物吧。"他们轻声对村民说，村民跪在地上，难以移动。一些村民摇头道："对不起，我没钱。"但大部分村民从腰包里摸出了四分之一便士和半便士铜币，两个男人回家带来了银币，酒馆老板则给了一便士铜币。

修士们感谢了每一位捐赠者，口中念念有词："愿圣阿道弗斯赐福于你。"

奥尔德雷德精神抖擞。村民被震撼了。一个女人坦白了偷窃的罪行，大多数人捐了钱。虽然温斯坦从中作梗，但这次表演还是达到了奥尔德雷德想要的效果。如果在特兰奇行之有效，那么在别处当然也可以效仿。也许小修道院最终能活下来。

奥尔德雷德的计划本来是修士们在教堂里过夜，守护圣人遗骨，但如今，这项计划只能放弃。于是，奥尔德雷德当机立断，"我们要列队离开这个村子，另找个地方过夜。"他对戈德莱夫说。

奥尔德雷德还要对村民传达一个消息。"你们可以再次见到圣人。"他说，"在圣灵降临节①那天来德朗渡口的教堂吧，带上患病的、受苦的、丧亲的人来吧。"奥尔德雷德本想叫他们把消息传开，但他突然意识到这全无必要——接下来的几个月，今天发生的事将妇孺皆知。"我期待着能在那里欢迎你们所有人。"

修士们端着碗回来了。埃德加缓缓放下雕像，盖上布。戈德莱夫又给牛套上车辕。

牛迈开笨重的步伐。修士们又吟唱起来，慢慢离开了村子。

* * *

圣灵降临节那天，奥尔德雷德一如既往地领修士们进入教堂做黎明前的晨祷。这是五月的一个万里无云的早晨。这样的季节充满了希望，放眼望去，到处是绿油油的新芽、肥嘟嘟的小猪、小鹿和长得飞快的小牛。奥尔德雷德希望自己带着圣阿道弗斯所做的巡游达成了目标，可以将朝圣者吸引到德朗渡口。

---

① 圣灵降临节，复活节后的第7个星期日。——译者注

奥尔德雷德本计划用石头搭建教堂扩建的部分。但时间不够，埃德加只好用木头造了一座临时建筑。一道宽阔的拱廊从教堂中殿通向旁边的小教堂，阿道弗斯的雕像就躺在那里的底座上。教堂中殿的会众将观看高坛上举行的仪式，然后在仪式的高潮部分看到圣人奇迹般地站起来，用蓝色的眼睛盯着他们。

奥尔德雷德希望这时候他们会踊跃捐赠。

修士们用车载着雕像，从一个村庄跋涉到另一个村庄，奥尔德雷德一连两个礼拜，每天重复一次激动人心的布道，而圣人雕像也确实震撼了观者的心灵。这期间甚至真的发生了一场奇迹，尽管算不上多么神奇——一个饱受剧烈胃痛折磨的小姑娘在看到圣人雕像立起来的那一刻，突然被治愈了。

大家确实捐了钱，大部分是半便士和四分之一便士，但积少成多，奥尔德雷德回家时带的钱差不多相当于一镑银币。这样做虽然成效斐然，但修士不可能成天在外乞求信众捐赠。他们需要信众主动来找他们。

奥尔德雷德恳求大家在圣灵降临节那天到小修道院朝圣。如今人事已尽，能否如愿以偿，就全凭上帝做主了。

晨祷结束后，奥尔德雷德在教堂外驻足观察晨光中的小村子。自从他搬来之后，这里已经发生了些微改变。首先来这里定居的是布卡·菲什，库姆一名鱼贩的第三子，也是埃德加的老朋友。埃德加劝布卡在这里设立摊位卖活鱼和熏鱼。奥尔德雷德对此也持鼓励态度，因为他希望可靠的鱼供应可以帮助该地区的人更严格地遵守教会的斋戒规定——他们不应在礼拜五吃肉，也不应在纪念十二使徒的各个节日和其他某些特殊的日子吃肉。结果，这里对鱼的需求十分旺盛，埃德加的捕鱼篮抓到的所有鱼都能卖个精光。

奥尔德雷德和埃德加讨论过布卡该在什么地方给自己建一座房子，这个问题促使他们开始制订村子的布局规划。奥尔德雷德建议按照通行的做法，让各家各户按网格分布，但埃德加提出了新方案——建一条往山上延伸的主干道，外加一条与主干道成直角、沿山脊延伸的大街。他们在主干道的东面划出一片土地，用于修建更大的新教堂和修道院。这多半只是白日梦，奥尔德雷德琢磨，不过做一下这样的梦倒是挺舒服的。

尽管如此，埃德加还是花一天时间标出了主干道上房舍的位置。奥尔德雷德宣布，任何想在这些位置建房的人，都可以从树林里伐木，并且头一年免交地租。埃德加自己也在建房，虽然他有许多时间都待在奥神村，但在德朗渡口的日子里，他不喜欢在两个哥哥家里过夜，因为他常常不得不听克雯宝同他的某个哥哥大声做爱。

在布卡的带领下，又有三个新人在德朗渡口落了户：一个制绳匠，他将整个后院用来编绳子；一个织布工，他建了一座长长的房子，将织布机放在房子的一头，妻子和孩子住在房子另一头；还有一个制鞋匠，他将房子建在布卡的旁边。

奥尔德雷德建了一座只有一个房间的校舍。起初，他的学生只有埃德加，但现在又增加了三个小男孩，他们是周边乡村富裕人家的儿子，他们每个礼拜六会来小修道院，脏兮兮的手里攥着一个半便士银币，作为学习识字和算数的学费。

这一切都很好，但还不够好。照这个速度发展下去，或许德朗渡口修道院会在一百年后成为一座伟大的修道院。尽管奥斯蒙德过世后，温斯坦取消了资助，但奥尔德雷德还是一直在尽力维持小修道院的运转。

奥尔德雷德朝河对岸望去，不禁心头一震，因为他看见远处有一小群朝圣者正坐在河岸附近的地面上等待渡船。天色尚早，这是一个好迹象。不过，德朗似乎还在睡觉，没有人划渡船。奥尔德雷德走下山坡去叫德朗。

酒馆门窗紧闭，奥尔德雷德咚咚叩门，但没有回应。不过，门没上锁，奥尔德雷德抬起门闩，走了进去。

房内空无一人。

奥尔德雷德站在门口，扫视一圈，疑惑不已。毯子叠得整整齐齐，地板上的稻草也把得平平整整。酒桶和啤酒罐已被收走，可能放到了酿酒房里，而那里上了一把锁。房间里弥漫着一股冷灰的味道，炉火已经熄灭。

住这里的人消失了。

没有人划渡船。这真如当头一棒。

好吧，奥尔德雷德盘算着，那我们就自己划船好了。我们必须将朝圣者运过河。修士可以轮流划船运人。我们一定做得到。

奥尔德雷德进屋时迷惑不解，出门时却已经抱定决心。但就在这时，他发现渡船没有系在码头上。他在岸边上下张望，又细细检视了对岸，心情落到了谷底，哪儿也寻不见渡船的踪影。

奥尔德雷德做出合乎逻辑的推理——德朗已经带着两个妻子和奴隶女孩离开了，而且他们带走了渡船。

他们去哪里了呢？德朗不喜欢旅行，每年大概只会离开村子一次，而且基本上是去夏陵，而走水路去不了那里。

那他们是去上游的巴斯福德和奥神村了？还是去下游的穆德福德和库姆了？都不太可能，尤其考虑到他还带上了家人。

要是知道他为什么离开的话，奥尔德雷德说不定就能猜出他去了哪里。德朗有什么理由离开呢？

奥尔德雷德意识到一个冷酷的现实——这不是巧合。德朗对圣阿道弗斯和圣灵降临节之邀心知肚明。就在奥尔德雷德期待有数百人来教堂朝圣的这天，那个黑心的渡船主离开了。德朗知道，没了渡船，奥尔德雷德的计划就只能落空。

这肯定早有预谋。

做出这一判断后，接下来的逻辑推演就顺理成章了。

是温斯坦指使德朗这么干的。

奥尔德雷德恨不得亲手掐死这两个王八蛋。

奥尔德雷德强压下这种违反宗教戒律的激情。愤怒无济于事，眼下，他可以做什么？

答案显而易见。渡船没了，但埃德加还有一只木筏，没有停泊在酒馆这里，但这是常事——有时候埃德加会将木筏系在农舍附近。

奥尔德雷德精神一振，转身离开河边，快步朝山上走去。

埃德加决定将新家建在新教堂对面，尽管那里还没有教堂，而且可能永远也不会有。墙虽然已经立了起来，但还没有盖茅草房顶。埃德加坐在一捆稻草上，手拿石块，在木框里的一块大石板上写写画画。他皱着眉，咬着舌，也许正在计算重建存放圣人遗骨的小教堂需要多少石材。

奥尔德雷德问："你的木筏呢？"

"停在酒馆边的河岸上。出什么事了？"

"木筏不在那里了。"

"该死。"埃德加走出来查看，奥尔德雷德跟了上去。他们一起朝山下的河边望去。视野之中，一只木筏的影子也没有。

"怪了，"埃德加说，"不可能渡船和木筏都碰巧没系牢啊。"

"没错。这可不是巧合。"

"是谁……"

"德朗不见了。酒馆空无一人。"

"他肯定将渡船带走了，还有我的筏子，好让我们用不了。"

"没错。他八成已经在几英里外让它们顺水漂走了，他还会说自己对此一无所知。"奥尔德雷德不由得心灰意冷，"没了渡船和木筏，我们就无法将朝圣者带过河。"

埃德加打了个响指，"阿加莎修女有艘船。"他说，"船很小，一人划船，两人坐船都嫌挤，但好歹能用。"

奥尔德雷德又燃起了希望："小船总胜过没船。"

"我游去岛上借船。阿加莎修女会乐意帮忙的，尤其是当她知道德朗和温斯坦的阴谋之后。"

"你先划船送朝圣者，一小时后，我会派一名修士来替你。"

"朝圣者们会去酒馆里买吃喝的东西。"

"那儿什么也没有了，但我们可以把小修道院储藏室里的所有食物卖给他们。我们有啤酒、面包和鱼。我们应付得过来。"

埃德加跑下山，来到河边，奥尔德雷德则赶回修士住处。天色仍然很早，还有时间将朝圣者送过河，把修道院改造成临时客栈。

万幸的是，这是一个晴天。奥尔德雷德让修士们在外面支起搁板桌，把村里所有的杯碗找来。他从储藏室里弄来一桶桶啤酒，还有新鲜的和不新鲜的面包。他派戈德莱夫购买了布卡·菲什店里所有的存货。他生了一堆火，用扦子穿了些新鲜的鱼，烤了起来。他手忙脚乱，但打心眼儿里感到高兴。

没过多久，朝圣者就从河边开始爬山。更多的人从相反的方向赶来。修士们开始售卖食物。一直期待吃肉喝酒的人嘟囔着抱怨起来，但大多数人兴高采烈地享受起这些因陋就简的安排。

埃德加被替下来之后，报告说等船的队伍越来越长，有些人等不下去，转身回家了。奥尔德雷德又腾起一道恨不得将德朗吞噬的怒火，但他强迫自己冷静下来。"对此我们无能为力。"他边说，边往木杯里倒啤酒。

正午前一个小时，修士们领着朝圣者前往教堂。奥尔德雷德本希望教堂中殿里人头攒动，摩肩接踵。他还做好了给第二波会众再举行一次弥撒的准备，但现在没这个必要了。

奥尔德雷德费了好大的劲儿，才把心思从经营临时客栈转到做弥撒上。熟悉的拉丁祷词很快平复了他的心灵。会众也受到同样的影响，表现得异常安静。

最后，奥尔德雷德讲述了已烂熟于胸的圣阿道弗斯的生平事迹，会众又看到雕像立了起来。如今，大多数人知道自己即将见证什么奇迹，几乎没有人感到害怕，但重温这一幕依然会令人震撼、惊叹。

随后，人们想吃午餐。

有人咨询了在这里过夜的事。奥尔德雷德说，他们可以在修士住所里睡，也可以到酒馆里借宿，只是那里已经人去楼空，没吃没喝。

但人们觉得这两个方案不好。朝圣等于是度假，他们期待着与其他朝圣者在夜里联欢，喝酒唱歌，甚至坠入爱河。

结果，大多数人出发回家了。

一天结束时，奥尔德雷德坐在教堂和修士住宿区之间的地面上，望着下游。一轮红日与其水中倒影融为一体。几分钟后，埃德加来到奥尔德雷德身边。他们就这样默默地坐了一会儿，然后埃德加说："咱们的办法行不通，对吧？"

"行得通，只是效果还不够好。想法是没问题的，但有人从中作梗。"

"你还要试？"

"我不知道。德朗掌控着渡口，他给我们出了难题。你有什么想法？"

"我有个主意。"

奥尔德雷德会心一笑。埃德加总是有主意，而且往往是好主意。"讲来听听。"

"要是有桥的话，我们就不需要渡口了。"

奥尔德雷德瞪着埃德加："我从没想过这点子。"

"你想让你的教堂成为朝圣者的目的地，河流是最大的障碍，尤其是在德朗把持渡口的情况下。如果修座桥，人们上这儿来就方便多了。"

今天，奥尔德雷德的心情忽好忽坏，起伏不定。而现在，奥尔德雷德又从极度悲观转为充满希望，这是迄今为止最大的转变。"我们做得到吗？"他急切地问。

埃德加耸耸肩："我们的木材是够用的。"

"多得我们都不知道该拿它们干什么。可是，你懂造桥吗？"

"我一直在考虑这件事。难点是如何将桥柱固定在河床上。"

"肯定有办法，因为桥这种东西早就存在了！"

"是的。你必须把桥柱底部固定在河床上的大石墩里。石墩必须有尖角指向上游和下游，并牢牢地固定在河床上，以免被水冲走。"

"你是怎么知道这些的？"

"通过观察已有的建筑。"

"但这个主意你老早就有了。"

"我有大把时间思考，反正没有老婆同我说话。"

"我们必须这么干！"奥尔德雷德激动不已地说，但他想到了一个难处，"但我没法儿付你工钱。"

"你从来没付过我工钱，但话说回来，我也一直在你那儿学习呢。"

"造这座桥需要多长时间？"

"给我派几个身强力壮的年轻修士当劳工，我想，六个月到一年就能造好。"

"下一个圣灵降临节前？"

"是的。"埃德加说。

*　　*　　*

百户法庭在下个周六举行。审判几乎演变成暴乱。

德朗不辞而别之后，朝圣者并不是唯一感到不便的。牧羊人萨姆赶着一群一岁的小羊去夏陵卖，但他尝试渡河未果，只好掉头回家。河对岸还有几个居民无法将农产品运往市场。有些人喜欢在特殊的神圣日子来德朗渡口，最后他们却悻悻而归。每个人都觉得自己被一个值得信赖的人辜负了。村长们在痛骂德朗。

"我成囚犯了吗？"德朗抗议道，"我被禁止离开了吗？"

奥尔德雷德坐在教堂外的一把大木凳上，主持庭审。他问德朗："你上哪儿去了？"

"关你什么事？"德朗反问道。众人纷纷高喊着驳斥他，他的气焰没那么嚣张了。"好吧，好吧，我去穆德福德路口了，带了三桶啤酒去卖。"

"但你明明知道这天会有数百位旅客要坐渡船。"

"没有人告诉我。"

几人大叫："骗子！"

人们是对的——酒馆老板不知道圣灵降临节会举行特别仪式，这绝无可能。

奥尔德雷德说："你去夏陵的时候，一般会留下家人管理渡口和酒馆。"

"我需要船运送啤酒，我需要女人帮我搬运酒桶。我的背不好，使不上劲儿。"

人群中发出几声不满的嘲笑，他们全听过德朗那套"背不好"的老把戏。

埃德加说："你有一个女儿和两个强壮的女婿。他们可以打理酒馆。"

"渡船都没了，开酒馆也没意义啊。"

"他们可以借我的木筏啊，只是那筏子竟然也在你消失的同一天跟着不见了。这难道不奇怪吗？"

"这我就不知道了。"

"你离开渡口的时候，我的木筏是不是拴在渡口旁边？"

德朗沦为众矢之的，不知道该承认还是否认，答道："我记不起来了。"

"你到下游去的时候，有没有经过我的木筏？"

"也许有。"

"你有没有解开我的木筏，任其漂走？"

"没有。"

人群中再次传出高喊："骗子！"

德朗辩解道："你们听着！没有任何规定说我得每天经营渡船。这份差事是德格伯特总铎给我的。咱们这里他说了算。他可从没说过我得一周七天为你们服务。"

奥尔德雷德说："现在这里我说了算。我告诉你，你必须保证大家每天能渡河。这里有一座教堂，还有一家卖鱼铺子，而且处在夏陵通往库姆的必经之路上。你这样随心所欲，我们不接受。"

"你是说，你要把这活儿交给别人干？"

有人高喊："没错！"

德朗说："那得看我夏陵那些有权有势的亲戚的意思。"

奥尔德雷德说："不，我不会把渡船的生意交给别人。"

人群中传出不满的嘟哝，有人问："干吗不交出去？"

"因为我有一个更好的主意。"奥尔德雷德顿了顿，接着说，"我要造一座桥。"

众人陷入沉默，慢慢消化这句话的含义。

德朗第一个回过神。"你不能这么干。"他说，"你会把我的生意全搞砸的。"

"你不配做这个生意。"奥尔德雷德说，"不过，等桥造好了，你也会受益。桥会将更多的人吸引到村里来，你的酒馆也会有更多的顾客。你八成会发财的。"

"我才不要什么桥呢。"德朗固执地说，"我是渡船主。"

奥尔德雷德望向众人，"其他人怎么看呢？你们想要一座桥吗？"

大家齐声欢呼。他们当然想要一座桥，那能节省他们大量时间。更何况，根本没人喜欢德朗。

奥尔德雷德看着德朗说："别人都想要，那我就要造一座。"

德朗转过身，气鼓鼓地跺着脚走开了。

第二十九章

一○○一年，八月至九月

听见喧闹的时候，蕾格娜正在看护三个儿子。

双胞胎兄弟并排睡在木摇篮里，他们七个月大了。休伯特胖嘟嘟的，总是一脸满足；科利南的个头小一点，但相当灵活。奥斯伯特才两岁，走起路来摇摇晃晃，此时他正坐在地上，用木勺搅动着一个空碗，模仿卡特做粥的样子。

外面的声响吸引蕾格娜从开着的门里往外张望。那是一个夏日的午后，司厨正在厨房挥汗如雨，狗儿正在树荫下睡觉，孩子正在鸭塘边戏水。极目远眺，城郊之外，可以看到阳光下金黄色的丰收麦田。

一切似乎很平静，但城里的喧闹声越来越大，人在喊叫，马在嘶鸣。蕾格娜当即明白军队回来了，不由得心跳加速。

她穿着一件轻盈的蓝绿色夏季布袍——她总是穿得很讲究，她很庆幸自己有这个习惯，因为这会儿她可没时间换衣服。她走到外面，站在大堂前欢迎丈夫。其他人也很快在她身边列队站好。

军队归来时是女人最紧张不安的时刻。她们渴望见到自己的男人，但她们知道并非所有的战士都会从战场上归来。她们面面相觑，不知道谁会很快掉下伤心的眼泪。

蕾格娜心中更是五味杂陈。在威尔夫离开的五个月里，蕾格娜对他的感情已经渐渐冷淡了，从失望、悲伤变成了愤怒和厌恶。她努力不去恨威尔夫，努力回忆他们曾经是多么相爱，但后来发生了一件令她忍无可忍的事。在威尔夫离开期间，他没有给蕾格娜发来只言片语，却有一名受伤士兵带着一只绯京手镯回来，那是威尔夫送给他的女奴卡尔文的礼物。蕾格娜痛哭过，咆哮过，愤怒过，最后她麻木了。

但蕾格娜还是害怕威尔夫阵亡。他是她三个儿子的父亲，他们需要他。

威尔夫的继母吉莎穿着惯常的红色华服，站到离蕾咯娜一码远的地方。威尔夫的前妻英奇和奴隶女孩卡尔文紧跟在吉莎后面。英奇犯了错，男人们一走，她就穿得随随便便，如今，她更显得邋里邋遢了。年轻的卡尔文觉得英格兰女人的曳地长裙束手束脚，于是她便穿着一件和男式外衣一样短的褪色连衣裙，光着一双脏兮兮的脚——这个可怜的女孩似乎更适合同孩子们一起在池塘里玩耍。

蕾格娜相信，如果威尔夫还活着，他一定会先与自己打招呼，不然就是对他正妻的极大侮辱。但今天他会同谁共度良宵呢？她们无疑都想知道。这个问题让蕾格娜的心情越发低落。

起初，城里的喧闹听起来像是庆祝，男人在吼，女人在叫，大家都欢天喜地。可现在，蕾格娜猛然发现，喧嚣中没有胜利的号角声，也没有炫耀的战鼓声，马蹄声里竟然透着莫名的沮丧。狂喜变成了惊愕，致敬变成了呼号。

蕾格娜不安地皱起眉。肯定出事了。

军队来到大院门口。蕾格娜看到一辆牛车，左右各有两名骑手护卫。车前端坐着一名车夫，他身后的平板上躺着一个人，是个男人。通过那头金发和满脸络腮胡，蕾格娜认出此人就是威尔夫。她不由得发出一声短促的尖叫：他死了吗？

随从们走得很慢，蕾格娜等不及了。她跑过大院，听见后面的女人议论纷纷。她只感到忧心如焚，对威尔夫不忠的所有怨恨已经烟消云散。

蕾格娜走到车前，队伍停下来。她盯着威尔夫，他的眼睛已经闭上了。

蕾格娜撩起裙子，跳上车。她跪在威尔夫身边，依偎着他，摸着他的脸，看着他紧闭的双眼。威尔夫脸色煞白，蕾格娜她看不出他是否还在呼吸。"威尔夫，"她说，"威尔夫。"

没有回应。

威尔夫躺在搭在一堆毯子和垫子上的担架里。蕾格娜打量了一遍他的身体。他的外衣肩膀上沾着已经发黑的血迹，想必是很久之前留下的。她更仔细地检查他的头，发现它似乎已经变形。他的脑袋上有一个肿块，也许不止一个。他头部受了伤。这可是凶多吉少啊。

蕾格娜看向旁边的骑手，但他们一言不发，她也看不懂他们的表情。也许他们不知道威尔夫是死是活。

"威尔夫，"蕾格娜说，"是我，蕾格娜。"

威尔夫的嘴角露出一丝若有若无的微笑。他咧开嘴，低声说："蕾格娜。"

"是的，"她说，"是我。你还活着，感谢上帝！"

威尔夫张大嘴，想再说话。蕾格娜凑近些听。他问："我到家了吗？"

"是的，"蕾格娜哭道，"你到家了。"

"好啊。"

蕾格娜抬起头来。每个人似乎在等待。她意识到，必须由自己决定下一步该做什么。

紧接着，她又意识到：既然威尔夫丧失了行动能力，那么掌控他身体的人也就掌控了他的权力。

"把车开到我的房子去。"蕾格娜说。

车夫啪地给了牛一鞭子，牛笨重地迈开脚步。车穿过大院，来到蕾格娜的房前。卡特、阿格尼丝和伯恩站在门口，奥斯伯特的半个身体藏在卡特的裙子后。护卫下了马，四人轻轻抬起威尔夫的担架。

"停！"吉莎说。

那四人站着不动，看着吉莎。

吉莎说："他必须到我的屋里去。我会照顾他。"

蕾格娜得出的结论，吉莎也认识到了，只是她没有蕾格娜快。

吉莎对蕾格娜露出虚伪的微笑，说："你还有很多事要做呢。"

蕾格娜说："别傻了。"她都能从自己的声音中听出一股子恶毒，"我是他妻子。"她转向那四人，"把他抬进去。"

四人听从了蕾格娜的命令。吉莎没再说话。

蕾格娜跟他们进来。他们把担架放在地板上的灯芯草堆里。蕾格娜跪在威尔夫身边，摸了摸他的额头，太烫了。"给我一碗水和一块干净抹布。"蕾格娜头也不抬地说。

她听见小奥斯伯特问："这个人是谁？"

"这是你父亲。"她说。威尔夫已经离家差不多半年了，奥斯伯特已经把他忘了。"他想吻你，但他受伤了。"

卡特把一个碗放在威尔夫身边的地板上，递给蕾格娜一块布。蕾格娜用布浸了点水，打湿威尔夫的脸。过了一会儿，她觉得威尔夫似乎轻松点了，尽管这可能只是她的想象。

蕾格娜说："阿格尼丝，进城去找希尔迪，就是我生双胞胎时照顾我的接生婆。"希尔迪是夏陵最理智的医生。

阿格尼丝匆匆离开了。

"伯恩，去跟士兵们谈谈，找个知道郡长出了什么事的人。"

"这就去办，夫人。"

温斯坦走进来。他什么也没说，只是站在那里，盯着仰面朝天的威尔夫。

蕾格娜全神贯注地看着丈夫："威尔夫，你听得见我说话吗？"

威尔夫睁开眼，用了好久才将目光聚焦在蕾格娜身上，但她知道他已经认出了自己。"是的。"他说。

"你是怎么受伤的？"

威尔夫皱起眉："记不得了。"

"痛不痛？"

"头痛。"他缓缓地说，但发音清晰。

"有多痛？"

"不严重。"

"还有呢？"

"还特别累。"

温斯坦说："这是重伤啊。"然后就离开了。

伯恩带回一个叫巴达的士兵。"那甚至不能算正经的战斗，只是一次小冲突。"巴达的话中带着歉意，似乎他的指挥官不应该在这样一场不体面的小斗殴中受伤。

蕾格娜说:"把事情原原本本地告诉我吧。"

"威尔武夫郡长像平日一样骑着克劳德,我就跟在他后面。"巴达说话简练,如同士兵在向上级报告,蕾格娜很感激他能表达得如此清晰。"突然我们遇到一群维京人,就在埃克塞特上游几英里处的埃克斯河岸。他们刚刚袭击了一个村子,正把赃物——小鸡、啤酒、钱币、小牛——装上船,打算返回营地。威尔夫跳下马,拔剑刺向一个维京海盗,结果了他的性命。但威尔夫在河边的泥地上滑了一跤。克劳德踩到了威尔夫的脑袋,威尔夫像死了一样躺在那儿。当时我无法前去查看,因为我自己也受到了攻击。但我们杀死了大部分维京海盗,剩下的逃到了船上。然后我回去找威尔夫。他还在呼吸,最后苏醒过来。"

"谢谢你,巴达。"

蕾格娜看见希尔迪在后面听士兵讲话,便示意她上前来。

希尔迪年约五十,身材矮小,头发花白。她跪在威尔夫旁边,将威尔夫从容地检查了一遍。她用指尖轻柔地碰了碰威尔夫头上的肿块,然后往下一按。尽管威尔夫未睁眼,但他还是痛得龇牙咧嘴。蕾格娜连忙说:"抱歉。"希尔迪仔细观察了威尔夫的伤口,分开威尔夫的头发查看皮肤。"瞧。"她对蕾格娜说。蕾格娜看见希尔迪揭开一块松垮垮的皮肤,露出下面颅骨上的裂纹。那里似乎掉了一小块骨头。

"怪不得他衣服上有血。"希尔迪说,"不过,血倒是很早就不流了。"

威尔夫睁开眼。

希尔迪问:"您知道自己是怎么受伤的吗?"

"不知道。"

希尔迪举起右手，伸出三根指头："这是几？"

"三。"

希尔迪举起左手，伸出四根指头："总共是几？"

"六。"

蕾格娜大惊道："威尔夫，你看不清楚吗？"

威尔夫没有作答。

希尔迪说："他的视力没问题，但我不确定他的智力有没有
受损。"

"愿上帝保佑他。"

希尔迪说："威尔武夫，您妻子叫什么名字？"

"蕾格娜。"威尔夫微笑着说。

众人松了口气。

"国王的名讳呢？"

他想了很久，然后才说："国王。"

"他妻子呢？"

"我忘了。"

"你能说出耶稣的一个兄弟的名字吗？"

"圣彼得……"

所有人都知道，耶稣的兄弟是雅各、约西、犹大和西门。

"十九过后是什么数？"

"不知道。"

"您好好休息，威尔武夫郡长。"

威尔夫闭上了眼。

蕾格娜问："他的伤会好吗？"

"皮肤会长起来，盖住伤口，但我不知道骨头会不会再生。未来好几周，他必须尽量保持不动。"

"这个我保证做到。"

"绑上绷带的话，可以减少头部运动，有益于康复。给他喝兑水的红酒或者淡啤酒，不能吃东西，只能喂汤。"

"我会的。"

"最令人担忧的迹象是，他的大部分记忆丧失了，现在还很难判定这种情况有多严重。他还记得你的名字，但不记得国王的名讳了。他可以数到三，却数不到七，更别提二十了。除了祈祷，对此你无计可施。头部受伤之后，有人会完全恢复，但也有人恢复不了。我知道的也就这么多了。"希尔迪抬起头，发现又有人进屋，便补充一句，"其他人也不会比我知道得多。"

蕾格娜顺着希尔迪的目光看过去。吉莎带着戈德梅尔神父进来了，那是大教堂的一位司铎，他对医药有所研究，身材魁梧壮硕，脑袋剃得精光。一个更年轻的司铎跟在戈德梅尔身后。"接生婆在这儿干什么？"戈德梅尔问，"站一边去，女人。让我来看看病人。"

蕾格娜本想叫戈德梅尔离开。她更信任希尔迪，但听听另一种意见也无妨。于是她往后退开，其他人也仿效她，给戈德梅尔让路。司铎跪在威尔夫身边。

而戈德梅尔就没有希尔迪那么温柔了，他摸到威尔夫头上的肿块时，威尔夫痛得呻吟起来。但蕾格娜想抗议已经晚了。

威尔夫睁开眼问："你是谁？"

"您认识我，"戈德梅尔说，"您忘了吗？"

威尔夫闭上眼睛。

戈德梅尔将威尔夫的头转到一边，往他耳朵里看了看，然后又将他的头转过来，看了看另一只耳朵里面。希尔迪眉头紧锁，神情焦虑。蕾格娜说："请您轻点，神父。"

"我知道自己在干什么。"戈德梅尔高傲地说，但手脚稍微轻了些。他打开威尔夫的嘴，往里仔细看，然后翻开威尔夫的眼皮，最后闻了闻威尔夫呼出的气体。

司铎终于站起身。"症结是黑胆汁过多，尤其是脑袋里面。"他宣布道，"这导致了疲劳、迟钝和失忆。治疗方法是颅骨穿孔，让胆汁流出来。把弓钻递给我。"

戈德梅尔的年轻同伴将工具交到他手中，那是木匠用来钻小孔用的。将铁钻缠绕在弓弦上，牢牢顶住厚木板，然后前后拉弓，钻头就会飞速旋转，刺穿木头。

戈德梅尔说："现在我要在病人颅骨上开一个洞，把淤积的胆汁放出来。"

希尔迪发出恼怒的抗议。

蕾格娜说："等等，他的颅骨上已经有一个洞了，就算有多余的液体，也早就流光了啊。"

戈德梅尔大吃一惊，蕾格娜意识到他没有掀开松动的皮肤，所以不知道颅骨破裂的事。但司铎很快恢复了镇定，挺起胸膛，仿佛因蒙受不公而无比愤慨。"我想，您不会质疑医学专业人士的权威判断吧？"

说到权威，蕾格娜当然不甘示弱："作为郡长的妻子，我可以质疑我丈夫之外所有人的意见。谢谢你来探视，神父。尽管我并没有邀请你，但我还是会记住你的忠告的。"

吉莎说："是我请他来的，因为他是夏陵最出色的医生。你没有权力不让郡长接受我推荐的医生的治疗。"

"你听着，继母大人，"蕾格娜火冒三丈，"谁要是胆敢在我丈夫脑袋上再开一个洞，我就要在那家伙的脖子上开个洞。马上带着你的宝贝司铎滚出我的房子。"

戈德梅尔惊得倒吸一口凉气。蕾格娜知道自己说得过火了——称戈德梅尔为"你的宝贝司铎"近乎渎神——但她已经无所顾忌了。戈德梅尔目空一切，相当危险。根据蕾格娜的经验，所谓接受过医学专门训练的司铎几乎从未治愈过一个人，反倒常常把病情折腾得更重。

吉莎对戈德梅尔耳语了几句，后者点点头，然后抬起头，踱着步子出了门，手中还拿着弓钻。他的助手一直跟在他身后。

房子里还围着许多无用之人。"我的仆人留下，其他所有人请马上离开。"蕾格娜说，"郡长需要静养才能康复。"

其他人走了。

蕾格娜再次俯在威尔夫身上。"我会照顾你的。"她说，"我会像过去半年那样行事，如你本人一样统治你的土地。"

毫无回应。

蕾格娜继续说："你能再回答我一个问题吗？"

威尔夫睁开眼，扯了扯嘴唇，隐隐露出一抹微笑。

"既然我是你的代理人，眼下你需要我做的最重要的事情是什么？"

她觉得威尔夫脸上浮现出一丝精明的神色。他说："给军队任命一位新指挥官。"然后便闭上了眼。

蕾格娜坐在软垫凳上，若有所思地看着威尔夫。他在意识清醒时向她下达了一个明确的指令。由此推断，军队的工作尚未完成，维京海盗还没有被赶走。夏陵的士兵必须重新集结，再度出击，而这需要一位新统帅。

温斯坦会让威格姆去担此重任。蕾格娜担心，威格姆获得的权力越多，就越有可能挑战她的权威。蕾格娜会选择德恩治安官，因为德恩的领导和战斗经验更丰富。

在郡法庭[①]上，大部分决定必须取得大多数人同意，而蕾格娜往往可以凭借强大的人格力量去达成目的。不过，可以想见，想推动德恩成为军队新统帅的话，会遇到一个大问题。在军事问题上，男人非常强势，女人的意见会被立刻无视，因为女人对战争这种事知之甚少。她必须动心眼儿、使手段才行。

时间飞逝，转眼便已入夜。蕾格娜对阿格尼丝说："马上去叫德恩治安官到我这儿来。别同他一起走，我不想让人知道我召唤了他。必须要做出是他听到消息主动来看望郡长的样子，就像其他人那样。"

"好的。"说完，阿格尼丝就离开了。

蕾格娜又对卡特说："给威尔夫喝点粥试试。温的就行，别太烫。"

火上炖着一锅羊骨头。卡特用勺子往一只木碗里舀了些汤，蕾格娜闻到了迷迭香的味道。她从一块大面包中撕出几片面包，扔进汤里，然后手持勺子，跪在威尔夫身边。她舀起一块泡过的面包，吹了吹，放到威尔夫唇边。他一口吞了下去，似乎觉得十分美味，然后又张开嘴，还想再吃。

蕾格娜给威尔夫喂完面包之后，阿格尼丝回来了。不一会

---

① 当时，司法、行政、军事等职能尚未分开，郡法庭除了审理案件，也会商议军政事务。——译者注

162

儿，德恩也到了。他看着威尔夫，悲观地摇了摇头。蕾格娜转述了希尔迪的话，然后告诉他，威尔夫要自己任命一位新的军队指挥官。"要么您，要么威格姆，我要您上。"最后，蕾格娜说。

"我比威格姆更能胜任。"德恩说，"更何况他也干不了。"

蕾格娜一惊："为什么？"

"他不舒服，已经有两个礼拜没有参与任何军事行动了。所以他没来这儿，而是待在埃克塞特附近。"

"他出了什么事？"

"痔疮——肛门痔疮——由于数月作战而加重了，疼得他连马也骑不了。"

"您是怎么知道的？"

"大乡绅们向我透露的。"

"嗯，那问题就容易解决了。"蕾格娜说，"我会假装支持威格姆，然后，等他因为患病而无法视事的情况暴露之后，你再勉强同意顶替他的空缺。"

德恩点头道："温斯坦和他的朋友会反对我，但大多数大乡绅会支持我。当然，我不是他们最中意的人选，因为我会找他们收税，可他们知道我能担当此任。"

蕾格娜说："明天早餐过后，我就会召开郡法庭。我要从一开始就表明，这里依然是我说了算。"

"好。"德恩说。

* * *

第二天依然温暖，一大早甚至感觉不到寒意，但在温斯坦举行晨间弥撒的时候，大教堂里一如往常那样寒冷。整场仪式期间，他尽其所能地保持庄重。他喜欢表现得如同一位合格的主教，因为维持形象对他来说非常重要。今天，温斯坦为维京海盗反击战牺牲者的灵魂做了祈祷，还乞求伤者能够康复，尤其是威尔武夫郡长。

尽管如此，但温斯坦的心思并没有放在礼拜仪式上。威尔武夫重伤卧床这件事破坏了夏陵的政治平衡，温斯坦迫不及待地想知道蕾格娜有何打算。这可是一个动摇她地位，甚至彻底摆脱这个女人的机会。温斯坦必须高度警惕，见机行事，而他必须知道蕾格娜下一步棋怎么走。

今天是工作日，但参加礼拜的会众比平时更多，因为阵亡者和尚未从战场返回的士兵家属都来了。温斯坦望向教堂中殿，发现阿格尼丝也在会众当中。那是一个矮小瘦弱的女人，穿着女仆的土褐色衣服，看起来毫不起眼，但当她同温斯坦目光相交时，却传递出清晰的信号——她是来这里见他的。温斯坦心中腾起了希望。

半年前，蕾格娜判处阿格尼丝丈夫死刑；也是半年前，阿格尼丝答应在蕾格娜身边充当温斯坦的卧底。但这半年里，阿格尼丝没有带给温斯坦有用的情报。然而，他依然同阿格尼丝保持着联络，至少每个月谈一次话。温斯坦觉得，总有一天，她必定会报答他的辛苦付出。由于担心阿格尼丝复仇的欲望会减退，温斯坦还用花言巧语笼络她。温斯坦总是把阿格尼丝当作密友而不是仆人对待，说话时也推心置腹，还对她的忠诚感激涕零。温斯坦在不知不觉中悄悄取代了她已故丈夫的位置，热情却又霸道，需要她死心塌地地服从。温斯坦的本能告诉他，这就是操控阿格尼丝的方法。

而今天，温斯坦的耐心或许将获得回报。

礼拜结束后，阿格尼丝徘徊不去。等其他信徒离开后，温斯坦便示意她进入高坛，他伸出胳膊，搂住阿格尼丝瘦骨嶙峋的肩膀，把她拖进一个角落。"谢谢你来看我，亲爱的。"温斯坦说，声音轻柔却饱含激情，"我正盼着你来呢。"

"我觉得您想知道那女人有什么计划。"

"我想知道，我想知道。"温斯坦努力让自己热切的渴望听上去不至于太露骨，"你是我的乖乖鼠，夜里偷偷溜进我房间，躺在我枕边，给我轻声透露秘密。"

阿格尼丝高兴得双颊绯红。温斯坦忍不住去想，要是他就在教堂这里把手伸进她裙子里，她会做何反应。当然，温斯坦不会这样做——驱使阿格尼丝的是某种非分之想，这也是人类所有动机中最强烈的一种。

阿格尼丝紧紧地盯了温斯坦好久，温斯坦觉得必须将她从迷梦中唤醒了。"告诉我吧。"他说。

阿格尼丝回过神来："今天早餐后，蕾格娜会召开郡法庭。"

"瞧她急的，"温斯坦说，"她就这德行。不过，这次的议程是什么？"

"她要任命一位新的军队指挥官。"

"啊？"这倒是出乎温斯坦的意料。

"她会推举威格姆。"

"现在威格姆没法儿骑马，不然他早来这儿了。"

"她知道这个，但听到这消息后，她会假装很震惊。"

"够狡猾的。"

"然后会有人提出唯一的替代人选——德恩治安官。"

"那是她最强有力的盟友。上帝啊，要是她在内主持法庭，而德恩在外把持军队，威尔夫家族就会被他俩架空啦。"

"我也有此担心。"

"但现在，我收到了预警。"

"您打算怎么办？"

"我还不知道。"温斯坦是无论如何都不会向这女人吐露自己的想法的，"但我会想出办法来的，这都要感谢你的帮助。"

"我乐意效劳。"

"如今，我们的处境相当危险。从现在开始，她的一举一动、只言片语，你必须告诉我。这至关重要。"

"我不会让您失望的。"

"回大院去吧，仔细听她说了什么。"

"我会的。"

"谢谢，我的乖乖鼠。"温斯坦吻了一下阿格尼丝的嘴唇，然后领她离开了教堂。

* * *

法庭上已经聚集了一群人。这不是例行会议，而且开会通知提前一小时才发出。不过，最重要的大乡绅都带着军队来了。蕾格娜在大堂前召开法庭，她坐在威尔夫通常占据的那个软垫凳上，这是她故意挑选的座位。

但蕾格娜发言时却站了起来。她的身高是一项优势。她觉得统帅应该智力高，而不是个子高，但她发现男人更容易服从高大的人，而作为女人，她必须使用任何顺手的武器同男人战斗。

蕾格娜穿着宽松的棕黑色连衣裙——深色才能凸显权威，而宽松才能不那么凸显身材。今天，蕾格娜佩戴的所有珠宝——坠子、手镯、胸针、戒指——不是小巧玲珑型的。她让自己的打扮毫无女人味，也一点不高雅迷人。她如此着装，俨然就是一位统治者。

蕾格娜喜欢在早上举行会议。这时候，男人更理智、更平静，因为他们只是在早餐时喝了杯淡啤酒。吃过午饭之后，他们就会变得难打交道得多。

"郡长身负重伤，但我们全都希望他能康复。"蕾格娜说，"他在同一个维京海盗作战时摔倒在河边的淤泥里，被自己的马踢中了头。"大多数与会者已经知道这一情况，蕾格娜之所以再讲一遍，是为了让他们知道，她也明白那场战斗只是偶发事件。"你们都明白，人上了战场，就免不了会随时遭遇意外。"蕾格娜高兴地看到众人纷纷点头同意，"那个维京海盗死了，"她说，"他的灵魂正在地狱里饱受痛苦的煎熬。"她再次看到众人赞同她的发言，"威尔夫要康复，就必须静养。最重要的是，他必须完全不动，这样颅骨才能长全。所以我才会从里面闩上我的房门。他想要见什么人的话，会同我讲，然后我会传唤此人。没有邀请，任何人不得入内。"

蕾格娜知道，这句话是不受待见的，肯定会有人跳出来反对。

果不其然，温斯坦当即反驳道："你不能把郡长的弟弟们挡在外面。"

"我不能把任何人挡在外面。我只是在执行威尔夫的命令。他当然可以见他想见的任何人。"

英奇为威尔夫生的儿子、二十岁的加鲁夫说："你这样做大为不妥。你可以诈称得到了父亲的命令，然后对我们为所欲为。"

蕾格娜打的正是这个主意。

蕾格娜已经料到会有人道破这点。她很高兴此人只是乳臭未干的小子，而不是备受尊敬的耆老。这样驳斥起来就容易多了。

加鲁夫继续振振有词："父亲可能已经死了。我们怎么能确定他是死是活？"

"死人会发臭。"蕾格娜断然道，"别胡说八道。"

吉莎发话道："你为什么拒绝戈德梅尔神父给他做颅骨穿孔手术？"

"因为威尔夫的颅骨上已经有一个洞了。你不需要在屁股上长两个眼，威尔夫也不需要在脑袋上开两个洞。"

男人们哄堂大笑，吉莎只好闭嘴。

蕾格娜说："威尔夫给我简单介绍了战况。"其实是巴达介绍的，但说威尔夫听上去更权威，"目前胜负未分，威尔夫希望军队能重新集结，拿起武器返回战场，夺取胜利。可是，他无法再领导你们了。所以，今天早上会议的主要任务就是任命新的指挥官。威尔夫没有指定人选，但我认为他的弟弟威格姆应该是众望所归的候选人。"

巴达开口道："他不行。他连马也不能骑。"

蕾格娜假装不知情："为什么？"

加鲁夫说："他屁眼痛。"

男人们暗自窃笑。

巴达说："他长了痔疮，非常严重。"

"所以他骑不了马喽？"

"是的。"

168

"好吧。"蕾格娜假装灵机一动道，"那下一个候选人就只能是德恩治安官了。"

德恩按照商量好的对策，先是假意推诿："或许选择一位贵族更好，夫人。"

"如果在座的大乡绅能共同推举这么一位人选的话……"蕾格娜犹豫道。

温斯坦从长凳上站起来，往前走了两步，让自己成为众人瞩目的焦点。"答案相当明显，对不对？"他说，然后张开双臂，仿佛在征求大家同意，然后扫视了众人一圈。

蕾格娜心头一沉。他早有计划，她想，而我浑然不察。

温斯坦说："应该由威尔夫的儿子担任指挥官。"

蕾格娜说："但奥斯伯特才两岁！"

"我当然是指他的长子……"温斯坦顿了顿，脸上挂着微笑，"加鲁夫。"

"但加鲁夫只有……"蕾格娜一时语塞，意识到虽然自己只将加鲁夫当作孩子，但他实际上已经二十了，高大结实，一脸络腮胡，足以率领一支军队。

但加鲁夫是否具备领军的智慧就另当别论了。

温斯坦说："谁都知道加鲁夫是一位勇士！"

众人普遍表示认同。加鲁夫本来就在武装士兵当中颇有人望，但他们真要让这家伙制定战略决策吗？

蕾格娜说："我们认为加鲁夫具备领导军队的才能吗？"

蕾格娜真不该这么说话。由某位大乡绅、某个参与了战斗的人提出这个问题才更妥当。女人开口谈论这样的话题，男人往往会大加嘲讽。蕾格娜的插嘴反倒为加鲁夫争取到了支持。

巴达说："加鲁夫确实年轻，但他具备积极进取的精神。"

蕾格娜看见男人纷纷点头。她不甘心地再次尝试挽救："但治安官更有经验。"

温斯坦说："在收税方面更有经验！"

众人全笑得前仰后合，蕾格娜知道自己输了。

＊　＊　＊

埃德加很少品尝失败的滋味，一旦尝到，他反而大吃一惊。

他试图在德朗渡口造一座桥，可事实证明，他的计划是纸上谈兵。

埃德加同奥尔德雷德坐在酒馆外的长凳上，听着哗啦啦的水声，盯着再也无法完工的工地。他费了九牛二虎之力才在河床上放置了一块桥墩，那是一口装满石头的大箱子，可以将一根桥柱的底端牢牢固定住。他用橡木心造出粗大的梁柱，结实得足以承受人或车通过时的重量。但他就是无法将柱子插进桥墩的插槽里。

暮色已经降临，埃德加在烈日下努力尝试了一整天。最后几乎所有村民都来帮忙了。桥柱由几条长绳固定，绳子是委托新来的制绳匠雷根博尔德·罗珀重金打造的。两岸的人拉住绳子，以保持木料稳定。埃德加和其他几人站在河中自己的木筏上，努力操纵那根巨大的梁柱。

可是，所有的东西全在动——水在流动，木筏在波动，绳子在抖动，桥柱在晃动。那根木头仿佛有意识一般，就是要一个劲儿地往上蹿，而不肯往下固定在桥墩里。

一开始，这就像是在玩游戏，大家一边铆足劲儿干活，一边还嘻嘻哈哈地打趣。其间有几人掉进水里，逗得大伙儿狂笑不已。

照理说，应该可以将桥柱摁进水中，同时固定在桥墩的插槽里，但他们就是没成功，搞得大家全灰心丧气，憋了一肚子火。最后，埃德加只好放弃。

太阳西沉，修士返回了修道院，村民则各回各家，挫败感攫住了埃德加。

奥尔德雷德却不肯放弃这项工程。"我们做得到的。"他说，"我们需要更多的人手、更多的绳子、更多的船。"

埃德加认为这行不通，所以他一言不发。

奥尔德雷德说："问题在于，你的木筏一直在动。只要将桥柱插入水中，木筏就会远离桥墩。"

"我知道。"

"我们真正需要的是一整排船，从岸边延伸过来，彼此系牢，这样就不容易松动了。"

"我不知道上哪儿去找这么多船。"埃德加忧郁地说，但他可以想象奥尔德雷德描绘的情形。那些船可以用绳子穿在一起，甚至钉在一起。这一整排船依然会动，但会更慢，也更可预测，而不会像现在这样乱动。

奥尔德雷德还在构想自己的方案："也许需要两排，河两边各延伸出一排。"

埃德加筋疲力尽，心灰意冷，没工夫去想新点子。不过，虽然他情绪低落，但他还是被奥尔德雷德的想法吸引了。对这项棘手的任务来说，相连的浮船显然提供了稳固得多的作业平台，尽管光凭这个依然不够。然而，当埃德加想象两排船从两岸延伸出来，在中流合龙时，一种微妙的感觉始终挥之不去。相连的浮船更稳固，人站在上面也会更稳当……

埃德加突然说："也许我们可以在船上面造桥。"

奥尔德雷德眉头一皱："怎么造？"

"路基可以由船来支撑，而不是河床。"埃德加耸耸肩，"理论上行得通。"

奥尔德雷德打了个响指。"我见过那种东西！"他说，"我在低地国家旅行的时候，就见过建在一排船上的桥，叫作浮桥。"

埃德加听得着了迷："原来这是可行的啊！"

"没错。"

"我从未见过这种东西。"但埃德加已经在脑子里设计自己的浮桥了，"必须将它牢牢地固定在岸上。"

奥尔德雷德想到了一个困难："我们不能截断河道啊。虽然河上往来的船并不多，但依然有一些。郡长会反对的，国王也会反对的。"

"我们可以在连成一排的船中间开一个口子，上面可以铺路基，但缺口又足够宽，可以供普通河船通过。"

"你觉得自己造得出这个东西吗？"

埃德加迟疑不决。今天的挫折削弱了他的自信。但尽管如此，他依旧认为造出浮桥是可能的。"我不知道。"他重新找回了谨慎的乐观，"但我感觉应该可以。"

* * *

夏天过去了，庄稼已经收割，秋风中透着凉意。在这样的时节里，温斯坦和加鲁夫骑马前往位于德文郡的部队。

神职人员是不能流血的。这一规则常被打破，但温斯坦往往会以此为方便的借口，躲避战争带来的不适和危险。

不过，温斯坦可不是懦夫。他比大多数男人魁梧强壮，而且装备了更精良的武器。除了每人配有的长矛之外，他还挎着钢剑，戴着头盔，穿着无袖锁子甲。

为了待在加鲁夫近旁，温斯坦不顾通常的习惯，亲自骑马随军出征。正是在他的一手策划下，加鲁夫当上了指挥官，因为只有这样，才能将军队掌控在威尔夫家族手中。可倘若加鲁夫战死沙场，那他们必定大祸临头。威尔夫卧床不起，加鲁夫便成了举足轻重的人物。蕾格娜的孩子还年幼，加鲁夫有机会继承威尔夫的财产和爵位。通过加鲁夫，威尔夫家族便能掌握军队，进而控制夏陵。

他们行进在一条山间小路上，四周郁郁葱葱。在预定的会合日前一天，他们走出树林，发现面前有一条长长的山谷。湍急的河水从较窄的山谷远端朝他们奔来，河面渐渐拓宽，在岩石嶙峋的地段变为浅浅的瀑布，最后汇聚成一条水流更深、更慢的航道。

六艘维京战船就停泊在瀑布下方，系在附近的岸边，排成整齐的一列。温斯坦和夏陵的队伍从林木间望过去，敌人就在上游大约两英里的地方。

加鲁夫担任指挥官之后，这是他们这支军队第一次遭遇敌人。一想到即将交战的景象，温斯坦便不由得心头一紧。谁在战场上不犯怵，谁就是傻瓜。

维京海盗在泥泞的岸边建了个小营地，到处都搭着临时帐篷，炊烟缕缕。光是看得见的维京海盗就有上百人之多。

加鲁夫的军队中有三百名壮汉，包含五十名贵族骑士，二百五十名步兵。

"我们的人数比他们多！"加鲁夫激动地喊道，仿佛获得胜利易如反掌。

或许加鲁夫言之有理，但温斯坦不敢妄下定论。"或许还有我们看不到的敌人。"他谨慎地说。

"我们还要担心谁？"

"这种船每艘可以搭乘五十人，如果挤一挤的话，还可以塞更多。也就是说，这些船至少运了三百人到英格兰。其他人上哪儿去了？"

"这有什么关系？既然那些人不在这儿，他们就无法投入战斗啊！"

"我们同德文郡的军队会合之后再动手更好，因为那时我们的兵力会更强。何况我们离德文郡只有一天的路程了。"

"什么？"加鲁夫讥讽道，"我们明明现在就能以三敌一，你却要等到以六敌一的时候再动手？"

众人大笑。

加鲁夫受到鼓舞，继续道："这是懦夫行为。我们必须抓住机会。"

或许加鲁夫是对的，温斯坦想。反正士兵们摩拳擦掌，跃跃欲试。敌人看上去不堪一击，士兵们仿佛闻到了血腥的味道，冷静的逻辑判断无法说服他们。也许，战斗不是靠逻辑就能打赢的。

不过，温斯坦还是不失审慎地说："那好，我们再仔细观察一下，然后做最终决断吧。"

"同意。"加鲁夫扫视了一圈士兵，"我们要返回树林，把马系好。然后我们藏到山脊后面，慢慢接近敌人，以免被发现。"他指着远方，"我们到达那道悬崖之后，就可以近距离观察敌人了。"

这个方案听上去并无不妥，温斯坦边想，边将马拴在树上。加鲁夫懂战术。目前来看，一切正常。

军队穿过树林，越过隐藏在树丛中的平缓山脊。到另一侧山坡之后，他们掉转方向，沿着与山谷平行的路径朝上游前进。士兵们嘻嘻哈哈，开着关于勇气和怯懦的玩笑，保持着高涨的士气。一个人说，这场仗打完之后都没有女人可以干，真是太遗憾了；另一个人说，他们可以干维京男人；第三个人说，这就要看你好不好这一口了；大家全哄笑起来。莫非他们根据经验判断自己离维京海盗很远，对方听不见？温斯坦不由得纳闷。还是说，他们只是太大意了？

温斯坦很快就搞不清他们走了多远，加鲁夫却胸有成竹。"这里应该足够远了。"最后加鲁夫说，但他已经压低声音。他朝山上走了几码，然后俯下身，朝山脊顶部匍匐前进。

温斯坦发现，他们确实已经靠近加鲁夫先前指出的那道悬崖。大乡绅们趴在地上，朝制高点蠕动。他们全埋着头，以免被下面的敌人发现。维京海盗正忙着日常的活计，有的在往火中添柴，有的在从河里打水，浑然不觉自己已遭到监视。

温斯坦非常不安。他可以看到维京海盗的脸，听到他们的零星谈话，甚至还听得懂其中几个词——他们的语言同英语相近。自己即将用利刃砍进他们的身体，放掉他们的血液，剁掉他们的四肢，戳穿他们的心脏，让他们无助地瘫倒在地，痛苦呻吟。一想到这点，温斯坦就感到反胃。大家觉得温斯坦是一个冷血之徒——他也确实是——但即将发生的却是另一种野蛮行径。

温斯坦看了看河流上下。对岸的地面缓缓抬升，形成低矮的小丘。如果这一区域还有维京海盗，那么他们八成是步行穿过瀑布，去上游寻找可以洗劫的村庄和修道院了。

加鲁夫趴着往后蠕动，其他人也学他的样子往后撤。来到山脊下很远的位置，他们站起身来。加鲁夫没说话，示意大家跟上。所有人保持着静默。

温斯坦本以为他们撤下来之后会再做商议，但这种事并未发生。加鲁夫又前进了几码，但他一直躲在山脊背后，然后他走下一条通往河岸的深沟。大乡绅们跟上去，其他人也紧随其后。

现在他们完全暴露在维京海盗的视野之中了。这一切发展得太快，温斯坦简直惊呆了。穿过灌木丛生的地面下山的时候，夏陵军一直没有发出声响，为他们的突袭又争取到一点时间。但不久就有一个维京海盗碰巧抬头，发现了他们，然后大声呼号，发出警报。夏陵军见状，也不再沉默，一边大呼小叫，一边挥舞武器，乱哄哄地冲下了深沟。

温斯坦一手持剑，一手握矛，加入了进攻队伍。

维京海盗意识到敌众我寡，难以取胜，便扔下篝火和帐篷，往船的方向奔逃。他们蹚过浅滩，用刀子割断缆绳，开始往船上爬。但就在这时，英格兰人也冲到岸边，快速穿过浅滩，追上了敌人。

双方在河畔相遇。嗜血的欲望如潮水般吞没了其他所有情感，温斯坦涉入水中，心中只有对杀戮的极度渴望。他将长矛刺向一个转身面对他的敌人的胸膛，然后左手持剑砍入另一个试图逃跑的敌人的脖子。两个敌人栽进了水里。温斯坦没工夫查看他们是否已经毙命。

英格兰人的优势是他们一直处在稍浅的水域，可以更自由地移动。领头的大乡绅刺矛挥剑，不一会儿便杀死了几十个维京海盗。温斯坦看出敌人大多是老头子，装备简陋，有些人似乎没有武器，可能是他们逃跑时把它们留在了营地，他猜这群入侵者中最优秀的战士已经被挑出来参与突袭了。

在一波复仇的怒火爆发之后，温斯坦总算恢复了冷静，守在加鲁夫身边。

一些维京海盗上了船，但他们还是哪儿也去不了。要将六艘船驶离泊地，进入河中，即使每艘船上都有足够的桨手，也需要一系列复杂的操作。而现在，每艘船上只有几个人，而且他们惊魂未定，无法配合，这些船只能胡乱飘荡，撞到一块儿。站在船上的人也很容易沦为少数英格兰弓箭手的目标，后者远离战场，箭矢越过他们同伴的头顶，飞向敌人。

战斗开始演变为屠杀。因为夏陵军全员投入战斗，英格兰人完全可以三打一，围歼敌人。河水被鲜血染红，已死和将死的敌人塞满了河道。温斯坦不由得后退两步，喘着粗气，手中的武器沾满了血污。加鲁夫果断出击，这个决定看来是对的啊，温斯坦想。

这时，温斯坦抬眼朝河对岸望去，冰冷的恐惧攫住了他。

数以百计的维京海盗正朝他们扑来。突袭部队先前肯定就在那座山后面，所以加鲁夫他们才一直没有看见这些敌人。现在，这些维京海盗沿着河道冲下来，穿过瀑布，在岩石间跳跃，在浅水中踩踏，一路奔袭，转眼就高举着武器冲上河滩，一双双眼中燃烧着战斗的渴望。惊慌的英格兰人只好转身迎战。

纯粹的恐惧如利刃般刺入温斯坦的胸腔，他发现，此时占据人数优势的反而成了敌人。雪上加霜的是，新来的维京海盗全都装备精良，手持长矛战斧，而且看起来比留下看守营地的同伴更年轻强壮。他们沿河岸杀来，在河滩上有序散开。温斯坦猜他们打算包围英格兰人，然后将后者赶进水中。

温斯坦看向加鲁夫，后者脸上一片茫然。"叫大家撤退！"温斯坦大喊，"沿河边往下游撤，不然我们会被包围的！"

可加鲁夫似乎无法同时进行战斗和思考两件事。

我看错人了，温斯坦陷入绝望和恐惧的旋涡，加鲁夫无法指挥军队，他就是没那种脑子。这小子犯的错今天要害死老子了。

加鲁夫正在拼命抵挡一个大块头、红胡子维京海盗的进攻。温斯坦看到，加鲁夫的右臂被敌人的武器擦伤，疼得他把剑扔在了地上。加鲁夫单膝跪地，一个狂暴的英格兰人胡乱挥锤，先砸到他的脑袋，然后才击中红胡子。

温斯坦将懊悔抛诸脑后，强忍恐慌，飞速转动脑筋。他们已经输掉了战斗。加鲁夫凶多吉少，不是战死沙场，就是沦为战俘或者奴隶。唯一的希望就是能顺利撤退，谁最先撤走，谁活下来的可能性就最大。

红胡子维京海盗被那个狂暴的英格兰人拖住。温斯坦得以休整片刻。他收剑入鞘，把长矛插进淤泥，然后俯下身，抱起昏迷的加鲁夫，将他软绵绵的身体甩上自己的肩头。他右手抓起长矛，转身离开了战场。

加鲁夫只是个浑身肌肉、膀大腰圆的孩子罢了，温斯坦却年富力强，还不满四十岁。他没怎么费劲儿就扛走了加鲁夫，但有这份重量压在身上，他走不快。突然，温斯坦身子一晃，朝深沟的方向小跑起来。

温斯坦回头一瞟，看见一个新来的维京海盗离开河滩战场，朝他追上来。

温斯坦脚下发力，跑得更快了。坡道越来越陡，他越发喘不上气。身后传来追兵的沉重脚步声。他不停地往后瞥，每瞥一次，对方似乎就更近一分。

千钧一发之际，温斯坦转过身，单膝跪地，将加鲁夫从肩头卸下，放在地上，然后斜举长矛，朝敌人纵身一跃。维京海盗将战斧抢到头顶，正欲施以致命一击，温斯坦却攻其不备，将锋利的矛尖扎进维京海盗的喉咙，然后用尽全身气力向前推。矛尖刺入柔软的皮肤，切开肌肉和肌腱，通过大脑，从后脑勺穿出。那人吭都没吭一声就毙命了。

温斯坦扛起加鲁夫，继续沿深沟往上爬。到顶后，他转身眺望。只见英格兰人陷入重围，河滩尸体枕藉。只有少数人逃脱，正沿着河岸向下游奔逃。或许他们是除温斯坦之外仅有的幸存者。

没人在看温斯坦。

温斯坦越过山脊，朝山下走去。确信任何人看不见自己后，他才掉转方向，沿着山坡，朝树林的方向艰难跋涉，那里拴着他们留下的马。

* * *

威尔夫清醒的时候，有一次，蕾格娜将夏陵军同维京人的战斗告诉了他。"温斯坦把加鲁夫带回了家，那孩子没有受重伤。"最后她总结道，"但夏陵军几乎全军覆没。"

威尔夫说："加鲁夫是个勇敢的孩子，但他不是当统帅的料。他根本就不应该被任命为指挥官。"

"这是温斯坦的主意。实际上他已经承认自己看走了眼。"

"你本该阻止他们的。"

"我试过，但他们要加鲁夫当统帅。"

"他们喜欢他。"

现在就像从前一样了，蕾格娜想。威尔夫和她平等交流，对彼此的观点感兴趣。他们在一起的时间之多是前所未有的。蕾格娜没日没夜地陪着威尔夫，满足他的每种需求，代他统治夏陵郡。威尔夫似乎对一切心存感激。这次负伤重新拉近了他们之间的关系。

蕾格娜打心底不希望发生这种事。不论威尔夫出了什么状况，她都不可能恢复对他有过的那种感情了。然而，要是他想重归先前那种激情四射的关系怎么办？她该如何应对呢？

蕾格娜不必现在就做决定。现在他们不能做爱——希尔迪强调说，任何猛烈运动都是有害的——但威尔夫复原之后，或许会想同蕾格娜像新婚燕尔时那样疯狂交欢。或许同死神擦肩而过的经历让威尔夫清醒了过来。说不定他会忘掉卡尔文和英奇，一心只爱这个精心照顾他、令他恢复健康的女人。

蕾格娜知道，无论威尔夫要什么，她都只能老老实实地接受。她是他的妻子，她别无选择。但这并不是她想要的。

她接着刚才的话继续说："现在，维京海盗突然离开了，就像他们突然杀到一样。他们应该是腻烦了吧。"

"他们的作战方式就是这样——突然进攻，随机劫掠，无论胜败，都来得快，去得快，然后便打道回府。"

"事实上，他们好像去了怀特岛①。种种迹象表明，他们打算

---

① 怀特岛，英格兰南部海岸外的一个岛屿。——译者注

在那里过冬。"

"又在那儿？怀特岛快成他们的永久基地了。"

"但我担心他们会卷土重来。"

"哦，是的。"威尔夫说，"在这件事情上，维京海盗绝不会让你失望，他们会回来的。"

第三十章

一〇〇二年，二月

"你的桥简直就是一个奇迹。"奥尔德雷德说。

埃德加会心一笑。他高兴极了，尤其是在经历了最初的失败之后。"这是你想出来的主意。"他谦虚地说。

"但你将它变成了现实。"

他们站在教堂外，俯瞰着下面那条河。两人都披着厚厚的斗篷，抵御严冬的寒气。埃德加还戴着一顶毛皮帽子，但奥尔德雷德只是权且用兜帽罩住光头。

埃德加骄傲地观察着那座桥。正如奥尔德雷德设想的那样，河两边分别向河中央伸出一排船，如同两座一模一样的半岛。每排船用缆绳拴在岸边牢固的锚桩上，同时保证桥能够小幅移动。埃德加造的是平底船，但高矮不一，靠近岸边的船很矮，越靠河中间的船越高。这些船由橡木横梁连接，横梁支撑着一组木质结构，上面铺着木板作为路基。桥中间最高的位置开了个缺口，以便河船通行。

埃德加想让蕾格娜也来看看。他渴望得到蕾格娜的钦慕。他想象着蕾格娜用那双海绿色的眼睛望着他，说："太了不起啦，你真聪明，竟然知道怎么造浮桥，这看上去真完美。"一种温暖的感觉传遍埃德加全身，仿佛喝了蜂蜜酒一样。

他望着德朗渡口，回忆起蕾格娜第一次到这里的那个雨天。她是那样优雅高贵，如同一只盘旋着降落枝头的鸽子。他是不是立刻就爱上了她？或许当时真有那么一点。

埃德加不知道蕾格娜会不会再来这里。

奥尔德雷德说："你在想谁呢？"

竟被奥尔德雷德看出有心事，埃德加一时愕然，不知如何作答。

"显然是你爱的人。"奥尔德雷德说，"你脸上都写着呢。"

埃德加大窘。"浮桥需要维护。"他说，"如果有人照管的话，它可以用上一百年。"

当然，或许蕾格娜再也不会回德朗渡口了。这里又不是什么重镇要津。

"瞧那些过河的人。"奥尔德雷德说，"我们赢啦。"

桥上已经人流如织。大家过河是来买鱼或参加礼拜的。圣诞节那天，教堂里挤了一百多人，共同见证了圣阿道弗斯的"挺立"。

每人过河要付四分之一便士，回去又要付四分之一便士。修士们有了一项收入，而且收的钱在不断增加。"是你做成了这件事。"奥尔德雷德对埃德加说，"谢谢。"

埃德加摇头道："这是你坚持不懈的成果。你经历了一个又一个挫折——大部分是奸邪之徒对你的蓄意打击——但你从未放弃。你每次被打翻在地，都会爬起来重新开始。我对你佩服得五体投地啊。"

"老天。"奥尔德雷德万分欣喜,"你过誉了。"

埃德加知道,奥尔德雷德爱上了自己。但奥尔德雷德的爱情是无法开花结果的,因为埃德加绝不会做出回应。他永远不可能爱上奥尔德雷德。

蕾格娜之于埃德加,正如埃德加之于奥尔德雷德。埃德加爱蕾格娜,但这份爱永远不可能有所收获,蕾格娜永远不可能爱上埃德加。那只是一段完全无望的单恋罢了。

但这两段感情还是有区别的。奥尔德雷德似乎已经满足现状。他肯定自己绝不会同埃德加犯下罪行,因为埃德加绝无此意。

相反,埃德加却全心全意地渴望自己能最终得到蕾格娜。他想要同蕾格娜做爱,他想要娶她,他想要早晨醒来时看到她与自己同床共枕。他想要不可能成为可能。

但做白日梦是毫无用处的。埃德加改换话题道:"酒馆生意真好啊。"

奥尔德雷德点点头,"那是因为德朗不在,大家不用看他那副臭脸。每次他不在家,酒馆里的客人都会更多。"

"他去哪儿了?"

"夏陵。我不知道为什么,想必他有什么见不得人的勾当。"

"他八成是去抗议这座桥影响了他的生意。"

"抗议?找谁抗议?"

"问到点子上了。"埃德加道,"威尔武夫明显依然卧病在床,而蕾格娜才不会对他抱有多少同情。"

看到村里人来人往,忙忙碌碌,埃德加由衷地感到高兴。他同奥尔德雷德一样,对这里充满了感情。他们都希望村子能繁荣

184

兴旺。几年前，这里还只是又脏又乱的蛮荒之地，只有几户贫苦人家，养着两个懒惰而贪婪的兄弟——德格伯特和德朗。而如今，这里已经有一座小修道院、一家卖鱼铺子、一位圣人和一座桥。

这让埃德加的思绪转到另一个话题上。他说："我们早晚需要修一道护墙。"

奥尔德雷德一脸怀疑："我在这儿从没觉得危险啊。"

"每年，维京海盗都会劫掠英格兰西部，而且越来越深入腹地。如果我们的村子这样繁荣下去，用不了多久，我们就会成为他们的目标。"

"他们总是溯河而上发动攻击——他们会在穆德福德受阻，那里有一段河道特别浅。"

埃德加想起库姆海滩上那艘维京海盗船的残骸，"他们的船很轻，可以拖过浅水河段。"

"如果他们真的来了，那也只会从河上发动攻击，而不是陆地上。"

"所以我们首先需要加固河堤，一直要加固到拐弯那里。"埃德加指着上游河道右折的地方，"我的意思是筑一道土墙，某些地方可能还要覆盖木头或石头以增强防护。"

"护墙的其他部分修筑在哪里？"

"就从利芙的酿酒房外的码头开始。"

"那你哥哥们的农场就在护墙外面了。"

埃德加的哥哥们对埃德加不管不问，而他却总是对他们体贴照顾。不过，他们并没有多少危险。"维京海盗不会洗劫独立农场，因为这里没多少东西可抢。"

"这倒是真的。"

"护墙会延伸到房舍背后的山坡上——先经过贝比家，然后是塞尔迪克和埃巴家、哈德温和埃芙伯格家、雷根博尔德·罗珀家、布卡·菲什家，最后是我家——然后右转直达河边，将新教堂的基址包围进来，以防有一天我们真能开工。"

"哦，我们一定会建起新教堂的。"奥尔德雷德说。

"但愿如此。"

"要有信心。"奥尔德雷德说。

* * *

蕾格娜注视着接生婆希尔迪仔细检查威尔夫。希尔迪让威尔夫直挺挺地坐在凳子上，然后将蜡烛举到跟前，查看威尔夫头上的伤口。

"把那东西拿开，"威尔夫说，"刺得我眼睛疼。"

希尔迪将蜡烛挪到威尔夫身后，以免光直射他的脸。希尔迪用指尖摸了摸伤口，满意地点点头。"您吃得怎么样？"她问，"早餐吃的什么？"

"放了盐的稀饭，"威尔夫闷闷不乐地答道，"还有一壶淡啤酒。对贵族来说这太寒酸了。"

希尔迪望向蕾格娜的眼睛。"他吃了熏火腿，喝了红酒。"蕾格娜平静地说。

"别揭我的底啊。"威尔夫恼怒地说，"我知道自己早餐吃了什么。"

希尔迪说："您感觉怎么样？"

"头痛，"威尔夫答道，"除此之外，我感觉良好，从没有这么好过。"

"不错。"希尔迪说，"我觉得您已经可以恢复正常生活了。了不起。"她站起身，"跟我到外面来一下，蕾格娜。"她说。

蕾格娜跟着希尔迪走出门时，刚好响起了午饭的铃声。"他的身体已经复原。"希尔迪说，"既然伤口愈合了，那他也不需要再躺在床上了。今天就让他在大堂用午餐吧。只要他愿意，也可以让他骑马了。"

蕾格娜点点头。

"也可以行房了。"希尔迪说。

蕾格娜沉默不语。她已经对同威尔夫做爱毫无兴趣，但倘若威尔夫想要做，她当然也不会拒绝。她有大把时间思考这个问题。她可以忍受未来同一个自己不再爱的男人发生亲密行为。

希尔迪继续道："但您肯定已经注意到，威尔夫的神志仍然同以前不一样。"

蕾格娜点点头。这个她自然注意到了。

"他惧怕亮光，脾气暴躁，心情沮丧，而且记忆模糊。自从维京海盗重新发动袭击以来，我已经见过好几个头部受伤的人，他的情况相当典型。"

这些蕾格娜全都知道。

希尔迪面露愧色，仿佛对自己正在报告的情况负有责任一样："已经五个月了，却没有好转的迹象。"

蕾格娜长叹一声，"会有好转吗？"

"没有人说得准。全凭上帝的安排。"

蕾格娜觉得这等于是说"不会"。她付给希尔迪两个银便士。"谢谢你对威尔夫这么温柔。"

"我愿随时为您效劳,夫人。"

蕾格娜离开希尔迪,返回屋内。"希尔迪说你可以在大堂用午餐了。"蕾格娜对威尔夫说,"你想去吗?"

"当然!"威尔夫说,"不然去哪儿?"

威尔夫已经有差不多一年没在大堂用餐了,但蕾格娜并没有纠正他的错误。她帮威尔夫穿好衣服,然后扶着他穿过大院,走了一小段路,便到了大堂。

午餐已经开始。蕾格娜发现温斯坦主教和德朗都在桌边。威尔夫和蕾格娜进来的时候,众人的交谈和说笑都停了下来,然后满堂鸦雀无声,大家都惊讶地盯着他们——事前没有人通知任何人威尔夫会来。然后,掌声雷动,欢呼如潮。温斯坦边鼓掌,边起立,最后所有人站了起来。

威尔夫脸上浮现出幸福的微笑。

蕾格娜将威尔夫带到他往常的位置,然后坐在他身边。有人给威尔夫倒了杯红酒,他一饮而尽,又让人斟满。

威尔夫痛吃狂饮,对男人们的每个笑话都爆笑不止,似乎又变回了过去那个自己。蕾格娜知道,这只是幻觉,因为只要同威尔夫谈论严肃话题,他就会立刻露馅儿,而蕾格娜意识到自己在不遗余力地保护他。每当威尔夫说了什么蠢话,蕾格娜就会故意大笑,仿佛他只是在打趣;倘若他的话实在愚不可及,蕾格娜就会暗示大家他喝的酒太多了。蕾格娜惊讶地发现,无论男人表现得多么像白痴,都可以用醉后玩笑来开脱。

午餐快要结束时,威尔夫情欲勃发。他将手放在桌下,隔着羊毛裙抚摸蕾格娜的大腿,慢慢地越摸越高。

他果然想要了，蕾格娜寻思道。

尽管蕾格娜已经有将近一年没有拥抱过男人，可一想到要同丈夫亲热，她还是忍不住感到沮丧。但她会遂威尔夫愿的。她现在的生活就是如此，她必须习惯。

就在这时，卡尔文进来了。

卡尔文肯定偷偷离开了餐桌，换了身衣服回来，蕾格娜想，因为这会儿她穿着一件黑裙和一双红鞋——黑裙让她显得更成熟，而红鞋让她看上去就像个妓女。她还把脸洗干净了，浑身散发着年轻女孩特有的健康与活力的气息。

卡尔文立刻吸引了威尔夫的目光。

威尔夫笑开了花，但又一脸迷茫，似乎在努力回想这女孩是谁。

卡尔文站在门口，也对威尔夫报以微笑，然后转身离开，脑袋微微一摆，邀请他跟上来。

威尔夫似乎拿不定主意。他当然应该三思而行，蕾格娜想，他就坐在自己妻子身边，而过去五个月里，他妻子在一刻不停地照顾他——他不能抛下妻子，去追一个奴隶女孩。

而威尔夫却站了起来。

蕾格娜愕然地盯着威尔夫，被眼前的一幕惊呆了。她无法掩饰自己的痛苦。这太过分了，我受不了，她想。

"看在上帝的份上，坐下。"蕾格娜从牙缝里挤出这句话，"别犯傻。"

威尔夫看了蕾格娜一眼，好像吃了一惊，然后他那开目光，对满屋的用餐者解释起来。"太意外了。"他开口道，众人哄堂大笑，"太意外了，我发现有人叫我。"

不，蕾格娜在心底哀鸣，怎么会这样！

但事实摆在面前。蕾格娜竭力控制住就快夺眶而出的泪水。

"我过一会儿就回来。"威尔夫边说，边朝门口走。

威尔夫在门口停住，转过身。他一向对如何把握时机才能达到戏剧性的效果有着本能的直觉。

"是过很久。"

在男人们爆发的狂笑中，威尔夫走了出去。

* * *

温斯坦、德格伯特和德朗在夜色的掩护下，悄悄离开夏陵。他们始终牵马而行，直到出城。只有几个信得过的仆人知道他们要走，温斯坦决定不能让别人知道此事。一匹马驮着食物和饮料，此外还有一只小桶和一个大袋子，但他们没有带武装士兵。他们要去执行一项危险的秘密任务。

他们万分小心，以免路上被人认出来。即便没有随从，想隐姓埋名也不容易。德格伯特的光头特别惹眼，德朗的尖细嗓音独一无二，温斯坦自己则是此地最家喻户晓的人物之一，所以他们裹着厚厚的斗篷，将下巴埋进褶皱里，还前拉兜帽，盖住自己的脸——这副打扮在寒冷潮湿的二月并不罕见。他们行色匆匆，遇到其他旅客时，也傲慢地拒绝按惯例分享路上见闻。他们没有去酒馆或修道院过夜——虽然他们会在那里受到热情款待，却不得不露出自己的脸——而在头一个晚上投宿在森林中一户烧木炭的人家。这家人粗鲁无礼，很不友好，因为他们不得不从温斯坦手上购买烧炭特许证。

三人离德朗渡口越近，被认出来的风险就越高。第二天，离目的地还有一两英里的时候，三人遭遇了惊险一刻。对面走来一家人——女人抱着婴儿，男人提着一桶想必是从布卡·菲什那里买的鳗鱼，后面还跟着两个没精打采的孩子。德朗嘟哝道："我认识这家人。"

　　"我也认识。"德格伯特说。

　　温斯坦踢了一下马，让它小跑起来，他的同伴也催马跟上。那家人散到路两边，温斯坦一行默默地从他们身边骑过。他们连忙躲避飞扬的马蹄，没来得及好好看看骑手是谁。温斯坦觉得危险已经解除。

　　没过多久，他们就离开大路，拐进一条近乎看不见的林间小径。

　　现在换作德格伯特打头。林木逐渐茂密，他们必须下来牵马而行。德格伯特将他们带到一座残破的屋子里，这儿多半曾是一个林中居民的家，很久之前便被舍弃了。虽然墙壁上遍布裂缝，屋顶摇摇欲坠，但好歹提供了一处遮风挡雨的地方，他们度过了第二晚。

　　德朗采集了一捆木柴，用燧石生火。德格伯特卸下驮马身上的物资。夜幕降临时，三个男人总算可以尽情放松一下了。

　　温斯坦取出一只小酒瓶，大喝一口，递给另外两人轮流尝尝，然后他开始下达指令。"你们必须把那桶焦油搬进村子。"他说，"你们不能骑马，这样会弄出声响的。"

　　德朗说："我搬不了桶。我的背不好，一个维京海盗……"

　　"我知道。桶由德格伯特负责。你提那袋碎布。"

　　"那东西看上去也挺沉的。"

温斯坦没有理会德朗的抱怨："你要做的事情很简单。将碎布浸入焦油，绑到桥上，最好是绑在绳子和较小的木制构件上。慢慢来，绑紧喽，别草草了事。碎布全绑上去之后，用干树枝作为引火物，把所有碎布一条条点燃。"

"我担心的就是这个。"德格伯特说。

"那会儿是半夜，几条燃烧的碎布不会吵醒任何人。你大可以慢慢干。点燃碎布后，你就悄悄走回山上，不要发出声响。到别人听不见的地方才能跑。我会在这儿等你，马也留在这儿。"

"他们会知道是我干的。"德朗说。

"或许他们会怀疑你。你这个笨蛋，竟然反对建桥。你的意见注定无人理会，这一点你本该心知肚明。"温斯坦往往会被德朗这种人的愚蠢行径气得火冒三丈，"但他们会想起，桥着火的时候，你人在夏陵，两天前还有人见到你出现在郡长大堂呢，而且后天你会再次出现在那里。如果有人聪明地意识到你消失的时间足够往返德朗渡口一次，那么我就会发誓说这段时间我们三人都在我家。"

德格伯特说："他们会怪到逃犯头上去的。"

温斯坦点点头："逃犯是有用的替罪羊。"

德朗说："被发现的话，我会被绞死的。"

"我也一样！"德格伯特说，"别发牢骚了。我们做这个都是为了你啊！"

"不，你才不是呢。你做这个是因为你恨奥尔德雷德。你们都是。"

此话不假。

德格伯特之所以憎恶奥尔德雷德，是因为奥尔德雷德将他赶出了可以舒舒服服混日子的社区教堂。温斯坦的仇恨则来得更复杂。奥尔德雷德一次又一次地挑战他的权威，每次，温斯坦都惩罚了他，但奥尔德雷德就是不长记性，这简直把温斯坦气疯了。每个人都应该畏惧他，反抗他的人绝不应该有出头之日。温斯坦的致命诅咒必须应验。如果奥尔德雷德可以反抗他，那其他人也会跟风效仿。奥尔德雷德是墙上的一道裂缝，终有一日会让整栋建筑崩塌。

温斯坦冷静下来。"谁会管我们为什么做这个？"他质问道。尽管他强忍着没发作，但声音中仍然透着愤怒，另外两人面露惧色。"我们不会被绞死。"温斯坦用更和缓的语调说，"如有必要，我会发誓证明我们的清白，而主教的誓言可是相当管用的。"他又将小酒瓶递出去。

过了一阵子，温斯坦将更多的柴火添进火堆，让另外两人躺下休息。"我来守夜。"他说。

另外两人依言躺下，将自己裹进斗篷。温斯坦则继续直直地坐在那里。他只能猜测什么时候到午夜。或许准确的时间并不重要，但温斯坦必须确保他们动手时，村民已经沉入梦乡，而修士们还有几个小时才会做黎明前的晨祷。

温斯坦感觉很不舒服，浑身在疼，毕竟这把老骨头已经快四十岁了。他问自己，真的有必要同德格伯特和德朗在森林里露宿吗？但他知道答案是肯定的。他必须确保他们彻底而且谨慎地完成了这项工作。但凡重要任务，他都必须亲自监督，唯其如此，方能稳操胜券。

温斯坦庆幸自己同加鲁夫一起参加了战斗。如果他不在，那孩子肯定已经遇害了。亲冒矢石不是一位主教应该做的，但温斯

193

坦可不是普通主教。

等待午夜来临的时候，温斯坦仔细思考了他同父异母的兄长威尔夫的病及其对夏陵的影响。尽管不是人人清楚，但温斯坦心里跟明镜似的——威尔夫并没有完全康复。威尔夫的指令依然主要通过蕾格娜下达——她决定该做什么，然后假装那就是威尔夫的意愿。巨人伯恩依然掌管着威尔夫的私人卫队，德恩治安官依然指挥着为数不多的夏陵军。威尔夫康复的主要价值只是让他确认蕾格娜的权威罢了。

温斯坦和威格姆明智地退到一边，在各自的领域维持着权威。温斯坦在主教管区说一不二，威格姆则在库姆呼风唤雨，但他们没有号令全郡的能力。加鲁夫的伤已经痊愈，但同维京海盗那一战的惨败令他的声誉荡然无存，如今已经没人相信他能担当大任。而很早之前，吉莎就丧失了对大院的影响力。蕾格娜依然占据着绝对的主导地位。

而温斯坦对此无能为力。

夜渐渐深了，温斯坦却意识清醒，高度警觉。棘手的难题把他逼得简直就要发疯了，根本没有睡意。他不时喝几口红酒，但每次都不多。他将木柴添进火里，让火苗勉强维持不熄灭。

觉得午夜已过的时候，温斯坦叫醒了德格伯特和德朗。

* * *

深夜里传来布林德尔的低吼，但这声音没有唤醒埃德加。恍惚之中他听到了狗叫，但他觉得那只是布林德尔听到夜里有熟人从房前经过时发出的微弱提醒。埃德加知道自己不需要做出回应，于是他继续睡觉。

过了一会儿，狗又叫起来。但这次不一样，叫声中充满急迫与惊恐，仿佛在说：快起来，快，我好害怕。

埃德加闻到有东西在燃烧。

埃德加的房子里总是烟熏火燎的，英格兰的每户人家都是如此，但此刻，这种味道却不一样，更刺鼻，甚至有点难闻。清醒后，埃德加首先想到了焦油；然后他意识到事态紧急，连忙惊恐万状地跳起来。

他猛地拉开门，走到房外。他看到了骇人的一幕——桥着火了，刺鼻的气味就是从那里发出的。桥上蹿起十几簇邪恶的火苗，它们在水面的倒影狂欢般舞动着身躯。

埃德加亲手缔造的杰作正在熊熊燃烧。

埃德加光着脚跑下山，对寒冷浑然不觉。就在他跑到河岸的这一小段时间里，火燃得更旺了，但他觉得，只要能泼大量的水上去，桥还是保得住的。他步入河中，双手捧水，浇到燃烧的木料上。

埃德加当即意识到，这只是杯水车薪。他不由得惊慌失措了片刻。他停下来，深吸几口气，环顾四周。每座房子都被抹上了橙红色的火光，但其他人还没醒。"救火啊！"埃德加拼命大叫，"大家都快来救火啊！浮桥着火啦！着火啦！"

埃德加跑到酒馆，边捶门，边呼救。不一会儿，布洛德开了门。她瞪着一双惊恐的大眼睛，黑发蓬乱纠缠。"带上水桶和水罐！"埃德加大喊，"快！"布洛德表现出令人惊讶的冷静，立刻从门后取出一个木桶递给埃德加。

埃德加冲入河中，开始将水大桶大桶地浇到火焰上。不一会儿，布洛德就带着埃塞尔赶来救火，她们抱着一个大陶罐；利芙也来了，她摇摇晃晃地端着一只铁锅。

但这远远不够。火势蔓延极快，大家根本来不及扑灭。

其他村民陆续赶来——贝比、布卡·菲什、塞尔迪克和埃巴、哈德温和埃芙伯格，还有雷根博尔德·罗珀。他们纷纷跑到河边，埃德加发现他们全空着手，不由得又恼火又丧气，冲他们喊道："拿罐子来！你们这帮白痴，拿罐子来！"人们也意识到没有装水的器皿就几乎帮不上忙，于是便返回家中寻找所需的工具。

与此同时，大火转眼间就吞没了一切。焦油的味道消失了，但平底船在猛烈燃烧，现在，就连橡木横梁也着了火。

这时，奥尔德雷德带着所有修士冲出修道院，人人手里拿着罐子、瓶子和小桶。"去下游那边！"埃德加一边挥舞胳膊，一边大叫。奥尔德雷德率领修士们从浮桥的另一侧进入河中，开始舀水灭火。

没过多久，几乎所有村民都加入了救火队伍。一些能游泳的人凫过河，向浮桥远端的大火发起进攻。但即便在浮桥这一头，埃德加也绝望地发现，他们已经输掉了战斗。

阿加莎修女率领两名修女乘小舟赶到。

德朗的大老婆利芙八成是昨晚喝得酩酊大醉，起床时依然睡意昏沉。此时，她从河里摇摇晃晃地走出来，一副精疲力竭的样子。埃德加发现了她，担心她可能东倒西歪地栽进火堆。她双膝一软，跪在河边淤泥中，侧身倒了下去。她好不容易又爬起来，但头发已经着了火。

利芙发出痛苦的尖叫，立刻站起来，拔腿就跑，不辨方向地跑离本可以救她一命的河水。埃塞尔追上去，但埃德加反应更快。他丢下水桶就跑，轻而易举地抓住了利芙，却发现她已经严重烧伤，脸上的皮肤黑漆漆的，已经裂开了。埃德加将利芙摁倒在地。没时间带她回河边了——到不了那儿，她就会死的——他索性脱下外衣，裹住她的脑袋，闷熄了火苗。

阿加莎修女来到埃德加身边，弯下腰，轻轻将埃德加的衣服从利芙脑袋上拿下来。衣服被烧焦了，羊绒上还沾着利芙的头发和面部皮肤。她摸了摸利芙的胸口，看有没有心跳，然后悲伤地摇了摇头。

埃塞尔顿时泪如雨下。

埃德加听见震耳欲聋的嘎吱声，如同巨人发出的呻吟，然后是某种巨物撞击水面的声响。他转过身，看见浮桥远端已经坠入河中。

埃德加瞥见烧毁的浮桥下游不远处的岸边有什么东西，不禁疑窦丛生，全然不顾自己浑身赤裸，径直走到岸边，将那东西捡起来——是一条还没烧光的碎布。他嗅了嗅，不出所料，布条浸满了焦油。

借着已经暗淡的火光，埃德加看见自己的两个哥哥——埃尔曼和埃德博尔德——正从农舍沿河岸赶来，克雯宝紧随其后，一手抱着十八个月大的贝奥恩，一手牵着四岁的温妮。现在，整个村子的人都来了。

埃德加将碎布递给奥尔德雷德："看看这个。"

一开始，奥尔德雷德还有点摸不着头脑："什么东西？"

"一条浸了焦油然后点燃的碎布，显然是落进了水里，没有燃尽。"

"你是说，它原本是拴在桥上的？"

"你觉得它是怎么着火的？"其他村民开始聚拢在埃德加身边，听他讲话，"没有风暴，也没有闪电。房子可能着火，因为房子中央就燃着一团火。但这大冬天的，什么东西能让一座桥着火？"

埃德加赤裸的身躯终于感到了寒冷，止不住地颤抖起来。

奥尔德雷德说："有人放火。"

"我发现火的时候，桥上有十多处在燃烧。如果是意外失火，着火点只会有一个。这肯定是蓄意纵火。"

"但会是谁干的呢？"

听到这里，布卡·菲什发话道："肯定是德朗干的，他恨这座桥。"而布卡恰恰相反，他爱这座桥——拜这座桥所赐，他的生意能翻几倍。

胖贝比接过布卡的话茬道："这要是德朗干的，那他就烧死了自己老婆。"

修士们在胸前画了个十字，老塔特维说："愿上帝保佑她的灵魂。"

奥尔德雷德说："德朗在夏陵。不可能是他放的火。"

埃德加问："不然还会有谁？"

无人作答。

埃德加注视着将灭未灭的余火，评估着火灾造成的损失。浮桥远端已经彻底消失了，而靠近他们的这一头，余烬依然闪烁着红光。整座桥在朝下游严重倾斜。

看样子，修复是完全无望了。

布洛德拿了一件斗篷给埃德加。过了一会儿，埃德加才意识到，刚才桥头只剩他一人。布洛德肯定是回他家拿的斗篷，她还带来了他的鞋。

埃德加披上斗篷，但身体哆嗦得厉害，穿不上鞋，于是布洛德蹲在他面前，帮他穿好。

"谢谢。"埃德加说。

然后，他放声痛哭。

第三十一章
一〇〇二年，六月

蕾格娜骑在马上，俯瞰着山坡下的德朗渡口。被焚毁的浮桥赫然在目，如同集市当中的绞刑架。焦黑的木头扭曲破裂，远端则几乎什么也没剩下，除了深埋在岸边的系缆墩。浮船和上层结构分离了，烧焦了的横梁散落在下游的河岸上。靠近蕾格娜的这一头还残留着平底船，但船上支撑路基的木质结构和作为路基的木板本身坍进了船里，可怜这座巧夺天工的木质建筑，如今只剩一堆残渣碎片。

蕾格娜不禁对埃德加心生同情。无论是在奥神村还是在夏陵，她见到他的时候，他都会眉飞色舞地谈起这座桥——感叹在河中施工是如何艰难，解释桥必须足够牢固，才能支撑满载的车辆通过，赞赏恰到好处的橡木构件是多么漂亮。埃德加将灵魂注入了这座桥，现在他肯定心碎不已吧。

没有人知道是谁放的火，但蕾格娜对谁是幕后真凶心知肚明。只有温斯坦主教会如此丧心病狂，也只有他会如此阴险狡猾，犯罪之后，又制造出事不关己的假象。

蕾格娜希望今天能见到埃德加，同他讨论采石场的事，但她不确定埃德加在这里，还是在奥神村。要是错过了他，她会很失望的。不过，这并非她来此的主要目的。

蕾格娜用脚后跟碰了碰阿斯特丽德的肚子，缓缓走下山坡，她身后跟着一帮随从。这次，威尔武夫也与她同行，她还带上了阿格尼丝当女仆——卡特在大院里照顾孩子们——伯恩和六名武装士兵负责护卫。

现在，威尔夫白天由蕾格娜照顾，夜里则由卡尔文陪伴。他向来不会亏待自己，这方面他倒是始终如一。在威尔夫眼里，蕾格娜就是一桌盛宴，他可以随心所欲地挑选自己喜欢的东西，留下不想要的。他曾经迷恋蕾格娜的身体，只是后来他移情别恋。如今，他前所未有地依赖她，因为她的智慧能帮他治理夏陵郡。他已经丢失了灵魂，形同牲畜，同他的爱马别无二致。

自从威尔夫身体复原之后，蕾格娜就渐渐意识到他处于危险之中。这种直觉越来越强烈。此次蕾格娜德朗渡口之行，目的即是要尝试化解危机。一个计划已经在她心中成形，她到这里就是为了寻求支持的。

德朗渡口一如既往地弥漫着酿造啤酒的味道。蕾格娜骑马经过一座房子，门外的石板上摆着一条条银鱼——村里已经有了第一家店铺。小教堂的北面又进行了扩建。

蕾格娜同威尔夫抵达修道院的时候，奥尔德雷德和修士们在门外列队迎候。威尔夫和所有男性随从会在这里过夜，蕾格娜和阿格尼丝则会过河去麻风岛，在女修道院过夜。阿加莎修女会无比热情地欢迎她。

不知为何，蕾格娜想起了在瑟堡第一次同奥尔德雷德会面时的情形。他依然英俊，但脸上已经浮现出皱纹，显然这五年，他饱尝忧患。她暗暗感叹，他还不到四十啊，看起来却苍老多了。

蕾格娜迎上去打了个招呼，然后问："其他人在吗？"

"按照您的要求，他们在教堂候着呢。"奥尔德雷德答道。

蕾格娜转身对威尔夫说："你同士兵们去马厩看看马照顾得怎么样了，好不好？"

"好主意。"威尔夫说。

蕾格娜同奥尔德雷德朝教堂走去。"我看到您又扩建了教堂。"快到门口的时候，她说。

"这都得感谢您的免费石料，还有一名不收工钱只求念书的建筑匠。"

"埃德加。"

"当然。新修的耳堂专门用来存放圣阿道弗斯的遗骨。"

他们进入教堂。教堂中殿摆着一张搁板桌，桌上放着羊皮纸、一瓶墨水、几支羽毛笔和一把削羽毛笔的笔刀。诺伍德的莫杜尔夫主教和德恩治安官坐在桌旁的长凳上。

蕾格娜相信奥尔德雷德会支持她的计划。冷酷的德恩治安官已经提前表示同意。她还拿不准莫杜尔夫会做何反应，那个人身材瘦小，但脑子灵光。除非觉得计划合理，他才会支持。

她也在他们旁边落座，"谢谢您同意在这里同我会面，主教；还有您，治安官。"

德恩说："我随叫随到，夫人。"

莫杜尔夫警惕地说："我很想知道，您神神秘秘地请我来这里，到底所为何事。"

蕾格娜直奔主题："现在，虽然威尔武夫郡长身体康复了，但您同他用晚餐时就会发现，他的神志有点问题。我可以告诉您，他不再是之前那个威尔夫了。我是说，他在精神上已经变了个人。所有迹象表明，他永远不会恢复正常了。"

德恩点头道："我早就觉得不对劲……"

莫杜尔夫问："您说'神志有问题'，究竟是什么意思？"

"他记忆错乱，还算不清数。这导致他犯下令人哭笑不得的错误。他将诺伍德的大乡绅德奥曼叫作艾玛，还付了一千镑银币买他的马。每次他出丑，我几乎都在场。但是我只能哈哈一笑，装作毫不在乎。"

莫杜尔夫说："这可不是好消息。"

"我肯定威尔夫现在已经无法率领军队对抗维京海盗了。"

奥尔德雷德说："就在刚才，我发现您让他带士兵们去马厩的时候，他就像个孩子一样乖乖听话。"

蕾格娜点头道："要是在过去，听到妻子对自己呼来喝去，威尔夫肯定会生气的。但他早就没有那么大脾气了。"

德恩说："这说明问题很严重。"

蕾格娜继续道："大部分时候，大家会接受我的解释，但我不可能每次都这样糊弄过去。目光敏锐的人已经注意到他变了，比如奥尔德雷德和德恩。用不了多久，街头巷尾便会议论开的。"

德恩说："郡长暗弱，野心勃勃、寡廉鲜耻的大乡绅就会伺机而动。"

奥尔德雷德说："您觉得会发生什么事呢，治安官？"

德恩没有立即作答。

蕾格娜说："我担心有人会杀了他。"

蕾格娜话音刚落，德恩就点了点头——他也有此担心，但他始终犹豫着不敢开口。

众人沉默良久。

最后，莫杜尔夫说："但奥尔德雷德、德恩和我能为此做什么呢？"

蕾格娜真想心满意足地长吁一声，但她强忍着不动声色。她的游说成功了，主教已经相信郡长出了问题。而现在，她必须让主教接受她的对策。

"我觉得只有一个办法可以保护他。"蕾格娜说，"他必须立下遗嘱。遗嘱必须用英文写成，这样，威尔夫才看得懂。"

"还有我。"德恩说。贵族和王室官员大都懂英文，但不懂拉丁文。

莫杜尔夫问："遗嘱上写什么？"

"威尔夫要指定我和他的儿子奥斯伯特作为其财产和夏陵郡的继承人，指定我代表奥斯伯特行使一切权力，直至其成年。今天，威尔夫会签署这份遗嘱，就在这里，在这座教堂。您们三位地位尊崇，深孚众望，我希望您们能作为这份遗嘱的见证人而在上面签字。"

莫杜尔夫说："我不是世俗中人。恐怕我不明白这样做怎么就能保护威尔武夫，使其免于被刺杀。"

"刺杀威尔夫的唯一动机只可能是企图接替他成为郡长。如果在遗嘱中确立奥斯伯特为其继承人，就能打消那些图谋不轨者的刺杀动机。"

作为国王任命的夏陵治安官，德恩提出了自己的意见："这样私自订立继承人的遗嘱是无效的，除非得到国王批准。"

"没错。"蕾格娜说，"您们在羊皮纸上签名之后，我就会带着遗嘱去找埃塞尔雷德国王，乞求他的同意。"

"国王会同意吗？"莫杜尔夫问。

德恩说："领主的权力并不遵循父死子继的规则。指定谁当郡长乃是国王的特权。"

"我不知道国王会不会同意。"蕾格娜说，"我只知道我必须去请求国王同意。"

奥尔德雷德问："如今国王身在何处，有人知道吗？"

德恩知道。"碰巧的是，国王就在南下的路上。"他说，"过三周就会到舍伯恩。"

"我就到那里去见他。"蕾格娜说。

* * *

埃德加知道蕾格娜已经来到德朗渡口，但他拿不准能不能见到她。蕾格娜这次是在威尔武夫的陪同下来修道院开会的，与会的还有两位身份保密的贵族。所以，当蕾格娜走进埃德加房子的时候，他又惊又喜，简直要跳起来了。

那感觉仿佛是连日阴雨后终于见到了太阳。埃德加呼吸急促，就像刚刚一口气跑上了山。蕾格娜对他抿嘴一笑，他便觉得自己成了世上最幸福的人。

她扫视了室内一圈。突然间，埃德加似乎透过蕾格娜的眼睛看到了这里的陈设——墙上整齐的工具架、小酒桶和奶酪柜、火上飘出怡人的草药香气的炊具、摇着尾巴打招呼的布林德尔。

蕾格娜指着桌上的盒子。"好漂亮。"她说。这盒子是埃德加做的，他在上面雕刻了相互缠绕的蛇的图案来象征智慧。"你在这么可爱的盒子里放了什么？"她问。

"一份宝贵的礼物，你送我的。"埃德加打开盒盖。

盒子里是一本名叫《谜语》的小书，收集了许多写成诗的谜语，尤受蕾格娜喜爱。埃德加开始学习识字的时候，蕾格娜把这本书送给了他。"我不知道你还为它专门做了个盒子。"蕾格娜说，"真好看。"

"我肯定是全英格兰唯一拥有书籍的建筑匠。"

蕾格娜又露出了那种令人心醉的微笑，道："你这样的人，上帝只造了一个，埃德加。"

他顿感一股暖流传遍全身。

她说："桥被烧了，我很难过！我相信温斯坦肯定与此事有关。"

"我同意。"

"你能再造一座吗？"

"可以，但这样做意义何在？它照样可能被烧毁。如果温斯坦这次能逍遥法外，那下次他照样会横行无忌。"

"没错。"

埃德加厌倦了谈论那座桥，于是他便改换话题，问道："您过得怎么样？"

蕾格娜似乎本来想给一个老套的回答，但又改变了主意："实话告诉你吧，我过得简直糟透了。"

埃德加吓了一跳，这可是肺腑之言。他说："我很难过。发生什么事啦？"

"威尔武夫不爱我了。我不敢说他是否曾经爱过我。就算有，那也不是我所理解的爱。"

"但您们看上去如胶似漆啊。"

"哦，他确实有段时间对我宠爱不已，但感情渐渐就淡了。现在他把我当成他的好哥们儿来看待。他有一年的时间都没上过我的床了。"

埃德加闻言，不禁一阵欣喜。这是一个卑劣的想法，他只希望自己脸上没有表现出来。

蕾格娜似乎没留意埃德加的神色。"他喜欢同自己的奴隶女孩过夜。"她鄙夷地说，"那孩子才十四岁。"

埃德加希望能表示同情，却一时找不到合适的词句。"太不像话了。"他说。

蕾格娜不禁越说越愤怒："我们的结婚誓言中可没有约定这个！我从不赞成这样的婚姻。"

埃德加希望蕾格娜能一直讲下去，因为他渴望了解更多："那现在您对威尔夫是什么感情？"

"很久以来，我都努力继续去爱他，希望能将他争取回来，梦想着终有一天他会对别的女人感到腻烦。但如今，情况不仅没有好转，反而雪上加霜。去年他头部受伤，导致神志不清，精神错乱。我当年嫁的那个男人消失了。我甚至常常怀疑他是否记得和我结过婚。他对待我，就像是孩子依赖母亲。"说完，蕾格娜已经热泪盈眶。

埃德加试探着伸手摸她，她没有避让。埃德加握住她的一双纤纤细手，她的回握让他心头一震。埃德加看着她的面庞，感到前所未有的满足。热泪夺眶而出，从她脸上滑落，犹如玫瑰花瓣上滚动的晶莹雨珠。蕾格娜一脸痛苦，但在埃德加看来，她却从未如此楚楚动人。他们就这样一动不动地伫立良久，相顾无言。

最后，蕾格娜说：“不过，我还是有夫之妇。”接着便抽回了手。

埃德加无言以对。

蕾格娜用袖子擦了擦脸：“我能喝点红酒吗？”

“当然。”他从酒桶中将红酒倒入木杯。

蕾格娜一饮而尽，把杯子递回去。“谢谢。”她的神色开始恢复，“我得过河去女修道院了。”

埃德加笑道：“别让阿加莎修女吻得你喘不过气哟。”所有人都喜欢阿加莎，但人无完人，她也有缺点。

蕾格娜说：“有时候，有人爱你，你才能安心。”她直视着埃德加。他明白她指的不仅是阿加莎，还包括他自己，一时间，他竟有些不知所措。他需要时间好好思考一下。

不一会儿，蕾格娜又问：“我看上去怎么样？他们看得出我们刚刚做了什么吗？”

我们刚刚做了什么？埃德加心里嘀咕。“您看上去棒极了。”他说。这话真傻，他想。“您就像一位悲伤的天使。”

“但愿我能有天使的力量。”蕾格娜说，“想想看，那样我能做多少事情啊。”

“您首先要做什么？”

蕾格娜微微一笑，摇摇头，转身离开了。

* * *

温斯坦又在高坛的角落里同阿格尼丝密谈。这里靠近祭坛，但从教堂中殿看不见他们。祭坛上放着《圣经》，而温斯坦脚下摆着装圣水和圣饼的箱子。在教堂中最神圣的区域行肮脏之事，温斯坦没有感到半点不安。他崇拜《旧约》中下令杀光迦南人的上帝耶和华。当为之事必为之，温斯坦相信上帝不需要拘泥道德的人。

阿格尼丝则既激动，又紧张。"我并不了解全部情况，但我必须把我知道的告诉您。"她说。

"你是一个聪明的女人。"温斯坦说。其实阿格尼丝是个蠢货，但温斯坦必须让她冷静下来。"告诉我出了什么事，我来判断那意味着什么。"

"蕾格娜去德朗渡口了。"

温斯坦也听过这个消息，但他不清楚这背后的意思。那个小村子里几乎没什么值得蕾格娜要的东西啊。虽然她对那名年轻的建筑匠有好感，但温斯坦断定她并没有与那人私通。"她在那儿做了什么？"

"她和威尔夫见了奥尔德雷德和另外两个男人。这二人的身份本应该保密的，但那是个小地方，他们让我给看见了。他们是诺伍德的莫杜尔夫主教和德恩治安官。"

温斯坦眉头紧锁。这倒是奇怪了，但他心中的疑问不仅没有解除，反而更多了："关于这场会议的目的，你有没有听到什么风声？"

"没有，但我觉得他们是一份羊皮纸文书的见证人。"

"一份书面协议。"温斯坦沉思了一会儿说道，"你不会也碰巧看过吧？"

阿格尼丝咧嘴一笑："就算看过，我也看不懂啊。"她是个文盲，这是肯定的。

"不知道那个法国婊子要玩儿什么花样。"温斯坦自言自语道。大多数文书是关于土地买卖、租赁和赠予的。蕾格娜是不是已经说服威尔夫将某片土地作为虔诚的礼物转让给奥尔德雷德院长或者莫杜尔夫主教？但这并不需要举行秘密会议。倘若发生财产转移，也许需要缔结婚姻约定，但德朗渡口似乎并没有人结婚。当时所有人的出生是没有记录的，即便是王室子孙也不例外，但死亡是一一记录在案的，遗嘱也是。难道有人要立遗嘱？或许蕾格娜已经怂恿威尔夫立了遗嘱。威尔夫头上的伤还没有完全康复，搞不好会一命呜呼。

温斯坦越想越不对劲，他几乎可以肯定，蕾格娜之所以举行这次秘密会议，就是为了秘密订立郡长遗嘱，并请那三个家伙在遗嘱上签名做证。

但这样煞费心机也有问题，因为贵族的遗嘱其实意义不大。贵族死后，其财产就会落入国王手中，包括贵族留给寡妇的财产。倘若没有提前得到国王的批准，任何遗嘱都是无效的。

温斯坦问阿格尼丝："他们有没有说要去见埃塞尔雷德国王？"

"您怎么知道这个？"阿格尼丝说，"您真聪明！是的，我听见莫杜尔夫主教说，他会在舍伯恩同蕾格娜会合，等国王驾临时一起觐见。"

"果然有鬼。"温斯坦笃定地说，"她写下威尔夫的遗嘱，然后叫来主教、治安官和小修道院院长来做见证人，现在她又要请国王予以认可。"

"她为什么要这样做？"

"她觉得威尔夫命不久矣，想要她与威尔夫的儿子做继承人。"温斯坦进一步推想，"我敢肯定，她会教唆威尔夫指定她

210

在奥斯伯特成年前担任摄政。"

"但加鲁夫也是威尔夫的儿子，而且已经二十岁了。国王肯定倾向委任加鲁夫做继承人，而不是那个乳臭未干的娃娃。"

"不幸的是，加鲁夫是个白痴，国王也知道这点。去年，加鲁夫因为判断失误，在一场战斗中输光了大部分夏陵军，埃塞尔雷德国王对这些战士的白白丧命震怒不已。蕾格娜虽然是个女人，但她却像猫一样聪明，国王很可能宁愿将夏陵交到她手上，也不交给加鲁夫。"

"您真是无所不知啊。"阿格尼丝满怀钦佩地说。

阿格尼丝用崇拜的目光凝视着温斯坦。温斯坦盘算着要不要满足一下她表露无遗的欲望，但他决定最好继续让她保持期待。他摸了摸她的脸颊，就像马上要说出一句甜言蜜语似的，但他只是问："蕾格娜会把这份文件放在什么地方呢？"

"就在她自己的房子里，同她的钱一起锁在柜子旦。"阿格尼丝热情似火地喃喃道。

温斯坦吻了吻阿格尼丝，"谢谢。"他说，"你可以走了。"

他注视着她走开。她的身材还算苗条。或许哪天他可以给她她渴求的东西。

不过，阿格尼丝带来的消息却非同小可。搞不好温斯坦曾经强大一时的家族会因此陨落。他必须同弟弟商量。威格姆刚好也在夏陵，住在主教宅邸。但温斯坦想在磋商之前制定出应对之策，于是他独自一人留在大教堂。他很庆幸自己有机会不受干扰地思考问题。

随着思考的深入，温斯坦越发清醒地认识到，在整垮蕾格娜之前，他必定一直麻烦不断。问题不仅仅是那份遗嘱。身为郡长的丈夫无法履职，大权便落入了蕾格娜手中，而她足够聪明、坚定，懂得如何最大限度地利用权力。

无论温斯坦做何决定，都必须立即行动。倘若埃塞尔雷德批准了遗嘱，其条款就会被刻进石头，到时候，不管温斯坦再做什么，都于事无补。必须阻止蕾格娜，甚至不能让她去见国王。

埃塞尔雷德预定于十八天后到达舍伯恩。

温斯坦离开大教堂，穿过集市广场，回到自己的宅邸。他在楼上找到了威格姆。威格姆正坐在长凳上磨匕首，抬头见兄长上来，便问："干吗闷闷不乐的？"

温斯坦赶走两个仆人，关上门。"你马上也会郁闷的。"他说，然后他便将阿格尼丝报告的情况告诉了威格姆。

"绝不能让埃塞尔雷德国王见到那份遗嘱！"威格姆说。

"显然不能。"温斯坦说，"那可是一把刀子啊，抵在了我还有你的喉咙上。"

威格姆思索片刻后，说："我们必须把遗嘱偷回来毁掉。"

温斯坦叹了口气。有时候，他觉得自己是家族里唯一有脑子的。"为了防范这种情况，文件往往会有副本。我猜德朗渡口的会议之后，三名见证人肯定将副本带走了。退一万步说，就算没有副本，蕾格娜也大可以再写一份遗嘱，再找人做一次见证。"

威格姆恢复了常见的暴躁神色："唔，那我们该怎么办？"

"我们决不能坐以待毙。"

"我同意。"

"我们必须夺走蕾格娜的权力。"

"这主意我喜欢。"

温斯坦一步步地引导着威格姆："而她的权力来自威尔夫。"

"但我们不能让威尔夫也丧失权力啊。"

"是的。"温斯坦说，"虽然难以启齿，但我还是得说，如果威尔夫立马死掉，我们所有的问题就会迎刃而解。"

威格姆耸耸肩："借你们司铎惯用的说法——这件事取决于上帝。"

"或许吧。"

"你什么意思？"

"威尔夫的死期是可以提前到来的。"

威格姆没听懂："你在说什么啊？"

"答案只有一个。"

"嗨，别卖关子了，快说吧，温斯坦。"

"我们必须杀掉威尔夫。"

"哈哈！"

"我是认真的。"

威格姆大惊："可他是我们的哥哥！"

"同父异母的罢了，而且他已经疯了。现在他差不多就是那个诺曼婊子的傀儡。要是他没这么糊涂，知道出了什么事，肯定会觉得自己蒙受了极大的羞辱。我们结束他这样不堪的生命，反而是行善积德呢。"

"话虽如此……"威格姆压低了声音，尽管房间里除了他们，便没有旁人，"弑兄可是人神共愤的重罪啊！"

"当为之事必为之。我们不想做也得做。"

"不行。"威格姆说，"这件事免谈。再想想别的办法。你可是咱们的智囊啊。"

"如今你是库姆的地方官，交给郡长的税可以抽走五分之一。但要是有人撤了你的职，让你去喝西北风，想必你也会恨得牙痒痒吧。"

"蕾格娜会撤我的职？"

"眼睛也不会眨一下。她本来早就可以这么干了，只是没人会相信这是威尔夫的决定。可一旦威尔夫死了……"

威格姆又露出若有所思的表情："埃塞尔雷德国王是不会容忍我们这么干的。"

"为什么不会？"温斯坦说，"他自己也干过弑兄的勾当。"

"说起来，我还听过这个故事。"

"二十四年前，埃塞尔雷德同父异母的兄长爱德华是国王。埃塞尔雷德同自己的母亲，也就是爱德华国王的继母埃尔夫斯里斯住在一起。爱德华去拜访他们，结果却被埃塞尔雷德的武装士兵杀害。埃塞尔雷德第二年就加冕为王了。"

"当时埃塞尔雷德应该才十二岁左右。"

温斯坦耸耸肩："年轻是年轻，但要说幼不幼稚，呵呵，只有上帝才知道。"

威格姆一脸狐疑："我们杀不了威尔夫。他有一队侍卫，由巨人伯恩统领。那家伙也是诺曼人，而且是蕾格娜的老仆。"

要是哪天，温斯坦想，我不再殚精竭虑了，我家里的其他人会不会像农夫走掉之后的一群笨牛一样，傻站在那里不知所措呢？

温斯坦说："杀人本身并不困难，我们需要担心的是如何应对威尔夫死后的乱局。他一咽气，我们就得行动，而蕾格娜想必还沉浸在悲痛之中。我们可不希望干掉威尔夫之后，她依然能左右大局。我们必须在她恢复镇静之前就控制夏陵。"

"我们怎样才能做到这点？"

214

"我们需要一个计划。"

*　*　*

蕾格娜拿不准该不该在这时候举办宴会。

吉莎向她提出的要求似乎很合理。"威尔夫康复了，我们应该好好庆祝一下。"吉莎说，"让所有人都知道威尔夫又生龙活虎啦。"

威尔夫当然没有彻底康复，但假装一切正常还是很重要的。尽管如此，蕾格娜还是不希望他喝太多酒——他一醉酒，就会变得比普通醉鬼更糊涂。"怎么庆祝？"她支支吾吾地问。

"举办一场宴会。"吉莎说，"一场他喜欢的宴会。"吉莎强调道，"叫姑娘们来跳舞，但不能请诗人。"

威尔夫有权找点乐子，蕾格娜略带愧疚地想。"再叫一个玩杂耍的。"她说，"或许还要请个小丑？"

"我就知道你会同意的。"吉莎抢着把结论下了。

"我必须在七月一日出发去舍伯恩。"蕾格娜说，"我们就在我出发的前一天晚上举办宴会吧。"

那天早上，蕾格娜定下计划，收拾完行李，做好了第二天启程的准备，但她首先不得不挨过今晚的宴会。

吉莎拿出一桶蜂蜜酒供庆祝活动享用。蜂蜜酒由发酵蜂蜜制成，又甜又烈，男人很快就能喝得酩酊大醉。要是吉莎事先征询蕾格娜的意见，她是不会同意喝这种酒的，但现在她不想扫大家的兴，便没有表示反对。她只是希望威尔夫不要喝太多。她吩咐伯恩保持清醒，以便必要时能照顾威尔夫。

威尔夫和他的两个弟弟兴高采烈，但让蕾格娜宽慰的是，他们似乎喝得不多。有些士兵比较放纵，也许这是因为蜂蜜酒对他们来说是难得的享受，于是晚宴渐渐变得喧闹起来。

小丑的表演十分滑稽。他假装司铎，为一个跳舞的姑娘祈福，然后一把抓住她的乳房。这几乎算是在讽刺温斯坦了。令人高兴的是，温斯坦对这样的玩火行为不以为忤，依然同别人一样开怀大笑。

夜色降临，华灯初上，桌上的脏碗收拾干净了，但饮酒还在继续。有的人昏昏欲睡，有的人春情荡漾，有的人则两者兼而有之。当朋友的丈夫对自己动手动脚的时候，未婚的少女会大胆调情，已婚的妇女则会咯咯傻笑。房外的黑暗中说不定还上演着更火热的男欢女爱呢。

威尔夫开始露出倦容。蕾格娜正要叫伯恩扶他上床休息，他的两个弟弟就上来代劳了——温斯坦和威格姆一人搀一边，护送威尔夫出去了。

卡尔文紧跟在后。

蕾格娜叫来伯恩。"侍卫们有点醉醺醺的了。"她说，"但我要你带着他们整晚站岗警戒。"

"是，夫人。"伯恩答道。

"你们可以明天早晨再睡。"

"谢谢。"

"晚安，伯恩。"

"晚安，夫人。"

＊　＊　＊

温斯坦和威格姆来到吉莎的房子，一直坐到凌晨。他们东拉西扯地聊着天，以免中途睡着。

温斯坦给吉莎讲解了自己的计划。听到两个亲儿子想要杀死她的继子，吉莎惊骇莫名。温斯坦认为蕾格娜带着威尔夫去德朗渡口秘密签署了遗嘱，而吉莎对这一猜测提出质疑——能百分百确定那份文件就是威尔夫的遗嘱吗？巧合的是，温斯坦掌握了可以说服吉莎的证据，因为他的猜测从别的渠道得到了印证。莫杜尔夫主教不明智地将此事透露给了他的邻居——诺伍德的大乡绅德奥曼，而德奥曼又告诉了温斯坦。

温斯坦早就知道母亲最终会应允。不出所料，吉莎同意了温斯坦的计划。她嘴上虽然说"当为之事必为之"，可她看起来依然忧心忡忡。

温斯坦紧张起来。如果刺杀行动出了岔子，他们的阴谋暴露出来，那他和威格姆便会因为叛逆罪而被处决。

温斯坦曾努力设想执行过程中可能遭遇的每一个障碍，也思考了克服每一个障碍的办法。但他总会遇到意想不到的困难，这个念头让他倍感紧张。

判断时间已到，温斯坦站了起来，拿起一盏提灯、一根皮带和一个小布袋，这是他早就准备好的东西。

威格姆也站起了身，惴惴不安地碰了碰腰间那把插在刀鞘里的长刃匕首。

吉莎说："别让威尔夫吃苦头，好吗？"

威格姆答道："我会尽量的。"

"虽然他不是我的亲生儿子，但我还是爱着他父亲的。记住这个。"

温斯坦说："我会记住的，母亲。"

两兄弟离开了母亲的房子。

我们动手吧，温斯坦在心里说。

威尔夫的屋外总会有三名侍卫站岗，一人守大门，两人各守建筑的左前角和右前角。威格姆用了两晚观察他们，有时是透过吉莎房内墙壁的缝隙，有时是利用频繁外出撒尿的机会。他发现三名侍卫有大半晚的时间靠墙坐在地上，而且往往在打瞌睡。今晚，他们多半已经烂醉如泥，压根儿不会察觉两名杀手正在潜入他们守卫的房子。不过，温斯坦也准备好了一套说辞，以防他们没有入睡。

侍卫们果然在昏睡，但温斯坦惊愕地发现伯恩正站在威尔夫房门口。

"愿上帝保佑您，主教大人，还有您，威格姆大人。"伯恩用带着法国口音的英语致敬道。

"上帝也会保佑你的。"温斯坦立刻从震惊中回过神来，启用了应急预案。"我们必须叫醒威尔夫，"他缓慢却清晰地说，"出了紧急状况。"他瞟了另外两个侍卫一眼，那两个侍卫仍在呼呼大睡。他灵机一动，对伯恩说："跟我们进来吧，你也需要听听这个。"

"好的，主教大人。"伯恩有点茫然，这是理所当然的——这两兄弟怎么知道出了紧急状况？三更半夜的，大院里连个鬼影子也没有，哪儿来的人送消息？不过，他还是皱着眉头打开了门。伯恩的职责是保护威尔夫，但他万万没有料到，郡长会受到自己亲弟弟的伤害。

　　既然伯恩出人意料地打乱了温斯坦的计划，那现在该怎么办，温斯坦已经一清二楚。这对他来说是不言自明的，但威格姆领悟得到吗？温斯坦只能暗暗祈祷。

　　温斯坦走进房内，脚步轻轻地落在稻草上。威尔夫和卡尔文正裹着毯子睡在床上。温斯坦将提灯和布袋子放在桌上，但他仍旧拿着皮带。然后，他转身往后看。

　　伯恩正在关闭身后的门，而威格姆的手已经摸到了匕首上。温斯坦听见床上传来了窸窸窣窣的声响。

　　温斯坦朝床上望去，只见卡尔文已经睁开了眼。

　　温斯坦抓住皮带两头，用力绷紧，双手相隔大约一英尺。与此同时，他跪在卡尔文身边，卡尔文迅速清醒，坐起来，一脸惊恐，张大了嘴，眼看就要放声尖叫。温斯坦将皮带套在她头上，勒进她口中，就像马嚼子一样，然后拼命拉紧。嘴里塞进东西之后，卡尔文只能发出绝望的咕噜声。温斯坦手上用力，将皮带拧得更紧了，然后往身后看去。

　　只见威格姆手持匕首用力一挥，割断了伯恩的喉咙。干得漂亮，温斯坦在心里赞叹道。鲜血喷涌而出，威格姆连忙跳开。伯恩瘫倒在地。除了身体撞击地面的扑通声，伯恩一点动静也没有发出。

　　这下好了，温斯坦想，现在他们已经回不了头了。

　　温斯坦转身看见威尔夫也醒了。卡尔文的咕噜声越发急迫。威尔夫双目圆睁。即便智力受损，他也能理解眼前正在发生什么。他笔直地坐起来，伸手去拿床边的刀子。

　　但威格姆反应更快。他两步便冲到床边，在威尔夫去抓武器的同时，扑到了威尔夫身上。威格姆举起匕首，画出一条长长的弧线直刺威尔夫，但威尔夫抬起左臂撞开了威格姆的攻击。然后轮到威尔夫朝威格姆刺去，可威格姆躲开了。

威格姆又抬起手臂，想要再次挥舞匕首。但卡尔文突然动起来，把温斯坦吓了一跳。他自以为牢牢控制了卡尔文，但实际上，他没有。虽然她嘴中依然勒着皮带，却跳到了威格姆身上，连续击打他，还试图抓破他的脸。温斯坦连忙猛地一拽，把卡尔文拉了回来。温斯坦一跃而起，狠狠地跪在她身上，用右手固定皮带，腾出左手去抽自己的刀。

威尔夫和威格姆仍然扭打在一块儿，两人似乎谁也没有发起锁定胜负的一击。温斯坦看见威尔夫张开嘴，想要呼叫。这会让他们输得一塌糊涂，因为计划中的谋杀必须悄无声息。就在威尔夫的口中传出隆隆低吼时，温斯坦把身体斜靠过去，用尽浑身力气，将刀扎进威尔夫口中，深深插入威尔夫的喉咙。

威尔夫的低吼几乎刚一出口，便戛然而止。

温斯坦瞬间僵住，惊惧不已。他看见威尔夫眼中迸发出的极度痛苦。他将刀子猛然抽出，仿佛这样做就能让自己的暴行没那么残忍似的。

威尔夫在窒息的挣扎中呻吟起来，鲜血从嘴中汩汩涌出。他痛苦地扭曲着身体。温斯坦参加过战斗，他知道受致命伤的人可能会吃很久的苦头才咽气。他必须让威尔夫少受点罪，但他就是没法儿动手一下子了结威尔夫的性命。

就在这时，威格姆施加了慈悲的一击，他将匕首扎进威尔夫左胸，不偏不倚，正中心脏。刀锋没入胸口的那一刹那，威尔夫便不再动弹了。

威格姆说："愿上帝原谅我们。"

卡尔文啜泣起来。

温斯坦侧耳倾听。门外听不见任何动静。这次谋杀进行得十分安静，没有一个卫兵从宿醉中惊醒。

温斯坦深吸一口气，让自己恢复镇静。"这只是开始。"他说。

温斯坦从卡尔文身上爬下来，手里依然紧紧攥着皮带，将她拽起了身。"现在你给我仔细听着。"他说。

卡尔文瞪着一双惊恐的眼睛看着温斯坦。她目睹了两个男人被刺死，觉得下一个死的或许就是自己。

"听懂了就点点头。"温斯坦说。

卡尔文点头如捣蒜。

"威格姆和我会发誓说是你杀死了威尔夫。"

卡尔文摇头如拨浪鼓。

"你可以否认。你可以把今晚这里发生的真实情况告诉所有人。你可以指控我和威格姆是冷血杀手。"

温斯坦看出卡尔文一脸惶惑。

温斯坦说："但会有谁相信你呢？奴隶的誓言一文不值——尤其是同主教的誓言相左的时候，就越发无人相信了。"

卡尔文渐渐领悟，然后便陷入绝望。这一切在她眼神中一览无余。

"你明白自己的处境了吧。"温斯坦心满意足地说，"不过，我会给你一次机会——我会放你逃走。"

卡尔文难以置信地盯着温斯坦。

"你必须在两分钟后离开大院，走通向格拉斯顿伯里那条路，离开夏陵。你要在晚上赶路，白天躲在树林里。"

卡尔文瞅了眼房门，就像在确认门还在那儿一样。

温斯坦不希望卡尔文再次被抓，所以他准备了几样帮卡尔文的东西。"桌上提灯旁的那个包你带上吧。"他说，"里面有面包和火腿，你两三天不必找食物吃。里面还有十二枚银便士，但要走得很远之后，你才能拿出来用。"

卡尔文的眼神告诉温斯坦她懂了。

"对你遇到的每个人说，你要去布里斯托尔找你丈夫，他是一名水手。到布里斯托尔之后，你可以乘船穿过河口去威尔士，然后你就安全了。"

卡尔文又点了点头，这次慢了下来，似乎在细细琢磨温斯坦的话。

温斯坦将刀子抵住卡尔文的喉咙："现在我要将皮带从你口中取出。如果你尖叫的话，那就会是你发出的最后一声哀鸣。"

卡尔文又点点头。

温斯坦松开皮带。

卡尔文用力吞了吞口水，揉搓着脸颊。皮带在那里留下了红色的勒痕。

温斯坦注意到威格姆的手上和脸上溅满了血点子。他猜自己身上也有类似的痕迹，如果被人看到的话，就全露馅了。桌上有一盆水，于是他连忙将自己清洗干净，招呼威格姆也过来清洗。他们的衣服上八成也有血迹，但威格姆一袭褐衣，温斯坦则穿着黑袍，即便有血迹，别人也难以分辨，更别提知晓背后的故事了。

那盆水变成了粉色，温斯坦将水全倒在地板上。

然后他对卡尔文说："穿鞋，披斗篷。"

卡尔文依言而行。

温斯坦将那个包递给了她。

"我们要开门了。如果剩下的两个侍卫醒了，威格姆和我会宰了他们。如果他们还在睡，我们就踮着脚悄悄走过去。然后你要轻快而安静地穿过大院去门口，无声无息地离开。"

卡尔文点了点头。

"走吧。"

温斯坦轻柔地打开房门，往外窥视。

两名侍卫软绵绵地靠在墙上，其中一个还在打鼾。

温斯坦走出门，等卡尔文和威格姆也出来，然后关上了房门。

温斯坦给卡尔文打了个手势，后者便悄无声息地迅速离开了。

一股满足的喜悦霎时涌上温斯坦心头。这婊子逃了，所有人会将这一点视为她有罪的证据。

温斯坦和威格姆朝吉莎的房子走去。温斯坦在门口往后一看，侍卫们动也没动一下。

温斯坦和威格姆进入母亲的房子，然后关上了门。

* * *

这几个月以来，蕾格娜睡得不好。有太多的人让她辗转反侧，难以入眠——威尔夫、温斯坦、卡尔文、奥斯伯特和双胞胎兄弟。好不容易入睡之后，她又常常噩梦连连。今晚，她梦见埃德加杀了威尔夫，而她在努力保护建筑匠不受法律制裁，但她每次一说话，声音就会被外面的吼叫所淹没。然后她意识到自己正在做梦，但那些吼叫却是真实的。她立刻醒过来，坐直身体，心脏狂跳不已。

那呼喊听起来万分急迫。两三个男人在大喊，一个女人在用尖厉的声音说话。蕾格娜跳起来寻找伯恩，后者平时就睡在房内靠近房门的地方。这时，她想起自己将伯恩派去守卫威尔夫了。

蕾格娜听见阿格尼丝惊恐地问："什么声音？"

然后卡特答道："出事了。"

她们提心吊胆的对话吵醒了孩子们，双胞胎兄弟啼哭起来。

蕾格娜连忙穿上鞋，一把抓起斗篷，冲出门外。

外面依然漆黑一片，但蕾格娜立刻发现威尔夫的房子里亮着灯，房门大敞着。她感觉自己喘不上气。莫非威尔夫出事了？

蕾格娜三步并作两步，跑向不远处的威尔夫房门，然后走了进去。

一开始，蕾格娜简直无法理解眼前的场景。男男女女在屋里转来转去，全在用最大的嗓门儿说话。空气中弥漫着浓烈的血腥味，她在地板上和床上看到了血，许多血。然后她认出了伯恩，后者躺在凝固的血泊之中，脖子上拉开了一条血淋淋的大口子。她目瞪口呆，惊惧不已。最后，她的目光挪到床上，被鲜血染红的床单下的那具尸体便是她丈夫。

蕾格娜不禁失声尖叫，但又立刻咬住一只拳头，强压下声音。威尔夫的尸体伤痕累累，口中满是凝固发黑的污血。他双目圆睁，盯着房顶。一把刀子落在床上，就在他张开的手掌旁，看来他曾试图自卫。

房间里看不到卡尔文。

蕾格娜注视着威尔夫惨不忍睹的尸体，回想起当年那个身披蓝斗篷的金发高个儿男人——他在瑟堡港走下船，用蹩脚的法语说："我希望与休伯特伯爵会面。"蕾格娜悲从中来，不禁失声痛哭。但即便在涕泪交流的时候，她也必须问一个问题，于是她从牙缝里挤出一句话："怎么会这样？"

回答蕾格娜的是马夫长乌法。"侍卫们睡着了。"他说，"他们玩忽职守，必须处死。"

"他们死有余辜。"蕾格娜说，然后用手指拂去眼角的泪水，"但他们有没有说是怎么回事？"

"他们醒过来，发现伯恩不见了，于是便四处寻找，最后他们来到郡长房里，看到了……"他张开双臂，"这个。"

蕾格娜咽了口唾沫，用更平静的声音问："这里就没别人了吗？"

"没了。显然是那奴隶干的，然后她就逃了。"

蕾格娜眉头紧锁。卡尔文看上去手无缚鸡之力，根本不可能持刀杀死两个这样的彪形大汉，蕾格娜暗忖，但她暂且将怀疑放到一边。"去叫治安官来。"她告诉乌法，"他必须天一亮就开始喊捉行动。"不管卡尔文是不是凶手，她都必须被捉回来，因为她的证词至关重要。

"是，夫人。"乌法匆匆离开。

乌法出门后，阿格尼丝便带着双胞胎进来了。这俩孩子刚满一岁，不明白自己看到了什么，但阿格尼丝发出了尖叫，惹得他们号啕大哭起来。

卡特牵着三岁的奥斯伯特进了房。她难以置信地盯着自己丈夫伯恩的尸体，面如死灰。"不不不。"她说着，就松开了奥斯伯特的手，跪在尸体旁，不住地边摇头边痛哭。

蕾格娜强打起精神，开始思考。接下来她应该怎么办？虽然她曾预想威尔夫会死于非命，担心他遭人谋杀，可当这一刻真的降临时，她却亡魂失魄，几乎无法接受既成事实。她知道自己必须迅速而果决地展开行动，但她已经六神无主、不知所措了。

听到儿子们哇哇大哭，蕾格娜才意识到他们不该来这儿。她正要叫阿格尼丝将他们带走，却注意到威格姆的身影，他正抱着一口沉重的橡木箱子朝门口走去。蕾格娜认出那是威尔夫的财宝箱，也就是他存钱的地方。

蕾格娜站到威尔姆面前，喝道："站住！"

威格姆说："滚开，不然我就把你打趴下。"

房间里顿时鸦雀无声。

蕾格娜说："那是郡里的财产。"

"现在不是了。"

蕾格娜毫不掩饰声音中的鄙夷和憎恶："威尔夫血迹未干，你就在偷他的钱了。"

"我是他弟弟，我来保管这东西。"

蕾格娜发现加鲁夫和斯蒂奇站到自己两边，形成夹击之势，但她依然倔强地说："我来决定由谁保管财宝箱。"

"不，你没资格决定。"

"我是郡长的妻子。"

"不，你不是。你只是他的寡妇。"

"把箱子放下。"

"滚开。"

蕾格娜狠狠抽了威格姆一耳光。

蕾格娜本以为威格姆会扔下箱子，但他克制住没有发作，只是朝加鲁夫点了点头。

这两个小伙子一人抓住蕾格娜一条胳膊。她知道自己无法挣脱，于是保持尊严，并未挣扎。她眯眼看着威格姆。"你不是反应这么快的人。"她说，"想必你早有计划，这是一场不折不扣的政变。是你杀害了威尔夫，妄图取而代之，对不对？"

　　"你少来恶心我。"

　　蕾格娜环顾身边的男女。他们热切地注视着眼前的一幕。他们知道，这关乎谁会在威尔夫之后继续统治他们。蕾格娜已经将对威格姆的怀疑种进他心里。目前也做不了更多了。

　　威格姆说："是那个奴隶杀害了威尔夫。"他绕过蕾格娜，出了门。

　　加鲁夫和斯蒂奇松开蕾格娜。

　　蕾格娜又看了看阿格尼丝、卡特和孩子们，意识到此时她房里一个人也没有。如今，她那装着威尔夫遗嘱的财宝箱无人看守。蕾格娜连忙出门，卡特和阿格尼丝也跟了上来。

　　蕾格娜迅速穿过大院，进入自己的房子。她来到放财宝箱的角落，平时用来盖住财宝箱的毯子被抛在一旁，箱子已经不见了。

　　她失去了一切。

第三十二章

一〇〇二年，七月

黎明前一小时，蕾格娜来到德恩治安官的大院。大批男人还有几个女人已经聚起来准备展开喊捉行动。他们在黑暗中走来走去，兴奋地交头接耳。马也感受到了紧张的气氛，不安地踏着地面，打着响鼻。德恩给他的黑色种马上了鞍，然后邀请蕾格娜进入自己屋内密谈。

蕾格娜结束了恐慌，强忍着悲痛。现在她知道自己必须做什么。她意识到自己受到了无比残暴的歹徒的攻击，但她不仅没有被打败，还要展开反击。

德恩会是她的主要盟友，她要好好争取他的支持。

蕾格娜对德恩说："对今晚在威尔夫屋里发生的事，没有人比奴隶卡尔文知道得更清楚。"

"您不认为答案显而易见吗？"德恩波澜不惊地评论道。

很好，她想，德恩并没有先入为主的观点。"相反，我认为显而易见的答案是错误的。"

"请解释一下。"

"首先，卡尔文似乎并没有不高兴。她在这里好吃好喝的，也没有人打她，她还跟城里最具魅力的男人睡觉。她为什么要逃跑呢？"

"她可能只是想家了。"

"有可能，但她从未表露出思乡的迹象。其次，如果她想逃，随时可以走，她从没有被严密看管起来。她大可以溜之大吉，而不必杀死威尔夫或者其他任何人。威尔夫睡得很沉，尤其是喝酒之后。她要想趁机溜走简直易如反掌。"

"要是碰巧侍卫醒着呢？"

"她只需要说她要去吉莎的房子。威尔夫不想要她的时候，她就在那儿睡觉。她逃走之后，说不定要过一两天才会有人发现。"

"有道理。"

"最后，也是最重要的一点，我认为那个小姑娘根本就没有力量杀害威尔夫或者伯恩，更别提导致这两人当场惨死。你也看过伤口，那肯定是一个孔武有力的人干的，他有信心也有力量制服两个壮汉。要知道，这两个壮汉是久经沙场的武士，而卡尔文才十四岁。"

"我同意那确实匪夷所思。但不是卡尔文的话，那又会是谁呢？"

蕾格娜心里早就有了高度怀疑的对象，但她没有当即讲出来："肯定是伯恩认识的某个人。"

"您怎么能说得如此肯定？"

"因为伯恩让凶手进了屋。如果来者是陌生人，伯恩一定会提高戒备，将此人拦下盘问，拒绝他入内，进而同他搏斗——这一切发生在房外，而打斗声会吵醒侍卫。就算伯恩战死，尸体也会在屋外被发现。"

"凶手也可能把尸体拖进了屋。"

"打斗声会吵醒威尔夫，进而下床攻击闯入者。而这种情况显然没有发生，因为威尔夫死在了自己床上。"

"就是说，伯恩认识的某人出现在门口，被伯恩领进了屋。而他们一入内，毫无怀疑的伯恩就遭到了偷袭，被快速而无声地杀害。然后来者杀害了威尔夫，说服奴隶逃走，好让她当替罪羊。"

"我想真相就是如此。"

"那凶手杀人的目的是什么？"

"要回答这个问题，关键在于尸体被发现不久后的混乱中发生的两件事。就在其他人惊愕茫然的时候，威格姆若无其事地拿走了威尔夫的财宝箱。"

"此事当真？"

"然后，又有人偷走了我的财宝箱。"

"这两件事彻底颠覆了之前的所有推断。"

"这意味着威格姆想要篡位夺权。"

"没错，但这并不能证明他就是凶手。他在兄长死后就急不可耐地跳出来夺权，这可能只是投机行为。也许他并未参与谋杀，只是在利用谋杀的结果而已。"

"我怀疑这种可能并不存在。威格姆不是那种反应灵敏、可以随机应变的人。在我看来，整件事经过了精心策划。"

"也许您是对的。温斯坦似乎藏在整件事的背后。"

"没错。"蕾格娜欣慰地松了口气。德恩仔细询问了她，结果还是同意了她的观点。蕾格娜立刻推进话题，"如果要瓦解这场政变，我就需要让卡尔文在郡法庭上陈述她目睹的实情。"

"或许没有人相信她，一个奴隶的话……"

"总会有人相信她的，尤其是在我解释了温斯坦的动机后。"

德恩对此未做评论。他说："何况，您已经身无分文了。您的财宝箱被偷走了。没钱是打不赢这场权力斗争的。"

"我可以得到更多的钱。埃德加会将采石场石料卖的钱交给我。再过几周，我还会收到圣马丁村的地租。"

"想必威尔夫的遗嘱就放在您的财宝箱里吧？"

"是的，但您有一份副本。"

"然而，没有国王的批准，遗嘱是无效的。"

"就算如此，我也会在法庭上宣读遗嘱。威尔夫的意愿与温斯坦的利益相冲突，于是他就起了杀心。大乡绅们听到这些，不会不动容的，他们全希望自己的遗嘱得到尊重。"

"没错。"

蕾格娜将关注点转移到天亮后的艰难追捕上："除非您能抓到卡尔文，不然我做这一切毫无意义。"

"我会尽力而为。"

"您自己不要亲自指挥喊捉行动。派威格伯特去。"

德恩大惊："他很可靠……"

"而且如同饥肠辘辘的猫一样凶猛。但我需要您在这里。他们什么也干得出来，但只要您在城里，他们就没胆子杀我。他们知道您一定不会放过他们，而您是国王的人。"

"有道理。威格伯特完全有能力指挥喊捉行动。他已经指挥过许多次了。"

"卡尔文会去什么地方呢？"

"可能是西边。我猜她想返回威尔士故乡。如果她是在午夜前后离开这里的，那她已经至少沿着通往格拉斯顿伯里的道路走了十英里。"

"也许她躲在特兰奇附近的什么地方？"

"没错。"德恩朝敞开的门外望去，"曙光出现了。是时候叫他们出发了。"

"希望他们能找到卡尔文。"

*　*　*

温斯坦对事态的进展非常满意。计划执行得并非天衣无缝，但还算得上相当到位。发现伯恩正警觉而清醒地在威尔夫门外站岗，温斯坦确实吓了一跳，但他当机立断，将计就计，威格姆也心领神会。后来，一切进行得十分顺利，没有再出意外。

温斯坦本来打算说卡尔文在威尔夫睡着后割断了他的喉咙，后来他却不得不改口称卡尔文杀了伯恩和威尔夫两个人，这种说法要比前一种说法不靠谱得多。但大家似乎傻了，竟然买了账。温斯坦想，这是因为他们害怕自己的奴隶——奴隶完全有理由仇恨自己的主人，一旦逮到机会，何不宰掉那个夺走了自己自由的王八蛋？奴隶主从来睡不安稳。而在有奴隶被指控杀害了贵族之后，奴隶主心中潜藏已久的恐惧便瞬间爆发了。

温斯坦希望追捕卡尔文的喊捉行动会以失败告终。他不希望卡尔文在法庭上讲述自己看到的事。她说的一切，温斯坦会断然否认，还会赌咒发誓，但难免有人会相信卡尔文。要是她从此人间蒸发，那自然再好不过了。逃跑的奴隶往往会被抓住，因为他们很容易辨认——穿着破衣烂衫，操着外乡口音，而且身无分文。不过，卡尔文衣着光鲜，而且带着不少钱，所以她逃脱的机会要比普通奴隶多得多。

即便她不幸被捕，温斯坦也有应急方案。

傍晚时分，温斯坦在母亲吉莎的屋里，同弟弟威格姆和侄儿加鲁夫一起等待搜寻队回来。这时，德恩治安官来访。温斯坦假装礼貌地说："您驾临寒舍，我们深感荣幸啊，治安官大人。您可是稀客啊，我们更是三生有幸了。"

德恩没工夫理会温斯坦不正经的玩笑。德恩五十岁上下，满头银发，这辈子见惯了血雨腥风，不会因为两句讥讽就上当。他说："你知道，不是所有人都会被你愚弄，对不对？"

"我不明白您在说什么。"温斯坦微笑着说。

"你觉得自己很聪明。你确实不傻，但你的诡计不可能每次都得逞。我来这里是要告诉你，现在你非常危险，因为你极可能玩火自焚。"

"您对我太好了。"温斯坦依然在取笑德恩，但其实他已经打起了全副精神。治安官对主教发出这样的威胁是极其罕见的。德恩是认真的，而他绝非无足轻重之辈。他有权有兵，还能随时向国王汇报。温斯坦只是假装对他的威胁不以为然。

然而，是什么促使德恩突然对自己发出威胁呢？当然不只是威尔夫遇害这件事，温斯坦想。

接下来，温斯坦就听到了答案。

德恩说："不要打蕾格娜夫人的主意。"

果然是那婊子搞的鬼。

德恩继续道："我要让你明白，倘若蕾格娜夫人死了，我一定会把你揪出来，温斯坦主教。"

"吓死我了。"

"不是你的弟弟或者侄儿，也不是你的手下，就是你。我决不放弃，我会让你身败名裂，生不如死。你会像麻风病人一样活着，也像麻风病人一样死去——在痛苦和污秽之中死去。"

温斯坦不禁背脊发凉。他正琢磨该用怎样的讥诮之词巧妙还击，德恩却径直转身离开了。

威格姆说："我差点儿当场给他开膛破肚，这头傲慢的蠢猪。"

温斯坦说："不幸的是，他不是蠢猪。否则我们大可以对他置之不理。"

吉莎评论道："他已经被那个外国妖精迷了心窍。"

温斯坦知道，这肯定是部分原因——蕾格娜有本事蛊惑大多数男人——但并不是全部。德恩老早就想限制温斯坦家族的权力了。要是蕾格娜有个三长两短，尤其是在温斯坦夺权后不久，德恩便有充足的借口出手。

温斯坦的沉思被加鲁夫那个笨头笨脑的朋友斯蒂奇打断了。他气喘吁吁地闯进来，一脸兴奋。他按照温斯坦的指示，参加了喊捉行动。温斯坦还吩咐他，一旦重新抓到卡尔文，他就要赶在大队伍之前跑回来报信。这任务太简单了，即便是斯蒂奇，也不会听不懂。

"他们抓到卡尔文了。"斯蒂奇说。

"活捉？"

"是的。"

"倒霉。"现在不得不启动应急方案了。温斯坦嗖地站起身，威格姆和加鲁夫也跟着站起来。"在哪儿找到她的？"

"一片树林里，还没到特兰奇。狗嗅出了她的味道。"

"她说了什么？"

"一堆威尔士脏话。"

"大部队落后你多远？"

"至少一小时路程。"

"我们去路上迎他们。"温斯坦看向加鲁夫，"你知道计划的吧。"

"知道。"

他们去马厩给四匹马上了马鞍，温斯坦、威格姆和加鲁夫一人一匹，还给斯蒂奇换了一匹新马，然后他们便出发了。

半个小时后，他们遇到喊捉队伍。队伍中的每个人都轻松愉悦，得意扬扬。治安官手下的急性子领队威格伯特指挥这支队伍。卡尔文跌跌撞撞地跟在他的马后面，双手反绑，绳子系在马鞍上。

温斯坦悄悄说："好了，伙计们，你们知道得做什么。"

四名骑士横在路上，勒住缰绳，迫使喊捉队伍停下来。"可喜可贺啊，各位。"温斯坦热情地说，"干得漂亮，威格伯特。"

"您想干什么？"威格伯特狐疑地问，随后想起了什么似的补充了一句，"主教大人。"

"现在我要接管这个犯人。"

队伍中发出不满的嘀咕声。他们已经抓住那个暴徒，正期待大胜而归。他们将受到市民的祝贺，并在酒馆里免费喝一个通宵。

威格伯特说："我接到的命令是将犯人交给德恩治安官。"

"你的命令变了。"

"这个您得去问治安官。"

温斯坦知道自己说不赢，但还是得硬编下去，因为他只是要转移对方的注意力。"我已经同德恩谈过了。他命令你必须将囚犯交给受害人的弟弟。"

"我不能从您这里接受命令，主教大人。"这次威格伯特说"主教大人"时的讥讽口气已经相当明显。

加鲁夫似乎突然失控，大叫一声："她杀了我父亲！"然后他抽出剑，催马上前。

步兵纷纷散开，给他让出一条道。威格伯特怒骂一声，也抽出剑来，但为时已晚——加鲁夫已经越过了他。卡尔文惊恐地叫起来，吓得连连往后退。但她被拴在威格伯特的马鞍上，无法逃脱。加鲁夫眨眼间就追上了卡尔文。她双手被缚，根本无法自卫。加鲁夫的剑寒光一闪，刺进了她的胸膛。借助连人带马的强大冲力，那把剑深深戳入她的身体，她失声尖叫。有那么一会儿，温斯坦以为加鲁夫会把那姑娘举起来，扎在剑上带走。但当加鲁夫的马从卡尔文身边经过时，她仰面朝天倒在地上。加鲁夫把剑从她纤细的身体里拔出来，血从她的胸部伤口喷涌而出。

在喊捉队伍的愤怒抗议声中，加鲁夫掉转马头，回到温斯坦所在的地方，勒住缰绳，面对人群。他竖直握着那把血淋淋的剑，似乎已准备好展开更多的杀戮。

温斯坦假惺惺地大声训斥道："你这傻瓜，你不该杀了她！"

"她将刀子捅进了我父亲的心脏！"加鲁夫歇斯底里地嚷道。这些话是温斯坦教他说的，但他悲愤交加的心情似乎是真的——这倒有点奇怪，因为温斯坦已经告诉他杀害威尔夫的真凶是谁了。

"走吧！"温斯坦说，然后压低声音补充了一句，"别太慢，也别太快。"

加鲁夫掉转马头，往后看去。"正义已得伸张！"他大喊一声，然后策马疾驰，返回夏陵。

温斯坦改为平静的语调。"这场悲剧本不该发生的啊。"他说，尽管事实上一切在按部就班地进行。

威格伯特怒不可遏，但现在除了抗议也别无他法。"他杀了那个奴隶！"

"他会在郡法庭上遭到起诉，还会付给奴隶主适当的罚金。"

所有人眼睁睁地看着那个女孩躺在地上，流血而亡。

威格伯特愤愤不平地说："她知道昨晚威尔武夫的房间里发生了什么事。"

"她确实知道。"温斯坦说。

* * *

埃德加的运河大获成功。它从奥神村采石场笔直地延伸到河边，全段均水深三英尺。河道两侧的黏土非常结实，而且略微倾斜。

今天，埃德加在采石场工作，工具是一把锤子——锤柄短，便于精准操控；锤头沉，击打效果好。他在石头的缝隙里放了一个橡木楔子，然后快速有力地锤击楔子。楔子越深入，裂缝就越宽，直到一块石板脱落下来。这是一个温暖的夏日，他脱掉外衣，缠在腰间，好让自己凉快点。

加布和他的儿子们在附近工作。

埃德加依然对蕾格娜上次造访德朗渡口时发生的事念念不忘。"有时候，有人爱你，你才能安心。"蕾格娜说。埃德加可以肯定，蕾格娜指的是埃德加对她的爱。蕾格娜先是允许埃德加抓住她的手，后来她又问："他们看得出我们刚刚做了什么吗？"埃德加当时就问过自己，他们到底做了什么。

看来蕾格娜知道埃德加爱她，也很开心能有埃德加爱她，但她觉得他们握住彼此的手这一举动不能让外人知道。

这一切意味着什么呢？莫非是对他的爱的回应？可能性微乎其微，简直就是不可能，但除此之外还会是什么意思呢？埃德加说不准，但仅仅只是想象那甜蜜的瞬间，他就仿佛置身在暖阳之中一样舒服。

库姆小修道院向埃德加采购了大批石料，那里的修士得到国王的许可，可以用土墙和石砌碉楼来保卫城市。埃德加不用把每块石料搬到半英里外的河边，只需将其运到几码远的运河起点即可。

木筏差不多已经满载了。埃德加把沉重的石料在筏子上均匀地放了一层，以便分散负载，保持木筏稳定。他必须当心，不能让筏子超载，否则筏子就会沉没。

埃德加在木筏上放了最后一块石头，正准备离开，突然听到远处疾驰的马蹄声。他朝村子北面望去。干燥的路面上扬起一团尘土，正在朝村子逼近。

他心头一沉。一大群人骑马而来，这可不是什么好消息。他若有所思地把铁锤挂在腰带上，然后锁上了房门。他离开采石场，迈着轻快的步子朝村子走去。加布和他的儿子们紧随其后。

许多人也有同样的想法。在田中除草的男女纷纷返回村子。其他人从屋里现身。埃德加和他们一样好奇，但更加谨慎。向村中心前进的路上，埃德加埋着头，在房舍之间寻找掩护，在鸡窝、苹果树和粪堆之间潜行，从一个后院进入另一个后院，竖着耳朵聆听周围的动静。

迅疾的马蹄声减慢成低沉的鼓点，最后完全停下来。埃德加听见男人的说话声，响亮而威严。他四处寻找有利位置。他可以从房顶上观察形势，但有可能被发现。酒馆后面长着一棵枝繁叶茂的成熟橡树。埃德加爬上树干，溜到低矮的大树枝上，躲在树叶背后。他往更高处爬去，同时小心避免自己暴露，直到视线能越过酒馆房顶。

骑手在酒馆和教堂之间的草地上勒住缰绳。他们没穿盔甲，显然觉得农民没什么好害怕的。但他们装备了长矛和匕首，准备施暴的意图再明显不过。大多数人下了马，但有一人留在马背上，埃德加认出那是威尔武夫的儿子加鲁夫。他的同伙将村民赶到一处，这种控制纯属多余，因为村民急于弄清发生了什么事，自己也会挤到村中心去。埃德加可以看见村长瑟利克的银发，他先后向加鲁夫和加鲁夫的手下说话，但没有得到回应。光头的村中司铎德拉科战战兢兢地穿过人群。

加鲁夫站在马镫上，站在他身边的一个男人大喝一声："安静！"埃德加认出那是加鲁夫的朋友斯蒂奇。

几个还在说话的村民的脑袋上挨了棍子，人群安静下来。

加鲁夫说："我的父亲威尔武夫郡长去世了。"

震惊的村民开始小声议论起来。

埃德加低声自语："去世了！怎么会？"

加鲁夫说："他是前天晚上去世的。"

埃德意识到蕾格娜现在是寡妇了。他先是一阵激动，然后又沮丧起来。他都能感觉到自己的心跳。

这根本就没有区别嘛，埃德加对自己说。我没什么好兴奋的。蕾格娜依然是贵族女人，而我依然是建筑匠。贵族寡妇只会同贵族鳏夫结婚，她们绝不会嫁给工匠，无论工匠的手艺有多出色。

尽管如此，埃德加还是感受到了心头的悸动。

瑟利克提出了埃德加心头的问题："郡长是怎么过世的？"

加鲁夫没有理会瑟利克，继续道："我们的新郡长是威尔武夫的弟弟威格姆。"

瑟利克大声反对："不可能。他不可能这么快就得到国王的任命。"

加鲁夫说："威格姆任命我担任奥神谷的领主。"

村长代表村民发声，而加鲁夫对此置若罔闻。村民们开始不满地嘀咕起来。

"威格姆不能这么干。"瑟利克说，"奥神谷是属于蕾格娜夫人的。"

加鲁夫说："你们有了一位新村长——杜达。"

每个人都知道，杜达是小偷和骗子。人群发出了愤怒的抗议。

这是一场政变，埃德加意识到。他该怎么办？

瑟利克转身背对加鲁夫和斯蒂奇，这是拒不承认他们权威的举动。他对村民说："威格姆不是郡长，因为他没有得到国王的任命。"他继续说："加鲁夫不是奥神谷的领主，因为这座山谷属于蕾格娜。杜达也不是村长，因为我才是。"

埃德加看见斯蒂奇拔出了剑，"小心！"他大喊，但就在这一刻，斯蒂奇已经将剑刺进瑟利克的后背，透过身体，从腹部穿出。瑟利克像受伤的野兽一样尖叫着倒下。埃德加发现自己已经喘不上气，仿佛跑了一英里地一样。如此冷血的杀戮简直让他毛骨悚然。

斯蒂奇平静将剑从瑟利克腹部拔出。

加鲁夫说："现在，瑟利克不是你们的村长了。"

武装士兵笑得前仰后合。

埃德加已经看够了。他吓得魂飞魄散，第一反应就是把他看到的一切告诉蕾格娜。他从树上飞快地爬下来，可落地时却犹豫起来。

埃德加离河很近，只要游过河，不一会儿便能走上前往夏陵的路。这样一来，他多半会悄无声息地离开，而不会被加鲁夫的手下发现。他可以将木筏和石料留在采石场，库姆小修道院只能多等一段时日了。

但埃德加的马巴特里斯还在采石场，蕾格娜的钱也是。埃德加在柜子里存了近一镑银币给她，这是卖石料的收入，或许她需要那笔钱。

埃德加临时做出决定，必须冒险再在奥神村多待一会儿。他没有前往河边，反而朝相反的方向跑去，也就是采石场。

不久，埃德加便到达那里，他打开房门，从藏匿点取出钱柜，将蕾格娜的银币倒进系在腰带上的皮包里，然后锁上房门。

巴特里斯习惯了航行，已经主动走上木筏。布林德尔也跳了上来，虽然它年纪不小了，却一如既往地精力旺盛。埃德加解开木筏，撑离河岸。

埃德加从未察觉木筏在运河里走得如此之慢。因为没有水流，唯一的动力就来自他手中的船篙。他用尽全身气力撑篙，但木筏的速度就是提升不起来。

经过房舍后院时，村中绿地传来的喧闹声越发响亮，其中包含的怒火似乎也越发高涨。尽管瑟利克被当场杀害，但村民仍然在英勇地反抗加鲁夫的蛮横命令。毫无疑问，双方将发生更多暴力冲突。他可以绕过人群吗？

他来到与刚才藏身的那棵橡树齐平的位置，希望自己能神不知鬼不觉地溜掉。片刻之后，他的希望破灭了。他看见两个男人和一个女人从酒馆跑向河边。从他们的衣着判断，他们应该是村民。一个持剑的武装士兵跟在他们后面。埃德加认出那是巴达。打斗爆发了。

埃德加咒骂了一声。他没法儿超过他们，他们的速度比木筏快，形势危急。倘若埃德加被捉住，加鲁夫是不会允许他离开奥神村的。大家都知道他是蕾格娜的盟友。在一场政变中，仅这一条就足以让加鲁夫杀了他。

一个农民绊了一跤，摔倒在地。埃德加看见他的黑胡子上有几道粉白的条纹——他是面包师维尔蒙德，另外两人是他的妻子蕾根希尔德和儿子彭达。彭达已经十九岁，长得比以前更高了。

蕾根希尔德停下脚步，转身帮助维尔蒙德。见巴达举剑，她赤手空拳地扑了上去，伸手去抓他的脸。巴达徒劳地乱舞着剑，用左手将蕾根希尔德推开，举起右手，又要攻击维尔蒙德。

这时，彭达加入了战斗。他捡起拳头大的一块石头扔出去，击中巴达的胸口，力道之大，足以令巴达失去平衡，使他的第二剑也砍偏了。

木筏来到同这群缠斗的人齐平的位置。

埃德加惊慌失色，急于逃走，但见到自己认识的人被追杀，他绝不能袖手旁观。于是他扔下船篙，从木筏跳到运河岸边，取下腰间的铁头锤。

维尔蒙德跪在地上,巴达举剑便刺,这次命中了目标,尽管是斜刺。剑尖深深没入维尔蒙德臀部附近的柔软大腿。蕾根希尔德跪在丈夫身边尖叫不已,巴达又举起剑,想给她致命一击。

埃德加高举铁锤冲上去,用尽全身力气朝巴达砸去。

巴达在千钧一发之际向左一闪,埃德加的锤子落在他的肩头。伴随着骨头断裂的咔嚓声,巴达痛得大叫,右臂一软,剑从手中掉落。他瘫倒在地,呻吟起来。

但巴达还有同伙。咚咚的脚步声从村中传来,埃德加大惊失色。他回过头,发现另一个武装士兵正赶来增援,是斯蒂奇。

蕾根希尔德和彭达扶维尔蒙德站起来。他痛苦地直叫唤,但还是迈开了脚,同妻儿跟跟跄跄地走开了。斯蒂奇放了无助的农民,直扑埃德加。埃德加手持锤子,显然就是那个打伤了斯蒂奇战友巴达的王八蛋。埃德加知道,再迟疑片刻,自己必定命丧黄泉。

埃德加转身冲向运河。木筏已经漂开了几码。他听见身后追赶的脚步声。到河岸的那一刹那,他飞身一跃,落在了石料上。

他转身看见面包师一家消失在房舍之间。他们安全了,至少暂时如此。

他看见斯蒂奇从地上捡起石头。

他平躺着拼命止住恐惧,将锤子插进腰带,翻身滚入木筏另一端的水中。就在这时,一大块石头从他头顶掠过。布林德尔也跳进水中,与他并肩。

埃德加用一只手抓住木筏侧面,埋下脑袋。他听到一连串砰砰的撞击声,心想那是斯蒂奇抛出的石头打在了采石场的石料上。他听见巴特里斯的踏蹄声,希望自己的小马驹不会受伤。

他的双脚碰到了运河对岸。他在水中一转身，使出浑身气力将木筏朝河的方向推。他只在需要吸气的时候才将脸浮出水面片刻，然后便又没入水中。

埃德加觉察到水温发生了细微的变化，他猜测自己已经到达运河末端，接触到了冰冷的河水。

木筏从运河河口进入河流，他感到了水流的冲刷。他探出脑袋，看见斯蒂奇正要从河岸朝木筏上跳。

距离似乎太远了，埃德加不禁希望斯蒂奇直接坠入水中，或者更妙的是，落脚点与木筏差之毫厘，身体撞在木筏上受了伤。但斯蒂奇偏偏刚好跳了上来。他在木筏边缘摇摇晃晃地站了一会儿，不住地挥舞着手臂。埃德加暗自祈祷他会向后一仰，掉进河里。但斯蒂奇重新掌握平衡，蹲下身，双手平放在采石场的石料上。

然后他站起来，拔出剑。

埃德加知道危险已迫在眉睫，自从在库姆森妮的奶场遇到维京海盗之后，他还没有经历过这样危急的时刻。斯蒂奇手持利剑，站在甲板上，埃德加则潜在水中，唯一的武器只有腰带上的锤子。

埃德加暗暗希望斯蒂奇会跳入河中同自己扭打，从而丧失脚下有牢固支撑的优势。在水中，短柄锤比长剑更容易施展。

不幸的是，斯蒂奇的愚蠢是有限度的。他继续待在木筏上，举剑刺向埃德加。埃德加一闪身，躲进木筏下面。

在这里，斯蒂奇无法伤害埃德加，但埃德加自己也没法儿呼吸。他是游泳健将，可以憋很久的气，但最终，他还是得再次从水里探出头。

或许埃德加不得不扔下木筏。他还有蕾格娜的钱和自己的锤子。他尽量往深处游，希望脱离斯蒂奇的挥剑范围，然后他离开木筏，朝河对岸游去，生怕那冰冷的剑尖随时刺进他的后背。河水越来越浅，埃德加知道自己已来到河岸。他在水中一翻身，把头露出水面，大口喘气。

埃德加离木筏已有数码之遥。斯蒂奇站在甲板上，手持利剑，如热锅上的蚂蚁一般四处乱转，寻找埃德加的踪影，却没发现埃德加正躺在浅滩上。

如果埃德加可以爬上几码，在斯蒂奇发现他之前就消失在树林里，那他就能成功脱身。斯蒂奇将无法知道他去了哪里。失去巴特里斯会让埃德加很难过，但他的性命更宝贵。只要还活着，他就可以再造一艘木筏，再买一匹小马。

这时布林德尔从水里跳出来，甩干身上的水，冲斯蒂奇狂吠。斯蒂奇将目光朝狗投去，然后发现了埃德加。来不及了，埃德加心中大叫不妙，然后爬了起来。

斯蒂奇将剑插入鞘中，捡起船篙，将木筏朝对岸撑过去。

埃德加单打独斗不是斯蒂奇的对手，后者更高大壮硕，而且格斗技巧更熟练。埃德加意识到，自己唯一的机会就是趁斯蒂奇跳上岸，立足未稳，来不及拔剑的那一刻，突然袭击对方。

埃德加从腰带上取下锤子，沿河岸跑起来，追赶已经缓缓向下游漂去的木筏。斯蒂奇将木筏撑到河边。两人的路线即将交叉。

斯蒂奇拔出剑，纵身一跃，埃德加看到了机会。

武装士兵落到浅滩上的那一瞬间，埃德加挥锤重重砸下，但斯蒂奇打了个趔趄，埃德加没有击中，他只是擦伤了斯蒂奇的左臂。

斯蒂奇走进河边的淤泥中，手摸向剑。

埃德加反应迅猛。他一脚踹向斯蒂奇的膝盖。这一击并不重，但足以令斯蒂奇丧失平衡。斯蒂奇拔出剑，疯狂地挥来舞去，但没有碰到埃德加一根毫毛。就在这时，他脚底一滑，摔了一跤。

埃德加飞身跃起，双膝重重落在斯蒂奇的胸口，感觉对方的肋骨都断了。两人贴得如此之近，斯蒂奇根本无法使用长剑。

埃德加知道，自己多半只有发起一次进攻的时间。如果错过的话，便再也没有机会了。所以这必须是致命一击。

埃德加抢起短柄锤，就像在采石场要将橡木楔敲进石灰石一样，整个右臂的力量注入到这必须挽救他性命的一击之中。强健有力的臂膀挥舞锤子，铁锤砸在额头的皮骨之上，那感觉仿佛在敲碎冬日池塘里厚厚的冰层。埃德加觉得锤子打碎了对方的颅骨，陷入下面柔软的大脑。斯蒂奇的身体登时瘫软下去。

埃德加想起了瑟利克。他不仅是睿智的村长，也是慈爱的祖父。他眼前又浮现出斯蒂奇的剑刺入这位好人身体的一幕。他看着斯蒂奇被砸碎的脑袋，心想：我为这世界除了一害。

埃德加朝河对岸看去。没人看见刚才这场打斗。没人知道是谁杀了斯蒂奇。加鲁夫和他的手下不知道埃德加就在附近，村民是不会告诉他们的。

这时埃德加意识到，木筏会暴露自己的行踪。如果将它留在这里，那人们一眼就看得出是他杀了斯蒂奇，然后逃走了。

在布林德尔的陪伴下，埃德加涉水来到木筏边，爬了上去。他拍了拍战栗不止的巴特里斯，让它不再恐惧，然后取回斯蒂奇扔进水中的船篙。

他将木筏撑离河岸，朝下游的德朗渡口驶去。

＊　＊　＊

这天，骄阳似火，大院里炎热不堪。蕾格娜从厨房里拿来一个又大又浅的青铜碗，装满清凉的井水，放在自己房子前面，让儿子们玩水。这对十八个月大的双胞胎用手泼着水，放声大笑。奥斯伯特发明了一个精巧的游戏，用几只木杯一个接一个地倒水。他们很快就全身湿透，但他们高兴极了。

看着他们，蕾格娜心中感到一阵久违的满足。她想，这些孩子长大后会成为像他们外祖父那样的人——强壮但不残忍，聪明但不狡猾。如果成为统治者，他们将恪守法律，而不是肆意妄为。他们会爱女人，而不是利用女人；他们将得到人民的尊重，而不是恐惧。

蕾格娜的好心情很快就被破坏了。威格姆走上来对她说："我必须同你谈谈。"

乍看上去，威格姆很容易被错认为威尔夫，但细看的话，就会发现两者的区别。他有同威尔夫一样的大鼻子、漂亮的小胡子、翘起的下巴，走路时也同样趾高气扬。但他没有威尔夫那种从容淡定的魅力，总是一副满肚子怨气就快爆发的样子。

蕾格娜断定威格姆参与了谋害威尔夫的行动。在卡尔文已经身亡的情况下，或许她永远也不会知道当晚的详细情况，但她毫不怀疑威格姆就是弑兄者这一事实。她对此人的憎恶是如此强烈，以至于她都快吐了。"我不想同你谈。"蕾格娜说，"滚。"

"你是我见过的最漂亮的女人。"威格姆说。

蕾格娜一怔，"你在说什么啊？"她说，"少给我装疯卖傻了。"

"你就是天使。世上再也找不到你这样的尤物啦。"

"这是低俗的玩笑。"蕾格娜打量了一遍四周,"你那些傻兮兮的朋友八成就躲在房子旁边,一面偷听,一面窃笑,希望看你戏弄我,让我出丑吧。给我滚开。"

威格姆从外衣里取出一只臂环,说:"我想你会喜欢这个的。"他将臂环呈给蕾格娜。

蕾格娜接过臂环。那是银制的,上面镌刻着互相缠绕的巨蛇,十分漂亮。她立刻就认了出来,那是她从卡思伯特那里购得,又在结婚当天送给威尔夫的。

威格姆说:"难道你不应该感谢我吗?"

"凭什么?你偷了威尔夫的财宝箱,在里面找到了这个。但我是威尔夫的继承人,所以臂环本来就是我的。我是不会感谢你的,除非你将属于我的所有东西还给我。"

"这也不是不可以。"

要亮底牌了,蕾格娜想,现在就来看看他到底想要什么吧。于是她问:"哦?你怎么才能还给我?"

"你嫁给我。"

蕾格娜对这个荒谬的建议倍感震惊,不禁发出一声短促而尖厉的冷笑。"荒谬绝伦!"她说。

威格姆气得涨红了脸,她觉得他想要打她。他确实握紧了拳头,但强忍住没有举起来。"你竟敢说我荒谬。"他咬牙切齿道。

"你是有妇之夫——你娶了米莉,英奇的妹妹。"

"我把她搁置了。"

"恐怕我不喜欢你们英格兰人'搁置'妻子的行为。"

"你现在可不是在诺曼底。"

"英格兰的教会不是禁止寡妇嫁给近亲吗？你可是我丈夫的弟弟。"

"是同父异母的弟弟。根据温斯坦主教的看法，这算不上是近亲。"

蕾格娜意识到搬出规则来约束威格姆是没用的，他这样的人总能找到绕过规则的方法。她恼怒地说："你不爱我！你甚至不喜欢我。"

"但只要我们结了婚，权力继承问题就迎刃而解了。"

"我真是受宠若惊啊。"

"我是威尔夫同父异母的弟弟，而你是他的寡妇。如果我们结了婚，就没有人可以挑战我们对夏陵郡的统治权。"

"我们？你是说我们联合统治？你觉得我会傻到相信你的鬼话吗？"

威格姆看上去既愤怒又沮丧。他编造了一个彻头彻尾的谎言，但因为自己资质驽钝，刚一说出口就让人觉得不可信。发现蕾格娜没那么容易上当，他也不知道接下来该说什么。他努力让自己看上去像威尔夫一样自信而迷人。"一旦我们结婚，你就会爱上我。"他说。

"我决不会爱上你。"难道蕾格娜表达得还不够清楚吗？"你身上全是威尔夫的缺点，却没有任何优点。我憎恨你，厌恶你，这一点永远不会改变。"

"臭婊子。"威格姆嘟囔着走开了。

蕾格娜感觉仿佛刚下角斗场一般。威格姆的求婚让她大吃一惊。遭到拒绝后，那家伙还一个劲儿地死缠烂打。她筋疲力尽地靠在屋侧，闭上了眼。

奥斯伯特哭了起来。他的眼里进了泥。蕾格娜将儿子抱起来，用袖子擦净他的脸，他很快就不哭了。

蕾格娜不再瑟瑟发抖。说来也怪，孩子的需求总能让人放下一切俯首听命，至少对女人来说是如此。没有任何英格兰大乡绅可以像孩子这样专横独裁。

看着孩子们玩水，蕾格娜的呼吸慢慢平复下来。但这样的安宁时光，她没有享受多久。温斯坦主教走上前来。"我弟弟威格姆很不开心。"他说。

"哦，看在上帝的份上，"蕾格娜不耐烦地说，"别说得他像失恋了一样。"

"我们都明白，爱情同这件事无关。"

"我很高兴你没有你弟弟那么蠢。"

"谢谢。"

"这可不是什么恭维。"

"当心点。"温斯坦强压怒火道，"以你如今的地位，侮辱我和我的家人就等于玩火。"

"我是郡长的寡妇，这一点你改变不了。我的地位是无可动摇的。"

"但威格姆掌控了夏陵。"

"我依然是奥神谷的领主。"

"昨天加鲁夫去那里了。"

蕾格娜大惊。这事她还是头一次听说。

温斯坦继续道："他告诉村民，威格姆已经任命他当奥神谷的新领主了。"

"他们绝不会认可他的。村长瑟利克——"

"瑟利克死了。加鲁夫让杜达当了村长。"

"奥神谷是我的！这写在了你同我父亲达成的协议里！"

"威尔夫没有权力将那地方送给你。我们家族世世代代是那里的领主。"

"可他还是送给了我。"

"显然这份赠予是有期限的——以威尔夫的在世时间为限，而不是你的。"

"满口胡言。"

温斯坦耸耸肩："不然你想干什么？"

"用不着我干什么。只有埃塞尔雷德国王有权任命新郡长，而不是你。"

"我觉得你或许被幻觉蒙蔽了。"温斯坦说，他严肃的语气让蕾格娜心头一凛，"我给你解释下如今国王在想什么。维京海盗的舰队还在英格兰水域徘徊，他们没有回家，而是在怀特岛过了冬。埃塞尔雷德已经和他们达成了休战协议，他必须向他们支付两万四千镑银币。"

蕾格娜惊骇不已。如此巨大的金额，她闻所未闻。

"你可以想象，"温斯坦继续道，"国王正忙着四处筹钱呢。此外还有一件更重要的事需要他费心，那就是他的婚礼。"

埃塞尔雷德娶了约克的埃尔夫吉福，但王后在分娩他们的第十一个孩子时过世了。

温斯坦继续道："他将迎娶诺曼底的埃玛。"

蕾格娜再次惊讶得说不出话来。她认识埃玛，那是鲁昂伯爵理查的女儿，五年前蕾格娜离开诺曼底的时候，埃玛还只是个十二岁的孩子，如今她十七岁了。蕾格娜突然想到，一个嫁给英格兰国王的诺曼姑娘可以成为自己的盟友。

温斯坦却另有打算："国王有这么多事操心，你觉得他有多少闲工夫来决定谁当夏陵的郡长？"

蕾格娜一时哑然。

"几乎没有时间。"温斯坦自问自答，"他只会看看谁掌控了这一区域，然后直接批准了事。实际的统治者将成为合法的夏陵郡长。"

倘若真这么顺理成章，蕾格娜想，你就不会这么急迫地要我嫁给威格姆了。但她并没有将这一想法说出来，因为她突然想到了另一个问题——如果她坚决拒绝威格姆的求婚，温斯坦会做何反应？他会寻找另一种解决办法。他的选项有很多，而其中一个让蕾格娜尤为担心。

温斯坦可以杀了她。

第三十三章

一〇〇二年，八月

埃德加已经杀了两个人。第一个是维京海盗，第二个是斯蒂奇。要是巴达因为锁骨碎裂而死，那就算杀了三个。埃德加忍不住怀疑自己是个杀人犯。

武装士兵从不会反省自己是不是杀人犯，因为杀戮就是他们生活的一部分。但埃德加是建筑匠。对匠人来说，战斗并不是习以为常的事。可是，埃德加击败了凶神恶煞的武士。或许他应该为自己感到骄傲，毕竟斯蒂奇是一个冷血杀手。尽管如此，埃德加还是心神不宁。

斯蒂奇之死并未解决任何问题。加鲁夫已经控制了奥神村，而且如今他肯定正在对村民大发淫威。

到达夏陵后，埃德加径直前往郡长大院。他卸下巴特里斯的马鞍，将它带到池边饮水，然后将它放到附近的牧场，同其他马一起吃草。

埃德加边朝蕾格娜的房子走去，边寻思——或许这种想法很愚蠢——她已经成了寡妇，样子会不会有变化呢？他已经同蕾格

253

娜相识五年，这段时间里，她一直属于另一个男人。她的眼中会闪烁不一样的神采吗？脸上会泛出新的微笑吗？走起路来会不会不再像先前那样束手束脚了？

埃德加发现蕾格娜在家。虽然外面阳光灿烂，但她却待在房里，坐在长凳上，盯着虚空，陷入沉思。她的三个儿子和卡特的两个女儿在卡特和阿格尼丝的看护下睡着午觉。一见到埃德加，蕾格娜的心情似乎好了些，脸色也没那么阴沉了。埃德加将一皮包银币递给蕾格娜："这是您从采石场获得的收入。我觉得或许您需要钱。"

"谢谢！威格姆夺走了我的财宝箱，我身无分文，但现在，你救了我。他们想将我的一切抢走，包括奥神谷。但国王对贵族寡妇负有责任，他迟早会对威格姆和温斯坦的所作所为做出裁决。你那边情况怎样？"

埃德加挨着蕾格娜坐在长凳上，压低声音，以免仆人听见："我刚从奥神村过来，我亲眼看见斯蒂奇杀了瑟利克。"

蕾格娜瞪大了眼睛："斯蒂奇死了……"

埃德加点点头。

蕾格娜没有发声，只是做口型问："你干的？"

埃德加又点了点头。"但没有人知道。"他低声说。

蕾格娜握住埃德加的拳头，似乎在默默感谢他。埃德加感觉被她触碰到的地方热辣辣的。然后她恢复了正常的声音："加鲁夫肯定暴跳如雷吧。"

"当然。"埃德加想起刚才见到她一脸沮丧，便问，"您这边情况如何？"

"威格姆想娶我。"

"上帝啊，千万不要！"埃德加大惊失色，他不希望蕾格娜嫁给任何人，尤其是威格姆这样恶心的人渣。

"这是不可能的。"蕾格娜补充道。

"很高兴您这么说。"

"但接下来他们会干什么？"蕾格娜的脸上浮现出埃德加前所未见的神情，那忧心如焚的模样让埃德加不由得想将她拥入怀中，告诉她，自己会为她遮风挡雨。蕾格娜继续道："我是他们必须解决的麻烦，他们是不会让埃塞尔雷德国王来裁决争端的——国王不喜欢他们，可能不会遂他们的愿。"

"但他们会干出什么来呢？"

"他们可以杀了我。"

埃德加摇头道："这样做必然引发丑闻……"

"他们会说我是突然病死的。"

"上帝啊。"埃德加从未想过温斯坦他们竟然如此胆大包天。他们本就残酷无情，杀死蕾格娜完全可以预料，但这会让他们麻烦缠身，焦头烂额。可话又说回来，他们本就是赌徒。埃德加大感惊恐。"我们必须想办法保护您！"他说。

"现在我没有侍卫。伯恩死了，武装士兵也转而效忠威格姆了。"

两个女仆已经可以听到他们的谈话，因为他们恢复了正常音量。卡特听到蕾格娜的最后一句话，忍不住用诺曼法语咒骂了一句："卑鄙的畜生！"伯恩是她的亡夫。

埃德加对蕾格娜说："或许您应该离开这个大院。"

"但这就等同于投降啊。"

"只是暂时的。您要将官司打到国王那里去，而您必须活着才能做到这点。"

"我可以去哪儿呢?"

埃德加想了想:"麻风岛怎么样?修女的教堂里有一把庇护之椅。就算是威格姆,也不敢在那里杀害贵族女人,不然英格兰的每个大乡绅都会把杀他复仇当作应尽的义务。"

蕾格娜两眼放光:"这主意真聪明。"

"我们应该马上出发。"

"你会同我一起走吗?"

"当然,您什么时候可以走?"

蕾格娜犹豫片刻,然后下定决心:"明天早上。"

埃德加觉得这一切听上去太容易了,美好得不像是真的。"他们会试图阻止您的。"

"没错。所以我们天亮前就出发。"

"那之前您得小心啊。"

"好的。"蕾格娜转身面对卡特和阿格尼丝,她们瞪大了眼睛听着这番话,"你们晚餐前不要动,表现得一切如常就行。等天黑之后,开始收拾孩子们需要的东西。"

阿格尼丝说:"我们需要食物,要我去厨房拿吗?"

"不用,那样会暴露的。去城里买面包和火腿吧。"蕾格娜从埃德加给她的皮包里拿出三枚银便士递给阿格尼丝。

埃德加说:"不要骑您自己的马。德恩治安官会把坐骑借给您。"

"我必须扔下阿斯特丽德吗?"

"随后我会回来牵它。"埃德加站起身,"今晚我会待在德恩治安官家。我会跟他商量借马的事。夜深之后,通知我你们是否做好了明早出发的准备，行吗？"

"当然。"蕾格娜紧握住埃德加的手，埃德加又想起他们在德朗渡口他家中那番撩人的亲密谈话。将来还会有更亲密的时刻吗？他几乎不敢奢望。"谢谢你，埃德加，谢谢你为我做的一切。我都记不清你为我做过多少事了。"

埃德加想要告诉蕾格娜，他之所以做这一切，都是因为他爱她。但在卡特和阿格尼丝面前，他难以启齿，只好说了句："您好人有好报，这些是我该做的。我做得还不够呢。"

蕾格娜微笑着松开了埃德加的手，埃德加转身离开了。

* * *

"我们一不做二不休，干脆宰了蕾格娜。"威格姆说，"她死了，事情就好办多了。"

"相信我，我也想过这么干。"温斯坦说，"她是咱们的绊脚石。"

此时他们正在主教宅邸的二楼喝苹果酒。这个时节天气炎热，让人口渴难耐。

温斯坦想起德恩治安官发出的威胁，说蕾格娜要有三长两短，就要杀了自己偿命。但温斯坦根本没把这一威胁放在心上。许多人想取温斯坦的性命，要是他因此惶惶不可终日的话，那就干脆从今往后都不要出门算了。

威格姆说："没了蕾格娜，整个郡就无人可以挑战我的继承权了。"

"就算有，也难以服众。国王会选择谁？诺伍德的德奥曼是个就快看不见的瞎子，拉夫堡的瑟斯坦是优柔寡断的窝囊废，让他领头唱歌都费劲，更别提带军队打仗了。其他大乡绅比富裕的农民好不到哪儿去。你的经验和关系无人能及。"

"既然如此……"

温斯坦的话，威格姆常常无法一次听懂，温斯坦不得不反复解释，他对此恼怒不已。但这一次，他在做解释的同时，也在自己脑子里把问题捋清楚了。"我们只需将她控制住即可。"

"这怎么可能比杀了她更管用？我们可以设个圈套，让别人顶罪，就像杀了威尔夫之后干的那样。"

温斯坦摇头道："我们可以这么干，但我们不能再贪图侥幸。没错，我们第一次蒙混过关了，但也十分危险，因为有许多人并不相信是卡尔文杀了威尔夫。可是，在第一次谋杀之后，这么快又发生第二桩对我们有利的谋杀，势必招致高度怀疑。所有人都会觉得我们是凶手。"

"或许埃塞尔雷德国王会相信我们。"

温斯坦鄙夷地笑了："他连假装支持都懒得做一下。我们从两方面侵夺了他的特权：首先，我们先斩后奏，让他无法选择新郡长。其次，我们还干预了一名贵族寡妇的命运。"

"他肯定更操心筹措两万四千镑银币的事吧。"

"暂时如此，可一旦搞到钱，他就会随心所欲了。"

"这么说，我们得让蕾格娜活下去。"

"只要有可能的话，就得这样做。但必须将她握在我们的手心里。"温斯坦一抬头，看见阿格尼丝走了进来。"而这就是能帮我们实现目标的乖乖鼠。"温斯坦见阿格尼丝提着一只篮子，"你去买东西了吗，我的乖乖鼠？"

"这是路上吃的口粮，主教大人。"

"进来，坐我大腿上。"

阿格尼丝又惊又窘，但也兴奋不已。她放下篮子，坐到温斯坦的大腿上，腰挺得笔直。

温斯坦问："说吧，你们这是要去哪儿啊？"

"蕾格娜要去德朗渡口，得走两天。"

"我知道那地方有多远。但她为什么要去那儿呢？"

"她说她决不会嫁给威格姆，她担心您发现这点后而谋害她。"

温斯坦看着威格姆，这正是他所担心的事，幸好被他提前知道了。安插卧底在蕾格娜身边是多么明智的决定啊。"她怎么会闹这么一出的？"

"我也不知道，不过埃德加突然来给她送钱，这主意就是那小子想的。蕾格娜会住在女修道院里，她觉得在那儿，你就伤害不了她了。"

蕾格娜多半是对的，温斯坦暗忖。他可不想跟整个英格兰为敌。"她什么时候走？"

"明天破晓时分。"

温斯坦抚摸着阿格尼丝的乳房，令她战栗不已，欲火升腾。"干得棒，我的乖乖鼠。"他亲昵地说，"这是很重要的情报。"

阿格尼丝用颤巍巍的声音说："能让您开心，我太高兴啦。"

温斯坦冲弟弟眨了眨眼，把手伸进了她的裙子。"都这么湿了啊！"他说，"我好像也让你开心了哦。"

阿格尼丝呻吟道："是的。"

威格姆忍不住笑出了声。

温斯坦将阿格尼丝从大腿上抱下来。"跪下，我的乖乖鼠。"他说，然后撩开了自己的外衣。"你知道该怎么做吗？"

阿格尼丝把头埋进温斯坦的胯间。

"啊，对了。"他叹息道，"看来你知道。"

* * *

夜色降临后，蕾格娜偷偷溜出大院。她将兜帽罩在头上，匆匆穿过城市的街道。她要去见埃德加，这让她心花怒放。她意识到自己时常如此——每次去见埃德加，她都会喜不自胜。自从她来到英格兰，埃德加一直是她忠实可靠的好朋友。

蕾格娜发现德恩治安官和他妻子正准备上床睡觉。德恩告诉她，埃德加住在大院的一间空房里，并将蕾格娜带去了那儿。房间里只点着一支灯芯草蜡烛。埃德加站在火炉旁，但炉子没有生火——天气已经相当温暖了。

德恩干脆利落地说："您的马天一亮就备好。"

"谢谢。"蕾格娜说。一些英格兰人品行端正，但另一些就肮脏龌龊，她想。不过，也许哪里都有这两种人。"您很可能救了我的命。"

"我只是做了我觉得国王希望我做的事。"德恩说，然后他又补充了一句，"我很乐意能帮助你们。"德恩看着埃德加和蕾格娜，脸上挂着淡淡的微笑："我先告辞了，你们把未尽事宜安排好吧。"说着，他走了出去。

蕾格娜的心跳加速了。她极少同埃德加单独相处——事实上，每次单独相处的情形，蕾格娜都清清楚楚地记得。第一次是五年前在德朗渡口，埃德加划船将她送到麻风岛。她还记得当时天色昏暗，雨点啪嗒啪嗒地打在河面上，他用强壮的臂膀将她从船上抱下来，走过浅滩，来到干燥的地面。第二次是四年之后，在奥神村采石场他的房子里，她吻了他，让他尴尬得要死。第三次是在德朗渡口，他为她送的书专门做了个盒子，当他向她展示盒子时，她实际上承认了他对她的爱让她感到安心。

而这是他们第四次单独相处。

蕾格娜说："我一切都准备好了。"她是指逃离行动。

"我也是。"埃德加看上去忐忑极了。

"放松。"蕾格娜说，"我又不会咬你。"

他羞怯地咧嘴一笑："我还巴不得你咬呢。"

蕾格娜在微光之中看着他。此时此刻，她只想将埃德加拥入怀中。这似乎是世上最自然不过的事了。蕾格娜走上前去，"我发现一件事。"她说。

"什么事？"

"我们不是朋友。"

埃德加立刻明白了。"哦，我们不是。"他摇着头说，"我们完全是另一种关系。"

蕾格娜双手捧住埃德加的脸颊，触摸着他柔软的胡须。"多英俊的脸啊，"她说，"刚毅、智慧、善良。"

埃德加垂下了目光。

蕾格娜说："我让你难为情啦？"

"是的，但别停下来。"

她想起了威尔武夫，真不知自己怎么会爱上那么个起起武夫。一定是少女心作祟吧，她想。她现在感受到的才是成熟女人的欲望。但她不能将心中的想法说出来，一个字也不行，于是她只好吻埃德加。

那是一个温柔的长吻，他们的嘴唇轻轻地试探着对方。蕾格娜抚摸着埃德加的面颊和头发，感受到他的手搂住了自己的腰。许久之后，她才喘息着结束亲吻。"哦，天啊！"她说，"你能给我更多吗？"

"你想要多少，我就给多少。"埃德加说，"我一直为你备着呢。"

一阵负疚感涌上蕾格娜心头："对不起。"

"为什么道歉？"

"害你等了五年这么久。"

"等十年我也心甘情愿。"

蕾格娜的热泪夺眶而出："我配不上你这份爱。"

"不，你配。"

蕾格娜希望做点能取悦埃德加的事，便问："你喜欢我的乳房吗？"

"是的。这些年里，我的视线从未离开过那里。"

"你想摸摸吗？"

"想。"埃德加用嘶哑的嗓音说。

蕾格娜弯下腰，抓住裙边，迅速地拉过头顶，然后便一丝不挂地站在他面前。

"哦，老天。"埃德加说。他用双手爱抚蕾格娜，轻捏揉压着她的肌肤，用颤巍巍的指尖触碰她的乳头。埃德加的呼吸越来越快。他觉得自己就像饥渴难耐许久终于发现甘泉的人。过了一会儿，他问："我能亲这里吗？"

"埃德加，"蕾格娜说，"你想亲哪里都可以。"

埃德加埋下头，蕾格娜抚摸着他的头发，借着摇曳的灯光，注视着他的嘴唇在她肌肤上游走。

他的亲吻越来越急切，蕾格娜说："使劲嘬的话，会吸出奶来的。"

埃德加不禁失笑："你喜欢我嘬吗？"

埃德加在激情时刻也能笑出声，蕾格娜喜欢他这样，于是，她笑盈盈地答道："我不知道。"

这时，埃德加又严肃起来："我们能躺下吗？"

"等等。"蕾格娜俯下身，撩起埃德加的外衣下摆。掀到腰间之后，她亲了亲埃德加的下体，然后将他的衣服从头上脱下来。

他们并排躺下，蕾格娜用手探索着埃德加的全身，摸他的胸，摸他的腰，摸他的大腿；而埃德加也对她做着同样的事。蕾格娜感受到埃德加的手伸进她的双腿之间，他的指尖探入自己潮湿的缝隙。强烈的快感袭来，她不由得浑身战栗。

蕾格娜果然忍不下去了。她翻身骑在埃德加身上，引导他进入自己体内。蕾格娜慢慢动起来，然后越来越快。她俯视着埃德加的脸，心想：我都不知道自己竟然如此渴望同他做爱。他给我的不仅是激情、愉悦和兴奋，还给了我亲密无间和坦率真诚。他给了我爱。

埃德加闭上眼，但蕾格娜并不希望他那样，于是她便说："看着我，看着我。"埃德加睁开眼。"我爱你。"蕾格娜说。然后她被潮水般的纯粹快感所淹没，不禁叫出了声，同时感觉埃德加也在她体内痉挛起来。高潮持续了很久，然后蕾格娜瘫倒在埃德加胸口，激情的释放让她精疲力竭。

蕾格娜趴在埃德加身上，过去五年的记忆浮现在眼前，仿佛一首终于回想起来的诗。她想起了"天使号"上遭遇的可怕风暴；想起了抢走她要送给威尔夫的结婚礼物的那个戴头盔的不法之徒；想起了第一次见到威格姆时那只摸上她胸部的讨厌的手；想起了得知威尔夫已婚且有一子时自己的震惊；想起了威尔夫移情别恋卡尔文时自己的痛苦；想起了威尔夫遇害时自己的恐惧；想起了温斯坦的邪恶。但所有这些事的背后都有埃德加的身影。他对她的友善发酵成仰慕，然后升华成炽热的爱情。感谢上帝将埃德加赐给了我，蕾格娜想，感谢上帝。

* * *

蕾格娜回自己的房间后，埃德加在幸福的眩晕中躺了很久。他本以为自己命中注定要经历两段不可能善终的爱情——他爱的第一个女人死于非命，而他爱的第二个女人又高不可攀。可现在，蕾格娜说她爱他。瑟堡的蕾格娜，全英格兰最漂亮的女人，爱建筑匠埃德加。

埃德加重温着刚才的点点滴滴：亲吻她的肌肤，脱下她的衣服，抚摸她的双乳；她落在他下体上的吻，那么轻，又那么烫，几乎是不经意的顺带一吻；她叫他睁开眼，看着她。世上曾有人像他们一样热烈地享受彼此的肉体吗？曾有人像他们一样深爱彼此吗？

唔，多半有，埃德加想，但也许不多。

带着满心的欢喜，他渐渐沉入了梦乡。

修道院的钟声唤醒了埃德加。他的第一个念头是：我真的同蕾格娜做过爱？第二个念头是：我是不是迟到了？

是的，他同蕾格娜做了爱。没有，他还没迟到。修士们会在天亮前一小时起床。他还有充足的时间。

埃德加和蕾格娜都没想过两天之后的事。他们会离开夏陵，前往德朗渡口，蕾格娜会在女修道院里避难，然后他们才会考虑将来怎么办。可现在，他忍不住盘算起来。

埃德加同蕾格娜之间社会地位的差距已经没有先前那样大了。埃德加是一位功成名就、小有资财的工匠，在德朗渡口和奥神村举足轻重。蕾格娜虽说是贵族女人，但已经成了寡妇，而她的经济收入还被温斯坦截断了。他们不再是一个天上，一个地下，但依然高下有别。埃德加对此无能为力，但他决定不让这一缺憾破坏今天的快乐心情。

埃德加在厨房里找到德恩治安官，后者正在用早餐——一盘冷牛肉加一杯啤酒。埃德加又紧张又兴奋，根本不觉得饿，但还是吃了点东西——他需要足够的体力。

德恩看了看门外的天空，说：“天快亮了。”

埃德加眉头一皱。蕾格娜可不是会迟到的人。

他朝马厩走去。马夫正在给三匹马上鞍，那是蕾格娜、卡特和阿格尼丝要骑的，还给一匹驮马的驮篮里装口粮。埃德加给巴特里斯上了鞍。

德恩过来说：“一切就绪，只是蕾格娜还没到。”

“我去叫她。”埃德加说。

埃德加匆匆穿过城市。天光渐亮，面包房里升起了青烟，但在前往郡长大院的路上，他一个人也没见到。

有时大院会有人守卫，并设置栅栏，但现在没有——这一年，国王同维京海盗缔结了休战协议，威尔士人也偃旗息鼓了。

埃德加轻轻打开门，整个大院阒寂无声。

他快步朝蕾格娜的房子走去。他用力敲了敲门，又试了试门把手。门没有上闩。他推开门走进去。

里面一个人也没有。

埃德加双眉紧锁，突然心惊肉跳。到底出什么事了？

房间里没有亮灯。埃德加眯着眼，用力朝黑暗中看去。一只老鼠从火炉前跑过，看来炉火早就灭了。双眼适应了从门里透进来的微弱晨光之后，他看见大多数蕾格娜的东西都在这儿——挂在钉子上的衣服、放奶酪的箱子和存肉的柜子、杯子和碗盆，但孩子睡的小床不见了。

蕾格娜踪影全无。冰冷的火炉说明她好几个小时前就离开了，八成是在德恩治安官的大院里同他道晚安之后不久。不论她去了哪个方向，此时都已经离开几英里了。

想必她改变了计划。但她为什么不给埃德加送个信呢？或许有人阻止她这样做。这意味着她极有可能已被人强行劫走并单独禁闭。十有八九是温斯坦和威格姆干的。现在，蕾格娜已经沦为他们手里的囚犯。

埃德加怒火中烧。他们居然如此胆大包天？蕾格娜是自由的女人，还是伯爵的女儿、郡长的寡妇，他们没有权利这样做！

如果他们发现蕾格娜打算逃走，那是谁将计划泄露给他们的呢？或许是治安官的某个仆人，甚至可能是卡特或者阿格尼丝。

埃德加必须找出他们将蕾格娜带到哪里去了。

他怒气冲天地离开房子。他本来做好了与威格姆或温斯坦对质的准备，但威格姆多半离他更近。在夏陵的时候，他睡在自己母亲吉莎的屋里。埃德加大步穿过草坪，前往吉莎的屋子。

门外有一名武装士兵，坐在地上靠着墙打瞌睡。埃德加认出那是埃尔夫加，他身材高大强壮，却是个性格和蔼的年轻人。埃德加没有理会他，径直猛敲大门。

埃尔夫加突然惊醒，跳了起来，脚下东摇西晃。他看了看周围的地面，总算回过神来，捡起一根疙疙瘩瘩、做工粗糙的橡木棍子。他看上去似乎拿不准接下来要干什么。

门被猛然撞开，里面又有一个武装士兵。想必他刚才正在门口睡觉。此人叫福尔克里克，比埃尔夫加更年长，也更小气。

埃德加问："威格姆在这里吗？"

福尔克里克盛气凌人地反问："你是谁？"

埃德加提高嗓门儿道："我要见威格姆！"

"你再瞎嚷嚷，我就打破你的头！"

深处传来一个声音："别担心，埃尔夫加，这家伙只是德朗渡口来的小建筑工。"威格姆从里面的阴影中现身："但他最好给我一个该死的理由，解释一下为什么大清早的来砸我的门。"

"你知道为什么，威格姆。她在哪儿？"

"别不知天高地厚地质问我，不然你就会因为无礼而受惩罚。"

"而你会因为绑架贵族寡妇而受到惩罚，这在国王眼中是对他的严重冒犯，比我对你的冒犯严重得多。"

"没有任何人被绑架啊。"

"那蕾格娜夫人哪儿去了？"

威格姆的妻子米莉和吉莎出现在埃德加身后，两人头发蓬乱，睡眼惺忪。

埃德加继续问："她的孩子在哪儿？国王会想知道的。"

"一个安全的地方。"

"什么地方？"

威格姆冷冷一笑："你不会认为自己可以得到她吧？"

"你才是向她求婚的人。"

米莉问："什么？"显然没有任何人告诉她，她丈夫向蕾格娜求过婚。

埃德加不管不顾地说下去："但蕾格娜拒绝了你，对不对？"他知道挑衅威格姆是愚蠢的，但他怒火攻心，已经克制不住了，"所以你绑架了她。"

"我受够了。"

"你是不是只会通过这一招来得到女人，威格姆？通过绑架她是吗？"

埃尔夫加窃笑起来。

威格姆上前一步，冲埃德加的面门就是一记重拳。威格姆虎背熊腰，唯一的特长就是打架，这一拳让埃德加痛得龇牙咧嘴，他觉得自己的左半边脸火辣辣的。

埃德加头晕目眩的时候，福尔克里克一个箭步冲到他身后，用专业的动作将他死死固定住，然后威格姆朝他肚子上来了一拳。埃德加感觉自己不能呼吸了，不由得一阵惊慌。威格姆朝埃德加裆部踢了一脚。埃德加一时停止了呼吸，痛苦地哀鸣着。然后他脸上又挨了威格姆一拳。

这时，埃德加看见威格姆从埃尔夫加手里接过木棍。

恐惧攫住了埃德加，他担心自己会被活活打死，那样就不会有人保护蕾格娜了。那根棍子画着弧线朝他面门袭来，他扭过头，沉甸甸的木棍正好击中他的太阳穴，一阵剧痛闪电般传遍颅骨。

然后，埃德加的胸上也挨了一棍，他觉得自己的肋骨断了。他浑身瘫软，意识模糊，要不是福尔克里克紧勒着他，他早就站不住，倒在地上了。

　　透过嗡嗡的耳鸣，埃德加听见吉莎在说："好啦，别把他弄死了。"

　　然后威格姆说："把他扔进池塘里。"

　　埃德加被人抓住手腕和脚踝，抬过大院。一分钟之后，他感觉自己被抛入空中，身体入水沉没。一时间，埃德加甚至想干脆躺在池底淹死得了，那样就一了百了了。

　　他翻了个身，跪伏在池底的淤泥中，奋力将脑袋探出水面喘气。

　　他强忍着疼痛，像婴儿一样慢慢爬行，直到池边。

　　他听到一个女人的声音："你这可怜的家伙。"

　　他认出这是厨房女工吉尔达。

　　埃德加挣扎着想站起来。吉尔达抓住他胳膊，帮他站起来。埃德加张开肿胀开裂的双唇，咕哝道："谢谢。"

　　"天杀的威格姆。"吉尔达说。她撑住埃德加的腋下，将他的胳膊搭在自己肩上："你要去哪儿？"

　　"德恩家。"

　　"那走吧。"吉尔达说，"我搀你过去。"

第三十四章
一〇〇二年，十月

　　见到图书馆的藏书日渐丰富，奥尔德雷德欣喜万分。他偏爱英语书，而非拉丁语书，因为这样所有识字的人都能读懂，而不仅限于受过教育的司铎。这里有福音书、圣歌，还有一些礼拜仪式书，自己没有藏书或者藏书寥寥无几的普通乡村司铎可以来这里查阅。他的小缮写室还出售成本低廉的抄本；这里还收藏了一些回忆录和世俗诗歌。

　　小修道院欣欣向荣，从镇子里收的地租越来越多，如今也终于得到贵族捐赠的土地了。修道院里来了新的见习修士，学校里收了住校生。十月里一个不冷不热的下午，年轻的学生正在教堂墓地里唱圣歌。

　　一切都很顺遂，除了蕾格娜和她的孩子、仆人一起不见了。过去两个月，埃德加走遍了城镇乡村，寻找蕾格娜的踪迹，结果他一无所获。他甚至造访了威格姆在奥神村附近修建的狩猎营地。没有人见过蕾格娜从那里经过。埃德加心烦意乱，束手无策，奥尔德雷德不由得心生怜悯。

与此同时，威格姆却将奥神谷的所有地租纳入囊中。

奥尔德雷德问德恩治安官，为什么国王对此不闻不问。"试着站在埃塞尔雷德国王的立场看看，"德恩说，"他认为蕾格娜的婚姻不合法。他本来就拒绝批准这场婚姻，但威尔武夫依然我行我素。王室因为威尔武夫的抗命行为而处罚了他，但他拒绝支付罚金。埃塞尔雷德的权威遭到了挑战，更糟糕的是，他的自尊心受了伤。打那之后，在国王眼中，蕾格娜与威尔武夫的结合就不可能是完全正常的婚姻。"

奥尔德雷德义愤填膺地说："这么说，他是因为威尔武夫的违逆罪而惩罚蕾格娜？"

"不然还能怎样？"

"他可以攻击夏陵啊！"

"那是极端举措——组建军队，焚烧村庄，杀戮叛逆，抢走骏马肥牛和金银珠宝——这是国王的终极手段，只有万不得已时才会采用。一个外国寡妇，国王本就从未批准过她的婚姻，您觉得国王会为这样的女人而兴师动众吗？"

"蕾格娜的父亲知道她失踪了吗？"

"或许知道，但如果他从诺曼底率军来问罪，就意味着对英格兰的入侵。休伯特伯爵绝不会这么干，尤其是在他邻居的女儿即将嫁给英格兰国王的时候。埃塞尔雷德和诺曼底的埃玛定于十一月结婚。"

"可是，国王无论如何必须在国内维持统治，而要做到这一点，他的一项职责就是要保护贵族寡妇的权益。"

"这话您最好亲自告诉他。"

"好吧，我会的。"

奥尔德雷德已经给埃塞尔雷德国王写了信。

国王也做出了回应，命令威格姆交出他亡兄的妻子。

奥尔德雷德认为威格姆会对国王的命令置若罔闻，就像过去屡屡不听王命一样，但这次情况不一样，威格姆只好声称蕾格娜回瑟堡娘家去了。

如果此话当真，至少能解释为什么在英格兰怎么也找不到她，而且她回娘家的话，自然会带上孩子和诺曼仆人。

埃德加又去了趟库姆，没有发现一个人可以证实蕾格娜在那里登过船，但她可能是从别的港口起航的。

就在奥尔德雷德担心埃德加的时候，埃德加自己冒了出来。他已经从上次受的重伤中恢复过来，只是鼻子还有点歪，而且少了颗门牙。他朝教堂墓地走来，身边跟着两个奥尔德雷德认识的人。留着诺曼发型的男人是奥多，矮小的金发女人是他妻子阿德莱德。他们是从瑟堡来的信使，每三个月来给蕾格娜送一次圣马丁村的地租。紧随其后的是护送他们的三名武装士兵。自从铁面人伏法之后，他们就不需要带很多侍卫了。

奥尔德雷德跟他们打了招呼，然后埃德加说："奥多是来这里请求您帮助的，奥尔德雷德院长。"

"我尽力而为。"奥尔德雷德说。

"我希望您能帮忙看守蕾格娜的钱。"奥多用带着法国口音的英语说。

"当然可以。毕竟你们找不到她嘛。"奥尔德雷德说。

奥多沮丧地摊开双手："夏陵的人说她去了奥神村，奥神村的人说她在库姆，而我们就是从库姆来的，知道她不在那里。"

奥尔德雷德点点头："没有人能找到她。既然你希望我帮忙，我自然会看守好她的钱。但我们收到的最新消息是她回瑟堡娘家了。"

奥多闻言大惊："但她不在那里啊！不然我们也不会来英格兰了！"

"她当然不在那里。"奥尔德雷德说。

埃德加问："那她究竟在哪儿呢？"

* * *

威格姆和一队武装士兵冲进蕾格娜的房子，将她、卡特和她们的孩子通通捆起来，堵上嘴。在夜幕的掩护下，他们被带出大院，匆匆扔到一辆四轮车上，罩上了毯子。

孩子们吓坏了。雪上加霜的是，蕾格娜无法出言安慰他们。

路上的车辙干了，车在这条凹凸不平的土路上走了好几个小时。从听到的交谈声判断，护送他们的大概有六个骑兵。只是他们很安静，极少说话，即便说，也是窃窃私语。

孩子们哭累了，便直接睡了过去。

车终于停下，毯子也撤去了，这时，天已经亮了。蕾格娜看见他们来到森林里的一块开阔地。阿格尼丝跟护送队待在一起，这时，蕾格娜才意识到她是叛徒。阿格尼丝把蕾格娜给出卖了，想必蕾格娜要同埃德加逃走的计划就是她告诉温斯坦的。长久以来，这个女裁缝因为蕾格娜处死了她丈夫奥法而暗怀怨恨。蕾格娜不由得咒骂自己当时不该有恻隐之心，重新雇用这个蛇蝎心肠的女人。

蕾格娜看到孩子们的小床也同她们这些囚犯一起放在车上。

可他们一路上被毯子盖着，村民看到这群人经过时会怎么想呢？他们当然不会想到这是一场绑架，因为他们看不见女人和孩子。蕾格娜猜想，在外人看来，既然有武装士兵护送，那毯子下藏着的八成就是大量银币或者其他值钱的东西，它们属于富裕的贵族或者神职人员，正在两地间转运。

这会儿，趁四下无人，阿格尼丝解开孩子们，让他们在空地边缘撒尿。他们当然不会逃跑，因为那就等于抛下自己的母亲。阿格尼丝给他们吃了浸过牛奶的面包，然后又把他们绑起来，堵上嘴。接着松开的是孩子们的母亲，一次一个，在士兵的严密监视下上了厕所，然后草草吃喝了点东西。这一切结束后，囚犯们又被罩起来，车继续摇摇晃晃地上了路。

后来他们又停了两次，每次间隔几个小时。

当晚，他们到达了威尔武夫在森林里的狩猎营地。

在婚后早期的幸福时光里，蕾格娜来过这个地方。她一向喜欢打猎，而这让她想起了同威尔夫在诺曼底打猎的情形，他们一起杀死了一头野猪，然后热情地拥吻。但在他们的婚姻出现危机之后，她就对追捕猎物丧失了热情。

蕾格娜记得，狩猎营地地处偏僻，与世隔绝。营地里有马厩、狗舍、储藏室，还有一座大房子。一个看门人和他妻子住在一幢较小的房子里，但除了他们，没有人有任何理由来这里，除非是狩猎队。

蕾格娜和其他人被带进大房子，松了绑。看门人给两扇窗户钉上木条，让她们打不开窗板，还在门外侧安了一根横木。看门人的妻子端来一锅粥给她们当晚餐，然后便走开了，直到第二天早上才回来。

这是两个月前的事了。

阿格尼丝一直给她们送食物。她们获准每天放风一次，但蕾格娜从没有和孩子们同一时间被放出来。威格姆的两名私人侍卫——福尔克里克和埃尔夫加——总是守在门外。根据蕾格娜的观察，这里从没有外人来访。

威格姆和温斯坦不可能这样对待一位英格兰贵族女人。她有一个强大家庭作为后盾，父母亲戚财力雄厚，兵力强盛，知道她失踪之后，他们肯定会来找她，要求国王支持她的权利主张，不然就率军来夏陵讨公道。然而，她的家人与她相隔太远，鞭长莫及。

阿格尼丝来送食物时，总喜欢带来些坏消息："你那朋友埃德加闹了好大一场动静哟。"她一来就说。

"我就知道他会。"蕾格娜答道。

卡特补充说："他是我们的忠实朋友。"

阿格尼丝没有理会卡特的讥讽。"他被打得遍体鳞伤。"她充满恶意地说，似乎从中感到了极大的满足，"福尔克里克勒住他，威格姆用木棍揍他。"

蕾格娜喃喃道："愿上帝救助他。"

"我不知道上帝会怎样，反正吉尔达将他带去了德恩治安官家。整整二十四小时他都站不起来呢。"

至少他还活着，蕾格娜想。威格姆没有打死埃德加。威格姆本就同国王有龃龉，或许他不愿再闹出人命官司。

阿格尼丝坏归坏，但蕾格娜却可以利用她，从她嘴里套出情报。"他们不能把我们关在这儿太久。"一天，蕾格娜说，"有人知道威尔武夫在这儿有狩猎营地，很快就会有人来这儿找我们。"

"不，没人会来的。"阿格尼丝得意扬扬地说，"威格姆对外宣称这个地方被烧毁了。他甚至在奥神村附近建了新的狩猎营地。他说那儿的猎物更多。"

这肯定是温斯坦的主意，蕾格娜绝望地想。威格姆太蠢，根本想不出这招。

饶是如此，他们被关在此处的秘密也不可能永远保守下去。森林并非空无一人，烧炭的、捕马的、伐木的、挖矿的，甚至是逃犯都会在林中出没。也许他们会被武装士兵吓走，但免不了会有人从灌木林中窥视。或早或迟，总会有人怀疑狩猎营地里关着囚犯。

然后便会谣言四起。大家会说这座房子里住着双头怪，或者女巫在这里集会，或者这里停放着一具棺材，尸体会在月圆之夜复活，试图破棺而出。不过，总会有人将这座牢房同失踪的贵族女人联系起来。

但这要等多久才会发生呢？林中居民生活闭塞，几乎不与普通农民或城里人接触。他们会一连几个礼拜不同陌生人说话。某个时候，他们不得不带着一群刚驯服的马或一车铁矿石去市场，但那八成要等到明年春天去了。

几个礼拜过去了，几个月过去了，蕾格娜陷入了消沉抑郁之中。孩子们无时无刻不在抱怨，卡特也动不动就发脾气，蕾格娜发现自己早上起床后，竟然找不到理由洗脸了。

然后，蕾格娜发现更可怕的事——比她已遭遇的一切可怕得多的事——正等着她呢。

蕾格娜通过墙上的刻痕来记录过去的日期。就在万圣节前不久，威格姆到了。

门外夜色已经降临，孩子们也睡了。蕾格娜和卡特坐在火炉旁的长凳上。房间里只点着一支灯芯草蜡烛——他们只获准每次点一支。福尔克里克给威格姆打开门，然后关上，自己留在门外。

蕾格娜仔细打量，发现威格姆并没有携带武器。

"你想干什么？"蕾格娜问，然后当即对自己声音中透出的恐惧感到羞愧。

威格姆竖起大拇指，示意卡特起身，然后径直坐到她的位置上。蕾格娜挪到长凳远端，尽可能远离对方。

威格姆说："给你的时间也够多了，想明白自己的处境没？"

蕾格娜强打精神，总算恢复了几分过去的倔强与尊严："不用给我任何时间我也知道自己遭到了非法囚禁。"

"你已经无权无势、一贫如洗了。"

"我一贫如洗是因为你偷走了我的钱。顺便提醒你，寡妇有权要回自己的嫁妆。我的嫁妆是二十镑银币。你还偷了威尔夫的财宝箱，所以又欠我二十镑银币。你什么时候可以给我这笔钱？"

威格姆说："如果你嫁给我，所有的钱都是你的。"

"但我会失去灵魂。不行，谢谢。我只需要拿回我的钱。"

威格姆摇了摇头，好像很伤心："你为什么这么顽固不化？难道你就不能对男人好点吗？"

"威格姆，你到底为什么上这里来？"

威格姆夸张地长叹一声："我给你提出了如此难得的优厚条件。我会娶你……"

"感谢您的可怜，我可真幸运！"

"然后我们会一起请求国王委托我们联合统治夏陵。希望现在你已经想通，接受我求婚才是你唯一正确的选择。"

"不，我没有想通。"

"你找不到比我更好的结婚对象了。"威格姆用铁钳般的手抓住蕾格娜的上臂，"瞧，我的魅力无法阻挡，你就别假装对我不感兴趣啦。"

"假装？放开我。"

"我向你保证，只要你跟我做一次，你就会巴不得天天上我的床。"

蕾格娜挣脱手臂，站起来："做梦！"

令蕾格娜惊讶的是，威格姆走到门口，轻轻地叩了叩门，然后转身面对她。"我从不放弃梦想。"他说。侍卫打开门，威格姆走了出去。

"感谢上帝。"门关上的时候，蕾格娜说。

"好险啊，您真走运。"卡特说。她返回长凳，坐在蕾格娜身边。

蕾格娜说："他通常不会这么轻易就放弃的。"

"您还是担心他贼心不死。"

"我想，忧心如焚的是威格姆才对。你觉得他为什么会这么猴急地想娶我？"

"谁不会呢？"

蕾格娜摇摇头："他并不是真心想娶我为妻。我太麻烦了。他更喜欢同一个绝不反抗他的女人睡觉。"

"那他向您求婚的目的是什么？"

"他们顾忌的是国王。他们掌控了夏陵，也暂时控制了我，但他们在篡位夺权的过程中得罪了埃塞尔雷德。或许有一天，国王会决定教训他们，让他们知道谁才是英格兰真正的主人。"

"但也许这一天永远也不会来。"卡特说，"国王喜欢多一事不如少一事。"

"没错，但温斯坦和威格姆可猜不准埃塞尔雷德是会雷霆震怒，还是会息事宁人。不过，要是我嫁给了威格姆，那他们如愿以偿的机会就更大，所以他们才会死皮赖脸地反复尝试。"

门开了，威格姆去而复返。

这次，他带来了四名武装士兵，蕾格娜不认识。想必是他从外面带进来的。他们看上去像穷凶极恶的流氓。

卡特失声惊叫。

每两个士兵分别抓住一个女人，将她们摔到地板上，死死摁住。

孩子们哇哇大哭起来。

蕾格娜的手腕和脚踝被固定住，四肢摊开，威格姆抓住蕾格娜衣服的领口，猛然撕开，将她的胴体彻底暴露出来。

一个士兵说："上帝啊，瞧那圆滚滚、颤悠悠的胸脯！"

"不是给你的。"威格姆说，然后掀起外衣下摆，"我干完之后，你们可以干女仆，但这娘儿们不行。她还要做我老婆呢。"

* * *

迎着海面吹来的寒风，温斯坦走进了马格丝在库姆的妓院。这里烟雾缭绕，但温暖舒适，他不由得心生感激。威格姆跟在他身后。马格丝一眼就认出了温斯坦，她扑上来搂住温斯坦。"我最心爱的主教来啦！"她欣喜若狂。

温斯坦亲了亲她："马格丝，可爱的小东西，你还好吧？"

马格丝的视线越过温斯坦的肩膀，"您同样英俊的弟弟也来啦。"她说，然后抱了抱威格姆。

"只要有钱，在你眼中谁都是美男子。"威格姆酸溜溜地说。

马格丝装作没听见，"坐下吧，亲爱的朋友们，喝一杯蜂蜜酒。刚酿好的。希莉丝丽丝！"她打了个响指，一个中年妇女就端上来一只大肚酒瓶和几个杯子。显然这女人之前也是操皮肉生意的，只是现在年老色衰，只好打杂了，温斯坦想。

他们喝了一杯甜得发腻的饮料，希莉丝丽丝又斟满酒杯。

温斯坦看了看坐在房间四周长凳上的女人，有的穿了衣服，有的只披着松松垮垮的外套，一个苍白的女孩则浑身一丝不挂。"多美的景致啊。"他叹息道。

"我这儿有个雏儿，一直给你们留着呢。"马格丝说，"你们谁来给她破个处？"

威格姆问："有多少人给她破过了？"

温斯坦不禁轻笑两声。

马格丝抗议道："你们知道，我绝不会对你们撒谎。我甚至不准她上这儿来，而是把她锁在隔壁屋子里。"

温斯坦说："让威格姆去享受处女吧。我更喜欢有经验的。"

"梅丽怎么样？她可喜欢您啦。"

温斯坦冲一个体态丰满、二十岁上下的黑发女人微微一笑，女人也朝他摆了摆手。"好啊，"他说，"梅丽就挺好。屁股真大。"

梅丽过来坐在温斯坦身边，他亲了亲她。

马格丝说："希莉丝丽丝，去把隔壁的处女给威格姆大人带过来。"

不一会儿，温斯坦对梅丽说："躺到稻草上去，亲爱的，咱们开始吧。"

梅丽将衣服从头上脱掉，然后躺下来。她身体粉嘟嘟、圆滚滚的，温斯坦很高兴自己选了她。温斯坦掀起外衣下摆，跪在梅丽双腿之间。

梅丽发出一声尖叫。

温斯坦吓得往后一缩，不知所措。"这女人怎么回事啊？"他说。

梅丽惊呼："他那儿长了疮。"她嗖地跳起来，护住自己的私处。

"不，我才没有呢。"温斯坦说。

马格丝的语气骤变。刚才的态度是"您想怎么着都随您，亲爱的"，现在她却摆出了女主人说一不二的面孔。"给我瞧瞧，主教。"她公事公办似的说，"给我看看您那家伙。"

温斯坦转过身。

"哦，老天。"马格丝说，"果然长了疮。"

温斯坦低头查看自己的阴茎。靠近顶部的地方有一块一英寸长的椭圆形溃疡，中间有一个鲜红的斑点。"这没什么。"他说，"甚至不疼。"

马格丝欢快的心情一扫而空，声音冷冰冰的。"这可不是没什么。"她言之凿凿地说，"这是梅毒。"

"不可能。"温斯坦说，"梅毒会导致麻风病。"

马格丝的口气松动了，但也只是一点点。"也许您是对的。"她说，温斯坦觉得马格丝在迎合自己，"但不管这是什么，我都不能让我的姑娘们服侍您了。要是这屋子里性病传开的话，英格兰一半的神职人员眨眼间就会病倒的。"

"唉，真扫兴。"温斯坦感觉很沮丧。疾病意味着弱点，而他应该无懈可击才对。何况他已经勃起了，不做不行。"我该怎么办？"他问。

马格丝恢复了几分平日的媚态："您会享受到这辈子最爽的手活儿，由我亲自为您服务，亲爱的主教。"

"唔，如果你最多只能提供这种服务的话……"

"姑娘们会同时给您表演节目。您想看什么？"

温斯坦思考片刻："我想看梅丽的屁股被鞭子抽。"

"好咧。"马格丝答道。

梅丽说："哦不。"

"少抱怨了。"马格丝对梅丽说，"你知道，挨鞭子可以多挣一笔的。"

梅丽一脸悔痛："对不起，马格丝。我没想抱怨来着。"

"这才对嘛。"马格丝说，"现在转过去，弯下腰。"

第三十五章
一〇〇三年，三月

蕾格娜和卡特正在教孩子们数数歌。快四岁的奥斯伯特基本上可以唱在调子上了。双胞胎才两岁，他们只能跟着哼哼，但已经能学说话了。卡特的两个女儿，一个两岁，一个三岁，年龄居中，学习水平也不上不下。孩子们全喜欢唱这首歌，作为额外的回报，他们也学习了数字。

在这座监狱中，蕾格娜将大部分时间用于带着孩子们忙这忙那，学习知识。她背诵诗歌，编造故事，描绘她造访过的每一个地方。她向他们讲述了"天使号"在英吉利海峡中遭遇的风暴、抢走她结婚礼物的铁面人，甚至还包括瑟堡城堡马厩中的大火。卡特不擅长讲故事，却有一副纯净动听的嗓子和永远也唱不完的法语歌谣。

这两个女人想方设法地哄孩子们开心，也借此令自己免于陷入绝望的泥潭，不会自寻短见。

歌唱完之后，门开了，一名侍卫朝里打量。是埃尔夫加，他是小伙子，不像福尔克里克那样冷酷，对蕾格娜他们很是同情。他经常给蕾格娜讲各种新闻。蕾格娜就是从他那里了解到，维京海盗又在斯韦恩国王的带领下，袭击英格兰西南各郡了。埃塞尔雷德花了两万四千镑银币买来的停战协议只维持了一年多。

蕾格娜几乎希望维京海盗占领英格兰西南各郡。虽然她可能被维京人俘获，但也可能被瑟堡的亲人赎回。至少这样她就可以离开这座监狱了。

埃尔夫加说："放风时间到了。"

"阿格尼丝在哪儿？"蕾格娜问。

"她身体不舒服。"

蕾格娜一点也不难过。她讨厌看到阿格尼丝。就是这个女人背叛了她，导致她身陷囹圄。

冷风从敞开的门中透进来，蕾格娜和卡特给急于外出的孩子们裹好斗篷，然后放他们到外面撒腿乱跑。埃尔夫加关上门，从外面上了闩。

孩子们离开后，蕾格娜不再苦撑，径直跌进了痛苦的深渊。

根据她在墙上刻画的日历，她们已经被关在这里四个月了。地板上的灯芯草里已经生跳蚤了，她头发里也满是虱卵，她还开始咳嗽。房间里恶臭难闻——两名成人和五个孩子只能用一只罐子大小便，因为他们被禁止去外面上厕所。

在这里滞留一日，蕾格娜的生命就虚度一天。每天早上醒来发现自己仍是囚徒的时候，她就会感到一股深深的怨恨，如同锋利的箭头扎在她的心坎上。

昨天，威格姆又来了。

幸运的是，如今，威格姆来得没那么频繁了。一开始，他每周来一次，现在差不多一个月才来一次。蕾格娜已经学会了闭上眼睛去想象从瑟堡城堡墙头看到的景色，想象吹在她脸上的带着咸味的清爽海风，直到感觉威格姆那东西像鼻涕虫一样从她身体中抽出。她祈祷他会很快对她完全丧失兴趣。

孩子们回来了，被冻得满脸通红，现在轮到两个女人披上斗篷出去了。

她们来回不停地走着，以保持温暖，埃尔夫加也跟着她们。卡特问埃尔夫加："阿格尼丝出什么事了？"

"她长了痘疮。"埃尔夫加说。

"希望她因此死掉。"

三人沉默了片刻，然后埃尔夫加挑起了新话题："我想我不会在这儿待多久了。"

蕾格娜问："为什么？没了你，我们会难过的。"

"我得去打维京海盗。"埃尔夫加装出欣喜的模样，但蕾格娜觉察到他故作勇敢背后的隐隐恐惧，"国王正在招募军队去击败八字胡斯韦恩①。"

蕾格娜停下脚步。"你确定？"她问，"埃塞尔雷德国王要来英格兰西南各郡？"

"他们是这么说的。"

骤然而至的希望让蕾格娜的心一下子跳到了嗓子眼儿，"那他肯定会听说我们被监禁起来了。"她说。

埃尔夫加耸耸肩："也许会吧。"

"我们的朋友会告诉他的——奥尔德雷德院长、德恩治安官、莫杜尔夫主教。"

"没错！"卡特说，"然后埃塞尔雷德国王肯定会释放我们！"

---

① 即上文提到的斯韦恩国王。

这一点蕾格娜却不敢肯定。

"他会吧,夫人?"

蕾格娜沉默不语。

* * *

"这是找到蕾格娜的大好机会。"奥尔德雷德院长对德恩治安官说,"我们决不能让机会从指间白白溜走啊。"

奥尔德雷德专程从德朗渡口赶到夏陵同德恩商讨此事。他仔细观察治安官脸上的反应。德恩五十八岁,刚好比奥尔德雷德大二十岁,但他们却有许多共同点。比如,两人会严格遵守规则。德恩的大院布局便足以说明他对秩序的偏爱——牲畜栅栏十分结实,房子整齐排列,厨房和粪堆处在相反的角落,尽量隔开。奥尔德雷德接管德朗渡口以来,德朗渡口也渐渐呈现出秩序井然的模样。但两人也有区别:德恩服务的是国王,而奥尔德雷德侍奉的是上帝。

奥尔德雷德继续道:"现在我们可以肯定,蕾格娜从没有回瑟堡。休伯特伯爵已经向我们证实了这一点,并给埃塞尔雷德国王发起了正式控诉。温斯坦和威格姆骗了我们。"

德恩的回答非常谨慎:"我想看到蕾格娜平安无事,我相信埃塞尔雷德国王也希望如此。"他继续说:"但国王必须平衡多种需求,有时候,各方施加的压力会彼此冲突。"

德恩的妻子威尔伯勒是一个中年妇女,帽子下面露出丝丝白发,她的观点更加尖锐:"国王应该将那个魔鬼威格姆关进监狱。"

奥尔德雷德同意威尔伯勒的观点,但态度更加务实:"国王会在英格兰西南各郡召开法庭吗?"

"他必须召开。"德恩说，"无论他到哪儿，臣民会纷纷赶来觐见，提出要求、指控、请求和建议。他不得不倾听民情，然后大家就会期待他做出裁决。"

　　"他会在夏陵召开法庭吗？"

　　"如果他来这里，那他就会。"

　　"无论是在这儿，还是在别的地方，他都必须对蕾格娜的事情有所表示，这是确定无疑的！"

　　"他迟早得表态。他的权威遭到了蔑视，他绝不允许这种情况持续下去，但还得考虑时机的问题。"

　　德恩对每个问题的回答都是"未必"，奥尔德雷德满心失望地想，但或许王室官员都会如此谨小慎微。与其相反，在修道院里，罪过就是罪过，没有什么好犹豫不决的。他说："埃塞尔雷德国王的新妻子埃玛王后肯定会是蕾格娜的强大盟友。她们是诺曼贵族，小时候就认识，而且都嫁给了大权在握的英格兰贵族。她们肯定在我们国家经历了类似的喜怒悲欢。埃玛王后会希望埃塞尔雷德营救蕾格娜的。"

　　"如果没有八字胡斯韦恩这码事的话，埃塞尔雷德是会这样做的。但埃塞尔雷德正在召集军队打仗，同往常一样，他需要依靠大乡绅从城镇和乡村招募士兵。现在可不是同威格姆和温斯坦这种实力强大的权贵闹翻脸的好时机。"

　　结果又是"未必"，奥尔德雷德想。"有没有办法可以影响他的决定呢？"

　　德恩思索片刻，然后道："这得靠蕾格娜自己。"

　　"什么意思？"

　　"只要埃塞尔雷德见到她，就会答应她的任何请求。她有着

287

倾国倾城的容貌，却脆弱得不堪一击，而且是一位贵族遗孀。国王会情不自禁地想为遭受虐待的绝色佳人伸张正义的。"

"但这正是我们面临的问题。我们没法儿带蕾格娜去见国王，因为我们找不到她。"

"没错。"

"所以现在我们无法判定结局，任何事都有可能发生。"

"没错。"

"顺带一提，"奥尔德雷德说，"我在来这儿的路上碰到了威格姆，他正率领一小队武装士兵去相反的方向。你知不知道他要去哪儿？"

"走那条路的话，不管他要去哪儿，都必须经过德朗渡口，因为那条路上没有别的值得关注的地方了。"

"希望他不是去给我找麻烦的。"

奥尔德雷德心事重重地骑马回家，可到家之后，戈德莱夫告诉他，威格姆其实并没有造访德朗渡口。"他肯定在路上出于某种原因而改了主意，然后便回去了。"戈德莱夫说。

奥尔德雷德双眉深锁。"我想也是。"他说。

* * *

军队离德朗渡口还有一英里或更远的时候，奥尔德雷德就听见了喧哗声。一开始，他还不知道这声音是怎么回事，听上去有点像赶集日人声鼎沸的夏陵郡中心——几百乃至几千人同时说笑、发令、咒骂、吹哨、咳嗽，再加上驴叫马嘶，车子嘎吱摇晃，颠簸作响，所有这些融汇成一片嗡嗡的嘈杂声。他还能听到泥路两旁的枝叶被破坏的声音——人和马践踏植物，马车碾压灌木和树苗。来的只可能是一支军队。

每个人都知道，埃塞尔雷德国王即将驾到，但他并未公布行进路线。奥尔德雷德惊讶地发现，国王竟会选择从德朗渡口过河。

奥尔德雷德听见喧闹时，他正在修道院的新建筑内工作。那是一座包含学校、图书馆和缮写室的石制建筑。他把一张羊皮纸放在膝上的一块木板上，用海岛小写体①吃力地抄写着《马太福音》，当时的英语文学作品就是用这种字体书写的。奥尔德雷德虔诚地工作着，因为这是一项神圣的任务。抄写《圣经》的部分章节有双重目的：一方面当然是为了制作一本新书；另一方面，这也是思考《圣经》深层含义的完美方式。

奥尔德雷德有一条规矩：决不允许世俗事务打断精神方面的工作。但现在来的是国王，他不得不停下来。

他合上《马太福音》，塞好墨水瓶，把羽毛笔笔尖在一碗清水中洗净，吹干羊皮纸上的墨水，然后把所有东西放回存放贵重物品的柜子。他不紧不慢地收拾着，心脏却狂跳不已。国王来了！国王才能主持正义，带给他们希望。夏陵专横无道的统治只有埃塞尔雷德国王可以推翻。

奥尔德雷德从未见过国王。他被称为"决策无方的埃塞尔雷德"，因为大家说他的缺点就是总听从糟糕的建议。奥尔德雷德觉得这并不可信。说国王没有听取忠告，这往往是指责国王无能的委婉方式。

不管怎样，奥尔德雷德都不相信埃塞尔雷德是个不擅决策的昏

---

① 海岛小写体，在爱尔兰发明的中世纪文字系统。在爱尔兰基督教的影响下传到盎格鲁－撒克逊人的英格兰和欧洲大陆。——译者注

庸之主。虽然他十二岁便继位，但至今已当了二十五年的国王，这不能不说是一项伟大的成就。没错，埃塞尔雷德未能对屡屡劫掠国土的维京海盗施以决定性的打击，但这些敌人对英格兰的袭扰已经持续了差不多两百年，别的国王照样无法彻底肃清他们。

奥尔德雷德提醒自己，或许埃塞尔雷德今天并不在军中。说不定他去别的地方处理事情了，打算随后再同军队会合。国王不会总是严格遵守自己的计划。

奥尔德雷德走出门外，看到先头部队已经来到河对岸。他们大多是吵吵嚷嚷的年轻人，携带着自制的武器，主要是长矛，还有一些锤子、斧头和弓箭。军中也有零星几位老人和少数妇女。

奥尔德雷德下山来到河边。德朗已经在那儿了，一副气不打一处来的样子。

布洛德指着对面的渡口。几名士兵已经等不及要过河了，他们二话不说就跳进水里游了起来，但多数人不会游泳。奥尔德雷德自己也从没学过游泳。一名士兵领着自己的马入水，自己紧贴马鞍，让马泅了过去，但大多数马驮着沉重的装备。不一会儿，渡口就聚集了大批等待过河的人。奥尔德雷德盘算着他们总共有多少人，全部过河需要花费多少时间。

如果埃德加和他的木筏在这儿的话，时间本可以缩短一半，但埃德加去库姆帮助修士建造城市的防御工事了。最近，埃德加总是抓住一切机会外出，以便继续搜索蕾格娜。他从未放弃。

布洛德划船来到对岸，宣告了价格。士兵们没有理会她的要求，径直挤到船上，十五，二十，二十五。他们完全不明白船的安全载客量是多少，奥尔德雷德看见布洛德同几名士兵激烈争吵，后者不情不愿地下船等待下一轮。上船十五人之后，布洛德将船撑离了河岸。

他们抵达这边河岸之后，德朗大吼："钱在哪儿？"

"他们说没钱。"布洛德答道。

士兵们陆续下船，将布洛德推到一边。

德朗说："他们不给钱，你就不能让他们上船。"

布洛德不屑地看着德朗："你有本事就自己过去试试。"

一名士兵听到了这番对话。他年纪稍长，佩有宝剑，多半是领队之类的长官。他对德朗说："国王是不会付船费的，你最好把我们的人全运过来，不然我们就把整个村子给烧了。"

奥尔德雷德说："没必要动粗嘛。我是奥尔德雷德，这里修道院的院长。"

"我是军需官森里克。"

"你们这支军队有多少人，森里克？"

"大概两千人。"

"这个奴隶女孩无法在短时间内将所有人送过河，那得花一两天。你们为什么不自己划船呢？"

德朗插话道："这关你什么事，奥尔德雷德？船又不是你的！"

奥尔德雷德说："闭嘴，德朗。"

"你以为自己是谁啊？"

森里克呵斥德朗："闭嘴，你这白痴，不然我就割断你的舌头，然后把它塞进你的喉咙里。"

德朗张开嘴，正欲作答，然后似乎突然意识到森里克不是在虚张声势，而是真的会说到做到，于是他立刻改变主意，闭上了嘴。

森里克说："你说得对，院长，这是唯一的办法。我们要定个规矩——船上留下的最后一人负责把船撑回去，然后再过来。我会在这儿站一个小时，确保他们执行命令。"

德朗回头一看，发现一些士兵进了酒馆。他魂飞魄散地说："哎哟，他们得付酒钱才行啊。"

"那你最好去服侍他们。"森里克说，"我们会努力让士兵明白酒水不是免费供应的。"然后他不无讥讽地补充道："要知道，你可是在渡河问题上帮了大忙的啊。"

德朗飞也似的跑进酒馆。

森里克对布洛德说："你再去运一轮，奴隶女孩，然后就会有士兵接替你。"

布洛德上船撑走了。

森里克对奥尔德雷德说："你们修士有什么好吃好喝的，我们全买了。"

"我去看看我们能分出多少来。"

森里克摇头道："不管你能不能分给我们，我们全都买了，院长神父。"他的语气并无恶意，但又不容反驳："军队想要的东西，没人敢说'不'。"

他们还会决定购买的所有东西的价格，奥尔德雷德想，而且不准讨价还价。

奥尔德雷德问出了谈话开始后一直在脑中挥之不去的问题："埃塞尔雷德国王也在军中吗？"

"哦，是的。他在军队的前部，和高级贵族在一起。他马上就到这里。"

"那我最好在修道院为他准备一顿膳食。"

奥尔德雷德离开河岸，上山来到布卡·菲什家，将石板上的所有鲜鱼买走了，答应随后再付钱。布卡很开心能卖掉存货，因为他担心那些大兵说不定会来强征，或者干脆偷走。

奥尔德雷德回到修道院，下令做饭。他让修士们对来索要食物的军需官说，这儿的一切是专门为国王准备的。他们开始摆餐具，拿出红酒和面包、坚果和干果。

奥尔德雷德打开上锁的盒子，取出一个系在皮带上的银色十字架。他将皮带绕在自己颈上，重新锁上盒子。十字架会向所有来访者表明，他是一名高级修士。

奥尔德雷德要对国王说什么呢？多年以来，奥尔德雷德都在期待埃塞尔雷德能到法纪废弛的夏陵地区锄奸扬善，重整秩序。此时他突然发现自己正在搜索枯肠，寻找所需的语句。威尔武夫、温斯坦和威格姆作奸犯科的故事又长又复杂，而且他们的许多罪行很难找到证据。奥尔德雷德打算向国王出示威尔武夫遗嘱的副本，但这只是他的一面之词，更何况看到自己未批准的遗嘱，或许国王会觉得受到了冒犯。实际上，奥尔德雷德需要一周的时间才能将想说的话都写下来，但到时候，国王多半不会阅读。许多贵族都识字，但阅读往往不是他们最喜欢的活动。

奥尔德雷德听到了欢呼声。肯定是国王来了，他离开修道院，快步下山。

渡船向这边驶来。一名士兵正在撑篙，船上只有一人一马。那人站在船头，穿着一件带金色刺绣的花纹红外衣，披着一条丝绸镶边的蓝色披风。他的布绑腿上缠绕着窄窄的皮条，柔软的皮靴子上系着鞋带，一条黄色绸带上吊着一把装在剑鞘里的长剑。这无疑就是国王。

埃塞尔雷德没有看村子的方向，而是转头朝左，注视着被烧焦的浮桥废墟，黑黢黢的横梁依然破坏着码头一带的风景。

埃塞尔雷德牵马走下渡船，来到干燥的地面，奥尔德雷德看见他已经勃然大怒。

埃塞尔雷德见奥尔德雷德佩戴着十字架，知道他是这里的权威，于是带着责备的语气对奥尔德雷德说道："我本以为可以过桥呢！"

怪不得他选择走这条路，奥尔德雷德想。

"到底出了什么事？"国王质问道。

"桥被烧毁了，国王陛下。"奥尔德雷德说。

埃塞尔雷德眯着眼，射出一道锐利的目光："你没有说它'烧毁了'，而是说'被烧毁了'。谁干的？"

"我们不知道。"

"但你有怀疑对象。"

奥尔德雷德耸耸肩："提出没有根据的指控是愚蠢的，尤其是在国王面前。"

"我会怀疑渡船主。他叫什么名字？"

"德朗。"

"好。"

"但他的表亲温斯坦主教发誓说，桥被烧毁那晚，德朗人在夏陵。"

"懂了。"

"请随我前往我们简陋的修道院用点餐吧，国王陛下。"

埃塞尔雷德将马交给随从，同奥尔德雷德一道走上山坡："我的大军得花多久才能渡过这条该死的河？"

"两天。"

"见鬼。"

他们走进修道院，埃塞尔雷德略带惊讶地环顾四周。"唔，你说'简陋'的时候看来不是故作谦虚啊。"他说。

奥尔德雷德给国王倒了一杯红酒。屋内没有专供国王坐的椅子，但他毫无怨言地坐到了长凳上。奥尔德雷德想，即便是国王，在率军出征的路上也不能太挑剔啊。奥尔德雷德偷偷观察国王的面容，发现尽管埃塞尔雷德还不到四十岁，但他看起来却像年近五旬一样。

怎样提出夏陵严重的暴政问题呢？奥尔德雷德仍然没想到最佳方案，但刚才关于浮桥的对话让他冒出一个新想法，于是他说："如果得到资金的话，我就可以造出一座新桥来。"奥尔德雷德这话中有假，因为上座桥并没有花他一分钱。

"我没法儿给你造桥的钱。"埃塞尔雷德当即表示。

奥尔德雷德若有所思地说："但您可以帮我搞到这笔钱。"

埃塞尔雷德长叹一声，奥尔德雷德意识到，觐见国王的人很可能有一半都提过类似的要求。"你想要什么？"国王问。

"如果修道院可以收取通行费，举办一周一次的市场和一年一次的集市，修士们就可以拿回投到造桥上的钱，还可以长期支付桥梁的维护费用。"奥尔德雷德飞速转动脑筋，临时编出听上去合情合理的请求。他没有料到自己会同国王发生这场对话，但他知道这是一次千载难逢的机会，他必须奋力抓住。或许过了今天，他这辈子也不可能同国王说上话了。

埃塞尔雷德问："是什么阻碍了你？"

"您也看到上座桥的下场了。我们是修士，我们手无寸铁，柔弱易欺。"

"你想要从我这里得到什么？"

"一份王室特许证。如今，我们只是夏陵修道院的附属修道院。过去，这里是社区教堂，后来因为腐化堕落而被关闭了——他们在这里伪造银币。"

埃塞尔雷德面色阴沉："我记得，温斯坦主教否认自己知情。"

奥尔德雷德不愿多谈那件事："我们的权利没有任何保障，这导致我们软弱可欺。我们需要一份特许证，赋予本修道院独立的地位，有权建造桥梁，收取通行费，举办市场和集市，如此一来，掠夺成性的贵族就会在攻击我们之前有所忌惮。"

"如果我给你颁发这份特许证，你就会造一座桥？"

"是的。"奥尔德雷德说，他默默希望埃德加会像上次那样出手相助，"而且会很快造好。"他乐观地补充道。

"那就这么定了。"国王说。

奥尔德雷德觉得光有口头承诺是不行的。"我马上就草拟特许证。"他说，"您明天离开这里之前就可以签署。"

"很好。"国王说，"对了，你给我准备了什么吃的？"

* * *

威格姆对温斯坦说："国王已经上路。我们不知道他具体在什么地方，但他几天之内就会到达这里。"

"很有可能。"温斯坦忧心忡忡地说。

"然后他就会正式任命我当郡长啦。"

郡长大院里，威格姆代理着郡长的职务，尽管他从未得到国王的批准。兄弟二人正站在大堂前，望着东面那条从远方延伸到夏陵的大路，仿佛埃塞尔雷德的军队随时会出现一样。

到目前为止，还没有任何大军将至的迹象，只有一人策马小跑过来。寒冷的空气中，马呼出的气体瞬间化为白烟。

温斯坦说："国王仍然有可能提名小奥斯伯特做郡长，并指定蕾格娜担任那孩子的摄政。"

威格姆说："我已经召集了四百名士兵，每天会有更多的人加入。"

"很好。如果国王攻击我们，这支军队就能保护我们；如果他没有攻击我们，这支军队就能去打维京海盗。"

"不管怎样，我会证明自己有能力征集军队，所以我也有能力担任夏陵郡长。"

"我打赌蕾格娜也同样可以出色地征集军队，但幸好国王不知道她有什么本事。走运的话，国王会觉得必须依靠你的帮助才可以得到更多士兵。"

要求继任郡长的本该是温斯坦自己，但他早就错过机会了——大概三十五年前就错过了。威尔武夫是兄长，他们的母亲坚定地安排温斯坦走上了次佳的权力之路——进入教会，担任神职。可世事难料，母亲当年精心安排的一个意外结果便是，骡子一样拗的弟弟威格姆如今坐上了郡长大位。

"但我们还有一个问题。"温斯坦说，"我们不能阻止埃塞尔雷德召开法庭，我们也不能阻止他谈起蕾格娜。他会命令我们交出蕾格娜，到时我们怎么办？"

威格姆叹了口气："真希望能宰了她了事。"

"我们讨论过这个问题了。我们在杀害威尔夫的事情上只是侥幸过关。如果我们再杀了蕾格娜，国王就会对我们宣战。"

刚才路上那名骑手已经策马跑进大院，温斯坦认出来者是德朗，不由得恼怒地咕哝道："这个摇尾乞怜的白痴又来干什么？"

德朗将马留在马厩，然后来到大堂。"您好啊，我的表亲。"他一脸媚笑道，"希望您们一切安好。"

温斯坦说："什么风把你吹来了，德朗？"

"埃塞尔雷德国王到我们村子了。"德朗说，"他的大军正在分批坐我的渡船过河。"

"那得花好久了。他等待士兵过河的时候做了什么？"

"他给小修道院颁发了一份特许证。现在他们得到了国王同意，可以收取通行费，举办一周一次的市场和一年一次的集市。"

"奥尔德雷德在构筑他的权力基础。"温斯坦沉思道，"这些修士放弃了世俗生活，却很清楚如何确保自身的利益啊。"

见温斯坦没有过分震惊，德朗不禁有点失望。"然后军队就离开了。"他说。

"你觉得他们什么时候会到这儿？"

"他们不会来这儿。他们重新过了河。"

"什么？"这才是温斯坦不知道的新消息，尽管德朗并未觉察，"他们掉头回东边去了？为什么？"

"有情报送到，说八字胡斯韦恩袭击了威尔顿。"

威格姆说："维京海盗肯定从克赖斯特彻奇沿河而上了。"

温斯坦并不关心斯韦恩国王是怎样抵达威尔顿的，"难道你不明白这意味着什么吗？埃塞尔雷德回去了！"

"他不会来夏陵了。"威格姆说。

"反正他现在不会来了。"温斯坦心头的巨石总算落了地，他满怀希望地补充了一句，"可能最近都不会来了。"

第三十六章
一〇〇三年，六月

　　埃德加在用锛子削横梁，那是一种斧头一样的工具，但刃是弧形的，刃垂直于柄，用来将一段木料的表面刮得光滑平整。过去，这样的工作对他来说是一种乐趣。他能从刮过的木头的新鲜气味中，从利刃中，最重要的是，从对自己所创造的结构的清晰的、合乎逻辑的想象中获得极大的满足。可现在，埃德加工作起来却毫无乐趣，就像一架不停转动的磨盘一样，根本无需动脑。

　　埃德加停下手头的活儿，挺直背，吞下一大口淡啤酒。他往河对岸望去，树木已经枝繁叶茂，苍白的晨光照耀着一片葱翠。曾几何时，那片林地因为铁面人而危险四伏，如今，旅行者穿越那里时不用再提心吊胆了。

　　河的这一边，燕麦已经成熟，他家人的农田刚由翠绿转为金黄。埃德加可以看见远处埃尔曼和克雯宝正在弯腰除草。孩子们跟在他们身边——五岁的温妮已经足够大，可以帮着除草了，但贝奥恩只有三岁，还只能坐在地上玩泥巴。在离埃德加更近的地方，埃德博尔德站在水深及腰的池塘中，提起一只捕鱼篮，检查里面的成果。

在更近的地方，村中修建了不少新房，许多老房也扩建了。酒馆建起了酿酒房，眼下就在散发大麦发酵的香气——布洛德在利芙死后，承担了酿酒工作，结果证明她在这方面倒是有些天赋。胖贝比此刻正坐在酒馆前的长凳上，喝着一瓶布洛德酿造的啤酒。

教堂进行了扩建，修道院也有了一座石质建筑，兼做学校、图书馆和缮写室。半山腰上，埃德加房子的对面已经慢慢清出了一块场地。如果奥尔德雷德梦想成真的话，将来某天，那里将建起一座更大的教堂。

奥尔德雷德的乐观精神和雄心壮志颇具感染力，如今，大多数村民对未来怀着热切的憧憬。不过，埃德加不在此列。过去六年，他同奥尔德雷德取得的所有成就对他来说只是苦涩的回忆。他所思所想只有蕾格娜。蕾格娜被囚禁在某个地方痛不欲生，他却对此无能为力。

奥尔德雷德从修道院下来的时候，埃德加正要接着干手头的活。重建浮桥要比上次新建更快，但也快不到哪儿去，而奥尔德雷德已经急不可耐了。"什么时候能完工啊？"他问埃德加。

埃德加仔细检查了一下工地。他已经用维京战斧砍掉烧焦的残木，让无用的黑渣顺流漂走，将部分焚毁的木料堆在河边，准备用作柴火。他还在河两岸重新立起牢固的系缆墩，然后迅速造出一批简单的平底船，将它们连接起来，固定在系缆墩上，作为承载浮桥的趸船。这会儿他正在制造放在船上支撑路基的木质结构。

"需要多久？"奥尔德雷德问。

"我可没磨蹭。"埃德加气呼呼地说。

"我没说你在磨蹭，我是问你还要多久。小修道院需要钱！"

埃德加并不怎么关心小修道院，也讨厌奥尔德雷德说话的语气。最近，他发现好几个朋友跟自己越来越合不来了。所有人似乎都想从他这里得到什么东西，这样的索求让他觉得不胜其烦。

"我只有一个人！"他说。

"我可以派些修士来给你当苦力。"

"我不需要苦力。大部分工作是技术活。"

"或许我们可以请别的建筑匠来帮你。"

"我多半是全英格兰唯一一个愿意通过干活来付阅读课学费的建筑匠。"

奥尔德雷德长叹一声："有你帮忙，我知道我们很幸运。抱歉烦扰了你，但我们真的非常想尽快看到浮桥完工。"

"但愿入秋前可以投入使用吧。"

"如果我能筹到钱，雇一个能干的建筑匠协助你，你觉得进度能加快点吗？"

"您得非常走运才能找到这样的人。这附近有太多建筑匠去诺曼底挣更高的薪水了。长久以来，我们海峡对岸的邻居比我们更热衷建造城堡，而现在，年轻的查理公爵显然把兴趣转移到建教堂上了。"

"我知道。"

埃德加也着急，但他着急的是另一件事。"我看见一个赶路的修士昨晚在修道院过夜。他有没有带来埃塞尔雷德国王的消息？"搜寻几个月之后，如今，埃德加相信，想要找到蕾格娜并让她重获自由，国王是唯一的希望。

"是的。"奥尔德雷德说，"我们得知，八字胡斯韦恩洗劫威尔顿之后扬长而去，埃塞尔雷德到得太晚了。维京海盗早就前往埃克塞特了，所以我们的国王又率军奔那儿去了。"

"他们走的肯定是海岸那条路，因为这次埃塞尔雷德没有经过夏陵。"

"没错。"

"国王有没有在夏陵区域内的什么地方召开法庭？"

"据我们所知，没有。他既没有正式任命威格姆当郡长，也没有命令他们交出蕾格娜。"

"该死。她已经被囚禁快十个月了。"

"我很难过，埃德加，为蕾格娜，也为你。"

埃德加不想要任何人同情。他朝酒馆方向瞥了一眼，看见德朗来到外面，站在贝比身旁，却在往埃德加和奥尔德雷德这边看。埃德加怒吼道："你看什么看！"

"你们两个，"德朗说，"鬼鬼祟祟的，也不知道在搞什么阴谋。"

"我们在造桥。"

"是啊。"德朗说，"但你们得小心，要是这座桥也烧了，看你们的脸还往哪儿搁。"说完，他哈哈大笑，转身进了屋。

埃德加说："真希望他下地狱。"

"噢，他会的。"奥尔德雷德说，"不过，在此之前，我还有一个计划。"

* * *

奥尔德雷德去了一趟夏陵，一周后，他带着德恩治安官和六名武装士兵回来了。

埃德加听见马嘶声，从手头的活儿上抬起头。布洛德也走出酿酒房来查看。不一会儿，大多数村民聚集到河边。尽管已经入夏，天气却很凉爽，微风拂面，甚至让人感觉有几分寒意。天空灰蒙蒙的，看样子就要下雨了。

武装士兵板着面孔，一言不发。其中两人在酒馆外的地上挖了一个小坑，插进一根木桩。村民纷纷提问，却得不到回答，这让他们越发好奇了。

不过，他们猜得到，有人要受到惩罚了。

埃德加的两个哥哥听说出事了，便带着克雯宝和孩子们来看热闹。

木桩插稳之后，武装士兵抓住了德朗。

"放开我！"他一边叫唤，一边挣扎。

士兵们脱掉了他的衣服，引得众人拊掌大笑。

"我的表亲是夏陵的主教！"德朗喊道，"你们这么对我，会吃不了兜着走的！"

德朗还活着的那个妻子埃塞尔挥动绵软无力的拳头，不住地击打武装士兵，嘴里嚷嚷着："放了他！放了他！"

士兵们不为所动，将德朗绑在木桩上。

布洛德面无表情地看着这一切。

奥尔德雷德院长对众人说："埃塞尔雷德国王下令在此地造桥，"他又说："德朗却威胁要烧掉它。"

"我没有！"德朗说。

胖贝比也在围观的群众中。"你说了。"她说，"我就在你边上，我听见了。"

德恩治安官说："我代表国王。国王不容轻慢。"

每个人都知道这一点。

"我要所有人回家去找桶或者罐子，然后带回到这里来，赶快。"

村民和修士欣然从命。他们迫不及待地想看到接下来会发生什么。但也有极少数人拒绝参与，其中就有德朗的女儿克雯宝与她的两个丈夫埃尔曼和埃德博尔德。

众人再次聚集起来后，德恩说："德朗威胁说要放火，现在我们要扑灭他的火焰。大家去打河水过来浇到德朗身上。"

埃德加怀疑这套惩罚是奥尔德雷德故意设计出来的，因为它更像是某种象征仪式，而不会带来多少痛苦。很少有人能想象出如此温和的惩罚。但是，它又让人深感耻辱，尤其是对德朗这种吹嘘自己同高层沾亲带故的家伙。

这是一次警告。德朗上次烧桥，却没有遭到任何惩罚，因为当时那座桥属于奥尔德雷德，他不过是一座小修道院的院长，而德朗却有夏陵的主教撑腰。可治安官今天的行为却在宣告，这座新桥绝不能同老桥同日而语。这座桥属于国王，要是有人敢烧它，就算是温斯坦，也难以袒护。

村民开始将河水往德朗身上浇。他本就不怎么讨人喜欢，大家显然乐此不疲。有人专门将水冲德朗面门上泼，惹得他连连咒骂，而其他人笑哈哈朝他兜头淋下。有几个人似乎还未尽兴，又回去打了水来。德朗开始瑟瑟发抖。

埃德加没有打水，只是双臂抱胸，驻足观看。德朗这辈子也不会忘了今天吧，他想。

最后，奥尔德雷德高声道："够了！"

村民停了下来。

德恩说："他要继续绑在这里，直到明天天亮。谁要是敢在那之前释放他，就得遭受同样的惩罚。"

这一夜，德朗准会冻僵的，埃德加想，但他还不至于因此丧命。

德恩带着武装士兵前往修道院，他们可能会在那里过夜。埃德加希望他们喜欢吃豆子。

村民意识到再没好戏可看，便渐渐散去了。

埃德加正要重新开始工作时，发现德朗似乎有话要说。

"笑吧，你倒是笑啊。"德朗说。

埃德加没笑。

德朗说："你心爱的诺曼女人蕾格娜，我听到一些关于她的流言。"

埃德加瞬间僵住。他想要走开，却迈不开腿。

"我听说她怀孕了。"德朗说。

埃德加瞪大了眼睛。

德朗说："这总能让你笑了吧。"

* * *

埃德加反复思考着德朗那句嘲弄他的话。当然，这可能是德朗瞎编的。或者，干脆流言就不是真的，许多流言都是不实之词。但保不齐蕾格娜真的怀孕了。

而如果她怀孕了，或许埃德加就是孩子的父亲。

埃德加只同蕾格娜做过一次爱，但即便只有一次，也足以让女人受孕。然而，他们是在去年八月共度春宵的，孩子应该五月就降生，而现在已经是六月了。

或许是产期推迟了。要不然就是已经生下来了。

那天晚上，他问德恩是否听到过这条流言。德恩说听过。

"他们有没有说孩子什么时候出生？"他问。

"没有。"

"那您听到过关于蕾格娜下落的线索吗？"

"没有。不然我早就去救她了。"

关于蕾格娜的下落，埃德加已经打听过不下百遍。她怀孕的流言并没有让埃德加离答案更进一步，只是让他更加痛苦罢了。

六月底，埃德加意识到自己需要更多的钉子。他可以利用卡思伯特伪造货币的作坊制造钉子，但他必须先去夏陵买铁。第二天早晨，他给巴特里斯上好马鞍，同两个前往夏陵卖毛皮的捕兽人一道出发了。

上午过半，他们来到一家名叫断枝的路边酒馆。酒馆老板截了腿，所以给酒馆起了这名字。埃德加给巴特里斯喂了把谷子，然后放它去池塘饮水，到周边吃草，自己同捕兽人和几个当地人坐在长凳上，一边晒太阳，一边吃面包和奶酪。

埃德加起身要走时，一队武装士兵正好骑马经过。埃德加惊讶地发现温斯坦主教在最前面，所幸他并未注意到埃德加。

让埃德加更加吃惊的是，骑马者当中有一个瘦小的白发女人，他认出此人是夏陵的接生婆希尔迪。

埃德加注视着这队人马朝德朗渡口的方向绝尘而去。为什么温斯坦会护送一名接生婆？先有流言说蕾格娜怀孕，现在又有接生婆匆忙赶路，难道这一切只是巧合？有可能，但埃德加打算假定其中必有关联。

如果他们是带着接生婆去照顾蕾格娜的话，那埃德加就能顺藤摸瓜，找到蕾格娜的囚禁之所。

　　埃德加向捕兽人告辞，爬上巴特里斯，沿着来路慢跑起来。

　　他并不希望途中追上温斯坦，那样反倒会引起麻烦。但他们应该就是去德朗渡口的。或许他们会在那里过夜，或者继续前进，前往库姆。不管怎样，埃德加可以继续在一段距离之外小心追踪他们，直到他们抵达目的地。

　　蕾格娜失踪之后，埃德加经历过许多次令人振奋的希望和令人心碎的失望。他告诉自己，这次可能又会空欢喜一场。但这条线索八成会带给他答案，想到这里，他不由得精神一振，乐观的情绪驱散了沮丧，至少暂时如此。

　　中午回到德朗渡口，埃德加看到路上一个人影也没有，他当即明白温斯坦一行并没有在此处停留。德朗渡口本就不大，倘若他们停了下来，埃德加应该看得到有人在酒馆外面，看得到喝酒的男人和吃草的马。

　　他走进修士的屋子，看到奥尔德雷德在，后者问："你这就回来了？忘了什么东西吗？"

　　"您同主教说过话吗？"埃德加劈头就问。

　　奥尔德雷德一脸茫然，"什么主教？"

　　"温斯坦没有从这里经过吗？"

　　"没有，除非他踮着脚尖，一点声音也没发出。"

　　埃德加顿时糊涂了："那就怪了。我在路上看到他带着一队人马匆匆经过，他们应该就是到这里来的啊，他们也没别的地方可去啊。"

　　奥尔德雷德双眉紧锁，"说起来，二月的时候，我也遇到了同样的怪事。"他若有所思地说，"我从夏陵回来，途中遇到威格姆朝反方向赶路。我还以为他肯定上这儿来了，生怕他又惹出了什么乱子。可我回来之后，戈德莱夫兄弟却告诉我，他们连威格姆的影子都没见过。"

"他们的目的地肯定在这里到断枝酒馆之间的什么地方。"

"可这里同断枝酒馆之间没有任何地方可去啊。"

埃德加打了一个响指："在通往夏陵的大路南面的森林深处有一座威尔武夫的狩猎营地。"

"但那座营地烧毁了。威格姆在奥神谷又建了一座新营地，那里的猎物更丰富。"

"他们说那里烧毁了。"埃德加道，"但那不一定是真的。"

"所有人都信以为真啊。"

"我要去核查一下。"

"我同你一起去。"奥尔德雷德说，"但我们不请治安官德恩带上人手同我们一起去吗？"

"我不愿意等。"埃德加斩钉截铁地说，"前往夏陵要两天，返回断枝酒馆又要一天半。我可等不了四天。说不定蕾格娜会在那段时间被转移走。如果此刻她被关在老狩猎营地，那我今天就要去见她。"

"有道理。"奥尔德雷德说，"我去给马上鞍。"

奥尔德雷德还将一个系在皮带上的银色十字架套在脖子上。埃德加表示赞成，因为或许温斯坦的手下不会轻易攻击佩戴十字架的修士。

很快，两人便上了路。

埃德加和奥尔德雷德没有去过狩猎营地。不管有没有真的着过火，那里都已经荒废多年。威尔武夫先是去打了很久的仗，回来时又身负重伤，而他死后，威格姆便到别处建了狩猎营地。

不过，埃德加和奥尔德雷德大体知道老狩猎营地的位置。在德朗渡口和断枝酒馆之间必定存在一条从大路通往南面森林的小径。埃德加和奥尔德雷德的任务就是找到它。如果狩猎营地果真被烧毁废弃，那他们就很难完成任务，因为小径的入口已被荒草淹没，稍不留神就会错过。但倘若那场大火只是用来掩人耳目的谎言，那前往营地——无论是运送物资，还是护送接生婆——就只能继续走那条小径。如此一来，路边必定会看到一个灌木遭碾压、树苗被毁坏后形成的缺口。

埃德加和奥尔德雷德从这样的缺口往里深入了好几次，但每次都无果而终，找到的只是与世隔绝的农舍、农田，还有一座闻所未闻的小村子。就在他们快到断枝酒馆的时候，埃德加注意到一个地方，今天应该刚有几匹马经过，因为灌木丛中垂着折断不久的小树枝，小路上落着新鲜的马粪。他的心跳骤然加速，道："我想这儿就是了。"

埃德加和奥尔德雷德转身进入小径。路越走越窄，但最近有人经过的证据却越来越多。此刻，埃德加在希望之外也开始感到恐惧。他可能见到蕾格娜，但那样一来，他也可能碰到温斯坦。那个邪恶的主教会做何反应呢？埃德加身边的奥尔德雷德看上去倒是毫无惧色，但他多半只是觉得上帝会庇护他。

树林中，满眼青翠欲滴，不时能瞥见一只鹿在斑驳的阴影中静静地移动，证明这里最近并未有人狩猎。路越发难走，低矮的树枝横在小径上方，两人不得不下马步行。一英里走完，又是一英里。

然后，埃德加听见了孩子们的声音。

两人系好马，蹑手蹑脚地慢慢前进，来到一片空地的边缘，停在一棵巨大橡木的阴影之中。

　　埃德加当即认出了那些孩子——四岁大的男孩是奥斯伯特，两岁的双胞胎是休伯特和科利南，两个小女孩则是卡特的女儿——三岁的玛蒂和两岁的伊迪。虽然他们面色苍白，但看起来挺健康，现在，他们正追着一个球踢来踢去。

　　可是，卡特的样子却让埃德加吓了一跳。她的黑发又油又脏，毫无生气，皮肤上满是污点，翘起的鼻子边长了个疖子。最糟糕的是，她眼里已经不再闪烁顽皮的目光，整个人显得没精打采。她耷拉着肩站在那里，漠不关心地注视着孩子们。

　　埃德加的视线越过卡特，朝她身后的木屋望去。窗户上钉了木条，窗板根本打不开。门外横着一根沉重的门闩，一个侍卫坐在门边的长凳上，脸别向一边，挖着鼻孔。埃德加认出那人是夏陵的一个叫埃尔夫加的男孩，他的右臂上缠着脏兮兮的绷带。

　　空地中还有几座建筑，几匹马正在草地上吃草，大概是温斯坦一行的坐骑。

　　奥尔德雷德低声说："这就是秘密监狱了。我们应该在被发现之前离开，去夏陵叫德恩过来。"

　　埃德加知道奥尔德雷德是对的，但现在距蕾格娜只有咫尺之遥，他实在没办法强忍着离去。"我得见见蕾格娜。"他说。

　　"你不必这样做。她肯定就在这里。我们逗留太久会很危险的。"

　　"你回去叫德恩过来。就算他们把我关几天，我也不在乎。"

　　"别犯傻了！"

　　两人你一言我一语的低声交谈突然被身后的一声大喝打断：

310

"你们到底是谁？"

两人转过头。说话的是一个名叫福尔克里克的武装士兵。他手里拿着一支长矛，腰间挂着一柄插在木鞘里的长匕首，手上和脸上疤痕累累，表明他是一名百战余生的勇士。埃德加立刻意识到武力对抗无济于事。

奥尔德雷德换上一副威严的腔调。"我是德朗渡口小修道院的奥尔德雷德院长，我是来同蕾格娜夫人谈话的。"他说。

"在同任何人交谈之前，你必须先过温斯坦主教这一关。"福尔克里克说。

"那也成。"奥尔德雷德说，就像他还有别的选项一样。

"那边。"福尔克里克朝空地远端的一座房子点了点头。

埃德加转身走出树林。"你好，卡特。"他平静地说，"你没事吧？"

卡特发出一声轻微的惊呼。"埃德加！"她惶恐地环顾四周，"你来这儿太危险了。"

"别担心。"他说，"蕾格娜在这里吗？"

"是的。"卡特吞吞吐吐地说，"她怀孕了。"

看来传言是真的了。"我听说了。"

埃德加正要问孩子预计何时出生，埃尔夫加突然如梦初醒般猛然跳起来，大叫道："嘿，你们干吗呢？"

福尔克里克说："你迷迷糊糊快睡着了，孩子。他们藏在树林里呢。"

埃德加说："你认识我，埃尔夫加。我没有恶意。你的胳膊怎么了？"

"我在国王军中效力，被维京海盗的长矛刺伤了。"埃尔夫加骄傲地说，"正在一点点康复，但要等再好些之后，我才能战斗，所以他们把我送回来了。"

福尔克里克说："继续走，你俩。"

他们穿过空地，但还没走到屋子跟前，温斯坦就推门出来了。奇怪的是，见到埃德加和奥尔德雷德，他只是流露出几分惊讶，丝毫没有慌乱。"看来你们找到这地方了！"他兴高采烈地说。

奥尔德雷德说："我来这里见蕾格娜夫人。"

"我自己也没见着她。"温斯坦说，"刚才我一直……很忙。"他回头朝敞开的门里瞅了一眼，埃德加觉得好像看到了阿格尼丝。

这证实了另一条流言。

埃德加说："你绑架了蕾格娜，还强行将她囚禁在这里。这是犯罪，你必须被追究责任。"

"恰恰相反，"温斯坦和颜悦色地说，"蕾格娜希望避开公众的视线，离群索居，哀悼亡夫一年。我主动提出她可以使用这处人迹罕至的营地，以免被外人打扰。她感激不尽地接受了我的提议。"

埃德加眯眼看着温斯坦。有时候，寡妇确实会为了悼念亡夫而隐居一段时间，但她们往往会去女修道院，而不是狩猎营地。难道这世上会有人相信这种骗小孩的鬼话吗？在场的所有人都明白这是厚颜无耻的谎言，但或许其他人还是会上当。温斯坦就是利用类似的狡猾伎俩逃脱了伪造货币罪的指控。埃德加说："我坚决要求你立即释放蕾格娜夫人。"

"释放她完全没问题。"温斯坦说，依旧装出一副和蔼可亲、通情达理的模样，"她也表达出想返回夏陵的愿望，我就是来这里护送她回去的。"

埃德加难以置信地瞪着温斯坦："你要带她回大院？"

"是的。她想见埃塞尔雷德国王，这是再自然不过的。"

"国王要来夏陵？"

"没错，我们已得到消息，只是不知道具体什么时候到。"

"你要带蕾格娜去见国王？"

"当然。"

埃德加大惑不解。温斯坦这是安的什么心？他口蜜腹剑，这自不待言，但他的真实意图到底是什么呢？

埃德加问："她也会对我说同样的话吗？"

"那你去问她好了。"温斯坦说，"埃尔夫加，放他进去。"

埃尔夫加拉开门闩，埃德加走入屋内。门在他身后哐当一声关上。

房间里十分昏暗，窗户被窗板封住了。空气污浊刺鼻，简直就像郡长大院里的奴隶房，晚上，那里不允许奴隶外出解手。苍蝇围着角落里一个盖住的罐子嗡嗡乱飞。地板上的灯芯草几个月前就该换了。老鼠在脚下窸窸窣窣地爬来爬去。屋里又热又闷。

眼睛渐渐适应幽暗的环境后，埃德加看见两个女人正面对面坐在一条长凳上，紧握着彼此的手。他显然打断了一场亲密的谈话。其中一个女人是希尔迪，她立刻起身离去。另一个女人应该就是蕾格娜，但埃德加几乎认不出她了。她的头发是肮脏的褐色，而不是红金色，皮肤上布满恶心的斑点。或许先前她的衣服是蓝色的，但如今却是斑驳的灰棕色。她的鞋破烂不堪。

埃德加伸出双臂要抱蕾格娜，但她没有扑入他怀中。

埃德加曾经千百次想象过当下这一刻——幸福的微笑，缠绵的拥吻，蕾格娜紧贴着他，在他耳边嗫嚅着柔情与喜悦。但现实同想象天差地别。

埃德加朝蕾格娜迈出一步，但她起身后退。

埃德加意识到，自己必须体谅蕾格娜。她的精神已经崩溃，行为自然反常。他必须帮助她做出正常的反应。

他鼓起勇气，柔声问："我能吻你吗？"

蕾格娜垂下目光。

埃德加继续用爱意绵绵的低沉嗓音说："为什么不行？"

"我又脏又臭。"

"我见过你锦衣华服的样子。"他微笑道，"没关系的。你就是你。我们又在一起了，这才是我唯一关注的事。"

她摇了摇头。

埃德加道："你倒是说话啊。"

"我怀孕了。"

"我看出来了。"他打量着蕾格娜的身形。小腹的隆起已经清晰可见，但还不是很大。"孩子预计什么时候出生？"

"八月。"

虽然早有怀疑，但听到蕾格娜亲口证实时，埃德加还是觉得如同挨了当头一棒。"这么说，孩子不是我的了。"

她摇摇头。

"那是谁的？"

"威格姆。"蕾格娜终于抬起头，"他的人把我的手脚摁住了。"她脸上流露出轻蔑的表情："这发生过许多次。"

埃德加如遭雷击，呼吸几乎停滞了。难怪蕾格娜会陷入绝望的深渊。她没疯掉实属奇迹。

回过神之后，埃德加不知道该说什么，最后只挤出三个字："我爱你。"

但这句话对蕾格娜毫无影响。

蕾格娜看起来麻木不仁、不知所措，就像一个神志不清的疯子，一个梦游者。埃德加能做什么呢？他想安慰她，但无论他说什么似乎都无济于事。他想触碰她，但他一抬手她就躲开了。埃德加可以不顾蕾格娜的反抗，强行将她搂入怀中，但他知道这会让她想起威格姆的暴行。他束手无策了。

蕾格娜说："我要你走。"

"你要我做什么，我都会做。"

"那你就走啊。"

"我爱你。"

"请你走吧。"

"我这就走。"埃德加边说，边朝门口走去，"总有一天，我们会在一起的。我知道会的。"

蕾格娜沉默不语。埃德加觉得自己看见了她眼中闪烁的泪花，但房里太暗，或许那只是他一厢情愿的想象罢了。

"至少同我说一声'再见'吧。"埃德加说。

"再见。"

埃德加敲了敲门，门马上开了。

"再见①。"他说，"我很快就会再见到你的。"

蕾格娜转身背对他，埃德加走出了房间。

---

① 原文为法语。——译者注

＊　＊　＊

第二天，蕾格娜就带着卡特和孩子们离开了狩猎营地。他们坐的是把他们载到此地的那辆大车。他们出发得很早，在夜幕降临时便抵达了目的地。两个大人筋疲力尽，孩子们却哭闹个不停。他们一进屋，就全睡了。

第二天早上，卡特从厨房借了一只大铁壶，烧了一壶水。她和蕾格娜将孩子们从头到脚洗了一遍，然后自己也洗了澡。穿上干净衣裳，蕾格娜开始觉得自己总算更像是人，而不是圈养的牲畜了。

厨房女工吉尔达带来了一条面包、新鲜黄油、鸡蛋和盐。他们全如同饿鬼似的一头扑到食物上。

蕾格娜需要重新组建仆从队伍，于是她决定首先招募吉尔达。"你愿意来为我工作吗？"她在吉尔达起身离开时问，"或许也可以带上你女儿薇尔诺德？"

吉尔达笑逐颜开："好啊，我们求之不得呢，夫人。"

"现在我没钱付给你，但我很快就会有的。"用不了多久，诺曼底的信使就会抵达。

"没关系的，夫人。"

"过会儿，我跟厨房长说一下。先暂时别对任何人提这事。"

蕾格娜的所有东西似乎都在。她的长袍挂在墙上的钉子上，好像已经晾晒过。大部分箱子看上去也在，里面装着她的刷子、梳子、香薰油、腰带和鞋子，就连珠宝也原封未动，只是钱不见了。

蕾格娜要去见一下司厨，那只是个仆人，但她必须一开始就宣示她的权威。她穿上一件深棕色丝绸裙子，系了一条金色腰带。她选了一顶又高又尖的帽子，又挑了一条镶有珠宝的发带来固定帽子，然后将坠子挂在脖子上，臂环套在胳膊上。

蕾格娜高昂着头，庄严地走过大院。

所有人都想见蕾格娜，好奇如今她是何等模样。蕾格娜同每个路过的人交换着目光，坚决不让自己表现出饱受屈辱、怯懦畏缩的样子。一开始，大家都不知如何是好，然后决定谨慎行事，纷纷向蕾格娜鞠躬。她同几个人说了话，得到了热情的回应。她猜或许大家特别怀念威尔武夫和蕾格娜治理大院的那个时期，因为威格姆不大可能像他们那样和蔼可亲。

司厨叫巴萨。蕾格娜走到他面前说："早上好，巴萨。"

巴萨受宠若惊。"早上好。"他说，然后犹豫片刻，补充道，"夫人。"

"吉尔达和薇尔诺德要到我的房子来工作。"蕾格娜语气坚决，毫无商量余地。

巴萨有点迟疑，但只是答道："好的，夫人。"这句话大家早就说惯了。

"她们可以明天早上开始工作。"蕾格娜的声音柔和下来，"以便你有时间去另做安排。"

"谢谢，夫人。"

蕾格娜离开厨房，心情已舒畅不少。刚才她表现得如同一位大权在握的贵族女人，而大家也毕恭毕敬将她视为这样的人物。

蕾格娜返回自己的房子，德恩治安官带着两名手下来见她。"您需要侍卫。"德恩说。

这倒是实话。自从伯恩死后，她便全无保护，所以威格姆才能不费吹灰之力就在半夜悄悄将她绑走。她再也不要那样脆弱无助了。

德恩说："我先把卡德沃尔和杜多克借给您，直到您能雇到自己的侍卫为止。"

"谢谢。"蕾格娜忽然想到一件事，"我上哪儿可以雇到侍卫呢？"

"今年秋天，会有许多去打维京海盗的士兵复员回家，他们大多会继续在农场和作坊里的活儿，但也有一小部分会另谋生计。侍卫所需的经验，他们是不缺的。"

"好主意。"

"或许您应该给他们配备像样的武器，我推荐厚重的皮革短上衣，不仅冬天可以保暖，还能起到一定的防护作用。"

又过了一周，钱终于送到蕾格娜这里。护送这笔钱的是奥尔德雷德院长。自从蕾格娜失踪后，奥多和阿德莱德每三个月从诺曼底送来的现金由奥尔德雷德保管。

奥尔德雷德还带来一张折叠的羊皮纸，这是他在缮写室制作的威尔武夫遗嘱的副本。"您觐见埃塞尔雷德国王的时候，或许这个能作为证据派上用场。"

"我还需要证据吗？我要控告威格姆对我犯下了绑架罪和强奸罪，我的女仆卡特就是证人。"蕾格娜将手放在肚子上，"如果还需要证据，这就是。"

"如果我们生活在法治社会，那么这就足够了。"奥尔德雷德坐到凳子上，身体前倾，平静地说，"但您也知道，如今在英格兰，人比法大。"

"埃塞尔雷德国王肯定对威格姆的所作所为深感不悦。"

"没错，他可以兵锋直指夏陵，逮捕威格姆和温斯坦。老天知道，他们那是罪有应得。可国王忙着跟维京海盗作战，或许他会认为现在不适合同身为盟友的英格兰贵族撕破脸。"

"您是说，威格姆作恶之后，却能全身而退？"

"我是说，埃塞尔雷德会将这视为政治问题，而不是单纯的惩处犯罪。"

"该死。那他会怎么处理这个问题？"

"或许他会觉得，最简单的答案就是让您嫁给威格姆。"

蕾格娜横眉怒目地站起来。"我宁可去死！"她大叫道，"国王绝不会逼我嫁给强奸我的男人吧？"

"我认为他不会逼您，不会的。即便他有这样的倾向，我怀疑他新娶的诺曼王后也会站在您这边。可是，但凡能忍，您也不愿同国王发生冲突。您需要一个将您视作朋友的国王。"

蕾格娜拼命去理解和接受这一切。她记得自己也曾谙熟政治，不由得义愤填膺，但这无助于制定行动策略。她庆幸奥尔德雷德能来这里，帮她认清冷酷的现实。她问："您觉得我该怎么做？"

"趁埃塞尔雷德还没有建议您嫁给威格姆，您应该请求他对你的未来暂不做决断，等孩子出生后再说。"

这才是明智的做法，蕾格娜想。如果孩子死了，或者母亲死了，一切将发生天翻地覆的变化。而这在分娩中乃是常见之事。

奥尔德雷德肯定也在思考这个问题，但嘴上说的却是另一件事："埃塞尔雷德会欣然应允的，因为这样他就不会得罪任何人。"

更重要的是，蕾格娜想，这样就会为她争取到时间去重拾同埃玛王后的友谊，并将王后发展为自己的盟友。而在法庭上，没有什么比盟友更宝贵了。

奥尔德雷德站起来："我先走了，您好好想想吧。"

"谢谢您保管我的钱。"

"埃德加同我一起来的，您想见见他吗？"

蕾格娜迟疑了。上次他们的相遇让她深以为憾。当时她太厌弃自己，以至于整个人都麻木了，无法理智地交谈。埃德加肯定也对她怀了别人的孩子大为不快，再加上见到她那般自暴自弃，就更加恼怒了。"我当然想见见他。"蕾格娜说。

埃德加进屋的时候，蕾格娜注意到他衣冠楚楚，身穿精致的羊毛外衣，脚蹬皮鞋，虽然没有佩戴珠宝，皮带扣环和尾端却有银饰。他开始发家致富了。

埃德加脸上又浮现出蕾格娜非常熟悉的那种热切而乐观的表情。

蕾格娜起身道："见到你很高兴。"

埃德加张开双臂，蕾格娜走上前去，投入他的怀中。

埃德加小心翼翼地不压到她肚子，但用力搂住了她的肩。虽然感到隐隐作痛，她却全不在意，因为触摸到埃德加让她感到了莫大的满足。他们就以这样的姿势搂抱了好久。

两人分开的时候，埃德加眉开眼笑，就像一个跑赢了比赛的男孩。蕾格娜也报以嫣然一笑。"你怎么样了啊？"她问。

"见你重获自由，我心里爽快极了。"

"桥造好了没？"

"还没有，你呢？你有什么打算？"

"我必须待在这里，等国王过来。"

"然后你会来德朗渡口吗？我们先前的计划仍然行得通。只要有必要，你可以一直在女修道院里避难。我们可以从容不迫地讨论……讨论我们的未来。"

"我也想这样。但只有见过国王之后，我才能制订出可行的计划。国王要为贵族寡妇负责。我不知道他会做何决断。"

埃德加点头道："我会暂时离开这里去买铁。你会邀请我用餐吗？"

"当然。"

"你知道，我喜欢同一桌子仆人和孩子吃饭。"

"我知道。"

"我还有一个问题。"埃德加抓起蕾格娜的手。

"问吧。"蕾格娜说。

"你爱我吗？"

"我全心全意地爱着你。"

"那我就是一个幸福的男人了。"

埃德加吻了吻蕾格娜的嘴唇。蕾格娜让自己的嘴在他嘴上停留了很久，然后他便离开了。

第三十七章

一〇〇三年，八月

埃塞尔雷德国王在夏陵大教堂外的市场上召开法庭。所有市民聚集于此，周边乡村的几百名农夫，以及本地区的大部分贵族和高级神职人员也赶到了现场。蕾格娜的侍卫在人群中辟出一条通道，以便她走到前列。温斯坦、威格姆和所有其他权贵毕恭毕敬地站在那里，等待国王驾临。多数大乡绅蕾格娜都认识，她特意同他们每个人说了话，好让所有人都知道她回来了。

人群前面，两只有坐垫的四脚凳放在临时搭起的遮阳篷下，为王室遮挡八月的骄阳。一边的桌子上摆着书写工具。两个司铎坐在桌前，准备根据国王的命令起草文件。如果国王收取了大笔罚金，他们还有一个杆秤可以称重。

民众个个激动不已。国王总是从一个城镇前往另一个城镇，但即便如此，普通英格兰人也罕有机会一睹天颜。大家热切地期待看到国王是否健康，以及新王后穿着怎样的华服。

对普通民众来说，国王是远在天边的人物。理论上，他无所不能，但实际上，遥远王室发出的命令可能得不到执行。地方领主的决定往往对日常生活有更大的影响。然而，当国王亲临城中时，情况就变了。对温斯坦和威格姆这样的暴虐统治者来说，在成千上万本地人面前宣布的王室法令是很难被推翻的。蒙冤受屈者希望国王来访时能为其做主，恢复自己的地位，或赢得补偿。

埃塞尔雷德国王终于携埃玛王后现身了。民众俯身下跪，贵族鞠躬行礼。所有人纷纷避让，以便国王夫妇走到自己的座位。

十八岁的埃玛年轻漂亮，同六年前蕾格娜看到她时大体一样，只是如今她已有孕在身。蕾格娜微微一笑，埃玛立刻认出了她。令蕾格娜欣喜的是，王后径直来到她身边，亲了她一下，用诺曼法语说："能见到老朋友，真让人喜出望外啊！"

当着残酷折磨蕾格娜的男人的面，王后公然承认她是自己的朋友，这令蕾格娜激动万分。她用同样的语言答复道："祝您新婚快乐。您能成为英格兰王后，我实在太开心了。"

"我们在这里也要继续做朋友啊。"

"但愿我能做到，要是他们不再囚禁我的话。"

"只要我能阻止他们，他们就休想再伤害你。"埃玛转身前往自己的座位。她向埃塞尔雷德解释了两句，国王便朝蕾格娜颔首微笑。

开局良好。埃玛的亲切友善令蕾格娜振奋不已，但想到埃玛那句"只要我能阻止他们"，蕾格娜又忍不住心里发慌。显然埃玛拿不准自己能否掌控局面。埃玛很年轻，或许就是因为太年轻了，所以她并没有掌握蕾格娜已经谙熟的权术。

埃塞尔雷德说话时声如洪钟，但即便如此，外围人群也还是听不见。"我们的当务之急乃是为夏陵选择一位新郡长。"

奥尔德雷德壮起胆子插话道："国王陛下，威尔武夫郡长是立过遗嘱的。"

温斯坦主教大叫："但未经国王批准。"

奥尔德雷德说："国王陛下，威尔武夫本来要向您呈交遗嘱，请求您恩准，但他未及动身，便在这里、在夏陵、在自己的床上惨遭杀害。"

温斯坦讥讽道："那他的遗嘱在哪儿呢？"

"放在蕾格娜夫人的财宝箱中，但箱子在威尔武夫遇害后不久便失窃了。"

"听起来像是一份子虚乌有的遗嘱啊。"

众人喜欢这样的场面，刚一开庭，两名神职人员就开始了唇枪舌剑的相互攻讦。但这时，蕾格娜开口了。"恰恰相反。"她说，"遗嘱不仅存在，而且留有副本。这便是其中一份，国王陛下。"她从怀中取出一张叠好的羊皮纸，呈给埃塞尔雷德。

国王接过来，但没有打开。

温斯坦说："有一百份副本也没用，因为遗嘱本身就是无效的。"

蕾格娜说："国王陛下，您可以通过这份文件看出，我丈夫希望您能任命他同我的长子奥斯伯特担任郡长……"

"他只是个四岁的孩子！"温斯坦揶揄道。

"同时任命我代行统治权，直至奥斯伯特成年。"

埃塞尔雷德说："够了！"他停顿片刻，全场鸦雀无声。宣示自己的权力之后，他继续道："以当下的环境而论，郡长必须拥有召集军队、率军作战的能力。"

在场的众多贵族纷纷点头，低声附和。蕾格娜意识到，尽管他们喜欢她，却不信任她能担当军事统帅。她其实对此并不惊讶。

温斯坦说："近来，我的弟弟威格姆已经证明自己具备这方面的能力。他召集了一支军队去埃克塞特同您并肩战斗，国王陛下。"

"有这么回事。"埃塞尔雷德说。

埃克塞特之战以失败告终，维京海盗洗劫城市后满载而归，但蕾格娜决定不当着国王的面揭伤疤。她发现自己就要输掉这场争论了。刚在维京海盗那里吃了败仗的国王是不会委任一个女郡长来统帅夏陵的男人的。不过，那本来就希望渺茫。

蕾格娜在第一轮落了下风。但她告诉自己，或许国王的此次决定不会对她全无好处——说不定埃塞尔雷德正在考虑不仅要对威格姆让步，也要对她妥协，以达成势力平衡。

蕾格娜发现自己已经恢复筹谋的能力。长期被囚禁导致的麻木呆滞正在迅速消退。她感觉自己又充满了活力。

奥尔德雷德说："国王陛下，威格姆和温斯坦囚禁了蕾格娜夫人近一年，夺走了她在奥神谷的土地，窃取了她的收入，还拒不归还本该归她的所有的嫁妆。现在我请求您保护这位贵族寡妇免遭其掠夺成性的姻亲的迫害。"

蕾格娜意识到，奥尔德雷德这番柔中带刚的恳求实际上是在委婉地谴责埃塞尔雷德未能履行照顾贵族寡妇的义务。

埃塞尔雷德看向威格姆，带着愠怒问道："这是真的吗？"

但答话的是温斯坦："蕾格娜夫人是想找个僻静的地方，不受打扰地哀悼亡夫罢了，而我们为她提供了保护。"

"一派胡言！"蕾格娜愤然作色，"我的门在外面上了闩！我成了囚犯。"

温斯坦不动声色地说："门之所以上闩，是为了防止孩子们跑出去,在森林里迷路。"

国王当机立断:"囚禁可不是保护女人的办法。"

蕾格娜看出,国王并非可以随便愚弄的糊涂蛋。

埃塞尔雷德继续道:"在任命威格姆为郡长之前,我会要求威格姆和温斯坦发誓绝不会囚禁蕾格娜夫人。"

蕾格娜顿感解脱。她自由了,至少暂时自由了——誓言当然是不能打破的。

埃塞尔雷德继续道:"还有,奥神谷是怎么回事?我还以为那是蕾格娜根据婚约得到的土地。"

"没错。"温斯坦说,"但我兄长威尔武夫无权将那里赠给蕾格娜。"

蕾格娜愤愤不平地说:"是你同我父亲商议婚约的!现在你怎么翻脸不认账呢?"

温斯坦神安气定地答道:"自古以来,那个地方就属于我们家族。"

"不,并非自古以来。"国王说。

众人全盯着国王,他的插话令大家吃了一惊。

埃塞尔雷德接着说:"我父亲将那个地方送给了你祖父。"

温斯坦说:"或许有这样的传说……"

"那不是传说。"国王道,"那是我见证的第一份契约。"

蕾格娜没料到自己竟有如此好运。

埃塞尔雷德继续道:"我见证契约的时候才九岁。那可不是古代,现在我才三十六岁呢。"贵族们全都拊掌大笑。

温斯坦脸色煞白,他显然不知道那片土地的来龙去脉。

埃塞尔雷德不容置辩地说:"蕾格娜夫人将拥有奥神谷及那

里的所有收入。"

蕾格娜感激涕零地说："谢谢您。那我的嫁妆呢？"

埃塞尔雷德说："寡妇有权获得返还的嫁妆。那是多少钱？"

"二十镑银币。"

"那威格姆要付给蕾格娜二十镑银币。"

威格姆快快不悦，但也只是敢怒不敢言。

埃塞尔雷德说："现在就给，威格姆，去拿二十镑银币来。"

威格姆说："我可没有那么多钱。"

"那你就不是个很能干的郡长。或许我应该重新考虑一下。"

"我去看看吧。"威格姆气哄哄地离开了。

"好了。"埃塞尔雷德对蕾格娜说，"该怎么处置你和你肚子里的孩子呢？"

"我有一个请求，国王陛下。请您不要在今天做出裁决。"这是奥尔德雷德提出的策略，蕾格娜认为此乃明智之举，但她增加了另一项要求，"我想前往麻风岛的女修道院生产，由阿加莎修女和其他修女照顾我。如蒙恩准，明天一早我就动身。请您等孩子降生之后，再决定我的未来吧。"说完，她便屏住了呼吸。

奥尔德雷德再次发言："恕我直言，国王陛下，生孩子这件事吉凶难测，您今天制订的任何计划都可能落空。那孩子可能活不下来——但愿不会这样——即便孩子没死，男孩和女孩也自然不可同日而语。最糟糕的是，或许孩子的母亲会在分娩的痛苦中死去。这一切掌握在上帝的手中。暂不决断，静观变化，不是更加合乎情理吗？"

埃塞尔雷德不需要反复谏言。实际上，不必当即做出决断反倒令他松了口气。"那就这样吧。"他说，"等蕾格娜夫人生完孩子之后，我们再考虑这位贵族寡妇的处置问题。由德恩治安官护送她前往德朗渡口，以确保其安全。"

所有合理的要求都得到了满足。蕾格娜可以在第二天早上带着足以让她自立门户的钱离开夏陵。她会同修女一同生活在神圣的庇护所。她将同埃德加再续前缘。他们会好好地规划未来。

但蕾格娜也敏锐地察觉到，国王并没有回应奥尔德雷德对威格姆和温斯坦的绑架指控，而且没有任何人提到威格姆强奸了她。但她对此早有预料。埃塞尔雷德不可能刚任命威格姆为郡长，就判他强奸罪，所以这方面的指控索性就被"遗忘"了。然而，国王的其他决定依然让蕾格娜如释重负，所以她还是感激不尽地接受了整个处理方案。

威格姆回来了，克内巴抱着一个小箱子紧随其后。他将箱子放在埃塞尔雷德面前。

"打开。"国王说。

里面有几个装着银币的皮袋。

埃塞尔雷德指着放在旁边桌上的杆秤："称银币。"

蕾格娜感到肚子上突然挨了一记猛刺，当即僵住。这种疼痛似曾相识，以前她有过同样的感觉，她知道这意味着什么。

婴儿就要出生了。

* * *

蕾格娜给孩子取名阿兰。她想给他起个法语名字，因为英语名字会让她想起孩子的英格兰父亲，而这个词的发音又同布列塔尼人凯尔特语中的"漂亮"相近。

阿兰非常漂亮。每个孩子在母亲眼中都很可爱，但这是蕾格娜的第四个孩子，她觉得自己可以做出更客观的评价。阿兰的皮肤是健康的粉红色，一头黑发，一对蓝幽幽的大眼睛，茫然地盯着虚空，仿佛困惑于自己怎么会来到这个奇怪的地方。

他饿了会哇哇大哭，快速猛嘬蕾格娜的奶头，吃饱喝足后，立即入睡，仿佛遵循这样的时间表对他来说再自然不过。蕾格娜想起自己的第一个孩子奥斯伯特刚生下来时的作息简直难以捉摸、令人费解，忍不住惊讶于一奶同胞的差别竟会如此之大。或许不一样的是她自己，现在她更轻松自如、胸有成竹了。

生孩子可不轻松，但谢天谢地，同前面几次相比，这次没有那么疼痛劳累了。现在看来，唯一的不足就是阿兰来得太早，蕾格娜没有机会前往德朗渡口分娩。不过，现在她计划去那里好好休养，而德恩告诉她，埃塞尔雷德国王已经准允了这一请求。

卡特特别开心，仿佛生孩子的是她自己。孩子们好奇地注视着阿兰，但也带着一丝怨恨，似乎不知道这个家是否还容得下另一个孩子。

温斯坦和威格姆的母亲吉莎也喜爱这孩子，但她更不受蕾格娜一家欢迎。她来到蕾格娜的屋子，柔声细语地哄着孩子，蕾格娜认为自己无法阻止她把孩子抱起来——吉莎是阿兰的祖母，这一事实无法否认，尽管他是威格姆强奸蕾格娜怀上的。

然而，看见吉莎抱着阿兰的时候，蕾格娜还是感觉很不舒服。不安爬上她的心头，她觉得吉莎是在同她争夺这孩子的所有权。"我们家族的最新成员。"吉莎说，"多漂亮啊！"

"该喂奶了。"蕾格娜说，把孩子抢了回去。蕾格娜将孩子贴在胸前，他开始兴奋地吮吸起来。她本以为吉莎会离开，但吉莎没走，而是坐下来仔细观看，就像是要确保蕾格娜没有喂错奶一样。孩子停止吮吸，吐了点奶。让蕾格娜惊讶的是，吉莎探过身，用昂贵的羊毛长袍的袖子擦了擦他的下巴。这一动作流露出的情感是真挚的。

过了一会儿，蕾格娜的一名侍卫将头伸进门来，问："您要见威格姆郡长吗？"

威格姆是蕾格娜最不想见的人。可是，蕾格娜觉得还是摸清他有何目的为好，便说："他可以进来，但只能一个人，不带随从。"

这些话吉莎听见了，不禁脸色铁青。

威格姆气冲冲地走进来。"你看到了吧，母亲？"他对吉莎说，"我竟然必须先经过侍卫的盘问，才能见到自己的儿子！"说完，他就地呆呆地盯着蕾格娜裸露的乳房。

蕾格娜说："想想看，我得傻到什么程度才会信任你。"她将奶头从阿兰嘴里取出来，但他没有吃够，大哭起来。她只好接着喂奶，强忍着威格姆的无礼目光。

他说："我是郡长！"

"你只是强奸犯。"

吉莎不满地哼了一声，似乎蕾格娜说了什么失礼的话似的。这个词远不足以描述你儿子对我犯下的暴行，蕾格娜想。吉莎不谴责强奸，反而出声反对提及这个词，这简直匪夷所思。

威格姆似乎想继续说下去，但又改变了主意，把反驳的话咽回了肚子里。他深吸一口气，"我不是来吵架的。"

"那你来这里干什么？"

威格姆看起来忐忑不安，坐下去，然后又站起来。"我来跟你谈谈未来。"他含含糊糊地说。

烦扰他的是什么事呢？蕾格娜猜，他简直对国王层面的政治一窍不通，他只懂威胁和强迫，无法理解国王需要平衡相互冲突的压力。最好浅显直白地跟他说清楚，于是蕾格娜说："我的未来与你无关。"

威格姆搔了搔头，松开腰带，又勒紧，擦了擦下巴，最后说："我想娶你。"

蕾格娜心头一凛。"绝无可能，"她说，"请提也别提。"

"但我爱你。"

听到这明显虚伪的话，蕾格娜几乎笑出了声："你甚至不知道'爱'是什么意思。"

"一切都会不一样的，我发誓。"

"这么说……"蕾格娜看了眼吉莎，然后又将视线落回威格姆身上，"你下次搞我的时候，不会叫你的武装士兵把我摁在地上喽？"

吉莎又不满地哼了一声。

"当然不会。"威格姆义愤填膺地说，仿佛自己做梦都不会干这种勾当一样。

"女人都喜欢听到这样的保证呢。"

吉莎说："难道你不想成为我们家族的一分子？"

蕾格娜目瞪口呆地注视着她："不想！"

"为什么？"

"这个问题，你怎么问得出口？"

威格姆说："你为什么说话总是这么尖酸刻薄？"

蕾格娜深吸一口气，说："因为我不爱你，你也不爱我，而你却提出娶我，这简直荒谬透顶，我甚至无法假装认真考虑你的提议。"

威格姆皱起眉，思考蕾格娜这话的意思。蕾格娜发现，但凡句子长点，威格姆就无法立刻理解。最后他开口道："那么，这就是你的答案。"

"我的答案是'不'。"

吉莎嗖地起身，"我们试过了。"她说。

然后她就同威格姆离开了。

蕾格娜秀眉微蹙。这句退场台词倒是她始料未及的。

阿兰在蕾格娜怀中酣睡。她将孩子放进摇篮，重新系好前襟。衣服已沾上奶渍，但她毫不在意——如今她就适合邋遢点，免得太撩人。

蕾格娜对"我们试过了"这句话颇为费解。为什么吉莎会这么说？这听上去暗藏某种威胁，似乎在说"接下来要发生的事，你可别怪我们"。但接下来会发生什么事呢？

蕾格娜不知道，这让她惴惴不安。

* * *

温斯坦和吉莎前去觐见住在大堂的埃塞尔雷德国王。温斯坦不像平日那样自信。国王城府极深，难以捉摸。这一带的人对问题的反应，温斯坦往往能预测。猜出他们为得到想要的东西会有何举动并非难事。但要吃透国王的心思，就要复杂棘手得多。

温斯坦摸了摸胸胸前的十字架，希望能得到神的助佑。

他们进入大堂的时候，埃塞尔雷德正同自己的一名秘书深谈。埃玛王后不在场。埃塞尔雷德抬起一只手，示意温斯坦和吉莎稍等片刻。他们站在几步开外，国王则继续将话谈完。然后秘书离开了，埃塞尔雷德招手让他们过来。

温斯坦开口道："我弟弟威格姆和蕾格娜夫人的孩子是一个健康的男孩，看上去八成活得下来，国王陛下。"

"很好！"

"这确实是个好消息，尽管这可能会给夏陵郡带来动荡的危险。"

"怎么会？"

"首先，您允许蕾格娜前往德朗渡口的女修道院。她在那里自然处于郡长的影响范围之外。其次，她控制着郡长唯一的孩子。最后，就算那孩子死了，蕾格娜依然控制着威尔武夫的三个幼子。"

"我明白你的意思。"国王说，"你认为，八成会有人打着她的名号发动针对威格姆的叛乱。有人会说她的儿子才是真正的继承人。"

温斯坦很高兴国王能这么快就看穿了隐患："是的，国王陛下。"

"你可以提供应对之策吗？"

"只有一个方案可以化解危机——蕾格娜必须嫁给威格姆。那样就没有人可以同威格姆竞争郡长的位子了。"

"这样做当然能解决问题。"埃塞尔雷德说，"但我不会同意的。"

温斯坦忍不住大声质问："为什么不行？"

"首先，因为她坚决反对。她很可能拒绝许下结婚誓言。"

"这个问题可以交给我来解决。"温斯坦说。他知道如何让人们去做他们不想做的事。

埃塞尔雷德并不赞成，但他未置可否，只是说："其次，因为我已经向我妻子做出承诺，决不会强迫蕾格娜结婚。"

温斯坦呵呵一笑，仿佛要说一个男人间心照不宣的秘密。"国王陛下，男人对女人的承诺吗……"

"你对婚姻知之甚少，对吧，主教大人？"

温斯坦连忙低下头："当然知道得不多，国王陛下。"

"我不会违背我对妻子的承诺。"

"我明白。"

"去想别的办法吧。"说完，埃塞尔雷德轻蔑地转过身。

温斯坦和吉莎鞠了一躬，离开大堂。

一走到国王听不到的地方，温斯坦就说："看来，一个没事找事的诺曼女人给另一个惹是生非的诺曼女人撑了腰！"

吉莎一言不发。温斯坦看了眼母亲，她已陷入沉思。

他们进入吉莎的房子，吉莎倒了杯红酒给温斯坦。

他喝了一大口，然后说："这下我真不知道怎么办了。"

"我倒有个建议。"吉莎说。

* * *

温斯坦来到蕾格娜的屋里，道："我们需要认真谈谈。"

蕾格娜半信半疑地盯着他。他来这里自然是有所求的。"别让我嫁给你弟弟。"她说。

"我觉得你不明白自己的处境。"

温斯坦一如既往地傲慢自大，只是此时他手摸着胸前的十字架，蕾格娜觉得这表示他在掩饰信心不足，这对温斯坦来说倒是挺反常的，于是她问："怎么说？"

"你什么时候想离开这里都行。"

"这是国王亲口恩准的。"

"你可以带走威尔武夫的孩子。"

蕾格娜过了一会儿才领会这句话的含义，不由得大惊失色，"我会把我所有的孩子都带走！"她说，"包括阿兰。"

"你没有这一选项。"温斯坦又碰了碰十字架，"你可以离开夏陵，但你不能带走郡长唯一的儿子。"

"他是我的宝宝！"

"没错，而你想亲自养育他也是人之常情。这就是你必须嫁给威格姆的原因。"

"做梦！"

"那你就必须将宝宝留下。没有第三种选项。"

蕾格娜心头猛然一沉，一股寒意爬上脊背。她本能地朝摇篮看去，似乎要确认阿兰还在那里一样。孩子正在熟睡。

温斯坦装出一种甜得发腻的声音说："他可真是个漂亮宝宝，就连我也看得出来。"

这番虚情假意的赞美中透着险恶的用意，令蕾格娜只想作呕。

"他必须由我养育。"蕾格娜说，"我是她母亲。"

"世上母亲有的是。我自己的母亲吉莎就渴望照顾她的第一个孙子。"

这句话让蕾格娜勃然大怒。"让她养育我儿子，就像养育你和威格姆一样？"她说，"养成一个冷酷、自私、残暴的魔鬼？"

温斯坦忽然站起来，把蕾格娜吓了一跳。"不着急，"他说，"你好好考虑考虑。在适当的时候告诉我们你的决定。"说完，他就出了门。

蕾格娜知道自己必须迅速发起激烈反抗。"卡特，"她说，"请去问问埃玛王后，看她是否可以尽快接见我。"

卡特走后，蕾格娜开始深思。莫非自己得到的自由只是徒有其表？除非把自己的宝宝留下，不然就不能走，这根本不能算自由。埃塞尔雷德国王的本意当然不会如此吧？

蕾格娜希望卡特带回消息说自己可以觐见埃玛王后，但卡特却上气不接下气地回来说："夫人，王后来了。"

话音刚落，埃玛就进了屋。

蕾格娜起身鞠躬，然后埃玛吻了她。

"我刚见过温斯坦主教。"蕾格娜说，"他说如果我不同威格姆结婚，他就会将宝宝从我手里夺走。"

"是的。"埃玛说，"吉莎给我解释过了。"

蕾格娜双眉深锁。温斯坦同蕾格娜说话的时候，吉莎肯定也去见埃玛王后了。这是一次精心规划、紧密配合的行动。蕾格娜问："国王知道吗？"

"是的。"埃玛再次说。

埃玛的神情吓到了蕾格娜。她看上去很焦虑，但并不害怕，甚至没有一点惊讶。她满脸写着的分明就是怜悯。这令蕾格娜惴惴不安。

蕾格娜觉得自己的生活又要失控了，"但国王重新给了我自由，难道其中不包括抚养自己孩子的权利吗？"

"国王承诺你不会被囚禁，国王不会强迫你嫁给你憎恶的人，但你不能带走郡长的儿子。那应该是他唯一的儿子吧。"

"可这样的话，我就毫无自由可言啊！"

"你面临艰难的选择。我也没料到会有这样的局面。"王后走到门边，"我感到非常遗憾。"说完，她就走了。

蕾格娜觉得自己仿佛正在经历一场噩梦。她也动过接受第一个选择的念头，索性将孩子交给吉莎抚养了事。只要能不嫁给可恶的威格姆，做什么她都在所不惜。毕竟阿兰只是强奸的产物。可是，只要朝阿兰看上一眼，看到他在自己的小床上睡得那样平静，她就知道自己无法狠下心肠，除非他们让她嫁给五个威格姆。

埃德加走进房子。蕾格娜透过婆娑泪眼认出了他，站起身来。埃德加将她搂入怀中。"是真的吗？"他问蕾格娜，"所有人都说你不嫁给威格姆，就必须放弃阿兰！"

"是真的。"蕾格娜说，她的泪水浸湿了埃德加的羊毛外衣。

"那你打算怎么办？"埃德加问。

蕾格娜没有作答。

"你打算怎么办？"埃德加又问。

"我要离开我的宝宝。"她说。

* * *

"不，不，这可不行！"温斯坦气急败坏地说。

"但她已经这么干了。"威格姆说，"埃德加正在帮她打包所有的财物。她要把宝宝抛到身后了。"

"她还有威尔武夫的三个幼子。大家会说他们才是真正的继承人。我们的情况几乎没有好转。"

威格姆说："我们得杀了她。只有这样，才能彻底摆脱她。"

兄弟二人在母亲的房子里，吉莎打断他们的对话。"你不能杀蕾格娜。"吉莎说，"你无权在国王的眼皮子底下杀人，他绝不会轻饶你的。"

"我们可以嫁祸他人。"

吉莎摇了摇头："上次你们杀威尔夫就几乎没人真正相信，这次你们再杀蕾格娜的话，他们甚至不会假装相信你们。"

威格姆说："我们等国王走了之后再动手。"

温斯坦说："白痴，到时候，蕾格娜早就躲到麻风岛的女修道院里高枕无忧了。"

"那我们要干什么呢？"

吉莎说："我们要冷静。"

"这有什么用？"威格姆问。

"你们等着瞧好了。"

* * *

那天夜里，埃德加和蕾格娜在她房里一起睡。他们躺在灯芯草上搂抱着彼此，但并未做爱——他们都心如刀绞。拥抱着蕾格娜才能给埃德加慰藉。蕾格娜将身体紧贴着埃德加，浓浓的爱意中透着些许绝望。

蕾格娜在夜里喂了宝宝两次。埃德加打了个盹儿，但他怀疑蕾格娜压根没睡。天一亮，他们就起床了。

埃德加走进郡中心，租了两辆路上需要的车。他命人将车驶进大院，停在蕾格娜房前。孩子们吃早饭的时候，他将行李搬上一辆车，将所有垫子和毯子放在另一辆车上，给女人和孩子们坐。他给巴特里斯安上马鞍，将阿斯特丽德套上缰绳。

埃德加即将得到多年以来梦寐以求的一切，但他心里却泛不起一丝喜悦的涟漪。他觉得也许蕾格娜最终会克服失去阿兰的痛苦，但恐怕那得等很长一段时间。

他们穿着旅行用的衣服和鞋子。吉尔达和薇尔诺德与他们同行，还有卡特和若干侍卫。众人全走到门外，蕾格娜抱着阿兰。

吉莎正等着蕾格娜将孩子交给她。

仆人和其他孩子爬上了大车。

所有人将目光朝蕾格娜投去。

蕾格娜走到吉莎面前，埃德加陪在她身旁。蕾格娜踌躇不前，先看了看埃德加，又望了望吉莎，然后视线落在自己怀中的宝宝身上。她顿时泪如雨下，转身背对吉莎，然后又转过来。吉莎伸手要接孩子，但蕾格娜没有递过去。她在吉莎和埃德加两人中间站了很久。

最后，蕾格娜对吉莎说："我做不到。"

她转向埃德加道："对不起。"

然后，她将阿兰紧紧地抱在怀里，返回了自己的房子。

* * *

婚礼十分盛大。观礼者从英格兰南部各地赶来。一场巨大的地方权力交接冲突得到了解决，所有人都想同获胜方交朋友。

温斯坦环顾大堂，踌躇满志。搁板桌上摆满了这个温暖夏天大丰收的产物——一块块连骨肉、一条条新面包、一堆堆坚果和水果，还有一壶壶啤酒和葡萄酒。

大家争先恐后地表示对郡长威格姆和他家人的尊敬。威格姆坐在埃玛王后身边，满脸沾沾自喜。作为一个统治者，他可能缺乏创见，手腕却强硬残暴。在温斯坦的指导下，他会做出正确的决定。

　　现在他娶了蕾格娜。温斯坦可以肯定，威格姆几乎从未真正喜欢过她，却又渴望占有她——有时候，女人越是拒绝男人，男人就越是渴望得到她。这对夫妇注定会在相互折磨中度过一辈子吧。

　　蕾格娜是唯一可以威胁到温斯坦权威的人，而如今，蕾格娜被彻底打翻在地。她坐在贵宾席的国王旁边，怀里抱着孩子，一副生不如死的模样。

　　国王看起来对夏陵之行颇为满意。温斯坦觉得，从王室的角度来看，埃塞尔雷德应该很高兴，因为他不仅任命了新郡长，还妥善处置了老郡长的寡妇；不仅纠正了蕾格娜遭囚的错误，还阻止了她带着郡长的儿子逃跑，而整个过程中没有流一滴血。

　　蕾格娜一伙儿却偃旗息鼓了。德恩治安官也在现场，苦着一张脸，似乎置身于臭不可闻之地。但奥尔德雷德已经返回小修道院，埃德加也早就不见踪影。或许他已经回去管理蕾格娜在奥神村的采石场了。但既然他的毕生挚爱嫁给了别人，他还会想着回去吗？温斯坦不知道，也不关心。

　　好事还不止这些，连温斯坦的身体也传出喜讯——他阴茎上的疮已经消失了。当初他吓得要死，尤其是妓女说这可能导致麻风病的时候，但那显然只是虚惊一场，如今他已经痊愈。

　　我弟弟是郡长，而我是主教，温斯坦志得意满地想，而我们还不满四十岁呢。

　　我们的飞黄腾达之路才刚刚开始。

* * *

埃德加和奥尔德雷德站在河畔，回望着小村。米迦勒节集市正在举行，数以百计的男男女女过桥来市场交易，排起长队等着瞻仰圣人遗骨。他们有说有笑，开开心心地将为数不多的钱财花得一干二净。

"这里真是繁荣兴旺，蒸蒸日上啊。"埃德加说。

"我打心底里高兴。"奥尔德雷德说，但泪水已经顺着他的脸颊滑落下来。

埃德加既尴尬，又激动。许多年前他就知道奥尔德雷德爱他，尽管对方从未亲口表达过爱意。

埃德加朝另一侧望去。他的木筏拴在浮桥下游的河岸上。他的小马巴特里斯站在上面，筏子上还放着维京战斧、他的所有工具，以及一口保存贵重物品的箱子，其中就包括蕾格娜给他的那本书。他的狗布林德尔不见踪影，因为它已经老死了。

这给了埃德加沉重一击。他一直在考虑离开德朗渡口，而布林德尔之死让他终于下定了决心。

奥尔德雷德用衣袖擦了擦眼睛，道："你必须走吗？"

"是的。"

"但诺曼底太远了。"

埃德加打算撑着木筏顺流而下，前往库姆，在那里搭船去瑟堡。他会拜见休伯特伯爵，报告蕾格娜嫁给威格姆的消息。作为回报，他会请求伯爵为他介绍一片大型建筑工地。他听说优秀的匠人在诺曼底找工作易如反掌。

埃德加说："我想尽量远离威格姆和温斯坦，远离夏陵，远离蕾格娜。"

婚礼过后，埃德加就没有见过蕾格娜。他试过找她，但被仆人拒之门外。不过，反正他也不知道自己该对蕾格娜说什么。取舍两难时，蕾格娜将自己的孩子放在了第一位，世上大多数女人都会做出这样的选择。埃德加心碎不已，但他也无法谴责蕾格娜出尔反尔。

奥尔德雷德说："蕾格娜并不是唯一爱你的人。"

"我喜欢你。"埃德加说，"但你知道，并不是那种喜欢。"

"正因为如此，我才得以避免犯下罪过。"

"我知道。"

奥尔德雷德拉过埃德加的手，吻了一下。

埃德加说："德朗应该卖掉渡船。说不定蕾格娜会为奥神村买下那艘船。他们那儿没船。"

"我会向蕾格娜谏言的。"

埃德加已经向家人和村民道了别，留在此地已经无事可做。

他解开木筏，走上去，将筏子撑离了河岸。

木筏渐渐加速，埃德加经过家人经营的农场。在他的建议下，埃尔曼和埃德博尔德正在建水磨，参照的是他们在下游较远处见到的另一座水磨。得益于父亲的言传身教，三兄弟成了手艺卓绝的匠人。他们成了德朗渡口家底殷实、地位尊显的新贵。埃德加经过的时候，家人在朝他招手，他发现两位兄长变富态了。他会想念他的侄女温斯维斯和侄儿贝奥恩的。

木筏越来越快。他觉得诺曼底会比英格兰更温暖，也更干燥，因为那里更靠南。他回想着他会说的为数不多的几个法语词，那是蕾格娜跟卡特说话时，他零星听到的。他还会说几句拉丁语，那是奥尔德雷德教给他的。他应该勉强应付得过去。

等待埃德加的将是崭新的生活。

他回头看了德朗渡口最后一眼。视野的大部分被他造的浮桥所占据。他已经让这个小村子发生了天翻地覆的变化。大部分人不再称呼那个地方的老名字"德朗渡口"了。

如今，他们叫那里"王桥"。

第四部

城市

（一〇〇五年 ― 一〇〇七年）

PART 4

THE

CITY

1005—1007 CE

第三十八章
一〇〇五年，十一月

十一月的午后，坎特伯雷大教堂的中殿阴冷昏暗。烛光摇曳，明暗不定，投向四周的阴影如同起伏跳跃的鬼魅。在教堂最神圣的部分，也就是高坛之上，埃尔弗里克大主教正在缓缓地走向人生的终点。他惨白的双手紧抓着一个银色十字架，贴在胸口。他双眼依然睁着，但几乎一动不动。他呼吸平稳，但已经很浅。他似乎喜欢听周围修士的吟唱，因为歌声一停，他就会皱眉。

温斯坦跪在大主教脚下祈祷了很久。他觉得自己快憋出病了。最近他一直头痛，夜里也睡得很差。他时常感到困乏，浑身酸疼，就像上了年纪的老头，尽管他只有四十三岁。他的锁骨上长了一个难看的红疙瘩，他不得不把斗篷高高地系在喉咙上遮丑。

因为浑身不舒服，温斯坦压根不想在大冬天里穿越英格兰，但他有充足的理由去让自己强打精神踏上旅途。他想要成为坎特伯雷大主教。那将使他成为英格兰南部的高级神职人员，而权力争夺是无法远距离进行的，必须到现场才行。

温斯坦觉得自己已经祈祷了足够长的时间，表现了足够多的虔诚和敬意，肯定给修士们留下了深刻的印象。他站起身，突然头晕目眩，连忙伸出胳膊，手撑石柱稳住自己。他怒火中烧，因为他讨厌表现出弱点。成人之后，他始终强悍凶猛，其他人都怕他。现在他最不愿意发生的事情就是让坎特伯雷大教堂的修士们认为他身体羸弱。他们可不想要一个病恹恹的大主教。

不一会儿，头痛消失了，温斯坦可以转过身，恭恭敬敬地缓步走开了。

坎特伯雷大教堂是温斯坦见过的最大建筑。它由石头砌成，整体呈十字形，有长长的教堂中殿，两侧有耳堂，还有相对低矮的高坛。塔楼矗立在十字交叉点上，顶部装饰着金色的天使。

这里的规模之大，足以容纳三座夏陵大教堂。

温斯坦在坎特伯雷大教堂的北耳堂同表亲夏陵副主教德格伯特碰面，然后一起进入回廊。冷雨敲打着方形庭院里的草坪。见他们走过来，在屋顶下躲雨的一群修士连忙收声，以示尊敬。温斯坦假装一开始没注意到他们，然后突然从沉思中惊醒过来。

温斯坦用如丧考妣的悲痛腔调说："我老朋友的灵魂似乎不愿离开他深爱的教堂啊。"

众人沉默片刻，然后一个又高又瘦的年轻修士问："埃尔弗里克大主教是您的朋友？"

"当然。"温斯坦说，"不好意思，兄弟，你叫什么名字？"

"我叫埃帕，主教大人。"

"埃帕兄弟，我们挚爱的大主教还是拉姆斯伯里主教的时候，我就认识他了。那儿同我的夏陵大教堂相距不远。我年轻的时候，可以说是在他的羽翼下蒙受庇护。对他展现出的无上智慧，我深表钦佩；对他予以的悉心指导，我铭感五内。"

温斯坦说的话没有一个字是真的。温斯坦憎恶埃尔弗里克，对方多半也不待见他。但修士们相信了温斯坦的无耻谎言。他常常惊讶于骗人是多么简单，如果你拥有某种地位，那就尤其容易。这群好骗的蠢货，无论将来落得怎样的下场，都是他们自找的。

埃帕说："他给您做了怎样的训示呢？"

温斯坦灵机一动，现编了一套，"他说我应该多听少说，因为你听别人讲的时候是在学习，而自己讲的时候并不是。"该言归正传了，他想，"跟我讲讲，你认为谁会是下一任大主教呢？"

另一名修士开口了："温彻斯特的阿尔普哈格。"

此人有些面熟。温斯坦仔细打量对方，觉得自己见过那圆圆的脸庞和棕色的胡子。"我们认识，对不对，兄弟？"他小心翼翼地问。

德格伯特插话道："维格斐斯兄弟会定期造访夏陵，坎特伯雷大教堂在英格兰西南各郡拥有田产，他是来收地租的。"

"是，当然，维格斐斯兄弟，很高兴再看到你。"温斯坦记得维格斐斯是王桥小修道院院长奥尔德雷德的朋友，于是他决定谨言慎行，"为什么大家认为阿尔普哈格会接任大主教呢？"

"埃尔弗里克是修士，阿尔普哈格也是修士。"维格斐斯答道，"而温彻斯特是仅次于坎特伯雷大教堂和约克大教堂的重要大教堂。"

"很有道理。"温斯坦说，"可单凭这个还不足以下定论。"

维格斐斯不依不饶："阿尔普哈格下令制造了著名的温彻斯特教堂管风琴。有人说一英里之外都能听见琴声！"

维格斐斯显然是阿尔普哈格的崇拜者，温斯坦想。不过，维格斐斯也可能仅仅是故意惹自己生气，因为毕竟他是奥尔德雷德的朋友。

温斯坦说："根据《圣本笃会规》，修士有权选举他们的院长，对不对？"

"是的，但坎特伯雷没有院长。"维格斐斯说，"我们是由大主教领导的。"

"或者，换句话说，大主教就是院长。"温斯坦知道修士的特权并非绝对。国王声称自己有权任命大主教，教皇也有同样的主张。事在人为，规则历来只是空架子。斗争是不可避免的，最强大、最聪明的一方才会胜出。

温斯坦继续道："总而言之，埃尔弗里克为我们树立了凡人难以企及的伟大榜样。我听说，无人不在传颂他的治理是如何明智而公平。"

埃帕果然上钩。"埃尔弗里克对寝具的要求非常严格。"他说，旁人掩面而笑。

"怎么说？"

"他认为修士不应该睡床垫，因为那是一种奢侈的享受。"

"啊。"修士常常睡在木板上，有时还不铺垫子，瘦骨嶙峋的埃帕想必会觉得很不舒服。"我一直认为修士应该得到充足的睡眠，以便在祈祷时保持清醒。"温斯坦说，修士们纷纷热烈地点头赞同。

一个名叫福思雷德的修士懂医术，他出言反对道："人在木板上可以睡得很好。自我克制是我们信奉的箴言。"

温斯坦说："你说得没错，兄弟，但在健康和修行之间必须保持平衡，不是吗？修士当然不应该每天吃肉，但每周吃一次牛肉可以强健我们的体魄。修士不能沉溺于饲养宠物，但有时候，我们也需要猫来压制老鼠。"

修士们嗫嚅着表示赞同。

这一天，温斯坦已经下足了功夫，将自己努力塑造成一位宽厚的领导者。倘若他继续用力，就会过犹不及，他们可能会怀疑他不过是拍他们马屁，而事实正是如此。于是，温斯坦转身返回了教堂。

"我们得打击维格斐斯。"温斯坦和德格伯特一走到大家听不到的地方，温斯坦就对德格伯特说，"他可能会成为反温斯坦团伙的领头人。"

"他在特兰奇有妻子和三个孩子。"德格伯特说，"那里的农民并不知道他是修士，他们认为维格斐斯只是普通司铎。如果我们将他的秘密在坎特伯雷这里公布出来，就能让他身败名裂。"

温斯坦思忖片刻，然后摇了摇头："理论上，修士们决定推举下任大主教的时候，维格斐斯应该不在坎特伯雷。这个事，我会想办法解决的。除了这个，我们还得同司库谈谈。"

司库西格弗里斯是大主教之下职位最高的修士，温斯坦需要将他争取到自己这边。

"教堂西端外面就是他的木屋。"德格伯特说。

他们沿着教堂中殿行进，穿过西侧的大门。温斯坦套上兜帽挡雨，快步穿过泥泞的地面，前往最近的建筑。

司库身材矮小，却有个光秃秃的大脑袋。他接待温斯坦时十分谨慎，但并无惧意。温斯坦说："我们挚爱的大主教的病情仍无好转。"

西格弗里斯说："或许我们能有幸同他多相处一点时间。"

"可悲的是，他时日无多了。"温斯坦说，"我觉得这里的修士应该感谢上帝，因为他们还有你，西格弗里斯，可以监督坎特伯雷的事务。"

西格弗里斯点了一下头，接受了温斯坦的恭维。

温斯坦咧嘴一笑，语气轻快地说："我一直认为司库的工作至关重要。"

西格弗里斯一脸好奇："何以见得？"

"司库必须确保教堂随时有充足的钱财，自己却无法决定如何使用！"

西格弗里斯终于忍不住也微微一笑："这倒是没错。"

温斯坦继续道："我认为，修道院或者小修道院的院长，或者肩负院长职责的人，应该在支出问题上请教司库，而不仅仅在收入问题上唯司库是问。"

"这样做可以防范许多问题。"西格弗里斯说。

功夫已经下够，温斯坦又在心里对自己说。他需要讨好司库，但又不能做得太明显。现在，该着手解决维格斐斯的问题了。"这么多年来，今年是司库最有理由焦虑的一年。"温斯坦说，"今年粮食歉收，饥民遍地。"

"死人是交不了租的。"

不是感情用事的人，温斯坦想，我喜欢。然后他说："恶劣的天气还在持续，英格兰南部到处洪水泛滥。我来这里的路上，不得不绕了远路。"这当然是夸大之词，雨确实很大，但也只是耽搁了他几天而已。

西格弗里斯不无同情地咂了咂嘴。

"情况似乎还在恶化。但愿你没有打算出远门。"

"这段时间我不会出去。我们会在圣诞节的时候去向那些幸存的佃户收租。我会把维格斐斯修士派到你那一带去。"

"如果您希望维格斐斯在圣诞节之前到，就得早点派他出去。"温斯坦说，"要走很久才能到呢。"

"我会的。"西格弗里斯说，"谢谢你的忠告。"

太好骗了，温斯坦心满意足地想。

维格斐斯第二天便动身了。

* * *

蕾格娜的儿子们正打着雪仗。四岁的双胞胎联手对战六岁的奥斯伯特。两岁的阿兰在一旁尖声大笑，他已经可以摇摇晃晃地走路了。

蕾格娜的仆人同她一起看着孩子们——卡特、吉尔达、薇尔诺德，还有侍卫格里姆威尔德。格里姆威尔德只是摆设——作为威格姆的武装士兵，他八成无法保护蕾格娜，因为最有可能攻击她的那个人就是威格姆。

然而，这是幸福的时刻。四个孩子身体健康，奥斯伯特已经开始学习读写了。这不是蕾格娜想要的生活，她依然渴望同埃德加双宿双栖，但她还是要感谢上帝庇护了她的孩子。

成为郡长之后，威格姆不想费神处理繁杂的管理事务，于是蕾格娜代他行政，成为库姆和奥神谷实际的地方官，尽管威格姆仍然会不时造访辖区并召开法庭。

现在，威格姆现身了，后面跟着他的年轻小妾梅根丝丽丝。他们站在蕾格娜身边，看着孩子们玩耍。蕾格娜没有同威格姆说话，甚至没有看他一眼。婚后的两年中，蕾格娜对威格姆的憎恶有增无减。他既心肠歹毒，又头脑愚笨。

所幸蕾格娜并不需要经常陪威格姆。大部分夜里，他喝得酩酊大醉，被人抬回床上。而在足够清醒的时候，威格姆也会同梅根丝丽丝同床共枕，但后者没有为他生下一儿半女。他偶尔也会在过去欲望的驱使下走进蕾格娜的房子。蕾格娜不会反抗，而是闭上眼去想别的事，直到他发泄完毕。威格姆热衷强迫女人做爱，但他不喜欢女人反应冷淡，蕾格娜在做那事的时候显然就是个木头人，这让他颇为扫兴。

奥斯伯特使劲扔出一个大雪球，正中阿兰面门。小男孩吃了一惊，眼泪汪汪地朝蕾格娜跑去。蕾格娜用衣袖擦了擦孩子的脸颊，柔声安慰起来。

威格姆说："别哭哭啼啼的，阿兰。那只是雪，一点也不疼。"

威格姆的严厉腔调让阿兰哭得更厉害了。

蕾格娜喃喃道："他只有两岁。"

威格姆不喜欢争辩，他更擅长打架。"别宠坏了孩子。"他说，"我可不要一个软弱可欺的儿子。将来他要成为武士，就像他父亲一样。"

蕾格娜每天祈祷阿兰尽可能长成同他父亲不一样的人，但她没有再出声——同威格姆谈论任何事都毫无价值。

"你可别教他读书识字。"威格姆补充道，他自己就目不识丁，"那是司铎和女人学的玩意儿。"

我们走着瞧吧，蕾格娜想，但她一个字也没说。

"好好养育他，"威格姆说，"要不然……"说着，他就走开了，小妾紧随其后。

一股凉意爬上蕾格娜的脊背。威格姆说"要不然"是什么意思？

蕾格娜看见接生婆希尔迪穿过积雪的院子，走了过来。蕾格娜向来喜欢同希尔迪交谈。她是一位睿智的老妇人，而她的医术远不止接生这么简单。

希尔迪说："我知道您不喜欢阿格尼丝。"

蕾格娜一愣："我本来是喜欢她的，但后来她背叛了我。"

"她就要死了，她希望能乞求您的原谅。"

蕾格娜长叹一声。这样的请求是很难拒绝的，即便提出请求的是那个毁了自己生活的女人。

蕾格娜让卡特照看孩子，同希尔迪离开了。

城里洁白的雪地已经被垃圾和泥泞的脚步玷污。希尔迪领着蕾格娜来到主教宅邸后面的一座小屋。这地方又脏又臭。阿格尼丝裹着毯子躺在地上的稻草里。她鼻子旁的面颊上长着一个可怕的红色肿块，中间已经凹陷结痂。

阿格尼丝的视线在房间里扫来扫去，仿佛不知道自己身处何地。目光终于锁定蕾格娜之后，阿格尼丝说："我认识你。"

这话很怪。阿格尼丝同蕾格娜一起生活了十多年，但她说得就像她们是久未谋面的泛泛之交一样。

希尔迪说："她犯糊涂了，这是病症的一部分。"

"我头疼得厉害。"阿格尼丝说。

希尔迪对阿格尼丝说："你让我把蕾格娜夫人带来见你，你要告诉她自己有多愧疚。"

阿格尼丝神情一变，似乎突然完全清醒了。"我干了邪恶的勾当。"她说，"夫人，您能原谅我的背叛吗？"

阿格尼丝言辞恳切，不容拒绝。"我原谅你，阿格尼丝。"

蕾格娜真诚地说。

阿格尼丝道:"上帝惩罚了我的所作所为。希尔迪说我得了妓女麻风病。"

蕾格娜大惊。她听说过这种病,它通过性接触传播,故有此名。一开始,患病者会头痛、眩晕,进而智力衰退,最后发疯。蕾格娜平静地问希尔迪:"这种病致命吗?"

"本身不致命,但患病者会非常虚弱,极易发生意外,一旦染上别的病,很快就会丧命。"

蕾格娜提高了声调。"奥法也得病了?"她难以置信地问。

希尔迪摇头道:"阿格尼丝不是从她丈夫那里染病的。"

"那是从哪儿?"

阿格尼丝说:"我同主教犯下了罪过。"

"温斯坦?"

希尔迪说:"温斯坦有这种病。他的病情发展得没有阿格尼丝快,所以他还蒙在鼓里,但我已经看出了端倪。他总是很累,而且时常头晕。他的脖子上还长了一个肿块,他试图将它掩盖在斗篷下面,但我看见了,那玩意儿跟阿格尼丝脸上这个一模一样。"

蕾格娜说:"要是他发现自己得了病,肯定会严守秘密的。"

"是的。"希尔迪说,"如果被大家知道他要发疯的话,他的权力就保不住了。"

"没错。"蕾格娜说。

"我绝不会告诉任何人。这太吓人了,我不敢说。"

"我也是。"蕾格娜说。

* * *

奥尔德雷德看着桌上的一摞摞银币，感到有点头晕眼花。

戈德莱夫是王桥小修道院的司库，奥尔德雷德把钱箱从卡思伯特老作坊的保险柜里拿出来，放在桌上。他们一道点起了银币。他们本来可以称重的，那样更快，但他们没有秤。

之前他们也不需要秤。

"今年遭了饥荒，我觉得咱们今年的钱会不够用。"奥尔德雷德说。

"饥荒也有好处，维京人不得不滚回老家了。"戈德莱夫说，"我们的收入比平时少，但依然富足。我们收桥梁费，收市场摊位租金，还收朝圣者的捐赠。别忘了，这些年，我们还得到了四大笔土地赠予，我们正从那些地方收地租呢。"

"捷报频传啊，但想必我们也耗费很多吧。"

"周边的饥民我们都有赈济，我们还建了一座学校、一间缮写室，还为加入我们的所有新修士建了食堂和住宿区。"

此言不假。奥尔德雷德将这里建成学习和学术中心的梦想正在稳步实现。

戈德莱夫继续道："大部分是木房，所以没花多少钱。"

奥尔德雷德注视着银币。他费尽心力为小修道院筹款募捐，现在面对如此巨大的财富，他却感到心神不宁。"我曾发誓甘守清贫。"他似乎在自言自语。

"这不是你的钱。"戈德莱夫说，"这是小修道院的财产。"

"没错。可是，我们不能只是坐在这里沾沾自喜。耶稣告诉我们不要积攒财宝在地上，要积攒财宝在天上。上帝将这笔钱赐给我们是有目的的。"

"什么目的?"

"或许上帝想要我们建造一座更大的教堂。我们肯定需要这样的教堂。如今我们不得不在礼拜天分开举行三场弥撒,每一场弥撒,教堂里都挤满了人。即便不是周末,有时朝圣者也要排上几个小时的队来瞻仰圣人遗骨。"

"哇哦。"戈德莱夫说,"可是,你面前看到的这笔钱还不足以建造一座石制教堂。"

"但钱会源源不断地涌进来。"

"我当然希望如此,但我们谁也无法预知未来。"

奥尔德雷德微笑道:"我们必须抱有信仰。"

"信仰可不是钱。"

"没错,但信仰比钱更宝贵。"奥尔德雷德站起身,"把这些锁起来,我给你看样东西。"

他们将钱箱放回保险柜,离开修道院,走上山坡。街道两侧新房鳞次栉比,奥尔德雷德记得,每家每户都在给修道院交房租。他们来到埃德加的房前,奥尔德雷德本应该将它租给别人,但他一直对埃德加念念不忘,所以他宁可让这里空着。

埃德加房子对面是市场。今天不是交易日,但有少数希望碰运气的商贩不顾寒冷来到那里,出售新鲜的鸡蛋、甜蛋糕、林中坚果和自制啤酒。奥尔德雷德领着戈德莱夫穿过广场。

广场另一头本与森林相接,但如今,那里的许多树木已遭砍伐,拿去做建屋的木料了。"新教堂就坐落在这里。多年之前,埃德加和我就制定了城市的布局规划。"

戈德莱夫盯着灌木丛和树桩:"这些东西得彻底清除。"

"当然。"

"我们从哪里搞到石料呢？"

"奥神村。蕾格娜夫人多半会免费给我们用，作为她对新教堂的虔诚捐赠，但我们必须雇一个采石工。"

"要做的工作千头万绪啊。"

"确实，所以我们越早着手越好。"

"谁来设计教堂呢？那可不像建房子这么简单，对吧？"

"我知道。"奥尔德雷德心跳加速，"所以我们需要请埃德加回来。"

"但我们连他身处何地都不知道。"

"我们可以想办法找到他。"

"谁去找呢？"

奥尔德雷德很想自己亲自率队搜寻，但这只是一厢情愿罢了。小修道院欣欣向荣，事务繁杂，而他是最高负责人。诺曼底之行往往需要几个礼拜乃至几个月，倘若他本人离开如此之久，这里的一切准会乱套的。"威廉兄弟可以去。"他说，"他出生在诺曼底，在那里生活到十二三岁。我会派年轻的阿苏尔夫一同前往，因为那孩子总是精力旺盛，静不下来。"

"你肯定不是今天第一次考虑这个问题吧。"

"没错。"奥尔德雷德不愿承认自己时常幻想带埃德加回家，"我们去跟威廉和阿苏尔夫谈谈吧。"

他们朝山下的修道院走去时，奥尔德雷德发现一名穿着修士长袍的人正在骑马过河。那身影有点眼熟，靠近之后，奥尔德雷德认出来者是坎特伯雷的维格斐斯。

奥尔德雷德迎上去，将维格斐斯带到厨房里吃面包，喝热啤酒。"你这么早就来收圣诞节地租了啊?"他说。

"他们提前派我出来,好把我打发掉。"维格斐斯没好气地说。

"谁要打发掉你?"

"夏陵的主教。"

"温斯坦?他在坎特伯雷干什么?"

"争取当大主教呗。"

奥尔德雷德惊骇不已:"但下任大主教应该是温彻斯特的阿尔普哈格啊!"

"我也依然希望阿尔普哈格当选。但温斯坦奸诈多端,千方百计地讨好修士,尤其是拍司库西格弗里斯的马屁。如今有许多修士成了阿尔普哈格的反对者。一群心怀不满的修士会是可怕的麻烦。为了清净,说不定埃塞尔雷德国王会委任温斯坦当大主教。"

"但愿不会!"

"阿门。"维格斐斯说。

＊　＊　＊

一场新雪给了蕾格娜教孩子字母的机会。她发给孩子们一人一根木棍,问:"奥斯伯特的名字是哪个字母打头的?"

"我知道,我知道!"奥斯伯特说。

"你画得出来吗?"

"简单。"奥斯伯特在雪地上画出一个歪七扭八的大圆圈①。

---

① "奥斯伯特"的首字母为英文字母"O"。

360

“其他人，你们也画一个奥斯伯特名字的首字母。瞧，它是圆圆的，就像你们念他名字第一个音节时嘴巴的形状。”

双胞胎兄弟勉强画出了圆圈。阿兰画不来，因为他只有两岁，而蕾格娜的目的是要教他们单词是由字母拼成的。

“休伯特的名字是哪个字母打头的？”

“我知道，我知道！”奥斯伯特又抢先发言，然后在雪地上画出一个还算过得去的H。双胞胎兄弟依样画葫芦，阿兰费了老大的劲儿，写出来的H就像三根随意摆在地上的树枝，但蕾格娜还是表扬了他。

蕾格娜用眼角余光看到了威格姆，忍不住低声咒骂了一句。

“你们在这儿干什么？”威格姆问。

蕾格娜灵机一动，指着地上的圆圈说：“英格兰人在这里，在这些山丘上，他们周围是……”她指了指其他歪歪扭扭的字迹，“维京海盗。接下来发生了什么事，威格姆？”

威格姆半信半疑地看着蕾格娜。“维京海盗攻击了英格兰人。”他说。

蕾格娜说：“谁获胜了啊，孩子们？”

“英格兰人！”他们齐声高喊。

真是这样就好了，蕾格娜想。

这时，阿兰说漏了嘴。他指着奥斯伯特画出来的那个不规则的圆圈，道：“这是奥斯伯特的名字。”他带着自豪的微笑望向威格姆，希望得到父亲的表扬。

阿兰没有如愿。威格姆狠狠地瞪了蕾格娜一眼：“我警告过你的。”

蕾格娜拍了拍手。“咱们进去吃早饭吧。”她说。

孩子们跑进屋，威格姆悻悻地走开了。

蕾格娜跟在孩子们身后，越走越慢。她该怎样教育阿兰呢？威格姆住得如此之近，蕾格娜很难骗过他。他已经暗示过蕾格娜两次，要将阿兰交给别人抚养。这是蕾格娜万难容忍的。但她也不能将阿兰养成一个无知无识的白痴，尤其是在他的哥哥们都在学习的情况下。

他们刚吃完早餐，奥尔德雷德院长就进来了。他八成是昨天就从王桥赶到这里，并在夏陵修道院住了一晚。他接过一杯温啤酒，坐到长凳上。"我要建造一座新教堂。"他说，"原来的太小了。"

"可喜可贺！您都在规划这么大的项目了，小修道院肯定发展得如火如荼啊。"蕾格娜高兴地说。

"如蒙上帝准许，我们的钱是足够支付建造费用的。但倘若您能继续让我们免费使用奥神村的石料，那将是对我们的莫大支持。"

"我很乐意这样做。"

"谢谢。"

"但谁来当建筑匠师呢？"

奥尔德雷德压低声音，以免被仆人听见："我已经派信使去诺曼底恳求埃德加回来了。"

蕾格娜的心忽然跳到了嗓子眼儿："希望他们能找到他。"

"他们会乘船去瑟堡，首先找您父亲谈谈。埃德加曾告诉我，他会询问休伯特伯爵哪里可以找到工作。"

蕾格娜顿时满怀希望。埃德加真的会回家吗？说不定他不想回来。她哀伤地摇摇头："他之所以离开，是因为我嫁给了威格姆，而现在我依然是威格姆的妻子。"

奥尔德雷德快活地说："我相信，从零开始设计建造自己的教堂，这样的前景足以吸引他回来。"

"有可能，他会爱死这份工作的。"蕾格娜笑盈盈地说。然后，她想到了另一种可能性："或许他在那边已经有恋人了。"

"有可能。"

"这会儿保不齐他已经结婚了。"蕾格娜忧郁地说。

"我们会知道的。"

"我希望他能回来。"蕾格娜沉吟道。

"我也是。他的房子我一直没租给别人呢。"

蕾格娜知道奥尔德雷德也爱埃德加，但他比蕾格娜更不可能得偿所愿。

奥尔德雷德的语气突然轻快起来，似乎他已经看穿蕾格娜的想法，于是有意改换话题。"我还有别的事要请您帮忙。"

"尽管说。"

"坎特伯雷的大主教就快离世了，温斯坦正在争取接替他的位子。"

蕾格娜不禁打了个寒战："要是让温斯坦这样的下流小人成为整个英格兰南部的道德领袖，那将是多么可怕啊。"

"您会同埃玛王后提这件事吗？您认识她，她也喜欢您。您的话，她更容易听进去。"

"您说得没错，她听得进我的话。"蕾格娜说。奥尔德雷德不知道蕾格娜握着撒手锏。蕾格娜可以告诉王后，温斯坦患了一种会导致他慢慢发疯的病。这必然可以阻止他当上大主教。

但蕾格娜是不会说的。她不能向埃玛或其他任何人透露这个消息。温斯坦能轻而易举地查出是什么原因妨碍了自己获得任命，然后就会展开疯狂的报复。威格姆会将阿兰从蕾格娜身边夺走，因为他知道这是可以对蕾格娜施加的最严厉的惩罚。

蕾格娜看着奥尔德雷德，心中无比凄苦。他脸上的神情是多么乐观和坚定啊。他是个好人，但蕾格娜无法答应他的请求。她暗自叹息，邪恶之徒似乎总能得逞，德朗、德格伯特、威格姆、温斯坦，他们无不作恶多端，结果他们都能逍遥法外。也许这就是亘古不变的残酷真相吧。

"不行。"蕾格娜说，"温斯坦和威格姆会用尽办法报复我，那将是恐怖的噩梦。对不起，奥尔德雷德，我帮不了你。"

第三十九章

一〇〇六年，春

上午过半，建造新石砌教堂的工匠们停下来休息。建筑匠师的女儿克洛蒂尔德给她父亲带来了一壶啤酒和一些面包。来自罗马的建筑匠师乔治把面包泡在啤酒里软化后再吃。

埃德加受主人委托，管理这片工地。休息时，通常他会到一间斜顶小屋与主人讨论当天剩余时间该下达什么命令。两年多来，埃德加每天只说诺曼法语，现在已经讲得十分流利了。

克洛蒂尔德养成了也给埃德加带啤酒和面包的习惯。埃德加把几片面包分给他新养的狗科利。科利全身黑毛，口鼻周围长满了胡须。

教堂建在一块西高东低的基址上，这本身就是一项挑战。为使整个楼层保持水平，他们要在教堂东端挖出一个深深的地下室，在里面竖立粗短的大柱子，支撑上部结构。

埃德加对乔治的精妙设计叹为观止。教堂中殿将有两排平行的半圆形大拱门，由粗大的柱子支撑。这样，从侧廊就可以纵览整个教堂内部，大批会众可以在这里观看弥撒。埃德加从未想过如此大胆的设计，整个英格兰肯定也没人想过。法兰克工人同样震惊不已，因为这是他们闻所未闻的全新设计。

乔治五十多岁，身材瘦小，脾气暴躁，但他是埃德加见过的最能干、最富想象力的建筑工。他坐在那里，用棍子在泥土上作画，解释拱石——也就是拱门上的楔形石头——如何用模子刻出来，使其并排摆放时看起来如同一组同心圆。"你明白吗？"乔治问。

"当然。"埃德加说，"简直聪明绝顶。"

"不要不懂装懂！"乔治怒冲冲地道。

乔治常常希望对埃德加长篇大论地解释某个问题，但埃德加一听就明白。这让埃德加想起了他同父亲的谈话。"您描述得可真细致啊。"埃德加只好如此安抚乔治。

克洛蒂尔德递给埃德加一大盘面包和奶酪，埃德加狼吞虎咽地吃起来。克洛蒂尔德坐在埃德加对面。当埃德加继续和乔治讨论拱石的形状时，她反复跷腿又放下，向埃德加展示她那双健壮的棕色大腿。

克洛蒂尔德很有魅力，性格随和，身材匀称，而且她已经表明自己喜欢埃德加。她二十一岁，只比埃德加小五岁。她很可爱，但她不是蕾格娜。

埃德加很久以前就意识到，他爱女人的方式同大多数男人不一样。在同一个时间，他眼中似乎只有一个女人。在森吉芙死后的很多年里，他都对她忠贞不二。现在，他死心塌地爱上了一名有夫之妇——实际上，是一名先后嫁给两个男人的女人。有时候，他真希望自己不是这样特立独行。他为什么不干脆娶了眼前这个可爱的姑娘呢？她会和善而热情地待他，就像对她父亲那样。埃加德每晚可以卧在她那双健壮的棕色大腿之间。

乔治说："我们在地上画一个和拱门一样大小的半圆，从中心到圆周画一条半径，然后在圆周上放一块石头，使其与半径垂直。但是石头的侧面，也就是它与邻近拱石相接的地方，必须有微微倾斜的斜面。"

"是的。"埃德加说，"所以我们又画两条半径，每边一条，这样就能得到石头两个侧面的正确倾斜角度。"

乔治瞪着埃德加。"你是怎么知道的？"他大为光火地问。

埃德加必须倍加小心，以免因为知道得太多而得罪乔治。建筑工高度戒备地守护着他们所谓的"秘密"技艺。"刚才您告诉我的。"埃德加撒了个谎，"您告诉我的一切我都记得。"

乔治的怒火平息下来。

埃德加看见两名修士正在穿过工地。他们张着嘴东张西望，多半从未见过眼前即将落成的教堂这样壮观的建筑。他们身上的某种特质令埃德加觉得他们是英格兰人，但年长的那位修士说的却是诺曼法语。"您好，建筑匠师。"他彬彬有礼地说。

"你们要干什么？"乔治问。

"我们在寻找一位名叫埃德加的建筑工。"

原来是家乡来的信使，埃德加想，一时间，他又激动又害怕。他们带来的是好消息，还是坏消息呢？

埃德加注意到克洛蒂尔德满脸惊慌。

"我是埃德加。"他用如今已经生疏的英语说。

修士如释重负。"我们找你好久了啊。"他说。

埃德加问："你们是谁？"

"我们来自王桥小修道院，我是威廉，这位是阿苏尔夫。我们能同你私下聊聊吗？"

"当然。"埃德加离开的时候，这两人还没到修道院呢。埃德加意识到，那里必定正在高速扩张。他领着二人穿过工地，来到堆放木料的地方，那里更安静。他们坐在木板堆上。"出什么事了？"埃德加问，"有人过世了吗？"

"我们带来的是别的消息。"威廉说，"奥尔德雷德院长决定建造一座石制新教堂。"

"建在半山腰？我房子对面？"

"一点都没错，就在你规划的那个地方。"

"工作开始了吗？"

"我们离开的时候，修士们正在清理基址上的树桩，奥神村采石场的石料也开始运来了。"

"谁来设计教堂呢？"

威廉顿了顿，道："我们希望由你担纲。"

原来如此。

"奥尔德雷德想要你回家。"威廉继续道，"你的房子，他一直为你留着呢。你将是新教堂的建筑匠师。他命令我们来打听诺曼底这里建筑匠师的薪水，好给你同样的报酬。你有别的要求也可以尽管提。"

实际上，埃德加只有一个要求。他犹豫着不知是否应该对这两个陌生人袒露心声，但夏陵的大多数人已经知道他的故事了。沉吟片刻后，他脱口问道："蕾格娜夫人依然是威格姆郡长的妻子吗？"

威廉看上去似乎早就料到埃德加会有此问："是的。"

"蕾格娜依然同威格姆住在夏陵？"

"是的。"

埃德加心头的希望火苗瞬间熄灭了："我想想吧。你们两个有地方住吗？"

"附近有一座修道院。"

"明天我会给你们答案。"

"我们祈祷你会同意。"

修士们走开了，埃德加留在原地，思索起来。他盯着一个肌肉结实的女人用木桨搅拌一大堆砂浆，却对她视而不见。他想回英格兰吗？他当年之所以离开，就是因为不忍看到蕾格娜嫁给威格姆。一方面如果现在重返故乡的话，他就会经常见到他们。那将是生不如死的折磨。

但另一方面，摆在他面前的是一份可以统率全局的理想工作。他将成为主导一切的建筑匠师，新教堂的每个细节都由他来决定。他可以按照乔治向他展示的全新风格建造一座宏伟的建筑。这项工作可能要持续十年，或者二十年，甚至更久。这将是他毕生的事业。

埃德加从木堆上站起来，回去继续工作。克洛蒂尔德已经不见了，乔治正在制作拱石样本，在地上画出了他先前描述的半圆和半径。埃德加打算接着干眼下的活，就是制造名叫"模壳"的木质支撑结构，用来在砂浆凝固过程中固定石料。但乔治制止了他。

"他们要你回家。"乔治说。

"你是怎么知道的？"

乔治耸耸肩："不然他们从英格兰来这儿干什么？"

"他们想让我建造一座新教堂。"

"你会去吗？"

"我不知道。"

令埃德加吃惊的是，乔治放下了自己的工具。"我来给你讲个故事。"他说，语气一变，仿佛突然从铁骨铮铮变得脆弱无比。埃德加从未见过他这副模样。"我结婚很晚。"乔治说，仿佛在缅怀往事，"我三十岁才遇到克洛蒂尔德的母亲——愿她的灵魂安息——"他停下来，埃德加还以为他会潸然泪下，但他只是摇了摇头，继续说道："三十五岁才生了克洛蒂尔德。现在我五十六岁，已经是个糟老头儿啦。"

　　五十六岁还算不上太老，但此刻可不适合为这种事争吵。

　　乔治说："我胃疼得厉害。"

　　怪不得你脾气这么暴躁，埃德加想。

　　"我吃不下饭，"乔治说，"我靠泡湿的面包片过活。"

　　埃德加还以为乔治之所以泡湿面包，是因为他喜欢这么吃。

　　"我多半不会明天就死。"乔治继续道，"但我可能只有一两年可活了。"

　　我早该知道的，埃德加想。线索明明全摆在面前，我本可以猜到的。换作蕾格娜，肯定早就猜出来了。"我很难过。"他说，"但愿这一切不是真的。"

　　乔治摆摆手，表示那只是注定落空的奢望。"想到余生，我发现这世上有两样东西对我来说至为珍贵。"他说，然后扫视了一圈建筑工地，"一个是这座教堂，"他的视线落回埃德加身上，"另一个就是克洛蒂尔德。"

　　乔治的脸色又变了，埃德加看到了他心底最真实的情感。这位老人正在用赤裸的灵魂跟他对话。

　　乔治说："我希望我走后，有人能照顾这座教堂和我女儿。"

　　埃德加瞪大了眼，在心里对自己说：他要将他的工作和女儿托付给我。

"不要回家。"乔治说,"求你了。"

这是发自肺腑的请求,叫人难以拒绝,但埃德加还是鼓起勇气说:"我得好好想想。"

乔治点点头:"当然。"短暂的亲密交流结束了,他转过身,继续干活。

当天剩下的时间,埃德加都在想这个问题,夜里,他也为之辗转反侧了很久。

真是好运连连啊,埃德加想。成为建筑匠师是他的最高理想,而这一天,他就得到了两个这样的职位。他可以在诺曼底这里,也可以在英格兰家乡做建筑匠师。两份工作都能给他带来莫大的满足。但随之而来的另一个选择却令他难以入眠——到底是选克洛蒂尔德,还是蕾格娜?

其实他根本没得选。或许蕾格娜会在未来二十年都是威格姆的妻子。即便威格姆英年早逝,她也可能被迫再嫁给国王挑选的贵族。黎明将至,埃德加意识到,回英格兰去的话,他的余生多半会在无望的苦恋中度过。

这样的日子,我已经熬了太多年,埃德加想。如果他留在诺曼底,娶了克洛蒂尔德,那他虽然不会获得幸福,却可能找到平静。

第二天早上,埃德加告诉两名修士他要留下。

* * *

一个草木吐芽的温暖春夜,威格姆来到蕾格娜的床上。嘎吱的开门声惊醒了蕾格娜和仆人。她听见女仆在地板上的灯芯草里挪动的窸窣声，还听见侍卫格里姆威尔德咕哝了两声，但孩子们在酣睡。

因为没有得到事先通知，蕾格娜来不及给自己抹润滑油。威格姆躺在她身边，将她的连衣裙推到腰间。她连忙往手上啐了口唾沫，润滑阴道，然后乖乖地打开了双腿。

对于威格姆这方面的要求，蕾格娜已经逆来顺受惯了。反正一年里只会发生几次。她只是希望自己不会再次怀孕。她爱阿兰，但她不想再生一个威格姆的孩子。

但这次情况不一样。威格姆用力抽插，却似乎无法得到满足。蕾格娜也完全没有帮他。从女人的闲聊中她得知，其他女人同自己不爱的男人做爱的时候，往往会假装高潮，好让整个过程尽快结束，但她实在无法让自己扮演那样的角色。

威格姆的那家伙很快就软了。在绝望地撞击了几次之后，他抽了出来。"你这石头一样的臭婊子。"说着，他抽了蕾格娜一巴掌。她呜咽起来，以为免不了要遭一顿毒打，而她的侍卫是绝不会挺身保护她的。但威格姆只是站起来，怏怏而去。

第二天早上，蕾格娜的左脸颊肿了，上唇也胀得老高。她告诉自己，结果本可能更糟。

孩子们吃早餐的时候，威格姆进了屋。蕾格娜发现，他的大鼻子上布满饮酒过量导致的酒红色条纹，就像一张红色蜘蛛网。昨晚的火光中，她没有看到威格姆这一丑陋的特征。

威格姆盯着蕾格娜说："我应该也给另一边一耳光，这样才配对嘛。"

蕾格娜突然想起一句讥讽的话，但她强忍住没说出口。她从威格姆的情绪中觉察到了危险。一股冰冷的恐惧爬上心头，或许她的惩罚还没有结束。蕾格娜张开被打得变形的嘴，不卑不亢地问："你想干什么，威格姆？"

"我不喜欢你养育阿兰的方式。"

这是老调重弹，但威格姆的语气却比先前更加恶毒。蕾格娜说："他只有两岁半，还是个小孩子。将来他还有大把的时间可以学习战斗。"

威格姆决绝地摇着头："你想教他娘们儿那套玩意儿，识字写东西之类的。"

"埃塞尔雷德国王也识字。"

威格姆不愿同蕾格娜争辩："我要来负责养育这孩子。"

这是什么意思？蕾格娜绝望地说："我会给他一把木剑的。"

"我不相信你。"

威格姆说的大部分话往往都可以无视。他总是满口毫无意义的粗鄙之语，而且说了转头就忘。但蕾格娜觉得这次他可不是虚张声势。她胆战心惊地问："你这是什么意思？"

"我要带阿兰去我房子里住。"

这主意过于荒唐可笑，蕾格娜一开始并未当真。"你做不来！"她说，"你照顾不来一个两岁的娃娃。"

"他是我儿子。我想这么着就怎么着。"

"你会给他擦屁股吗？"

"我又不是一个人住。"

蕾格娜难以置信地问："你是说梅根丝丽丝？你要将阿兰交给梅根丝丽丝养？她才十六岁！"

"许多十六岁的女孩都当妈了。"

"但她没有！"

"是没有，但我说什么，她就做什么，而你压根不把我的愿望当回事。阿兰几乎不知道他还有父亲。不过，我会按照我的原则来养育他。他必须成长为一名男子汉。"

"不！"

威格姆朝坐在桌后、一脸惊恐的阿兰走去。卡特站到两者之间。威格姆双手揪住她的前襟，将她提起来，往墙上一扔。卡特尖叫着撞到木板上，掉落在地，瘫成一团。

所有孩子大哭起来。

威格姆抱起阿兰，那孩子吓得哇哇大叫。威格姆将他夹在左胳膊下面，蕾格娜抓住威格姆的胳膊，试图将孩子解脱出来。但威格姆冲她头侧猛击一拳，她眼前一黑，差点晕死过去。

蕾格娜倒在地上，抬头看见威格姆出了门，阿兰在他腋下不住地一边踢腿，一边哭喊。

蕾格娜挣扎着站起来，摇摇晃晃地走到门口。威格姆正大步穿过院子，朝自己屋子走去。蕾格娜头晕目眩，根本无力追赶，何况她知道，就算追上了，自己也只会被再次揍翻在地。

蕾格娜转身返回屋内。卡特坐在地板上，隔着乱蓬蓬的黑发揉脑袋。蕾格娜问："你伤得重不重？"

"我想应该没有骨折。"卡特说，"您呢？"

"我头痛得要死。"

格里姆威尔德问："我能帮什么忙吗？"

蕾格娜不无讥讽地答道："你可以继续保护我们，就像平时一样。"

侍卫噔噔噔地走了出去。

孩子们还在放声哭号。两个女人开始安抚他们。卡特说：

"我不敢相信，威格姆竟然抢走了阿兰。"

"他想叫梅根丝丽丝把孩子养成他那种四肢发达、头脑简单的莽夫。"

"您绝不能让他得逞。"

蕾格娜点点头。她绝不会善罢甘休。"我要同他谈谈。"她说，"说不定我可以让他明白事理。"虽然并不乐观，但她必须试试。

蕾格娜离开自己房子，穿过院子，前往威格姆的住处。她听到了阿兰的哭声，没有敲门就径直闯了进去。

威格姆和梅根丝丽丝正站那儿说话，梅根丝丽丝抱着阿兰，正努力让他安静下来。孩子一见蕾格娜，就尖声喊道："麻麻！"他一直都是这样叫蕾格娜的。

蕾格娜本能地朝阿兰走去，但威格姆拦住了她。"别管他。"威格姆说。

蕾格娜瞪着梅根丝丽丝，那女孩又矮又胖，本来也算漂亮，只是嘴巴周围奇怪地扭曲着，表明她欲壑难填。不过，毕竟她也是女人，她真会阻止一个孩子去找自己母亲吗？

蕾格娜朝阿兰伸出双臂。

梅根丝丽丝转过身，背对着她。

蕾格娜震惊于竟会有女人忍心干这样的事，心中顿时充满憎恶。

蕾格娜好不容易才将视线从阿兰身上挪开，尽量用平静理智的声音对威格姆说："我们得谈谈这件事。"

"不。我不会跟你谈，我只会告诉你我要做什么。"

"你要把阿兰当成囚犯，一直关在这间屋子里？这只会把他变成一个软弱可欺的低能儿，而不是战士。"

"我当然不会那样做。"

"那他就会去院子里同哥哥们玩耍。他们一回家，他就会跑去同他们在一起，而你不得不每天做刚才那种事。你不在家的时候——这种情况时常发生——谁来将他从自己亲人身边拽走呢？这孩子可是会手脚乱舞，大叫妈妈的。"

威格姆一脸茫然，显然他从未想过这一层。但他很快换上轻松的表情，说："我外出的时候会带上他。"

"那路上谁来照顾他呢？"

"梅根丝丽丝。"

蕾格娜瞟了梅根丝丽丝一眼，那女孩看上去受到了惊吓，显然威格姆并未征求过她的意见。但她紧闭着嘴。

威格姆继续道："我明天去库姆，他可以与我同行。他要了解郡长的日常生活是什么样。"

"你要带一个两岁的孩子进行为期四天的旅行？"

"我看不出哪里不行。"

"那你回来之后呢？"

"到时候再说。但他不能同你一起过了，再也不行了。"

蕾格娜情不自禁地哭起来："天啊，威格姆，我求你了，不要这么绝情。你可以不管我，但请你可怜可怜自己的儿子。"

"我可怜他，因为他被一群娘儿们抚养，正在变成没用的软蛋。如果我允许这种事发生，他长大后就会骂他的父亲。不，他必须留在这。"

"不，求你了……"

"我不想再听你胡搅蛮缠了。滚出去。"

376

"想想看，威格姆……"

"要我把你拎起来扔出去吗？"

蕾格娜禁不起又一轮毅打了。她无奈地垂下头。"不。"她泣不成声，只能慢慢转身朝门口走去。她回头看了眼阿兰，那孩子依然在歇斯底里地尖叫，朝她伸出一对小胳膊。蕾格娜用尽全身气力才勉强转过身，走出门。

丧失幼子的抚养权，这在蕾格娜心中留下了一个难以弥合的大窟窿。她无时无刻不在惦记阿兰——梅根丝丽丝有没有将他洗得净净的，喂得饱饱的？他是健健康康的，还是害了什么小孩子的毛病？他有没有半夜惊醒哭着找她？蕾格娜不得不强迫自己至少每天有段时间不去想阿兰，否则自己就会发疯。

蕾格娜从没有放弃阿兰，也决不会放弃。所以，当国王和王后驾临温彻斯特后，蕾格娜便赶往那里求情。

这时，蕾格娜已经有一个月没见过阿兰了。威格姆说是去库姆，结果却开始了春季辖区巡视，而且一直将孩子带在身边。他显然打算长时间不回夏陵。

温斯坦依然住在坎特伯雷，因为下任大主教之争迟迟未见分晓，于是兄弟俩都无法觐见王室，这给了蕾格娜勇气。

然而，蕾格娜不愿在公开法庭上主张自己的诉求。她心烦意乱，但仍能谋划策略。谁也无法预测公开法庭上会发生什么，本地的贵族可能会站在威格姆那边。蕾格娜更喜欢同国王王后安安静静地交谈。

大教堂隆重的复活节仪式结束后，阿尔普哈格主教在自己的宅邸举办了宴会，招待聚在温彻斯特的权贵。蕾格娜受邀参加，她觉得时机已经成熟。她满怀希望，一遍又一遍地练习着要对国王说的话。

复活节不仅是教会一年当中最重要的节日，王室在这天也将举行盛会，堪称最重大的社交活动。与会者无不盛装华服，珠光宝气，蕾格娜也是一样的装束。

主教宅邸里满是雕花橡木长凳和五颜六色的挂毯。有人点燃了苹果树枝，使芳香的烟雾弥漫全屋。桌上摆放着镶银边的杯子和青铜盘子。

蕾格娜得到了国王王后的热情接见，这给了她莫大的鼓励，于是蕾格娜立刻将威格姆从她身边抢走阿兰一事禀告他们。埃玛王后也是一位母亲——在嫁给埃塞尔雷德之后的头四年里，她生了一儿一女——她无疑会同情蕾格娜的遭遇。

但蕾格娜精心准备的说辞的头一句还没说完，埃塞尔雷德就打断了她。"我知道这件事。"他说，"我们来这儿的路上，碰巧遇到了威格姆和那孩子。"

蕾格娜头一回听说这件事，这显然不是什么好消息。

埃塞尔雷德继续道："我同他商量了那个问题。"

蕾格娜顿时陷入绝望。本来她指望自己的故事能让国王王后倍感震惊，心生怜悯，可惜却让威格姆抢占了先机。埃塞尔雷德的脑子里已经装了他那套扭曲事实的鬼话。

蕾格娜只好迎难而上。埃塞尔雷德御宇多年，应该深知兼听则明、偏信则暗的道理。

蕾格娜一字一顿地陈述道："国王陛下，将两岁的孩子从母亲身边夺走，这是绝无道理的。"

"我觉得这非常残酷，也把我的看法告诉了威格姆。"

埃玛王后说："确实如此。那孩子与我们的爱德华同龄，倘若有人将爱德华从我身边夺走，我一定会心碎不已的。"

"我完全赞同，亲爱的。"埃塞尔雷德说，"但我无权指导臣民如何治理家庭。国王的职责是抵御外侮，维持公平，以及发行优良的货币。如何养育孩子是私人事务。"

蕾格娜张嘴打算争辩。国王也是道德领袖，他有权谴责行为不端的权贵。但她看到埃玛迅速摇了摇头，于是便连忙闭上嘴。蕾格娜思索片刻，发现埃玛是对的。倘若君主如此坚决地表明态度，那就不可能令其回心转意。如果一味纠缠下去的话，只会疏远她同国王的关系。蕾格娜好不容易才克制住失望和愤怒，低下头说："是的，国王陛下。"

蕾格娜将同阿兰分开多久呢？肯定不会此生无缘再见吧？

国王王后的注意力被别人吸引过去，蕾格娜强忍泪水，退到一旁，她已经陷入无望的境地。如果国王不愿帮她把儿子抢回来，谁还能施以援手呢？

威格姆和温斯坦掌握着大权，所以蕾格娜才处处碰壁，事事难成。无论他们做了多么伤天害理的事，最后都能全身而退。温斯坦狡诈，威格姆凶狠，两兄弟敢于藐视国王和法律。要是有办法能削弱他们的权力，蕾格娜早就做了。但他们似乎横行无忌，所向无敌。

奥尔德雷德走到蕾格娜身边。她问："你的信使从诺曼底回来了吗？"

"没有。"奥尔德雷德说。

"他们走了好几个月了。"

"他们肯定没找着埃德加，建筑工总是居无定所，哪有活干，他们就去哪。"

这时，蕾格娜才发现奥尔德雷德似乎忧心忡忡、心烦意乱，于是她便问道："你怎么样了？"

"我明白国王总是喜欢大事化小，小事化无。"奥尔德雷德气冲冲地说，"但有时候，国王就该乾纲独断啊！"

蕾格娜也有同样的抱怨，但这种话应该私下说才对。她不安地四下打量，但似乎没人听到奥尔德雷德的犯上言论。"出什么事了，让您这么生气？"

"温斯坦煽动坎特伯雷的所有人，形成了一个反阿尔普哈格的团伙。现在，埃塞尔雷德举棋不定，因为他不想修士们找他麻烦。"

"您想让国王坚决反对温斯坦，宣称他不适合当大主教，并且不顾修士们的意见，强行任命阿尔普哈格？"

"我认为国王的决定要起到抑恶扬善的作用。"

"那帮修士住得离夏陵太远，他们不可能像我们一样知道温斯坦是怎样的货色。"

"是啊。"

蕾格娜突然想起一件可以毁了温斯坦的事。失去阿兰令她痛苦万分，她差点忘了自己手上还有这道撒手锏。"要是……"

蕾格娜沉吟不决。本来她打算保守这个秘密，以免遭到报复。但威格姆已经对她犯下最不堪的暴行，将一直以来威胁要做的事付诸实施，夺走了她的孩子。他的残忍行径致了他从未料到的后果——他再也无法控制蕾格娜了。

认识到这点后，蕾格娜不禁陶醉其中，感到自己终于得到了解放。从现在起，她将竭尽所能地削弱威格姆和温斯坦的权力。危险依然存在，但她已做好冒险的准备。只要能打击那两兄弟，蕾格娜做什么都是值得的。

她问："要是您能向修士证明温斯坦不适合担任大主教呢？"

奥尔德雷德打了个激灵："您是什么意思？"

蕾格娜又迟疑了。她渴望搞垮温斯坦，但又对他心怀忌惮。她鼓起勇气道："温斯坦患有妓女麻风病。"

奥尔德雷德目瞪口呆，"上帝保佑！真的吗？"

"是的。"

"您怎么知道？"

"希尔迪看见他脖子上长了个肿块，这是那种病的典型症状。还有，他的情妇阿格尼丝也长了同样的肿块，而且她死了。"

"这改变了一切！"奥尔德雷德兴高采烈地说，"国王知道这件事吗？"

"没有人知道，除了希尔迪和我，现在还有您。"

"那您必须告诉国王！"

恐惧让蕾格娜停顿片刻："我不想让温斯坦知道是我把消息透露出去的。"

"那就由我去告诉国王吧，我不会提您的名字。"

"且慢……"奥尔德雷德已经摩拳擦掌，蕾格娜却在思索最佳对策，"您得当心国王会做何反应。埃塞尔雷德知道您支持阿尔普哈格。如果您突然跑去说温斯坦的坏话，或许他会觉得您在反抗他的意志。"

奥尔德雷德顿时泄了气："我们得好好利用这个消息啊！"

"当然。"蕾格娜说，"但也许会有更好的利用方式。"

　　　　　　　　＊　＊　＊

　　温斯坦主教和德格伯特副主教常常参加座堂会议厅的会议，修士们在这里商讨修道院和大教堂的日常事务。一般来说，访客是不能与会的，但埃帕修士发起了提议，而司库西格弗里斯也成了温斯坦的盟友。于是，温斯坦和德格伯特同修士们一起参加了复活节之后的第一次会议。

　　《圣经》章节朗诵完毕之后，主持会议的西格弗里斯说："我们必须决定如何处置河畔牧场。那地方属于我们，而当地人却把牛羊赶进去吃草。"

　　温斯坦对这样的话题毫无兴趣，却装出一副认真聆听的表情。他不得不假惺惺地对影响修士们的任何事情满腔热忱。

　　懂医术的福斯雷德修士说："我们又不用那地方，这怪不得他们。"

　　"没错。"西格弗里斯说，"但倘若我们听任他们将那里当成公共财产，那将来我们自己要用的时候，或许就会遇到麻烦。"

　　刚从温彻斯特回来的维格斐斯发言道："我的兄弟们，请原谅我打断你们的话，但我认为我们应该马上商量一件更重要的事。"

　　西格弗里斯很难拒绝维格斐斯如此强烈的请求。"好吧。"他说。

　　温斯坦竖起了耳朵。他曾为是否去温彻斯特过复活节而苦恼不已。他实在不愿错过王室离家如此之近的机会。但最终他决定，在坎特伯雷这里掌握修士们的最新动态。现在，他急于知道温彻斯特那边发生了什么事。

"我参加了复活节的王室活动。"维格斐斯说，"许多人向我提及谁会出任下任坎特伯雷大主教的问题。"

西格弗里斯深为不悦。"他们为什么要跟你提这个？"他说，"你冒充是我们的代表了吗？你只是个收租的！"

"确实如此。"维格斐斯说，"但如果有人要同我说话，我也只好洗耳恭听。这只是出于礼貌而已。"

温斯坦突然产生了一种不祥的预感。"别管那个了。"他说，对这场围绕礼节这种鸡毛蒜皮的小事发生的争吵很不耐烦，"他们说了什么，维格……维格……兄弟？"他想不起前往温彻斯特的那名修士的名字了。

"您应该知道我是谁啊，主教大人，我叫维格斐斯。"

"当然，当然。他们说什么啦？"

维格斐斯有点胆怯，但语气依然坚定："大家说温斯坦主教不适合担任坎特伯雷大主教。"

"就这个吗？这种事可不是普通人决定的！"温斯坦嘲弄道，"只有教皇才能决定将羊毛皮带颁给谁。"

维格斐斯说："您是说羊毛披带吧？"

温斯坦意识到自己说错了话。羊毛披带是教皇赐给新任大主教的绣花白羊毛带，以象征其对后者的认可。受窘的温斯坦拒绝承认自己的口误，"我就是这么说的，披带。"

西格弗里斯说："维格斐斯兄弟，他们有没有说为什么反对温斯坦主教？"

"说了。"

房间里顿时鸦雀无声，温斯坦越发惶恐。他不知道维格斐斯会说什么对他不利的话，而无知就意味着危险。

维格斐斯很高兴有人提出这个问题。他环顾会议厅，提高嗓门，以确保所有人能听见："温斯坦主教患了所谓的妓女麻风病。"

房间里瞬间炸开了锅。大家七嘴八舌地议论起来。温斯坦暴跳如雷，大吼道："这是谎言！谎言！"

西格弗里斯站在房间中央，反复说："请大家肃静，肃静。"等大家终于嚷嚷累了，他继续说道，"温斯坦主教，您对此有何说法？"

温斯坦知道自己应该保持冷静，但他已经方寸大乱："我告诉你们，维格斐斯修士在英格兰西部的特兰奇村有老婆孩子。他就是个不守戒律的淫乱修士，根本不足为信。"

维格斐斯冷冷地说："就算您的指控属实，这也跟主教大人的健康问题毫无关系。"

温斯坦立刻意识到自己选错了策略。他说的话听起来像是以牙还牙的指控，是他当场编造出来的污蔑之词。他往日的冷静和狡黠似乎全不见了。他不由得纳闷：我到底怎么了？

温斯坦坐下来，稍稍敛住心神，问："那些家伙怎么知道我的健康状况？"

话一出口，温斯坦就意识到自己又犯了个错误。辩论当中，提问从来都是不明智的，因为那只会给对手攻击你的机会。

维格斐斯抓住了机会，"温斯坦主教，您的情妇——夏陵的阿格尼丝——因为妓女麻风病死掉了。"

温斯坦惊得无言以对。阿格尼丝从来不是他的情妇，他只是偶尔找她放纵一下。他知道阿格尼丝已经死了——伊塔马尔执事已经写信把这消息告诉了他，但伊塔马尔并没有详细说明阿格尼丝的死因，温斯坦当时也没兴趣多问。

维格斐斯继续道："这种病的一个症状就是精神错乱——忘记别人的名字啦，把单词念错啦，比如把'披带'说成'皮带'。患者的精神状况会越来越糟，最后彻底疯掉。"

温斯坦好不容易才张开嘴："难道仅仅因为口触，就要遭到谴责吗？"

修士们哄堂大笑。温斯坦意识到自己又犯了个错，他本打算说'口误'的。他感到既屈辱，又愤怒。"我没疯！"他怒吼道。

维格斐斯继续道："判断这种病的最可靠症状是面部或颈部的红色大肿块。"

温斯坦的手嗖地摸到脖子上，盖住痈疽。但他立刻意识到这是欲盖弥彰。

维格斐斯说："别遮啊，主教大人。"

"只是个脓肿。"温斯坦说，然后才不情不愿地挪开手。

福斯雷德说："给我瞧瞧。"说着，他就朝温斯坦走去。温斯坦不得不让他看，否则就等于承认自己长了见不得人的东西。他一动不动地坐在那里，听任福斯雷德检查肿块。

福斯雷德终于直起身。"以前我见过这样的疮，"他说，"在这个城里一些最悲惨、最不幸的罪人脸上。我很遗憾，主教大人，但维格斐斯说得不错，您得了妓女麻风病。"

温斯坦腾地站起来。"我要去查出是谁编造了这卑劣的谎言！"他大叫道。看见修士们脸上的惊恐，他竟然生出了些许安慰。他朝门口走去："等我揪出那家伙，一定要亲手宰了他！我要宰了他！"

　　　　　　　　＊　＊　＊

　　返回夏陵的漫长旅途中，温斯坦气得七窍生烟。他对德格伯特破口大骂，冲酒馆老板大肆咆哮，动不动就抽女仆耳光，还无情地鞭打自己的坐骑。他总是会忘记一些极简单的事，这让他越发怒火中烧。

　　一到家，温斯坦就抓住伊塔马尔的前襟，将他重重地撞到墙上，吼道："有人在到处说我得了妓女麻风病，是哪个王八蛋？"

　　伊塔马尔的娃娃脸吓得煞白，结结巴巴地答道："没没没……没人说，我发誓。"

　　"有人对坎特伯雷的维格斐斯讲了。"

　　"他八成是瞎编的。"

　　"那婆娘是怎么死的？就是穆德福德地方官的妻子。她叫什么来着？"

　　"阿格尼丝？她瘫痪了。"

　　"哪种瘫痪，蠢货？"

　　"我不知道。她病倒了，脸上长了个大脓疱，然后就疯了，死了！我怎么知道她是哪种瘫痪。"

　　"是谁在照顾她？"

　　"希尔迪。"

　　"那是谁？"

　　"接生婆。"

　　温斯坦松开伊塔马尔："马上把接生婆给我带过来。"

　　伊塔马尔匆匆离开。温斯坦脱下行装，洗了手和脸。这是他一生中最大的危机。如果每个人都相信他得了会让他逐渐衰弱的病，那权力和财富就会从他手中溜走。他必须消灭谣言，而第一步就是惩罚散布谣言的人。

不一会儿，伊塔马尔就带了一个体形矮小、头发花白的女人回来。温斯坦想不起她是谁，也不知道伊塔马尔干吗带她来。

伊塔马尔说："希尔迪，就是阿格尼丝快死的时候照顾她的那个接生婆。"

"当然，当然。"温斯坦说，"我知道她是谁。"这会儿他想起来，自己是带那女人去狩猎营地检查蕾格娜怀孕情况的时候认识她的。她很拘谨，却带着一种沉着的自信。她看上去相当紧张，却并不像大多数被温斯坦召唤的人那样惊恐。他猜恐吓和威胁对这个女人是不管用的。

温斯坦故作悲情地说："我在哀悼心爱的阿格尼丝。"

"她病入膏肓，无药可救了。"希尔迪说，"我们为她祈祷，但并没有得到上帝的回应。"

"告诉我，她是怎么死的。"温斯坦悲戚地说，"请对我实话实说，不要为我营造舒适的幻觉。"

"好的，主教大人。起初，她感到疲累、头痛，然后便开始犯糊涂，脸上还长了一个大肿块，最后丧失神志，高烧不止，一命呜呼。"

希尔迪这一连串描述吓得温斯坦魂飞魄散，其中大部分症状维格斐斯都提过。

温斯坦强忍住几乎要将他击垮的恐惧："有人在阿格尼丝患病期间去见过她吗？"

"没有，主教大人。大家都害怕染病。"

"你有没有对谁说过她的症状？"

"没对任何人说过，主教大人。"

"你确定？"

"非常确定。"

温斯坦怀疑希尔迪在撒谎，于是决定吓唬她一下。"阿格尼丝是不是得了妓女麻风病？"温斯坦看见希尔迪的脸上闪过一丝恐惧。

"据我所知，并不存在这种疾病，主教大人。"

希尔迪迅速恢复了镇定，但温斯坦捕捉到了她的微妙反应，由此断定她在撒谎。不过，他决定暂时不动声色。"谢谢你在我哀痛的时候来安慰我。"他说，"现在你可以走了。"

希尔迪看上去举止从容有度，温斯坦边走边想。"她似乎不是那种散布流言蜚语的女人。"他对伊塔马尔说。

"是的。"

"但她没对任何人说过啊。"

"她同蕾格娜夫人交好。"

温斯坦狐疑地摇摇头："蕾格娜和阿格尼丝憎恶彼此。蕾格娜判了阿格尼丝的丈夫死刑，后来阿格尼丝又报复了蕾格娜，向我透露了蕾格娜的逃跑企图。"

"阿格尼丝会不会在临终前同蕾格娜达成和解了呢？"

温斯坦想了一下。"有可能，"他说，"谁知道呢？"

"蕾格娜的法兰克女仆卡特。"

"如今蕾格娜就在夏陵这里吗？"

"没有，她去奥神村了。"

"那我就去见见卡特吧。"

"她什么也不会告诉您的。"

温斯坦咧嘴一笑："话可不能说得这么死。"

温斯坦离开自己的住处，朝山上的郡长大院走去。他感到浑身充满活力。如今，他的头脑无比清醒，那种有时令他昏昏沉沉的感觉已经一扫而空。温斯坦越想越觉得，阿格尼丝的病情多半是透过希尔迪和蕾格娜传入坎特伯雷的维格斐斯的耳朵的。

威格姆仍未回家，大院里静悄悄的。温斯坦径直走进蕾格娜的房子，发现三名女仆正在照看孩子们。

"你们好。"温斯坦说。他知道三人中最漂亮的那个才重要，但他记不起她的名字了。

那女人战战兢兢地看着他。"您要干什么？"她问。

她的法兰克口音让威格姆想起了她的身份。"你是卡特。"温斯坦说。

"蕾格娜夫人不在这里。"

"真可惜，因为我是来感谢她的。"

卡特稍显镇定。"感谢她？"她半信半疑地问，"蕾格娜夫人为您做了什么事？"

"在我亲爱的阿格尼丝弥留之际，蕾格娜夫人去探望了她。"

温斯坦等着观察卡特做何反应。或许她会说"但夫人从没去探望她"，这样一来，温斯坦还会纳闷她有没有说实话。但卡特一言不发。

温斯坦说："她可真是好人啊。"

卡特又沉默片刻，然后才说："阿格尼丝根本不配夫人对她那么好。"

果不其然。温斯坦强忍住笑意。他的猜想分毫不差。蕾格娜去见过阿格尼丝。想必她看到了阿格尼丝的症状，而后来希尔迪也给她做了解释。谣言的始作俑者就是那个诺曼婊子。

但温斯坦继续假惺惺地说："我对她真是感激不尽，尤其是考虑到我自己当时远在外地，无法在阿格尼丝弥留之际给她关怀慰藉。我的这番话，你能不能告诉你的女主人？"

"当然可以。"卡特呆呆地答道。

"谢谢。"温斯坦说。我哪有什么病，他想，仍然一如既往地聪明嘛。

然后他便起身离开了。

* * *

一周后，威格姆回来了，温斯坦第二天早上前去看他。

温斯坦看到阿兰在大院里同蕾格娜的另外三个儿子追逐嬉戏，明显因为重聚而欣喜若狂。不一会儿，梅根丝丽丝走出威格姆的房子，叫阿兰回去吃饭。那孩子说："我不想吃。"

梅根丝丽丝又呼唤了几遍，那孩子却径直跑开了。

梅根丝丽丝只好跟在后面追。阿兰还不到三岁，跑不过健康的成年人。梅根丝丽丝很快就逮住他，将他抱了起来。他大发脾气，一边大喊大叫，一边扭动身体，还想用小拳头打梅根丝丽丝。"我要麻麻！"他尖叫道。梅根丝丽丝又窘又恼，连忙将他带进威格姆的房子。

温斯坦跟了进去。

威格姆正在磨刀石上磨一柄长刃匕首，他火冒三丈地抬头看着哭闹的儿子。"这小子出了什么毛病？"他气哄哄地问。

梅根丝丽丝也没好气地答道："我不知道，他又不是我儿子。"

"这是蕾格娜的错。老天，我真希望当初没娶她。你好，温斯坦，你们司铎终身不婚真是明智啊。"

温斯坦坐下来。"我一直在想，说不定我们该摆脱蕾格娜了。"他说。

威格姆迫不及待地问："我们可以这样做？"

"三年前，我们需要她成为我们家的一分子，以消弭反对你当郡长的声音。但如今，你的地位已经稳固，所有人都承认你就是郡长，即便国王也不例外。"

"埃塞尔雷德仍然需要我。"威格姆说，"维京海盗又卷土重来，洗劫了英格兰的南部海岸。今年夏天会爆发更多的战斗。"

梅根丝丽丝让阿兰坐到桌边，将抹了黄油的面包放在他面前。他安静下来，开始进食。

"所以我们不再需要蕾格娜了。"温斯坦说，"而且，她净给我们添乱。只要她住在这座大院里，阿兰就不会忘了她。她是潜伏在我们阵营里的卧底。我相信，就是她散播了我患有妓女麻风病的谣言。"

威格姆压低声音问："我们能宰了她吗？"

他从来都是这样简单暴力，直来直去。

"那会给咱们惹麻烦的。"温斯坦说，"你为什么不把她搁置了？"

"你是说离婚？"

"是的。"

"埃塞尔雷德国王可不会喜欢我这么干。"

温斯坦耸耸肩："他能怎么样？这么多年来，我们都在藐视他的权威，但他却只能罚我们钱，而我们还拒不缴付。"

"我巴不得见那婆娘滚蛋呢。"

"那就甩了她，勒令她离开夏陵。"

"我可以再娶个老婆。"

"现在还不行。要给国王时间接受你们离婚这件事。"

梅根丝丽丝听到这句话，兴冲冲地问威格姆："我们能结婚啦？"

"到时候再说。"威格姆搪塞道。

温斯坦对梅根丝丽丝说："威格姆需要更多的儿子，而你似乎生不出来。"

听到这句无情的评价，梅根丝丽丝顿时泪如泉涌："或许我是无法生育，但我要是成了郡长夫人，你就不得不对我以礼相待了。"

"好啊，"温斯坦说，"等母牛能下蛋之后，你就心想事成了。"

* * *

蕾格娜终于自由了。

欣慰之余，蕾格娜也不由得悲从中来。她将失去阿兰，而埃德加也不在她身边。但她将彻底摆脱威格姆和温斯坦的桎梏。

经过这对兄弟将近九年的压制，现在，蕾格娜才意识到，这段时间里，她几乎天天生活在压抑之中。理论上，英格兰妇女比诺曼妇女享有更多的权利——对自己财产的掌控是其中最重要的权利——但在实际生活中，法律却很难执行。

蕾格娜对威格姆说过，自己将继续统治奥神谷。她打算暂时留在英格兰，至少要等到奥尔德雷德的信使从诺曼底回来。获悉埃德加的计划之后，她才能做出自己的安排。

蕾格娜要写信告诉父亲这里发生的一切，将信交给一年四次给她送地租的信使。休伯特伯爵必定会大发雷霆，只是她不知道父亲会采取什么行动。

蕾格娜的女仆也收拾好了行李。卡特、吉尔达和薇尔诺德都想同蕾格娜一起走。

蕾格娜请德恩借给她两名侍卫，护送她们前往目的地。她打算一安顿下来，就雇用自己的侍卫。

蕾格娜未获准同阿兰告别。

他们将行李放在马背上，天刚蒙蒙亮就出发了，没有惊扰任何人。大院里的许多女人出来同他们默默道别。大家都觉得威格姆无情无义，寡廉鲜耻。

他们骑马离开大院，踏上了前往王桥的旅途。

第四十章

一〇〇六年，夏

蕾格娜住进了埃德加的房子。

这是奥尔德雷德的主意。蕾格娜问身为王桥地主的奥尔德雷德，自己可以在什么地方落脚安家。奥尔德雷德说，他一直留着埃德加的房子，期待他哪天能回来。无论是蕾格娜，还是奥尔德雷德，都认定埃德加愿意同蕾格娜一起住，前提是他得回来。

这个地方的规模和外形同大多数房子一样，只是建得更好。竖排的无框木板用浸过焦油的羊毛填充缝隙，就像船身一样。即使在暴风雨天气，雨水也进不去。房屋一头有第二扇门，通向畜栏。山墙两端开着烟孔，以保证房间里空气宜人。

蕾格娜觉得自己能在这里感受到埃德加的灵魂。他的一丝不苟和奇思妙想凝结在这座屋子当中。

以前，蕾格娜来过这里一次。那时，埃德加给她看了一个盒子，那是埃德加为她赠送的那本书精心打造的。她想起了整整齐齐的工具架、酒桶和奶酪柜，还有摇着尾巴的布林德尔，如今这一切都不见了。蕾格娜还记得自己哭泣时埃德加是怎样握住她的手的。

蕾格娜想知道此刻埃德加身在何处。

安顿下来以后，蕾格娜每天早晨都希望信使会在今天带回埃德加的消息，但始终音信全无。诺曼底地域辽阔，说不定埃德加根本不在那里——他可能已经搬到巴黎甚至罗马去了。送信人多半迷了路，也许已经遭到劫杀。他们甚至可能更喜欢诺曼底，而不是英格兰，于是他们索性决定不回家了。

即使他们找到了埃德加，说不定他也不想回去了。他可能已经结婚，这会儿孩子都在学习说诺曼法语了。蕾格娜知道自己不该抱太大希望。

然而，蕾格娜不会像个可怜的弃妇一样生活。她拥有财富和权势，并且会将这一切表现出来。她雇了一个裁缝、一个厨师和三个侍卫；她还买了三匹马，雇了一个马夫。她开始建造马厩和仓库，并在邻近的地皮上为新雇的仆人建造第二座房子。她去库姆买了餐具、烹饪设备和壁挂。她在那里委托造船匠造一艘驳船，以方便她从王桥经运河前往奥神村。她还下令在奥神村为自己建一座大堂。

不久后，蕾格娜就会去奥神村巡视，确保威格姆没有试图篡夺她在那里的产权。不过，眼下她会一心一意地过好在王桥的生活。埃德加不在的日子里，这个地方最值得她关注的就是奥尔德雷德的学校。奥斯伯特七岁，双胞胎五岁，三个孩子每周有六天会上晨课。与他们一同学习的有三名见习修士和住在附近的几名男孩。卡特不想让自己的两个女儿接受教育——她担心她们知识一多，就会产生非分之想——但男孩们一回家，就会与蕾格娜和卡特分享今日所学。

没有阿兰在身边，蕾格娜总是觉得不习惯。她无时无刻不在想念他——早上一醒，她就担心阿兰有没有挨饿；太阳一西斜，她就希望阿兰别玩太累；天一擦黑，她就知道阿兰该上床睡觉了。然而，她再怎么想也无济于事，于是便将部分心思渐渐转移到别的事情上，但悲伤依然深藏在她心底。蕾格娜拒不承认从此再无可能见到阿兰。事情一定会有转机的。说不定埃塞尔雷德会改变主意，勒令威格姆归还孩子；说不定威格姆会死于非命。每晚她都会憧憬这些大快人心的情景，但每晚她都会痛哭不已，在泪水中昏睡过去。

蕾格娜结识了德朗的奴隶布洛德。令人惊奇的是，她们相处得十分融洽。要知道，她们的社会地位天差地别，可以说她们来自全然不同的世界。但蕾格娜颇为欣赏布洛德简单实用的生活态度，而且她们两人对埃德加情有独钟。如今，布洛德在酒馆酿啤酒、煮饭，照顾德朗的妻子埃塞尔。布洛德告诉蕾格娜自己很幸福，因为最近她不用出卖肉体了。"德朗说我太老了。"蕾格娜来酒馆买啤酒的时候，布洛德苦笑道。

"你多大了？"蕾格娜问。

"我猜有二十二岁了吧。不过，反正我总是一副苦瓜脸，无法取悦男人。所以他买了一个新女孩，市场开放的日子能给他挣许多钱。"此时两人就在酿酒房外，布洛德指着一个穿短裙的女孩，后者正用桶在河里打水。她没戴帽子或头饰，表明她是奴隶兼妓女。女孩露出一头浓密的暗红色头发，波浪般垂到肩上。"她是梅雷亚德，爱尔兰人。"

"她看起来好年轻啊。"

"她只有十二岁左右，我到这儿的时候也是这个年纪。"

"可怜的姑娘。"

布洛德用冷酷而务实的口吻说："如果男人愿意花钱找乐子，那肯定想尝尝家里没有的味道。"

蕾格娜更加仔细地打量了那女孩一番。她小腹隆起，应该不是吃得太好所致。"她怀孕了吗？"

"是的，而且预产期比看起来更近。但德朗还没发现。他对这种事总是后知后觉。不过，等他发现了，肯定会气得跳脚。男人可不愿在孕妇身上花同少女一样的钱。"

尽管布洛德说话冷漠、直率，但蕾格娜还是从她的口吻中听出了她对梅雷亚德的一丝喜爱，不由得略感欣慰，因为奴隶女孩好歹有人照应，不至于孤苦伶仃。

蕾格娜给布洛德付了啤酒钱，布洛德便从酿酒房里滚出一桶啤酒。

德朗挎着篮子走出鸡舍，篮里放着几个鸡蛋。他越来越胖，而且脚跛得也越发严重了。他冲蕾格娜草草点了下头——既然她已失宠，德朗就不再费心讨好她了——然后径直走了过去。虽然捡鸡蛋只是举手之劳，但他却累得气喘吁吁。

埃塞尔也来到酒馆门口。她看起来同样病恹恹的。蕾格娜知道她还不到三十岁，却十分显老。究其原因，不仅是嫁给了德朗十年那么简单。根据阿加莎修女的说法，埃塞尔还宿病缠身，需要休息。

布洛德忧心忡忡地问："你想要什么，埃塞尔？"埃塞尔摇摇头，从德朗手里接过鸡蛋，然后退回屋内。"我得照顾她。"布洛德说，"别人都不肯。"

"埃德加的嫂嫂呢？"

"克雯宝？她才不会照顾自己的继母呢。"布洛德开始将酒桶推上山，"我把这桶酒送到您屋里去吧。"说完，她便专心地投入了工作。蕾格娜看得出，布洛德是个强壮的女人。

蕾格娜的房子对面，奥尔德雷德正监督一支由修士和劳工组成的队伍在新教堂的基址上拔树桩，清杂草。奥尔德雷德看到蕾格娜和布洛德朝自己走来。"你马上就有竞争对手了。"他对布洛德说，"我打算在市场这里开一家酒馆，租给穆德福德来的一个人经营。"

布洛德说："德朗会气得七窍生烟的。"

"总有什么事会惹他生气。"奥尔德雷德答道，"这个镇子已经足够大，容得下两家酒馆了。市场开放的日子，就算有四家也不嫌多。"

蕾格娜说："修道院拥有酒馆，这不会遭人诟病吧？"

"我们这里的酒馆里没有妓女。"奥尔德雷德神情严肃地说。

布洛德说："您真是好人。"

蕾格娜朝河上看去，发现两名修士正骑马过桥。王桥的修士常常外出，因为如今修道院在整个英格兰南部都有产业，但蕾格娜见到这两人，却不知为何心跳加速了。他们的衣服脏兮兮的，皮囊看上去破旧不堪，坐骑也无精打采的样子。他们应该走了很远的路。

奥尔德雷德顺着蕾格娜的视线望去，用激动得发抖的声音说："那两人会不会是威廉和阿苏尔夫？他们终于从诺曼底回来了？"

如果真是这样，那埃德加就没跟他们回来。蕾格娜大失所望，不由得身体一缩，仿佛被人抽了一鞭子似的。

奥尔德雷德飞快地跑下山，迎上前去。蕾格娜和布洛德紧随其后。

398

两名修士下了马，奥尔德雷德抱住两人。"你们总算平安归来啦。"他说，"赞美上帝。"

"阿门。"威廉说。

"你们找到埃德加了吗？"

"是的，尽管用了很长时间。"

蕾格娜几乎从未奢望能有此奇迹。

奥尔德雷德问："他对我们的提议做何表示？"

"他拒绝了我们的邀请。"威廉说。

蕾格娜双手捂嘴，止住绝望的呻吟。

奥尔德雷德问："他说理由了吗？"

"没有。"

蕾格娜鼓起勇气问："他结婚了吗？"

"没有……"

蕾格娜听出了威廉声音中的犹疑："怎么回事？"

"他住的镇子上的人说，他要娶建筑匠师的女儿，最后自己也要当建筑匠师。"

蕾格娜顿时失声痛哭，他们的目光全集中到她身上，但她已经全然不顾什么仪态端庄了。"这么说，他已经给自己找到了新生活？"

"是的，夫人。"

"他不想抛弃那种生活？"

"看上去是的，我很遗憾。"

蕾格娜难以自持，突然掩面啜泣，转身跑上山坡，泪眼蒙蒙、跌跌撞撞地返回自己的房子，一头栽进稻草里，撕心裂肺地号哭起来。

＊　＊　＊

"我要回瑟堡。"一周后，蕾格娜斩钉截铁地对布洛德说。

这是一个温暖的日子，孩子们在河边的浅滩戏水。蕾格娜坐在酒馆外的长凳上，一边注视着孩子们，一边大口啜饮着杯中的啤酒。在酒馆旁的牧场上，一只训练有素的狗正在看守一小群羊，牧羊人畸形足西奥贝尔特在酒馆里。

布洛德站在蕾格娜身边，先给她倒了酒，然后留下陪她聊天。"那太遗憾了，夫人。"布洛德说。

"不见得。"蕾格娜坚决不让自己感到沮丧。没错，她的计划全部落空了，但她要尽量让事情往积极的方面发展。她还有大半辈子要过呢，她一定要活得精精彩彩、漂漂亮亮的。

布洛德说："您什么时候走？"

"还没决定。走之前，我还得去奥神村待段时间。长远地看，我要两座不错的房子，一座在这里，一座在奥神村，然后每隔一两年回来一次视察我的财产。"

"为什么？您可以找别人来做这个工作，这样您就可以躺着数钱了。"

"我不能那么做。我一直认为我命中注定要成为一名统治者，为人民伸张正义，给地方带来繁荣。"

"通常统治者是男人。"

"通常是这样，但并非绝对。我从来就不喜欢闲着。"

"我从来没试过闲着。"

蕾格娜笑了："我敢肯定你不会喜欢的。"

埃尔曼和埃德博尔德的妻子克雯宝提着一篮刚从池塘里捞上

400

来的银鱼从旁边走过，有些鱼还在篮子里扑腾。蕾格娜猜她正要前往布卡·菲什家。蕾格娜记得，克雯宝一直很丰满，但现在，她已经十分肥胖了。她二十多岁就丧失了蓬勃的朝气，甚至谈不上有些许姿色。然而，埃德加的两个哥哥似乎对她还算满意。这是一个反常的家庭，但他们已经这样相处了九年。

克雯宝停下来同父亲德朗说话，后者刚从仓库里出来，手里拿着一把木铲。平日冷酷可憎的人竟然也会表现出关爱之情，这着实让人有点惊讶，蕾格娜想。这时，酒馆里传来一声愤怒的喊叫，打断了她的思绪。

不久，西奥贝尔特就一边拴腰带，一边踉踉跄跄地走出来。"她怀孕了！"西奥贝尔特气鼓鼓地说，"我可不会为怀孕的婊子付一便士！"

德朗急匆匆地赶过来，手里还握着铲子。"怎么啦？"他问，"出什么事啦？"

西奥贝尔特又用最大的嗓门重新抱怨了一遍。

"我不知道啊！"德朗说，"我在布里斯托尔的市场上花一镑买下她，到现在还不满一年呢。"

"把一便士还给我！"西奥贝尔特说。

"该死的丫头，老子要好好教训她一下。"

蕾格娜说："她怀孕是你造成的，德朗，难道你不明白吗？"

德朗粗暴无礼地回复蕾格娜："夫人，她们只有享受那种事的时候才会怀孕，这个人人都知道。"他在腰带里翻找了一下，递给西奥贝尔特一个银便士。"再喝一杯啤酒吧，我的朋友，别想那婊子的事啦。"

西奥贝尔特不情愿地接过钱，朝牧场走去，冲牧羊犬吹了两声口哨。

"他本来可以喝一加仑啤酒，还在这儿过夜的。"德朗没好气地说，"指不定明早还会付钱再来一发。现在这些钱全赚不到啦。"说着，他就蹒跚着进了屋。

蕾格娜对布洛德说："真是蠢到家了。既然那可怜的女孩被他逼着卖淫，那几乎可以肯定迟早会怀孕的，难道他不知道这个吗？"

"谁告诉你他不是糊涂蛋的？"

"但愿他不会惩罚那个女孩。"

布洛德耸了耸肩。

蕾格娜说："法律规定不能毫无理由地杀害或殴打奴隶。"

"但谁来判定有没有理由呢？"

"通常是我。"

她们听见屋内传出痛苦的喊叫，然后是低沉的怒吼，接着是呜呜的抽噎。两个女人站起身，却迟疑着没有行动。沉寂持续了一小会儿，布洛德说："如果只是这样……"

然后她们听见了梅雷亚德的尖叫。

她们立刻冲进屋。

那个女孩躺在地上，双臂护住肚子。她头上受了伤，鲜血渗进暗红色的头发里。德朗站在她身边，双手握住铲子，举过头顶，嘴里语无伦次地嚷嚷着。他妻子埃塞尔蜷缩在角落里，魂不附体地注视着他。

蕾格娜喝道："马上给我住手！"

德朗将铲子狠狠地打在梅雷亚德身上。

蕾格娜再次出声喝止："住手！"

蕾格娜用眼角余光看到布洛德抓住挂在门后钉子上的一个橡木桶。德朗举起铲子，又给了梅雷亚德一击，布洛德托着沉重的木桶朝他砸过去。德朗被撞得左摇右晃起来。

德朗扔下铲子，一只手捂住胸口。

布洛德放下木桶。

德朗双膝跪地，呻吟道："上帝啊，疼死我了！"

蕾格娜愣在原地，紧盯着德朗。他为什么如此痛苦？他在打人，而不是挨打啊。莫非是老天开眼，开始报复恶人了？

德朗向前一倒，脸撞到炉边的石头地面上。蕾格娜一个箭步扑上去，抓住他的脚踝，把他从火里拽出来。他浑身绵软无力。蕾格娜把他翻过来。他的长鼻子在跌倒时被撞碎了，嘴巴和下巴上全是血。

德朗一动也不动。

蕾格娜把手放在德朗胸口。他似乎没有呼吸。她也感觉不到他的心跳。

蕾格娜朝梅雷亚德转过头。"你伤得重不重？"她问。

"我头疼得要裂开了。"梅雷亚德答道，翻了个身，坐直身体，一只手放在肚子上，"但我觉得他应该没伤到宝宝。"

蕾格娜听见克雯宝的声音从门口传来："父亲！父亲！"

克雯宝奔进屋，扔下一篮鱼，跪在德朗身边："跟我说说话啊，父亲！"

德朗直挺挺地躺着。

克雯宝回头去看布洛德。"你杀了他！"然后她嗖地跳起来，"你这个杀人的奴隶，我要宰了你！"

克雯宝朝布洛德扑过来，但蕾格娜出手制止，从身后抓住克雯宝，牢牢勒住她的双臂，令她动弹不得。"别动！"她喝令道。

克雯宝停止挣扎，但嘴里依然不停地叫唤："她杀了我父亲！她用桶打了我父亲！"

布洛德手里仍然拿着桶。"我才没打人呢。"她说，将桶挂回钉子上，"这儿只有你父亲一个人在干那种事。"

"血口喷人！"

"他用铲子打梅雷亚德。"

蕾格娜说："布洛德说的是实话，克雯宝。你父亲在殴打梅雷亚德，然后好像中风了，脸朝下栽倒在炉前，我把他从火里拽了出来。但他已经死了。"

克雯宝浑身瘫软。蕾格娜松开她，她突然重重地跌坐在地板上，抱头痛哭。她八成是唯一会为德朗之死而哭泣的人了，蕾格娜想。

几个村民挤进屋子，目不转睛地看着房间中央的尸体。奥尔德雷德也来了，一见到地上的尸体，他就在胸前画了个十字，低声念诵了一小段祷词。

在场众人当中，蕾格娜地位最高，但奥尔德雷德是地主，通常也负责审案。然而，他无意争论现在到底该谁做主。他直接走到蕾格娜身边，问："出什么事了？"

蕾格娜如实以告。

埃塞尔站起来，第一次开口说话。"我该如何是好啊？"她喃喃道。

奥尔德雷德说："唔，现在酒馆归你了。"

克雯宝忽然回过神来，"不行，她没资格。"她站起身，"我父亲希望我继承酒馆。"

奥尔德雷德双眉一皱："他立了遗嘱吗？"

"没有，但他亲口对我说过。"

"这可不算数。在没有遗嘱的情况下，财产由寡妇继承。"

"她经营不了酒馆！"克雯宝尖酸刻薄地说，"她三天两头生病。但我就完全没问题，尤其是还有埃尔曼和埃德博尔德可以帮我。"

蕾格娜断定埃德加不会同意嫂嫂抢夺娘家财产，于是她便说："克雯宝，你和埃尔曼、埃德博尔德已经发家致富，有鱼塘，有水磨，还雇了劳工帮你们干农场所有的活。你真的想抢走一名寡妇的生计吗？"

克雯宝羞愧地低下头。

埃塞尔说："可我身体确实不行，应付不过来。"

布洛德说："我来帮你。"

埃塞尔走上前去："你真的愿意帮我？"

"我不得不这样做。这座房子，还有我，现在归你了。"

梅雷亚德站到埃塞尔另一边："我也归你了。"

"我会在遗嘱里释放你们的，我发誓。你们会成为自由人。"

围观的村民纷纷低声赞同，因为解放奴隶被视为敬神的表现。

奥尔德雷德说："这里有这么多证人听到了你慷慨的许诺，埃塞尔。如果你改主意，最好现在就改。"

"我永远不会变卦。"

布洛德伸出一只胳膊搂住埃塞尔，梅雷亚德也从另一侧做出同样的动作。布洛德说："我们三个女人可以经营酒馆，照顾梅雷亚德的宝宝，还要让这里比德朗活着的时候更赚钱。"

"好。"埃塞尔说，"或许我们办得到。"

                              * * *

　　温斯坦发现自己来到了一个全然陌生的地方。他茫然不解地
环顾四周，几乎认不出这个炎炎夏日里的集市广场。周围的人忙
忙碌碌，买卖着鸡蛋、奶酪、帽子和鞋子。他可以看到一座教
堂，规模之大，足以称作主教座堂。教堂旁是一所富丽堂皇的房
子。教堂对面似乎还有一家修道院。广场后面的山坡上矗立着带
护栏的金碧辉煌的大院，多半属于某个有钱的大乡绅或者贵族。
他不由得心惊肉跳——他怎么会迷路得如此严重？他甚至不记得
自己是怎么到这里的。他感到自己在瑟瑟发抖。

　　一个陌生人朝温斯坦鞠了一躬，道："早上好，主教大人。"

　　温斯坦不由得纳闷：我是主教吗？

　　陌生人仔细打量着他，问："您没事吧，尊敬的主教大人？"

　　忽然间，一切都豁然开朗——他是夏陵的主教，那座教堂是
他的座堂，旁边的房子是他的宅邸。"当然，我很好。"温斯坦
厉声答道。

　　那个陌生人连忙走开，温斯坦现在才认出对方是同自己相识
二十年的一名屠夫。

　　温斯坦匆匆赶回自己的宅邸，茫然无措，面如死灰。

　　表亲德格伯特副主教和执事伊塔马尔在屋里等温斯坦。伊塔
马尔的妻子伊昂吉丝给他倒了一杯红酒。

　　德格伯特说："伊塔马尔有消息要说。"

　　伊塔马尔看起来诚惶诚恐。女仆将红酒放在他面前的桌上
时，他一言未发。

　　温斯坦还因为自己刚才的失忆而余怒未消，极不耐烦地说：

406

"哼，快点，有话就说。"

伊塔马尔说："阿尔普哈格被任命为坎特伯雷大主教了。"

温斯坦早就料到会有此结局。不过，他依旧感觉冲天怒火腾地冒了起来。他难以自持，抓起桌上的酒杯就朝伊塔马尔脸上泼过去。但这样仍不解气，他又顺势掀翻了桌子。伊昂吉丝失声尖叫，温斯坦攥紧拳头，用尽全身力气朝她脑袋打过去。她登时倒地，一动不动。温斯坦觉得自己把伊昂吉丝打死了，但她突然醒了，爬起来逃出了房子。伊塔马尔也跟着跑了出去，边跑边用长袍袖口擦眼睛上的红酒。

德格伯特战战兢兢地说："冷静点，表亲。坐下吧，喝杯红酒。你饿了吗？要不要我给你弄点吃的？"

"噢，你给我闭嘴。"温斯坦说，但他还是坐下来，喝起了德格伯特递给他的红酒。

温斯坦冷静下来后，德格伯特埋怨道："你答应过让我当夏陵的主教。"

"现在做不到了，不是吗？"温斯坦说，"没位子空出来了，你这蠢货。"

德格伯特一脸不屑，似乎觉得这是个蹩脚的理由。

"都是蕾格娜的错。"温斯坦说，"是她把我患有妓女麻风病的愚蠢谣言传开的。"他怒火复炽，咬牙切齿地说："对她的惩罚真是太轻了。我们只不过夺走了她的一个孩子。她还可以从另外三个孩子那里得到安慰。我真该想个更狠的招才对。我就该把她塞到马格丝的窑子里去，好让哪个臭不可闻的水手也给她染上妓女麻风病。"

"你知道我兄弟德朗死的时候，蕾格娜也在房间里吧？我怀疑是她杀死了德朗。他们宣称德朗在殴打女奴时癫痫发作，但我相信蕾格娜肯定与此事脱不开干系。"

"我不在乎是谁杀了德朗。"温斯坦说，"他虽然是我的表亲，但也是个不折不扣的白痴，你也一样。滚出去。"

德格伯特离开房间，留下温斯坦独自一人。

温斯坦出问题了。听到只是证实了自己预想的消息时，他勃然大怒，差点儿杀死了一位副主教的妻子。更糟糕的是，在那几分钟前，他不仅忘了自己身处何地，甚至忘了自己是谁。

我要疯了，温斯坦对自己说。这个念头令他毛骨悚然。他绝不能发疯。他聪明绝顶，冷酷无情，而且总是心想事成。他的盟友个个得到报偿，他的敌人全遭到摧毁。一想到自己即将心智失常，他就破胆丧魂，痛苦不堪。他紧闭双眼，双拳重重地砸在身前的桌面上，呻吟着："不，不，不！"他感觉自己仿佛在下坠，就像从大教堂的房顶上跳下来一样，眼见着就要撞到地上，摔成肉酱，一命呜呼。他奋力止住自己尖叫的冲动。

恐惧渐渐消退，从楼顶跳下的一幕反复浮现在温斯坦脑海之中。他将砸在地上，经历短暂的难以承受的痛苦，然后一了百了。可是，自杀的罪过会招致多么严重的惩罚呢？

温斯坦是神圣的主教，获得宽恕不是不可能，但自杀之后还会得到赦免吗？

他可以忏悔罪过，主持弥撒，然后优雅地死去，难道不可以吗？

不可以，他会作为罪人死去。

德格伯特带来了温斯坦做礼拜仪式时穿的绣花法衣。"大教堂那边还在等你呢。"他说，"除非你愿意让我去主持弥撒？"

"不，我要自己做。"温斯坦说，然后站了起来。

伊塔马尔将法衣披在温斯坦肩上。

温斯坦双眉紧锁。"刚才我还在担心什么事呢。"他说，"可现在我想不起来是什么事了。"

伊塔马尔无言以对。

"别放心上。"温斯坦说，"想必不是什么重要的事。"

* * *

埃塞尔气息奄奄。

夜深了，距最后一位客人跌跌撞撞地出门已经过去很久，蕾格娜却依然坐在酒馆里，同布洛德、梅雷亚德和她刚生下的宝宝布里吉德待在一起。一支冒烟的灯芯草蜡烛为整个房间照明。埃塞尔双眼紧闭，一动不动地躺着，呼吸很浅，脸色苍白。阿加莎修女说天使正在呼唤她，她即将启程。

布洛德和梅雷亚德打算共同养育孩子。"我们讨厌男人，而且不需要他们。"布洛德对蕾格娜说。在被男人欺压凌辱这么久之后，布洛德自然会有这样的情感，蕾格娜并不奇怪。可这两人之间不止同病相怜那么简单。蕾格娜隐隐觉得，或许布洛德将自己对埃德加的感情转移到了梅雷亚德身上。这只是一种猜测，并不准确，蕾格娜当然也不会去问个究竟。

天亮后不久，埃塞尔平静地离世。她的病情没有突然恶化，只是呼吸越来越浅，最后完全停止了。

布洛德和梅雷亚德脱下埃塞尔的衣服，清洗了遗体。蕾格娜问两名奴隶如今做何打算。埃塞尔说过会释放她们，奥尔德雷德也向她们保证，埃塞尔确实立了这样的遗嘱。只要愿意，她们随时可以返回家乡，但她们似乎打算留在这里相依为命。

"我不可能抱着宝宝、身无分文地返回爱尔兰。"梅雷亚德说，"更何况我也不知道我的家乡在爱尔兰的什么地方。我唯一能告诉您的就是，那是一个海边的小村子。就算那里有个名字，我也从未听说过。我甚至不清楚自己在维京海盗船上待了多少天才到布里斯托尔。"

当然，蕾格娜会出点钱帮梅雷亚德，但这不是钱能解决的问题。蕾格娜问："你呢，布洛德？"

布洛德若有所思地说："我上次见到威尔士的家乡还是十年前呢。我幼年时的伙伴如今应该都结婚生子了吧。我不知道自己的父母是死是活。我也拿不准自己还记得多少威尔士话。我做梦也没想过自己会说下面这句话，但我觉得这里差不多就是我的家了。"

蕾格娜并没有完全采信这番话。是不是还有别的不足为外人道的原因在起作用？布洛德和梅雷亚德是不是已经如胶似漆、难分难离了呢？

埃塞尔过世的消息迅速传开。破晓后不久，克雯宝就带着两个丈夫来到酒馆。克雯宝的男人看起来畏畏缩缩，而她却咄咄逼人。"你们怎么敢清洗她的遗体？"她质问道，"那是我的职责。我是她的继女！"

蕾格娜说："她们只是在好心帮忙，克雯宝。"

"我不在乎她们做了什么。现在这家酒馆是我的了，我要这些奴隶立刻离开。"

"她们不再是奴隶了。"蕾格娜说。

"那得看埃塞尔有没有遵守诺言。"

"不管怎样，你不能一来就赶她们走。"

"谁说的？"

"我说的。"蕾格娜说。

克雯宝说："埃尔曼，去请小修道院院长过来。"

埃尔曼起身离开。

克雯宝说："奴隶应该在外面等着。"

蕾格娜说："或许你才应该在外面等着，直到奥尔德雷德确认酒馆属于你之后再进来。"

克雯宝一脸不悦。

"走吧。"蕾格娜说，"出去。不然后果很严重。"

克雯宝不情不愿地转身离开，埃德博尔德跟她一起出了门。

蕾格娜跪在埃塞尔的遗体旁边，布洛德和梅雷亚德也同样跪下。

奥尔德雷德不一会儿就赶来了，脖子上挂着一个系在皮带上的银色十字架。克雯宝和她的两名丈夫跟在奥尔德雷德后面进入房间。他在胸前画了个十字，在遗体上方念了一段祷词，然后从腰带上的袋子里取出一小张羊皮纸。

"这是埃塞尔的遗嘱，"他说，"是我根据她的口述写的，由两名修士见证。"

在场的人当中，只有蕾格娜识字，所以他们不得不依靠奥尔德雷德告诉他们埃塞尔的意思。

"埃塞尔遵守承诺，要释放布洛德和梅雷亚德。"奥尔德雷德说。

两名奴隶笑逐颜开，互相拥吻起来。因为是在女主人遗体面前，她们的庆祝没有发出声响，但依然由衷地感到高兴。

"她还有另一项遗赠。"奥尔德雷德说，"她要将她所有的俗世财产，包括这家酒馆，都给布洛德。"

布洛德惊得下巴都快掉下来了。"给我？"她难以置信地问。

"是的。"

克雯宝尖叫道："她不能这样做！我的继母不能偷走我父亲的酒馆，留给一个威尔士妓女奴隶！"

"她可以。"奥尔德雷德说。

蕾格娜说："而且她已经这样做了。"

"这不合情理！"

"不，这恰恰合情合理。"蕾格娜说，"埃塞尔弥留的时候，是布洛德在照顾她，而不是你。"

"不，不！"克雯宝怒冲冲地摔门而出，嘴里依然大声抗议着，埃尔曼和埃德博尔德满脸尴尬地跟着离开了。

克雯宝越走越远，叫喊也渐渐平息。

布洛德看着梅雷亚德："你会留下来帮我的，对不对？"

"当然。"

"我会教你做饭。但我不会再让你接客了。"

"你可以帮我照看孩子。"

"当然。"

梅雷亚德热泪盈眶，默默地点头答应。

"一切都会好起来的。"布洛德说，然后伸出手握住梅雷亚德的手，"我们会幸福的。"

蕾格娜为她们感到欣慰，但自己心中也别有一番滋味。

她很快明白那是什么滋味了。

是嫉妒。

412

　　　　　　　　* 　* 　*

　　每隔几个月，建筑匠师乔治就会派埃德加前往瑟堡购买补给。往返那里需要两日，但附近没有更近的地方可以买到造工具用的铁、做窗户用的铅，或者拌砂浆用的石灰。

　　埃德加这次动身时，克洛蒂尔德吻了他一下，告诉他早点回来。埃德加还没有向克洛蒂尔德求婚，但所有人已经将他视作乔治家的一分子了。埃德加还没有做出正式的决定，却已经在不知不觉间扮演起克洛蒂尔德未婚夫的角色，其实他对此有点不舒服——好像自己是个任人摆布、没有主见的懦夫一样。但这种不愉快并不严重，还不至于令他断然逃开。

　　抵达瑟堡几个小时后，一名信使找到埃德加，命令他前去觐见休伯特伯爵。

　　埃德加只见过休伯特一次，那差不多是三年前刚到诺曼底的时候。当时休伯特对他和蔼可亲。伯爵很高兴听到心爱的女儿的消息，同埃德加聊了很久英格兰的生活，还建议埃德加去建筑工地找工作。

　　现在埃德加又在攀爬通往伯爵城堡的小山，不由得惊叹这座城堡是多么雄伟巍峨。它比夏陵的大教堂还大，而后者曾是他见过的最大建筑。一个仆人把他领到楼上的一个大房间里。

　　年届五十的休伯特正在房间远端同伯爵夫人吉纳维芙和他们的英俊儿子理查说话，后者看上去二十岁上下。

　　休伯特体形矮小，动作敏捷。蕾格娜则高挑挺拔，在体形上与其父大相径庭，倒是同她的母亲颇为相似。不过，休伯特长着同蕾格娜一样的红发和海绿色眼睛。在埃德加看来，这样的头发和眼睛在休伯特身上多少有点浪费，在蕾格娜身上则成就了她无法阻挡的魅力。

仆人示意埃德加在门口等候，但休伯特注意到他的目光，便示意他进来。

埃德加本以为休伯特会像先前那样亲切地接待他，但在朝伯爵走去的时候，埃德加看见他满脸怒容，充满敌意。他不知道自己到底干了什么，惹恼了蕾格娜的父亲。

休伯特厉声道："告诉我，埃德加，英格兰人是不是不信奉基督教婚姻？"

埃德加被问得一头雾水，只能小心翼翼地竭力作答："伯爵大人，虽然他们并不经常遵守司铎的教诲，但他们好歹还是基督徒。"他本来还想加一句"就像诺曼人一样"，但最终把话咽了回去。他已经不是不知轻重的少年，早已学会了沉默是金、少耍聪明的道理。

吉纳维芙说："他们简直就是野蛮人！是未开化的畜生！"

埃德加猜想这八成同他们的女儿有关，于是他心急如焚地问："蕾格娜夫人出了什么事吗？"

休伯特说："她被搁置了！"

"我不知道竟有这事。"

"那到底是什么意思？"

"就是离婚的意思。"埃德加说。

"没有任何理由，想离就能离吗？"

"是的。"埃德加需要确定自己没有理解错误，"就是说，威格姆将蕾格娜搁置了？"

"是的！而你告诉我这在英格兰是合法的！"

"是的。"但埃德加已经魂不守舍。蕾格娜单身了!

休伯特说:"我已经致信埃塞尔雷德国王,要求他做出赔偿。他怎么能允许自己的贵族像农民的牲口一样粗野无耻呢?"

"我不知道,伯爵大人。"埃德加说,"国王可以发号施令,但他的命令能不能得到贯彻就另当别论了。"

休伯特哼了一声,似乎觉得那只是个站不住脚的借口。

埃德加说:"我的同胞对您女儿做下如此不齿之事,我深表遗憾。"

但他言不由衷。

第四十一章

一〇〇六年，九月

蕾格娜开始了新的生活，让自己整日忙碌，以免陷入失去埃德加和阿兰的惆怅之中。米迦勒节那天，她乘坐新驳船前往奥神村收租。

驳船需要两名强壮的桨手。蕾格娜带上了自己的坐骑阿斯特丽德，以便骑马巡视整个奥神谷。她还带了一个名叫奥斯吉丝的新女仆，以及一个名叫西奥尔武夫、满头黑发的年轻武装士兵。这二人均来自王桥。他们在旅途中互生情愫，在驳船上趁蕾格娜不注意的时候打情骂俏，多少有点不务正业，但蕾格娜打算宽纵他们，因为她知道恋爱中的人总是身不由己。爱情也能带来痛苦，但愿奥斯吉丝和西奥尔武夫不会品尝到蕾格娜尝过的那种痛苦。

蕾格娜的奥神村大堂还没有完工，但埃德加在采石场的老房还是空的，于是她同奥斯吉丝和西奥尔武夫住进了那里。她喜欢这个地方，因为她同埃德加曾在这里温存缠绵。采石场仅有两座房子。另一座房子属于加布。

桨手住在酒馆里。

蕾格娜召开了法庭，但并没有多少案子可以审理。如今正值一年中最开心的时节，谷仓里堆满了收获的粮食，人人肚子里填满了面包，红彤彤的苹果躺在地上等着采拾，而且今年维京海盗也没有深入西部如此之远的地方大肆破坏。人们乐乐陶陶的时候，就不容易吵架，也不怎么犯罪了。只有在悲惨的严冬，男人才会勒毙妻子，刺死对手；只有在饥饿的春天，女人才会偷邻居的东西喂养自己的孩子。

蕾格娜欣慰地看到埃德加的运河依然维护得非常好，边缘笔直，河岸坚实。然而，令她恼火的是，村民养成了往水里扔垃圾的懒惰习惯。因为不是活水，所以运河不能像天然河流那样自我清洁，有些地方同厕所一样臭不可闻。于是蕾格娜制定了一项严格的卫生规定。

为了执行这一条规定和其他法令，蕾格娜解除了杜达的职务，任命村中一位老人——矮胖的酒馆老板伊恩弗里德——为新村长。酒馆老板往往是村长的不错人选，因为他的酒馆已经是村民生活的中心，他自己常常也是非正式的权威。而且，伊恩弗里德脾性温和，备受欢迎。

蕾格娜坐在酒馆外面，一边喝着苹果酒，一边同伊恩弗里德谈论她从采石场获得的收入。自从埃德加离开后，这笔收入就下降了。"埃德加总是什么事都干得非常出色。"伊恩弗里德说，"再给我们找一个他那样的人，我们就能卖更多的石头。"

"再也找不到埃德加那样的人了。"蕾格娜凄凉一笑。

他们继续讨论了一场害死许多羊的瘟疫，蕾格娜认为那是让羊群在潮湿黏土上吃草所致，但他们的对话被打断了。伊恩弗里德把头偏向一边，不一会儿，蕾格娜也听见了前者率先觉察的声音——三十多匹马正朝村中而来，它们没有慢跑，甚至没有疾走，而是迈着没精打采的步子缓缓走来。这是某位富有的贵族及其随从在长途旅行中发出的声音。

秋日西沉，残阳似血。来客无疑会决定在奥神村过夜。村民会喜忧参半地欢迎他们。旅客会带来银币——他们会买吃买喝，还会付钱投宿——但他们也可能会喝醉闹事，骚扰女孩，寻衅斗殴。

蕾格娜和伊恩弗里德站起身。不一会儿，骑士们便绕过房舍，来到村中心，出现在他们面前。

领头的人正是威格姆。

蕾格娜不寒而栗。囚禁她、强奸她、夺走她孩子的就是这个男人。威格姆又想出了怎样的毒计来折磨她？她强忍住颤抖。她一直在奋力抗争这个男人，这次也不会例外。

威格姆身边的骑士是他的侄子加鲁夫，也就是威尔武夫同英奇的儿子。他现在二十五岁，但蕾格娜知道他并不比年少时更聪明。他长得很像威尔夫，一把金色络腮胡，肩膀宽阔，神气活现，带着那个家族男人的典型特征。蕾格娜想到自己嫁给了他们中的两个，不由得眉头一皱。

伊恩弗里德嘟囔道："威格姆到这里来干什么？"

"只有上帝知道。"蕾格娜颤巍巍地答道，然后补充了一句，"或许撒旦也知道。"

威格姆勒住他那匹满身尘土的马。"没想到能在这儿见到你啊，蕾格娜。"他说。

蕾格娜稍感放松。威格姆的话表明他并不是特意来见蕾格娜的。就算他打算对蕾格娜不利，也只能临时起意。"我不知道你为什么会感到惊讶。"她说，"我是奥神谷的领主。你到这儿来干什么？"

"我是夏陵的郡长。我在自己的地界巡游，想在这里过夜。"

"奥神村欢迎你，威格姆郡长。"蕾格娜用公事公办的语气冷冷地说，"请进酒馆吃点东西。"

威格姆没有下马。"你父亲向埃塞尔雷德国王投诉了。"他说。

"他当然会这样做。"蕾格娜恢复了几分勇气，"你的所作所为无耻之尤。"

"埃塞尔雷德罚了我一百镑银币，因为我未获得他的准许就搁置了你。"

"罚得好。"

"但我没有交钱。"说着，威格姆仰天大笑，然后下了马。

威格姆的随从也纷纷下马。年纪较轻的卸下马背上的行李，而年长的进入酒馆点酒。蕾格娜本来是想退下去休息的，但她觉得自己不能留下伊恩弗里德一个人应对这群凶神恶煞般的访客——他得费劲九牛二虎之力才能维持秩序，如果蕾格娜在场的话，可以用自己的权威镇住他们几分。

蕾格娜在村中四处游荡，尽量避开威格姆的视线。她让村里的年轻人将马带到附近的牧场吃草，然后挑选了威格姆及其随从夜里住的房舍——她只选老年夫妇或有婴儿的年轻夫妇的家，以免他们接触未婚少女。通常情况下，只需付给房主一便士，便能住一宿，第二天早上还可以同主人一家共享早餐。

村中司铎德拉科养了一些肉牛，他宰了一头小公牛，卖给伊恩弗里德。后者在酒馆后面生了火，将牛关节穿在扦子上烤起来。等肉烤熟的时候，男人们喝起了啤酒，伊恩弗里德倒空了两桶啤酒，又打开了第三桶。

男人们吵吵嚷嚷地唱了一小时歌颂暴力和女人的歌，然后面红耳赤地争论起来。就在蕾格娜担心他们马上就要开打的时候，伊恩弗里德端上了烤好的牛肉，还有面包和洋葱，这让他们顿时安静下来。吃饱喝足后，他们开始往自己的住处迷迷糊糊地走去，蕾格娜判断自己可以安心上床睡觉了。

蕾格娜带着奥斯吉丝和西奥尔武夫回到采石场的房子里，把门牢牢地闩上。他们带了毯子，但这会还不像冬天那样寒冷，于是他们躺在稻草里，身上只裹着斗篷。西奥尔武夫躺在门的另一侧，那是侍卫应该待的规定位置，但蕾格娜捕捉到了这两个年轻人的暧昧眼神，猜他们打算晚点就凑一块儿去。

蕾格娜睡了一个多小时也没睡着，一直为自己的死敌威格姆的突然出现而心烦意乱，但最后，她还是迷迷糊糊睡了过去，尽管睡得很不踏实。

蕾格娜醒来时觉得自己并未睡多久。她坐直身体，环顾四周，不由得眉头紧皱，忐忑不安，不知是什么搅扰了她的心神。借着屋内的火光，她发现奥斯吉丝和西奥尔武夫不见了。她猜他们想要单独相处，于是溜进了树林，此刻多半已经躺进灌木丛中，在月光下享受男女之欢呢。

蕾格娜现在不乐意宽纵他们了。他们本应该照顾她、保护她的，而不是悄悄跑去偷情，留她一个人大半夜待在这里。回到王桥之后，他们俩都会被解雇。

蕾格娜听见一个醉汉语无伦次地大声嚷嚷着，她猜那是加布。想必就是这声音惊醒了她。不过，门上了闩，她觉得自己是安全的。这时，她猛然意识到，奥斯吉丝和西奥尔武夫出门的时候肯定已经拔掉了门闩。

醉汉走得更近了，蕾格娜听出了那个声音。来者不是加布，而是威格姆。她不由得汗毛倒竖。

尽管喝得天旋地转，但威格姆还是很容易就找到了蕾格娜的房子。蕾格娜瞬间就明白，他只需要沿着运河走就行了。但他竟然没有掉进水里淹死，真是个可悲的奇迹。

蕾格娜跳起来去关门，可惜晚了那么一丁点。她刚把手放到沉重的木闩上，门就被推开了，威格姆走了进来。她吓得大叫一声，往后一跳。

尽管秋夜寒气逼人，但威格姆还是赤着脚，没披斗篷。他没系腰带，也没带刀剑，这让蕾格娜松了一口气。他看上去好像刚从床上爬起来，还没来得及穿好衣服。

浓烈的啤酒酸味在房间弥散开来。

威格姆在火光中凝视着蕾格娜，似乎不知道她是谁。他的身体左摇右摆，蕾格娜意识到他已经酩酊大醉了。有那么一会儿，她乐观地觉得他会立马昏死过去。但威格姆困惑的表情消失了，他用含糊不清的声音说："蕾格娜。是的。我在找你呢。"

我受不了了，蕾格娜想，我再也忍受不了这个男人了，我好想死。

蕾格娜努力掩饰自己的绝望："请你离开。"

"给我躺下。"

"我会叫的。加布和他妻子会听见的。"她拿不准这是否属实，因为加布家和这里相隔很远。

威格姆根本没有把蕾格娜的威胁当回事，但出于另一个理由。"他们能干什么？"他不屑地问，"我是他们的郡长。"

"从我屋里滚出去。"

威格姆用力一推，蕾格娜失去平衡，仰面摔倒在地，她震惊地发现烂醉的威格姆依然力大如牛。这一撞差点让她背过气去。

威格姆说："闭上嘴，张开腿。"

蕾格娜屏住呼吸："你不能这样做，我已经不是你的妻子了。"

威格姆向前倒下，明显打算扑到蕾格娜身上。但蕾格娜在最后一刻滚到一边，威格姆脸朝下撞到地上。蕾格娜手脚并用站起来，但与此同时，威格姆转过身，抓住蕾格娜的胳膊，把她拉向自己。

为了保持平衡，蕾格娜只好往前迈腿，不由自主地用膝盖不偏不倚地压在他的肚子上。威格姆惊呼一声："哦！"倒抽一口凉气。

蕾格娜又迈出另一条腿，双膝压在威格姆的肚子上，然后抓住他的胳膊，摁在地上。在正常情况下，威格姆可以轻而易举地甩掉她，可现在他却无能为力。

这是一个讽刺味十足的逆转。蕾格娜有生以来第一次将威格姆置于自己的摆布之下。

但她该怎么办呢？

威格姆左右摆头，双眼紧闭，喘着粗气说："出不了气了。"

蕾格娜意识到自己的双膝在挤压威格姆的肺，但她没有移开让威格姆透气，因为她担心只要自己一松劲，威格姆的力气就会恢复。

威格姆似乎抽搐起来，蕾格娜闻到了呕吐物的酸臭味。液体从威格姆的嘴角流下，他的胳膊和腿都软了。

蕾格娜曾听说一些醉汉昏死过去后，会被自己的呕吐物呛死。她当即意识到，如果现在威格姆死了，自己就能把阿兰夺回来——没人会说那孩子应该由梅根丝丽丝抚养。蕾格娜心中闪过一线希望。她祈祷威格姆就此死去，但这种祈祷似乎有辱神明。

威格姆还没死。他的鼻腔里满是液体呕吐物，却依然在往外冒气泡。

蕾格娜能杀了威格姆吗？

这样做是罪恶的，也是危险的。她会成为杀人犯。虽然这里没人看到她在做什么，但她的秘密终究会被揭穿。

可是，蕾格娜想让威格姆去死。

她想起自己曾被威格姆囚禁一年，遭到他反复强奸，最后还被他夺走了孩子。今晚威格姆又强行闯进她的房子，这表明只要威格姆还活着，就会永无休止地折磨她。她的忍耐已经达到极限。她必须彻底摆脱威格姆，就在此时此地。

上帝啊，饶恕我吧，蕾格娜默念道。

她试探着把手从威格姆胳膊上挪开。他没有动。

蕾格娜合上威格姆的嘴，将左手放在他嘴上，死死压下去。

威格姆仍然可以用鼻子呼吸，虽然呼吸得十分勉强。

蕾格娜用右手食指和拇指夹住威格姆的鼻子，捏紧了他的鼻孔。

现在他不能呼吸了。

蕾格娜还没有杀死威格姆，还没有。她还有时间改变主意，松开手。她可以把他翻过来，清除他口中的液体，让他呼吸。他八成会活下来。

活下来再次攻击她。

蕾格娜继续死死压住威格姆的嘴，捏住他的鼻。她注视着威格姆的脸，等着他咽气。一个人没有空气能活多久？她不知道。

威格姆抽搐了一下，但似乎已经神志模糊，无力挣扎了。蕾格娜的双膝继续压在他的肚子上，一只手捂住他的嘴，一只手捏住他的鼻。他的动作完全停了下来。

现在他死了吗？

屋里一片死寂。炉火余烬中没有传出一丝细微的噼啪声，地板上的灯芯草里也没有小动物发出的窸窣声。蕾格娜侧耳倾听外面的脚步声，但什么也没听到。

威格姆突然睁开眼，吓得蕾格娜尖叫起来。

威格姆惊恐地望着蕾格娜。他想摆头，蕾格娜却身体前倾，两手越发用力地压住他的口鼻，将他死死固定住。

他心神恍惚、破胆丧魂地盯着蕾格娜的眼睛。生死就在一线间，这一刻仿佛持续了好久。他怕死，但他动弹不得，就像梦中被魇住了一样。"这就是那种感觉，威格姆。"蕾格娜说，声音紧绷，充满了憎恶，"这就是任凭杀手摆布、叫天不应叫地不灵的那种感觉。"

微弱的挣扎戛然而止，威格姆眼睛上翻，露出了白眼珠。

蕾格娜仍然保持着全力按压的姿势。威格姆真的死了吗？她简直不敢相信，这个折磨她如此之久的人永远地离开了这个世界。

最后，蕾格娜鼓起勇气，松开了压在威格姆口鼻上的双手。他的脸色毫无变化。她把手放在他的胸口，已经感觉不到心跳了。

蕾格娜杀了他。

"上帝啊，饶恕我吧。"她祈祷着。

蕾格娜发现自己止不住地抖起来。她的手在哆嗦，她的肩膀在颤动，她的大腿虚弱无力，她简直想径直躺下来了事。

蕾格娜努力控制住身体。现在她需要担心的是男人们会做何反应。没有人会相信她是无辜的。郡长半夜死了，此人是她最大的敌人，而他死的时候，现场只有蕾格娜一个人。证据显示，凶手只可能是她。

蕾格娜成了杀人犯。

她终于平静下来，站起身。

事情还没有结束。对她最不利的是，尸体就在她身边。她必须移动尸体。可她能把尸体放到哪去呢？答案显而易见。

运河里。

威格姆那些醉醺醺的同伴会以为他去撒尿了。以他当时的状态而论，晕过去掉进河里，稀里糊涂地淹死是大有可能的。这正是醉酒的傻瓜的标准死法。

但一定不能让人看到她处理尸体。蕾格娜得赶快行动，因为搞不好奥斯吉丝和西奥尔武夫会厌倦了亲热，然后赶回来，或者威格姆某个昏昏沉沉的随从会纳闷主人为何去了这么长时间，于是决定起身去找他。

蕾格娜抓住威格姆的一条腿举起来。这比她预料的更费力。她只将他移动了一码，就停了下来。弃尸对她来说太难了。威格姆本就是个壮实的男人，现在死了也分外沉重——死沉死沉的。

蕾格娜绝不会被如此简单的问题打败。她的坐骑阿斯特丽德就在附近牧场。必要的话，蕾格娜可以去把马牵过来拖尸体，只是这样做要耗费时间，增加被发现的风险。将威格姆放在板子之类的东西上拖走是更快的办法。她想到了床上的毯子。

蕾格娜取来一张毯子，摊在威格姆旁边的地板上，然后用力将他滚到毯子上。她抓住威格姆的脑袋，开始拖拽，虽然并不容易，但好歹可以凭自己的力量挪动尸体了。就这样，她将尸体拖出了房门。

蕾格娜在月色中四下打量，没有看到一个人影。加布的房子黑漆漆、静悄悄的。奥斯吉丝和西奥尔武夫想必还在树林里，也看不到有人出来寻找威格姆的迹象。周围只有夜行动物在活动——一只猫头鹰在树上呜呜地叫着；一只小啮齿动物飞快地跑过，蕾格娜只能用眼角余光瞥见它的身影；一只蝙蝠悄无声息地俯冲下来，动作清晰可见。

蕾格娜觉得没有阿斯特丽德也行，自己一个人差不多也能搞定。她拖着威格姆慢慢穿过采石场。尸体与地面摩擦时发出了沙沙声，但动静不大，加布家的人听不到。

采石场的地面慢慢向上倾斜，拖行变得越发艰难了。蕾格娜累得气喘吁吁，只好休息了一会儿，然后强迫自己继续工作。运河已经不远了。

终于，蕾格娜到达了运河。她把威格姆拽到河边，推进河里。尸体入水时的扑通声在她听来分外响亮，一股垃圾的腐败气味随着水波的荡漾而飘散开来。然后，水面平静下来，威格姆的尸体脸朝下一动不动了。她看见威格姆的脸旁漂着一只死松鼠。

蕾格娜喘着粗气休息了片刻，感觉自己的力气快用光了。但她立刻意识到，这样做还不够稳妥。尸体离自己的房子很近，足以引起怀疑。她必须将尸体弄到更远的地方去。

如果蕾格娜有一根绳子，就可以将它绑在尸体上，然后沿着河岸步行，把水中的尸体拉到别处去。但她没有绳子。

她想到了骑马装备。阿斯特丽德还在牧场，但马鞍和其他马具在屋里。她返回屋子，把毯子叠好，放在一堆寝具的最下层，希望好多天不会有人发现它很脏。然后，她从马笼头上解开了缰绳。

蕾格娜回到运河边，四周依然空无一人。她伸出手，抓住威格姆的头发，把尸体拉过来，然后将缰绳系在威格姆脖子上。她站起来，拽住缰绳，沿着河岸朝村子走去。

想到如今威格姆毫无反抗之力，只能任由她牵着走，就像一只呆头呆脑的动物，蕾格娜不由得感到欣喜莫名。

蕾格娜环顾四周，朝树下的阴影张望，生怕随时会撞见某个夜里闲逛的人。月光下，她看到一对黄色的眼睛，吓了一跳，后来她才明白原来那是一只猫。

走近村庄时，蕾格娜听到有人在大声说话。她不禁咒骂了一声。听起来好像有人发现威格姆不见了。

蕾格娜离采石场还不够远，不足以摆脱嫌疑。她一路用肩头拉着缰绳往前走，为了休息一下酸疼的胳膊，她改用双手握绳倒着走，但她看不清前进的方向。跌了两跤之后，她又将那条疲惫的胳膊投入了劳动。她的腿也酸疼起来。

蕾格娜看见房舍间有灯光在晃动。威格姆的手下在找他，这几乎可以肯定。他们喝得昏昏沉沉，无法井然有序地进行搜索，彼此间的通话也不连贯。但他们仍有可能碰巧发现她。如果有人碰到她在运河边拖行威格姆的尸体，她就百口莫辩了。

蕾格娜一刻不停地走着。一个搜索者拿着一盏灯向运河走来。蕾格娜停下脚步，趴在地上，一动不动地注视着快速晃动的灯光。如果那人走近了，她要怎么做？她可以编个什么故事来解释威格姆的尸体和她的缰绳呢？

但灯光似乎朝反方向渐行渐远了。再也见不到那盏灯之后，蕾格娜站起来继续走。

蕾格娜从一所所村屋后面经过，直到觉得自己来到了足够远的地方。威格姆不可能走直线，自然不会选择最直接的路线前往运河，他一路东倒西歪、走哪算哪才是合理的。

蕾格娜跪下来，双手浸入水中，解开威格姆脖子上的缰绳，然后用力一推，让尸体漂到运河中央。"下地狱去吧。"她低声说。

蕾格娜转身匆匆回到采石场。

加布和埃德加的房子周围毫无动静。蕾格娜希望那对情侣在她离开的时候没有回来，因为她不知道该如何解释自己的所作所为。

蕾格娜悄悄穿过采石场，进了屋。屋里空无一人。

她躺到稻草中，闭上了眼睛。

我应该侥幸逃脱了，她想。

蕾格娜知道她应该充满内疚，但她就是按捺不住地高兴。

蕾格娜没有睡觉。她重温了今晚发生的一连串事——从听到威格姆含糊的嘟囔声开始直到她最后沿河岸奔回来。她问自己是否做足了功夫，可以确保威格姆之死看起来就是一起醉酒事故。尸体上有什么地方会引起怀疑吗？有没有什么藏在暗处的人看见了她？有没有人发现她不在屋里？

蕾格娜听见门嘎吱一声打开，猜奥斯吉丝和西奥尔武夫回来了。她假装睡得很熟。门闩重新插上时，传来了轻柔的咔嗒声——太晚了，她愤愤地想。她听见他们踮起脚尖走路的沙沙声，掩嘴发出的咯咯声，还有躺下时微弱的窸窣声。她猜想西奥尔武夫已经恢复了警戒姿势，躺在门口，这样只要有谁进来，必然会先吵醒他。

两个年轻人很快就有节奏地呼吸起来。

他们显然对当晚惊心动魄的事件一无所知。现在蕾格娜意识到他们的玩忽职守反倒对她有利。如果有人问他们当晚的情形，他们会发誓说自己整晚待在家里守护女主人，这是他们的职责。他们的不诚实会给她提供不在场证明。

很快就将是崭新的一天，幸福的一天，没有威格姆的世界的头一天。

蕾格娜几乎不敢去想阿兰。威格姆死了，她就一定能把孩子要回来吗？如今威格姆已经无法再欺负他们母子，谁也不会让梅根丝丽丝来养育阿兰的，是不是？分离他们母子毫无意义，但也有人可能仅出于恶意而持此主张。威格姆死了，但他的邪恶兄弟温斯坦还活着。人们说温斯坦要疯了，但这只会让他变得更加危险。

蕾格娜心烦意乱地打了个盹儿，被一阵敲门声惊醒，是三下急促而礼貌的敲门声。一个声音说："夫人！我是伊恩弗里德。"

后果终于来了，蕾格娜想。

蕾格娜站起来，掸了掸衣服，捋了捋头发，然后说："让他进来，西奥尔武夫。"

门开时，蕾格娜看见外面即将破晓。身材魁梧的伊恩弗里德走进来，满脸通红，气喘吁吁，显然是快步赶来所致。他开门见山地说道："威格姆不见了。"

蕾格娜用一种轻快、果决的语调问："你上次见到威格姆是在什么地方？"

"我睡着的时候，他还在我的酒馆跟加鲁夫和其他人一起喝酒呢。"

"有人找过他吗？"

"他的人半夜里到处呼唤他的名字。"

"我什么也没听见。"蕾格娜转向她的两个仆人，"你们听见了吗？"

奥斯吉丝连忙答道："没听见，夫人。整个晚上这儿很安静。"

蕾格娜很想让他俩坚持把谎撒下去，便接着问："晚上你们有没有出去过，哪怕只是去撒尿什么的？"

奥斯吉丝摇摇头，西奥尔武夫坚定地说："我没有从门边的岗位上离开过。"

"很好。"蕾格娜颇感满意。现在他们想改口就难于登天了。"天亮了，我们必须组织一次全面有序的搜索。"

他们向村子走去。经过运河时，一些可怕的念头掠过蕾格娜的脑海，但她旋即将其抛诸脑后。她来到司铎的住所，使劲敲了敲门。教堂里没有钟楼，但德拉科有手铃。光头司铎一现身，蕾格娜就轻快地说："请把手铃借给我。"司铎拿出手铃，蕾格娜拼命地摇晃起来。

已经起身走动的人立刻来到教堂和酒馆之间的草地上，其他人也跟着赶过来，还一边扣腰带，一边揉眼睛。经过昨晚的狂欢，威格姆那伙人大多没精打采，看上去比睡意昏沉的村民还糟。

所有人集合完毕时，太阳已经升了起来。蕾格娜中气十足地发号施令，好让大家能听见。"我们将成立三个搜索队。"她用不容置疑的语气说，然后指向村中司铎，"德拉科，带三个村民去西边的牧场，边边角角都要搜，一直搜到河岸。"接着，她选定面包师做第二队的领队，他是坚实可靠之人，"维尔蒙德，你带三个武装士兵去东边的耕地。你也必须一处不落地搜，一直搜到运河。"足够细心的话，维尔蒙德是会找到尸体的。最后，蕾格娜转向加鲁夫，她可不愿这家伙掺和进来，横生枝节。"加鲁夫，带其他人到北边的树林去。那是你叔叔最有可能去的地方。我猜他是醉得不省人事走丢了。你多半会发现他在灌木丛里呼呼大睡呢。"男人爆发出一阵哄笑，"好了，行动吧！"

三支搜索队离开了。

蕾格娜知道自己必须举止如常。"我需要吃点早餐。"她对伊恩弗里德说，尽管实际上她还很兴奋，根本不觉得饿。"给我拿点啤酒、面包和一个鸡蛋来。"她带头走进酒馆。

伊恩弗里德的妻子给了蕾格娜一罐啤酒、一块面包，然后迅速煮了个鸡蛋。蕾格娜喝下啤酒，还逼自己吃了点东西。虽然睡眠不足，但她感觉好多了。

发现尸体时武装士兵会说什么？昨晚蕾格娜认为他们会草草得出显而易见的结论——威格姆死于一场酒后事故。但现在她发现还存在其他可能。他们会怀疑他死于谋杀吗？倘若如此，他们会做何反应呢？幸运的是，这里没有人的地位高过蕾格娜，可以挑战她的权威。

不出蕾格娜所料，维尔蒙德那一队发现了尸体。

但蕾格娜没有预料到的是，看到被她杀死的那个男人的尸体时，她仍然吃了一惊。

维尔蒙德和威格姆的一个名叫巴达的随从将尸体抬进了村。一看到它，蕾格娜就不由得对自己做过的事感到毛骨悚然。

昨晚，在威格姆最后咽气之前，蕾格娜一直提心吊胆。而一旦意识到威格姆已经死去，她就满心雀跃。现在她记起来，是她把威格姆活活闷死的，是她注视着威格姆的脸，看着生命气息一点点离他而去的。当时她除了恐惧，什么也感觉不到，而现在想起那一幕时，她愧疚难当。

蕾格娜见过很多次死人，但这次不同。她觉得自己快要晕厥了，要不就是快要痛哭或者尖叫了。

蕾格娜努力保持镇静。她必须进行一次调查，而且必须小心行事。她不应急于得出明显的结论。她必须无惧无畏。

蕾格娜命令搜索队员把尸体放在教堂里的一张搁板桌上，然后派人去召回另外两支搜索队。

所有人挤进了小教堂。他们盯着威格姆苍白的脸，看着运河里的水顺着他的衣服滴落在地板上。出于对逝者的尊重，他们刻意压低了交谈声。

蕾格娜首先询问威格姆随从中级别最高的加鲁夫。"昨天晚上，"她对加鲁夫说，"你是酒馆里最后离开酒桌的人之一。"在她听来，自己的声音异常平静，但没人注意到这点。"你看见威格姆睡着了吗？"

加鲁夫惊惧不已，连这个简单的问题也答不上来："呃，我不知道。等等，不，我觉得我在他之前就睡着了。"

蕾格娜继续诱导加鲁夫："那之后，你还见过他吗？"

加鲁夫搔了搔胡子拉碴的下巴，"在我睡着以后？没有，我睡着了。等等，对了，他一定是站起来了，因为他绊了我一下，把我弄醒了。"

"你看到了他的脸。"

"借着火光，是的，我还听到了他的声音。"

"他说了什么？"

"他说：'我要在埃德加的运河里撒尿。'"

有些人捧腹大笑，忽而意识到这样做不妥，便立刻停了下来。

"然后他就出去了？"

"是的。"

"接下来发生了什么事？"

加鲁夫恢复了镇静，脑子也更清醒了："过了一会儿，有人把我摇醒，说：'威格姆好像去尿了很久。'"

"你做了什么？"

"我继续蒙头大睡。"

"后来你又见过他吗？"

"没有，没见过喘气的了。"

"你认为发生了什么事？"

"我觉得他掉进河里淹死了。"

人群中发出一阵表示赞同的嗡嗡声。蕾格娜十分高兴。她诱导他们得出了她想要的结论，又让他们认为这是他们自己推理出来的。

蕾格娜扫视了教堂一圈："威格姆半夜离开酒馆之后，有人见过他吗？"

无人作答。

"那么，根据既有的条件判断，我们能得出的结论就是死因是意外溺水。"

令蕾格娜吃惊的是，帮着把威格姆从运河运到教堂的武装士兵巴达竟然大声反对。"我认为他没有淹死。"他说。

蕾格娜一直担心出现这种情况。她掩藏好焦虑，装出一副感兴趣的样子。"你为什么这么说，巴达？"

"以前我捞过一个淹死的人。抬起那人的时候，他嘴里流出了许多液体。是吸入肺部的水杀死了他。可当我们把威格姆抬起来的时候，他嘴里什么也没流出来。"

"这有些蹊跷，但我不知道这会带给我们什么线索。"蕾格娜转向面包师，"你看到了吗，维尔蒙德？"

"我没注意到。"面包师说。

巴达不依不饶地说："但我注意到了。"

"你认为这意味着什么呢，巴达？"

"这意味着他在落水之前就已经死了。"

蕾格娜想起自己曾捂住威格姆的口鼻，导致他无法呼吸。无论她多么努力，那一幕始终在她脑中挥之不去。她费了九牛二虎之力才想出下一个问题："他是怎么死的？"

"也许有人杀了他，然后将尸体扔进了水里。"巴达挑衅似的环顾教堂，"也许是恨他的人。一个觉得遭到他虐待的人。"

蕾格娜受到了含蓄的指控。大家都知道她讨厌威格姆。如果巴达公开提出指控，蕾格娜相信村民会忠诚地站在她这边。但她不想让事态发展到那一步。

蕾格娜慢慢悠悠、不慌不忙地绕着尸体走。她好不容易才让自己的声音听起来平静而自信。"过来，巴达。"她说，"仔细看。"

房间里鸦雀无声。

巴达依言而行。

"如果他没淹死，他是怎么死的？"

巴达没有作答。

"你看见伤口、血迹，甚至是瘀痕吗？反正我没看见。"

蕾格娜突然被一个新冒出的念头吓了一跳。她用缰绳拉着尸体沿河拖行，可能会在威格姆脖子上留下红色勒痕。她小心翼翼地仔细观察威格姆的喉部皮肤，结果什么也看不见，她心中的一块巨石总算落了地。

"怎么样啊，巴达？"

巴达只是紧绷着脸。

"谁都可以过来，"蕾格娜对众人说，"想凑多近就凑多近。好好检查尸体，看哪里有遭到暴力攻击的迹象。"

几个人走上前来，认认真真地打量威格姆，然后一个接一个地摇头，退了回去。

蕾格娜说："有时候，一个人会突然倒地而死，尤其是多年来每晚都喝醉的人。威格姆在运河边撒尿的时候可能突发中风，先死了，然后才掉进水里。也许我们永远不会知道当时发生了什么。但没有迹象表明这不是一起意外，对不对？"

人群中再次发出表示赞同的嗡嗡声。

巴达似乎相当执拗。"我听人说过，"他说，"如果凶手摸了死者的尸体，死者会重新流血的。"

蕾格娜不由得打了个冷战。这种荒唐的传言她也听过，尽管她从未见过它应验，也并不相信它真的会应验。不过，现在她必须亲自验证这一迷信的真实性。

蕾格娜问巴达："你希望看到谁来触摸尸体？"

"你。"巴达说。

蕾格娜用尽全力隐藏恐惧，装出自信满满的样子说："各位，请看好。"不幸的是，她的声音依然带着微微的颤抖。她把右臂高高举起，然后慢慢放下。

根据她听说的那个流言，她一碰威格姆，血就会从他的鼻子、嘴巴和耳朵里涌出来。

最后，蕾格娜把一只手放在威格姆的心口。

蕾格娜将手在那里放了很久。教堂里一片寂静。尸体冰冷得可怕。她觉得有点眩晕。

什么也没有发生。

尸体一动不动。没有血液涌出。什么也没有。

蕾格娜感觉自己仿佛死里逃生一般，如释重负地举起了手，众人不约而同地松了口气。

蕾格娜说："还有你怀疑的人吗，巴达？"

巴达摇了摇头。

蕾格娜说："威格姆醉酒后坠入运河而死，这就是结论。死因审理结束。"

众人纷纷离开教堂，边走边交头接耳。从大多数人的语调中，蕾格娜听出他们对裁决心悦诚服。

但蕾格娜还要说服其他人。夏陵人民的态度更加重要。她必须保证明天夏陵的每家酒馆妓院中流传的是以奥神村审理结论为基础的那个故事版本。

而要做到这一点，蕾格娜就必须先返回夏陵。

最可能给蕾格娜惹麻烦的人是加鲁夫和巴达。她忽然心生一计，可令此二人不得不留在奥神村。

蕾格娜将加鲁夫和巴达召唤过来。"你们要负责处理郡长的遗体。"她说，"现在去找木匠埃德蒙，告诉他，我命令他给威格姆做一副棺材。他应该今晚或明早就能完工。然后你们要护送遗体前往夏陵，安葬于大教堂的墓园之中。听明白了吗？"

巴达看着加鲁夫。

"明白了。"加鲁夫说，他似乎很高兴有人告诉他做什么。

但是巴达就没有那么顺从了。

蕾格娜又问："巴达，你听明白了吗？"

巴达被迫退让："明白了，夫人。"

蕾格娜想要即刻动身，而且事先不告知任何人。她静静地说："西奥尔武夫，去找桨手，然后把他们带到采石场来。"

西奥尔武夫太年轻，没大没小地问："叫他们干什么？"

蕾格娜用冰冷而严厉的语气答道："你哪儿来的胆子，竟敢质问我？我说什么，你就做什么。"

"是的，夫人。"

"奥斯吉丝，跟我来。"

回到屋里，她让奥斯吉丝收拾行李。西奥尔武夫带桨手回来后，她又命令前者给阿斯特丽德上鞍。

一个桨手问："我们是要回王桥吗？"

蕾格娜不想给人泄露她计划的机会。"是的。"她答道。这话半真半假。

收拾好行李之后，蕾格娜就沿河骑行，仆人们徒步跟随。众人在河边登上驳船。

然后蕾格娜告诉桨手，将船划到对岸。听到西奥尔武夫因为傲慢无礼而被训斥之后，仆人们学会了默默服从。

他们系好驳船，蕾格娜牵马下船。

"西奥尔武夫和奥斯吉丝跟我来。"蕾格娜说，"你们将船划回王桥，在那儿等着我。"

然后蕾格娜掉转马头，朝夏陵的方向进发。

* * *

一想到要同自己的孩子重聚，蕾格娜就不由得心潮起伏。

蕾格娜已经有六个月没见过阿兰了，对一个蹒跚学步的孩童来说，这段时间可不算短。如今阿兰已经三岁。现在他已经把梅根丝丽丝当母亲了吗？他是不是连蕾格娜是谁都忘了？她将孩子带走的时候，他会不会哭着要梅根丝丽丝？要不要将他父亲的死讯告诉他？

蕾格娜不必一到就立刻面对这些问题。夜幕已然降临。在奥神村寻找尸体、审理案情本就占用了大半个上午，待蕾格娜赶到夏陵时已经入夜，小孩子都睡了，成年人正在准备晚餐。她不愿吵醒阿兰。威格姆还没同她离婚的时候，有时会突然心血来潮，在深夜时分来看望儿子，而且每次坚持要叫醒阿兰。阿兰会睡意昏沉，啼哭不止，直到再被放到床上才消停。然后威格姆就会指责蕾格娜唆使儿子反抗老子，但其实这都是他自找的。蕾格娜不会犯同样的错误，她要等到早上再去郡长大院。"今晚，我们住德恩治安官家。"她对仆人说。

蕾格娜看见德恩同妻子威尔伯勒坐在一起，大堂中正在准备着晚餐。"我刚从奥神村过来。"蕾格娜说，"昨晚威格姆死在了那里。"

威尔伯勒说："赞美我主。"

德恩提出了关键问题，"他是怎么死的？"他平静地问。

"他喝醉了，掉进运河里淹死了。"

"不足为奇。"德恩点头道，"只可惜您也在那儿，会遭人怀疑的。"

"我知道。但尸体上没有遭到暴力攻击的迹象。村民们也对这是一次意外的结论没有异议。"

"很好。"

"我需要在您的大院里住一晚。"

"当然没问题。我先安排你们住下，然后您同我再谈谈接下来怎么做。"

德恩给他们分了一个空屋，说不定就是蕾格娜四年前与埃德加同床共枕的那个屋子。那是他们第一次也是唯一一次鱼水交欢。蕾格娜记得他们做爱的每一个细节，但拿不准他们住的是哪个屋子。她真希望能再次同埃德加共赴云雨啊。

蕾格娜命令奥斯吉丝和西奥尔武夫生火，让房间暖和起来，然后独自离开，返回德恩的屋子。"我明天早上就要把我儿子阿兰夺回来。"她说，"没有理由再让他同威格姆的小妾一起生活了。"

威尔伯勒说："我也这么想。"

"我同意。"德恩说。

"请坐，夫人。"威尔伯勒说，然后取来一壶红酒和三只杯子。

蕾格娜说："我希望埃塞尔雷德国王会支持我。"

"我认为他会的。"德恩说，"不管怎样，这在他看来都是细枝末节的小事。"

蕾格娜从未想过国王还会关心别的事："这话怎么说？"

"现在的首要问题是谁来担任郡长。"

此前有太多别的事占据了蕾格娜的心思——尸体、死因调查、赶回夏陵，最多的还是阿兰。不过，既然德恩提出了这个问题，蕾格娜就立刻认识到这确实是当务之急。郡长人选将左右她的未来。她后悔自己在这方面未做深想。

德恩说："我会禀报国王，切实可行的方案只有一个。"

蕾格娜猜不出德恩的意思："说来听听。"

"您和我必须共同统治夏陵。"

蕾格娜震惊不已，半晌说不出话来，最后好不容易才挤出三个字："为什么？"

"好好想想，"德恩说，"威格姆的继承人是阿兰，所以您的儿子可以继承库姆。而国王判定威格姆是威尔武夫的继承人，所以现在威尔武夫的所有土地也归阿兰。"德恩停顿片刻，让蕾格娜领会话中的含义，然后继续道，"如今您的小儿子是全英格兰最富有的人之一了。"

"他当然是。"蕾格娜觉得自己好傻，"我只是还没想到那一层。"

"他两岁了，对不对？"

威尔伯勒说："现在快三岁了。"

"没错。"蕾格娜说，"他三岁了。"

"所以至少未来十年，您会是他所拥有的土地的领主，此外，您本来就拥有奥神谷。"

"这还得看国王是否同意。"

"是的，但我想不出他还会做出别的决断。英格兰的每一个贵族都会瞪大了眼睛观看埃塞尔雷德如何处理这件事。他们希望看到财富由父子相承，因为他们想要自己的儿子继承家产。"

蕾格娜若有所思地啜了一口红酒："国王当然没有必要满足贵族的每一项要求，但如果国王不这样做，贵族就会闹事。"

"没错。"

"但谁会被提名为新郡长呢？"

"如果女人可以担任郡长，埃塞尔雷德会选择您。您拥有财富和地位，而且您审案公正，众人皆知，大家称呼您'公正者蕾格娜'。"

"但女人不能担任郡长。"

"是的，女人也不能召集军队，率领他们抗击维京海盗。"

"您可以做这些事。"

"我要向国王提议任命我担任夏陵的摄政，直至阿兰年长后可以胜任郡长的职责。我负责夏陵的防御，抗击维京海盗的袭击，并继续为国王征税。您负责在奥神村，还有夏陵和库姆，代表阿兰召开法庭，所有较小地区的法庭也由您主持。如此一来，国王也好，贵族也罢，都得偿所愿，皆大欢喜。"

蕾格娜欢欣鼓舞。她并不贪恋财富，这或许是因为她从不缺钱。但她渴望获得权力，这样才能惩恶扬善。很久之前她就觉得这是她的宿命。而现在，她离成为夏陵的统治者只有一步之遥。

蕾格娜发现自己十分渴望德恩为她描绘的那种未来。她开始思考如何才能将其变为现实。

"我们还得做一件事。"蕾格娜说，她那神机妙算的头脑又恢复了运转，"还记得温斯坦和威格姆杀死威尔武夫之后干了什么事吗？他们第二天就掌控了权力，所有人来不及思考如何阻止他们。"

德恩陷入沉思："您说得对。他们政变之后，还需要得到王室的认可，这是当然的，可一旦他们上了位，埃塞尔雷德就很难将他们赶下台。"

"我们明天早上应该召开法庭，就在郡长大院的大堂前面，向民众宣布您和我即将——不，是已经掌控了权力，等待国王做出裁决。"蕾格娜沉吟片刻，"唯一的反对将来自温斯坦主教。"

"温斯坦病了，神志不清，大家都知道。"德恩说，"他已经不复往日的权势了。"

"我们必须确认这一点。"蕾格娜坚持道，"我们去大院的时候，您应该带上您的所有士兵，披坚执锐，彰显威势。温斯坦手下没有武装士兵——他从不需要，因为他的兄弟手下有的是兵。如今他兄死弟亡，孤掌难鸣。他可以在我们宣布掌权时发出抗议，却对我们无计可施。"

　　"言之有理。"德恩说，然后带着一抹诡异的微笑看着蕾格娜。

　　"怎么了？"蕾格娜问。

　　德恩说："您刚刚证明我做出了正确的选择。"

＊　＊　＊

　　天亮后，蕾格娜已经按捺不住想见到阿兰的迫切心情。

　　蕾格娜强迫自己不慌不忙。这是一次举足轻重的公共事件。她老早就知道给公众留下良好印象的重要性。她将自己上上下下清洗干净，散发出贵族女人特有的气味。她命令奥斯吉丝给自己做了个精致的发型，再配上一顶高帽，让自己显得越发高挑。蕾格娜一丝不苟地穿上了最富丽华美的衣裙，尽量让自己显得威严庄重。

　　但接下来，蕾格娜就再也控制不住自己了，她快步走到德恩治安官前面。

　　民众争先恐后地上山来到郡长大院。消息显然已经人尽皆知。昨晚，奥斯吉丝和西奥尔武夫肯定将奥神村发生的事传了出去，到第二天早晨，有一半民众听说了蕾格娜那个版本的故事，他们全如饥似渴，盼望听到更多事实。

昨晚上床睡觉前，德恩给国王写了信，此时信使已经上路。收到回复还需要一段时日，德恩拿不准国王身处何地，或许信使要用好几个礼拜才能找到他。

　　蕾格娜径直前往梅根丝丽丝的屋子。

　　蕾格娜立刻发现了阿兰，他正坐在桌边用勺子喝粥，祖母吉莎、梅根丝丽丝，还有两名女仆在一旁看护着他，蕾格娜猛然意识到，他已经不再是当年那个小宝宝了。他个子更高，黑发更长了，脸上的婴儿肥也不见了。他的小鼻子和小下巴已隐约可见威格姆家族男人的典型特征。

　　蕾格娜呼唤道："哦，阿兰，你变了！"说完，便泪如泉涌。

　　吉莎和梅根丝丽丝转过身，目瞪口呆。

　　蕾格娜来到桌旁，坐在儿子身边。阿兰用一双大大的蓝眼睛若有所思地盯着蕾格娜。蕾格娜不确定儿子是不是还认得她。

　　吉莎和梅根丝丽丝默默地看着眼前的一幕。

　　蕾格娜说："你还记得我吗，阿兰？"

　　"麻麻。"阿兰面不改色、平心静气地说，仿佛一直在寻找合适的字眼，并相信自己最终找到了那个词。然后他又喝了一勺粥。

　　蕾格娜悬着的心终于平安落地，她感到前所未有地快意轻松。

　　蕾格娜抹去眼角的泪水，看着屋内的另外两个女人。梅根丝丽丝的眼睛红肿了。吉莎眼中没有一丝泪光，但脸色苍白憔悴。她们显然已经听说了消息，正沉浸在悲痛之中。威格姆虽说十恶不赦，却是吉莎的儿子和梅根丝丽丝的情人。他死了，她们自然会哀悼。但蕾格娜毫不同情她们。对威格姆将阿兰从蕾格娜身边夺走这一惨无人道的暴行，她们听之任之，形同共谋。她们不配从蕾格娜这里得到任何同情。

蕾格娜铿锵有力地说："我是来把我孩子带走的。"

吉莎和梅根丝丽丝没有反对。

阿兰放下勺子，将碗翻过来，露出碗底。"都吃完了哦。"他说，然后将碗放回桌上。

吉莎万念俱灰。她机关算尽，最终却竹篮打水一场空。她好像突然变了一个人似的。"我们对你太残忍了，蕾格娜。"她说，"我们夺走了你的孩子，实在够缺德的。"

吉莎的转变之大、转变速度之快，令蕾格娜瞠目结舌，但她不会轻易上当。"如今你承认自己的罪行，"她说，"是因为你已经无法扣住阿兰不放了。"

吉莎执拗地继续说："你不会像我们这样缺德，对吧？请千万不要将我唯一的孙子从我身边夺走啊。"

蕾格娜未做回应。她将注意力转回到阿兰身上，后者正目不转睛地注视着她。

蕾格娜朝阿兰伸出双臂，阿兰也伸出双臂，等母亲抱他。她将孩子放到自己的大腿上。他比蕾格娜记忆中更重了，蕾格娜已经无法再一连半天都抱着他走来走去了。阿兰依偎着母亲，小脑袋贴着她的胸膛，蕾格娜透过自己的羊毛衣服感受着他小小躯体散发出的温暖。她伸手温柔地梳理着阿兰的头发。

蕾格娜听见门外人声鼎沸，想必那里聚集了许多人。她估计德恩已经带随从赶到，于是便站起身，怀里依然抱着阿兰，走出了大门。

由德恩领头的一大队武装士兵正雄赳赳气昂昂地穿过大院。蕾格娜迎上去，与德恩并肩行进。一大群人已在大堂外等候他们。

他们在门口停下，转身面对众人。

人群前列站着城中所有的达官显贵。蕾格娜看到温斯坦主教也在，不由得被他的模样吓了一大跳。他身体瘦削佝偻，双手战栗不止，看上去老态龙钟。他死死地盯着蕾格娜，面具一般的脸上写满了仇恨，但他已经日薄西山，无可奈何了。而对自己的无能为力，他似乎怒不可遏。

　　德恩的副手——武装士兵领队威格伯特——大声拍掌。

　　人群安静下来。

　　德恩说："我们有一件事要宣布。"

第四十二章

一〇〇六年，十月

埃塞尔雷德国王在温彻斯特大教堂召开了法庭，一群权贵裹着毛皮大衣，以抵御即将来临的寒冬。

令蕾格娜欣喜的是，国王同意了德恩治安官的所有提议。

加鲁夫强烈反对，他愤怒的哀号在教堂的石墙间回荡。"我是威尔武夫郡长的儿子，威格姆郡长的侄子。"他说，"德恩只是个治安官，毫无贵族血统。"

聚集在此的大乡绅本来会赞同这一主张，因为他们无不希望将统治权传给自己的儿子，但此刻他们全保持缄默。

埃塞尔雷德对加鲁夫说："你在德文郡的一场战斗中损失了我一半的军队。"

国王的记性总是很好，蕾格娜在心里说。她听见贵族纷纷咕哝着表示赞同，他们也没有忘记加鲁夫的那次大败。

"再也不会发生那种事了。"加鲁夫赌咒发誓。

国王不为所动："确实不会，因为我再也不会让你率领军队了。郡长由德恩来当。"

加鲁夫至少还明白一点事理，知道此时再争也是徒劳无益，索性闭上了嘴。

战败只是国王褫夺加鲁夫继承权的原因之一，蕾格娜想。十年以来，加鲁夫的家族一再藐视国王的权威，抵抗国王的命令，拒绝支付国王判处的罚金。他们家的独立小王国似乎能万世长存，可现在，他们至少不敢再违逆国王的旨意了。善恶到头终有报，世上到底还是存在正义的，只可惜等了如此之久才得以伸张。

埃玛王后坐在国王旁边一把相似的软垫凳上，她探过身，在国王耳边小声说了两句话。国王点点头，对蕾格娜说："我想你已经要回自己的儿子了吧，蕾格娜夫人。"

"是的，陛下。"

国王对出席法庭的所有人宣告："任何人不得夺走蕾格娜夫人的孩子。"

这是既成事实，但蕾格娜很高兴得到王室的公开认可，这给了她对未来的安全感。"谢谢。"她说。

法庭结束后，温彻斯特的新主教举办了宴会。前任主教阿尔普哈格从坎特伯雷赶回来出席了宴会。蕾格娜急于同他交谈。是时候剥夺温斯坦的主教头衔了，而只有坎特伯雷大主教有权解除他的职务。

蕾格娜思索着如何促成一次会面，但阿尔普哈格主动走上前来，替她解决了这一难题。"上次我们在这里的时候，您可帮了我一个大忙啊。"他说。

"您指的是……"

"您借他人之口，小心翼翼地透露了温斯坦主教染上可耻疾病的消息。"

"我费尽心思避免暴露我自己，但温斯坦似乎还是猜出了真相。"

"我非常感激您，因为您终结了他成为坎特伯雷大主教的企图。"

"我很高兴能为您效劳。"

"那如今您住在王桥？"阿尔普哈格换了个话题。

"我经常旅行，但那里是我的基地。"

"那里的小修道院一切都好吧？"

"当然。"蕾格娜微笑道，"我九年前路过时，那里还是个名叫德朗渡口的小村子，大概只有五座房子。现在那里已经发展成繁忙兴旺的城市了。小修道院院长奥尔德雷德功不可没。"

"他是个好人。您知道，正是他首先警告我，温斯坦企图阴谋夺取大主教的位子。"

蕾格娜想让阿尔普哈格解除温斯坦的职务，但她必须谨慎行事。大主教是男人，而所有男人都讨厌被女人指使。她这辈子有时会忘记这点，结果愿望无不落空，于是她说："我希望您在返回坎特伯雷之前，来夏陵一趟。"

"有什么特别的原因吗？"

"夏陵的人民会因为您的到访而兴奋不已的。您也可以借此观察一下温斯坦。"

"他的健康情况怎么样了？"

"很糟糕。但我在这方面不宜置评。"蕾格娜假装谦恭地说，"您本人的判断无疑才是最明智的。"男人往往从不怀疑自己的判断。

阿尔普哈格点点头。"那好吧。"他说，"我会去夏陵走一趟的。"

*　*　*

说动大主教造访夏陵仅仅只是开始。

大主教阿尔普哈格是修士，于是他入住了夏陵修道院。蕾格娜有点失望，因为她本想让阿尔普哈格住进主教宅邸，那样就能好好地近距离观察温斯坦。

温斯坦本应邀请阿尔普哈格同他共同进餐。然而，蕾格娜听说德格伯特副主教传达了一条明显虚假的消息，说温斯坦本想招待大主教，但又担心干扰他的修行祈祷，所以只好作罢。看来温斯坦只是间歇性地发疯，脑子正常的时候，他一如既往地狡诈。

蕾格娜让德恩治安官邀请大主教来他的大院共同进餐，以便讨论温斯坦的问题，结果又令人失望了——阿尔普哈格拒绝了邀请。他是一位真正的苦行者，更喜欢和其他修士一起边吃豆子炖鳗鱼，一边听圣斯威森的生平故事。

蕾格娜担心德恩可能根本见不到大主教，这将使她的计划化为泡影。然而，按照惯例，来访的大主教会在大教堂主持星期天的弥撒，温斯坦也不得不参加。蕾格娜总算松了口气，这对曾经的竞争对手终于要聚首了。

全城的人都参加了弥撒。威格姆死后第二天，蕾格娜见过温斯坦一次。自那之后，他的身体便每况愈下。他头发花白，走路拄着拐杖。不幸的是，这还不足以让他下台。蕾格娜见过的主教中有一半垂垂老矣，白发苍苍，连站也站不稳。

蕾格娜信仰基督教，感谢上帝的教化，但她没有花太多时间去想这些。然而，弥撒总能令她热泪盈眶，觉得自己存在于世上是有意义的。

做弥撒的同时，蕾格娜也没有放松对温斯坦的关注。现在她很担心，说不定直到仪式结束，温斯坦也不会暴露自己的疯狂面目。他机械地、几乎是心不在焉地做着仪式所需的动作，但他没有犯任何错误。

蕾格娜用比平常更认真的态度注视着圣体奉举仪式。耶稣为使罪人得到宽恕而死。蕾格娜已经向奥尔德雷德坦白了自己杀害威格姆的罪行。奥尔德雷德是修士，也是司铎，他把蕾格娜比作《旧约》中的女英雄友弟德①，后者砍掉了亚述将军敖罗斐乃的头。这个故事证明，即使是杀人犯，也可以得到宽宥。奥尔德雷德给蕾格娜安排了一场斋戒忏悔，并赦免了她的罪过。

仪式继续进行，温斯坦依旧一切如常。蕾格娜格外沮丧。她本来得到了阿尔普哈格的几分信任，但如今看来，她似乎白白浪费了这种信任。

司铎们开始列队朝出口走去。突然，温斯坦走到一边，蹲了下来。阿尔普哈格不解地看着他。温斯坦撩起长袍的下摆，在石头地板上拉起屎来。

阿尔普哈格瞠目结舌，惊恐万状。

这匪夷所思的一幕持续了好一会儿。然后温斯坦站起身，重新理好长袍，道："这下舒服了。"说完，便若无其事地重返队列当中。

---

① 出自天主教和东正教《旧约圣经》。亚述大军围攻犹太的拜突里雅城时，城中年轻美貌的寡妇友弟德带女仆深入亚述军营，获得了统帅敖罗斐乃的信任与爱慕，在敖罗斐乃醉酒之后，将其刺杀，斩下了他的首级。——译者注

所有人注视着温斯坦留下的排泄物。

蕾格娜心满意足地长叹一口气。"再见了，温斯坦。"她说。

* * *

大主教阿尔普哈格陪同蕾格娜骑马前往王桥，后者计划经王桥，返回坎特伯雷。阿尔普哈格是一位令人愉快的交谈对象——聪明、有教养、信仰虔诚，但又能容忍不同意见。他甚至知道阿尔昆①的浪漫拉丁诗歌，那是蕾格娜从小就喜欢的作品。现在，蕾格娜意识到自己已经丢了读诗的习惯。暴力、分娩和监禁将诗歌硬生生地挤出了她的生活。也许不久后她又能读诗了。

阿尔普哈格立刻解除了温斯坦的职务，但他又不知该拿这个疯癫的前主教怎么办，于是便征求蕾格娜的意见。蕾格娜建议将温斯坦在狩猎营地里关一段时间，她自己曾在那里做了一年的囚徒，如今两人易地而处，真是好不讽刺，但蕾格娜也从中感到莫大的喜悦。

骑马进入王桥时，蕾格娜有一种回家般的感觉。这真奇怪，她暗自纳闷，因为她这辈子待在这儿的日子屈指可数，可不知为何，她一到这里，就觉得自己安全了。也许这是因为奥尔德雷德治理着这座城镇。他尊重法律，崇尚公正，断案不徇私，甚至不会为小修道院谋取私利。要是全世界都能像王桥这样，该多好啊！

蕾格娜发现新教堂的规划基址上有一个大坑，周围堆放着大

---

① 阿尔昆（约735—804年），中世纪英格兰学者。约782年，他应法兰克国王查理曼的邀请，赴加洛林王朝担任宫廷教师，对卡洛林文艺复兴有很大贡献。——译者注

量木材和石头。虽然埃德加不在，但奥尔德雷德显然还是要将工程往前推。

蕾格娜感谢阿尔普哈格一路相随，然后就转身回新教堂工地正对面的自己家去了，而大主教继续骑行，前往不远处由若干建筑构成的小修道院。

蕾格娜决定不住进夏陵威尔夫的房子。她可以住在自己统治区域的任何地方，而她对王桥情有独钟。

蕾格娜离家门越来越近——那里看上去也越来越像郡长大院了——阿斯特丽德愉快地打了个响鼻，似乎也认出了这是何处。不一会儿，孩子们全跑了出来——蕾格娜的四个儿子和卡特的两个女儿。蕾格娜跳下马鞍，逐一拥抱他们。

一种陌生的感觉充盈在蕾格娜心中，一开始，她还有点莫名其妙，但很快，她就意识到，那种感觉就是幸福。

蕾格娜已经很久没有体会过这种滋味了。

* * *

曾经是社区教堂的那座木屋如今成了奥尔德雷德居住和工作的场所。他在那里迎接了大主教阿尔普哈格，后者热情地同奥尔德雷德握手，再次感谢他帮自己获得了大主教的职位。奥尔德雷德说："请原谅，大主教大人，因为我得说，我那样做是为了上帝，而不是为了您。"

"那就更加值得赞扬了。"阿尔普哈格微笑道。

大主教入座后，谢绝了红酒，自顾自地拿过一碗坚果。"你对温斯坦的看法完全正确。"他说，"现在他确实疯了。"

奥尔德雷德扬起了眉毛。

阿尔普哈格说："他在夏陵大教堂的弥撒仪式上拉屎。"

"当着众人的面？"

"当着所有神职人员和数百会众的面。"

"上帝啊！"奥尔德雷德说，"他有没有替自己辩解呢？"

"他只是说：'这下舒服了。'"

奥尔德雷德忍俊不禁，然后连忙致歉："不好意思，大主教大人，但这实在太滑稽了。"

"我已经解除了他的职务，由德格伯特副主教暂时代理。"

奥尔德雷德眉头一皱，"我对德格伯特评价不高。这个地方是社区教堂的时候，他是这里的总铎。"

"我知道，我对他也从来没有好印象。我告诉他，别指望会被提升为主教。"

奥尔德雷德松了口气："那么，谁来接替温斯坦的位子呢？"

"我希望是你。"

奥尔德雷德大吃一惊，他从未料到这个答案。"可我是修士啊。"他说。

"我也是。"阿尔普哈格说。

"可是……我是说……我在这里有工作，我是小修道院的院长。"

"或许，上帝想让你到更高的岗位上为他效力。"

要是有更多时间为这场谈话做准备就好了，奥尔德雷德想。被任命为主教是莫大的荣誉，能在更高的位子上推进上帝的事业也是绝好的机会。但一想到必须放弃王桥，奥尔德雷德就心如刀割。新教堂该怎么办？城镇的发展怎么办？谁又来接替他的位子呢？

奥尔德雷德想象着自己去夏陵之后的样子。他可以在那里实现自己的梦想吗？他可以将夏陵大教堂改造成世界级的学习中心吗？他首先不得不应付一帮在温斯坦治下变得懒散腐败的司铎。或许他可以仿效阿尔普哈格的前任埃尔弗里克，开除所有的司铎，用修士取而代之，但如今，夏陵的修士唯希尔德雷德院长马首是瞻，他可是奥尔德雷德的宿敌。不行，去夏陵的话，反倒会让自己的事业倒退许多年。

"我深感荣幸，也受宠若惊，大主教大人。"奥尔德雷德说，"但我要请求您的宽恕，因为我不能离开王桥。"

阿尔普哈格面带愠色。"你确实让我非常失望。"他说，"你拥有非凡的潜力——或许有一天你会坐到我的位子——但如果你一直屈居王桥小修道院院长，你就永远不可能在教会的层级体系中得到升迁。"

奥尔德雷德再次犹豫起来。几乎没有神职人员不会对此刻摆在自己面前的大好前程动心，但他脑子里突然冒出一个新念头。"大主教大人，"他将心中所想大声讲出来，"主教座堂有可能转移到王桥吗？"

阿尔普哈格大惊，显然这个提议连大主教也从未想过。他支支吾吾地说："我当然有权这样做，但你这里没有足够大的教堂啊。"

"我正在修新教堂，比之前大得多。我带您去工地看看吧。"

"我骑马进来的时候看到了，可这座教堂何时才能完工呢？"

"完工之前我们就可以使用夏陵大教堂。地下室已经开建，五年之后就可以在那里举行仪式。"

"谁来负责设计呢？"

"我请了埃德加，但他拒绝了我。不过，我还是想让诺曼建筑匠师来担纲，他们是这一行的翘楚。"

阿尔普哈格将信将疑，"在教堂完工之前，你愿意在每个重大节日——复活节、圣灵降临节、圣诞节——前往夏陵吗？大概一年要跑六次？"

"是的。"

"一旦你的新教堂可以投入使用，我就写信允诺将主教座堂转移到王桥？"

"是的。"

阿尔普哈格咧嘴一笑："你可真会讨价还价。行吧，我答应你。"

"谢谢您，大主教大人。"

奥尔德雷德欣喜若狂。王桥主教！他才四十二岁！

阿尔普哈格再次陷入沉思："真不知该拿温斯坦怎么办。"

"如今他身在何处？"

"关在威格姆的老狩猎营地。"

奥尔德雷德双眉紧锁："前主教大人遭到囚禁，这传出去可不好听啊。"

"而且，加鲁夫和德格伯特还可能试图营救他，我们一刻也不能掉以轻心。"

奥尔德雷德忽然舒展眉头。"别担心。"他说，"我知道一个刚好适合他待的地方。"

* * *

黄昏将尽，蕾格娜站在埃德加建造的浮桥上，听着河水昼夜不歇的潺潺声，望着下游血红的夕阳，想起她第一次到这里那天，天气寒冷潮湿，道路泥泞难行，她沮丧地望着那个不得不借宿一晚的简陋居民点……抚今追昔，这里真是发生了天翻地覆的变化啊。

一只苍鹭站在麻风岛岸边，如同墓碑一样纹丝不动，全神贯注地凝望着河水。当蕾格娜注视这只鸟时，一艘船出现了，然后飞速向上游驶去。她眯眼逆光观察，试图辨认清楚。这艘船上有四个桨手和一个站在前面的乘客。他们的目的地必然是王桥，因为天色太晚，已经不宜再往前走。

小船朝酒馆前的河滩驶去。蕾格娜看见船上有一条黑狗，它一动不动地坐在船头，安静而警觉地望着前方。那位乘客身上的某种东西是蕾格娜熟悉的，她的心在胸口怦怦直跳。那人看上去极像埃德加，但她无法断定，因为直射的余晖晃得她眼花。那可能只是她一厢情愿的想法。

蕾格娜沿着桥匆匆赶去。下坡时，她进入远方树木的长长阴影中，得以更清楚地看见那名旅客。他跳下船，他的狗紧随其后。他弯下腰，将缆绳系在锚桩上。蕾格娜霎时明白了。

来人就是埃德加。

这瞬间的领悟甜蜜得几乎令人心痛。蕾格娜认出了那宽阔的肩膀，认出了那自信的动作，认出了那灵巧敏捷的大手，认出了那低垂的大脑袋。她满心欢喜，兴奋得几乎无法呼吸。

蕾格娜向埃德加迈开步子，强忍住疯跑过去的冲动。然后她忽然停下，被一个可怕的想法攫住。她的心在告诉她，她的情郎回来了，一切会好起来的，但她的头脑却不这么认为。她想起在诺曼底找到埃德加的两名王桥修士。年纪稍长的威廉曾说："他住的镇子上的人说，他要娶建筑匠师的女儿，最后自己也要当建筑匠师。"他这样做了吗？有可能。蕾格娜了解埃德加，他只要娶了一个女人，就绝不会抛弃对方。

但如果埃德加已经结婚，他又为何要回来呢？

此时此刻，令蕾格娜心脏狂跳不止的不是久别重逢的喜悦，而是对人事变迁的恐惧。她继续朝埃德加走去。她看到他的斗篷是用染成霜叶红的细羊毛布做的，显然非常昂贵。他在诺曼底也同样发家致富了。

埃德加把船系好，抬起头来。现在蕾格娜离他足够近，可以看见他那双熟悉得出奇的淡褐色眼睛。蕾格娜目不转睛地注视着他的脸，就像苍鹭注视着河水。起初，她看到了他的焦虑，意识到他和自己一样，也曾怀疑他们的爱情能否经受三年的分离。然后他读懂了蕾格娜的表情，立刻明白了她的感受；最后，埃德加突然露出微笑，整张脸明亮起来。

转眼，蕾格娜就扑进了埃德加的怀里。埃德加紧紧地抱住她，弄得她生疼。她捧住埃德加的脸颊，热情地吻着他的嘴，闻着他那熟悉的气味，尝着他那熟悉的味道。她久久地拥抱着埃德加，享受着身体相互紧贴所带来的狂喜。

最后，蕾格娜松开手说："我爱你，胜过爱我的生命。"

埃德加说："我很高兴。"

* * *

那天晚上，他们做了五次爱。

埃德加从未想过男人可以做这么多次，无论是自己，还是其他任何人。他们先是做了一次，然后第二次；接着，他们打了会儿盹儿，又做了一次。半夜里，埃德加思绪万千。他想起了建筑和王桥，想起了温斯坦和威格姆；然后他又想起自己终于和蕾格娜在一起了，此时她就依偎在自己的怀里，于是他又想做爱，蕾格娜也想，所以他们做了第四次。

完事后，他们低声交谈，以免吵醒孩子们。埃德加将建筑匠师的女儿克洛蒂尔德的事告诉蕾格娜。"我对她不好，虽然我从没想过要这样。"他不无伤感地说，"我一开始就应该告诉她你的事。即使他们给我国王做，我也永远不会娶她。但我不时会傻傻地觉得，或许我可以试着去爱她，于是我就用欣赏的眼光看她，而她却觉得我已经对她爱得死去活来了。"埃德加在火光中端详着蕾格娜的脸："也许我不该告诉你这个。"

"我们必须彼此坦诚，毫无隐瞒。"蕾格娜说，"你为什么要回来？"

"是因为你父亲。威格姆搁置你的事令他恼羞成怒，冲我大发雷霆，好像我有责任似的。我只是很高兴听到你离婚的消息。"

"你怎么这么久才到这里？"

"我的船被大风吹离了航线，结果到了都柏林。我担心维京人会为了抢斗篷而杀了我，但他们把我当成有钱人，还试图卖给我奴隶呢。"

蕾格娜紧紧抱住埃德加："他们让你活了下来，我好开心。"

埃德加察觉外面天色渐明："奥尔德雷德不会赞成我们这样做的。按照他的标准，我们在通奸。"

"睡在同一个房间里的人不一定会做爱。"

"是的。但就我们的情况而言，无论是奥尔德雷德，还是王桥的其他任何人，都毫不怀疑我们睡在同一个房间后会干什么。"

蕾格娜咯咯笑了："你觉得我们的心思有那么明显吗？"

"是的。"

蕾格娜又严肃起来："亲爱的埃德加，你愿意娶我吗？"

埃德加开怀大笑："愿意！当然愿意。我们今天就结婚吧。"

"我想要得到埃塞尔雷德的批准。我不愿冒犯国王。真的很抱歉。"

"给国王送去消息，然后得到回复，这个过程可能需要好几个礼拜。你是说这段时间我们必须分开住？我可受不了。"

"不，我认为不用。如果我们彼此承诺结婚，而且让每个人知道我们的承诺，那就不会有人觉得我们应该分开睡，除了奥尔德雷德。他依旧不会同意，但我认为他不会小题大做。"

"国王会答应你的请求吗？"

"我想会的。不过，如果你是个小贵族的话，国王会答应得更快。"

"但我只是个建筑工。"

"你是一位富人，一位杰出的市民，我可以赏你一些土地和一座大院，这样你就可以成为大乡绅了。最近，拉夫堡的瑟斯坦去世了，你可以取代他。"

"拉夫堡的埃德加。"

"你喜欢这个主意吗？"

"没有我喜欢你那么多。"埃德加说。

然后，他们做了第五次。

第四十三章

一〇〇七年，一月

大教堂的工地热闹非凡。大多数人在挖地基，堆物资。埃德加从英格兰和诺曼底，甚至更远的地方雇来的工匠正在建造工棚，这些临时搭建的小屋可以在任何天气下加工木材和石料。他们会在三月二十五日，也就是天使报喜节那天开始砌墙，那时就几乎不存在砂浆被隔夜霜冻住的危险了。

埃德加在地上给自己造了一个画图板。用羊皮纸做设计太贵，但他可以选择便宜的方案。他在地上嵌入几块木板，做成十二英尺长、六英尺宽的浅箱子，然后在箱子里铺上一层砂浆。在砂浆上写写画画，便会呈现白色的线条。借助直尺、带尖儿的铁棍和圆规，他就可以画出所有需要的圆柱和拱门。白线会随着时间的推移而逐渐消失，因此大可以在老图形上绘制新图形，只是划痕会保留许多年。

埃德加在画图板上给自己设计了一个工作间，只有四根柱子支撑着宽大的屋顶，这样他就可以在下雨时继续工作。他跪在那里，注视着自己画的一扇窗户，这时，蕾格娜来了，打断了他的思绪。"埃塞尔雷德国王的信使来了。"她说。

埃德加噌地站起来,心脏狂跳不已:"国王对我们的婚事怎么说?"

蕾格娜说:"他答应了。"

* * *

奥尔德雷德和阿加莎修女站在一起,看着麻风病人吃午饭。弗莉丝修女念诵祷词,感谢上帝赐予食物,然后残疾的男男女女拿着木碗围在桌子四周。"不许推,不许挤!"弗莉丝大喊道,"每个人都有吃的。最后一个也会同第一个一样!"但人们没有理会。

奥尔德雷德问:"他怎么样了?"

阿加莎耸耸肩:"肮脏、悲惨、疯狂,同呆在这里的大多数人一样。"

奥尔德雷德成为主教后,将温斯坦手下的所有神职人员赶出了夏陵大教堂,包括德格伯特副主教,最后他成了维格里的一个身无分文的乡村司铎。奥尔德雷德用王桥的修士替换了温斯坦的手下,并委任戈德莱夫修士监督他们。回家的路上,奥尔德雷德把囚禁在狩猎营地的前主教温斯坦接了出来,带回麻风岛。此刻,温斯坦正和其他人一起站那儿等着吃饭。

温斯坦从头到脚破破烂烂、肮脏污秽。他骨瘦如柴,肩膀有气无力地耷拉着。他一定感到很冷,但他没有表现出来。修女在他碗里装满了浓稠的燕麦粥和熏肉,他用不干净的手指三下五除二就刨下了肚。

吃完之后，温斯坦抬起眼，当即认出了奥尔德雷德。

温斯坦走到奥尔德雷德和阿加莎面前。"我不该在这里。"他说，"肯定是哪儿出了大问题。"

"没有出任何问题。"奥尔德雷德说，但他并不确定温斯坦能听懂几成，"你作恶多端，罪不容诛——谋杀、伪造货币、通奸、绑架。你之所以在这里，就是因为你犯下了这些滔天罪行。"

"但我是夏陵的主教。我还要当坎特伯雷大主教呢。这全是计划好了的！"温斯坦用疯狂的目光环顾四周，"我在哪儿？我是怎么来的？我记不起来了。"

"是我带你来这儿的。你也不再是主教了，我才是。"

温斯坦叫嚷起来。"这不公平。"他抽抽搭搭地说，"这不公正。"

"不。"奥尔德雷德说，"这很公正。"

* * *

蕾格娜和埃德加在夏陵结为连理。

婚礼由郡长德恩举行。在一年的这个时节，要吃到新鲜食物非常困难，所以德恩采购了大量腌牛肉和豆子，还有几十桶啤酒和苹果酒。

英格兰西部的每一位达官显贵都来参加了婚礼。民众纷纷涌入山顶大院。埃德加在人群中走来走去，欢迎客人，接受祝贺，向多年未见的朋友打招呼。

蕾格娜所有的孩子都在场。今天结束的时候，我就会有一位妻子和四名继子了，埃德加寻思着。这感觉真怪。

嗡嗡的说话声陡然一变，温斯坦听到了惊讶和钦佩的赞叹声，他顺着众人的目光望过去，看见了蕾格娜，顿时惊得忘记了呼吸。

蕾格娜穿着深黄色喇叭袖礼服，袖上饰有绣花带，外面套着深绿色羊毛无袖罩衣。她的丝绸头饰是栗褐色的，那是她最喜欢的颜色。头饰中还织入了金线。她绚丽的红金色头发像瀑布一样垂在身后。那一刻，埃德加认为她是世上最美的女人。

蕾格娜来到埃德加身边，握住他的手。他望着蕾格娜那双海绿色的眼睛，不敢相信她竟然成了自己的女人。

埃德加说："我，王桥和拉夫堡的埃德加，愿意成为你，瑟堡和夏陵的蕾格娜的丈夫，我发誓爱你、关心你，并在我的余生忠诚于你。"

蕾格娜面带微笑，平静地回应道："我，瑟堡休伯特伯爵的女儿，夏陵、库姆和奥神谷的领主蕾格娜，愿意成为你，王桥和拉夫堡的埃德加的妻子，我发誓爱你、关心你，并在我的余生忠诚于你。"

奥尔德雷德身穿主教长袍，胸前挂着巨大的银十字架，用拉丁语为他们念诵结婚祝词。

按照正常程序，接下来就该亲吻了。埃德加已经憧憬了这一刻许多年，他绝不会操之过急。以前他们亲吻过，但现在，他们将第一次作为夫妻来亲吻，其意义绝非往日可比，因为他们刚刚许诺要永远相爱。

埃德加久久地凝视着蕾格娜。蕾格娜知道他此刻的感觉——这种事时常发生——她笑靥如花地等待着。埃德加慢慢向蕾格娜俯下身，用自己的嘴唇轻轻碰了碰她的嘴唇。人群中爆发出经久不息的掌声。

　　埃德加用双臂抱住蕾格娜，把她轻轻拥入怀中，感到她的胸部贴着自己的胸膛。埃德加睁着眼，把嘴贴在蕾格娜的嘴上。他们轻启嘴唇，微微吐舌，犹犹豫豫地触碰着，就像少男少女第一次尝试一样。埃德加感到蕾格娜的臀部猛地靠上来。蕾格娜伸出双臂搂住埃德加，更用力地将他拽进怀里。埃德加听到人群中传出兴奋的欢笑和鼓励的呐喊。

　　埃德加觉得自己被一种难以抗拒的激情淹没了。他想用自己的每一寸肌肤去触碰她，他看得出她也有同样的欲望。埃德加一时忘记了观众，热烈地吻起她来，就像他们单独相处时那样。这让观众的喝彩越发喧嚣，最后，埃德加不得不结束拥吻。

　　埃德加的目光依旧停留在蕾格娜身上。他激动得几乎就要哭起来，嘴里喃喃重复着誓言里的最后那句话："我发誓在我的余生忠诚于你。"

　　埃德加看见蕾格娜泪光闪闪地回应道："我也是，亲爱的，我也是。"

致　谢

　　欧洲黑暗时代几乎没有留下任何痕迹。不仅文献屈指可数，图片寥寥无几，而且绝大部分建筑是木质的，一千多年前就全部朽烂了。这让后世对这段历史众说纷纭，莫衷一是。相较而言，此前的罗马帝国和此后的中世纪的史实更加清晰明确。因此，在感谢我的历史顾问的同时，我必须补充说明一点：我并非总是听从他们的建议。

　　尽管如此，我还是得到了以下诸位的大力帮助：约翰·布莱尔、戴夫·格林哈尔希、尼古拉斯·海厄姆、卡伦·乔利、凯文·莱希、迈克尔·刘易斯、哈丽雅特·利泽、盖伊·波因茨和利瓦伊·罗奇。

　　和往常一样，我的研究得到了纽约作家研究中心丹·斯塔尔的协助。

　　我还要感谢以下诸位在我的研究之旅中提供的热心帮助：锡厄姆圣玛丽教堂的雷蒙德·安布里斯特、鲁昂大教堂的韦罗妮克·迪博克、巴约挂毯博物馆的范妮·加布和安托万·韦尔内、大帕克斯顿圣三一大教堂的黛安·詹姆斯、维京海盗船博物馆的埃伦·玛丽·内斯，以及费康修道院的乌尔迪亚·西亚布、米歇尔·让娜和让－弗朗索瓦·康帕里奥。

见到珍妮·阿什比和"英格兰同胞"历史研究社团的朋友们，我感到尤为愉快。

我的编辑是布赖恩·塔特、舍里塞·费希尔、杰里米·特里瓦森、苏珊·奥佩和菲莉丝·格兰。

对这本书的草稿发表过评论的家人和朋友包括约翰·克莱尔、芭芭拉·福莱特、玛丽－克莱尔·福莱特、克里斯·曼纳斯、夏洛特·奎尔奇、詹恩·特纳和金·特纳。

作者采访

您为什么会选择"暗夜与黎明"这个书名呢?

本书的故事发生于黑暗时代末期和中世纪初期的交汇之时,所以寓意暗夜与黎明。这个词组也来源于《圣经》里的一句话:"有晚上,有早晨,这是头一日。"

这本书里出现的角色是中世纪三部曲中人物的祖先吗?

是的,虽然他们之间的关系并不那么明显。这个故事发生的年份和中世纪三部曲的时间隔得太远了(约500年)。

为什么这本书的写作背景会设置在英国历史上的盎格鲁-撒克逊时期?

因为这是一个十分混乱的历史时期,对于小说来说,会是一个很好的故事背景。

您是如何进行写作的调查研究工作的呢?

研究工作进行得很艰难。这段历史时期没有太多史实资料和图片，大部分该时期遗留下来的建筑是木制的，很多被腐蚀了。我参观了英国很多盎格鲁－撒克逊时期的大教堂、斯托的盎格鲁－撒克逊村、奥斯陆的维京海盗船博物馆；此外，我还专门研究了巴约挂毯，包括存于法国巴约的挂毯原件以及在雷丁博物馆的复刻件。

那个时期人们的生活和当下人们的生活有关联吗？如果有，是通过什么产生关联的呢？

他们生活的年代和我们的年代有很大不同，但是他们也会婚恋嫁娶、打仗、追名逐利和反击报复。

这本书的深层主题是否影射了现代生活呢？是通过怎样的方式做到的呢？

这段时间的人们开始要求法治，就是人们希望冲突与争端能依靠一定规则来解决，而不是根据一个人的身份和财富。这是实现自由的一个重要因素。

您为什么会想写《圣殿春秋》之前的故事呢？

我很好奇王桥这个地方是怎样成为一个城市的。在这本书中，我先将它刻画成一个穷乡僻壤，然后开始想象它是如何发展壮大的。

在做背景调查时，您最感兴趣的地点是哪里？

当然是存放巴约挂毯的巴约挂毯博物馆。

（本篇采访源自肯·福莱特办公室制作的《暗夜与黎明》宣传手册。）

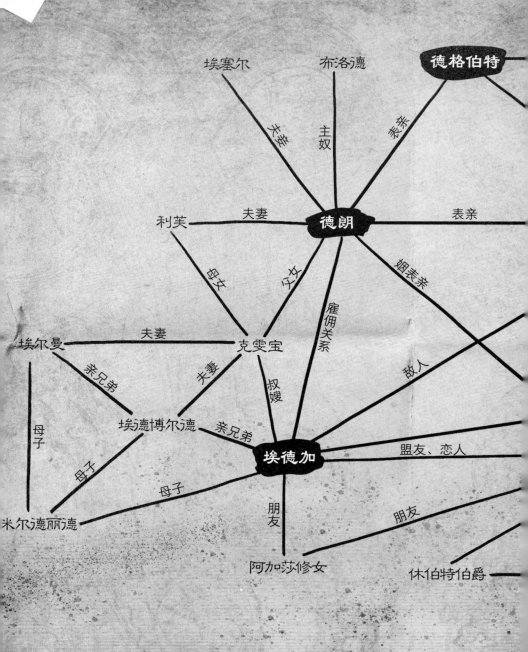

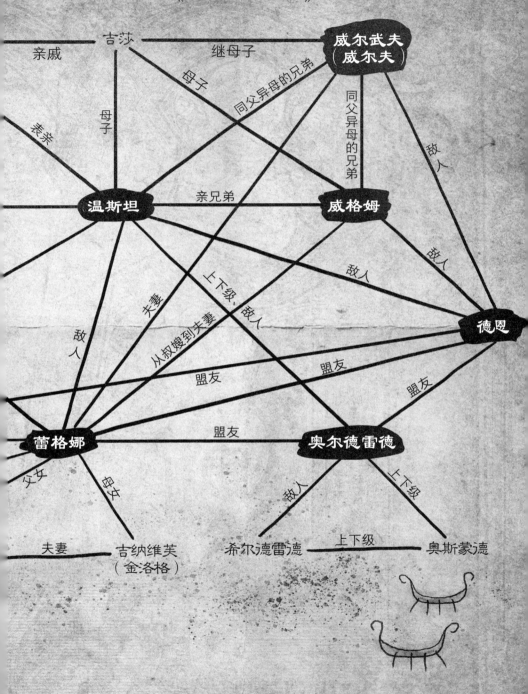

马上扫二维码，关注 **"熊猫君"**

和千万读者一起成长吧！

THE
EVENING
∴ AND THE ∴
MORNING